BASTEI LÜBBE

Hedwig Courths-Mahler

Du bist meine Heimat

Jolandes Heirat

BASTEI LÜBBE

BASTEI LÜBBE TASCHENBUCH
Band 14527

1. Auflage: November 2000

Bastei Lübbe Taschenbücher ist ein Imprint
der Verlagsgruppe Lübbe

Umschlaggestaltung: Martinez Produktions-Agentur, Köln
Titelfoto: G. Sachs, Archiv Martinez
Satz: hanseatenSatz-bremen, Bremen
Druck und Verarbeitung: AIT Trondheim, AS
Printed in Norway
ISBN 3-404-14527-5

Hedwig Courths-Mahler

Du bist meine Heimat

Bastei Lübbe

1

Vom Meer herüber kam eine frische Brise und fegte das Dünengras auf und nieder. Es sah aus, als wenn grüngelbe Wogen die Hänge überfluteten und dem zerzausten Kiefernwald zuflössen. Die ganze Nacht hatte es gestürmt, nun war der Wind abgeflaut und trieb nur noch sein Spiel mit all den Dingen, die er zuvor so wütend geschüttelt hatte. Er lockerte den feinen Dünensand und blies ihn davon, um dann, als sei er des Spiels müde, wieder in sich zusammenzusinken.

Noch einmal erhob er sich, um spielerisch über die schlanke Frauengestalt herzufallen, die soeben aus dem Wald trat und auf die Düne emporkletterte. So recht übermütig faßte er ihre Kleider und trieb sie so fest um die schlanke Gestalt, daß sich die jugendschönen Formen zart abzeichneten. Er schien großen Gefallen an diesem übermütigen Spiel zu finden, denn immer wieder erhob er sich, und die junge Dame mußte sich lachend des Ungestümen erwehren und konnte kaum vorwärtskommen. Aber das lustige Spiel schien ihr ebensoviel Spaß zu machen. Tapfer hielt sie stand und kletterte bis auf den Kamm der Düne empor. Hier blieb sie aufatmend stehen, strich sich das Haar aus der Stirn und ließ den Blick weit über das noch aufgewühlte Meer gleiten. Der Wind schien nun keine Lust mehr zu haben, alles durcheinanderzuwirbeln, er flaute ganz plötzlich ab und spielte nur noch ein wenig mit dem hellblonden Haar, das in der Sonne flimmerte wie gesponnenes Gold.

Die junge Dame sah wie traumverloren ins Weite. Endlich wandte sie den Blick hinüber zum Badeort, der etwa eine Wegstunde entfernt am Strande lag. Auch dort hatte der Sturm allerlei angerichtet, die Strandkörbe lagen umgeweht, und das Wasser war fast bis an die Laufbretter herangetrieben worden. Die Fischer waren gerade dabei, ihre Segelboote wieder flottzumachen, denn es gab genug unternehmungslustige Badegäste, die sich gern ein wenig auf den aufgewühlten Wellen schaukeln lassen wollten.

Sehnsüchtig flogen die Blicke der jungen Dame zum vielbesuchten Seebad hinüber. Hier an der Hornklippe, über die hinaus man ihr nicht erlaubte zu gehen, war es still und menschenleer. Selten verirrte sich einer der Badegäste von Swinemünde bis hierher und noch seltener zum Dorf, das eine Viertelstunde weit landeinwärts lag und von der Hornklippe seinen Namen erhalten hatte.

Es war ein armseliges Fischerdorf mit niederen strohgedeckten Katen. Etwas abseits, dem Walde zu, standen einige kleine Sommerhäuser. Ihre Besitzer waren meist alte Leute, die nichts mehr vom Leben verlangten als ihr Gärtchen und ein paar Hühner.

Zu einem richtigen Badeort konnte sich Hornklippe zum Leidwesen der Eingesessenen nie auswachsen, denn vorn am Meer lag die felsig vorspringende Klippe, und um sie her war nur schmaler, steiniger Strand. So hatten sich die Bewohner von Hornklippe damit abgefunden, für die Badegäste von Swinemünde Fische zu fangen und zu räuchern, um auf diese Weise an dem goldenen Segen, den die Fremden an den Ostseestrand bringen, teilzuhaben. Auch lieferten sie Eier und Gemüse, Milch und Butter, denn fast jeder Fischer hatte noch eine tüchtige Frau, die eine kleine Landwirtschaft betrieb. Dies alles wußte Romana Harland, die nun schon seit Jahren in diesem Nest lebte. Sie wohnte in dem größten der kleinen weißen Sommerhäuschen, die aber auch im Winter bewohnt waren. Es gehörte dem pensionierten Geheimrat Dürkopp.

Wie oft stand Romana hier oben auf der Düne und sah sehnsüchtig und traurig hinüber zum belebten Badestrand von Swinemünde, wo jeden Sommer Tausende von Menschen Erholung suchten. Oft nahm sie ein Fernglas mit, so daß sie ganz deutlich das Leben und Treiben da drüben beobachten konnte. Aber das steigerte nur die Sehnsucht, auch einmal zwischen all den frohen Menschen sein zu dürfen.

Es war ihr jedoch strikt untersagt, nach Swinemünde zu gehen, solange sich dort Badegäste aufhielten. Ganz still und zurückgezogen mußte sie den ganzen Sommer mit ihren Pflegeeltern, Herrn und Frau Dürkopp, in dem Haus am Waldrand leben, und erst, wenn alle Gäste abgereist waren, durfte sie wieder frei und ungehemmt umherstreifen und auch zuweilen nach Swinemünde hinübergehen.

Mit den Töchtern der Pensionsinhaber und ihren Brüdern, soweit diese zu Haus waren, durfte sie im Herbst und Winter an einigen Geselligkeiten teilnehmen, aber daran fand sie wenig Gefallen. Diese jungen Leute hatten ihr viel zu einseitige Interessen, als daß sie sich gut mit ihnen hätte unterhalten können. Und doch mußte sie froh sein, daß sie wenigstens mit ihnen in die, wenn auch bescheidene, Gesellschaft kam. So einfach diese winterlichen Feste auch waren, ließ sie doch keines aus, nur um wieder einmal tanzen und lachen zu können.

Sobald aber dann die ersten Fremden in Swinemünde auftauchten, mußte Romana wieder in ihre Einsamkeit zurück.

Warum sie das nicht durfte? Sie wußte es nicht – wußte nur, daß ein Geheimnis über ihrem Leben stand und daß irgendeine große Gefahr ihr drohte, wenn sie nicht dem strengen Gebot ihrer sonst sehr liebevollen Pflegeeltern folgte und sich von allem Verkehr mit Fremden zurückhielt. Sie wußte auch, daß ihr Vater, der von seiner letzten großen Reise nach Rußland nicht wiedergekehrt war, vor seiner Abreise alles so bestimmt hatte. Und die Liebe zu diesem ihr so früh entrissenen Vater, den sie angebetet hatte und den sie schon verlor, als sie kaum fünfzehn Jahre zählte, hatte ihr immer wieder geholfen, sich in alles zu fügen, was man von ihr verlangte.

Der Vater hatte sie damals nicht selbst zu ihren Pflegeeltern gebracht, sondern sein Freund und Sachverwalter, Justizrat Harland. Nie hatte sich der Vater mit ihr in der Öffentlichkeit gezeigt. Nur heimlich hatte er sie zuweilen besucht, als sie noch in einer Pension in Genf untergebracht war. Meist kam er da am späten Abend und blieb immer nur wenige Stunden; aber in diesen kurzen Stunden schüttete er allen Liebesreichtum seines Herzens über seine Tochter aus. Sie hingen beide mit einer fast schmerzhaften Innigkeit aneinander, und nach jedem Wiedersehen wurde ihnen der Abschied schwerer. Daß der Vater aus irgendeinem Grunde nicht bei ihr bleiben konnte, wußte Romana. Er hatte ihr gesagt, daß er von schweren Gefahren bedroht sei und daß ihr auch Gefahren drohten, wenn man sie an seiner Seite sehen oder nur in Erfahrung bringen würde, wo sie sich aufhalte. Und deshalb müsse sie immer streng befolgen, was er oder die wenigen Menschen, denen er sein Vertrauen schenken könnte, über sie beschließen würden.

Und er hatte sich das Zusammensein mit ihr immer nur unter vielen Vorsichtsmaßregeln gegönnt. Nach wochenlangen Pausen kam er in das kleine Genfer Pensionat, dessen Besitzerin ihm treu ergeben war, und labte sein vereinsamtes Herz an dem Anblick seines Kindes.

Und als Romana fünfzehn Jahre alt geworden war, hatte sie der Vater wieder einmal besucht und ihr gesagt, daß er sie jetzt lange Zeit nicht würde sehen können, daß aber sein Freund, Justizrat Harland, in den nächsten Tagen kommen werde, um Romana abzuholen. Er werde sie zu guten, treuen Menschen bringen, die sie liebevoll aufnehmen würden und bei denen sie bleiben solle, bis er sie eines Tages abholen oder andere Weisung geben werde. Es würde nur zu ihrem Besten geschehen, wenn es ihr auch zuweilen unverständlich oder lästig scheinen sollte.

An jenem Abend hatte der Vater sich gar nicht losreißen können von seiner Tochter, und sein alter Diener Wladimir hatte dringlich werden müssen, damit sein Herr endlich aufbrach. Vielleicht hatte dieser geahnt, daß er sein heißgeliebtes Kind zum letzten Mal in die Arme schloß, daß er es nie wiedersehen würde. Das

Scheiden von Vater und Tochter war an jenem Abend besonders qualvoll und schmerzlich gewesen. Immer wieder hatte der Vater Romana an sich gerissen, und in seinen Augen hatten Tränen gefunkelt.

Wenn Romana später an diese Abschiedsstunde dachte, dann sah sie im Geiste immer das schmale, leiddurchfurchte Gesicht des Vaters vor sich. Jeder Zug darin hatte sich ihr eingeprägt für immer. Und auch heute, nachdem schon fast acht Jahre vergangen waren, empfand Romana noch immer dieses sehnsüchtig schmerzliche Bangen für ihren toten Vater.

Wie er gestorben war, hatte man ihr nicht gesagt. Justizrat Harland, der sie einige Tage später in Genf abgeholt hatte, war mit ihr unmittelbar nach Hornklippe gefahren und hatte sie im Haus des Geheimrats Dürkopp untergebracht. Und schon kurze Zeit danach war er wiedergekommen und hatte ihr schonungsvoll mitgeteilt, daß ihr Vater auf einer Reise nach Rußland verunglückt und nicht mehr am Leben sei. Der alte Wladimir habe ihm die Kunde von seinem Tod gebracht, und ihr Vater habe diesem noch aufgetragen, seine geliebte Tochter ein letztes Mal zu grüßen und sie zu bitten, immer genau nach den Weisungen ihres Vormundes zu handeln. Justizrat Harland war Romanas Vormund geworden.

Romanas Schmerz über den Verlust ihres Vaters war unbeschreiblich groß und tief gewesen. Sie wußte, fühlte, daß mit ihrem Vater der letzte Mensch aus ihrem Leben schied, der zu ihr gehörte und der sie so liebte, wie es ihr liebesbedürftiges Herz ersehnte. An ihre Mutter konnte sich Romana nur noch ganz wenig erinnern.

Zuweilen, wenn im Halbschlaf ein Erinnern über sie kam, sah sie eine stolze schöne Frau in glänzenden Gewändern, die sich liebevoll zärtlich über ihr Bettchen beugte und sie »meine süße kleine Romana« nannte. Noch hörte sie in der Erinnerung die liebe weiche Stimme dieser schönen Frau, von der man ihr eines Tages gesagt hatte, sie sei in den Himmel gegangen, zu dem kleinen Brüderchen, das der liebe Gott wieder zu sich genommen habe und das nicht allein sein sollte. So machte sie sich in ihrem kindlichen Verstand damals klar, daß Mütterchen bei dem Brüderchen und Väterchen bei ihr geblieben sei, damit auch sie nicht allein bleiben sollte.

Später einmal, kurz vor ihrem letzten Zusammensein mit dem Vater, hatte dieser zu ihr gesagt, die Mutter sei Romana durch böse, schlechte Menschen genommen worden, und wenn sie einmal groß und verständig sein werde, werde sie alles erfahren.

Und auch ihr Vormund, der Justizrat, sagte ihr immer, wenn sie ihn zuweilen nach diesem und jenem fragte, was ihr unklar erschien und sie quälte: »An deinem fünfundzwanzigsten Geburtstag sollst du alles erfahren, was man dir jetzt aus Fürsorge verschweigen muß. Und solltest du früher heiraten, dann wirst du es schon am Tag deiner Hochzeit wissen. So hat es dein lieber, unvergessener Vater bestimmt.«

Es war auch der Wunsch ihres Vaters gewesen, daß Romana den Namen seines Freundes annahm. Justizrat Harland war Junggeselle und hatte Romana liebgewonnen wie ein eigenes Kind. Gern hatte er ihr seinen Namen vor der Öffentlichkeit gegeben, und da sie ihn

»Onkel Justizrat« nannte, glaubten die Leute, Romana sei die Tochter eines Bruders von ihm. Romana wußte freilich, daß ihr Vater ein Graf Soblikoff gewesen war, aber sie verriet es niemand. Ihr Vater war russischer Aristokrat, ihre Mutter Deutsche gewesen, die der Vater unaussprechlich geliebt hatte und deren frühen Tod er nie hatte verwinden können.

Es machte Romana gar nichts aus, daß sie den Titel einer Gräfin nicht führen konnte, sie legte keinen Wert darauf.

Mit brennendem Interesse verfolgte sie freilich in den Zeitungen alles, was mit Rußland zusammenhing. Aber es war ihr dabei nie, als sei Rußland ihre Heimat, da sie schon seit ihrer Kindheit von Rußland entfernt war.

Ihr Vormund hatte nun auch nach dem Tod ihres Vaters bestimmt, daß sie in dem stillen Fischerdorf bleiben sollte, und so weilte Romana nun schon seit Jahren in dieser abgeschiedenen Einsamkeit im Hause des Geheimrats Dürkopp. Dieser hatte sich die kleine weiße Villa, die allerdings die ansehnlichste und besteingerichtete in Hornklippe war, schon in Friedenszeiten bauen lassen und damals geglaubt, sie sei nur für den Sommeraufenthalt bestimmt. Aber dann war er »abgebaut« worden, hatte auch noch in der Inflation sein Vermögen verloren und war nun froh, daß ihm das kleine Haus geblieben war, in dem er mit seiner Frau seine alten Tage verleben konnte.

Die beiden alten Herrschaften hatten Romana herzlich aufgenommen, als sie von ihrem Vormund, einem Freund des Geheimrats, gebracht worden war, und jetzt, nachdem sie jahrelang ihr Leben teilte, war sie ihnen lieb und teuer geworden. Alles drehte sich um das Pflegetöchterchen. Romana nannte die beiden alten Herrschaften »Papa« und »Mama Dürkopp« und hatte sie ebenfalls in ihr Herz geschlossen. War sie doch froh, wenn sie von dem Liebesreichtum ihres Herzens ein wenig austeilen konnte. Sie fügte sich immer vertrauensvoll ihren Anordnungen, wenn es ihr auch manchmal schwerfiel, sich immer von allem zurückzuhalten, was jungen Menschen Freude macht.

Im ganzen Dorf war Romana wohlbekannt. Man nannte sie »Fräulein Harland« und ahnte nicht, daß dieses lichtblonde, sanfte Wesen eine russische Grafentochter war. Auch die jungen Mädchen, mit denen Romana im Winter verkehren durfte, wußten nicht anders, als daß sie Harland hieß.

Romana hatte eine erstklassige Erziehung genossen, sie beherrschte mehrere Sprachen und musizierte viel. In der Pension hatte sie Malunterricht von einem hervorragenden Lehrer bekommen, da man bei dem Reichtum ihres Vaters mit ihren Erziehungskosten durchaus nicht zu sparen brauchte, und sie vertrieb sich nun manche Stunde mit ihren Malereien, die ein schönes Talent verrieten. Mit dem Geheimrat trieb sie wissenschaftliche Studien, plauderte mit ihm englisch und italienisch und mit seiner Gattin französisch. Mit den Kindern auf dem Dorfe aber »snakte« sie plattdeutsch, als sei sie hier geboren.

Geldsorgen kannte Romana nicht. Sie war sehr schlicht und anspruchslos, obwohl sie wußte, daß sie sich alle Wünsche, die mit Geld zu bezahlen waren, erfüllen konnte. Wenn der Vormund sie immer wieder danach fragte, ob er ihr keinen Wunsch erfüllen könne, dann sagte sie ruhig: »Ich habe alles, was ich brauche.«

Aber später kam sie ihm dann zuweilen mit Anliegen. Da war einmal im Dorf eine Frau, die ihren Mann verloren und für sich und die Kinder keinen Unterhalt hatte. Der kaufte sie eine kleine Kate, wo sie sich durch fleißige Arbeit vorwärtsbringen konnte, und kleidete die Kinder zum Weihnachtsfest neu ein. Das sprach sich natürlich herum, und bald kamen alle zu Romana, die irgendwie von Geldsorgen geplagt waren, und es machte ihr Freude, helfen zu können. So war sie sehr beliebt in Hornklippe, und besonders die Kinder hingen an ihr.

Die einzige Abwechslung im Sommer war der Besuch von Onkel Justizrat. Er verbrachte immer einige Wochen bei ihnen. Für ihn war stets ein freundliches Gaststübchen bereit. Dann unterhielt und stritt sich Romana eifrig über allerlei ernste und gewichtige Tagesfragen mit den beiden alten Herrn. Aber das war natürlich kein vollwertiger Ersatz für Jugendfreuden und Geselligkeit.

Trotzdem freute sich Romana stets sehr auf den Besuch ihres Vormunds, denn mit ihm konnte sie immer wieder über ihren Vater sprechen.

In den letzten Jahren war es zuweilen dem Justizrat angst und bange geworden bei dem Gedanken, daß Romana doch nun in dem Alter sei, wo man ihr Gelegenheit geben müßte, mit jungen Männern zusammenzutreffen. Sie mußte doch Bekanntschaften machen, die es ihr ermöglichten, einen Lebensgefährten zu finden! Hier in Hornklippe war es ganz ausgeschlossen, daß sie mit geeigneten jungen Herren zusammentraf. Aber er hatte von seinem verstorbenen Freund, Romanas Vater, mit dem zusammen er die Universität besucht hatte, strenge Weisung bekommen, Romana soviel wie möglich im Verborgenen zu halten. Er wußte auch sehr wohl, warum sein Freund das so angeordnet hatte und warum es nötig war. Aber daran, daß Romana eines Tages heiraten würde, hatte ihr Vater auch gedacht, hatte damit gerechnet und deshalb zu dem Justizrat gesagt: »Hoffentlich findet sie eines Tages einen Gatten, der ein ganzer Mann ist und sie gegen alles Ungemach schützen kann.«

Justizrat Harland überlegte nun schon lange, wie er es bewerkstelligen konnte, daß Romana in sicherer Hut blieb und doch Bekanntschaften machen konnte, die notwendig waren. Endlich kam ein Zufall zu Hilfe. Ein Freund von ihm, Professor Peter Marks, ein bekannter Kunsthistoriker, war vor einigen Jahren mit seiner Gattin nach Venedig gegangen, um dort Kunststudien zu betreiben. Kürzlich hatte nun der Professor an den Justizrat geschrieben, daß er sich mehr und mehr von seinen Studien gefangennehmen lasse und daß er seine kinderlose Gattin bedauere, weil sie dadurch ein wenig einsam sei.

»Du weißt, meine Annelie ist eine betriebsame Frohnatur und muß Geselligkeit und Umgang haben. Ich kann aber noch lange nicht von Venedig fort. Meine Frau aber fortzuschicken, um allein hierzubleiben, ist ausgeschlossen. Sie würde sich die größten Sorgen machen, was ich in meiner Zerstreutheit wohl für Dummheiten mache, und, offen gesagt, ich glaube, diese Sorge ist nicht unberechtigt! Und – ich kann es ohne meine Annelie auch nicht aushalten, obwohl ihr geringes Kunstverständnis mich oft aus der Fassung bringt, wenn ich ihr etwas erklären will. Aber es ist ganz gut so, daß sie nicht auch noch über dem Kunsteifer ihre praktische Lebensklugheit und ihren frischen Lebensmut verliert.

Sie müßte hier eine junge Gesellschafterin haben. Aber um eine solche Dame anzustellen, für die ich hier immerhin eine ganz beträchtliche Pension zahlen müßte, ganz abgesehen von Gehalt und Reisekosten, reichen meine Einkünfte nicht. So muß ich wohl diesen Plan fallenlassen.«

Als der Justizrat das gelesen, war ihm ein Gedanke gekommen. Nach reiflichem Überlegen hatte er dem Professor auf diese Angelegenheit geantwortet:

»Ich wüßte eine Gesellschafterin für Deine Frau, für die Du keinen Pfennig bezahlen müßtest. Es ist mein Mündel, eine junge Dame von liebenswürdigen Eigenschaften, für die ich gern einen geselligen Anschluß hätte und die ich gern auf einige Zeit in Eure Obhut geben möchte.«

Es waren noch einige Briefe hin und her gewechselt worden, und nun stand es bei Justizrat Harland fest, daß er Romana nach Venedig bringen würde. Sie wußte jedoch nichts davon. Er wollte es ihr selber sagen oder doch nur kurz vor seinem Kommen mitteilen.

Hätte Romana geahnt, was ihr bevorstand, dann hätte sie wohl nicht so traurig auf das lustige Strandleben geblickt, das sich nun drüben in Swinemünde, da sich der Sturm gelegt hatte, wieder entwickelte. Ihre Augen rissen sich endlich los, und sie wandte sich um und schritt langsam, in Gedanken verloren, die Dünen hinunter, dem Wald zu.

Mit großen ernsten Augen vor sich hin sehend, durchschritt sie den Wald, in dem sie jeden Baum kannte, und langte bald im Fischerdorf an. Vor einer der ersten Fischerhütten spielten die Kinder mit einem Gummiball. Lächelnd blieb Romana stehen und sah dem Spiel zu. Als ein kleiner Blondkopf den Ball lachend zu ihr hinüberwarf, fing sie ihn auf und sagte, während sie ihn betrachtete: »Oh, was habt ihr für einen schmutzigen Ball – der ist sehr garstig. Da muß ich doch Fiken Töls gleich sagen, daß sie einen neuen mit aus Swinemünde herüberbringt, wenn sie nachher ihre Räucherfische hinüberträgt.«

Die Kinder jubelten auf.

»Ick wull och een lütten Ball hebben, Frölen Harland!«

»Ick hev och all keen«

Und diesen beiden Kühnen folgten die anderen schnell mit ihren Wünschen. Die Kinder wußten schon, daß »Frölen Harland« immer etwas zu verschenken hatte. Romana zählte lachend die erhobenen Hände. Sechs Kinder bettelten um einen Gummiball. Romana nickte lachend.

»Is god. Ji süllt een nigen Ball hebben«, sagte sie in Hornklipper Mundart.

Und sie ging gleich zu Fiken Töls, um ihr den Auftrag zu erteilen. Die ganze kleine Schar begleitete sie, damit sie ja nicht einen vergaß. Fiken Töls war eine Fischerfrau, die jeden Tag frische Räucherwaren nach Swinemünde hinüberbrachte.

Sie versprach lachend, die sechs Gummibälle mitzubringen, und Romana schärfte ihr ein, möglichst gleich große und bunte Bälle zu kaufen, denn sie kannte ihre Pappenheimer. Kam einer zu kurz, dann gab es Rauferei. Sie gab Fiken Töls Geld und setzte dann ihren Weg fort. Die Kinder begleiteten sie nun nicht weiter, sondern setzten vorläufig ihr Spiel mit dem alten Ball fort. Nun, da die Bestellung der Bälle geschehen war, hielten sie es nicht mehr für nötig, Romana weiter zu folgen.

Überall im Dorf nickten Romana freundliche Gesichter zu. Und hier und da blieb eine der von harter Arbeit gebeugten Gestalten stehen und sah wohlgefällig hinter der graziösen, weißgekleideten Frauengestalt her. Romana wirkte natürlich wie ein Wesen anderer Art zwischen diesem schlichten Fischervolk, aber immerhin waren die Hornklipper alle schon im Sommer drüben in Swinemünde gewesen und an elegante Erscheinungen unter den Badegästen gewöhnt.

Für sie war Romana eben nichts anderes als so ein Badegast. Und da die Badegäste auch ins Dorf guten Verdienst brachten, sah man sie mit wohlgefälligen Augen an. Es war den Hornklipper Einwohnern ein fortwährender Stachel, daß ihr Strand sich nicht für den Badebetrieb eignete, weil eben die wie ein Horn gebogene Klippe sich im Wasser vorlagerte und das Meer gerade hier alle Steine anspülte, die es loswerden wollte. Und da Geheimrats mit ihrem jungen Gast und die wenigen anderen aus der Stadt stammenden Ansiedler für Hornklippe gewissermaßen die Badegäste ersetzen mußten, standen sie schon deshalb in großem Ansehen. Und nun gar Romana, die so oft helfend in die armseligen Verhältnisse der Fischer eingriff, war für sie alle das Mädchen aus der Fremde, das für jeden etwas mitbrachte.

Romana hatte die kleine Villenstraße am Waldrand erreicht und schritt auf Dürkopps Haus zu. Ein sorgfältig gepflegter Obst- und Gemüsegarten umgab das schlichte, schmucke Haus, das wie die anderen einen weißen Anstrich hatte, der in der reinen, klaren Luft keinen Schmutz ansetzte. Den Garten pflegte der Hausherr zusammen mit seinem alten Diener, der mit in das stille Dorf gezogen war, um sich nicht von seiner Herrschaft trennen zu müssen. Bei der gemeinsamen Gartenarbeit pflegten sich die Standesunterschiede zwischen den beiden Männern vollständig zu verwischen, ja, es kam vor, daß der auf dem Land großgewordene Diener seinem Herrn Vorwürfe machte, wenn sich dieser ungeschickt anstellte. Mit heiligem Eifer waren sie beide bei ihrem Werk, und der Diener betrachtete Villa Elisabeth und alles, was dazu gehörte, gewissermaßen auch als sein Eigentum.

Zwischen diesen beiden Männern gab es keine sozialen Fragen zu lösen, sie hatten das auf die einfachste Weise selbst getan, indem jeder für das Gedeihen des kleinen Grundstückes, das ihnen ein friedliches Alter sicherte, sein Bestes tat.

Beide freuten sich über jeden Apfel, den sie ernteten, und über jede Blume.

Außer dem alten Angestellten gab es nur noch ein ganz junges Dienstmädchen in der Villa Elisabeth. Frau Dürkopp tat ebenfalls das ihre, um die soziale Frage zu lösen; sie lernte alle aus der Schule entlassenen Mädchen aus Hornklippe in ihrem Haushalt an, damit sie dann draußen in der Welt eine gute Stellung bekommen und, was den Hornklippen das Wichtigste war, Geld verdienen konnten.

Im übrigen kochte sie selbst – das hatte sie nie anders gehalten und hielt es jetzt für noch viel nötiger. Denn es mußte gespart werden in dem kleinen Haushalt, damit das knappe Einkommen reichte. Und wer mit Liebe kocht, kocht gut. So war ihre Küche sehr gut, trotz der einfachen Gerichte, die auf den Tisch kamen. Das Pensionsgeld, das der Justizrat für Romana bezahlte, sparte Frau Elisabeth für unvorhergesehene Fälle. Dieses Geld war einfach nicht für den Haushalt da und wurde nicht im Haushaltplan zur Aufstellung gebracht, denn man wußte ganz genau, daß Romana eines Tages wieder fortgehen würde. Dann würde die schöne Extraeinnahme wieder aufhören; deshalb wollte man sich nicht daran gewöhnen, daß sie da war.

In dem sonst so friedlichen Leben der alten Herrschaften gab es jetzt nur die eine Sorge, daß sie sich eines Tages wieder von ihrem Pflegetöchterchen würden trennen müssen, an das sie ihre Herzen gehängt hatten. Da sie keine Kinder hatten, war ihnen Romana lieb wie ein eigenes Kind geworden.

Als Romana jetzt durch die Gartenpforte schritt, erschien Frau Geheimrat in der Tür, die über die Veranda in den Garten führte.

Sie war eine stattliche, grauhaarige Dame in der Mitte der Fünfzig, mit einem frischen Gesicht und guten Augen. Lächelnd nickte sie Romana zu.

»Wie war es am Strand, Romana?«

»Gar nicht so wild, wie ich dachte, Mama Dürkopp.

Der Sturm ist abgeflaut, und drüben in Swinemünde kommen die Leute alle wieder an den Strand und bauen ihre zerstörten Burgen wieder auf. Es war sehr lustig anzusehen – schade, daß ich nicht auch dabeisein konnte.«

Die alte Dame zog Romana, die zu ihr emporgestiegen war, in ihre Arme.

»Tut das Herzchen wieder einmal weh bei dem Gedanken, daß du nicht da hinüber darfst?«

»Das Herz nicht, Mama Dürkopp, aber mehr und mehr quält es mich doch, daß ich nicht über die Hornklippe hinausgehen soll, sobald drüben die ersten Badegäste erscheinen.«

»Habe nur noch eine Weile Geduld, liebes Kind. Einmal wird das alles hinter dir liegen – wie hinter uns –, nur, daß wir dann die Leidtragenden sind, wenn du nicht mehr bei uns sein wirst.«

Romana umarmte die alte Dame und küßte sie auf die Wange.

»Siehst du, schlecht bin ich, Mama Dürkopp, daß ich gar nicht an euch denke, wenn ich mich von Hornklippe fortsehne. Zanke mich aus!«

»Nein, mein liebes Kind, das werde ich nicht tun. Ich kann dich ja so gut verstehen: Jugend gehört zu Jugend, und hier bist du nur immer mit uns alten Leuten zusammen. Und wenn Onkel Justizrat kommt, dann ist das auch nicht anders. Er ist ja auch nur ein alter Herr.«

Ein schelmisches Lächeln flog über Romanas Gesicht.

»Schilt mir die alten Herrn nicht, es sind meine interessantesten Gesellschafter. Mit ihnen kann ich mich wenigstens über alle bedeutenden Fragen unterhalten. Das kann man von den wenigen jungen Mädchen drüben in Swinemünde nicht gerade behaupten.«

Liebevoll strich die alte Dame Romanas lichtblondes Haar aus der Stirn, das im Verein mit den großen goldbraunen Augen und dem schönen, nur leicht von Wind und Sonne gebräunten Teint sehr reizvoll wirkte.

»Bist ja noch nie mit einem jungen Herrn, der dir geistig ebenbürtig wäre, zusammengekommen, Kind. Aber hoffentlich kommen auch für dich noch schöne Tage, wo du dann nur noch mitleidig an das stille Hornklippe und seine Bewohner zurückdenken wirst.«

Romana streichelte ihre Hand.

»Mußt mich nicht für undankbar halten! Was auch kommt, immer werde ich gerne an euch zurückdenken. Weiß ich doch, wie gut ihr es mit mir meint. Höre nur nicht darauf, wenn ich mal ungeduldig werde! Aber – wo steckt denn Papa Dürkopp? Ich gestehe, daß ich einen Bärenhunger habe und mit Freuden merke, daß es Essenszeit ist.«

»Er macht eben Toilette für die Mittagstafel.«

»Ei, das klingt ja ganz großartig!«

Die alte Dame lachte.

»Es war nötig, Romana. Er hat doch den ganzen Morgen mit Friedrich im Garten gearbeitet, und du weißt doch, wie lange es dann dauert, bis er sich wieder in Ordnung gebracht hat.«

»Und ich Faulpelz lasse euch all die schwere Arbeit tun und begnüge mich damit, alles aufzuessen, was du kochst und was Papa Dürkopp, von Friedrich unterstützt, im Garten zieht.«

»Schilt dich nur nicht einen Faulpelz, Kind, du füllst

doch deine Tage auch mit Arbeit und machst dich auf andere Weise nützlich.«

»Oh, da bin ich begierig zu hören, womit ich mich nützlich mache!«

»Damit, daß du anderen Menschen Freude machst.«

»Womit mache ich denn anderen Menschen Freude?«

»Nun, durch deinen Gesang, durch deine Malerei, durch dein Eingehen auf die Wünsche deiner alten Pflegeeltern, durch dein zärtliches Anschmiegen – überhaupt dadurch, daß du da bist.«

»Das ist so wenig. Ich möchte gern mehr tun und Besseres.«

»Aber, mein liebes Kind, du bist doch kaum erst mit deiner Ausbildung fertig, studierst noch jetzt so fleißig, daß ich mir manchmal denke, daß gar nicht alles in dein Köpfchen hineingehen kann. Schon deine Sprachstudien, was haben die für Zeit gekostet! Welches junge Mädchen in deinem Alter kann sich rühmen, perfekt deutsch, russisch, italienisch, englisch und französisch zu sprechen?«

»Aber, liebe Mama Dürkopp, Deutsch lehrte mich meine Mutter vom ersten Atemzug an, Russisch mein Vater, Französisch lernte ich in Genf ebenso mühelos, nur Englisch und Italienisch lernte ich mit etwas mehr Mühe, aber doch ohne sonderliche Anstrengung. Und was ich sonst tue, das geschieht doch alles nur zur Unterhaltung, zum Zeitvertreib! Das ist doch keine ernste Pflicht.«

Liebevoll strich die alte Dame wieder über Romanas Haar.

»Wirst auch noch ernste Pflichten bekommen, Kind!

Und jetzt komm zum Essen, ich höre den Papa die Treppe herunterkommen, und da ist auch schon Friedrich mit der Suppe.«

Der alte Diener hatte den Arbeitsrock, den er bei der Gartenarbeit trug, mit einer sauberen Leinenjacke aus weiß und blau gestreiftem Stoff vertauscht und war nun wieder ganz der alte gut geschulte Diener, der genau wußte, wie er sich zu benehmen hatte.

Man plauderte angeregt über allerlei Tagesfragen. Ein Stoß Zeitungen war gekommen – mit diesen liebäugelte der Geheimrat schon. Nach Tisch pflegte er sich in das Lesen zu versenken, um danach ein sanftes Schläfchen zu machen. Wie er seinen Damen so gegenübersaß, war er ganz ein Kavalier der alten Schule.

2

Es war eine Woche später. Romana hatte wie so oft die Zeit der Nachmittagsruhe ihrer Pflegeeltern dazu benutzt, ihr Lieblingsplätzchen im Wald aufzusuchen. Dort hatte sie sich eine Bank und einen Tisch aufstellen lassen. Mit ihrer Hängematte begab sie sich dorthin, während ihr der alte Friedrich mit ihrer Staffelei und einigen Büchern folgte.

Über den Tisch wurde schnell eine hübsche bunte Decke gebreitet, darauf wurden die Bücher gelegt, in denen Romana lesen wollte. Friedrich machte die Hängematte zwischen den großen Buchen fest, die diesen Platz wie ein grüner Dom überschatteten, stellte die Staffelei neben dem Tisch auf und fragte Romana, ob sie noch Befehle habe. Lächelnd schüttelte sie den Kopf.

»Nein, Friedrich. Ich bitte Sie nur, mich zur Teestunde wieder abzuholen, weil ich nicht alles allein tragen kann.«

»Ich werde pünktlich um halb fünf Uhr hier sein, gnädiges Fräulein«, erwiderte der Diener und ging. Romana setzte sich auf die Bank und schlug eines der Bücher auf. Auf der ersten Seite lag ein Brief, den sie aufnahm und entfaltete. Sie hatte ihn heute morgen mit der Post bekommen und war durch ihn in freudige Aufregung versetzt worden. Nun las sie ihn noch einmal durch. Er lautete:

Meine liebe Romana!

Dein alter Onkel Justizrat kommt also Ende August nach Hornklippe; früher wird es nicht möglich sein. Sage bitte der lieben Mama Dürkopp, daß ich vierzehn Tage in ihrem Hause bleiben möchte. Länger geht es diesmal nicht, denn ich habe mir gesagt, daß es endlich einmal Zeit wird für Dich, ein wenig mehr von der Welt zu sehen als das kleine Fischerdorf. Dein Vater, wäre er noch am Leben, würde selbst die Notwendigkeit einsehen, daß Du ein wenig unter die Leute kommst. Du bist nun in dem Alter, wo es notwendig wird, daß Du einen Deiner Bildung angemessenen geselligen Verkehr findest. Es ist selbstverständlich, mein liebes Kind, daß wir auch jetzt noch die größte Vorsicht walten lassen werden, denn die Gefahren, die Dich bedrohen, sind noch nicht vorüber, und wir müssen alles tun, was möglich ist, um Dich vor Deinen Feinden zu verbergen. Ich betrachte es aber auch als eine Gefahr, Dich noch länger von jedem Umgang mit gleichaltrigen Gefährten abzuschließen. Kurzum, Du sollst Hornklippe verlassen, mit mir eine hübsche Reise machen, und dann bringe ich Dich in das Haus eines meiner Freunde, dessen liebenswürdige, frohsinnige Gattin Dich so herzlich aufnehmen wird, wie Mama Dürkopp es getan hat, und die Dich in einen geselligen Kreis einführen wird, wie er Dir zukommt. Du wirst aber auch dort als Romana Harland auftreten müssen.

Bereite also Mama und Papa Dürkopp auf die bevorstehende Trennung vor. Sie haben noch einige Wochen, um sich an den Gedanken zu gewöhnen, denn leicht wird es ihnen nicht werden, Dich fortzulassen. Auch Dich wird es etwas Herzweh kosten, Deine liebevollen Pflegeeltern verlassen zu müssen. Aber Du bist jung und wirst das bald verschmerzen, wenn Du die Freuden der Jugend genießen kannst.

Alles andere besprechen wir, wenn ich nach Hornklippe komme. Ich freue mich sehr auf das Wiedersehen und sende Dir herzliche Grüße.

Dein alter Onkel Justizrat

Romana faltete den Brief zusammen und sah mit großen, verträumten Augen in die grünen Baumwipfel hinauf. Seit sie diesen Brief erhalten hatte, war sie in einer freudig unruhigen Stimmung und kam sich sehr undankbar vor, als sie merkte, wie Mama Dürkopp mit den Tränen kämpfte und wie Papa Dürkopp seine Pfeife ausgehen ließ, was sonst nur geschah, wenn er krank war.

Romana hatte die beiden alten Herrschaften liebreich getröstet.

»Ich komme doch wieder, wir sehen uns wieder. Gönnt mir doch diesen Ausflug in die Welt!« hatte sie gesagt.

Da hatten sich die beiden alten Leute gefaßt und mit ihr Pläne gemacht für die Zukunft. Aber daß Romana je nach Hornklippe zurückkehren würde, glaubten sie nicht. Wußten sie doch durch einen gleichzeitig eingetroffenen Brief des Justizrats an sie, was er mit Romana vorhatte. Sie sollten nur noch nicht mit Romana darüber sprechen.

Als Romana nun die Pflegeeltern scheinbar getröstet sah, kam ihre Freude mehr und mehr zum Durchbruch. Sie sollte hinaus in das Leben, nach dem sie sich immer so sehr gesehnt hatte. Sie sollte sich draußen in der Welt frei bewegen dürfen wie andere Menschen.

Und nun, da sie hier in ihrem geliebten Waldwinkel allein war, hätte sie vor Freude singen und tanzen mögen. Aber obwohl sie sich hier ganz ungestört wußte – kam doch nie ein fremder Mensch hier vorüber –, summte sie nur still ein Liedchen vor sich hin und setzte sich an ihre Staffelei. Ein fast fertiges Ölgemälde stand darauf. Es zeigte Romanas Lieblingsplätzchen, und auf der Bank vor dem Tisch saßen zwei kleine Mädchen, die, vom Beerensuchen heimkommend, eines Tages an Romanas Lieblingsplatz vorbeigekommen und zutraulich bei ihr sitzen geblieben waren. Da hatte Romana den Plan gefaßt, die beiden Kinder auf der Bank vor dem Tisch zu malen, mit der ganzen Umgebung und mit ihren gefüllten Beerenkrügchen. Jeden Nachmittag brav zu kommen, hatten sie versprechen müssen und es auch gern getan, zumal ihnen Romana eine große Zuckertüte versprochen hatte. Aber die übermütige Ungeduld war den beiden kleinen Mädel dabei nur so aus den Augen gesprungen, und das hatte Romana in ihrem Bilde wunderbar wiedergegeben. Es war ein ganz entzückendes Bildchen geworden. Romana hatte nur noch einige Lichter aufzusetzen, dann war es fertig.

Sie machte sich sogleich an die Arbeit, die ihr flink von der Hand ging.

Es war ein köstlicher Waldwinkel, den sie sich zu ihrem Lieblingsplatz erkoren hatte. Er lag nur etwa zehn Minuten von dem Anwesen Dürkopp entfernt, und sie fühlte sich hier so sicher und wohlgeborgen, daß sie sich ganz zu Hause fühlte.

Nachdem sie ihr Bild vollendet und es noch einmal kritisch prüfend betrachtet hatte, packte sie ihren Malkasten ein, legte ein großes Kissen in die Hängematte und schwang sich, immer leise vor sich hin summend, hinein. Das Kissen drückte sie unter den Kopf und blinzelte behaglich zu dem grünen Blätterdom empor.

Es war sehr heiß, und die ungewohnte Freude hatte Romana müde gemacht. Ganz gegen ihre Gewohnheit schlief sie, als sie eine Weile ruhig vor sich hin geblickt hatte, ein.

Wie lange sie so geschlafen hatte, wußte sie nicht, als sie plötzlich, wie einem hypnotischen Zwange gehorchend, erwachte.

Erschrocken sah sie in zwei helleuchtende graue Männeraugen hinein, die aus einem gebräunten Gesicht bewundernd in die ihren blickten, so sehr bewundernd, daß Romana das Blut in die Wangen jagte und sie mit einem Satz aus der Hängematte heraus war.

Und jetzt erblickte sie hinter dem hochgewachsenen Mann eine zweite Männergestalt, die vor ihrem Bild stand und es mit Vergnügen betrachtete. Während der junge Herr, den sie zuerst erblickt hatte, stumm mit einer Verbeugung zurückwich, wandte sich der vor dem Bild stehende jetzt lachend zu Romana.

»Verzeihen Sie, Gnädigste, daß wir Ihren Schlummer gestört haben. Wir berieten soeben, ob wir Sie wecken oder uns noch länger an dem reizenden Bildchen, dessen Malerin Sie vermutlich sind, erfreuen sollten. Da Sie nun, ehe wir einen Entschluß fassen konnten, ohne unser Dazutun aufgewacht sind, dürfen wir Sie wohl bitten, uns zu sagen, wo es nach Swinemünde geht. Wir haben uns im Wald verirrt, und da wir das Meer hier nicht sehen, wissen wir nicht, in welche Richtung wir gehen müssen.«

Romana hatte sich schnell ermuntert und suchte sich zu fassen. Sie, die so gar nicht gewöhnt war, mit Fremden zu sprechen, wußte vor Befangenheit kaum, was sie sagen sollte, zumal ihr die grauen Männeraugen noch immer in stummer Bewunderung zugewandt waren.

Die beiden Herren trugen den üblichen Strandanzug: helle Beinkleider und seidene Hemden. Über die Schulter gehängt trugen sie einen Pullover, den sie wohl der Hitze wegen abgelegt hatten. Eine Kopfbedeckung trugen sie beide nicht, und so konnte Romana sehen, daß der mit den grauen Augen dunkelbraunes Haar hatte, der andere aber ganz lichtblondes Haar und blaue Augen. Daß sie trotz des anspruchslosen Anzuges sehr elegant und vornehm aussahen und sicher Badegäste aus Swinemünde waren, erkannte Romana sogleich. Durch ihr Fernglas hatte sie viele Herren dieser Art am Strand von Swinemünde beobachtet.

Obwohl Romana strenge Weisung hatte, sich nie in ein Gespräch mit Fremden einzulassen, sagte sie sich, daß es ungezogen und unfreundlich aussehen würde, wenn sie keine Auskunft gab. Und sie wollte weder das eine noch das andere in den Augen dieser beiden Herren sein, zumal nicht in den grauen Männeraugen.

»Der kürzeste Weg nach Swinemünde führt hier geradeaus zum Strand. Wenn Sie sich immer links halten, werden Sie in einer knappen halben Stunde an der Hornklippe sein und dann Swinemünde liegen sehen«, sagte sie mit ihrer reinen, etwas akzentuierten Aussprache. Sie deutete dabei die Richtung an, die die Herren einschlagen mußten.

Diese verneigten sich, artig dankend, und der Blonde mit den blauen Augen fragte noch:

»Haben Sie das reizende Bildchen gemalt. Gnädigste?«

Romana neigte nur stumm errötend das Haupt.

Die Herren spürten, daß sie nun gehen mußten, und nur, um noch ein wenig verweilen zu können, fragte der Grauäugige:

»Verzeihen Sie eine Frage, mein gnädiges Fräulein. Ist dies Bild verkäuflich?«

Dunkle Röte schoß in Romanas Gesicht. Fast hilflos sah sie ihn an und sagte dann leise:

»Nein – es – es ist bereits bestellt.«

Sie sagte damit nicht die Unwahrheit, denn Mama Dürkopp hatte das Bild bereits mit Beschlag belegt. Der Grauäugige verneigte sich.

»Dann verzeihen Sie meine Frage. Verzeihen Sie auch, daß wir Sie durch unser Anschauen in Ihrem Schlummer gestört haben. Wir meinten, die Waldfee in höchsteigener Person habe sich hier zur Ruhe niedergelassen.«

Etwas Seltsames stieg in Romanas Herz auf. Je länger sie in die grauen Augen sah, desto bestimmter fühlte sie, daß ihr von diesem Menschen keine Gefahr drohte. Und auch der andere sah durchaus nicht aus, als könne er etwas Böses im Schilde führen.

Und hatte der Vormund heute in seinem Brief nicht selbst geschrieben, daß sie nun endlich hinaus unter Menschen müsse? Diese beiden Herren sahen so vertrauenerweckend aus, daß sie gar zu gern noch ein wenig mit ihnen geplaudert hätte, und so sagte sie leise und befangen, nachdem sie nach ihrer Armbanduhr gesehen hatte:

»Es ist mir sehr lieb, daß ich geweckt worden bin. Ganz ungewohnt hat mich der Schlummer überfallen.«

»Es liegt ein Gewitter in der Luft, mein gnädiges Fräulein, das hat Sie müde gemacht.«

Das sagte der Grauäugige, nachdem sich sein Begleiter schon nach einer dankenden Verbeugung auf den Weg gemacht hatte. Romana betrachtete nun das Gespräch als beendet und machte sich, um ihre Verlegenheit zu bemänteln, daran, ihre Hängematte von dem Baum zu lösen. Da trat der Grauäugige rasch neben sie.

»Gestatten Sie, daß ich Ihnen behilflich bin«, sagte er ruhig und bestimmt.

Romanas Hände zuckten zurück, als sie zufällig bei seinem Bemühen seine Hand leicht berührte.

»Bemühen Sie sich nicht, ich kann das selber tun«, stieß sie hastig hervor.

Inzwischen war auch der Blonde wieder stehengeblieben und sprang an das andere Ende der Hängematte, um auch das zu lösen. Er wickelte sie zusammen und wollte sie Romana mit einer Verbeugung überreichen, aber der Grauäugige faßte schnell zu und fragte, Romana mit einem bittenden Blick ansehend:

»Dürfen wir sie Ihnen nicht nach Hause tragen? Sie haben noch so viel zu tragen. Gestatten Sie mir, uns vorzustellen.«

Und er nannte seinen und seines Begleiters Namen.

Jetzt richtete sich Romana kurz auf und sagte:

»Ich danke – die Sachen werden abgeholt.«

Damit wandte sie sich ruhig von den beiden Fremden ab, setzte sich nieder und vertiefte sich in ein Buch. So gern sie noch ein wenig mit den beiden Herren geplaudert hätte, so wußte sie doch, daß es nicht sein durfte. Und ihren Namen wollte sie nicht nennen.

Der Blonde zog seinen Begleiter am Arm.

»Komm, Gunter, mich verlangt nach einem Imbiß. Und wenn wir bis zur Hornklippe noch eine halbe Stunde haben, dann haben wir bis nach Swinemünde noch anderthalb Stunden.«

Doktor Gunter Valberg, der Grauäugige, seufzte tief auf, warf noch einen Blick auf Romana, die keinerlei

Notiz mehr von ihnen nahm, und folgte dem Freund. Dieser lachte.

»Warum seufzest du denn so abgrundtief, Gunter?«

»Habe ich geseufzt?«

»Sehr tief! Hat die Waldfee einen so tiefen Eindruck auf dich gemacht? Das wäre doch ganz außergewöhnlich.«

»Trotz der Spottlust, die dir aus den Augen lacht, mein lieber Bernd, ja, ich fand, daß es ein wundervolles Bild war.«

»Ja doch, ganz nett gemalt, soviel ich davon verstehe, aber deshalb braucht man doch nicht zu seufzen.«

»Ich meine nicht das Bild auf der Staffelei, sondern das Bild, das die reizende Schläferin selbst bot. So muß Dornröschen ausgesehen haben, als der Prinz sie fand!«

Bernd von Altdorf sah den Freund verdutzt von der Seite an.

»So poetisch, Gunter? Möchtest du etwa der Prinz sein, der dieses Dornröschen wachküssen darf?«

»Du mußt doch zugeben, Bernd, daß sie entzückend aussah, als sie schlafend dalag. Wie ein unberührtes, friedlich schlafendes Kind sah sie aus und war dann doch so ganz stolze Dame. Als sie die Augen aufschlug, war ich ganz benommen von so viel Schönheit. Hast du jemals so schöne Augen gesehen?«

Bernd lachte.

»Ach Gunter, daß du einmal so schwärmerisch von einer Frau sprechen würdest, hätte ich auch nicht für möglich gehalten. Wenn ich das tun würde, wäre es kein Wunder, denn ich fange schnell Feuer. Du aber bist immer so wählerisch in bezug auf Frauen und hast selten einen Blick für eine übrig.«

»Hier konnte man doch nur restlos bewundern. Ich habe jedenfalls noch nie eine reizvollere Frau gesehen als dieses schöne Mädchen.«

»Woraus schließest du, daß es ein Mädchen war? Es kann doch auch eine Frau gewesen sein!«

»Ausgeschlossen – sie hatte einen so kindlichen, unberührten Zug im Gesicht – das ist keine Frau! Aber ein wundervolles Geschöpf war sie – schön, wie ein Traum.«

»Himmel, nun hör auf, Gunter!«

Gunter Valberg wandte sich mit ernstem Gesicht dem Freund zu.

»Du weißt, Bernd, daß so etwas nicht spielerisch bei mir ist, mir ist sehr ernsthaft zumute.«

»So tief war der Eindruck, den sie auf dich machte?«

»Es hat noch nie eine Frau auf mich gleich auf den ersten Blick einen so tiefen Eindruck gemacht. Auf dich also nicht, Bernd?«

Bernd sprang gewandt über eine Baumwurzel, strich sich über seinen lichtblonden Haarschopf, der sich beim Umherstreifen im Wald aus dem sonst so peinlich ordentlich gehaltenen Scheitel gelockert hatte, und sagte nachdenklich:

»Das war sonderbar, Gunter, solange die Dame schlief, fand ich sie auch sehr reizend, aber als sie dann erwacht war und dich mit ihren Augen so groß ansah, da ...«

»Da?« drängte Gunter Valberg.

Bernd schüttelte nachdenklich den Kopf.

»Da mußte ich so intensiv darüber nachdenken, an wen mich die junge Dame erinnerte. Wenn ich nur wüßte, wo ich dieses Gesicht schon einmal gesehen habe – ich muß noch immer darüber nachgrübeln.«

»So ein Gesicht kann es doch nur einmal auf der Welt geben«, sagte Gunter Valberg mit einem seltsamen Klang in der Stimme.

Bernd von Altdorf sah ihn von der Seite an.

»So kenne ich dich gar nicht, Gunter.«

Dieser warf den Kopf zurück.

»Hast recht, ich verliere mich in Torheiten! Es ist vielleicht sehr gut, daß unsere Begegnung nur flüchtig war – man muß sich nicht mutwillig in Gefahr begeben. Aber reizend war sie – ganz reizend, wie sie so vor mir stand und hilflos war, weil sie uns nicht ohne Auskunft lassen und doch ihre stolze Unnahbarkeit betonen wollte. Schade ist es doch, sehr schade, daß sie nicht hinüber nach Swinemünde zu gehören scheint.«

»Aber jedenfalls weilt sie auch irgendwo zur Sommerfrische, denn bodenständig ist sie hier sicher nicht. Damen gehören hier nicht zu den Eingeborenen. Vielleicht wohnt sie in dem kleinen Fischerdorf, oder vielleicht gehört sie auf eines der Güter in der Nähe.«

»Nein, nein – sie wird im Dorf wohnen – scheinbar ist sie Malerin.«

»Und als solche wird sie sich niederlassen, wo sie malerische Motive findet. Sie schien aber nicht sehr darauf aus zu sein, ihre Bilder an den Mann zu bringen, sonst hätte sie auf deine Anfrage nicht so kurz und ablehnend geantwortet.«

»Es war vielleicht ein wenig taktlos und zudringlich von mir, und sie wollte mich zurechtweisen.«

Die beiden waren rüstig in der angegebenen Richtung

davongeschritten. Nach einer knappen halben Stunde standen sie auf der Düne in der Nähe der Hornklippe. Von hier aus sahen sie Swinemünde liegen, und nun wanderten sie weiter auf dem feuchten, festgespülten Strand.

Als sie ungefähr die Hälfte des Strandweges zurückgelegt hatten, wandte sich Gunter Valberg, von dem vorausschreitenden Freund unbemerkt, noch einmal um, als suche er nach der verschwundenen Waldfee. Er zuckte plötzlich zusammen, denn oben auf der Düne, dicht über der Hornklippe, stand eine schlanke, weißgekleidete Frauengestalt. Die Sonne ließ ihr lichtblondes Haar aufglänzen. Gunter blieb stehen. Sein Herz schlug laut und stark. Er wußte, das war dieselbe junge Dame, die er vorhin im Wald in der Hängematte gesehen hatte. Sie hielt die Hand über die Augen und blickte ihnen nach, vielleicht nur, um sich zu überzeugen, daß die beiden Fremden den Weg gefunden hatten. Unwillkürlich winkte er mit der Hand einen Gruß zu ihr zurück – und hatte dabei das Gefühl, als müsse er zu ihr zurücklaufen und sie anflehen: Verschwinde nicht aus meinem Leben!

Hatte Romana seinen Gruß bemerkt? Er sah jedenfalls, daß sie sich sofort umwandte und wie gejagt die Düne hinabeilte.

Ja, Romana hatte den Gruß des Fremden bemerkt! Sie hatte sich nicht versagen können, ihnen von der Düne aus noch einen Blick nachzuwerfen. Vor allem dem Schlanken mit den grauen Augen.

Sie wußte nicht, was für ein rätselhaftes Gefühl es war, aber sie war traurig, als er gegangen war, und es trieb sie auf die Düne, um ihn wenigstens noch einmal von weitem zu sehen. Und sie wußte auch, daß er es war, der einen Gruß zu ihr zurückwinkte, denn der andere, der vorausging, hatte helles, blondes Haar, das sie auch auf diese Entfernung erkennen konnte. Und der Schreck, der sie befiel, als sie seinen Gruß bemerkte, trieb sie in die Flucht, ahnungslos, daß sie gerade durch diese Flucht bewies, daß sie seinen Gruß bemerkt hatte.

Mit klopfendem Herzen eilte sie zur Villa Elisabeth zurück, wohin Friedrich schon ihre Sachen getragen hatte.

Sie überreichte Mama Dürkopp das fertige Bildchen, wofür diese ihr überschwenglich dankte. Erst als sie mit den beiden alten Herrschaften beim Tee saß, erzählte sie dann, scheinbar ganz unbefangen, daß sie zwei jungen Herren aus Swinemünde den Weg hatte zeigen müssen, weil sie sich im Wald verirrt hatten. Der Geheimrat und seine Gattin sahen sich erschrocken an.

»Was waren das für Herren, Romana, beschreibe sie uns.«

Romana dachte nach und sagte dann:

»Es waren zwei elegante Badegäste aus Swinemünde. Der eine war hellblond und hatte blaue, lustige Augen, der andere aber hatte dunkles Haar und graue Augen.«

»Wie alt waren die Herren, Kind?«

»Vielleicht Anfang der Dreißig.«

»Und sprachen sie geläufig deutsch?«

Verwundert sah Romana ihren Pflegevater bei dieser Frage an.

»Gewiß, ein ganz reines Deutsch, wie es nur gebildete Deutsche sprechen.«

Da atmeten die alten Herrschaften erleichtert auf,

schärften aber Romana nochmals ein, daß sie vorsichtig sein müsse und lieber gleich das Haus aufsuchen solle, falls ihr wieder einmal ein Fremder begegnen sollte. Das versprach Romana auch. Aber sie dachte bei sich, daß sie unbesorgt sein könne, wenn sie diesen Herren wieder einmal begegnete, was ja leider nicht der Fall sein würde. Wie sollte ihr auch Gefahr drohen von Menschen, die einen so vertrauenerweckenden Eindruck auf sie gemacht hatten?

Sie mußte sehr, sehr viel an den jungen Mann mit den grauen Augen denken. Der andere erschien ihr nicht so wichtig, wenn ihr seine lustigen Augen auch sehr gefallen hatten. Ob sie ihn wohl jemals wiedersehen würde?

Am nächsten Tag gingen die beiden Freunde gemeinsam baden. Sie wohnten beide in einer Pension am Strand. In derselben Pension wohnte seit einigen Tagen auch eine sehr schicke und interessante Dame, die sich ebenfalls auf dem Weg zum Bad befand und dabei fleißig mit Bernd kokettierte. Diese unleugbar reizende junge Dame hatte sich als Witwe ausgegeben und fand daher sehr viele Verehrer. Anscheinend begünstigte sie aber Bernd von Altdorf, vielleicht wegen seiner lustigen Augen, vielleicht aber auch, weil er mit seinem Freund das eleganteste Zimmer in der Pension bewohnte und scheinbar sehr viel Geld hatte.

Bernd von Altdorf ging niemals einem amüsanten Flirt aus dem Weg und kokettierte fleißig mit ihr. Obwohl er sich angeregt mit Gunter unterhielt, fand er reichlich Gelegenheit, mit der jungen Witwe immer wieder Blicke zu wechseln.

Gunter Valberg bemerkte das sehr wohl. Er kannte den Freund und ließ ihn gewähren. Keine Miene von ihm verriet, daß er das kokette Spiel zwischen den beiden bemerkte.

Während man badete, gelang es Bernd, seinem Freund zu entschlüpfen und sich der jungen Frau, die einen entzückenden Badeanzug trug, zu nähern. Gunter lächelte verstohlen und schwamm weit hinaus ins Meer. Als er wieder zurückkam, seinen nassen Badeanzug abgelegt hatte und in den Bademantel geschlüpft war, legte er sich in den warmen Sand zu einem Sonnenbad nieder und rauchte eine Zigarette.

Während er nun mit geschlossenen Augen behaglich dalag, dachte er an seine gestrige Begegnung mit der jungen Dame im Wald. Der Eindruck, den Romana auf ihn gemacht hatte, war nicht verwischt worden – im Gegenteil, er hatte sich noch vertieft. Eine innere Unruhe hatte sich seiner bemächtigt, und er war sich schon jetzt klar darüber, daß er versuchen müßte, sie wiederzusehen.

So kam es ihm sehr gelegen, daß Bernd, der sich nach einer Weile wieder zu ihm gesellte, lachend sagte:

»Lieber Gunter, du wirst den heutigen Nachmittag ohne mich verbringen müssen, ich habe mich mit der reizenden jungen Frau zu einem Ausflug verabredet. Hoffentlich zürnst du mir nicht, wenn ich dich deinem Schicksal überlasse.«

Gunter wandte sich dem Freund zu und sagte gutmütig:

»Ich zürne dir nicht, Bernd, wenn du mir versprichst, dir von ›Madame‹ nicht allzu feste Fesseln überstreifen zu lassen.«

»Warum betonst du das ›Madame‹ so stark?«

»Weil ich ein wenig daran zweifle, daß sie jemals verheiratet gewesen ist. Sieh dich vor – sie scheint etwas mit dir vorzuhaben.«

»Keine Sorge, du weißt doch, daß ich ein Schmetterling bin.«

»Auch Schmetterlinge können in ein Netz fliegen. Und deine junge Witwe scheint darauf aus zu sein, einen guten Fang zu tun.«

»Daran zweifle ich nicht – sie hält mich nämlich für sehr reich, weil man weiß, daß du reich bist. Sie läßt sich durch dein Auftreten bestechen und ahnt nicht, daß ich neben dir nur ein bescheidenes Zimmerchen bewohne. Sollte sie zu sehr aufs Ganze gehen, dann brauche ich ihr nur zu verraten, daß ich ein armer Schlucker bin. Vorläufig sonne ich mich noch ein wenig im Glanze deines Reichtums – das gibt mir den rechten Hintergrund, verstehst du?«

»Du bist ein Spaßvogel, Bernd. Im übrigen brauchst du nur bei solchen Weibern, wie dieser Witwe, so einen Hintergrund. Andernfalls kommt ein tüchtiger Kerl, wie du bist, auch ohne diesen Nimbus aus.«

Bernd lachte vergnügt.

»Ach, weißt du, mein lieber Gunter, ich hätte bei all meiner von dir und deinem Vater so liebenswürdig anerkannten Tätigkeit durchaus nichts dagegen, wenn mir so eine nette runde Million Ansehen geben würde.«

»Muß es gleich eine Million sein?« fragte Gunter scherzend.

»Vielleicht mache ich es auch billiger! Aber heute werde ich ›Madame‹ ganz als Millionär unter die Augen treten und mich von ihr entsprechend anbeten lassen.«

»Nun, ich bin beruhigt, du scheinst es wirklich nur auf ein kleines Abenteuer abgesehen zu haben.«

»Aber Gunter, zweifelst du daran? Nun sage mir, was wirst du am Nachmittag anfangen, wenn ich dich so schnöde verlassen habe?«

Gunter gestand nicht einmal sich selber ein, daß er das schon ganz genau wußte. Er zuckte gleichmütig die Achseln.

»Das wird sich finden! Vielleicht segle ich ein Stück hinaus. Irgendwie werde ich mir die Zeit schon vertreiben. Du brauchst dein zartes Gewissen meinetwegen nicht zu belasten!«

Bernd glaubte an diese Gleichmütigkeit, denn er hatte das kleine Erlebnis gestern im Wald längst über seinem leichtherzigen Flirt vergessen. Es fiel ihm gar nicht ein, anzunehmen, daß sein immer so vernünftiger Freund Gunter planen könnte, heute schon wieder den weiten Weg bis nach Hornklippe zurückzulegen.

Die beiden Freunde blieben noch eine Weile im Sand liegen, dann zogen sie sich gemächlich an und schlenderten zur Pension zurück.

Hier fanden sie Post vor. Bernd hatte einen Brief von seiner Mutter und Gunter einen von seinem Vater, sowie geschäftliche Berichte. Sie vertieften sich, auf der Loggia zu Gunters Zimmer sitzend, in die Briefe.

Doktor Gunter Valberg war der einzige Sohn und Erbe von Georg Valberg, dem Besitzer großer Maschinenwerke.

Er hatte mit Bernd zusammen die Hochschule besucht. Sie hatten sich angefreundet, obwohl oder gerade, weil sie beide so ganz verschiedene Menschen waren. Bernd war immer ein wenig zu leicht-, Gunter zu schwerblütig und ernsthaft.

Beide glichen sich gut aus. Gleichzeitig hatten sie ihren Diplomingenieur und ihren Doktor gemacht. Während Gunter danach in den Betrieb seines Vaters als Teilhaber eintrat, bekam Bernd von Altdorf durch Gunters Vermittlung in den Valberg-Werken eine weit günstigere Stellung, als sie sich wohl für den jungen Ingenieur sonst gefunden hätte. Allerdings war Bernd trotz seiner sonstigen Leichtherzigkeit ein sehr begabter und tüchtiger Mensch, und Gunter brauchte es nicht zu bereuen, ihn gefördert zu haben. Bernd war ihm jedenfalls sehr dankbar dafür, denn sein Vater hatte nur mit Mühe sein immerhin kostspieliges Studium durchhalten können, weil er sein Vermögen in der Inflation verloren hatte. So war auch er Gunter sehr dankbar, daß er seinem Sohn eine sehr gute Stellung verschaffte. Für Bernds Mutter aber war Gunter der erklärte Liebling. So, wie Bernd im Hause von Gunters Vater verkehrte, weilte Gunter gern und oft bei Familie Altdorf. Seine Mutter hatte er schon sehr früh verloren. Dem Haushalt des Vaters stand eine Hausdame vor, die wohl mustergültig den Haushalt führte und eine glänzende Repräsentantin war, aber doch für Vater und Sohn nicht das Behagen schaffen konnte, wie es zuvor Gunters Mutter und wie es Bernds Mutter für Gatten und Sohn bereitete. Darum liebte Gunter die harmonische Häuslichkeit bei Altdorfs, der die feinsinnige und gütige Hausfrau das Gepräge gab. Ihr wahrhaft vornehmes

Wesen, ihre frischfrohe Lebensenergie, die sich von keinem Schicksalsschlag hatte beugen lassen, und ihre Klugheit nötigten Gunter eine tiefe Verehrung für diese Frau ab, die ihn in manchen Dingen an seine Mutter erinnerte.

Ihre bedeutenden Geistesgaben und der würdevolle Reiz ihrer Persönlichkeit machten den Umgang mit ihr für einen so tief angelegten Menschen wie Gunter zum Genuß. Die sehr rüstige Fünfzigerin mit der noch mädchenhaft schlanken Gestalt und dem lichtblonden Haar, das kein graues Fädchen zeigte, war in der Berliner Gesellschaft eine bekannte und beliebte Erscheinung. Sie war im Herzen jung geblieben, ohne sich mit ihrer Jugendlichkeit hervorzutun. Gunter unterhielt sich in Gesellschaft immer viel lieber mit ihr als mit den unbedeutenden jungen Damen, die für nichts Sinn und Interesse hatten als für Tanz, Sport und Modefragen.

Mit großer Freude begünstigte Frau von Altdorf die Freundschaft des Sohnes mit Gunter Valberg, nicht etwa, weil sie aus diesem Freundschaftsverhältnis eine Förderung im Beruf ihres Sohnes sah, sondern weil sie fühlte, daß Gunter ihren etwas leichtherzigen Sohn günstig beeinflußte und ihn vor mancher Torheit bewahrte. Mit seinen gediegenen Eigenschaften war Gunter ganz der Freund, den eine Mutter sich für ihren Sohn wünschen konnte.

Daß Bernd wiederum das etwas schwerblütige Wesen Gunters wohltätig beeinflußte, erkannte sie an und freute sich, weil ihr Sohn auch der Gebende und nicht nur der Nehmende in diesem Bund sein durfte. Es war ihr ein Bedürfnis, Gunter eine natürliche mütterliche Zuneigung zu zeigen, die er mit tiefer Verehrung erwiderte. Bernd neckte den Freund oft damit, daß er der »Vorzug« seiner Mutter sei.

»Wenn sie nicht eine so mustergültige Mutter wäre, dann würde sie dich über ihren Sohn stellen! So aber kommst du dicht hinter meinem Vater und mir in ihrem Herzen, und das will ich dir gönnen! Es ist wundervoll, eine solche Mutter zu haben!« hatte er einmal gesagt.

Denn für seine Mutter hegte Bernd eine tiefe Verehrung.

So, wie die beiden Freunde nun fleißig miteinander arbeiteten, suchten sie es auch immer einzurichten, daß sie ihre Ferien zusammen verbrachten. Und daher hatten sie auch diesen Sommer erst eine vierzehntägige Bergwanderung miteinander gemacht und wollten nun noch einige Wochen Seeluft genießen. Wie immer herrschte eine herzliche Harmonie zwischen ihnen, die durchaus nicht getrübt wurde, wenn Bernd hier und da einem galanten Abenteuer nachging, wie an diesem Tag.

Und heute hatte nun auch Gunter so etwas wie ein galantes Abenteuer vor; nur, daß das von ganz anderer Art war als das Bernds.

Nachdem die beiden Herrn ihre Post erledigt hatten, war es Zeit zum Mittagessen. Danach rauchten sie im Strandkorb eine Zigarre, und dann verabschiedete sich Bernd von Gunter. Er hatte verschiedene Male zur Pension hinaufgespäht und erblickte nun die hübsche junge Witwe ausflugsbereit vor der Tür.

»Also, wenn nicht eher, dann beim Abendessen, auf Wiedersehen, Gunter!«

»Auf Wiedersehen, Bernd, viel Vergnügen. Und bitte vergiß nicht, was ich dir über die Schmetterlinge gesagt habe!«

Bernd lachte.

»Keine Sorge, Gunter, ein Schmetterling läßt sich nicht so leicht fangen.«

Nachdem Bernd verschwunden war, sah Gunter erst einmal zum Himmel empor, der in seiner tiefen Bläue sehr beständiges Wetter versprach. Dann schlenderte er langsam am Strand entlang zur Hornklippe. Und je weiter er kam, desto schneller schritt er aus.

3

Romana war wieder zu ihrem Lieblingsplätzchen gegangen, wie fast jeden Tag. Heute hatte sie die Staffelei zu Hause gelassen, denn sie hatte sich vorgenommen, kein Bild mehr anzufangen, bis Onkel Justizrat kam. So brauchte sie Friedrich weder zu begleiten noch später abzuholen, und das war diesem lieb, da er im Garten viel zu tun hatte.

Sie hatte sich nur eine Handarbeit mitgenommen, denn auch zum Lesen fehlte ihr die Lust. Es war so viel Neues in ihr Leben getreten, daß sie darüber nachdenken mußte und sich nicht durch Bücher ablenken wollte. Erst die Nachricht des Vormundes, daß er mit ihr eine Reise machen und sie dann zu Freunden bringen wollte, bei denen sie geselligen Verkehr haben sollte.

Und dann gestern die Begegnung mit den beiden Herren! Das war für Romanas zurückgezogenes Leben sehr viel auf einmal.

Während sie an einer feinen Stickerei arbeitete, ließ sie ihren Gedanken immer wieder freien Lauf. Und diese Gedanken beschäftigten sich hauptsächlich mit den beiden Herren – oder vielmehr nur mit dem einen von ihnen – mit dem, in dessen Augen sie zuerst geschaut hatte, als sie aus dem Schlummer erwachte.

Sie war fest davon überzeugt, daß sie die beiden Herren gestern zum ersten und letzten Mal in ihrem Leben gesehen hatte. Ganz sicher würden sie nie mehr ihren Weg kreuzen. Aber trotzdem war sie heute schon wieder am frühen Morgen auf der Düne bei der Hornklippe gewesen und hatte mit ihrem Fernglas nach Swinemünde hinübergeschaut. Sie hatte den ganzen Strand abgesucht, aber natürlich konnte sie trotz des guten Glases niemand erkennen. Sie konnte nur wie immer feststellen, daß viele Damen und Herren den Badestrand bevölkerten. Und doch hatte ihr Herz immer wieder laut geklopft, wenn sie eine schlanke männliche Erscheinung sich aus der Menge lösen sah.

Nach einer Weile war sie aber sehr böse auf sich selbst geworden, hatte sich eine Törin gescholten und sich selbst das Wort gegeben, in den nächsten Wochen nicht wieder auf die Düne zu gehen und nach Swinemünde hinüberzusehen. Sie ärgerte sich, daß sie ein so brennendes Interesse für den Fremden hegte.

Auch jetzt suchte sie ihre Gedanken von ihm abzulenken, aber es gelang ihr nur für kurze Zeit. Immer wieder endeten ihre Gedankenflüge an dem einen Punkt.

Schließlich gab sie sich keine Mühe mehr, an etwas anderes zu denken, und vertiefte sich so sehr in die Erinnerung an die gestrige Begegnung, daß sie nicht bemerkte, wie ein schlanker junger Herr vom Meer herüber durch den Wald auf den Platz zukam, wo sie saß. Auf dem weichen Waldboden verklangen seine Schritte, und seine Augen flogen suchend umher, als hoffe er, eine weißgekleidete Mädchengestalt zu sehen.

Er konnte jedoch Romana noch nicht erblicken, weil die Gebüschgruppe, vor der die Bank und der Tisch standen, sie ihm verbarg. Erst, als er ganz nahe herangekommen war, erblickte er sie und blieb mit laut klopfendem Herzen stehen. Ohne sich zu rühren, sah er zu Romana hin. Ihm war, als habe er etwas Köstliches gefunden, das er schmerzlich gesucht hatte.

Übte sein Blick eine magnetische Kraft auf sie aus wie gestern, da er sie aus dem Schlaf geweckt hatte, oder beirrte sie sonst ein unerklärliches Gefühl – sie ließ plötzlich ihre Stickerei sinken und hob den Blick in die Richtung, wo er im Anschauen versunken stand. Romana zuckte zusammen, und dunkle Röte stieg verräterisch in ihre Wangen. Sie sah hilflos erschrocken in die grauen Männeraugen, die schon gestern einen so tiefen Eindruck auf sie gemacht hatten.

Gunter Valberg verbeugte sich tief und ehrerbietig.

»Verzeihung, mein gnädiges Fräulein, wenn ich abermals störend in Ihre Einsamkeit dringe, dieser idyllische Waldfrieden unter den schönen Buchen hat es mir angetan. Man findet sonst hier in der Nähe fast nur Nadelwald. Darf ich ein wenig hier verweilen?«

Romana hatte sich mühsam gefaßt und zögerte eine

Weile mit der Antwort. Aber die grauen Augen zwangen sie, zu sagen:

»Der Wald ist für jeden Menschen frei! Und wenn ich auch gewöhnt bin, daß sich niemand hierher verirrt, der nicht ins Dorf gehört, so habe ich doch nicht darüber zu bestimmen, ob Sie hier verweilen dürfen oder nicht. Ich werde mich ohnedies sogleich entfernen.«

Die letzten Worte kamen freilich nur zögernd über ihre Lippen, und nur, weil sie an die Ermahnung ihrer Pflegeeltern dachte, sich nie mit Fremden in eine Unterhaltung einzulassen.

Er hob bittend die Hände.

»O nein, bitte gehen Sie nicht fort – ich müßte sonst annehmen, daß ich Sie vertreibe.«

Und Romana wurde schwach. Sie sagte sich zu ihrer eigenen Beruhigung, daß die Pflegeeltern an den beiden Herren, als sie ihnen dieselben beschrieb, doch nichts Beunruhigendes gefunden hatten und daß sie gewissermaßen die Zensur passiert hätten. Mit leise bebenden Händen nahm sie ihre Stickerei wieder auf und sagte:

»Nein – ich will Sie nicht vertreiben, aber ich muß bald nach Hause.«

Er ließ sich ihr gegenüber auf einem Baumstumpf nieder und sah sie mit großen, ernsten Augen an.

»Bald – aber nicht gleich, mein gnädiges Fräulein – ich möchte Sie um die Auszeichnung bitten, mir zu gestatten, bei Ihren Angehörigen einen Besuch machen zu dürfen.«

Sie sah rasch auf und blickte ihn erschrocken an.

»O nein!« rief sie unbedacht.

Ein tiefer Atemzug hob ihre Brust.

»So unsympathisch bin ich Ihnen, daß Sie mir nicht gestatten wollen, mich Ihren Eltern oder sonstigen Angehörigen vorzustellen?«

Ihre Lippen zuckten, und wider Willen erwiderte sie leise:

»Nein, nein, so unsympathisch sind Sie mir nicht, aber es geht nicht.«

»Wirklich nicht?«

»Es hat auch keinen Zweck«, sagte sie seufzend.

Er sah sie mit brennenden Augen an.

»Ganz offen, mein gnädiges Fräulein, es war der Zweck meines Kommens heute. Ihren Aufenthalt auszukundschaften und mich Ihren Angehörigen vorzustellen, denn – ich muß es Ihnen sagen – Ihre Persönlichkeit hat einen so starken Eindruck auf mich gemacht, daß mich der Wunsch, Sie näher kennenzulernen, nicht mehr losließ.

Ich machte mir fortwährend Vorwürfe, daß ich gestern von Ihnen schied, ohne zu wissen, wo und wann ich Ihnen wieder begegnen könnte. Nun bin ich hier, um diesen Fehler wiedergutzumachen, und will Ihnen sagen, daß ich mich Ihnen mit den ehrlichsten und ehrerbietigsten Absichten genähert habe. Darf ich auch nach dieser Erklärung nicht die Ehre haben, Ihre Angehörigen kennenzulernen? Wollen Sie mir nicht sagen, wo Sie wohnen?«

So unerfahren Romana auch war, fühlte sie doch, daß dieser fremde Mann etwas sehr Schwerwiegendes gesagt hatte. Ihre Augen flogen scheu zu ihm hinüber und schlossen sich gleich wieder im Erschrecken über den flehenden Blick der seinen.

Dann sagte sie leise:

»Da drüben im Dorfe Hornklippe wohnt der Geheimrat Dürkopp mit seiner Gattin. Das sind meine Pflegeeltern. Drüben am Waldrand, die größte der kleinen Villen, gehört ihnen, und da bin ich zu Haus. Aber – ich bitte Sie, obwohl ich Ihnen das gesagt habe, nicht zu meinen Pflegeeltern zu gehen. Wüßten sie, daß ich heute schon wieder mit Ihnen gesprochen habe, würden sie mir zürnen. Gestern habe ich von meiner Begegnung mit Ihnen und Ihrem Begleiter erzählt, und – ich soll mit Fremden nicht sprechen.«

»Aber – ich bin Ihnen doch nicht mehr fremd, ich habe mich Ihnen vorgestellt und will noch hinzufügen, daß ich Dr.-Ing. und Mitinhaber der Valberg-Werke bin, die meinem Vater gehören, und hoffe, Ihren Pflegeeltern genügend Anhaltspunkte geben zu können, um sie über meine Persönlichkeit zu beruhigen.«

Romana richtete sich auf und strich sich das Haar aus der Stirn, als sei ihr zu heiß, und dann sagte sie hastig wie ein banges Kind:

»Wenn Sie meinen Pflegeeltern Ihren Besuch machen und sie erfahren, daß ich wieder mit Ihnen gesprochen habe, dann – dann wird man wohl dafür sorgen, daß – daß wir uns nie wiedersehen.«

Er hörte aus diesen Worten nur, daß sie selbst nichts dagegen haben würde, ihn wiederzusehen, und das beglückte ihn sehr. Fragend sah er sie an.

»Warum sollten Ihre Pflegeeltern so grausam sein? Hat irgendein Mensch Rechte auf Sie, die es mir verwehren würden, mich Ihnen zu nähern, Sie besser kennenzulernen? Ich bitte Sie dringend, diese Frage nicht als

Neugier oder Zudringlichkeit aufzufassen; ich möchte nur wissen, wie ich mich zu verhalten habe.«

In Romanas Gesicht hatte die Farbe verschiedentlich gewechselt. Ihr war, als müsse sie aufstehen und sich, ohne noch ein Wort mit ihm zu reden, entfernen. Aber sein Blick hielt sie fest, ließ sie alle Ermahnungen ihrer Pflegeeltern vergessen. Sie konnte nicht anders, als ihm zu antworten:

»Die Rechte eines andern Menschen verletzen Sie nicht – es hat niemand anders über mich zu bestimmen als ich selbst und mein Vormund.«

Er atmete auf.

»Oh, wenn Sie es mir nur nicht streitig machen – mit Ihrem Vormund will ich schon fertig werden«, sagte er rasch, annehmend, daß der Geheimrat Dürkopp ihr Vormund war.

Es zuckte ein leises Lächeln um ihren Mund.

»Wer weiß, ob es sich für Sie lohnt, mich näher kennenzulernen.«

Dies Lächeln machte ihm das Herz warm.

»Ganz sicher.«

»Sie werden vielleicht sehr enttäuscht sein, denn ich bin hier in der Einsamkeit aufgewachsen und verstehe nicht, Konversation zu machen.«

»Die sogenannte Konversation unserer Kreise vermisse ich gern – mit Ihnen zu plaudern wird immer ein Gewinn sein, so viel weiß ich schon jetzt. Darf ich fragen, ob Sie Ausländerin sind? Sie sprechen zwar fehlerlos deutsch – aber vielleicht zu fehlerlos und mit einem leichten Akzent.«

Schon wollte Romana antworten, daß ihr Vater Russe

und ihre Mutter Deutsche gewesen seien, als ihr einfiel, daß sie das um keinen Preis verraten durfte. Und so sagte sie nur:

»Ich war als Kind viel im Ausland.«

Er sah sie forschend an.

»Ist es Ihnen hier in diesem einfachen Fischerdorf nicht zu still und langweilig?«

»Langeweile kenne ich nicht. Meine Pflegeeltern wohnen, seit sie durch die Inflation ihr Vermögen verloren haben, Sommer wie Winter hier in dem Häuschen, das sie sich zuerst nur für den Sommeraufenthalt hatten bauen lassen – und schließlich gewöhnt man sich an das stille Leben.«

»Das ganze Jahr leben Sie in dieser Einsamkeit? Sie kommen aber doch wenigstens manchmal nach Swinemünde hinüber?«

»Nur im Winter, wenn keine Kurgäste da sind.«

Er sah sie erstaunt an.

»Aber gerade im Sommer ist es viel schöner dort!«

Romana fühlte, daß sie schon zuviel gesagt hatte.

»Ich gehe im Sommer nie hinüber.«

»Sehnen Sie sich denn gar nicht in die Welt hinaus?«

Sie seufzte ein wenig.

»Man ist zuweilen so töricht, sich hinauszusehnen.«

»Das ist doch nicht töricht.«

Sie zuckte leicht mit der Schulter.

»Es kommt auf die Verhältnisse an.«

Er glaubte, sie sei arm und müsse deshalb ihr Leben in der Stille dieses Fischerdorfes vertrauern. Ein heißes Glücksgefühl stieg plötzlich in ihm auf, daß er reich war. Noch nie hatte ihm das eine so große Freude gemacht.

Eine starke Sehnsucht erwachte in ihm, das Leben dieses schönen jungen Geschöpfes zu verschönen, ihm alle Wünsche zu erfüllen, es mit hinauszunehmen in die schöne lachende Welt, in eine Welt, die auch für ihn schöner und leuchtender werden mußte, wenn so ein holdes Geschöpf an seiner Seite schritt. Nie war ihm der Gedanke gekommen, sich zu verheiraten, wenn er mit einer Frau zusammengetroffen war, obwohl er immer damit gerechnet hatte, eines Tages eine Ehe zu schließen, wie er sich die Ehe dachte.

Jetzt zum ersten Mal sah er eine Frau daraufhin an, ob sie seine Weggenossin für das ganze Leben sein könnte.

Er kannte sich selbst nicht mehr. Er, der immer so besonnen und zurückhaltend gewesen war den Frauen gegenüber, stand plötzlich unter dem starken Einfluß dieses fremden Mädchens, von dem er nichts wußte, als daß es ihn mit reinen stolzen Augen ansah. Es gab für ihn keinen Zweifel mehr, daß das Schicksal ihm dieses Mädchen über den Weg geführt hatte, zur Ergänzung seines eigenen Ichs. Er hatte gar nicht das Gefühl, daß sie ihm fremd war. Ihm war, als kenne er sie ganz genau, er glaubte, ganz mühelos in ihrem Innern lesen zu können.

Und mit einer ihm ganz unbekannten Glückseligkeit erkannte er, daß auch er einen starken Eindruck auf sie gemacht hatte. Nichts an ihr verriet die kokette, spielerische Art, mit der sich sonst die Frauen an ihn herandrängten – weil er eine gute Partie war. Es lag ein schwerer, sinnender Ernst über diesem jungen Geschöpf, und der Ausdruck ihrer wundervollen Augen verriet ihm, daß sie ein tiefgründiger, wertvoller Mensch war.

Er sagte sich, daß es Menschen gab, die man ein ganzes Leben kennen konnte, ohne sie ganz zu kennen, und wieder andere, die man auf den ersten Blick bis in die Tiefe ihres Seins beurteilen konnte. Zu den letzteren schien ihm dieses fremde Mädchen zu gehören.

Möglich auch, daß eine erhöhte Lebenskraft seines Wesens, die mit dem Augenblick eingesetzt hatte, als er den ersten Blick in ihre Augen getan, ihn befähigte, in ihr die gleichgesinnte Seele zu erkennen.

Langsam, sich zur Ruhe zwingend, erwiderte er:

»Ich gebe zu, daß die Verhältnisse dabei ausschlaggebend sein können; aber auf Ihre Sehnsucht können sie doch nicht bestimmend einwirken. Es ist doch verständlich, daß eine so junge und reizende Dame, wie Sie es sind, den Wunsch hat, aus der drückenden Stille des Dorfes hinaus ins Leben zu kommen.«

Romana war unter seinen Worten sehr rot geworden und sagte nun mit der ganzen stolzen Reinheit ihres Wesens und der Sicherheit der großen Dame, die ihr angeboren war:

»Keine Komplimente, wenn ich bitten darf, Herr Doktor! Ich gebe Ihnen kein Recht dazu.«

Und sie erhob sich, um ihre Stickerei zusammenzupacken. Er erschrak und sah sie flehend an.

»Verzeihen Sie mir! Ich gehöre nicht zu den Männern, die gedankenlos Komplimente machen. Wenn ich Ihnen sagte, daß Sie reizend sind, so sprach ich nur die Wahrheit, die Ihnen Ihr Spiegel tagtäglich ungestraft sagen darf. Ist es zu kühn, wenn ich mir dasselbe erlaube?«

Er sah sie dabei so ernst und bittend an, daß ihr das Herz bis zum Halse hinauf klopfte. Sie hatte noch nie in ihrem jungen Leben Gelegenheit gehabt, solche Worte aus dem Munde eines Mannes zu hören. Wenn sie im Winter zuweilen drüben in Swinemünde mit den Söhnen und Töchtern der Pensionsinhaber zu einer schlichten Geselligkeit zusammenkam, dann wurde sie natürlich auch von allen Seiten ausgezeichnet, aber das hatte nie Eindruck auf sie gemacht. Sie fühlte sich bei diesem Umgang außerhalb ihrer Sphäre und lächelte höchstens über die mehr oder minder ungeschickten Versuche, ihr Artigkeiten zu sagen. Hier klang zum ersten Mal bei solch bewundernden Worten eine Saite in ihrem Innern mit, die bisher stillgeschwiegen hatte. Und weil sie fühlte, daß sie unter dem bewundernden Blick dieser grauen Männeraugen mehr und mehr ihre Ruhe verlor, raffte sie sich auf.

»Ich muß jetzt gehen«, sagte sie hastig.

»Darf ich Sie nicht bis nach Hause begleiten?«

Sie schüttelte heftig den Kopf.

»Nein, nein! Bitte, lassen Sie mich allein gehen.«

»Ich bitte Sie dringend, mir ganz offen zu sagen, ob es Ihnen lästig und unangenehm ist, wenn ich Sie wiedersehe. Ich muß das wissen, denn wenn ich Ihnen unsympathisch bin, dann muß ich mich hüten, jemals wieder in Ihre Nähe zu kommen, weil das eine Gefahr für meine Seelenruhe bedeuten würde. Bin ich Ihnen aber nicht so unsympathisch, daß Sie mir um jeden Preis ausweichen möchten, dann – dann werde ich alles versuchen. Sie wiederzusehen und in Ihre Nähe zu kommen.«

Ihr Fuß stockte. Sie wollte erst ohne Antwort weitergehen, aber unter dem Bann der beschwörend auf sie gerichteten Augen vermochte sie es nicht. Sie fühlte, dieser Mann suchte nicht ein leichtsinniges Abenteuer. Seine ernsten, guten Augen flößten ihr Vertrauen ein, und was schon bei seinem ersten Anblick leise in ihr aufgekeimt war, wurde stärker und tiefer. Sie konnte ihn nicht auf immer von sich weisen, mußte sich selbst die Hoffnung erhalten, ihn wiederzusehen. Was sie schon jetzt für ihn empfand, war zu stark, als daß sie sich auch in diesem Fall blindlings dem Gebot ihrer Pflegeeltern hätte fügen können.

Und so sagte sie leise:

»Wenn uns das Schicksal wirklich noch eine Begegnung zugedacht hat, dann – werde ich mich freuen, Sie wiederzusehen.«

Sie neigte den Kopf zum Gruß und ging schnell davon. Er sah ihr nach. Die stolze Anmut ihrer Haltung, der graziöse Gang entzückten ihn.

Wie eine junge Königin schreitet sie dahin, dachte er. Und er klammerte sich an ihre Worte: Dann werde ich mich freuen, Sie wiederzusehen.

Daran wollte er sich halten. Sie klangen ihm wie eine Verheißung. So viel wußte er nun wenigstens, daß sie nichts dagegen hatte, wenn er sich um sie bewarb! Alles andere erschien ihm unwichtig.

Langsam folgte er ihr von ferne, bis sie seinen Augen entschwunden war. Dann schritt er schneller aus, dem Dorf Hornklippe zu. Aber Romana bekam er nicht mehr zu Gesicht, als er es erreicht hatte. Er sah nur am Waldrand die weißen Villen stehen und suchte mit den Augen die größte unter ihnen heraus. Sie war leicht zu finden.

Dort also wohnte das fremde Mädchen, das ihm nach so kurzer Bekanntschaft schon so bekannt und vertraut erschien. Er würde sie wiedersehen, das stand für ihn fest. War sie morgen nicht wieder auf dem Platz unter den Buchen, wenn er zur gleichen Zeit herüberkam, dann würde er es am andern Tag wieder versuchen. Sah er sie auch dann nicht, dann würde er unter irgendeinem Vorwand einen Besuch im Haus des Geheimrats Dürkopp machen.

Sich in respektvoller Entfernung von der Villa Elisabeth haltend, ging er nun um das Dorf herum nach der Hornklippe zu. Oben auf der Düne blieb er stehen. Hier hatte die junge Dame gestern gestanden und ihm nachgeschaut – ja, er fühlte es, daß sie ihm nachgeschaut hatte. Wie sie auf ihn gleich einen so nachhaltigen Eindruck gemacht hatte, so schien er auch ihr nicht gleichgültig zu sein, wenn sie das auch in ihrer stolzen, zurückhaltenden Art verbergen wollte. Es bestand kein Zweifel für ihn, dieses fremde Mädchen war ihm vom Schicksal mit Absicht in den Weg geführt worden.

Das fremde Mädchen? Ja – nicht einmal ihren Namen wußte er, aber seinem Herzen war sie trotzdem nicht fremd! Schnell sprang er über die Dünen zum Strand hinunter und ging dicht am Wasser nach Swinemünde zurück.

In der Pension angekommen, suchte er den Pensionsinhaber auf. Dieser saß in seinem Kontor und schrieb Rechnungen für seine Gäste aus. Gunter fragte ihn erst etwas Belangloses und dann:

»Hier in der Nähe muß doch das Dorf Hornklippe liegen?«

»Jawohl, Herr Doktor, eine gute Wegstunde entfernt nach Westen liegt es, hinter der Düne im Wald.«

»Es ist nur von Fischern bewohnt?«

»In der Hauptsache. Unser ganzer Fischbedarf wird von Hornklippe gedeckt, auch die Räucherfische kommen von drüben. Außer den Fischern wohnen nur noch einige abgebaute Beamte dort, weil das Leben sehr billig ist und Hornklippe auch im Winter durch den Wald sehr geschützt liegt. So sechs bis acht Villen stehen drüben.«

»Die nehmen wohl auch Sommergäste auf?«

»Nein, wer wird denn zur Sommerfrische nach Hornklippe gehen? Da ist nichts los, und man hat vor allen Dingen keinen Badestrand.«

»Es lohnt sich also nicht, einen Ausflug dorthin zu machen?« forschte Gunter diplomatisch weiter.

»Nein, Herr Doktor, es lohnt sich wirklich nicht. Wald haben wir hier auch, und sonst finden Sie drüben nichts als arme Fischer und die alten Leute, die sich zur Ruhe gesetzt haben. Außer der Pflegetochter des Geheimrats Dürkopp ist nicht ein einziges junges Blut in Hornklippe, denn auch die Fischertöchter verlassen Hornklippe, sobald sie flügge sind, um sich in die großen Städte zu verdingen.«

Gunter freute sich, daß ihn der Pensionsinhaber auf die richtige Fährte gebracht hatte.

»Also eine einzige junge Dame wohnt in Hornklippe? Das muß ja sehr langweilig für sie sein.«

»Na ja, amüsant ist es wirklich nicht für sie, zumal sie im Sommer, wo wir doch hier Betrieb haben, nie herüberkommt. Die Pflegeeltern sind gar zu ängstlich mit ihr. Nur im Winter nimmt sie mit unseren jungen Leuten ab und zu an einem Tänzchen teil. Meine Tochter ist die einzige Bekanntschaft für sie, denn sie besucht Fräulein Romana auch im Sommer, obwohl wir da viel zu tun haben, einige Male. Unsere Lotte schwärmt nun mal für das Fräulein Romana, wie eigentlich unser ganzes junges Volk hier. Sie sieht ja auch aus wie eine verwunschene Prinzessin, und unsere Lotte nennt sie poetisch immer nur ›Das Mädchen aus der Fremde‹. Weil sie nämlich nie zu den Winterfestlichkeiten hier erscheint, ohne jedem etwas mitzubringen, wie sie auch drüben in Hornklippe alle Menschen beschenkt. Es ist, glaube ich, ihre einzige Freude, anderen Freude zu machen.«

Gunter hatte starkes Herzklopfen bei diesem Bericht, aber er sagte scheinbar scherzend:

»Sie machen einen ja ganz neugierig auf dieses ›Mädchen aus der Fremde‹.«

Ernsthaft schüttelte der Pensionsinhaber den Kopf.

»Diese Neugier lassen Sie sich nur lieber vergehen, Herr Doktor. Die junge Dame ist sehr vornehm und zurückhaltend, und ihre Pflegeeltern behüten sie wie ihren Augapfel.«

»Sie hat wohl keine Eltern mehr?«

»Nein, sie ist Waise. Ich weiß nicht, irgend etwas Geheimnisvolles umgibt die junge Dame. Darüber habe ich mir schon manchmal den Kopf zerbrochen. Aber wenn man auch noch so vorsichtig bei dem alten Geheimrat antippt, zu erfahren ist nichts von ihm.«

Gunter wußte nun wenigstens, daß seine schöne Fremde mit Vornamen Romana hieß. Er fand, daß es ein seltener und schöner Name war, der zu ihr paßte. Alles, was er jetzt von ihr gehört hatte, schreckte ihn durchaus nicht ab, wieder nach Hornklippe zu gehen, um Romana wiederzusehen. Aber er gab sich den Anschein, als sei sein flüchtiges Interesse für den Fall vollkommen erschöpft.

»Also gehen wir lieber nicht nach Hornklippe«, sagte er scherzend.

Der Pensionsinhaber lachte, ahnungslos, daß er ausgehorcht worden war.

»Ist auch besser, Herr Doktor. Fräulein Romana ist wirklich ein sehr schönes Mädchen – ich habe mein Lebtag kein schöneres gesehen, aber hier nach Swinemünde kommen doch genug Schönheiten! Sie hat so etwas Apartes, Vornehmes, da ist es besser, man verbrennt sich die Flügel nicht.«

Gunter verabschiedete sich und dachte bei sich, daß er sich die Flügel schon gründlich verbrannt habe.

Langsam ging er zum Strand hinunter und setzte sich in seinen Strandkorb. Kurze Zeit nach ihm fand sich dort auch Bernd ein.

»Nun, Schmetterling, glücklich dem Netz entronnen?« fragte Gunter lächelnd.

»Du, dieses Netz wurde mit so viel Charme und Grazie geschwungen, daß es ein Wunder ist, ihm entronnen zu sein. Einige Male war ich drauf und dran, darin zu zappeln, aber meine schöne junge Witwe – sie heißt übrigens Dora – hat so ein eigenartiges kleines Teufelchen in den Augen! Das blitzt immer warnend auf, wenn das Netz dicht über mir ist und, schwupp, bin ich draußen.«

»So laß dich nur immer rechtzeitig von diesem Teufelchen warnen, auch wenn es mal nicht aufblitzt.«

»Keine Sorge! Jedenfalls war der Nachmittag sehr amüsant, mein lieber Gunter, und du mußt mir verzeihen, wenn ich so herzlos sein werde, dich noch einige

Male allein zu lassen. Ist dir die Zeit sehr lang geworden?«

»Offen gestanden, nein, ich habe mich ganz gut unterhalten.«

»Das nimmt mir einen Stein von der Seele. Ich hatte wahrhaftig ein ganz schlechtes Gewissen, daß ich dich allein gelassen und über meiner hübschen jungen Bekanntschaft ganz vergessen hatte.«

Gunter lachte gutmütig.

»Das haben junge Witwen so an sich, Bernd, und daß du mich über diesen Flirt vergessen hast, das ist ja nicht schlimm! Aber daß du auch Fräulein Rosa Mertens, der du doch bis zum Auftauchen deines neuesten Schwarmes ganz eifrig den Hof gemacht hast, darüber vergessen hast, das wird dir diese nicht verzeihen.«

»Ach, weißt du, das tut dem naseweisen Ding, das immer von der Selbständigkeit der Frau faselt, ganz gut. Vielleicht geht sie inzwischen ein wenig in sich und ist dann netter, wenn ich reumütig zu ihr zurückkehre.«

»Also an eine Rückkehr zu ihr denkst du doch?«

»Man muß immer mehrere Eisen im Feuer haben! Fräulein Rosa Mertens ist ja auch ein hübsches Mädchen, aber gar zu ernsthaft darf ich mich mit ihr nicht beschäftigen. Ich glaube, die ist auf eine Heirat aus, obwohl sie über die ›Versklavung der Frau‹ stundenlang sprechen kann. So ein Weilchen ist das ganz hübsch. Aber solche Frauen heiraten – nein – danke!«

»Und du meinst, die junge Witwe sei nicht auf eine Heirat aus?«

»Aber Gunter, so etwas heiratet man doch überhaupt nicht!«

»Diese Erkenntnis beruhigt mich sehr, mein Sohn. Und nun laß uns ein wenig zur Kurmusik hinübergehen.«

Die beiden Herren schritten auf den Laufbrettern den Strand entlang und dann hinauf zum Kurhaus, vor dem die Kurkapelle konzertierte. Der größte Teil der Gäste ging hier zu den Klängen der Musik auf und ab, und die Freunde schlossen sich an.

Am nächsten Nachmittag hatte Bernd von Altdorf abermals mit »Frau Dora« einen Ausflug verabredet, und Gunter beruhigte Bernds Gewissensbisse ein wenig verlegen, da er ja im Grunde nur darauf wartete, daß der Freund ihn allein ließ. Und kaum war Bernd verschwunden, machte er sich schon auf den Weg nach Hornklippe. Wieder wie gestern suchte er den Platz unter den Buchen auf – aber zu seiner großen Enttäuschung war Romana nicht zu sehen. Wie sehr ihn das traf! Er merkte an seiner bitteren Enttäuschung, wie tief das so plötzlich erwachte Gefühl für die junge Dame schon in seinem Herzen Wurzeln geschlagen hatte.

Eine Weile blieb er auf der Bank sitzen und schaute sehnsüchtig in die Richtung, wohin Romana gestern verschwunden war.

Endlich stand er auf und ging, in trübe Gedanken versunken, noch tiefer in den Wald hinein. Und plötzlich stockte sein Fuß, seine Augen weiteten sich – da vor ihm, ganz in seiner Nähe, erblickte er auf einem einfachen Feldsessel vor einer Staffelei die junge Dame, nach der er so große Sehnsucht gehabt hatte. Schnell trat er auf sie zu.

»Mein gnädiges Fräulein, Sie dürfen mir nicht zürnen, daß ich Sie hier abermals störe. Ich war auf demselben Platz, wo ich gestern die Ehre hatte, Sie anzutreffen, und da ich Sie dort nicht fand, ging ich sehr betrübt und enttäuscht tiefer in den Wald hinein. Sagen Sie mir bitte, ob Sie heute Ihr Lieblingsplätzchen nur deshalb nicht aufgesucht haben, um mich nicht wiederzusehen?«

Romana war bei seinem Erscheinen dunkelrot geworden. Es hatte sie mit allen Fasern wieder auf ihren Lieblingsplatz gezogen, weil sie fühlte, daß Gunter Valberg heute wiederkommen würde, aber sie hatte siegreich widerstanden. Er durfte nicht glauben, daß sie ihm Gelegenheit zu einem Zusammentreffen geben wollte. Deshalb war sie, bangen Herzens freilich, weiter in den Wald hineingegangen. Um die Unruhe ihres Herzens zu beschwichtigen, mit der sie sich immer wieder fragte: »Wird er mich hier finden oder nicht?« hatte sie sich von Friedrich ihre Staffelei hierhertragen lassen, um nun doch wieder ein Bild zu beginnen. Sie war aber noch nicht weit damit gekommen, diesen malerischen Waldwinkel aufzuzeichnen, denn immer wieder hatte sie vor sich hin gelauscht. Und nun stand Gunter ganz plötzlich vor ihr und legte ihr seine Frage vor.

Sie atmete tief auf und sagte unsicher:

»Ich konnte doch nicht wissen, daß Sie heute wieder hierherkommen würden, also kann ich Sie nicht damit kränken, daß ich nicht auf meinem Stammplatz war. Hätte ich es aber gewußt, so durfte ich doch den Platz erst recht nicht aufsuchen – was hätten Sie sonst von mir denken sollen?«

»Sie haben recht, es wäre eine zu große Auszeichnung für mich gewesen, die ich mir erst verdienen muß. Aber ich werde sie mir verdienen. Darf ich Ihnen wieder ein Weilchen Gesellschaft leisten?«

»Ich habe kein Recht, Sie fortzuschicken.«

»Und wenn Sie es hätten, würden Sie es tun?« fragte er dringlich, sich an einen Baumstamm lehnend.

Nun flog ein leises Lächeln um ihren Mund.

»Fragen Sie nicht ein wenig viel?«

»Weil ich so viel von Ihnen und über Sie wissen möchte. Ich ging gestern von Ihnen fort in dem quälenden Bewußtsein, daß ich nicht einmal Ihren Namen erfahren hatte. Jetzt weiß ich aber wenigstens Ihren Vornamen.«

Sie blickte zu ihm auf.

»Wer sollte Ihnen diesen verraten haben?«

»Der Inhaber der Pension, in der ich in Swinemünde wohne, mit dem ich zufällig auf Sie zu sprechen kam – nein, erschrecken Sie nicht, er weiß nicht, daß ich die Ehre hatte, Ihre Bekanntschaft zu machen –, nannte ihn mir. Aber wie gesagt, nur den schönen Vornamen, den Sie führen. Ich hätte vielleicht von ihm auch Ihren anderen Namen erfahren, aber ich wollte nicht danach fragen, um mein Interesse an Ihnen nicht zu verraten.«

»Es wäre mir auch sehr unangenehm gewesen, wenn Sie verraten hätten, daß wir uns kennengelernt haben, denn – ich habe meinen Pflegeeltern nicht gesagt, daß ich Sie gestern wiedersah, weil – weil ich sie nicht beunruhigen wollte. Sie sind sehr ängstlich besorgt um mich.«

»In meiner Gegenwart soll Ihnen kein Leid geschehen, mein gnädiges Fräulein.«

»Das weiß ich«, sagte sie schlicht.

Er trat einen Schritt auf sie zu.

»Ich bin sehr glücklich über das Vertrauen, das Sie mir entgegenbringen, und werde mich immer entsprechend verhalten.«

Eine Weile schwiegen sie. Romana arbeitete an ihrem Bild. Endlich sagte Gunter:

»Darf ich fragen, was Sie malen?«

»Nur die Waldlichtung vor uns.«

»Ein hübsches Bild! Ist es Ihr Beruf, Bilder zu malen?«

Sie lächelte.

»O nein, ich habe leider keinen Beruf und muß mich darauf beschränken, mit irgendeiner Tätigkeit meine Tage auszufüllen.«

»Das Bildchen aber, das ich fertig sah, als ich Sie zum ersten Mal traf, war sehr reizend; ich hätte es wirklich gern gekauft und war betrübt, daß Sie mir sagten, es sei bestellt. Es hat also schon einen Käufer gefunden?«

Wieder erschien das leise Schelmenlächeln in ihrem Gesicht, das ihn so sehr entzückte.

»Nein, einen Käufer nicht, ich habe es verschenkt.«

»Oh, dann haben Sie ein sehr kostbares Geschenk gemacht.«

»Nicht kostbar genug in diesem Fall. Ich schenkte es meiner Pflegemutter, der ich sehr viel Dank schuldig bin.«

»Obwohl sie sehr hart und streng zu Ihnen zu sein scheint?«

»Das ist durchaus nicht der Fall – sie ist nur sehr besorgt um mich.«

»Und Sie wollen mir noch immer nicht erlauben, Ihren Pflegeeltern meinen Besuch zu machen?«

Sie schüttelte den Kopf.

»Nein, nein, das darf nicht sein. Ich fürchte, daß – daß ich Sie dann nicht wiedersehen dürfte.«

Er trat dicht an sie heran und faßte ihre Hand.

»Dafür muß ich Ihnen die Hand küssen, mein gnädiges Fräulein. Es macht mich sehr glücklich, daß Sie mir sagen, daß Sie das fürchten.«

Sie zog schnell ihre Hand wieder zurück, nachdem er seine Lippen darauf gedrückt hatte, und sagte leise:

»Sie haben mir schon so viel Liebes und Gutes gesagt, daß ich es für unehrlich halten würde, wenn ich Ihnen sagte, daß es mir gleichgültig wäre, Sie nicht wiederzusehen. Ich weiß, daß ich damit etwas ausspreche, was eine junge Dame nicht aussprechen darf, aber – nach allem was Sie mir gesagt haben, will ich Sie nicht belügen. Das wäre meiner Ansicht nach ein noch viel größeres Unrecht.«

Er sah ihr tief in die Augen, die groß und ehrlich zu ihm aufsahen.

»Ich danke Ihnen. Aber nun noch einmal meine Frage: Ist es ganz unmöglich, daß Ihre Pflegeeltern mir gestatten würden, Sie wiederzusehen?«

»Wenn Sie so plötzlich auftauchen, ganz gewiß. Gedulden Sie sich wenigstens, bis ich sie vorbereitet habe.«

»Sie machen mir also Hoffnung?«

»Ich will es überlegen, bitte, drängen Sie mich nicht. Ich kann Ihnen nicht alles so erklären, wie ich möchte. Es liegen ganz besondere Verhältnisse vor.«

Er dachte daran, daß der Pensionsinhaber gesagt hatte, daß etwas Geheimnisvolles um die junge Dame sei, und wollte nicht weiter in sie dringen. Er sah sie nur bittend an und sagte:

»Sie werden es mir sagen, wenn ich kommen darf, ich bitte sehr darum. Und – ich werde jeden Tag versuchen. Sie um diese Zeit hier in der Nähe im Wald zu treffen, um Sie zu fragen, ob es noch nicht soweit ist – ja?«

Errötend sah sie vor sich nieder. »Das sähe doch wieder aus, als gäbe ich Ihnen ein Rendezvous.«

Er atmete tief auf.

»Wäre denn das ein so großes Unrecht?«

Sie legte den Pinsel hin und krampfte die Hände zusammen.

»Ich weiß ja nicht, was ich tun soll«, klagte sie mit einem Ausdruck, der ihn erschütterte.

Wieder trat er auf sie zu, faßte ihre Hände und sah sie groß und ernst an.

»Ich will Sie nicht bestürmen, will Ihnen Zeit lassen, aber Sie dürfen mich nicht verbannen. Lassen Sie mich Sie wenigstens ein paar kurze Augenblicke täglich sehen und sprechen, ich gebe Ihnen mein Wort, daß Sie in meiner Gegenwart so sorglich beschützt und behütet sind, als seien Sie unter der Obhut Ihrer Mutter. Genügt Ihnen das?«

Sie ließ ihre Augen in den seinen ruhen, und ein köstliches Gefühl des Geborgenseins überkam sie. So tief und mächtig war dies Gefühl, daß es ihr Tränen in die Augen trieb. Er sah den feuchten Schimmer und war tief bewegt. Und ihre Hand ehrerbietig an die Lippen ziehend, sagte er warm und innig:

»Sie sollen nicht weinen, wenn ich es verhindern

kann. Das Schicksal hat uns zusammengeführt, weil es uns vielleicht als zusammengehörig betrachtet. Solche Schicksalsfügungen soll man nicht unbeachtet lassen. Wir sehen uns wieder, ja?«

Sie nickte leise und sah dann zusammenzuckend auf ihre Armbanduhr.

»Bitte, lassen Sie mich jetzt allein, ich werde in einer halben Stunde abgeholt, und niemand darf Sie sehen.«

Gehorsam verneigte er sich und sagte aufatmend:

»Auf Wiedersehen, mein gnädiges Fräulein. Wollen Sie mir nicht zum Abschied Ihren Namen sagen?«

Romana wurde bleich. Ihren richtigen Namen durfte sie ihm nicht sagen, und ihren angenommenen Namen wollte sie ihm nicht nennen. Keine Unwahrheit sollte ihm gegenüber über ihre Lippen.

»Warten Sie, bis Sie meinen Namen von meinen Pflegeeltern erfahren werden – ich habe meine Gründe dafür.«

»Dann muß ich mich bescheiden. Auf Wiedersehen also!«

»Auf Wiedersehen!« sagte sie leise.

Sie sahen sich noch einmal an, lange, mit einem ernsten großen Blick ... Dann ging er schnell von dannen.

Romana sah ihm nach, bis er verschwunden war. Dann preßte sie die Hände vor das Antlitz und kämpfte mit der tiefen Erregung, die sie befallen hatte, seit Gunter Valberg in ihr Leben getreten war. Sie wußte und fühlte nur eins – daß sie nie in ihrem Leben einem Menschen so innig zugetan gewesen war wie diesem jungen Mann.

4

Es verging nun kein Tag, ohne daß Gunter mit Romana zusammentraf. Er wußte sie immer zu finden, und sie machte es ihm nicht schwer. Sie plauderten zusammen wie zwei Menschen, die sich bis in die tiefste Tiefe ihres Wesens kennenlernen wollen, und beide empfanden mit heißer Freude, daß sie sich wunderbar verstanden. Gunter staunte über das tiefe Wissen Romanas, das sie ihm enthüllte, und es beglückte ihn, immer mehr zu erkennen, was für ein reiches Seelenleben dieses einsame Mädchen besaß. Immer mehr setzte sich bei ihm der Gedanke fest, daß nur sie die für ihn geschaffene Lebensgefährtin sein könne. Und Romana erkannte mehr und mehr, welch wertvoller, vornehm empfindender Mensch Gunter Valberg war. Sie wußten bald, daß sie sich liebten, wenn sie auch nicht mehr über das gesprochen hatten, was sie füreinander empfanden.

Das Zusammentreffen beseligte sie beide, aber während Gunter sich ganz unbekümmert seinem starken Gefühl hingab, kämpfte Romana im stillen doch mit Gewissensbissen, weil sie ihren Pflegeeltern nichts von diesen Begegnungen gesagt hatte. Gunter merkte das sehr wohl, und es konnte sie nur in seinen Augen ehren, daß sie sich quälte wegen dieser Heimlichkeit, die er so unnötig fand. Er war jedenfalls nicht willens, irgend jemand das Recht einzuräumen, zwischen ihn und Romana zu treten.

Bisher waren sie nur immer ganz formell miteinander.

Er nannte sie ›gnädiges Fräulein‹, und sie ihn ›Herr Doktor‹. Als aber Gunter dann eines Tages merkte, wie diese Heimlichkeit Romana bedrückte, sagte er plötzlich fest entschlossen:

»Ich kann nicht mehr ruhig ansehen, wie Sie sich mit unserer kleinen Heimlichkeit herumquälen – ob Sie es wollen oder nicht, ich komme morgen zu Ihren Pflegeeltern. Sie brauchen nicht in Sorge zu sein, daß man uns ein Wiedersehen verbietet, ich werde dafür sorgen, daß wir uns wiedersehen. Wenn Sie nicht wünschen, daß ich Ihren Pflegeeltern erzähle, daß wir uns schon gesehen haben, so kann ich ja unter irgendeinem Vorwand in die Villa Elisabeth kommen.«

Romana sah ihn fast dankbar an.

»Ich bin froh, daß Sie mir die Entscheidung vorwegnehmen. Es hat mich wirklich sehr gequält, denn ich habe bisher nie ein Geheimnis vor meinen Pflegeeltern gehabt. Aber – Sie sollen nicht unter einem Vorwand kommen, ich werde heute noch beichten, daß wir zusammengetroffen sind und daß Sie einen Besuch machen werden.«

Er küßte ihr innig die Hand.

»So soll es sein! Ich danke Ihnen.«

Und sie trennten sich heute mit einem festen Händedruck. Ihr tief in die Augen sehend, sagte er bittend:

»Was auch kommen mag – Romana, ich halte uns beide für unzertrennlich. Bitte, sagen Sie mir, daß Sie das auch tun.«

Sie war leise zusammengezuckt, als er zum erstenmal ihren Namen aussprach. Er klang ihr wie eine Liebkosung bis in das Herz hinein.

Und mit einem innigen Aufstrahlen ihrer schönen Augen sagte sie bewegt:

»Ich tue es, Gunter Valberg. – Gott gebe, daß ich Sie wiedersehen darf!«

Damit trennten sie sich.

Als Romana heimkam, sah sie Mama Dürkopp in der kleinen Laube des Gartens sitzen, mit einer Näherei beschäftigt. Und ohne langes Besinnen begab sie sich zu ihr, warf sich in ihre Arme und beichtete von ihrem wiederholten Zusammentreffen mit Doktor Valberg und berichtete, daß er morgen seinen Besuch in Villa Elisabeth machen werde. Frau Geheimrat Dürkopp erschrak nicht wenig, beherrschte sich aber klug, und obgleich sie merkte, daß Romana diese Begegnungen durchaus nicht gleichgültig gewesen waren, sagte sie ruhig:

»Also dieser junge Herr will Besuch bei uns machen? Ja, Kindchen, da weiß ich wirklich nicht, wie wir uns dazu stellen sollen. Onkel Justizrat hat uns für einen solchen Fall keine Anweisungen gegeben.«

Ein wenig kriegerisch, wie es sonst nie ihre Art gewesen war, erwiderte Romana:

»Daß mich Onkel Justizrat nicht länger in dieser Abgeschlossenheit halten will, geht doch daraus hervor, daß er mit mir eine Reise machen und mir Geselligkeit verschaffen will. Warum sollen wir da nicht mit Doktor Valberg den Anfang machen?«

Die alte Dame merkte sehr wohl, daß mit Romana eine Veränderung vorgegangen war, und sagte sich, daß hier größte Vorsicht geboten sei, um Romanas Vertrauen zu ihnen nicht zu erschüttern. Sie nahm das junge Geschöpf liebevoll in ihre Arme und sagte:

»Kindchen, du weißt doch, daß wir dich nur deshalb von allem zurückhielten, weil dir Gefahr drohte.«

Romanas Augen leuchteten auf.

»Oh, von Doktor Valberg droht mir keine Gefahr, er würde mich im Gegenteil gegen alle Gefahren verteidigen!«

Da wußte Mama Dürkopp, daß diese Angelegenheit sehr ernst war. Und äußerlich ganz ruhig, im Innern aber sehr besorgt wegen der Verantwortung, die sie traf, sagte sie, Romanas Haar streichelnd:

»Nun, wir wollen abwarten, ob der junge Herr wirklich seinen Besuch macht. Wir werden ihn uns ansehen und prüfen, wes Geistes Kind er ist. Es war doch nicht ganz richtig, Romana, daß er dich verleitete, Heimlichkeiten vor uns zu haben.«

»Oh, daran ist er nicht schuld. Er bat mich gleich, als er das erstemal wiederkam, daß er sich euch vorstellen dürfe. Ich wollte es nicht haben, zuerst nicht, um euch Beunruhigungen zu ersparen, und dann – weil ich fürchtete, ihr würdet mir verbieten, ihn wiederzusehen.«

Besorgt sah die alte Dame ihre Pflegetochter an. Obwohl ihr Romana schamhaft manches verschwieg, was Gunter ihr an lieben Worten gesagt hatte, merkte sie doch, daß sie der neuen Bekanntschaft nicht gleichgültig gegenüberstand. Und daß dieser Doktor Valberg den Reizen Romanas gegenüber nicht unberührt blieb, war ihr nur zu verständlich. Möglich, ja wahrscheinlich war es, daß Romana von diesem Mann keine Gefahr drohte, aber immerhin konnte man nicht wissen, ob er nicht irgendwie mit ihren Widersachern zusammenhing, und man mußte vorsichtig sein.

Sie hielt es aber nun für besser, Romana mit diesen Befürchtungen nicht weiter zu behelligen. Es war so verständlich, daß diese sich nach jungen Leuten sehnte, und es war ihr zu gönnen, wenn sich solch ein Umgang auf ehrbare Weise anknüpfen ließ.

Sie sprach später mit ihrem Gatten darüber, als sie mit ihm allein war. Der alte Herr hörte aufmerksam zu und erwiderte dann in seiner bedächtigen Weise:

»Es wird natürlich von Jahr zu Jahr schwerer, Romana von allem zurückzuhalten. Das hat ja unser Freund Harland auch schon eingesehen. Uns trifft natürlich in diesem Fall die Verantwortung, aber wir können jetzt, wie die Dinge liegen, nichts anderes tun, als diesen Doktor Valberg empfangen und ihn auf Herz und Nieren prüfen. Besteht er diese Prüfung, dann werde ich Harland schreiben und ihn zu bestimmen suchen, Romana diesen Umgang zu gestatten. Die Gefahren, die Romana bedrohen, bestehen vielleicht heute gar nicht mehr. Man weiß ja nicht einmal, ob die beiden Verbrecher noch leben, die ihr Vater und Mutter genommen haben und auch ihr nach dem Leben trachten. Vielleicht sind auch sie in Rußland den Unruhen zum Opfer gefallen. Jetzt, da sich so langsam die Verhältnisse in Rußland zu klären scheinen, müßte man das doch in Erfahrung bringen können. Sind sie tot, dann ist Romana frei von Gefahren; leben sie aber noch, dann werden sie freilich nach wie vor danach trachten, Romana zu vernichten, um an das reiche Erbe zu gelangen. Diese Schurken sind in ihrer Gier nach diesem Erbe vor nichts zurückgeschreckt und werden auch weiter danach trachten, solange sie leben. Aber vielleicht kann man doch etwas gegen sie unternehmen. Immer wird das Verbrechen ja nicht straffrei ausgehen. Irgendein wirksamer Schutz muß doch für Romana geschaffen werden, man kann sie ja nicht ewig verstecken. Daß Harland diese Reise mit ihr unternehmen und sie zu seinem Freund Professor Marks bringen will, ist mir ein Beweis, daß auch er meiner Ansicht ist. Wir werden nach wie vor unsere Pflicht tun und Romana nach bestem Wissen beschützen, aber diesen Doktor Valberg wollen wir uns ruhig einmal ansehen und ihm ein wenig auf den Zahn fühlen. Dann können wir ja weitersehen, was zu tun ist. Entpuppt er sich als ein harmloser Mensch, der tatsächlich nur von Romanas Reizen bezaubert ist, was ich sehr gut verstehen kann, dann werde ich Harland bestimmen, Romana die Freundschaft mit ihm zu gestatten. Sie steht immerhin im dreiundzwanzigsten Lebensjahr, und wenn sie auch bisher im Herzen noch ein Kind geblieben ist, kann sie doch in ihrem Alter in einer einzigen Stunde zur Frau heranreifen.«

Mama Dürkopp nickte zustimmend und sagte:

»Mir scheint, daß diese Stunde schon gekommen ist. Romana war seltsam verändert, als sie mir ihre Beichte ablegte.«

»Um so vorsichtiger müssen wir handeln, Elisabeth. Das liebe Kind soll nicht zu Schaden kommen, wenn wir es hindern können.«

Die beiden alten Herrschaften nickten sich zu und waren, wie immer, einig.

Gunter Valberg erschien wirklich am nächsten Tag zur Besuchsstunde in Villa Elisabeth.

Der alte Friedrich war im Garten beschäftigt, und Gunter sprach ihn an. »Ich möchte Herrn Geheimrat Dürkopp in einer wichtigen Angelegenheit sprechen. Bitte, wollen Sie ihm meine Karte bringen und ihn bitten, mich zu empfangen«, sagte er in seiner ruhigen bestimmten Art.

Er ahnte nicht, daß Romana oben am Fenster ihres Zimmers hinter den Gardinen verborgen stand und mit heftig klopfendem Herzen herabsah. Der alte Friedrich war im Haus verschwunden, etwas verdutzt über diesen sehr vornehm wirkenden Besucher. Der Geheimrat nahm ihm die Karte ab, reichte sie dann seiner Gattin, die neben ihm im Wohnzimmer saß, und sagte dann zu Friedrich: »Führen Sie den Herrn in unser Empfangszimmer, Friedrich.«

Der Diener ging davon, und der alte Herr wandte sich an seine Gattin:

»Er scheint es eilig zu haben, Elisabeth. Ich bin sehr gespannt auf ihn, das muß ich sagen.«

»Ich auch«, erwiderte seine Gattin und warf noch einen prüfenden Blick in den Spiegel, ob sich nicht ein loses Härchen aus dem glatten Scheitel ihres grauen Haares gestohlen hatte. Sie legte auch die schwarzseidene Schürze ab, die sie immer im Haus trug. Noch wußte sie nicht, ob ihr Gatte sie mit dem Besucher bekannt machen würde, aber sie wollte auf alle Fälle bereit sein.

Gleich nachdem der Geheimrat das Wohnzimmer verlassen hatte, trat Romana ein und umarmte die Geheimrätin.

»Ich sah Doktor Valberg in das Haus treten, Mama Dürkopp. Ist Papa Dürkopp drüben bei ihm?«

Die alte Dame nickte scheinbar ganz ruhig und unbefangen, denn sie spürte, daß Romanas Erregung groß war und sie bis in die Fingerspitzen zitterte. Sie war sehr blaß und sah die alte Dame mit bangen Augen an. Diese strich ihr über das Haar.

»Nur ruhig, Kindchen. Komm, setz dich zu mir, wir wollen warten, bis wir gerufen werden.«

Und Romana ließ sich neben ihr nieder und sah immer mit großen Augen nach der Tür zum Nebenzimmer.

Der Geheimrat hatte inzwischen das Empfangszimmer betreten. Es war ein kleiner, hübscher Raum, der selten benutzt wurde. Gunter Valberg stand inmitten dieses Zimmers und sah dem alten Herrn entgegen.

»Was verschafft mir die Ehre Ihres Besuches, Herr Doktor?« fragte dieser, Gunter einen Platz anbietend und selbst Platz nehmend.

Gunter gab den forschenden Blick des alten Herrn ebenso zurück und fand, daß er klare, gute Augen hatte und durchaus nicht aussah, als könne er einem Menschen etwas zuleide tun. Er atmete tief auf und erwiderte, dem Blick des alten Herrn standhaltend:

»Gestatten Sie mir, ganz offen zu sein, Herr Geheimrat?«

Dieser lächelte, und dieses Lächeln verriet viel Wohlwollen und Wohlgefallen an der Persönlichkeit seines Besuchers.

»Ich bitte darum, Herr Doktor, der gerade Weg ist immer der beste.«

»Ich hoffe sehr, daß es auch diesmal der beste ist, Herr Geheimrat, denn ich weiß, wie sehr mein Lebensglück davon abhängt, daß ich den richtigen Weg einschlage.«

»Ihr Lebensglück?«

Gunter nickte energisch.

»Sie werden von Ihrem Fräulein Pflegetochter gehört haben, auf welche Weise wir uns kennengelernt haben, und daß ich gleich darum bat, Ihnen einen Besuch machen zu dürfen. Erst gestern aber gab mir die junge Dame die Erlaubnis und sprach dabei die Befürchtung aus, daß Sie mir nicht gestatten würden, in Ihrem Haus zu verkehren. Nun, da ich Sie gesehen habe, kann ich mir nicht denken, daß Sie mir aus kleinlichen und engherzigen Gründen Ihr Haus verbieten würden. Ich will noch vorausschicken, daß die junge Dame nicht der kleinste Vorwurf trifft, daß wir uns einige Male getroffen haben. Sie hat mich immer so kurz wie möglich abgefertigt, und ihr Verhalten ist über jeden Zweifel erhaben. Ich hätte nicht gewagt, ihr nur mit einem Blick oder einem Gedanken nahezutreten. Trotzdem hat sie einen tiefen Eindruck auf mich gemacht, wie nie zuvor eine Frau. Ich bin durchaus kein Schürzenjäger, der leichtfertig Abenteuer sucht, sondern ein Mensch, der in ernsthafter Weise empfindet, daß sein Lebensglück auf dem Spiel steht. Ich bitte Sie vorläufig um nichts weiter, als daß Sie mir gestatten, in Ihrem Haus zu verkehren und die junge Dame in Ihrer oder in Ihrer Frau Gemahlin Gegenwart sehen und sprechen zu dürfen. Nicht eine leichtsinnige Bekanntschaft will ich machen, sondern ich will ernsthaft der jungen Dame näherzutreten versuchen und ihr vor allen Dingen Gelegenheit geben, mich näher kennenzulernen. Ich bedarf dessen kaum noch, denn ich bin fest überzeugt, daß sie alle Eigenschaften besitzt, die mich glücklich machen würden. Und ich habe bereits eine leise Hoffnung, daß sie mich nicht ungern sieht. Ich hoffe, Sie nun genügend aufgeklärt zu haben, und bitte Sie inständig, mir keine Hindernisse in den Weg zu legen.«

Das alles hatte Gunter in so schlichter, gewinnender Offenheit gesagt, daß der alte Herr einfach von ihm bezaubert war.

Ich glaube wahrhaftig, das wäre ein Mann für Romana, dachte er, immer wieder forschend in Gunters Gesicht blickend, das so klug und energisch war und aus dem doch die grauen Augen mit so viel Güte herausblickten.

»Mein sehr verehrter Herr Doktor«, sagte er, »ich freue mich, daß Sie offen zu mir waren. So können wir uns, wie ich hoffe, leicht verständigen. Ihre Bekanntschaft mit meiner Pflegetochter kam uns freilich etwas überraschend, das Kind ist noch nie mit einem Mann aus Ihren Kreisen bekannt geworden. Sie haben recht erkannt, daß eine stolze Reinheit und Unberührtheit über ihr liegt. Von einem guten Freund ist sie uns als kostbares Gut anvertraut worden. Er hatte Gründe, sie in großer Abgeschiedenheit aufwachsen zu lassen, und diese Gründe wird sicher einst der Mann, der sie heimführen wird, erfahren und billigen. Ob ich Ihren Verkehr in meinem Hause gestatten kann, darüber darf ich selber keine Entscheidung treffen. Ich muß darüber erst meinen Freund, der ihr Vormund ist, fragen.«

Gunter sah ihn fragend an.

»Ich glaubte, Sie seien auch der Vormund der jungen Dame gewesen – denn jetzt bedarf sie wohl keines Vormunds mehr.«

»In gewissem Sinne doch, und mein Freund wird sich dieses Recht nicht nehmen lassen.«

Gunter richtete sich auf.

»Daß Sie nicht dem ersten Besten, der in Ihr Haus kommt, Tür und Tor öffnen, kann ich verstehen, und deshalb möchte ich Ihnen noch sagen, daß mein Vater der Besitzer der bekannten Valberg-Werke ist und daß ich sein einziger Sohn und Erbe bin, auch schon als Teilhaber in den Betrieb eingetreten bin, seit ich mein Studium beendet habe. Das dürfte genügen, um Sie über meine Lebensstellung und meine Vermögensverhältnisse aufzuklären. Wenn Sie außerdem noch eines Leumundszeugnisses bedürfen, so kann ich Ihnen mit Referenzen dienen. Sie würden zum Beispiel von Herrn Gerichtspräsident von Altdorf in Berlin, dessen Sohn mein bester Freund ist und der mich seit Jahren kennt, alles Wissenswerte über mich erfahren.«

Bei der Nennung des Namens des Gerichtspräsidenten zuckte Geheimrat Dürkopp leicht zusammen. Er beherrschte sich freilich sofort wieder, aber Gunter hatte dieses leise Zusammenzucken sehr wohl bemerkt. Es fiel ihm auch auf, daß der alte Herr sogleich etwas reserviert und zurückhaltend wurde.

Geheimrat Dürkopp fragte dann ziemlich beklommen:

»Gerichtspräsident Herbert von Altdorf – nicht wahr?«

»Ganz recht. Kennen Sie ihn?«

Der Geheimrat versuchte gleichmütig auszusehen.

»Oh, nur dem Namen nach, ich war lange Jahre Beamter, und sein Name hat einen guten Klang.«

»Und mit Recht, er ist ein Ehrenmann ohne Furcht und Tadel. Und sein Zeugnis wird Ihnen genügen.«

Der alte Herr hatte sich wieder gefaßt und sagte lächelnd:

»Ich glaube, meine Menschenkenntnis gestattet mir, auf dieses Zeugnis zu verzichten. Ich werde keinen Augenblick anstehen, Ihren Verkehr in meinem Hause zu gestatten und Sie von Herzen willkommen zu heißen; aber ich muß Sie nochmals darauf hinweisen, daß ich das nicht darf, ohne den Vormund meiner Pflegetochter vorher zu unterrichten. Ich habe bestimmte Weisungen und kann mich davon nicht entbinden. Es bestehen da besondere Verhältnisse, mein sehr verehrter Herr Doktor. Sofort werde ich an den Vormund meiner Schutzbefohlenen nach Berlin schreiben und mich bemühen, seine Zustimmung einzuholen. Mehr kann ich als Mann zu Mann heute nicht versprechen.«

»Damit muß ich mich wohl vorläufig zufriedengeben«, sagte Gunter verstimmt.

Der alte Herr faßte seine Hand.

»Seien Sie mir nicht böse, und glauben Sie mir, ich werde mich glücklich schätzen, Ihnen eine zustimmende Antwort übermitteln zu können. Darf ich fragen, wie lange Sie noch in Swinemünde zu bleiben gedenken?«

»Noch einige Wochen, denke ich. Ich wohne in Gesellschaft meines Freundes Bernd von Altdorf, der bei unseren Werken als Ingenieur angestellt ist – wir haben zusammen die Hochschule besucht –, in der Pension Seeschloß.«

Wieder zuckte es leise im Gesicht des alten Herrn.

»Ah – so war es wohl dieser Herr von Altdorf, mit dem zusammen Sie sich im Wald verirrt hatten?«

Gunter merkte wieder die leichte Unruhe des alten Herrn, die er sich aber nicht erklären konnte.

»So ist es, Herr Geheimrat. Ehe ich mich nun empfehle, bitte ich Sie sehr, mir zu gestatten, Ihrer Frau Gemahlin meine Aufwartung zu machen und auch Ihr Fräulein Pflegetochter für einige Minuten zu sprechen. Ich will ihr nur gern selbst mitteilen, was Sie beschlossen haben und daß ich mich Ihrem Beschluß fügen will, bis Antwort von ihrem Vormund da ist, der uns hoffentlich gestatten wird, uns öfter zu sehen und zu sprechen.«

»Das will ich auch hoffen, Herr Doktor«, sagte der alte Herr, »denn Sie sind mir sehr sympathisch, und ich möchte Sie nicht gern betrüben.«

Er war aber ein wenig unsicher geworden, seit er den Namen Altdorf gehört hatte. Am liebsten hätte er ein nochmaliges Zusammentreffen zwischen Gunter und Romana verhindert, bis er von Justizrat Harland Bescheid hatte. Aber Gunters bittender Blick und die Erwägung, daß auch Romana sehnsüchtig auf dieses Wiedersehen warten würde, stimmten ihn doch um.

Schließlich hatten sich die beiden jungen Menschen nun schon verschiedene Male gesehen, und es kam auf einmal mehr nicht an. So zog er die Klingel und gebot dem eintretenden Friedrich, der inzwischen seinen Rock gewechselt hatte, um das Haus seines ehrwürdigen

Herrn würdig zu repräsentieren, daß er die beiden Damen herüberbitten lasse. Einen Namen nannte er nicht, und Gunter wagte heute noch nicht, nach Romanas Namen zu fragen. Daß er ihren Vornamen wußte, verschwieg er dem alten Herrn natürlich auch.

Es dauerte nicht lange, da trat die Geheimrätin mit Romana ein. Inzwischen hatte sich der alte Herr überlegt, daß Romana Doktor Valberg sicher ihren Namen noch nicht genannt hatte. Wie sollte er sie vorstellen? Natürlich nur unter dem Namen, unter dem sie auch hier in der Öffentlichkeit bekannt war.

Gunters Augen flogen so aufleuchtend zu Romana hinüber, daß die Geheimrätin, die diesen Blick bemerkte, sofort ein warmes Gefühl für ihn in sich aufsteigen fühlte. Romana aber verursachte dieser Blick Herzklopfen.

Der Geheimrat stellte nun in aller Form vor: »Herr Doktor Valberg – meine Frau, meine Pflegetochter, Fräulein Harland. Der Herr Doktor wünscht den Damen seine Aufwartung zu machen.«

Die Geheimrätin reichte Gunter impulsiv die Hand. Diese kluge, warmherzige Frau hatte sehr entschiedene Sympathien und Antipathien. Wer ihr nicht gleich beim ersten Blick gefiel, der sagte ihr niemals zu. Gunter hatte sich ihr Herz im Sturm erobert, und ihre Augen lächelten ihm zu.

»Es freut mich, Herr Doktor, Sie kennenzulernen. Es verirrt sich selten ein Gast zu uns.« Gunter zog ihre Hand an seine Lippen.

»Als ein Gast Ihres Hauses darf ich mich leider noch nicht betrachten. Ihr Herr Gemahl hat mir vorläufig nur gestattet, Ihnen und dem gnädigen Fräulein meine Aufwartung zu machen.«

»Oh, ich hoffe aber, daß wir Sie bald als lieben Gast bei uns sehen dürfen, Herr Doktor.«

Der Geheimrat merkte sehr wohl, daß seine Gattin bereit war, Doktor Valberg Tür und Tor und auch ihr gutes Herz zu öffnen, und fürchtete ein zu großes Entgegenkommen von ihrer Seite. Da er sie nicht anders warnen konnte, sagte er, sie fest und bedeutungsvoll ansehend: »Herr Doktor Valberg ist intim befreundet mit dem Sohn des Gerichtspräsidenten von Altdorf, Elisabeth, du weißt – ich kenne den Herrn Gerichtspräsidenten von meiner Amtstätigkeit her. Der junge Herr von Altdorf ist in Gesellschaft Doktor Valbergs in Swinemünde, und er war neulich in seiner Begleitung, als sich die beiden Herren im Wald verirrt hatten und unser Töchterchen nach dem Weg fragten.«

Ganz deutlich sah Gunter, daß bei diesen Worten der frohe Schein im Gesicht der alten Damen erlosch. Das gab ihm Rätsel auf. Aber er ließ sich nichts anmerken und wandte sich nun an Romana:

»Darf ich Ihnen guten Tag sagen, mein gnädiges Fräulein?«

Romana reichte ihm mit einer reizenden, halb zutraulichen, halb verlegenen Befangenheit die Hand.

»Ich freue mich sehr, Herr Doktor, Sie bei uns zu sehen«, sagte sie mit bebender Stimme.

Man plauderte nun ein wenig über Nichtigkeiten, aber Gunters Augen redeten eine andere Sprache, wenn sie mit denen Romanas zusammentrafen, und sie verriet ihm durch den Ausdruck ihrer Augen auch mehr, als sie ahnte. Sie gab jetzt, unter dem Schutz ihrer Pflegeeltern, ihre stolze Zurückhaltung auf und beglückte Gunter damit unsagbar. Jetzt erst erkannte er ganz den weichen, bezaubernden Liebreiz, der ihr eigen war und ihre Persönlichkeit noch liebenswerter machte. Es wurde ihm sehr heiß ums Herz, und er hätte ihr die Hände küssen mögen vor Glückseligkeit, daß sie vor ihm saß.

Aber endlich mußte er gehen. Als er sich von Romana verabschiedete, sagte er mit seiner warmen, sonoren Stimme, die sich Romana ins Herz geschmeichelt hatte: »Ich hoffe auf ein baldiges Wiedersehen, mein gnädiges Fräulcin.«

»Es soll mich freuen«, erwiderte sie, und ihre Augen verrieten ihm, wie ehrlich sie das meinte.

Die Geheimrätin verabschiedete sich mit einer verhaltenen Herzlichkeit von ihm, die sich aus irgendeinem Grund nicht so recht hervorwagte.

Als er sich entfernt hatte, stand der Geheimrat mit seiner Gattin Hand in Hand am Fenster. Romana war schon aus dem Zimmer geschlüpft, sie sehnte sich danach, allein zu sein mit den neuerwachten, süßseligen Empfindungen, die sie doch niemand zeigen wollte. Sie war in ihr Zimmer hinaufgeeilt und sah ebenfalls hinter der stolzen, aufrechten Männergestalt her, die sich mit elastischen Schritten entfernte. Der Gang eines Menschen ist oft viel mehr der Ausdruck seiner ganzen Persönlichkeit als alles andere. Und Gunters zielsicherer, energischer Gang mit der stolzen, freien Haltung kennzeichnete wirklich sein ganzes Wesen. Ihre Empfindungen schlugen über Romana zusammen. Sie preßte die

Hände an das Herz und schloß die Augen. Es war Gunter Valberg nicht schwer geworden, dies unberührte junge Mädchenherz sich zu eigen zu machen – war er doch der erste echte Mann, der ihr begegnete.

Überwältigt von ihren Gefühlen sank sie in einen Sessel und barg das Gesicht in den Händen.

Unten aber wandte sich jetzt der Geheimrat an seine Gattin.

»Hast du verstanden, Elisabeth, daß ich erschrocken bin, als ich hörte, daß Doktor Valberg mit Bernd von Altdorf befreundet ist, ja, daß dieser auch hier in Swinemünde weilt und sogar neulich mit Romana im Wald zusammentraf?«

Die alte Dame nickte seufzend.

»Ja, Ernst, ich verstand dich wohl und erschrak wie du. Was hältst du davon, daß Doktor Valberg uns besuchte?«

Der alte Herr winkte hastig ab.

»Der ist ganz unbefangen. Ihn führt nichts her als der Wunsch, den er mir angab – er will sich um Romana bewerben, ich würde dem Kind einen solchen Mann gönnen. Nur dieser Herr von Altdorf beunruhigt mich. Es ist möglich, sogar wahrscheinlich, daß die Anwesenheit des jungen Herrn von Altdorf ganz zufällig ist. Aber wir dürfen keine Vorsichtsmaßregel außer acht lassen! Du weißt, daß Romana gerade in der Nähe der Familie Altdorf die größte Gefahr droht und daß Harland deshalb strenge Weisung von Romanas Vater hatte, seine Tochter dieser Familie fernzuhalten, obwohl sie ihr nahesteht und ihr von ihr selbst keine Gefahr droht – im

Gegenteil. Aber das brauche ich dir ja nicht erst zu erklären.«

»Nein, nein, Ernst, aber es sollte mir doch furchtbar leid tun, wenn Romana sich deshalb, weil Doktor Valberg mit Herrn von Altdorf befreundet ist, von diesem fernhalten müßte. Soll denn das arme, liebe Kind nie zur Ruhe kommen?«

»Es tut mir natürlich auch sehr leid, Elisabeth. Du weißt doch, wie lieb mir Romana ist, und kannst dir denken, daß ich ihr ein reiches, volles Glück wünsche. Aber ich selbst kann und will hier nicht entscheiden, die Verantwortung ist zu groß. Ich habe Doktor Valberg gesagt, daß ich Romanas Vormund erst von seinem Wunsch in Kenntnis setzen werde und daß dieser darüber entscheiden muß. Nur ungern gestattete ich ihm heute noch ein Zusammentreffen mit Romana.«

»Das arme Kind! Soll denn das Drama, das ihr junges Leben schon so verdunkelt hat, nun auch noch ihre Herzensneigung ersticken?«

»Du glaubst, daß Romana Doktor Valberg auch nicht mehr gleichgültig gegenübersteht?«

»Das glaube ich ganz bestimmt! Und ist es denn ein Wunder? Der erste Mann, der ihr gegenübertritt, ist ein bezaubernder Mensch. Sie würden so gut zusammenpassen, diese beiden schönen, jungen Menschen, man könnte seine Freude daran haben.«

»Du hast dir natürlich schon ein abschließendes Urteil über ihn gebildet«, scherzte der alte Herr gutmütig.

»Aber Ernst, du weißt doch, wie schnell das bei mir geht – und wie richtig mein Urteil meist ist. Was tun wir nur, Ernst, um den beiden zu helfen?«

»Nichts können wir tun, Elisabeth, leider gar nichts, als daß ich sogleich an Harland schreibe und um Weisungen bitte. Nach diesen muß ich mich unter allen Umständen richten.«

5

Die Antwort auf das Schreiben des Geheimrats an Justizrat Harland traf telegrafisch ein und lautete:

»Komme morgen mit Abendzug, Harland.«

Als der Geheimrat Romana dieses Telegramm zu lesen gab, fragte sie beklommen, unruhig zu ihm aufsehend:

»Onkel Justizrat wollte doch erst nächste Woche kommen?«

»Seine Pläne haben sich anscheinend geändert.«

»Meinst du, Papa Dürkopp, daß er wegen Doktor Valberg so viel früher kommt?«

»Sicher, liebes Kind. Meinen Brief hat er erhalten. Du weißt, daß ich über den Besuch Doktor Valbergs berichtet habe. Ich bin froh, daß er herkommt und mir die Verantwortung abnimmt.«

Da ging Romana still aus dem Zimmer mit einem blassen, gespannten Gesicht. Und schwerer als sonst überfiel sie das Bangen über das Geheimnis, das über ihrem Leben schwebte. Sollte es auch Gewalt bekommen über ihre Liebe? Ja – ja – es war plötzlich klar in ihr: Sie liebte Gunter Valberg, sie liebte ihn mit der ganzen innigen Zärtlichkeit einer an Liebe darbenden Seele! Eine schwere Angst bedrückte sie. Sie fühlte, daß es ein großes Unglück für sie bedeuten würde, wenn man ihr verbot, mit Gunter Valberg zusammenzutreffen. Die bange Unrast ihres Herzens trieb sie hinüber zur Hornklippe. Sie wollte wenigstens ihre Augen nach Swinemünde hinüberschweifen lassen, wo er weilte. Sie wußte, er würde genauso unruhig wie sie auf die Entscheidung des Vormundes warten.

Mit schnellen Schritten durchkreuzte sie den Wald, der zwischen dem Dorf und der Hornklippe lag. Und als sie vorn am Meer die Dünen erstieg, da erstieg diese Dünen von der anderen Seite – Doktor Gunter Valberg. Auch ihn hatten die Sehnsucht und die heiße Unrast seines Herzens wenigstens in die Nähe der Geliebten getrieben.

So standen sie plötzlich ganz unvorbereitet einander auf der Düne gegenüber und sahen sich, atemlos vom schnellen Anstieg, mit flammenden Gesichtern an. Ihre Herzen klopften, nicht nur vom schnellen Steigen, in rasendem Tempo, und ihre Augen senkten sich ineinander, ohne etwas verbergen zu können. Die Glut ihrer Gesichter erlosch vor unterdrückter Erregung, und sie erblaßten. Sie wußten in diesem Augenblick beide, daß sie nie mehr voneinander lassen konnten, mochte kommen, was wolle.

»Romana!«

Wie ein Hauch nur klang dieser Name an ihr Ohr, aber es sprach sich alles in diesem Namen aus, was er noch verschweigen mußte. Ihre Augen trübten sich, aufsteigende Tränen verdunkelten ihren Blick. Sie stand zitternd vor ihm und konnte nicht reden. Auch er rang mit aller Kraft um Fassung. Endlich sagte er heiser: »Die Sehnsucht trieb mich her, Romana, mir war, als riefen Sie nach mir. Und nun bin ich so froh überrascht, Sie vor mir zu sehen. Ich wagte mich nicht mehr in Ihren Wald, hatte mir geschworen, Sie nicht eher wieder aufzusuchen, als bis ich Nachricht von Ihrem Vormund erwarten durfte. Nur von weitem wollte ich wenigstens das Haus sehen, in dem Sie weilen. Meine Sehnsucht muß Sie hergezaubert haben.«

Sie machte eine hilflose Bewegung.

»Ich – ich wollte auch nur einen Blick nach Swinemünde hinüberwerfen.«

Er ergriff ihre Hand.

»Wie glücklich macht es mich, Sie wiederzusehen.«

Sie schrak plötzlich zusammen.

»Es darf ja nicht sein, ich versprach, Sie nicht zu sehen, bevor mein Vormund eintrifft. Er hat heute als Antwort auf meines Pflegevaters Brief ein Telegramm gesandt, daß er morgen kommt. Und – mir ist so bange – so bange – ich fürchte, wir dürfen uns nicht wiedersehen.«

Er preßte ihre Hand an seine Lippen.

»Dieses Wiedersehen kam ohne unsern Willen, Romana – und daß Sie so verzagt sind, weil Sie fürchten, daß man uns trennen könnte, das beglückt mich sehr. Aber nicht diese Angst, Teuerste, wir sehen uns wieder! Ich habe Ihrem Pflegevater offen und ehrlich meine Absichten enthüllt. Man darf uns nicht trennen, ich werde Mittel und Wege finden, Sie mir zu erringen, auch gegen den Willen Ihres Vormundes. Ich liebe dich, Romana, ich liebe dich seit dem ersten Augenblick, da ich dich wie Dornröschen im Schlafe sah in deiner Hängematte. Als deine Augen mich dann, aus dem Schlafe erwachend, ansahen, da fühlte ich, daß du meines Lebens Glück und Inhalt sein würdest. Es ging nun alles so rasch, daß ich mir selber nicht gleich darüber klar wurde. Und nun bestürme ich dich auch viel zu rasch mit meiner Liebe – aber die Angst, dich zu verlieren, läßt mich alles vergessen. Du bist dir vielleicht noch nicht klar über das, was du für mich empfindest, aber ich weiß, daß du mich liebst wie ich dich, denn du bist mir vom Schicksal bestimmt. Sag, Romana, schreckt dich meine Liebe oder kannst du sie erwidern?«

Sie war unter seinen Worten rot und blaß geworden und sah zitternd und bebend und doch voll heißer Glückseligkeit zu ihm auf.

»Ich weiß nicht, ob das Liebe ist, was ich für Sie empfinde, aber – wenn ich Sie nicht wiedersehen darf, dann – dann will ich lieber sterben«, stieß sie hervor.

Wie gern hätte er sie in seine Arme genommen und ihre Lippen mit Küssen bedeckt, aber sie standen hier oben so frei – leicht konnte sie jemand sehen. So preßte er nur ihre Hand an seine Lippen und sagte:

»Wir werden uns wiedersehen, Romana, irgendeinen Weg finde ich zu dir. Was auch Geheimnisvolles zwischen uns stehen mag, unsere Herzen gehören zusammen, und das ist die Hauptsache. Wir sehen uns wieder, und wenn ich durch Feuer und Wasser gehen müßte!«

Wieder sahen sie sich tief in die Augen, und dann schrak Romana zusammen.

»Ich muß gehen – leben Sie wohl!«

»Nein, sag nicht Lebewohl, sag auf Wiedersehen, Romana.«

»So Gott will, auf Wiedersehen!«

Und schnell riß sie sich los und rannte die Düne hinunter in den Wald. Er sah ihr schweratmend nach. Und nach einer Weile blieb sie stehen und sah zu ihm zurück. Er stand noch oben auf der Düne. Seine schlanke, stolze Gestalt zeichnete sich klar vom blauen Himmel ab.

»Wenn ich ihn nie wiedersehen würde?« dachte sie, fast vergehend vor Schmerz.

Ihr war, als müsse sie zu ihm zurücklaufen, sich in seine Arme werfen und zu ihm sagen: »Halte mich, schütze mich vor den unbekannten Gefahren, die mich bedrohen, die mich immer zur Einsamkeit verdammten! Hilf mir!« Wie in hilfloser Angst streckte sie die Arme nach ihm aus, ohne sich vom Fleck zu rühren.

Er sah das, und mit großen Sätzen war er wieder an ihrer Seite. Sie sah ihm mit großen, bangen Augen entgegen. Und da vergaß er alle Zurückhaltung. Er zog sie in seine Arme und preßte seine Lippen auf die ihren. Er fühlte, wie sie zitterte, wie sie aber seinen Kuß zurückgab in heißer Innigkeit. So verharrten sie eine Weile, innig umschlungen, Mund an Mund. Aber dann merkte er, wie sich ihr Körper in wiedergewonnener Energie straffte und sich leise aus seinen Armen wand. Er preßte ihre Hand an seine Lippen.

»Romana – meine Romana«, sagte er mit unbeschreiblicher Zärtlichkeit, die ihr Herz erbeben ließ. Ihre Augen strahlten in die seinen, und leise, aber voll Innigkeit erwiderte sie:

»Ich liebe dich, ich liebe dich, Gunter!« Damit riß sie sich los und eilte davon. Wie gejagt flog sie dahin, und als sie nach Hause kam, eilte sie hinauf in ihr Zimmer, ohne das Wohnzimmer zu betreten, und schloß sich ein. Von ihrem Empfinden überwältigt, warf sie sich auf den Diwan und vergrub ihr Gesicht in den Händen. Und immer wieder flüsterte sie in verhaltenem Jubel vor sich hin: »Ich liebe dich – ich liebe dich!«

Es war, als berauschte sie sich an diesen Worten. Sie klangen in ihrem Herzen wider und überfluteten sie mit Licht und Wärme. Die ganze qualvolle Einsamkeit ihrer Jugend war vergessen, ging unter in der seligen Gewißheit, zu lieben und geliebt zu werden. Dazwischen wollte freilich auch immer wieder die Angst aufkommen, daß man sie von Gunter trennen könnte; aber dann rief sie sich schnell zum Trost seine Worte ins Gedächtnis zurück: »Wir sehen uns wieder, und wenn ich durch Feuer und Wasser gehen müßte!«

So lag sie lange, eine Beute ihrer aufgestörten Empfindungen. Sie wußte, über diese Begegnung mit Gunter würde sie mit ihren Pflegeeltern nicht sprechen können. Mit einem Mal hatte ihr junges Leben ein anderes Gepräge bekommen. Wie ein Kind hatte sie bisher dahingelebt, nichts hatte an ihrer Herzensruhe gerüttelt als die Trauer um den verlorenen Vater und der lastende Druck der Gefahr, in der sie, wie man ihr gesagt hatte, schweben sollte. Das alles waren niederdrückende, lähmende Gefühle gewesen. Jetzt zum erstenmal war ein Gefühl starker, heißer Glückseligkeit in ihr aufgewacht, ein Gefühl, das alles andere zum Schweigen brachte und sie über alles andere Schwere hinwegtrug. Wie ein Sturmwind war diese Liebe über sie gekommen und hatte sie heute wehrlos in Gunters Arme getrieben. Ach – wie ruhte es sich warm und köstlich in seinem Schutz. Sie wußte, fühlte, daß nur in seinen Armen für sie die Ruhe und Sicherheit zu finden war, und der Gedanke, daß man sie hindern könne, in seine Arme zu flüchten, erschütterte sie.

Lange lag sie so – bis es endlich an ihrer Tür klopfte und Frau Geheimrat draußen rief:

»Bist du hier, Romana?«

Sie erhob sich hastig, strich sich das Haar aus dem Gesicht und öffnete die Tür.

»Ich lag eine Weile auf dem Diwan – weil ich Kopfweh hatte, Mama Dürkopp«, erwiderte sie.

Die alte Dame trat in das Zimmer.

»Ich hatte schon Angst, daß du noch draußen im Wald sein könntest, weil ich dich so lange nicht sah.«

»Nein, nein, ich habe nur geruht, und jetzt komme ich mit dir hinunter. Ist schon alles bereit zum Empfang von Onkel Justizrat?«

»Gewiß, das bedarf ja keiner großen Vorbereitungen.«

»Wird Onkel Justizrat schon jetzt seine Ferien antreten, oder kommt er jetzt nur vorübergehend nach Hornklippe?«

Die Geheimrätin spürte die Unruhe in Romanas Worten und legte ihren Arm um sie.

»Das weiß ich auch nicht, aber du mußt das Vertrauen zu ihm nicht verlieren, Kind, auch wenn er einmal nicht nach deinen Wünschen handeln kann.«

Romana seufzte leise.

»Ob sich wohl je die Wolken über meinem Schicksal zerteilen werden?«

»Ganz bestimmt!«

»Oder es steigen neue auf.«

»Nicht so mutlos sein, mein liebes armes Kind. Du bist jetzt ganz verstört, und das ist kein Wunder. Aber ich hoffe, daß sich alles zu deinen Gunsten klären wird.«

Mit einem dankbaren Blick sah Romana zu ihr auf.

»Kannst du mir nicht nachfühlen, du Liebe, Gute, die du mich doch in allem verstehst, wie schwer mein Herz jetzt ist, weil ich nun immer wieder auf dies Geheimnis stoße, das mein ganzes Leben wie eine unsichtbare Mauer umgibt, die mir keinen freien Blick ins Leben gönnen will?«

»Oh, wie gut kann ich dir das nachfühlen!«

Romana richtete sich auf.

»Wenn ich nur erst einmal klar sehen könnte, wenn ich endlich wüßte, was mir eigentlich droht. Dies Tappen im Dunkeln ist so quälend!«

»Vergiß nicht, daß dein Vater in seiner übergroßen Liebe und Sorge um dich alles so bestimmt hat. Er wollte nicht, daß du die Gefahr kennst, die dich bedroht, weil er hoffte, daß er sie dir fernhalten könnte durch diese Vorsichtsmaßregeln. Wir handeln alle nach dem Wunsch deines Vaters und breiten unsere Hände über dich.«

»Kennst du denn die Gefahr, in der ich schwebe?«

Romana fragte das sehr dringend, und die alte Dame fürchtete, daß sie ihr nicht Ruhe geben würde, ihr alles zu enthüllten, wenn sie wußte, daß sie diese Gefahr kannte, und deshalb sagte sie:

»Ich kenne sie so wenig wie du. Habe doch noch diese zwei Jahre Geduld – oder bis du dich verheiratest. Das kann vielleicht früher geschehen als zu deinem fünfundzwanzigsten Geburtstag. An diesem oder an deinem Hochzeitstag wirst du alles erfahren!«

Mit großen Augen sah Romana vor sich hin.

»An meinem Hochzeitstag?«

Das hatte sie längst gewußt, daß sie an einem dieser beiden Tage alles erfahren sollte. Aber bisher hatte für sie der Begriff »Hochzeitstag« gar nicht bestanden. Jetzt aber schmeichelte er sich in ihr Herz mit einem süßen, verheißungsvollen Klang. Einen Augenblick schloß sie die Augen und sah sich im Geist mit Gunter durch eine hohe Kirche gehen, Seite an Seite, im weißen Brautkleid und Schleier. Sie sah Gunters Gesicht vor sich, so wie vorhin, als er ihre Lippen zum erstenmal geküßt hatte. Das heiße Glücksempfinden, das sie zum erstenmal in ihrem Leben in seinen Armen kennengelernt hatte, strömte wie eine warme Welle über sie hin. Und sie schrak auf, als die Geheimrätin liebevoll sagte:

»Komm, Kind, laß uns hinuntergehen, Papa wartet auf uns.«

Das herrliche Bild war verschwunden – gehorsam folgte sie der alten Dame hinunter in das Wohnzimmer.

Gunter Valberg war nach Swinemünde zurückgekehrt und fand seinen Freund Bernd, der schon auf ihn wartete, auf der Loggia, in eine Zeitung vertieft.

Erstaunt sah ihn Gunter an.

»Du bist zu Hause, Bernd? Ich denke, du machst mit der jungen Witwe eine Segelpartie?«

Bernd legte die Zeitung hin und sah den Freund mit tragikomischer Miene an.

»Wir waren auch schon dazu aufgebrochen, aber – wir sind nicht weit gekommen.«

Gunter, in dessen Herz noch die heiße Glückseligkeit loderte, achtete nicht sonderlich auf ihn, er war zu sehr von seinen eigenen Gefühlen in Anspruch genommen. Er setzte sich Bernd gegenüber und sah auf das Meer hinaus, das für eine Segelpartie recht schön bewegt war. Bernd sah ihn unsicher von der Seite an. Dann sagte er aufatmend:

»Warum bist du so still, Gunter?«

Dieser fuhr aus seinem Sinnen empor.

»Ich glaubte, du wolltest lesen.«

»Eilt mir gar nicht. Du bist wohl böse auf mich, weil ich dich so viel allein ließ in den letzten Tagen?«

Gunter lachte fast übermütig auf.

»Gewissensbisse, Bernd? Was hat dich denn plötzlich so reumütig gemacht?«

Bernd machte ein zerknirschtes Gesicht.

»Ich habe erst in dieser Stunde gemerkt, wie herzlos es war, daß ich dich so viel allein ließ. Die letzte Stunde, die ich einsam und gelangweilt hier verbrachte, hat mich das gelehrt.«

Wieder mußte Gunter lachen.

»Bernd, du scheinst deinen Nachmittag nicht angenehm verbracht zu haben?«

»Sag doch bitte mal ›Altes Kamel!‹ zu mir.«

Gunter sah Bernd nun forschend an.

»Liegt dir so viel an diesem Kosenamen?«

»Ja, Gunter, weil ich ein riesengroßes Kamel bin«, erwiderte Bernd mit einem tiefen Seufzer.

»Nun, die Verwandlung eines Schmetterlings in ein

Kamel, noch dazu in ein riesengroßes, stelle ich mir einigermaßen schmerzhaft vor.«

Bernd nickte.

»War auch einigermaßen schmerzhaft!«

»Und vielleicht auch ein bißchen teuer, was?«

Bernd sah den Freund lachend an.

»Hast du eine feine Nase gehabt, Gunter! Herrgott, war ich ein Kamel!«

»Da du in der Vergangenheit sprichst, ist ja begründete Hoffnung vorhanden, daß du dich inzwischen aus einem Kamel in einen einigermaßen vernünftigen Menschen zurückverwandelt hast. Aber nun schieß mal los – was hast du denn auf dem Herzen? Ist die hübsche Witwe untreu oder sonst ein überwundener Standpunkt geworden?«

Bernd nickte energisch.

»Ein sehr überwundener Standpunkt. Sie ist fort – über alle Berge.«

»So plötzlich?«

»Nur für mich so plötzlich, sie selbst muß diese Abreise schon von langer Hand vorbereitet haben.«

»Du sprichst in Rätseln. Willst du nicht die Güte haben, etwas deutlicher zu werden?«

»Soll gleich geschehen. Also stell dir vor, ›Madame‹ wünschte mit mir eine Segelfahrt zu machen. Als wir über die Brücke zur Abfahrtsstelle der Seegelboote gehen, fragt sie mich neckisch: ›Haben Sie auch Geld bei sich, Herr Doktor, wir müssen doch Pfand für das Boot geben, und ich habe keinen Pfennig bei mir.‹ – Daß man Pfand hinterlegen muß, wenn der Fischer mit hinausfährt, beruhe auf einem Irrtum – so meinte ich wenigstens. Ich ziehe aber übermütig meine Banknotentasche hervor, in die ich ein dickes Zeitungsblatt zusammengefaltet hineingesteckt hatte. Es enthielt einen für mich sehr wichtigen wissenschaftlichen Artikel, den ich der Sicherheit halber in meiner sonst ziemlich schwindsüchtigen Brieftasche verwahrte. Ich hatte ihn einige Male zusammengefaltet, und meine Banknotentasche sah dadurch riesig wohlhabend aus – wie es einem so reichen Mann, wie ich in ›Madame‹ Doras Augen sein wollte, zukam. Außer dieser Zeitung hatte ich nur zwanzig Mark in der Tasche. Denn auf einer Segelfahrt braucht man nicht mehr, und ich wollte nicht noch einmal meinen Koffer aufschließen, ehe ich ging. Im übrigen hatte ich auch noch etwas Silber in einer anderen Tasche bei mir. Ich halte also meine wohlhabende Banknotentasche der hübschen Frau Dora vor das winzige Naschen und sage so obenhin: ›Frisch angefüllt mit dreißig Tausendmarkscheinen – das wird genügen.‹ Sie lächelte entzükkend – aber in ihren Augen sprühte wieder das Teufelchen auf, und das warnte mich. Sie war reizender und anschmiegsamer denn je, und ich half ihr in das Segelboot, das ich schon gemietet hatte. Sie flog mir dabei buchstäblich in die Arme, und ich hielt sie eine Weile fest. So etwas macht sich beim Einsteigen in ein Boot immer sehr nett, und wenn uns der Fischer nicht zugerufen hätte, wir sollten uns setzen, dann hätte ich sie vielleicht noch ein wenig länger gehalten. Also – wir segeln los! Aber kaum sind wir über den Brückenkopf hinaus, da wird ›Madame‹ Dora auf einmal sehr anschmiegend und schutzbedürftig. Sie läßt sich willig von meinem Arm umfangen, schmiegt sich dicht an mich, und mir wird dabei sehr warm. Ich ziehe mein Sakko aus und lege es hinter ihren Rücken, damit sie bequemer sitzt. Es rutscht aber hinunter und liegt nun zwischen uns. ›Madame‹ wird immer hilfsbedürftiger, schmiegt sich immer näher an mich an und – da merke ich plötzlich, daß sie verstohlen, während sie sich an mich anschmiegt, mit der einen Hand an meinem Sakko herumtastet. Ohne sie etwas von meiner Entdeckung merken zu lassen, fahre ich mit meinen Tröstungsversuchen ruhig fort, und drücke ihr Köpfchen fest an mich. So kann ich über ihre Schulter hinweg genau beobachten, ohne daß sie es merkt, wie ihre Hand auf Raub ausgeht. Die süße Dora ergattert auf diese Weise meine ›gutgefüllte‹ Banknotentasche. Das ging mit einer solchen Sicherheit vor sich, daß ich auf große Übung schließen mußte. Immer lieblich mit mir kosend, läßt sie nun die Banknotentasche in ihrer ziemlich umfangreichen Handtasche verschwinden, die von Anfang an zwischen uns lag. Ich sah diesem Manöver erst mit Entrüstung, dann mit einer diabolischen Freude zu. ›Madame‹ bekommt nun plötzlich, nachdem die Tasche verschwunden ist, ein so starkes Unwohlsein, daß sie energisch wieder an Land will. Der Fischer muß umkehren, und wir fahren zum Land zurück. Natürlich beschäftigt mich ›Madame‹ ausreichend mit allerlei sinnigen Mätzchen, und im Bestreben, ihr die Freude an ihrem Raub nicht zu stören, spiele ich willig in dieser Komödie die Rolle des Idioten, der sich an der Nase herumführen läßt. Ich denke natürlich nicht daran, nach meiner gutgefüllten Banknotentasche zu fühlen, als ich das Sakko schnell überwerfe, denn ›Madame‹ bedarf meiner sehr als Stütze. Hier in der Pension angekommen, ziehe ich im Flur schnell mein Sakko wieder aus und werfe es dem Zimmermädchen mit der Bemerkung zu, sie möge es auf mein Zimmer tragen. Es blitzt triumphierend in ›Madames‹ Augen auf – jetzt soll ihr noch jemand beweisen, daß sie die Banknotentasche aus meinem Sakko genommen hat! Sie erklärte mir, es sei ihr schon viel besser und ich möge nur warten, bis sie nach Post gefragt habe. Schön – ich warte, gespannt, wie sich die Dinge weiterentwickeln werden. Sie bekommt auch Post – ein Telegramm. Ich konnte es nachher genauer betrachten – es war in Swinemünde selbst aufgegeben, vermutlich von ihr selbst, bevor wir zum Segeln gingen. Sie heuchelt wahnsinnige Aufregung – muß sofort abreisen. Den Nachmittagszug erreicht sie noch, versichert sie mir. Ich muß ein Auto heranrufen, und ›Madame‹ läßt ihren Koffer, der seltsamerweise gepackt ist, herausbringen. Ehe ich mich versehe, ist ›Madames‹ Koffer verstaut, ›Madame‹ eingestiegen und – während sie mir Kußhändchen zuwirft, fährt sie davon. Ich stehe noch einige Minuten verdattert da und frage dann den Pensionsinhaber, der eben zu mir heraustritt, ob ›Madame‹ schon mit ihm abgerechnet hat, da sie doch so plötzlich abgereist sei. Er erwidert mir, daß ›Madame‹ täglich im voraus bezahlt habe, weil sie immer darauf gefaßt sein müsse, einmal plötzlich abreisen zu müssen. Na, das war denn also geschehen, ›Madame‹ hatte wohl schon immer gehofft, mich ein wenig zur Ader lassen zu können und hatte gut vorgearbeitet, damit sie zur rechten Zeit mit ihrem Raub verschwinden konnte. – Zum Glück weiß ich die Nummer der Zeitung, die den für mich wichtigen Artikel enthielt, so daß ich sie leicht wieder bestellen kann. Die Banknotentasche war auch schon recht verbraucht. – Was sagst du zu diesem Abenteuer?«

Gunter konnte nicht anders, er mußte laut lachen.

»Ich habe sie immer für eine Bäderhyäne gehalten und dich deshalb gewarnt. Du kannst froh sein, daß du sie so leichten Kaufes losgeworden bist. Ich gratuliere dir, daß sich die Verwandlung vom Schmetterling zum Kamel nicht schmerzlicher vollzogen hat.«

Bernd kämpfte zwischen Ärger und Lachen.

»Du hast gut reden – sie konnte wirklich sehr reizend sein.«

»Von dieser Sorte gibt es noch mehr, Bernd. Du wirst weise Lehren aus diesem Fall ziehen und dich doch lieber auf einen Flirt mit der kleinen Rosa Mertens beschränken, die dich sicher jetzt trösten muß. Sie ist weniger gefährlich, wenn sie auch gegen die Versklavung der Frau ist und doch gern heiraten möchte.«

Bernd lachte.

»Nun, man kann ja mal sehen, ob Fräulein Rosa Mertens jetzt etwas weniger für Selbständigkeit ist. Irgendeinen kleinen Flirt muß ich haben, da man hier den ganzen Tag nichts zu arbeiten hat. Nein, Gunter, du hättest nur sehen sollen, wie geschickt ›Madame‹ vorging, um in den Besitz meiner Brieftasche zu kommen! Ich muß doch den reichen Mann mit großer Sicherheit gespielt haben, daß sie mir geglaubt hat, ich hätte eine so große Summe bei mir.«

»Hat sie dir nie eine Andeutung gemacht, daß sie in Geldverlegenheit sei?«

»Doch, sie sagte mir kürzlich, ihre Bank habe ihr

nicht rechtzeitig Geld überwiesen und sie sei in Verlegenheit, bis es eintreffen würde.«

Gunter lachte.

»Und du botest ihr nicht deine gutgefüllte Börse an?«

»Daran hätte ich wahrhaftig auch nicht gedacht, wenn ich tatsächlich über eine gutgefüllte Börse verfügt hätte. Ich hätte geglaubt, sie damit zu beleidigen.«

»Mein lieber Bernd, solche Damen pflegen immer in Geldverlegenheit zu sein, und sie hat dich sicher für einen reichen Geizkragen gehalten und beschlossen, dich auf andere Art zu schröpfen. Sicher hätte sie aber die Anleihe wiederholt, wenn ihr dieser Raub nicht gelungen wäre und – dann hätte es dich mehr gekostet, als sie heute erbeutet hat, denn dann wäre sie so deutlich geworden, daß du nicht anders gekonnt hättest, als ihr auszuhelfen.«

Nun mußte Bernd wieder lachen.

»Ich sage es ja, ich bin ein Glückspilz, bei mir gehen solche Sachen immer gut aus. Für diesen Spaß sind mir die verlorenen zwanzig Mark nicht zuviel. Du – das Gesicht von ihr hätte ich sehen mögen, als sie die Banknotentasche, sich endlich in Sicherheit wähnend, geöffnet hat und statt der erwarteten dreißig Tausendmarkscheine bloß eine alte Zeitung und lumpige zwanzig Mark entdeckte.«

Auch Gunter mußte wieder lachen. Und dann sagte Bernd ganz zerknirscht:

»Mir ist schon recht geschehen, warum habe ich dich so schnöde allein gelassen, um mit ›Madame‹ zu charmuzieren. Ich bitte dich um Verzeihung, Gunter, du mußt dich furchtbar gelangweilt haben, das habe ich erst so recht gemerkt, als ich die letzte Stunde so allein hier gesessen habe.«

»Du bist wirklich sehr zerknirscht, Bernd, und damit du deine Gewissensbisse los wirst und dich frisch und munter in den Strudel einer neuen Aufregung stürzen kannst, will ich dir versichern, daß ich mich durchaus nicht gelangweilt habe.«

»Aber was hast du denn mit diesen einsamen Nachmittagen angefangen?«

Gunter zögerte eine Weile, dann sah er Bernd groß und ernst an.

»Ich will es dir sagen, Bernd – ich war in Hornklippe, jeden Nachmittag.«

Bernd stutzte.

»In Hornklippe? Was hast du denn da gemacht?«

»Die junge Dame wiedergesehen, die uns im Wald den Weg zeigte. Jeden Tag habe ich sie gesehen, und dann habe ich im Hause ihrer Pflegeeltern einen Besuch gemacht und ihrem Pflegevater gesagt, daß ich die Absicht habe, mich um sie zu bewerben. Und heute, Bernd, heute habe ich mich mit ihr verlobt«, sagte Gunter mit verhaltener Erregung.

Bernd sprang auf und starrte ihn überrascht an.

»Mit der Dame aus der Hängematte?«

»Ja, Bernd«, erwiderte Gunter mit einem strahlenden Leuchten in seinen Augen.

Bernd fiel fassungslos wieder in seinen Stuhl zurück.

»Donnerwetter, Gunter, du bist ja noch viel leichtsinniger als ich! Das hätte ich dir nicht zugetraut.«

»Es war nicht leichtsinnig, Bernd.«

»Nicht leichtsinnig, wenn man seine Freiheit so mir nichts dir nichts preisgibt?«

»Du weißt, daß wir in diesem Punkt ganz verschieden

sind. Ich habe immer gewußt, daß es mich, wenn ich einmal die Richtige finde, gewaltig packen würde. Du weißt, ich habe nie etwas dafür übrig gehabt, meine Gefühle in kleiner Münze zu verzetteln. So von Blume zu Blume zu flattern wie du, hier und da ein wenig nippen, das ist nichts für mich. Entweder alles oder nichts! Und vom ersten Augenblick an wußte ich, daß meine Schicksalsstunde geschlagen hatte, als ich in die Augen dieser jungen Dame sah. Sie ist die eine, die einzige, die ich mir als meine Weggenossin denken kann – ich liebe sie wirklich von ganzem Herzen.«

Bernd war blaß geworden vor Aufregung.

»Herrgott, Gunter, da wird einem ja selber warm dabei. Und sie? Liebt sie dich wieder?«

»Ja, Bernd, auch bei ihr ist diese Liebe mit Sturmesgewalt gekommen. Denke dir, Bernd, dies wundervolle Geschöpf ist Jahr um Jahr nicht aus der Einsamkeit von Hornklippe hinausgekommen und hat noch nie mit Männern ihres Standes verkehrt. Mir ist das große Glück zuteil geworden, diesen kostbaren Edelstein zu finden – zu erobern.«

Ein tiefer Seufzer entfloh Bernds Lippen.

»Dich hat es ja ordentlich gepackt, Gunter! Aber schließlich bist du mit deinen dreiunddreißig Jahren alt genug, um zu wissen, was du tust. Also kann man Glück wünschen?«

Gunter schüttelte den Kopf.

»Noch nicht, Bernd, vorläufig haben wir zwei uns nur heimlich verlobt. Ich habe allerdings dem Geheimrat gesagt, daß ich ernste Absichten auf seine Pflegetochter habe. Aber er hat mir kurzerhand gesagt, daß sich dazu erst der gestrenge Vormund seiner Pflegetochter äußern müsse. Er soll darüber entscheiden, ob ich im Hause des Geheimrats verkehren darf, um mich um die junge Dame zu bewerben. Nach diesem Ultimatum war uns nahelegt worden, daß wir uns nicht sehen dürften, bis dieser Bescheid eingetroffen ist. Ich traf aber die junge Dame heute zufällig bei der Hornklippe – die beiderseitige Sehnsucht hatte uns dahin getrieben –, und da haben wir uns ohne vormundliche Erlaubnis, die rechtlich gar nicht mehr nötig ist, da meine Braut schon mündig geworden ist, plötzlich in den Armen gelegen und geküßt, weil es gar nicht anders sein konnte. Das erfährst vorläufig nur du, Bernd. Wir hatten nicht lange Zeit, uns unseres Glückes zu freuen. Sie riß sich los und lief mir davon. Aber wir lieben uns – alles andere ist Nebensache.«

Nachdenklich sah Bernd zu ihm empor und sagte dann ungewohnt ernst:

»Wenn ich die junge Dame nicht selbst gesehen hätte, Gunter, dann würde ich mich jetzt um dich sorgen. Aber sie hat auf mich einen durchaus einwandfreien Eindruck gemacht, daß ich gern glauben will, daß du etwas ganz Eigenartiges in ihr gefunden hast. Sie hatte so reine, stolze Augen und bei aller Damenhaftigkeit etwas so Unberührtes, Kindliches. Ich rufe mir jetzt ihr Gesicht ins Gedächtnis zurück – schön und reizvoll erschien sie mir auch, aber:

Doch eine Würde, eine Höhe
Entfernte die Vertraulichkeit.

Ich hätte gar nicht gewagt, meine Augen zu ihr zu erheben, obwohl ich doch nicht ängstlich bin. Du bist doch bedeutend kühner als ich. So eine Eroberung in so kurzer Zeit zu machen, das will was heißen. Übrigens fällt mir jetzt wieder ein, daß sie mich an irgend jemand erinnerte. Ich kann aber nicht daraufkommen, an wen. Also, mein Alter, hier meine Hand, mögest du gefunden haben, was zu dir paßt! Ein so wertvoller Mensch wie du muß eine ebensolche Frau haben. Menschen deines Schlages sind nicht für ein mattes Durchschnittsglück geschaffen. Also ein volles, reiches Menschenglück, Gunter! Dir wünsche ich es von Herzen.«

Die beiden Freunde drückten sich die Hand.

»Ich danke dir, Bernd.«

»Und was wird dein Vater dazu sagen?«

»Er wird sich freuen, daß ich ihm endlich die ersehnte Tochter ins Haus bringe – so eine Tochter! Wäre es nur erst soweit! Ich weiß nicht, ich habe eine innere Unruhe wegen dieses Vormundes. Der Geheimrat und seine Gattin sind reizende Menschen, so gediegen, gütig und herzlich. Aber was hat der Vormund dreinzureden?«

»Da deine Braut mündig ist, vermutlich nichts.«

»Das läßt mich hoffen, daß alles gutgeht. Er wird vielleicht versuchen, ein Gewohnheitsrecht geltend zu machen, aber wenn er gegen unsere Verbindung sein sollte, dann werde ich ihm entschieden gegenübertreten, das steht fest.«

Die beiden Freunde besprachen noch einiges und begaben sich dann zum Abendessen.

6

Justizrat Harland war in Hornklippe eingetroffen und von Geheimrats herzlich wie immer begrüßt worden. Romana zeigte ihm diesmal ein etwas unfreies, unsicheres Wesen. Wußte sie doch, daß es von ihm abhängen würde, ob sie Gunter Valberg angehören durfte.

Die Liebe war über Romana mit solcher Allgewalt gekommen, daß sie nur das eine wußte: an Gunters Seite das Leben – fern von ihm der Tod. So lange war sie trotz ihres reichen Wissens in ihrem ganzen Empfinden ein Kind geblieben, jetzt aber, nachdem sie Gunter kennengelernt hatte, nachdem seine starke Persönlichkeit, seine heiß aufflammende Liebe ihr Gefühlsleben geweckt hatte, war sie gleichsam über Nacht zur Frau herangereift, die ihre Lebenserfüllung nur in der Vereinigung mit dem Geliebten sieht. Und in jedem Menschen, der sich zwischen sie und den Geliebten stellen wollte, mußte sie naturgemäß ihren Feind sehen. Weil sie nun wußte, daß der Vormund in dieser Schicksalsfrage ein entscheidendes Wort zu sprechen hatte, sah sie ihm nicht so freudig und unbefangen entgegen wie sonst. Bedingungslos hatte sie sich bisher allem, was er über sie bestimmt hatte, gefügt. Jetzt, das wußte sie, würde sie nicht mehr so bedingungslos in alles einwilligen.

Aber als Justizrat Harland dann ihre Hand ergriff, sie mit seinen klaren, gütigen Augen ansah, da war plötzlich wieder das alte Vertrauen zu ihm da. Er strich ihr sanft über das Haar und sagte warm und herzlich:

»Du weißt, Romana, daß alles, was ich anordnete, alles, was ich über dich bestimmen mußte, im Sinne deines verewigten Vaters geschah – nur zu deinem Besten, mein liebes Kind.«

Sie nickte aufatmend.

»Ja, Onkel Justizrat, du wirst nicht wollen, daß ich unglücklich werde.«

»Um keinen Preis, mein Kind. Im Gegenteil, ich werde alles, was in meiner Macht steht, tun, um dich glücklich zu machen. Du sollst eines Tages über jeden meiner Schritte Rechenschaft erhalten, so daß du genau wissen wirst, weshalb ich dieses tat und jenes ließ.«

»Ich vertraue dir, Onkel Justizrat, aber warum hat mein Vater bestimmt, daß ich erst an meinem fünfundzwanzigsten Geburtstag über alles Aufklärung erhalten soll?«

»Vor allem deswegen, weil du erst dann die Last dieses Geheimnisses auf dich nehmen solltest. Du solltest erst die nötige Reife besitzen und dann der Gefahr, die dich bedroht, gewachsen sein. Früher solltest du nur dann unterrichtet werden, wenn du dich verheiraten würdest, weil dir dann in deinem Gatten ein natürlicher Schutz zur Seite stehen würde.«

»Also an meinem Hochzeitstag werde ich alles erfahren?«

»Ja, mein Kind. Deinem künftigen Gatten aber muß ich dann schon vor der Hochzeit alles Nötige eröffnen. Er müßte doch vor allem dann deinen wahren Stand und Namen erfahren. Erhalte mir nur dein Vertrauen, Romana, du wirst es nie bereuen müssen. Und nun, ehe wir weiter über deine Angelegenheit sprechen, gestattest du wohl, daß ich einige geschäftliche Dinge mit Papa Dürkopp bespreche. Beim Abendessen sehen wir uns wieder. Mama Dürkopp hat mir junge Hähnchen und frisch gepflückte Erbsen versprochen. Darauf freue ich mich.«

Damit mußte Romana vorerst zufrieden sein, so gern sie auch gleich erfahren hätte, ob der Vormund etwas gegen Doktor Valberg einzuwenden habe. Justizrat Harland und der Geheimrat zogen sich in das Arbeitszimmer des Hausherrn zurück. Hier saßen sich die beiden Herren eine Weile schweigend gegenüber und sahen sich an.

Endlich sagte der Justizrat:

»Ja, ja, mein lieber Ernst, dein Brief hat mich Hals über Kopf hierhergejagt. Ich habe meinen Urlaub früher antreten müssen, als ich geplant hatte. Dein Brief hat mich sehr erschreckt – weil du mir mitteilst, daß dieser Doktor Valberg ein Freund von Bernd von Altdorf ist.«

»Das kann ich mir denken, Walter, aber ich bin fest überzeugt, daß Doktor Valberg keine Ahnung hat von Romanas verwandtschaftlichen Beziehungen zu den Altdorfs. Und ebensowenig wird Bernd von Altdorf wissen, mit wem er neulich hier im Wald zusammengetroffen ist.«

»Aber – er ist mit ihr zusammengetroffen.«

»Nur auf wenige Minuten.«

Der Justizrat seufzte.

»Der Zufall ist ein mächtiger Gegner und ein ebenso mächtiger Verbündeter, wie es gerade trifft. Da haben wir all die Jahre alles bedacht und geordnet, daß Romana nie in die Nähe ihrer Verwandten kommt, und nun läuft ihr durch Zufall ihr Vetter in den Weg.«

»Ohne daß sie gegenseitig eine Ahnung davon haben,

wie nahe sie verwandt sind. Ich muß schon sagen, es ist eine Grausamkeit des Schicksals, daß man Romana vorenthalten muß, daß sie Verwandte hat, die sie sicher zärtlich lieben würden.«

»Wüßte sie es, dann wäre es noch grausamer, weil man sie von ihnen trennen muß. Gewiß ist es eine Grausamkeit des Schicksals, daß Romana gerade dort, wo sie den besten Schutz und Hort finden müßte, am meisten Gefahr läuft, das traurige Schicksal ihrer Eltern zu teilen.«

»Könnte man jetzt nicht auf diplomatischem Weg in Erfahrung bringen, ob die beiden Schurken noch am Leben sind? Vielleicht sind sie, wie so viele Russen, in den politischen Unruhen umgekommen.«

Bekümmert schüttelte der Justizrat den Kopf.

»Du müßtest mich doch gut genug kennen, Ernst, um zu wissen, daß ich keine Gelegenheit versäumt habe, etwas über die Beiden in Erfahrung zu bringen. Und ich habe durch meine Beziehungen auch Erfolg gehabt mit meinen Erkundigungen. Sie leben leider Beide noch. Natürlich haben sie auch während des Umsturzes in Rußland versucht, im Trüben zu fischen, wie sie es immer getan haben. Sie führen ein abenteuerliches Leben. Immer sind sie zusammen. Es scheint, daß einer dem anderen nicht über den Weg traut, und ihre gemeinsamen Schandtaten binden sie natürlich auch aneinander. Sie haben verstanden, sich in Stellungen zu drängen, die ihnen gestatten, alle europäischen Länder zu bereisen. Mein Gewährsmann behauptet, daß sie jetzt sogar in Deutschland sind. Er will sie kürzlich in Berlin gesehen haben. Vermutlich haben sie die Gelegenheit benützt. Altdorfs mit Spionen zu umgeben, um Romanas Aufenthalt zu ermitteln. Nun kannst du wohl verstehen, wie mich deine Nachricht erschreckte.«

Der Geheimrat sah ihn fassungslos an.

»Dann allerdings, dann teile ich deine Bedenken voll und ganz.«

»Ich habe versucht, soviel wie möglich über sie in Erfahrung zu bringen. Es war vielleicht deshalb möglich, weil nicht gerade viele Aristokraten drüben ein Amt bekommen haben. Wie es die beiden Grafen Soblikoff möglich gemacht haben, sich dem neuen Regime anzupassen, so daß man ihnen anscheinend allerlei schwierige Aufgaben anvertraut, weiß ich nicht. Erst haben sie sich um den Zaren gedrängt, um ihrem Onkel, Romanas Vater, zu schaden und dabei ihren Vorteil zu suchen, und dann haben sie es verstanden, das neue Regime über ihre Vergangenheit zu täuschen. Diese ausgekochten Schurken sind aalglatt und ausgesprochene Opportunisten. Ich fürchte natürlich, daß sie die Familie Altdorf ständig beobachten lassen; müssen sie doch annehmen, daß Gräfin Romana Soblikoff eines Tages zu ihren Verwandten kommen wird, wenn auch vielleicht unter irgendeiner Maske. Das hat Romanas Vater nur zu klar erkannt und deshalb bestimmt, daß Romana ihren Verwandten ferngehalten werden müsse. Es würde ihnen freilich nicht so leicht werden, Romana zu ermorden, denn hier bei uns würde das nicht ohne Folgen für sie abgehen. Wegen des Mordes an Romanas Eltern und Bruder kann man sie hier nicht zur Verantwortung ziehen, solange sie sich drüben der Gerechtigkeit zu entziehen wissen. Diese Verbrechen sind auf russischem Boden an russischen Staatsangehörigen geschehen – denn auch Romanas Mutter, Gräfin Ruth, war durch ihre Heirat russische Staatsangehörige. So kann man von hier aus nicht eher etwas gegen sie unternehmen, als bis sie gegen die Gesetze unseres Landes verstoßen – und dann, mein lieber Ernst, würde es für unsere Romana zu spät sein. Daß sie noch immer nicht den Plan aufgegeben haben, auch die letzte aus dem Weg zu räumen, die zwischen ihnen und dem von Graf Alexander Soblikoff in der Schweiz angelegten riesigen Vermögen steht, erscheint mir sicher. So viele Verbrechen haben sie schon um dieses Erbes willen begangen, daß sie vor dem allerletzten auch nicht zurückschrecken würden. Man kann es eben nicht darauf ankommen lassen, sie auf frischer Tat zu ertappen. Sie sind ärmer denn je und gieren schon seit der Verheiratung des Grafen Alexander nach seinem Vermögen. Also wie gesagt, Romana darf um keinen Preis mit ihren Verwandten in Berührung kommen. Das siehst du doch ein.«

»Gewiß, Walter. Aber soll man sie deshalb auch von ihrem Glück trennen? Ich muß dir sagen, dieser Doktor Valberg ist ein prachtvoller Mensch, und es scheint sich bei beiden um eine starke Neigung auf den ersten Blick zu handeln. Er macht einen sehr guten Eindruck, ist sicher nicht ein Mensch, der leicht entflammt und leicht ernüchtert ist. Er scheint sehr zuverlässig, und nach allem könnte man Romana kaum einen besseren Mann wünschen. Standesrücksichten hat sie ja nicht zu beachten, und sie steht ohnehin ihrem Titel so gleichgültig gegenüber. Sie ist ja nun schon fast dreiundzwanzig Jahre alt, und es ist kein Wunder, daß ihr junges Herz so einem Prachtmenschen entgegenfliegt.«

»Du glaubst also an eine ernste Neigung, obwohl sich die beiden erst so kurze Zeit kennen?«

»Eine Minute genügt, um eine Liebe zu erwecken. Und soll Romana verdammt sein, auf einen so wertvollen Menschen zu verzichten, nur weil er zufällig der Freund ihres Vetters ist, den sie meiden muß?«

»Du treibst mich fürchterlich in die Enge, mein guter Ernst, aber bedenke meine Lage. Ich gab meinem Freund Soblikoff mein Ehrenwort, alle seine Anordnungen genau zu befolgen, als er sich damals von mir trennte, um nie wiederzukehren. Ich muß mich danach richten. Und ich habe ihm versprochen, Romanas Aufenthaltsort sofort zu wechseln, wenn ein Mitglied der Familie Altdorf in ihre Nähe kommt. So bin ich Hals über Kopf hierhergekommen, habe all meine Geschäfte meinem Vertreter übergeben und meinen Urlaub sofort angetreten. Und – morgen früh schon verlasse ich mit Romana dein Haus und reise mit ihr ab, wie ich es ohnedies schon geplant habe.«

Geheimrat Dürkopp seufzte auf.

»Das wird Wunden geben, bei Romana – und auf der anderen Seite.«

»Hältst du es für möglich, daß die Liebe schon so tief geht?«

»Gewiß! Romana ist bei aller stolzer Zurückhaltung ein stark empfindender Mensch. Und ich gönnte ihr einen Mann wie Doktor Valberg, in dessen Schutz sie gut aufgehoben ist. Wir sind alt geworden, mein lieber Walter, und es wäre gut, unser Amt auf junge Schultern zu legen. Willst du Romana um ihr Lebensglück bringen?«

»Das wird hoffentlich nicht nötig sein; was wir machen können, es ihr zu erhalten, werden wir tun. Aber erst muß sie einmal fort von hier. Sie darf jetzt um keinen Preis noch einmal mit Doktor Valberg zusammenkommen, solange dieser mit Bernd von Altdorf drüben in Swinemünde weilt. Auch könnte ein Zufall Bernd von Altdorf enthüllen, daß Romana seine Base ist. Seine Mutter würde dann alles tun, um sich Romana zu nähern. Sie hat doch ihre Schwester Ruth so sehr geliebt und sehnt sich jahraus, jahrein nach ihrer Nichte, von der sie nur dann und wann unter allen erdenklichsten Vorsichtsmaßnahmen unter fremdem Namen durch mich erfährt, daß sie lebt und gesund ist. Sie hat nur den Trost, daß sie an Romanas fünfundzwanzigstem Geburtstag von dieser selbst Nachricht bekommen wird. Ich bringe Romana also erst einmal zu meinem Freund Marks nach Venedig. Wir werden auf Umwegen durch die Schweiz reisen. Romana erfährt erst unterwegs, wohin ich sie bringe, damit sie keine Torheit begeht. Sie nimmt nur das Nötigste mit, das sie schnell zusammenpacken kann. Das übrige Gepäck schickt ihr deine Frau nach, an die Adresse von Professor Marks.«

»Und – sie wird nie zu uns zurückkehren?«

Der Justizrat faßte des Freundes Hand.

»Mein lieber Freund, ich kann euch nachfühlen, wie schwer es euch sein wird, euch von Romana zu trennen; aber wir dürfen nicht an uns denken. Und wenn Romana heiraten würde, hättet ihr euch doch auch von ihr trennen müssen.«

»Dann wüßten wir sie wenigstens glücklich, Walter.«

»Sie wird es ja mit Gottes Hilfe werden, und ihr werdet sie dann auch sicher zuweilen wiedersehen.«

»Und was soll nun aus ihrer Liebe zu Doktor Valberg werden?«

Der Justizrat sah eine Weile nachdenklich vor sich hin. Dann sagte er aufatmend:

»Wenn es sich wirklich bei beiden um eine ernste Neigung handelt, dann sollen sie sich auch eines Tages gehören. Du kannst dir doch denken, daß mir nichts ferner liegt, als Romana von dem Mann zu trennen, den sie liebt und dem wir sie nach deiner Ansicht anvertrauen können. Aber erst muß Romana jetzt schnell in Sicherheit gebracht werden für den Fall, daß die beiden Grafen Soblikoff wirklich in Berlin sind und vielleicht auch Bernd von Altdorf beobachten lassen. Doktor Valberg soll ja von dir Nachricht erhalten, ob er in deinem Hause verkehren darf oder nicht. Ich denke, sobald ich mit Romana abgereist bin, bittest du ihn zu dir und sagst ihm, daß ich mit Romana eine Reise, die schon geplant war, angetreten habe. Und du sagst ihm, daß ich nichts dagegen habe, wenn er sich – sagen wir in zwei Monaten – bei mir in Berlin einfindet, damit wir alles Nötige besprechen können. Vorher darf er um keinen Preis wissen, wo ich Romana hingebracht habe. Er muß, falls er seiner Absicht, Romana zu heiraten, treu bleibt, vorher alles erfahren und darf Romana nicht eher wiedersehen, als bis er weiß, was auf dem Spiel steht, wenn er Romana in die Nähe ihrer Angehörigen bringt. Ist er der Mann, den du in ihm siehst, dann werden wir eine wirksame Unterstützung an ihm finden. Bürgt er mir dafür, daß Romana bei ihm in treuester Hut ist, dann will ich mein Schützeramt gern in seine Hände legen. Und glaube mir, lieber Ernst, dann werde ich aufatmen. Aber wie gesagt, das alles soll er erst von mir in Berlin erfahren. Du sagst ihm nur, daß ich nicht gegen seine Verbindung mit Romana bin, sofern er nach zwei Monaten seinen Entschluß, sie zu heiraten, noch nicht geändert hat, und daß ich ihn dann in Berlin in meinem Büro erwarte, um alles weitere mit ihm zu besprechen.«

»Ich werde natürlich ganz nach deinen Wünschen handeln, Walter, und hoffe bestimmt, daß Doktor Valberg nach zwei Monaten sich bei dir einfinden wird.«

»Gut, wenn er sehr ungeduldig ist, kann er auch schon nach einem Monat kommen – bis dahin bin ich von meiner Reise zurück«, sagte der Justizrat lächelnd.

Und der Geheimrat lächelte auch, er sah nun doch einen Hoffnungsschimmer für Romana.

Die beiden Herrn besprachen noch mancherlei, bis sie zum Abendessen gingen.

Bei Tisch sagte dann der Justizrat zu Romana:

»Mein liebes Kind, ich hatte dir eine Reise versprochen. Freilich wollte ich diese Reise erst einige Wochen später antreten, aber nun halte ich es für nötig, daß wir sofort abreisen. Morgen früh mit dem ersten Zug verlassen wir Hornklippe. Du mußt noch heute abend deine notwendigsten Sachen zusammenpacken. Mama Dürkopp wird dir behilflich sein.«

Romana war bei diesen Worten totenbleich geworden. Mit großen Augen, in denen alle Lichter erloschen waren, sah sie zu dem alten Herrn hinüber.

»Ich soll fort von hier – morgen schon?« fragte sie heiser vor Erregung.

»Ja, mein liebes Kind, es muß sein!«

Sie versuchte weiterzusprechen – es ging nicht. Sie mußte erst die krampfhafte Erregung, die sie bei seinen Worten befallen hatte, niederzwingen.

Endlich aber rang es sich heiser über ihre Lippen:

»Ich soll fort? Soll das heißen, daß du es mir unmöglich machen willst, weiter mit Dr. Valberg zu verkehren?«

Über den Tisch hinüber faßte er ihre Hand.

»Romana, zum erstenmal fühle ich, daß du mir dein Vertrauen entziehen willst. Tu es nicht! Du würdest unrecht tun, du würdest es später sehr bereuen. Auch heute sage ich dir, ich tue nur, was dein Vater mir aufgetragen hat, und bitte dich, vertrauensvoll mit mir abzureisen.«

Sie sah ihn an, mit einem Blick, der ihn erschütterte.

»Wenn ich Doktor Valberg nicht wiedersehen darf, Onkel Justizrat, dann werde ich sehr, sehr unglücklich sein. Erspare mir das, wenn du es vermeiden kannst.«

Er streichelte ihre Hand.

»Du sollst ihn wiedersehen, das will ich dir zum Trost sagen. Sei ganz ohne Sorge, unsere schnelle Abreise, die notwendig ist, hat nicht den Zweck, dich von Doktor Valberg zu trennen, sondern den, dich in Sicherheit zu bringen, weil die Gefahr, in der du schwebst, sich dir hier vielleicht nähern könnte. Sobald ich dich in Sicherheit weiß und wieder nach Berlin zurückgekommen bin, werde ich die Gelegenheit wahrnehmen, mit Doktor Valberg zu reden. Liebt er dich, wie wir hoffen und wünschen, so treu und stark, daß er so wenig von dir lassen will wie du von ihm, dann soll eurer Liebe Erfüllung werden. Laß mir Zeit, alles in die Wege zu leiten, so daß ich dich ohne Sorge in seine Obhut geben kann. Papa

Dürkopp wird ihm, wenn wir morgen fort sind, sagen, daß ich ihn nach meiner Rückkehr in Berlin erwarte. Alles andere überlasse vertrauensvoll mir!«

Forschend sah Romana in sein Gesicht. Seine guten Augen verscheuchten die Angst, daß man sie um jeden Preis von Gunter trennen wollte. Sie atmete auf und fragte hastig:

»So verbietet das Geheimnis, das über meinem Leben steht, mir nicht, Gunter Valbergs Frau zu werden?«

»Nein, mein armes liebes Kind, da sei Gott vor! Im Gegenteil, es wird uns allen lieb sein, wenn du von einem treusorgenden Gatten beschützt und behütet wirst. Habe nur noch ein Weilchen Geduld!«

»Ich darf ihn aber vor unserer Abreise nicht wiedersehen?«

»Nein, das muß um jeden Preis vermieden werden. Bevor ich nicht in Berlin mit ihm gesprochen habe – ich muß ihn dann in dein Geheimnis einweihen –, darfst du nicht wieder mit ihm zusammenkommen. Später wirst du dann alles verstehen.«

»Aber wenn er mich nicht mehr findet – was soll er dann über mich denken?«

»Ich werde ihm sagen, Romana, daß du nicht anders hast handeln können und – daß du auf ein Wiedersehen mit ihm hoffst, sobald alles geklärt ist«, warf hier der Geheimrat ein.

Romana sah langsam von einem zum andern, und in den Augen dieser drei Menschen sah sie nur Sorge und Liebe. Sie wurde ruhiger und überlegte eine Weile. Dann kam wieder Glanz in ihre Augen, und nach wenigen Minuten sagte sie aufatmend:

»Ich werde vertrauensvoll mit dir gehen, Onkel Justizrat. Ihr drei könnt ja nur mein Bestes wollen.«

Die drei Menschen atmeten auf und nickten Romana erlöst zu.

Romana fragte nun ganz gefaßt, wohin sie mit Onkel Justizrat reisen werde. Er erwiderte ihr aber, daß sie das erst morgen auf der Reise erfahren werde. Ein Schatten flog über Romanas Gesicht, aber sie faßte sich schnell.

Das erste aber, was sie tat, als sie ihr Zimmer erreicht und hinter sich abgeschlossen hatte, war, daß sie sich an ihren Schreibtisch setzte und einen Brief an Gunter schrieb:

Mein lieber Gunter!

Von meinem Vormund, der heute angekommen ist, hörte ich soeben, daß er morgen früh mit dem ersten Zug mit mir von Hornklippe abreist. Ich fürchte, daß ich nicht nach Hornklippe zurückkehren werde, und weiß, daß ich Dich vor meiner Abreise nicht wiedersehen darf. Auch weiß ich das Ziel unserer Reise nicht. Aber man hat mir gesagt, daß ich Dir eines Tages angehören darf, wenn unsere Liebe bestehen bleibt. Lieber, Du – es schwebt ein Geheimnis über meinem Leben, man sagt mir, ich sei von Gefahren bedroht und müsse in Sicherheit gebracht werden. Warum man mich deshalb auch von Dir trennt, weiß ich nicht. Aber ich muß gehorchen, und ich will es auch, denn man hat mir immer so viel Liebe und Sorgfalt erwiesen, daß es undankbar wäre, wollte ich mißtrauen. Mein Vormund handelt nach Weisungen meines verstorbenen Vaters. An meinem fünfundzwanzigsten Geburtstag soll ich erfahren, was bisher dunkel über meinem Leben steht. Wenn ich mich aber früher verheirate, soll ich an meinem Hochzeitstag schon alles zu hören bekommen.

Wirst Du mich lieb behalten, bis wir uns wiedersehen? Und wann wird das sein? Ich werde immer, immer an Dich denken, und der Gedanke an Dich wird mir ein Trost sein. Vergiß mich nicht – o vergiß mich nicht! Von Geheimrat Dürkopp wirst Du morgen erfahren, was über uns beschlossen wurde. Dieser Brief wird vielleicht erst morgen nachmittag in Deinen Händen sein, denn unser Postkasten wird erst morgen früh geleert. Ich schleiche mich aus dem Haus, um diese Zeilen zum Postkasten zu bringen. Ich kann doch nicht fort von hier, ohne Dir noch ein Wort gesagt zu haben. Ich liebe Dich und weiß, daß auch Du mich liebhast von ganzem Herzen. Wie glücklich macht mich der Gedanke, daß es einen Menschen gibt, zu dem ich gehöre, der mir alles, alles sein wird. Es darf doch nicht sein, daß ich Dich, den ich kaum gefunden habe und der doch mein ganzes Lebensglück in den Händen hält, wieder verlieren soll. So grausam kann das Schicksal nicht sein. Auf Wiedersehen, mit Gottes Hilfe auf baldiges Wiedersehen!

Deine – Deine Romana

Den Brief in der Tasche, schlich Romana die Treppe hinunter. Sie hörte im Wohnzimmer ihre Pflegeeltern mit dem Justizrat plaudern und stahl sich leise aus dem Haus.

Der einzige Briefkasten des Dorfes war unweit der Villa Elisabeth angebracht, und es dauerte nur einige

Minuten, bis Romana wieder zurück war und aufatmend in ihr Zimmer trat. Mit einer jauchzenden Glückseligkeit fühlte sie trotz aller Trennungsnot, daß Gunters Herz ihr für immer gehöre. Er würde sie bestimmt nicht vergessen, würde nach einigen Wochen mit Onkel Justizrat sprechen, und dann würde alles gut werden.

Freilich tat ihr das Herz bei dem Gedanken, daß sie Gunter jetzt lange Zeit nicht wiedersehen würde, sehr weh. Aber sie sagte sich, um so herrlicher würde dann das Wiedersehen mit ihm sein.

Schnell packte sie nun ihre Sachen für die Reise.

Als sie noch damit beschäftigt war, rief die Geheimrätin nach ihr, ob sie allein fertig werde. Romana erwiderte, sie sei schon gleich fertig und werde dann noch einmal hinunterkommen.

Als Romana in das Wohnzimmer trat, sah sie, daß die Geheimrätin geweint hatte.

Sie warf sich in die Arme der alten Dame.

»So gern bliebe ich bei dir, Mama Dürkopp«, sagte sie leise.

Die alte Dame streichelte ihr das Haar.

»Ich weiß, mein Kind. Was gäbe ich darum, dürfte ich dich halten.«

Auch der Geheimrat war schmerzlich bewegt und zog Romana neben sich nieder.

»Nun wird es still und sonnenarm für uns zwei alten Leute, Romana.«

Sie sah ihn forschend an.

»Werde ich nicht eines Tages zu euch zurückkehren dürfen?«

Er lächelte resigniert.

»Wenn du es einst kannst, wirst du es nicht mehr wollen, denn dann wirst du, will's Gott, eine schönere Heimat gefunden haben – an der Seite eines geliebten Gatten.«

Sie schmiegte ihre Wange an seine Hand.

»Dann werde ich euch aber sehr oft in Hornklippe besuchen, und ihr müßt auch zu mir kommen, das versprecht mir nur gleich.«

»Gern tun wir das, mein liebes Kind.«

Man saß noch ein Stündchen beisammen. Dann ging man zur Ruhe. Die Geheimrätin begleitete Romana in ihr Zimmer und umgab sie mit mütterlicher Zärtlichkeit. Wie so oft flocht sie Romanas langes, schweres Haar in zwei dicke Flechten und sagte ihr viel Liebes und Gutes. Und als das Haar in glatten Zöpfen über Romanas Schultern hing, sprang diese plötzlich auf und warf sich in die Arme der alten Dame.

»Ich will nicht von dir scheiden, du Liebe, Gute, ohne dir gebeichtet zu haben, daß ich Gunter Valberg noch einmal gesehen habe, nachdem er hier im Hause war. Wir waren beide, ohne es zu wissen, von unserer Sehnsucht zur Düne an der Hornklippe getrieben worden und standen uns ganz unvorbereitet gegenüber. Und da haben wir uns gesagt, wie lieb wir uns haben und – ein einziges Mal haben wir uns geküßt. Ich glaubte, ich könnte mit keinem Menschen darüber sprechen, aber heute zum Abschied muß ich es dir sagen. Dir kann ich es nicht verheimlichen. Und, nicht wahr, eine Liebe wie die unsere, die von Gott in unsere Herzen gelegt wurde, so daß sie gleich so groß und stark war, die kann nicht vergehen? Und wenn er traurig ist, wenn er zu euch kommt, dann tröste ihn, du kannst das so fein, du Liebe; sei gut zu ihm!«

Die alte Dame zog das junge Mädchen liebevoll an sich.

»Mein liebes Kind, ich hoffe, daß noch alles gut wird. Der liebe Gott muß doch endlich Erbarmen mit dir haben und alles licht und klar gestalten, was bisher dunkel und schattenhaft war. Sei gewiß, ich werde Doktor Valberg alles sagen, was ich sagen darf.«

»Grüße ihn vieltausendmal von mir!« bat Romana aufschluchzend.

Tiefbewegt schloß sie die alte Dame in die Arme.

»Alles will ich ihm sagen, was ihn trösten kann, mein liebes Kind!«

Romana schluchzte sich in ihren Armen allen Kummer von der Seele. Liebevoll brachte sie die Pflegemutter zu Bett und ließ sie dann allein.

Seufzend ging sie darauf zu ihrem Gatten in das Schlafzimmer und sagte kummervoll:

»Weißt du, Ernst, es ist gar nicht gut, wenn man sein Herz so fest an einen Menschen hängt. Bisher ist es mir immer sehr leid gewesen, daß wir keine Kinder haben, aber glaube mir, heute bin ich froh darüber. Denn wenn ich eine Tochter gehabt hätte und ich hätte sie an einen Mann geben müssen, wie ich ja auch Romana jetzt hergeben muß, das hätte ich gar nicht ertragen können. Tut mir doch das Herz schon so weh, weil ich mein Pflegetöchterchen hergeben muß. Wieviel weher muß es tun, wenn man sein eigenes Kind fortgeben muß.«

Sie brach in Tränen aus, und der alte Herr mußte sie trösten, obwohl er selbst auch recht trostbedürftig war.

In dieser Nacht schlief in Villa Elisabeth außer dem alten Friedrich und dem kleinen Dienstmädchen niemand ruhig und sorglos. Das geheimrätliche Ehepaar rang mit seinem Trennungsschmerz um Romana; der Justizrat zergrübelte sich den Kopf, wie er am besten für Romanas Sicherheit sorgen könnte; und Romana kämpfte mit den ersten heißen Liebesschmerzen ihres jungen Lebens und wäre am liebsten auf und davon gegangen zu Gunter Valberg, um in seinen Armen Schutz zu suchen gegen alles, was sich feindlich an sie herandrängen wollte.

Aber auch diese Nacht verging, und am andern Morgen schien die Sonne hell und verheißungsvoll. Romana wanderte nach schmerzlichem Abschied von den Pflegeeltern neben dem Justizrat und dem alten Friedrich, der das Gepäck trug, zur kleinen Bahnstation von Hornklippe. Romana war bei jedem Schritt zumute, als müsse Gunter Valberg irgendwo auftauchen, um sie in seine Arme zu nehmen und ihr zu sagen: »Du bleibst bei mir, ich lasse dich nicht fort!« Aber sosehr sie sich auch nach diesem erlösenden Wunder sehnte, es geschah nicht.

Die Pflegeeltern waren absichtlich nicht mit zur Station gegangen. Romanas Abreise sollte möglichst ohne Aufsehen vor sich gehen.

Der Zug rollte langsam heran, als sie die Station erreicht hatten. Friedrich hob das Gepäck hinein, bekam das übliche noble Trinkgeld von dem Justizrat und einen festen, warmen Händedruck von Romana.

Als sich der Zug in Bewegung setzte, stürzten die Tränen aus Romanas Augen, die sie so lange tapfer zurückgehalten hatte. Der Justizrat ließ sie ruhig gewähren, bis sie selbst ihre Fassung wiedergewann. Sie waren allein im Abteil, niemand störte sie.

7

Gunter Valberg wäre am liebsten gestern auch wieder nach Hornklippe gegangen; aber er sagte sich, daß Romanas Vormund angekommen sei und sie sicher nicht das Haus verlassen könne. So bezwang er sich in der Hoffnung, bald Nachricht zu bekommen.

Zu derselben Zeit, da Romana weinend im Zug saß, erhob sich Gunter. Er kleidete sich an, nahm dann mit Bernd das Frühstück ein und ging mit ihm zum Baden. Nach dem gemeinsam eingenommenen Mittagessen saßen dann die beiden Freunde, weil Gunter das Haus nicht verlassen wollte, um eine etwaige Nachricht nicht zu verpassen, auf der Veranda und rauchten eine Zigarre. Sie plauderten schläfrig ein wenig, denn das Sonnenbad hatte sie müde gemacht. Aber plötzlich sprang Gunter auf und beugte sich so hastig über die Brüstung hinweg, daß Bernd ihn erschrocken festhalten wollte. Er hatte unten den alten Friedrich erblickt.

»Wollen Sie zu mir?«

Friedrich sah auf diesen Anruf empor.

»Ja, Herr Doktor, ich bringe Ihnen einen Brief des Herrn Geheimrats.«

»Kommen Sie herauf!«

Aber Gunter lief dem alten Diener schon entgegen, nahm ihm auf der Treppe den Brief ab und riß ihn auf. Er enthielt nur wenige Worte.

Sehr geehrter Herr Doktor!
Es würde mich freuen, wenn Sie mich baldigst aufsuchen wollten, ich habe Ihnen einiges zu sagen.
Mit ergebenem Gruß
Ihr Ernst Dürkopp

Gunter atmete auf. Gottlob, dies fürchterliche Abwarten, das seiner tatkräftigen Natur zuwider war, hatte ein Ende! Seine Augen leuchteten auf, Friedrich bekam ein fürstliches Trinkgeld, und Gunter sagte erregt:

»Melden Sie dem Herrn Geheimrat, daß ich Ihnen auf dem Fuß folge, ich will mich nur umkleiden.«

Friedrich trollte sich vergnügt. Heute war ein guter Tag für ihn. So fürstliche Trinkgelder war er in Hornklippe nicht gewöhnt.

Gunter kehrte zu Bernd zurück.

»Ich gehe nach Hornklippe, Bernd«, sagte er, den Brief schwingend. »Du wirst guttun, dich Fräulein Rosa Mertens zu nähern, damit du nicht zu sehr unter der Langeweile zu leiden hast. Es tut mir leid, dich allein lassen zu müssen, aber du weißt, um was es geht.«

»Auf mich darfst du keine Rücksicht nehmen, Gunter, und damit du dir nicht ähnliche Gewissensbisse machst wie ich, will ich dir sagen, daß ich jetzt erst ein Stündchen Siesta halte und vor mich hin döse und dann zur Kurmusik gehe, um mich mit Fräulein Rosa Mertens zu treffen. Ich habe das heute vormittag mit ihr verabredet.«

»Also sie hat dich gnädig wieder aufgenommen?«

»Jawohl, und sie hat etwas weniger von der Versklavung der Frau gesprochen und mich gefragt, ob es mir etwas ausmache, wenn ich sie ihren Bekannten gegenüber als Base ansehen wolle. Es werde in der Pension gleich geklatscht, wenn sie mal mit einem Herrn spazierengehe, und sie wolle mich deshalb, sobald wir auf der Kurpromenade diesen Herrschaften begegnen, als ihren Vetter vorstellen.«

Gunter lachte.

»Ach, ich weiß schon: Was man nicht deklinieren kann, das sieht man als Kusinchen an! Na, viel Vergnügen zu dieser Vetternschaft«, sagte er.

Bernd schüttelte mit tragikomischer Gebärde sein blondes Haupt.

»Ich weiß nicht, Gunter, ich habe diesmal kein Glück bei den Frauen. Die eine brennt mir mit meiner wohlgefüllten Banknotentasche durch, die andere will mit ihrer Tante nach Italien reisen.«

»Fräulein Mertens?«

»Ja, sie wartet nur noch auf die telegrafische Nachricht von ihrer Tante, um sich mit ihr in Berlin zu treffen. Dann bin ich wieder allein, und da du wahrscheinlich Minnedienst haben wirst, bleibt mir nichts übrig, als mich von neuem unter den Töchtern des Landes umzusehen, ob eine fein und lieblich genug ist, mich zu trösten.«

»Tu das, mein lieber Bernd. Und vorläufig hast du ja heute ›Vetternpflichten‹ zu erfüllen, die dir hoffentlich recht gut zu Gesicht stehen. Vergiß nur bei alledem nicht, daß die Verwandlung eines Schmetterlings in ein Kamel sehr schmerzhaft sein kann.«

»Ich vergesse es sicher nicht. Dir aber, mein lieber Gunter, möchte ich auch noch ein Sprüchlein mit auf den Weg geben, dasselbe, das Georg Frundsberg zu Martin Luther sagte: ›Mönchlein, Mönchlein, du gehst einen schweren Gang!‹«

Gunter warf den Kopf zurück.

»Der Weg ins Glück kann kein schwerer Gang sein.«

»Er kostet dich die Freiheit, mein Lieber!«

»Ich gebe sie freudig hin für ein Lächeln meiner Romana.«

Bernd von Altdorf zuckte beim Nennen dieses Namens betroffen zusammen.

»Von wem?«

»Von Romana Harland, so heißt meine Braut.«

»Ach so! Sie heißt Romana mit Vornamen?«

»Ja, wundert dich das?«

Bernd sah plötzlich sehr ernst aus.

»Dieser Name, er ist sehr selten, aber in unserer Familie kommt er vor, deshalb stutzte ich.«

»Findest du nicht, daß er wunderbar zu meiner Braut paßt?«

Bernd hatte die ernste Stimmung schon wieder abgeschüttelt.

»Seltene Blumen müssen seltene Namen haben, ich halte es vorläufig mit der Rose, fängt auch mit R und O an. Aber nun laß dich nicht aufhalten.«

Gunter ging in sein Zimmer, um sich umzukleiden. Aber ehe er damit fertig war, kam die Nachmittagspost, und er erhielt einen Brief – Romanas Brief.

Da er ihre Schrift nicht kannte, sah er erst eine Weile befremdet darauf nieder. Aber dann riß er den Brief auf und las – und ausgelöscht war das Leuchten seiner Augen. Romana war fort? Abgereist mit ihrem Vormund? Und wußte nicht einmal, wohin dieser sie brachte? Das geschah doch nur, um sie von ihm zu trennen. Warum tat man das? Warum entzog man ihm, der doch die ehrlichsten Absichten hatte, die Geliebte? Was lag da zugrunde? Ein Geheimnis schwebte über ihrem Leben. Das hatte ihm doch auch schon der Pensionsinhaber damals angedeutet. Um sie einer Gefahr zu entziehen, hätte sie der Vormund fortgebracht? War das nicht vielleicht nur ein Vorwand, um sie zu bestimmen, abzureisen? Hatte man ihr deshalb vielleicht nur zum Trost gesagt, daß sie ihm eines Tages angehören werde?

Hundert Fragen jagten durch seinen Kopf, und eine heiße Angst überkam ihn, daß man ihn von Romana für immer trennen wolle. Aber dann warf er den Kopf in den Nacken. Das sollte man nur probieren! Er würde sie zu finden wissen und sie sich erobern gegen die feindlichsten Mächte! Er war kein schwaches, gutgläubiges Mädchen, ihm gegenüber durften sie nicht hinterhältig sein. Und jetzt wollte er erst einmal zu dem Geheimrat hinübergehen und hören, was für eine Nachricht dort auf ihn warte.

Mit bebenden Händen beendete er das Ankleiden. Er nahm sich nicht Zeit, noch einmal mit Bernd zu sprechen. Inbrünstig drückte er Romanas Brief an die Lippen und steckte ihn zu sich. Dann eilte er davon. Von unten herauf rief er Bernd noch einen Gruß zu. Dieser beugte sich über die Brüstung der Loggia.

»Glück auf den Weg!« rief er ihm nach.

Dieser Zuruf tat Gunter weh. Glück auf den Weg! Wo er Romana nicht finden sollte?

Nein, Glück war in Zukunft für ihn nur auf den Wegen, die er mit Romana beschreiten konnte!

Und er schritt so hastig aus, daß er dicht hinter dem alten Friedrich die Villa Elisabeth betrat. Der alte Diener ließ ihn wieder in das Empfangszimmer treten. Der Geheimrat aber öffnete die Tür zum Wohnzimmer und sagte freundlich:

»Bitte kommen Sie hier herüber, Herr Doktor, meine Frau sitzt hier bei einer Näharbeit und möchte auch dabei sein, wenn wir uns unterhalten.«

Unfähig, sich länger zu beherrschen, trat Gunter ein und rief erregt:

»Romana ist abgereist! Warum?«

Die alten Herrschaften sahen ihn forschend an.

»Woher wissen Sie das bereits?« fragte der Geheimrat.

Gunter reckte sich drohend empor.

»Von Romana selbst – sie schrieb es mir!«

Der Geheimrat wußte zwar von seiner Gattin, was Romana ihr über die letzte Begegnung mit Gunter gebeichtet hatte, aber er fragte, Gunter scharf und durchdringend ansehend:

»Wie kam meine Pflegetochter dazu, an Sie zu schreiben, und wie kommen Sie dazu, sie beim Vornamen zu nennen?«

Gunter hielt frei und offen seinen Blick aus.

»Sie wissen nicht, Herr Geheimrat«, sagte er etwas ruhiger und beherrschter, »daß ich mit Romana noch einmal zusammentraf, nachdem ich bei Ihnen gewesen war.

Ganz zufällig trafen wir uns und waren so überrascht durch das Zusammentreffen, daß wir nicht Zeit fanden, uns hinter einem konventionellen Ton zu verstecken. Wir haben uns in jener Stunde verlobt, und da sie mündig ist, kann mir kein Vormund der Welt verbieten, sie zu meiner Frau zu machen.«

Der Geheimrat sagte sich in diesem Augenblick, wie weise sein Freund Harland gewesen war, daß er Romana nicht das Reiseziel verraten hatte. Sonst hätte sie es sicher Doktor Valberg mitgeteilt. Aber daraus, daß Romana heimlich an Gunter geschrieben hatte, merkte der alte Herr, wie fest die beiden jungen Menschen schon zusammenhielten und zusammengehörten. Ganz im stillen freute er sich darüber, und es flog ein feines Lächeln über seine Züge. Begütigend legte er die Hand auf Gunters Arm.

»Nun beruhigen Sie sich erst mal, Herr Doktor, und sehen Sie uns nicht so feindlich an. Ich versichere Ihnen, daß sich niemand so sehr auf Ihre Hochzeit mit Romana freuen wird wie wir beiden Alten. Es will auch gar kein tyrannischer Vormund Hindernisse zwischen Ihnen und Romana aufbauen. Bitte, setzen Sie sich einmal ruhig zu uns und hören Sie mich an. Romanas Vormund, der Justizrat Harland, hat unsere Pflegetochter, wahrlich auch zu unserem Leidwesen, nur von Hornklippe entfernt, weil er in ihrem ferneren Bleiben hier eine Gefahr für sie sah. Es schwebt ein Geheimnis über ihrem Leben, und seit Jahren haben wir, der Justizrat und wir zwei, alles getan, was wir tun konnten, um sie vor dieser Gefahr zu behüten, die vielleicht ihr Leben bedroht. Weil diese Gefahr durch einen Zufall wieder besonders drohend geworden ist, mußte Romana erst einmal in Sicherheit gebracht werden. Ich bitte Sie in Romanas Interesse, diese Mitteilung streng vertraulich zu behandeln. Diese Reise war schon vor Ihrem Auftauchen geplant, und sie mußte unter allen Umständen ihren Aufenthalt ändern. Justizrat Harland, mein Freund, hat mich ermächtigt, Ihnen mitzuteilen, daß er Ihrer Verbindung mit seinem Mündel durchaus nicht im Wege stehen will, wenn sich Ihre beiderseitigen Gefühle nicht ändern. Sobald er von seiner Reise zurückgekehrt ist, was in etwa sechs Wochen, vielleicht auch schon früher, geschehen wird, ist er bereit, Sie in seinem Büro zu empfangen und alles weitere mit Ihnen zu besprechen. Mehr, mein lieber Herr Doktor, kann ich Ihnen in dieser Angelegenheit nicht sagen.«

»Aber ich, Herr Doktor!« rief Frau Elisabeth Dürkopp in ihrer impulsiven Art. Und sie berichtete ihm ihr Gespräch mit Romana, in dem diese sie gebeten hatte, Gunter zu trösten, wenn er traurig sein würde.

»Das möchte ich so gern tun, Herr Doktor«, fuhr sie fort, »denn ganz offen, es würde mich freuen, wenn zwei Menschen, die der liebe Gott so offensichtlich füreinander geschaffen hat, zusammenkommen würden. Das müßte schon zur Freude anderer Menschen geschehen. Ich will gar nicht vernünftig davon sprechen, daß Sie einander viel zu wenig kennen, ich selbst bin sehr impulsiv, und bei mir gibt es auch immer nur Sympathien und Antipathien auf den ersten Blick. Es ist bei mir gar kein Wunder, daß Ihre Herzen einander so im Sturm entgegengeflogen sind. Meine kleine Romana hat den Instinkt eines klugen Kindes und hat in Ihnen gleich den wertvollen Charakter erkannt. Und Sie – nun, Sie haben in Romana das Kleinod erkannt, das sie ist. Und so sage ich Ihnen aus vollem, warmem Herzen heraus: Halten Sie fest an Ihrer Liebe! Eines Tages wird Romana Ihnen angehören können, und – das möchte ich gern erleben, wenn ich auch leider nichts dazu tun kann, Sie zu vereinigen.«

Gunter war unter den gütigen Worten der alten Dame ruhiger geworden. Er küßte ihr die Hand und reichte auch dem Geheimrat impulsiv die Rechte. Daß diese beiden Menschen ohne Arg waren, erkannte er sehr wohl. Aber er konnte leider nicht im gleichen Maß davon überzeugt sein, daß auch dieser Justizrat Harland ein ehrliches Spiel trieb. Wie nun, wenn er eigennützige Gründe hatte, Romana vor ihm zu verbergen, ihn hinzuhalten in der Hoffnung, daß er Romana vergessen könne oder sie ihn? Vielleicht wollte er ihn auch durch die Hoffnung, daß er sich Romana eines Tages erringen könne, nur davon abhalten, ihrer Spur zu folgen? Er kannte diesen Justizrat Harland nicht, wußte nicht, ob er ein Ehrenmann war oder das Gegenteil. Und sein Herz zitterte vor Sehnsucht nach Romana. Er fürchtete, man könne sie beeinflussen, von ihm zu lassen, und war in Angst und Sorge, was man mit ihr vorhatte.

Ach, was für kummervolle Gedanken wirbelten ihm im Kopf herum! Sein Schmerz um das Verschwinden der Geliebten machte ihn unfähig, mit der geringsten Sympathie an Justizrat Harland zu denken. Er sah in ihm seinen Feind, der sich zwischen ihn und sein Glück stellte. Trotzdem gab er sich jetzt den Anschein, überzeugt zu sein und abwarten zu wollen, obwohl er sich sogleich vornahm, ohne Zögern die Verfolgung der beiden aufzunehmen. Er entschuldigte seine Heftigkeit und fragte dann:

»Wollen und dürfen Sie mir wenigstens sagen, Herr Geheimrat, wohin sich Justizrat Harland mit Romana gewandt hat?«

»Es tut mir leid, Ihnen darüber jede Aussage verweigern zu müssen.«

Wieder fuhr Gunter zornig auf.

»Ich verstehe diese Geheimniskrämerei mir gegenüber überhaupt nicht, verstehe überhaupt nicht, was für eine Gefahr hier in diesem stillen Fischerdorf Romana drohen soll.«

Trotz allem gefiel den beiden alten Herrschaften dieser heiße Zorn des jungen Mannes, und der Geheimrat sagte nun wieder begütigend:

»Das können Sie auch nicht verstehen. Aber Sie werden alles begreifen, wenn Justizrat Harland erst mit Ihnen über alles gesprochen hat.«

Gunter war nicht überzeugt, aber er hatte sich nun wieder in der Gewalt und fragte:

»Also, Herr Justizrat Harland wohnt in Berlin. Wie ist seine Adresse?«

»Das Büro befindet sich in der Dorotheenstraße 10.«

»Und wann denkt er zurück zu sein?«

»Spätestens in sechs Wochen, wahrscheinlich aber schon früher.«

»Gut – ich werde warten. Aber sagen Sie mir, wie kommt es, daß Romana ebenfalls Harland heißt, wie ihr Vormund? Ist er außerdem noch verwandt mit ihr?«

Einen Augenblick zögerte der alte Herr. Dann sagte

er ruhig: »Ich kann Ihnen diese Frage auch nicht positiv beantworten, deshalb bitte ich Sie, mir die Antwort zu erlassen. Auch darauf wird Ihnen Justizrat Harland Antwort geben.«

Gunter schüttelte den Kopf.

»Rätsel über Rätsel! Aber jedenfalls danke ich Ihnen, meine verehrten Herrschaften, daß Sie mir so liebenswürdig entgegengekommen sind. Ihre tröstenden Worte, verehrte gnädige Frau, haben mir sehr wohlgetan in all meinem Kummer. Sollte es Ihnen vergönnt sein, Romana eine Nachricht zukommen zu lassen, so bitte ich Sie inständig, ihr mitzuteilen, daß ich niemals von ihr lassen und nicht einen Augenblick aufhören werde, daran zu denken, wie ich sie mir erringen kann. Ich sage Ihnen ganz offen, will man mich daran hindern, Romana zu meiner Frau zu machen, dann werde ich es auf den härtesten Kampf ankommen lassen.«

Der Geheimrat drückte ihm mit warmem Blick die Hand.

»Diese Kampfstimmung heben Sie sich auf gegen Romanas Feinde, gegen ihre Freunde und Beschützer werden Sie sie nicht nötig haben.«

Mit großen Augen sah Gunter ihn an.

»Sie und Ihre Frau Gemahlin sind bestimmt Romanas Freunde, das fühle ich. Es ist doch überhaupt nicht auszudenken, daß so ein holdes Geschöpf Feinde hat. Wenn sie wirklich welche hat, dann sind sie auch meine Feinde, und wehe ihnen, wenn ich sie kennenlerne. Aber nun will ich Sie nicht länger stören.«

»Sie stören uns nicht, Herr Doktor«, sagte Frau Elisabeth.

Er atmete tief und schwer.

»Ich möchte, offen gesagt, allein sein. Romanas Verschwinden hat mich tief bedrückt. Ich muß erst mein Gleichgewicht wiederfinden.«

»Werden wir Sie noch einmal wiedersehen, ehe Sie von Swinemünde abreisen?«

»Zürnen Sie mir nicht, wenn ich nicht wiederkomme. Ich möchte nicht noch einmal die Stätte betreten, an der Romana nicht mehr weilt. Möglich auch, daß ich nun meinen Aufenthalt in Swinemünde sehr kurzfristig abbreche, die Ostsee ist mir verleidet.«

Daß er schon den festen Vorsatz hatte, sofort von Swinemünde abzureisen, um Romanas Spur zu verfolgen, verschwieg er wohlweislich.

In tiefes, schmerzliches Sinnen verloren, ging Gunter wieder nach Swinemünde zurück. Immer wieder mußte er darüber grübeln, weshalb der Justizrat Romana so plötzlich aus Hornklippe entfernt hatte und in welchem Verhältnis sie überhaupt zu ihm stand, daß er jetzt noch so viel Gewalt über sie hatte. Die Macht des Vormundes über sein Mündel erlischt doch mit ihrem einundzwanzigsten Jahr, und Romana war fast dreiundzwanzig Jahre alt. Im Oktober war ihr Geburtstag, wie sie ihm eines Tages gesagt hatte. Und sie mußte sich ihrem Vormund fügen wie ein willenloses Kind! Stand sie vielleicht noch in einem verwandtschaftlichen Verhältnis zu ihm, oder war sie in pekuniärer Abhängigkeit von ihm? War der Justizrat vielleicht ein Betrüger, der es aus irgendeinem Grund verhindern wollte, daß Romana sich verheiratete, vielleicht weil sie ein eigenes

Vermögen besaß, das er verwaltete und nicht herausgeben wollte?

Ach, auf was für Gedanken kam Gunter in dem schmerzlichen Grimm seines Herzens. Irgend etwas mußte doch den Vormund dazu veranlassen, denn auf die Versprechungen gab Gunter in seinem Groll nicht viel.

Sehnsuchtsvoll der fernen Geliebten gedenkend, überlegte er nun hin und her, wie er ihre Spur verfolgen sollte. Daß es geschehen würde, stand bei ihm fest. Er würde sogleich abreisen und in Berlin erst einmal auf diplomatische Art zu ergründen versuchen, wohin der Justizrat gereist war. In seinem Büro mußte das doch zu erfragen sein. Er legte sich einen richtigen Plan zurecht, während er den langen Weg zurücklegte, und als er in Swinemünde ankam, stand es bei ihm fest, daß er am nächsten Morgen abreisen würde, denn heute ging kein Zug mehr nach Berlin.

Da er Bernd noch bei der Kurmusik wähnte, die ihre letzten Stücke spielte, schlenderte er den Strand entlang, um ihn zu suchen. Er entdeckte ihn auch in der Menge – an der Seite einer hübschen jungen Dame mit modernem Bubikopf. Sie gingen auf und ab und schienen eifrig in ihre Unterhaltung vertieft. Gunter setzte sich abseits auf eine Bank und wartete, bis das Konzert zu Ende gehen würde. Seinen Gedanken nachhängend, beobachtete er unwillkürlich Bernd und die junge Dame, die eine der elegantesten Erscheinungen war. Und da fiel ihm plötzlich auf, daß zwei Herren, etwa Anfang der Vierzig, sich immer dicht hinter Bernd und Rosa Mertens hielten und, wenn sie getrennt wurden, immer schnell so manövrierten, daß sie wieder hinter die beiden jungen Leute kamen. Gunter konnte sich das Gebaren der beiden Herren nur so erklären, daß sie sich vielleicht in irgendeiner Weise für Fräulein Mertens interessierten. Vielleicht waren es ehemalige Verehrer der jungen Dame, die nun etwas eifersüchtig auf Bernd waren. Denn ihre Mienen verrieten entschieden eine gewisse Feindseligkeit. Wenn seine Vermutung übrigens stimmte, dann konnte er sehr wohl verstehen, daß Fräulein Mertens sich lieber von dem hübschen und amüsanten Bernd den Hof machen ließ als von den beiden Verfolgern, die wenig sympathische Gesichter hatten. Außerdem waren es zwei Russen, wie Gunter wußte, denn er hatte sie schon in den letzten Tagen einige Male in der Nähe der Pension gesehen. Dabei hatte er einmal einen Bruchteil ihrer Unterhaltung aufgefangen; sie hatten russisch gesprochen. Gunter und Bernd beherrschten beide die russische Sprache vollkommen. Vor dem Krieg galt Rußland als Eldorado für junge Ingenieure, und Bernd hatte stets für die russische Sprache etwas übrig gehabt. Gunter hatte sich seinen Sprachstudien angeschlossen, weil er überhaupt großes Interesse für fremde Sprachen hatte. So beherrschte er außer Russisch noch Italienisch, Französisch und Englisch. Mit Bernd übte er sich fleißig in all diesen Sprachen.

Gunter hatte also verstanden, was die beiden Russen zueinander sagten:

»Man kann nicht wissen, Gregor, ob er nicht gerade hier im Seebad unverfänglich mit ihr zusammentreffen will, irgendwo müssen sie doch miteinander Fühlung nehmen«, hatte der eine gesagt, und der andere hatte darauf erwidert:

»Ich fürchte, Michael, du bist wieder, wie so oft, auf der falschen Fährte. Sie würde viel lieber mit seiner Mutter zusammentreffen.«

»Vielleicht erscheint ihr das gefährlicher, denn daß man ihr eingeschärft hat, uns zu fürchten, ist doch sicher.«

Weiter hatte Gunter nichts gehört. Aber diese Sätze hatte er sich deshalb so gut gemerkt, weil er sie gewissermaßen in seinem Gedächtnis wie eine russische Lektion immer wiederholt hatte, bis er sie auswendig wußte. Sie kamen ihm auch jetzt wieder in den Sinn, und er fragte sich, ob sie damals vielleicht über Rosa Mertens gesprochen hatten. Er wußte nicht, was ihn zwang, diesen beiden Herren sein besonderes Interesse zuzuwenden. Durch die reine Aussprache und ihre Ausdrucksweise verrieten sie sich als Angehörige der gebildeten Stände. Auch trugen sie sich elegant und hatten anscheinend gute Manieren. Er hatte die beiden Russen einige Tage nicht wiedergesehen, da er viel in Hornklippe war, und nun erwachte, ohne daß er dafür einen Grund hätte angeben können, sein besonderes Interesse für sie. Er vertiefte sich in seine Beobachtungen und stellte fest, daß sie nicht nur unsympathische, sondern auch lasterhafte, verlebte Gesichter hatten und daß ihnen ein gewisses Etwas anhaftete, das zur Vorsicht riet.

»Bäderhyänen«, sprach er leise durch die Zähne. Und er ließ nun seine Blicke nicht mehr von ihnen, sah, daß sie sich immer weiter so bewegten, daß sie in der Nähe von Bernd und Fräulein Mertens blieben. Gunter hatte das unbestimmte Gefühl, daß er Bernd vor diesen beiden Menschen warnen müsse.

Nach einer Weile merkte er, daß Bernd und seine Begleiterin vor einer Gesellschaft von Herren und Damen stehenblieben. Anscheinend die Bekannten aus Fräulein Mertens Pension; denn sie schien Bernd vorzustellen. Ob sie ihn wirklich als ihren Vetter vorstellen würde? Die beiden Russen waren währenddessen dicht bei der Gesellschaft stehengeblieben, aber obgleich sie sich dabei den Anschein gaben, interessiert in die andere Richtung zu sehen, merkte Gunter doch, daß sie auf das lauschten, was neben ihnen in der Gruppe gesprochen wurde.

Gleich darauf entfernten sich die beiden Russen schnell, während sie aufgeregt miteinander zu sprechen schienen. Gunter erhob sich, wie von einer unwiderstehlichen Macht getrieben, und richtete es so ein, daß er in die Nähe der beiden Russen kam und scheinbar zufällig vor ihnen herschritt. Da gerade Pause im Konzert war, konnte er hören, was sie sprachen.

Ihr Gebaren war ihm so seltsam erschienen, daß er nicht widerstehen konnte, auf ihr Gespräch zu hören. So vernahm er folgende Worte:

»Es ist doch kein Zweifel mehr, Gregor, sie ist es! Wiederholt haben wir doch vernommen, daß sie ihn Vetter und er sie Kusinchen nennt!«

»Und sie ist blond und hat braune Augen, auch das stimmt, Michael. Wir scheinen endlich auf der richtigen Spur zu sein.«

»Das Alter kann auch stimmen, und unter einem anderen Namen muß sie sich doch die ganze Zeit verborgen haben, sonst hätten wir sie längst ausfindig gemacht.«

»Es ist höchste Zeit, daß wir endlich Oberwasser bekommen. Wenn sie heiraten würde, hätten wir neue Schwierigkeiten, das darf auf keinen Fall geschehen.«

»Und wenn sie Kinder bekäme, dann wäre es ganz aus.«

»Still doch, nicht so laut!«

»Eh! Es versteht uns hier doch kein Mensch.«

»Hast du gehört, daß sie in den nächsten Tagen nach Venedig reist?«

»Ja, das trifft sich gut, in Italien können wir leichter zum Ziel kommen. Jetzt nur ihre Spur nicht verlieren.«

Die Erregung, in der die beiden Russen sich zu befinden schienen, hatte sie ziemlich laut sprechen lassen, so daß Gunter jedes Wort vernommen hatte. Als sie nun schwiegen, wiederholte sich Gunter ihre Worte, wie neulich, immer wieder. Er wollte sie sich heute nicht nur einprägen wie eine Lektion, sondern er meinte, er müsse sich jedes Wort merken, weil es für Bernd irgendeine Bedeutung haben könne.

Die beiden Russen bogen nun von der Strandpromenade ab in eine Nebenstraße. Gunter folgte ihnen langsam, sie nicht aus den Augen verlierend. Und nach einer Weile sah er sie in eine der Pensionen eintreten, die in dieser Straße lagen. Unwillkürlich sah Gunter unauffällig nach dem Namen dieser Pension. Sie hieß Vineta. Es war keine Pension ersten, aber auch keine letzten Ranges.

Langsam schlenderte Gunter zum Strand zurück. Hier war inzwischen die Kurmusik zu Ende, und die

Kurgäste hatten sich verlaufen. Auch von Bernd war keine Spur mehr zu sehen.

So ging Gunter zur Pension zurück. Während er hier auf den Freund wartete, zog er sein Notizbuch hervor und vermerkte genau, was die beiden Russen heute und neulich schon gesprochen hatten. Und dann, auf diese Notizen niedersehend, schüttelte er den Kopf. Was das nur alles heißen sollte? Es mußte doch irgendwie auf Bernd und Fräulein Mertens Bezug haben, denn Bernd hatte ihm doch lachend erzählt, daß Fräulein Mertens ihn als ihren Vetter vorstellen werde. Er mußte Bernd fragen, ob das geschehen war, ob er Fräulein Mertens beim Auf- und Abgehen Kusinchen genannt hatte und ob sie davon gesprochen hatte, daß sie nach Venedig reisen würde. Immerhin war das alles sehr seltsam, zumal die beiden Russen gesagt hatten, daß »sie« sich unter einem falschen Namen verborgen halte. Sollte Bernd wieder an eine Betrügerin geraten sein? Dieses Fräulein Mertens machte zwar durchaus keinen solchen Eindruck, wenn sie auch ein wenig emanzipiert wirkte, aber man konnte doch nicht wissen! Bernd mußte jedenfalls gewarnt werden.

Bei diesem kleinen Zwischenfall hatte Gunter für einige Zeit seinen Schmerz um das Verschwinden Romanas vergessen. Nun überfiel er ihn von neuem. Aber bald darauf kam Bernd – in heiterster Stimmung.

»Hallo, mein Lieber, bist du schon wieder da? Wie war es in Hornklippe – schön? Alles richtig?«

Gunter schüttelte den Kopf.

»Nichts ist richtig, Bernd, alles ist schiefgegangen. Der Vormund von Romana Harland hat heute morgen sein Mündel mit sich auf Reisen genommen. Er läßt mir zwar großmütig durch Geheimrat Dürkopp sagen, daß er unserer Vereinigung nichts entgegenstellen will, falls unsere Liebe sich als beständig erweist. Aber das kann mich nicht trösten, ich habe das Gefühl, daß man es uns unmöglich machen will, zu heiraten. Man hat sie mir entführt.«

Bernd sah ihn betroffen an.

»Aber warum nur, Gunter?«

»Wenn ich das nur erst selber wüßte. Man macht mir nur unklare, geheimnisvolle Angaben, die mich wahrscheinlich geduldig hinhalten sollen, bis man Romana vor mir in Sicherheit gebracht hat.«

»Das ist ja schnurrig, Gunter. Wenn sonst ein Freier von deinen Qualitäten anklopft, wird ihm doch willig Tor und Tür auf getan, und die Herzen auch.«

»Du siehst, daß dies hier nicht der Fall ist.«

»Und was willst du nun tun?«

»Das will ich dir sagen. Ich reise morgen früh ab und nehme die Verfolgung des Justizrats und seines Mündels auf.«

»Wie willst du aber ergründen, wohin sie sich gewendet haben?«

»Das weiß ich selbst noch nicht, aber finden will und muß ich sie! Ich kann nicht von Romana Harland lassen, und ich weiß, sie wartet auf mich.«

Bernd seufzte abgrundtief.

»Merkwürdig, so schwer hatte ich mir eine Verlobung nicht vorgestellt. Meistens geht das doch nur zu schnell.«

Ein schwaches Lächeln spielte um Gunters Mund.

»Dir könnte es nur lieb sein, wenn man dir im gegebenen Falle Schwierigkeiten machte.«

»Ganz sicher! Es ist doch viel schöner, ein freier Mann zu sein.«

»Jeder lebt sein Leben, wie er kann und wie es ihm seine Wesensart vorschreibt! Ich war übrigens vorhin bei der Kurmusik und sah dich in angeregter Unterhaltung mit dem hübschen und eleganten Fräulein Mertens. Sollte da nicht einige Gefahr für deine Freiheit bestehen?«

»Ausgeschlossen! Sie ist viel zu sehr ›smartes Girl‹, entschieden etwas amerikanisch zugestutzt – weil sie einen Bruder in Amerika hat. Sie ist für unbedingte Freiheit und Gleichberechtigung der Frau und schwatzt eine ganze Menge süßen Unsinn. Sport und Körperkultur sind ihre Schlagworte, aber dabei kann sie kokettieren, daß einem vor Vergnügen die Ohren wackeln. Sie wehrt sich gegen die Versklavung der Frau und hofft doch im stillen, daß sie möglichst bald in Fesseln geschlagen wird. Gegen die Bevormundung der Familie kämpft sie aus Leibeskräften und hat es auch bei ihrer anscheinend schwachen Mutter durchgesetzt, daß sie allein ins Bad reisen durfte. Aber man hat sie wenigstens in eine sehr sittenstrenge Pension eingemietet, in der sie zu ihrem Leidwesen unter Kontrolle von mindestens einem halben Dutzend alter Damen steht, die jeden ihrer Schritte mit Argusaugen bewachen. Auch einige alte Herren befinden sich unter dieser Bewachungskommission. Fräulein Rosa ist der Verzweiflung nahe und hat mit Kußhand die Einladung einer verwitweten Tante angenommen, mit ihr nach Italien zu reisen. Sie meint, mit der einen Tante würde sie eher fertig als hier mit der ganzen Sittenkommission. Natürlich hat sie mich diesen Herrschaften vorhin mit großer Sicherheit als ihren Vetter vorgestellt, und auf die Frage einer spinösen alten Dame, ob ich ihr einziger Vetter sei, erwiderte sie prompt: ›Gewiß, außer Bernd besitze ich keinen anderen Vetter.‹ Süß ist die kleine Rosa und witzig und schlagfertig, man amüsiert sich blendend mit ihr, aber zur Frau möchte ich sie um keinen Preis haben.«

Nachdenklich, an die Unterhaltung der beiden Russen denkend, hatte Gunter zugehört und sagte nun:

»Das ist mir lieb zu hören, Bernd, ich wollte dich schon warnen. Ich hörte nämlich etwas über diese junge Dame, was mir zu denken gab, obwohl ich sie unbedingt für eine junge Dame aus guter Familie hielt.«

»Das ist sie auch unbedingt.«

»Trotzdem wurde heute von zwei Herren, die euch beobachteten, behauptet, daß sie unter einem falschen Namen auftritt.«

Bernd sah Gunter überrascht an.

»Nicht möglich! Donnerwetter noch mal – bin ich denn etwa schon wieder an eine solche geraten?«

»Die beiden Herren, die über sie sprachen und die euch nicht aus den Augen ließen, sahen allerdings sehr nach Bäderhyänen aus. Hat Fräulein Mertens blondes Haar?«

»Ja, einen reizenden blonden Bubikopf.«

»Und braune Augen?«

»Stimmt!«

»Und hat sie dir heute nachmittag erzählt, daß sie in den nächsten Tagen nach Venedig geht, und habt ihr euch, während ihr auf und ab gingt, immer mit ›Vetter‹ und ›Kusinchen‹ angeredet?«

Bernd sah Gunter verdutzt an.

»Hast du uns belauscht?«

»Nein, aber die beiden Herren, die ich beobachtete, als sie sich immer sehr auffällig in eure Nähe drängten. Ein paar unsympathische Gestalten übrigens! Ich hörte, wie sie sich darüber aufhielten, daß ihr euch ›Vetter‹ und ›Kusinchen‹ genannt habt und daß sie dich auch so vorgestellt hat. Und sie hatten auch gehört, daß sie nach Venedig geht, und sie scheinen auch hingehen zu wollen, ihren etwas unverständlichen Andeutungen nach. Mir schien erst, als wenn sie dich als Nebenbuhler mit mißgünstigen Augen ansahen, aber es kann auch einen anderen Grund haben, weshalb sie dieses Fräulein Mertens so unentwegt beobachteten. Jedenfalls, mein lieber Bernd, da ich dich morgen hier allein zurückzulassen gedenke, bitte ich dich um äußerste Vorsicht. Irgend etwas stimmt anscheinend auch mit diesem Fräulein Mertens nicht.«

Bernd machte eine abwehrende Bewegung.

»Wenn du fortgehst, bleibe ich auch nicht hier. Ich werde meiner Mutter die Freude machen, die letzten Tage meines Urlaubs bei ihr daheim zu bleiben. Weißt du, Gunter, die Mütter sind doch die einzigen Frauen, an denen man nie eine Enttäuschung erlebt, und schon gar die meine. Eine richtige unbändige Sehnsucht habe ich plötzlich nach meiner Mutter. Du wirst mich ja auf deiner Jagd nach dem Glück doch nicht brauchen können.«

»Nein, Bernd, da muß ich allein sein. Aber deine Mutter wird eine große Freude haben, wenn sie dich wieder einige Tage ganz für sich allein hat, und dein Vater wird sich auch freuen.«

Die Freunde besprachen nun alle Einzelheiten ihrer Abreise. Gunter ahnte nicht, daß Bernd von Altdorf, wenn er gewußt hätte, daß die beiden Herrn, die ihn und Fräulein Mertens beobachtet hatten, Russen waren, auf ganz andere Schlüsse über ihre Unterhaltung gekommen wäre. Zufällig hatte Gunter das zu berichten vergessen und wurde nun wieder durch seine eigene Angelegenheit abgehalten, weiter über diesen Vorfall nachzudenken. Auch für Bernd war er mit dem Entschluß erledigt, abzureisen und Fräulein Mertens nicht wiederzusehen.

Die Freunde meldeten an der Kasse der Pension, daß sie morgen früh abreisen würden, und machten dann zusammen noch einen Strandspaziergang. Dabei kamen sie an der Strandburg vorbei, die sich Fräulein Mertens um ihren Strandkorb herum selbst aufgeschaufelt hatte. Die junge Dame saß mit einem Buch im Strandkorb, und Bernd war froh, daß sie ihn nicht bemerkte. Er hielt es für besser, ihr nicht noch einmal zu nahe zu kommen. Das Erlebnis mit ›Madame‹ Dora hatte ihn doch ein wenig vorsichtig gemacht.

Gunter aber sah nachher von seiner Loggia aus, daß sich die beiden Russen, die er auf den Laufbrettern den Strand entlanggehen sah, ganz in der Nähe des Strandkorbes von Fräulein Mertens in den Sand legten und immer wieder verstohlen zu ihr hinsahen. Er nahm sein Fernglas und beobachtete die beiden und Fräulein Mertens eine Weile, wobei er ganz deutlich bemerkte, daß die Russen über einen Sandwall hinweg ganz genau jede Bewegung der jungen Dame beobachteten, während diese, anscheinend ganz unbekümmert, in ihr Buch vertieft, die beiden Russen gar nicht beachtete.

Er dachte bei sich, daß es auf alle Fälle sehr gut sei, daß Bernd mit ihm abreiste.

Wenn er geahnt hätte, wie sehr ihn diese anscheinend so unwichtige Beobachtung noch beschäftigen würde, hätte er wahrscheinlich das Fernglas nicht so schnell aus der Hand gelegt.

8

Die Freunde waren in Berlin eingetroffen. Bernd wollte gleich zu seinen Eltern fahren und erst nach Ablauf seines Urlaubes seine Junggesellenwohnung, die er in der nächsten Nähe der Valberg-Werke bewohnte, wieder beziehen.

Gunter hatte an seinen Vater gedrahtet und um den Wagen gebeten. Daher stand das Auto am Bahnhof bereit. Er fuhr Bernd erst nach Hause und ging für einige Minuten mit zu seinen Eltern hinauf, um sie zu begrüßen. Diese freuten sich herzlich, waren aber erstaunt, daß die beiden Freunde ihren Seeaufenthalt so kurzfristig abgebrochen hatten.

»Bernd wird Ihnen alles erklären. Mich entschuldigen Sie wohl, ich wollte Ihnen nur guten Tag sagen und muß nun zu meinem Vater hinausfahren«, sagte Gunter.

»Es ist wirklich sehr liebenswürdig von Ihnen, lieber Herr Doktor, daß Sie an uns gedacht haben. Hoffentlich sehen wir uns bald für längere Zeit«, sagte Bernds Mutter.

»Ich werde mir vielleicht morgen schon erlauben, Ihnen wieder lästig zu fallen.«

»Das tun Sie nie!«

Gunter fuhr hinaus nach Grunewald, wo sein Vater eine wunderschöne Villa bewohnte. Er fand den alten Herrn daheim. Vater und Sohn, die in einem besonders harmonischen Verhältnis zueinander standen, begrüßten sich herzlich. Dann sagte der Vater:

»War es dir zu langweilig an der Ostsee, Gunter, daß du so viel früher zurückkommst, als du dir vorgenommen hattest?«

»Meine frühe Rückkehr hat einen ganz besonderen Grund, lieber Vater. Ich werde vielleicht schon morgen oder übermorgen wieder abreisen und bin eigentlich nur gekommen, um meinen Urlaub zu verlängern.«

»Wo willst du hin?«

»Das weiß ich selbst noch nicht, Vater.«

»Wie soll ich das verstehen, Gunter?«

Vertrauensvoll berichtete Gunter seinem Vater nun alles, was geschehen war, und setzte ihn dann von seiner Absicht, den Justizrat Harland und sein Mündel zu verfolgen, in Kenntnis. Als er zu Ende war, sah sein Vater eine Weile prüfend und forschend in sein Gesicht. Dann sagte er ruhig:

»Ich bin davon überzeugt, daß deine Wahl auf eine wertvolle Persönlichkeit gefallen ist. Denn ich kenne dich und weiß, daß du an zu leichter Ware gar keinen Gefallen findest. In dieser Beziehung hast du mir noch nie Sorge gemacht, du bändelst nicht mit der ersten besten an. Und ich habe auch immer gewußt – wenn es dich einmal packt, dann geschieht es gründlich! Bist auch darin, wie in allen Dingen, mein echter Sohn. Ich habe auch nur einmal in meinem Leben so recht von Herzen lieben können – deine Mutter. Und obwohl sie mir genommen wurde, als ich noch im besten Mannesalter stand, habe ich ihr nie eine Nachfolgerin geben mögen. Also – ich lasse dir da freie Hand. Helfen kann ich dir leider nicht bei deiner anscheinend etwas schwierigen Brautfahrt, aber du bist ein ganzer Kerl und wirst dir schon allein deine Braut erkämpfen. Also, Glück auf den Weg!«

Damit reichte der stattliche alte Herr, dem man ansah, daß er in seiner Jugend Gunters Ebenbild gewesen sein mußte, seinem Sohn die Hand.

Dieser faßte sie mit warmem, herzlichem Druck.

»Ich danke dir, Vater. Ich wußte, daß ich bei dir Verständnis finden würde.«

»Es wäre doch das erste Mal, wenn wir uns nicht verstehen würden.«

Vater und Sohn besprachen nun noch ausführlich das Thema, und Kommerzienrat Valberg meinte zum Schluß:

»Ich denke doch wohl, daß der Sohn des Kommerzienrats Valberg überall als Freier gern gesehen würde. Auch ich muß deiner Ansicht sein, daß da irgendwelche unlauteren Machenschaften im Spiele sind. Du bist aber der Mann dazu, bald reinen Tisch zu machen, wenn du erst weißt, wohin man die junge Dame gebracht hat.«

»Das ist selbstverständlich! Wirst du mir also auf unbestimmte Zeit Urlaub geben?«

»So lange es nötig ist, selbstverständlich. Bring mir bald eine liebe Tochter ins Haus, Gunter, ich habe so lange auf Licht und Wärme am häuslichen Herd verzichten müssen. Unsere Hausdame in Ehren – sie hält alles musterhaft in Gang, aber die Seele fehlt, die Licht und Wärme spendet. Und dafür soll eine junge Frau ins Haus! Einen Stammplatz an eurem Herdfeuer mache ich mir schon im voraus aus – das kannst du meiner künftigen Schwiegertochter sagen, sobald du sie wieder siehst!«

»Dieser Stammplatz ist dir sicher, lieber Vater. Romana ist ein entzückendes, ein liebevolles Geschöpf, stolz und doch bescheiden, unnahbar und doch anschmiegend. Sie wird dir gefallen, das weiß ich. Wäre es nur erst soweit!«

»Nun, die Welt ist klein. Aber – warte doch mal einen Augenblick, gib mir mal das Telefonbuch her.«

Gunter tat es, und der alte Herr blätterte darin.

»Da haben wir es ja – Justizrat Dr. Walter Harland, Rechtsanwalt und Notar.«

Und er notierte die Telefonnummer.

»Was willst du damit, Vater?«

»Einfach dort anrufen und nach der Adresse des Justizrats fragen.«

Gunter hielt ihn mit einem Lächeln zurück.

»Ich glaube, der Herr Justizrat hat schon dafür Sorge getragen, daß seine Adresse nicht jedem beliebigen Menschen verraten wird. Rufst du aber mit deinem Namen an, dann wirst du noch weniger Auskunft erhalten, denn mein Name ist dem Justizrat bekannt. Er hat sicher Weisung hinterlassen, daß Unbefugten keine Auskunft gegeben wird, vor allen Dingen mir nicht. Ich werde aber morgen früh gleich selbst in das Büro gehen und unter einem anderen Namen, einen wichtigen Prozeß vorschiebend, den Aufenthalt des Justizrats zu ergründen suchen. Ich kann so vielleicht mehr erfahren!«

Gunter Valberg begab sich am anderen Morgen nach Berlin in die Dorotheenstraße. Er ließ sein Auto an der Ecke stehen und ging zu Fuß die Straße entlang, bis er die richtige Hausnummer gefunden hatte. Ganz unauffällig stieg er die Treppe zum ersten Stock empor. Die Schilder an der Tür verrieten, daß der Justizrat Harland hier zusammen mit einem Kollegen praktizierte.

Gunter trat ein und kam in einen Vorraum, in dem an einem Pult ein etwas vertrockneter Aktenmensch saß und zerstreut zu ihm aufblickte, dann aber wieder in einem Aktenbündel blätterte. Gunter konnte durch die offene Tür dieses Raumes in einige Büroräume sehen, in denen Herren und Damen fleißig bei der Arbeit waren. Rechts und links gliederten sich diese Räume an, der Vorraum befand sich anscheinend direkt in der Mitte des Raumes. Nach der rechten und linken Seite schloß eine gepolsterte Tür die Zimmerflucht ab. An der gepolsterten Tür rechts stand zu lesen: »Dr. jur. Robert Pendler, Rechtsanwalt«, an der linken: »Justizrat Dr. Walter Harland«.

Er hatte Zeit genug, sich das alles anzusehen, ehe der Mann am Pult seine Aktenmappe mit wichtiger Miene zuklappte, über die Brille hinweg zu Gunter aufsah und ohne jede Betonung fragte:

»Sie wünschen?«

»Ich möchte Herrn Justizrat Harland in einer wichtigen Prozeßangelegenheit sprechen.«

»Bedaure, Herr Justizrat ist für einige Wochen verreist und wird in dieser Zeit durch Herrn Doktor Pendler vertreten.«

Das sagte der Aktenmensch wieder mit der seltsamen, unbetonten Sprechweise, die dennoch etwas Arrogantes hatte, genau wie die wichtig heraufgezogenen Augenbrauen dieses Zerberus.

»Es liegt mir aber viel daran, meinen Prozeß, bei dem es um ein großes Vermögen geht, von Herrn Justizrat selbst führen zu lassen.«

Der Aktenmensch biß auf den Köder an.

»Um was handelt es sich?«

»Das kann ich nur dem Herrn Justizrat sagen.«

»Hm! Es handelt sich also um ein großes Objekt?«

»Um ein ganz besonders großes, Herr Bürovorsteher.«

Dieser Titel schmeichelte anscheinend dem Zerberus, wenn er auch abwehrend sagte:

»Ich bin nicht Bürovorsteher, der ist augenblicklich nicht hier. Aber ich mache Sie noch einmal darauf aufmerksam, daß Herr Doktor Pendler Ihren Fall mit derselben Sorgfalt erledigen würde, wie der Herr Justizrat selbst.«

»Das bezweifle ich nicht, aber in einer Sache, wo es um Hunderttausende geht, muß man ein ganz besonderes Vertrauen zu seinem Rechtsvertreter haben, und ich kann das nur zum Herrn Justizrat haben.«

Die »Hunderttausende« schienen einen großen Eindruck auf den Zerberus zu machen. Seine Augen begannen zu funkeln, und in seinem Gesicht stand mit gespanntester Erwartung:

Nicht auslassen, diesen Klienten!

Er wurde sehr höflich und sehr artig.

»Würde Ihre Angelegenheit nicht einige Wochen Zeit haben, mein Herr? In vier Wochen ungefähr kommt Herr Justizrat zurück.«

»Nein, nein, die Sache eilt. Vielleicht könnte ich dem Herrn Justizrat meine Angelegenheit schriftlich unterbreiten? Bitte, geben Sie mir seine Anschrift.«

Damit zog Gunter, wie ganz selbstverständlich, sein Notizbuch und sah den Zerberus erwartungsvoll an.

»Bedaure, der Herr Justizrat macht eine Rundreise und hat keine Adresse hinterlassen.«

Gunter steckte sein Notizbuch ein und sagte bedauernd:

»Das ist recht ärgerlich, aber unter diesen Umständen muß ich meinen Prozeß einem anderen mir bekannten Rechtsanwalt übertragen. Ich empfehle mich.«

Der Zerberus streckte die Hand nach ihm aus.

»Einen Augenblick, mein Herr. Wenn Ihre Sache so dringlich ist – wir sollen natürlich den Herrn Justizrat soviel wie möglich mit Geschäften verschonen während seiner Urlaubsreise, aber wenn ein wichtiger Fall vorliegt – bitte schreiben Sie an den Herrn Justizrat, und richten Sie das Schreiben an seine hiesige Adresse, dann werde ich dafür sorgen, daß es sofort nachgeschickt wird.«

Gunter blieb wie nachdenklich stehen und sagte dann wie unschlüssig:

»Sie sagten doch eben, daß Sie die Anschrift des

Herrn Justizrats nicht haben? Wer bürgt mir dafür, daß mein Schreiben streng diskret behandelt wird und nur in seine Hände gelangt?«

»Sie können beruhigt sein, mein Herr. Wir sind angewiesen, die Anschrift niemand zu geben. Aber wir selbst wissen sie genau und können den Brief sofort auf die diskreteste Weise befördern.«

Gunter sagte sich, daß er vorläufig nichts weiter erreichen würde. Er schien zu überlegen und sagte dann:

»Also gut, ich werde meine Angelegenheit zu Papier bringen und Ihnen das Schreiben dann bringen, damit Sie es zur Post geben können – selbstverständlich eingeschrieben.«

»Aber gewiß, mein Herr, ganz gewiß. Sie können ganz unbesorgt sein.«

Gunter verabschiedete sich nun und überlegte, während er die Treppe hinabging, was er tun sollte. Jedenfalls hatte er sich den Weg in das Büro offengehalten. Er konnte, wenn er wollte, auf dem vorgeschlagenen Weg ein Schreiben an den Justizrat senden, in dem er – ja, was sollte er ihm schreiben?

Langsam ging er in der Richtung zu seinem Auto weiter. Aber da stand er plötzlich vor einem Postamt und blieb nachdenklich stehen. War es nicht möglich, hier auf dem Postamt die Adresse des Justizrats zu erfahren? Immer noch nachdenklich betrat er, wie von einer unsichtbaren Macht geschoben, das Postamt und stellte sich an einem der großen Doppelpulte auf, die zu mehreren nebeneinanderstanden.

In Gedanken versunken faßte er nach einem der Federhalter und malte versonnen mystische Zeichen auf das Telegrammformular, das vor ihm lag. Ganz geistesabwesend war er, ganz vertieft in das Problem, wie er die Anschrift des Justizrats erfahren könnte. Und während er sich vergeblich den Kopf zerbrach – daß er hier auf dem Postamt die Anschrift bekommen würde, erschien ihm doch fraglich, und er zögerte noch, die Frage darnach zu tun –, sollte ihm ein Zufall zu Hilfe kommen. Am Nebenpult nahm jetzt ein junger Mensch Aufstellung, der einen großen Stoß Briefe auf das leere Pult warf, die er anscheinend frankieren wollte. Er hatte soeben erst Briefmarken an einem Schalter zu diesem Zweck erstanden.

Umständlich machte er sich an sein Werk und stellte sich dabei ganz dicht neben Gunter. Er sah neugierig auf dessen Pult, weil er ergründen wollte, was der junge Herr da zu schreiben hatte. Sicher einen Liebesbrief, dachte er.

Gunter wurde durch die aufdringliche Neugier des Burschen gestört, zumal er plötzlich merkte, daß er in seiner Zerstreuung den Namen Romana auf das Formular mehrere Male untereinander geschrieben hatte. Um dem Burschen sein unpassendes Benehmen begreiflich zu machen, beugte sich Gunter genauso neugierig über das Pult, wo der Bursche seine Briefe frankierte, und sah sich die oberste Anschrift an. Aber dabei schoß ihm plötzlich das Blut jäh in den Kopf – die Anschrift, die er so auffallend neugierig las, um eine Anstandslektion zu erteilen, lautete: Herr Justizrat Dr. Walter Harland. Per Adresse Herrn Professor Peter Marks, Venedig. Via dei Baccaroli, Pension Calani.

Gunter traute seinen Augen nicht. Er sah wie hypnotisiert auf die Anschrift und hätte am liebsten einen lauten Jubelruf ausgestoßen. Er sah auch noch, daß der Umschlag den Aufdruck des Büros des Justizrates hatte, der Brief war also vom Büro an ihn abgeschickt. Fest prägte er sich die Anschrift ein und wollte gerade sein Notizbuch ziehen, um sie zu notieren, als der Bursche, ihn angrinsend, sagte: »Na, Mensch, wat kickste denn?«

Gunter notierte schnell und verstohlen erst die auf so seltsame Weise erbeutete Anschrift, dann steckte er sein Notizbuch wieder ein und antwortete sehr übermütig, ebenfalls in Berliner Mundart:

»Mensch, ick wollte dir man bloß begreiflich machen, det es nich anständig is, anderen Leuten beim Schreiben über die Schulter zu blinzeln.«

»Jotte doch, schreibst woll 'nen Liebesbrief? Man keene Bange nich, ick gucke nischt von ab.«

Damit fuhr er fort, seine Briefe zu verlesen und zu frankieren. Gunter hätte den Lümmel am liebsten umarmt in seiner Freude. Da das doch nicht anging, zog er schnell ein Fünfmarkstück aus der Tasche und legte es vor den Burschen hin.

»So, mein Sohn, dafür kaufen Sie sich den ›guten Ton in allen Lebenslagen‹. Und nun keine Feindschaft mehr!«

Der Bursche sah strahlend zu ihm auf.

»Is det Ihr Ernst?«

Gunter nickte und ging lachend davon. Aber das Herz klopfte ihm bis zum Hals hinauf. Ein dummer kleiner Zufall – o nein – eine Schicksalsfügung hatte ihm ohne Mühe die Anschrift in die Hand gespielt, die ihm so wichtig war. Nach Venedig also würde der Justizrat Romana bringen. Daß er ihr sofort folgen würde, stand bei ihm fest. Er sagte sich, daß der Justizrat möglicherweise auf Umwegen nach Venedig fahren würde, aber jedenfalls würde er in einigen Tagen dort eintreffen. Und Gunter konnte ungeniert seine Nachforschungen in Venedig anstellen, denn weder der Justizrat noch dieser Professor Marks würden ihn entdekken. Nur Romana würde ihn erkennen, wenn sie ihn sah, und ihr wollte er schon ein Zeichen geben, ihn nicht zu verraten, falls er ihr begegnete, ehe er den Weg zu ihr frei hatte.

Wie aber, wenn diese Anschrift nur eine Zwischenadresse war, wenn der Justizrat gar nicht mit Romana nach Venedig kam, sondern sich nur von diesem Professor Marks die Briefe nachschicken ließ?

Für eine Weile dämpfte dieser Gedanke Gunters Freude. Aber dann richtete er sich energisch auf. Dann mußte er eben versuchen, von Professor Marks die richtige Adresse zu erfahren. Jedenfalls war er entschlossen, nach Venedig zu reisen.

Sehr zufrieden mit seinem Erfolg, begab sich Gunter sofort zum Reisebüro, um sich eine Fahrkarte und einen Schlafwagenplatz für den nächsten Tag zu bestellen.

Vom Reisebüro aus fuhr er zu Altdorfs.

9

Er fand Bernd mit seinen Eltern zu Hause und wurde herzlich wie immer aufgenommen. Bernd hatte seinen Eltern von Gunters Liebe auf den ersten Blick und seiner mißglückten Absicht, sich zu verloben, berichtet. Mit viel Feinfühligkeit tröstete Frau Altdorf Gunter und sprach die Hoffnung aus, daß ihm das Geschick bald helfen möge, sein Glück zu finden. Gunter mußte zum Mittagessen bleiben. Gleich nach Tisch mußte der Hausherr ins Amt. Gunter wollte sich auch entfernen, aber Bernd und seine Mutter nötigten ihn so dringend, noch zu bleiben, bis er nachgab. Seinen Vater würde er ohnedies erst gegen fünf Uhr zu Hause antreffen.

Während die drei Menschen plaudernd bei einer Tasse Kaffee saßen, sprang Bernd plötzlich auf und griff nach einem Bildnis, das in einem ovalen Rahmen über dem Kopf seiner Mutter an der Eckwand hing.

»Jetzt weiß ich doch endlich, an wen mich deine Braut erinnert hat, Gunter, als sie damals vor uns stand. Sieh dir dies Bild an!«

Gunter betrachtete interessiert das kleine, entzückende Gemälde, das eine blonde junge Frau in einem weißen Kleid darstellte. Ja – dasselbe lichtblonde Haar, dieselben samtbraunen Augen und derselbe feingeschwungene Mund. Und auch sonst zeigte das Bild eine große Ähnlichkeit mit Romana. Betroffen schaute Gunter auf Mutter und Sohn.

»Du hast recht, Bernd, es besteht fraglos eine große

Ähnlichkeit zwischen diesem Bild und meiner Braut. Darf ich fragen, wen es darstellt?«

Die Augen von Frau von Altdorf wurden feucht. »Es ist das Porträt meiner unglücklichen Schwester Ruth.«

Gunter sah wieder auf das Bild.

»Ja, jetzt finde ich darin auch eine gewisse Ähnlichkeit mit Ihnen, liebe gnädige Frau. Nur ist Ihr Haar viel dunkler, wenn es auch noch immer blond ist.«

Die alte Dame lächelte wehmütig.

»Mein Haar ist nachgedunkelt mit der Zeit. Als ich noch so jung war, wie meine Schwester hier auf dem Bild ist, da hatte mein Haar dieselbe lichtblonde Farbe. Es ist ein Familienerbe, dies blonde Haar. Sie sehen, Bernd hat es auch von mir geerbt.«

»Jawohl, wenn es bei mir auch durch den ewigen Gebrauch von Pomade, womit ich meinen widerspenstigen Scheitel bändigen muß, immer dunkler erscheint.«

Gunter sah noch immer auf das Bild.

»Verzeihen Sie mein starkes Interesse, liebe gnädige Frau. Ich finde tatsächlich eine große Ähnlichkeit zwischen dem Bild und meiner Braut. Wo lebt denn Ihre Frau Schwester? Ich habe nie gehört, daß Sie eine besitzen.«

»Meine arme Schwester lebt leider nicht mehr. Von ruchloser Mörderhand ist sie in der Blüte ihres Lebens dahingerafft worden.«

»Oh, wie leid tut es mir, daß ich so trübe Erinnerungen weckte. Aber Sie werden verstehen, daß mich das Schicksal einer Frau, die meiner Braut so ähnlich sieht, interessieren muß. Darf ich wissen, wie es kam, daß sie ermordet wurde?«

Frau von Altdorf preßte ihr Taschentuch an die Augen.

»Alles, was mit dem Schicksal meiner Schwester zusammenhängt, hat auch auf unser sonst so friedliches Dasein seine Schatten geworfen. Wir sprechen nur selten davon, um nicht immer wieder trübe Bilder zu wecken. Aber da wir einmal darauf gekommen sind, sollen Sie, lieber Doktor, der sonst doch all unsere kleinen Freuden und Leiden kennt, und besonders als einziger Freund meines Sohnes, dieses Drama kennenlernen. Wenn Sie hören wollen, will ich Ihnen die Geschichte meiner Schwester erzählen.«

»Du wirst dich zu sehr dabei aufregen, Mutter, laß mich Gunter alles erzählen.«

»Nein, nein, laß mich nur wieder einmal alles aussprechen, was ich so lange in mir verschlossen habe. Es liegt ja doch immer wie ein heimlicher Alpdruck auf meiner Seele. Du weißt, wie sehr ich mich nach meiner Nichte sehne. Also, hören Sie zu, lieber Herr Doktor. Meine Schwester war ungefähr zehn Jahre jünger als ich, ein Nachzügler in der Familie, mit dem eigentlich nicht mehr gerechnet worden war. Aber gerade deshalb wurde sie von allen verwöhnt, und es schadete ihr nichts, daß wir sie alle zärtlich liebten: sie besaß fast nur gute Eigenschaften und entwickelte sich zu einer reizenden jungen Dame. Der Zauber ihres Wesens war noch viel größer als ihre Schönheit. Sie bezauberte alles, was in ihre Nähe kam, durch ihre Liebenswürdigkeit und ihre Herzensgüte, die ihr wie ein Licht aus den Augen strahlte. Glauben Sie nicht, daß ich sie überschwenglich schildere, weil sie meine Schwester war, nein, man könnte sie nicht reizend genug schildern. Ich war schon längst verheiratet. Bernd zählte damals bereits acht Jahre, als Ruth zwanzig Jahre alt geworden war und in allen Gesellschaften sehr gefeiert und umschwärmt wurde. Sie zeichnete aber keinen ihrer Verehrer aus. Das wurde mit einem Schlag anders, als meine Schwester auf einem Ball der russischen Gesandtschaft den Grafen Alexander Soblikoff kennenlernte. Dieser war reichlich doppelt so alt wie meine zwanzigjährige Schwester, aber immer noch ein glänzender Kavalier und schöner Mann. Er war viel von Frauen umworben worden, hatte aber nie eine so geliebt, daß er sie hätte heiraten mögen. Lachend hatte er stets erklärt, es falle ihm nicht ein, seine Freiheit aufzugeben, er werde nie heiraten. Seine beiden Neffen, die einzigen Verwandten, die er besaß und die er großmütig unterstützte, weil dieser Familienzweig der Soblikoffs durch Wein, Spiel und die Frauen völlig verarmt war, hatten sich durch solche Reden von ihm gewissermaßen in das Recht seiner künftigen Erben hineingeträumt. Zwischen Graf Alexander und meiner Schwester gab es nun eine himmelstürmende Liebe auf den ersten Blick. Der allzeit Heiratsscheue streckte die Waffen, und der die Heirat verspottende Mund meiner Schwester verstummte – kurzum, schon vier Wochen nach dem ersten Sehen war Ruth die Braut des Grafen Soblikoff und wurde wegen dieser außerordentlich glänzenden Partie genauso beneidet wie der Graf um meine Schwester. Meine Eltern, wir alle sagten schweren Herzens zu, als uns der Graf erklärte, daß schon nach zwei Monaten Hochzeit sein sollte und daß Ruth ihn dann nach Rußland begleiten sollte, wo er sie bei Hofe vorstellen werde, und dann mit ihr auf seinen Gütern leben wolle. Aber Ruth bat so lange, bis wir einwilligten. Und sie fand ein so großes, wundersames Glück an der Seite dieses Mannes, der sie anbetete, sie auf Händen trug und ihr jeden Wunsch von den Augen ablas, daß wir alle Sorgen vergaßen, wenn wir ihre glückstrunkenen Briefe lasen. Nur ein Schatten lag damals auf ihrem Leben: Die beiden Neffen ihres Gatten stellten sich ihr feindlich gegenüber und sahen in ihr die Zerstörerin ihrer Erbaussichten. Aus dieser glückseligen Zeit stammt das Bild, das Sie eben gesehen haben. Ein berühmter Künstler hat sie so wie hier für ihren Gatten in Lebensgröße gemalt.

Jedes Jahr ging mein Schwager mit seiner Gattin einige Wochen an den Hof. Aber dann zog er sich plötzlich mitten in einer solchen Saison von den Hoffestlichkeiten zurück und brachte seine Gattin wieder in sein stilles, abgelegenes Stammschloß. Ruth schrieb uns, daß in der häßlichsten Weise gegen ihren Gatten bei Hof intrigiert worden sei und daß sie als die Urheber dieser Intrigen die beiden Neffen ihres Gatten vermute.

Meine Schwester war einverstanden mit diesem zurückgezogenen Dasein, denn das Leben in Petersburg mißfiel ihr sehr. Sie hatte in den ersten Jahren ihrer Ehe ihrem Mann eine Tochter geschenkt und wartete mit ihm sehnsüchtig auf einen männlichen Erben. Auch dieser Wunsch wurde ihnen erfüllt. Als die Tochter fünf Jahre alt war, wurde ihnen ein Sohn geboren, ein gesunder, kräftiger Knabe, wie sie uns jauchzend mitteilten. Das war der Höhepunkt ihres Glückes. Von nun an tauchten Schatten auf, nicht etwa in ihrem Eheleben, denn das blieb ein ideales bis zum furchtbaren Tod meiner Schwester. Zuerst geschah es, daß der kleine Sohn meiner Schwester, als er noch nicht zwei Monate alt war, angeblich durch die Unachtsamkeit der eingeschlafenen Wärterin, in seinem Kissen nachts erstickt war. Die Wärterin konnte sich freilich nicht erklären, wie es geschehen war, sie war sehr müde gewesen, so müde wie nie in ihrem Leben, hatte sie ausgesagt. Und sie hatte in ihrer Schlaftrunkenheit das Kind noch einmal zurechtgelegt in seinem Bettchen und wußte dann von nichts mehr. Später brachte mein Schwager in Erfahrung, daß einer seiner Diener behauptet hatte, in jener Nacht die beiden Neffen des Grafen im Park gesehen zu haben. Als mein Schwager später durch die schurkischen Neffen noch mehr Leid erfahren mußte, wurde ihm klar, daß sie in jener Nacht seinen Sohn und Erben ermordet hatten. Die Wut über die späte Heirat ihres Onkels, durch die sie ihres schon so sicher geglaubten Erbes verlustig gegangen waren, hatte alle schurkischen und verbrecherischen Instinkte in ihnen geweckt.

Der so freudig begrüßte Sohn und Erbe war beseitigt. Meine Schwester war sehr unglücklich, ihr Gatte nicht minder. Aber nach kurzer Zeit fühlte sich meine Schwester wieder als Mutter und hoffte, wieder einem Sohn das Leben zu geben. Inzwischen waren meinem Schwager allerlei Gerüchte zu Ohren gekommen, daß in verstärktem Maße gegen ihn beim Zaren intrigiert würde. Da er die Zustände in seiner Heimat kannte, hatte er schon vorher Sorge getragen, daß sein enormes Barvermögen, das sich auf mehrere Millionen belief, unauffällig in die Schweiz gebracht wurde. Monate hatte er hierzu gebraucht, aber es war ihm geglückt, ohne daß ihn jemand daran gehindert hatte. Er hielt es streng geheim, war aber sehr froh, daß es geschehen war, als er mehr und mehr Feindseligkeiten vom Hofe aus zu kosten bekam. Seine Lage schien ihm bedenklich genug, daß er sich mit dem Plan trug, Rußland mit seiner Familie zu verlassen, sobald meine Schwester die Geburt ihres erwarteten Kindes hinter sich haben würde. Hätte er doch nicht darauf gewartet! Von trüben Ahnungen war er schon damals gequält worden, und er wußte auch, daß er alle Unannehmlichkeiten und alles Ungemach seinen Neffen zu danken hatte, denen er in seinem Zorn nun jede Unterstützung entzog.

Eines Tages machte mein Schwager mit meiner Schwester einen Ritt durch den riesengroßen Park, der ihr Schloß umgab. Sie ritten nur im Schritt wegen des Zustandes meiner Schwester, die aber immer noch gern diese mäßigen täglichen Ritte unternahm. Während sie so nebeneinander dahinritten, liebevoll miteinander plaudernd, hört mein Schwager plötzlich einen leisen Knall, wie wenn zwei Schüsse in einiger Entfernung abgegeben worden wären. Er sieht, daß seine Reitpeitsche ihm fast aus der Hand gerissen wird, und fühlt, wie der eine Schuß dabei seine Hand leicht streift. Er erkennt sofort, daß diese Kugel für ihn bestimmt gewesen und nur durch eine Bewegung mit der Reitpeitsche abgelenkt worden ist. Außer sich vor Zorn, als Täter wieder seine Neffen vermutend, springt er vom Pferd, um das Gehölz nach ihnen abzusuchen. Im demselben Augenblick sieht er seine Gattin im Sattel wanken – sie sinkt, ohne einen Laut, entseelt in seine Arme.

Mein Schwager hat vor Schmerz wie ein wildes Tier aufgeschrien. Dieser Schrei und das Geräusch der Schüsse rufen die Dienerschaft herbei. Der meinem Schwager treu ergebene Kammerdiener Wladimir ist der erste, der bei seinem Herrn eintrifft und ihm hilft, meine Schwester auf den weichen Rasen zu betten. Wladimir ruft seinem Herrn halb erstickt vor Grimm zu, daß er die beiden Neffen des Grafen soeben mit verhängten Zügeln jenseits des Parkes habe davonreiten sehen.

Der Verzweiflung nahe, bestattete mein Schwager sein junges Weib, mit dem zugleich ein neu aufkeimendes junges Leben vernichtet worden war. Er riß seine kleine Tochter an sich, das einzige, was ihm das Schicksal von seinem Glück gelassen hatte. Kein Zweifel blieb ihm, wem er das alles zu verdanken hatte. Nun war er entschlossen, zum Hof zu gehen und sie anzuklagen.

Am nächsten Morgen wollte er abreisen. Sein Töchterchen innig umschlungen haltend, saß er in einem der großen, prächtigen Zimmer und konnte sich nicht von seinem Kind trennen. Es war schon fast Nacht, und das Kind hätte längst zu Bett sein müssen, aber der unglückliche Vater konnte es nicht aus seinen Armen lassen und sorgte sich, ob es auch gut beschützt sein würde, wenn er fern war. Umlauerten die Mordgesellen vielleicht wieder sein Haus? Gerade wollte er sich aufraffen und sein Töchterchen selbst zu Bett bringen, da stürzte sein treuer Kammerdiener herein und flehte ihn an, sich zu retten: er solle verhaftet werden. Die Schurken hatten schnelle Arbeit getan und meinen Schwager, da sie ihn nicht ebenfalls hatten töten können, des Hochverrats angeklagt. Mein Schwager wußte, daß bei der Gerichtsbarkeit seines Vaterlandes sicher war, daß man ihn ohne Verhör entweder nach Sibirien schicken oder töten lassen würde. Die Neffen hatten auf irgendeine schurkische Weise bewiesen, daß mein Schwager und auch meine Schwester einem Geheimbund angehörten, der dem Zaren nach dem Leben trachtete. Wohl wußte sich mein Schwager rein von solcher Schuld, aber er wußte auch, daß man am Hof jeder Verleumdung dieser Art ein williges Ohr lieh. Er wollte sich und seine Tochter retten, deshalb befolgte er den Rat seines treuen Dieners, der in Eile alle Vorbereitungen zur Flucht durch einen geheimen Gang traf, während die Schergen versuchten, in das durch die Dienerschaft auf des Kammerdieners Befehl verbarrikadierte Schloß zu gelangen.

Graf Alexander hatte stets eines seiner Autos auf einem Vorwerk stehen, und das half ihm bei seiner Flucht. Während Wladimir, der Diener, wieder in das Schloß zurückkehrte, um die Verfolger aufzuhalten und Näheres zu erfahren, erreichte Alexander mit seiner kleinen Tochter und dem nötigsten Gepäck das Vorwerk, bestieg dort das Auto und fuhr im schnellsten Tempo mit seinem Kind davon. Seine Flucht gelang. Einen Paß hatte er in jener Zeit immer für seine Familie und sich bereitgehalten. Über reichliche Geldmittel verfügte er auch, und so kam er unbehelligt nach Deutschland. Eines Abends kam er hier bei uns mit seiner Tochter an, ganz im geheimen. Wir verheimlichten seine Ankunft und Anwesenheit, so gut es ging, weil er es dringend wünschte. Er wartete einige Tage bei uns, bis ihm sein treuer Kammerdiener folgte. Dieser berichtete, was er alles erkundet hatte. Später hatte mein Schwager auf

Umwegen noch mancherlei in Erfahrung gebracht und teilte uns dies brieflich mit. Seine sämtlichen Güter waren als die eines Verräters eingezogen worden, und seine russischen Bankkonten wurden gesperrt. Doch befanden sich auf diesen Konten nur geringe Summen, da Graf Alexander ja alles, auch den kostbaren Schmuck, als vorsichtiger Mann in die Schweiz gebracht hatte. Daß er ohne Verhör sofort nach Sibirien hätte verbannt werden sollen, hatte er ja schon als sicher angenommen, aber daß man seine Tochter auf Anordnung seiner beiden Neffen in ein Erziehungsheim bringen wollte, das ihm als Aufenthalt des Schreckens bekannt war, erschütterte ihn sehr. Dort wurden Kinder mißliebig gewordener Eltern untergebracht, wo sie dadurch unschädlich gemacht wurden, daß man sie körperlich und geistig verwahrlosen ließ, so daß sie entweder dahinsiechten und starben oder verblödeten. Diese Kunde hat meinen Schwager damals am tiefsten betroffen, und wenn er seine schurkischen Neffen hätte erreichen können, hätte er sie in seinem schmerzlichen Zorn getötet. Das Schicksal behütete ihn zwar vor dieser Tat – aber sein Leiden war damit noch nicht zu Ende.«

Erschüttert schwieg Frau von Altdorf, und Bernd zog sie in seine Arme.

»Vater wird schelten, daß ich es zuließ, daß du diese trüben Bilder wieder heraufbeschworen hast.«

Seine Mutter faßte sich.

»Nein, Bernd, glaube mir, es tut gut, das alles einmal wieder aussprechen zu können. Es wird ja nicht ungeschehen, wenn man es totschweigt. Hören Sie weiter, lieber Herr Doktor. Mein Schwager brachte noch in Erfahrung, daß seine Neffen zwar vom Zaren befördert worden waren, zum Dank für ihren Verrat an ihrem Onkel, aber wenn sie, wie ja anzunehmen war, darauf gerechnet hatten, daß man ihnen zur Belohnung die Güter des Grafen Alexander überlassen würde, hatten sie sich geirrt. Der Zar behielt diese Güter für sich, sie fielen an die Krone, und den beiden Verbrechern wurde nur ›für ihre Treue und Wachsamkeit‹ das noch vorhandene Barvermögen zugesprochen – eine Kleinigkeit für so viel Verbrechen. Sicher waren sie sehr unzufrieden darüber, zumal ihnen ja die Unterstützung durch ihren Onkel fehlte. Sie standen dadurch schlechter als zuvor. Ihre Beförderung war auch sehr mäßig ausgefallen, und so hatten sie einen sehr geringen Vorteil von ihren Schurkenstreichen.

Also, mein Schwager setzte, nachdem er einige Tage bei uns verweilt hatte, mit seiner kleinen Tochter die Flucht fort. Er fürchtete mit Recht, daß die Gauner, getäuscht in ihren Erwartungen, nun nach seinem Barvermögen trachten und ihn noch weiter verfolgen würden, wenn sie seinen Aufenthalt in Erfahrung brächten. Er fühlte sich jedenfalls bei uns nicht sicher, da er annehmen mußte, daß man ihn bei uns zuerst suchen würde. Auch wollte er uns keine Unannehmlichkeiten bereiten. So reiste er mit seiner Tochter und Wladimir in die Schweiz. All unsere Beredsamkeit, uns wenigstens seine Tochter dazulassen, bis er wieder ein sicheres, festes Unterkommen haben würde, nutzten nichts. ›Ein sicheres Asyl für meine Tochter und mich werde ich nie mehr finden, solange die Mörder meiner Frau und meines Sohnes am Leben sind. Gegen ihre Schlechtigkeiten gibt es keine Sicherheit‹, sagte er bitter. Auch fürchtete er, daß seine Tochter bei uns am meisten gefährdet sei, weil seine Neffen sicher zuerst bei uns nach ihr forschen und ihr nach dem Leben trachten würden, stand sie doch zwischen ihnen und dem begehrten Erbe! Denn daß sie nun mit allen Mitteln versuchen würden, sich in den Besitz des in das Ausland geschafften Vermögens zu setzen, schien uns allen sicher. Mein Schwager versprach mir nur noch, mir so oft wie möglich Nachricht zu geben.

An jenem Tag, als er abreiste, sah ich ihn und meine Nichte das letztemal. Ich bekam aber regelmäßig, auf allerlei Umwegen scheinbar, Nachricht von ihm. Er schrieb mir, daß er spüre, daß die ›Bluthunde‹, wie er seine Neffen nur noch nannte, ihm auf der Spur seien und daß er deshalb, um sie irrezuführen und um seine Tochter nicht dem unsicheren Nomadenleben auszusetzen, sich von seiner Tochter getrennt habe. Sie sei in einer Pension bei einer liebevollen und feingeistigen Dame, die ihm empfohlen worden sei, untergebracht. Ich könnte beruhigt sein, denn es sei nichts versäumt worden, was für ihre Sicherheit nötig sei. Er selbst besuche seine Tochter zuweilen unter Beachtung der größten Vorsichtsmaßregeln.

Aber aus all seinen Briefen klang es wie Jammer und Verzweiflung. Er konnte meine Schwester nicht vergessen, und ihr Verlust war das Härteste gewesen, was ihn traf. Ich machte mir große Sorge um ihn, denn seine Berichte verrieten etwas Nervöses, Krankhaftes, was ja erklärlich war. Die schwersten Schicksalsschläge, die ewige Angst und Sorge um seine und seiner Tochter Sicherheit und die Unmöglichkeit, sich an den Zerstörern seines Glücks, an den Mördern seiner Frau und seines Sohnes zu rächen, hatten seine Nerven zerrüttet. So vergingen Jahre, ohne daß sich etwas geändert hätte. Der Weltkrieg kam, und auch in diesen Jahren erhielten wir regelmäßig Nachricht von Graf Alexander. Sie kamen alle über die Schweiz.

Ob er dort lebte oder seine Post nur durch die Schweiz gehen ließ, wußte ich nicht. Jedenfalls schien er immer von Ort zu Ort zu flüchten, immer nur von seinem treuen Wladimir begleitet. Meine Antworten mußte ich immer an verschiedene Deckadressen richten. Wiederholt beschwor ich ihn, mir ein Wiedersehen mit meiner Nichte zu gestatten, nach der ich mich sehnte und um deren Wohl ich mich bangte, aber er erwiderte immer wieder, sosehr er meinen Wunsch verstehen könne, sei es ihm unmöglich, ihn zu erfüllen. Solange die beiden Bluthunde nicht vom Schicksal vernichtet seien, wage er es nicht, seine Tochter in meine Nähe zu bringen. Sie müsse uns um jeden Preis ferngehalten werden. Aber er teilte mir mit, daß sie sich wohl befinde und sich körperlich und geistig herrlich entwickle und ihrer Mutter von Tag zu Tag ähnlicher werde.

Sie sei sein einziger Trost im tiefen Leid. Nur der Gedanke an sie ließe ihn sein unstetes Leben ertragen. Seine Tochter sei wohlgeborgen. Freilich müsse sie auf das Glück, eine Mutter und ein friedliches Heim zu besitzen, verzichten, aber Gott werde helfen, daß eines Tages alle Gefahren für sie beseitigt seien. Dann werde er sie mir bringen und in unserer Nähe seinen Wohnort aufschlagen. Alle Annehmlichkeiten, die mit Geld zu erkaufen seien, mache er seinem Kind zugängig.

Und dann kam der große Umsturz in Rußland. Mein Schwager schrieb mir gleich, nachdem die erste Kunde davon zu ihm gedrungen war, daß er sofort nach Rußland reisen und nun endlich versuchen werde, die Mordbuben zur Rechenschaft zu ziehen. Endlich einmal müsse ihm doch Gerechtigkeit werden. Ich erschrak sehr, denn alle Nachrichten, die wir aus Rußland erhalten hatten, lauteten sehr besorgniserregend. Aber wir konnten meinen Schwager nicht mehr aufhalten, da er schon unterwegs war. In jenem Brief, dem letzten, den wir von ihm erhielten, teilte er mir mit, daß er für alle Fälle für seine Tochter Vorsorge getroffen habe. Er habe seinen treuesten und erprobtesten Freund, der zugleich sein Vermögensverwalter sei, zu ihrem Vormund bestellt, für den Fall, daß ihm etwas zustoße. Sein Freund sei Jurist, er habe ihm schon in mancher schweren Sache beigestanden. Er werde auch für seine Tochter sorgen und sie, nach seinen Weisungen, so behüten, wie er sie selbst behütet hätte. Bis zu ihrem fünfundzwanzigsten Geburtstag solle seine Tochter, falls er jetzt nicht sein Recht verfechten könne, uns ferngehalten werden und auch dann erst Kunde von uns erhalten. Sollte sie sich aber vorher verheiraten, dann werde man ihr an ihrem Hochzeitstag alles mitteilen, was man ihr zu ihrer eigenen Beruhigung als Geheimnis vorenthalten habe. Ich würde aber regelmäßig durch Vermittlung seines Freundes Nachricht erhalten.

Wir waren mit unseren heißen Segenswünschen bei seinem Vorhaben, sagten uns aber bekümmert, daß er wohl eine schlechte Zeit gewählt hätte. Wir fürchteten, daß er in Rußland vorerst noch das Chaos finden würde. Und wieder, nach Wochen, saßen wir eines Abends im Wohnzimmer, als es sehr spät noch klingelte und uns Wladimir Torschek gemeldet wurde. So hieß der treue Diener Graf Alexanders, der ihn wieder nach Rußland begleitet hatte. Wir erschraken und ließen ihn in tiefer Erregung eintreten. So schreckhaft waren wir geworden, daß wir gleich wieder Schlimmes fürchteten. Und unsere Befürchtung sollte sich bestätigen. Wladimir brachte eine Unglücksbotschaft. Mein Schwager hatte mit ihm die russische Grenze überschritten – wie es ihm möglich war, weiß ich nicht. Wladimir hatte schon vor dem Grenzübertritt den einen Neffen seines Herrn, den Grafen Gregor Soblikoff, in einer Menschenmenge, die sie umgab, zu erkennen geglaubt, wenn dieser auch gleich wieder verschwunden war, und hatte es seinem Herrn gemeldet. Als sie dann die Grenze überschritten hatten, bemerkte Wladimir wieder zwei Männer, die er für die beiden Neffen seines Herrn hielt, wenn der eine auch einen Vollbart umgehängt und der andere den Hut so tief ins Gesicht gezogen hatte, daß man ihn nicht erkennen konnte. Gang und Haltung hatten sie aber doch verraten. Als er seinen Herrn auf die beiden Gestalten habe aufmerksam machen wollen, seien sie verschwunden gewesen.

Graf Alexander sei darüber, wie immer wenn er den Spuren seiner Neffen begegnet sei, tief erregt gewesen und habe Wladimir laut erklärt, jetzt endlich werde er die beiden der Gerechtigkeit überliefern können, das sei sein fester Vorsatz. Diese Bemerkung habe sein Herr zu ihm im Garten eines Gasthofes gemacht, in dem sie Wohnung genommen hatten. Er habe seinen Herrn noch gebeten, nicht so laut zu sprechen, für den Fall, daß man sie belausche. Da habe sein Herr erwidert, ganz Rußland solle es hören, daß seine Neffen Verbrecher seien.

Und Wladimir behauptete, er habe bei diesen Worten seines Herrn an einem offenen Fenster des Gasthofes wieder den Mann mit dem Bart, den er für den einen Neffen hielt, für einen Augenblick gesehen. Er sei aber gleich wieder verschwunden, und als Wladimir in das Zimmer hineinsah, zu dem dieses Fenster gehörte, sei es leer gewesen. Inzwischen sei die Dunkelheit hereingebrochen und sein Herr habe, da man noch stundenlang auf den Zug warten mußte, der sie weiterbringen sollte, einen Spaziergang unternommen, weil er Kopfweh gehabt hatte. Dieses Kopfweh habe ihn immer sehr geplagt. Obwohl sein Herr ihm geboten habe, ihn im Hotel zu erwarten, sei er ihm, von einer unbestimmten Sorge getrieben, gefolgt, aber nur von weitem, daß sein Herr ihn nicht bemerken konnte. So seien sie vor die Stadt gekommen, wo ein kleines Wäldchen die Straße zu beiden Seiten begrenzt habe. Und in der Dämmerung habe Wladimir plötzlich zwei Schatten bemerkt, die in dem Wäldchen, dicht hinter seinem Herrn, von Baum zu Baum gehuscht seien. Wladimir hatte sich nun schnell auf der anderen Seite hinter den Bäumen verborgen und war, sich immer in Deckung haltend, weitergehastet, um in die Nähe seines Herrn zu kommen. Aber ehe er ihm wesentlich näher gekommen war, hatte er gesehen, daß die beiden Schatten aus dem Wäldchen heraussprangen und von beiden Seiten von hinten über Graf Alexander herfielen. Wladimir hörte seinen Herrn nur noch laut aufschreien: ›Ihr Bluthunde, ihr Schurken! Seid verflucht!‹

Dann war er zusammengebrochen, und die beiden Schatten verschwanden im Dunkel des Waldes.

Wladimir eilte angstvoll zuerst zu seinem Herrn. Dieser hatte einen Dolchstoß in die Herzgegend erhalten. Er schlug noch einmal die Augen auf und sagte: ›Wladimir, nun haben sie mich doch zur Strecke gebracht. Gregor hat mir das Messer in die Brust gestoßen. Gott schütze meine Tochter! Geh nach Deutschland zurück, melde meinen Tod meinem Freund und meinen Anverwandten in Berlin. Ich sterbe!‹

Und in den Armen seines treuen Dieners, der fortwährend laut um Hilfe rief, verschied er.

Endlich waren Leute mit einem Handwagen des Weges gekommen. Auf diesem hatte Wladimir seinen toten Herrn zum Gasthaus zurückgebracht. Er hatte der Polizei seine Aussagen gemacht, und man hatte nach den beiden Grafen Soblikoff gesucht. Aber es hatte sich herausgestellt, daß in demselben Hotel zwar zwei Herren, auf die Wladimirs Beschreibung paßte, Zimmer gemietet hatten, sie hätten aber ganz andere Namen angegeben, die auch in ihren Pässen gestanden hätten, und diese beiden Herren seien vor einer halben Stunde sehr hastig zu einem Ausgang ins Hotel zurückgekommen und hätten erklärt, sofort abreisen zu müssen, obwohl sie anfangs bis zum nächsten Tag hätten bleiben wollen. Sie seien im Auto gekommen und auch wieder im Auto davongefahren.

In dem Drunter und Drüber, das in jener Zeit in Rußland geherrscht hat, ist die Verfolgung der beiden Verbrecher wohl nie richtig aufgenommen worden. Jedenfalls blieben die Mörder unbehelligt. Mein Mann hat nach einiger Zeit durch seine Verbindungen in Erfahrung gebracht, daß die beiden ihre wohlverdiente Strafe noch nicht erhalten haben. Ich fürchte sehr, daß sie jetzt, da nur noch meine Nichte zwischen ihnen und dem großen Erbe steht, auch dieser nach dem Leben trachten, und sosehr ich mich nach ihr sehne, sehe ich doch ein, daß sie bei uns am ehesten von den beiden Schurken geschnappt werden könnte. Ihr einziger Schutz ist wohl, daß man verstanden hat, sie vor ihnen zu verbergen. Unternehmen konnten wir nichts von hier aus.

Ich bekam jedenfalls noch immer regelmäßig durch den für uns namenlosen Freund meines Schwagers Nachrichten über das Ergehen meiner Nichte, weiß aber nicht, wo sie sich aufhält. Dieser Freund versichert mir immer wieder, daß er sich streng in allen Dingen nach den Vorschriften hält, die sein Freund, Graf Alexander Soblikoff, ihm vor seinem Tod gemacht habe. Und auch er verspricht mir, daß ich meine Nichte an ihrem fünfundzwanzigsten Geburtstag spätestens wiedersehen oder doch wenigstens von ihr selbst Nachricht erhalten werde. Auf diesen Tag, mein lieber Herr Doktor, warte ich nun mit großer Sehnsucht, wie Sie sich denken können.«

10

Erschöpft schloß Frau von Altdorf nach diesem Bericht die Augen, die vor Erregung brannten. Gunter hatte mit atemloser Spannung zugehört, hatte immer wieder auf das Bild der Gräfin Ruth gesehen und sah nun mit großen Augen zu Bernd hinüber. Seltsam hatte die Erzählung der alten Dame auf ihn gewirkt. Alles, was er von Romana wußte und was er hier gehört hatte, schien sich zu einem Ganzen zu verbinden. Und nach einer Weile, während er stumm in Bernds Gesicht geblickt hatte, das er noch nie so ernst gesehen, fragte er heiser:

»Wie heißt die Tochter Ihrer Frau Gräfin Schwester mit Vornamen, liebe gnädige Frau?«

Bernd zuckte leise zusammen und sah Gunter forschend an.

»Meine Nichte heißt Romana«, erwiderte Frau von Altdorf, mit den Tränen kämpfend.

Gunter sprang auf, blaß bis in die Lippen.

»Romana?« rief er erschrocken.

Bernd nickte ihm zu.

»Ja, Gunter, du weißt doch, daß ich betroffen aufhorchte, als du mir den Vornamen deiner Braut nanntest, er fiel mir gleich auf. Aber deine Braut heißt doch Harland – Romana Harland.«

Gunter preßte die Hände an die Schläfen.

»Aber das ist ja nicht das einzige, Bernd, das mich betroffen machte. Warte nur einen Augenblick.«

Und er nahm aus seiner Brieftasche den einzigen

Brief, den er von Romana erhalten, am Tag ihrer Abreise von Hornklippe.

»Hören Sie zu, liebe gnädige Frau, und auch du, Bernd, was mir meine Braut unter anderem geschrieben hat, ehe sie Hornklippe mit ihrem Vormund verließ: ›Es schwebt ein Geheimnis über meinem Dasein, man sagte mir, ich sei von Gefahren bedroht und müsse in Sicherheit gebracht werden. Warum man mich deshalb auch von Dir trennt, weiß ich nicht. Mein Vormund handelt nach Weisungen meines verstorbenen Vaters. An meinem fünfundzwanzigsten Geburtstag soll ich erfahren, was bisher dunkel über meinem Leben steht. Wenn ich mich verheirate, soll ich an meinem Hochzeitstag schon alles erfahren.‹«

Gunter ließ den Brief sinken und sah in die erblaßten Gesichter von Mutter und Sohn. Und dann fragte er: »Ist das nicht ein seltsames Zusammentreffen wichtiger Daten, gnädige Frau? Wie alt ist Ihre Nichte Romana jetzt?«

»Sie wird im Oktober dreiundzwanzig Jahre alt.«

»Also genauso alt wie meine Braut, die auch im Oktober dreiundzwanzig Jahre alt wird.«

Frau von Altdorf sank kraftlos zurück.

»Mein Gott im Himmel, wenn Ihre Braut meine Nichte wäre!«

Gunter war nicht weniger erregt als sie.

»Mir fällt noch mehr Bedeutsames ein. Als ich meine Braut das erste Mal nach ihrem Namen fragte, wurde sie verlegen und wollte ihn mir nicht nennen – wahrscheinlich, weil sie mir die Wahrheit nicht sagen durfte und mich doch nicht belügen wollte. Ich erfuhr dann von ihrem Pflegevater, daß sie Harland heiße. Als ich hörte, daß auch ihr Vormund Harland hieß, fragte ich den Geheimrat, ob Romana auch noch mit ihrem Vormund verwandt sei, weil sie doch seinen Namen führte. Er wurde verlegen und erklärte mir, darauf müsse er mir die Antwort schuldig bleiben, ich würde auch darüber von Justizrat Harland Antwort erhalten, wenn er von seiner Reise zurückkäme.«

»Seltsam, höchst seltsam! Ach, wenn ich Ihre Braut nur einen Augenblick sehen könnte, ich wüßte gleich, ob es meine Nichte ist. Ich würde sie, hätte sie sich auch noch so verändert, sofort an einem kleinen braunen Mal erkennen, das in unserer Familie erblich ist und sich oft wiederholt. Auch meine Nichte hat dieses Mal von ihrer Mutter geerbt; Bernd hat es auch, nur etwas größer, als es meine Mutter und meine Schwester hatten. Ich selbst besitze dieses Familienzeichen nicht. Da sehen Sie bei Bernd – dieses kleine verschobene Rechteck hinter dem rechten Ohrläppchen – das ist unverwechselbar. Haben Sie dies kleine Mal vielleicht an Ihrer Braut bemerkt?«

Gunter schüttelte den Kopf.

»Ich habe nicht darauf geachtet. Das kann man übersehen.«

Eine Weile schwiegen die drei Menschen und sahen sich erregt an. Gunter legte Romanas Brief mit zärtlicher Fürsorge in seine Brieftasche zurück. Dabei fiel ihm sein kleines Notizbuch aus der Tasche und schlug klatschend auf den Tisch. Es klappte dabei auf, und als es Gunter emporhob und schließen wollte, schob sich der daran befestigte Bleistift vor, so daß er ein Hindernis bildete. Er schob den Bleistift zurück, und dabei fielen seine Augen auf die russischen Sätze, die er sich notiert hatte. Er las: »Es ist doch kein Zweifel mehr, sie ist es, Gregor.«

Gunter stutzte.

»Gnädige Frau! – Wie heißen die beiden Grafen Soblikoff mit Vornamen?«

»Sie heißen Gregor und Michael.«

Gunter atmete schwer und las in seinem Notizbuch langsam die Sätze in russischer Sprache, die er sich, halb Spielerei und doch einem unwiderstehlichen Zwange folgend, notiert hatte:

»Man kann nicht wissen, Gregor, ob er nicht gerade hier im Seebad unverfänglich mit ihr zusammentreffen will, irgendwo müssen sie doch miteinander Fühlung nehmen.«

»Ich fürchte, Michael, du bist wieder, wie so oft, auf der falschen Fährte. Sie würde viel sicherer mit seiner Mutter zusammentreffen.«

Und dann später, bei der Kurmusik, hatten sie gesagt:

»Es ist doch kein Zweifel mehr, Gregor, sie ist es. Wiederholt haben wir vernommen, daß sie ihn Vetter und er sie Kusinchen nennt.«

»Und sie ist blond und hat braune Augen, auch das stimmt. Michael, wir scheinen endlich auf der rechten Spur zu sein.«

»Das Alter kann auch stimmen, und unter einem anderen Namen muß sie sich doch die ganze Zeit verborgen haben, sonst hätten wir sie längst ausfindig gemacht.«

»Es ist höchste Zeit, daß wir endlich Oberwasser bekommen. Wenn sie heiraten würde, hätten wir neue Schwierigkeiten, das darf auf keinen Fall geschehen.«

»Und wenn sie Kinder bekäme, dann wäre es ganz aus.«

»Still doch, nicht so laut!«

»Eh, es versteht uns hier doch kein Mensch.«

»Hast du gehört, daß sie in den nächsten Tagen nach Venedig reist?«

»Ja, und das trifft sich gut. In Italien können wir leichter zum Ziel kommen. Jetzt nur ihre Spur nicht verlieren.«

Gunter las diese Sätze noch einmal durch, und seine Züge waren gespannt, als müsse er ergründen, was das alles für einen Sinn hatte. Und plötzlich fuhr er empor und sagte hastig:

»Bernd, ich habe Fräulein Rosa Mertens unrecht getan, wenn ich annahm, daß sie unter einem falschen Namen auftrat.«

Bernd sah den Freund verständnislos an.

»Was hat Fräulein Mertens mit dieser Angelegenheit zu tun?«

Gunter rieb sich die Stirn.

»Ich glaube, mehr als du denkst, Bernd, das wird dir gleich klarwerden. Du erinnerst dich, daß ich dir sagte, als du mit Fräulein Mertens zur Kurmusik gewesen warst, daß zwei Fremde, die ich für Bäderhyänen hielt, euch beide scharf beobachtet hatten und über euch sprachen. Ich sah ihre Worte damals von einem ganz anderen Gesichtspunkt an – jetzt erhalten sie für mich plötzlich ein neues Gepräge. Diese beiden Männer waren nämlich Russen und unterhielten sich in russischer Sprache. Ich lauschte eines Tages, als sie sich in der Nähe unserer Pension herumtrieben, auf ihre Worte und behielt sie im

Gedächtnis. Und bei der Kurmusik hörte ich dann das andere, das jetzt so ganz anders beleuchtet wird. Hör zu!«

Und Gunter las langsam und deutlich die wenigen Sätze vor. Bernd sprang in höchster Erregung auf.

»Kein Zweifel, das sind die beiden Schurken gewesen. Sie haben mich beobachtet, in der Hoffnung, daß ich vielleicht am dritten Ort mit meiner ›Base‹ zusammenkommen könnte. Sie haben nun Fräulein Mertens wegen unseres kleinen Ulks für meine Base gehalten. Daß ich nur eine Base besitze, wissen sie, denn sie kennen unsere Familienangehörigen alle.«

Gunter fuhr sich durchs Haar.

»Wie gut, wie gut, daß ihr Verdacht sie irregeführt hat! Möglich, daß sie nicht nur deine, sondern auch Romanas Spur zur Ostsee verfolgten und dann durch den kleinen Ulk von Romanas Spur abgelenkt wurden.«

Frau von Altdorf preßte die Hände auf das Herz.

»Jetzt verstehe ich erst ganz, wie notwendig es war, daß mein Schwager mir Romana so fernhielt. Gottlob, Bernd, daß du nur ein einziges Mal ganz flüchtig mit Romana Harland zusammengetroffen bist, sonst hätten die Schurken sicher ihren Aufenthalt ausgekundschaftet.«

Sie zweifelte schon nicht mehr, daß Romana Harland ihre Nichte war.

»Und jetzt muß ich, wie mir scheint, auch Justizrat Harland all mein Mißtrauen abbitten. Er war ja, falls meine Romana auch die von euch gesuchte ist, ganz im Recht, wenn er sie schnellstens von Hornklippe entfernte, denn entweder hatte er eine Ahnung, daß die Grafen

Soblikoff in Swinemünde weilten, oder er trug Sorge, daß sie aus deiner Nähe kam.«

»Aus meiner Nähe?«

»Ja, Bernd. Und jetzt fällt mir auch wieder ein, daß Geheimrat Dürkopp so ein seltsames Gesicht machte, als ich ihm den Namen meines Freundes Altdorf nannte. Ja, richtig, und nachher rief er es seiner Gattin gleichsam als Warnruf zu, als sie mich sehr liebenswürdig aufnahm, daß mein Freund, Bernd von Altdorf, der Sohn des Gerichtspräsidenten Altdorf sei. Es ist kein Zweifel, der Geheimrat ist eingeweiht in die Gefahren, die Romana drohen, und so ist sein Benehmen zu erklären. Nicht vor mir flüchtete man mit Romana, sondern tatsächlich vor der Gefahr, die ihr drohte. Ich muß schon sagen, daß man sie sorgfältig behütet.«

»Wenn Sie ahnten, wie erregt ich bin, lieber Herr Doktor! Was tue ich nur, um Gewißheit zu erlangen?« fragte Frau von Altdorf mit zitternder Stimme.

Gunter küßte ihr die Hand.

»Ich werde Ihnen Gewißheit verschaffen, liebe verehrte gnädige Frau. Zum Glück habe ich die Anschrift des Justizrates, und sicher treffe ich Romana in Venedig oder erkunde dort wenigstens ihren Aufenthalt. Sie selbst müssen vorläufig noch warten, wenn Sie Romana nicht in Gefahr bringen wollen. Denn wenn die beiden Schurken – stimmen unsere Vermutungen – auch jetzt eine falsche Spur verfolgen, so reisen sie doch in Verfolgung dieser falschen Spur nach Venedig, werden sich also wieder in Romanas Nähe befinden, und wir müssen mit Justizrat Harland Hand in Hand arbeiten zur Sicherung seines Mündels.«

Frau von Altdorf nickte ergeben, und Bernd sagte bekümmert: »Aus demselben Grund darf auch ich nichts tun, um dir Gewißheit zu verschaffen, liebe Mutter«, die alte Dame liebevoll in seine Arme ziehend.

»Nein, Bernd, du würdest deine Base nur in Gefahr bringen, wenn du in ihrer Nähe wärest. Es ist schon das beste, ihr haltet euch auch weiterhin fern von ihr. Aber mich drängt es nun doppelt, nach Venedig zu reisen. Wie ich schon sagte, fahre ich morgen abend ab. Wenn man nur wüßte, wann dieses Fräulein Mertens nach Venedig reist, dann würde man sicher damit rechnen können, daß auch die beiden Schurken zu gleicher Zeit dahin aufbrechen. Anscheinend hatten sie ohnedies eine Reise nach Italien vor.«

»Fräulein Mertens wartete jeden Tag auf den Abruf durch ihre Tante.«

»Dann dürften auch die Verbrecher bald in Venedig sein, und es ist gut, wenn ich vor ihnen dort bin.«

»Wenn sie ihr nur nichts zuleide tun.«

»Das verhüte Gott, Bernd, aber ich glaube, bevor sie nicht in Italien sind, unternehmen sie nichts gegen sie, denn sie scheinen zu glauben, ein Verbrechen in Italien leichter verbergen zu können als hier in Deutschland. Jedenfalls werde ich, da ich ihre Spur jetzt habe, zugleich ein wachsames Auge auf Fräulein Mertens haben können.«

»Mein Gott, daß wir zur Untätigkeit verdammt sind«, klagte Frau von Altdorf.

In diesem Augenblick trat ihr Gatte ein, der inzwischen seine Amtsgeschäfte erledigt hatte. Aufgeregt berichtete man ihm, was die letzte Stunde zutage gebracht hatte. Er hörte aufmerksam zu, und seine Augen funkelten scharf durch die Brillengläser. Dann zog er seine Gattin beruhigend in die Arme und sagte nachdenklich:

»Nun, ein wenig kann ich vielleicht doch dazu beitragen, Ihnen in dieser Angelegenheit zu helfen, mein lieber Herr Doktor. Können Sie mir vielleicht angeben, in welchem Hotel oder in welcher Pension die beiden Russen in Swinemünde wohnten?«

»Ja, Herr Präsident, das kann ich zufällig angeben. Sie wohnten in Pension Vineta, ich sah sie selbst hineingehen.«

»Famos! Dann werden wir gleich ermitteln können, ob sie schon abgereist sind oder wann sie es tun werden. Wir müssen natürlich damit rechnen, daß sie vielleicht unter anderem Namen dort wohnten, aber zwei Russen werden ja nicht jeden Tag zu den Pensionsgästen gehören. Sie reisen morgen abend?«

»Ja.«

»Nun, ein telefonischer Anruf bei der Behörde in Swinemünde dürfte uns schnell darüber orientieren, was wir wissen müssen, und das will ich sogleich erledigen. Ich werde mir telefonische Antwort erbitten und hoffe, Ihnen noch heute abend Bescheid geben zu können. Sie sind doch daheim, daß ich Sie erreichen kann?«

»Gewiß, ich will diesen Abend bei meinem Vater verbringen.«

»Gut, mein lieber Herr Doktor. Da wir selbst nicht weiter eingreifen können, ohne unsere Nichte zu gefährden, sind Sie der rechte Mann, die Sache in die Hand zu nehmen. Und nun will ich gleich mit Swinemünde sprechen. Sie hören jedenfalls noch heute von mir.«

Günter verabschiedete sich und fuhr hinaus zu seinem Vater, der ihn schon erwartete. Er berichtete diesem, was der Tag ihm gebracht hatte, und der alte Herr regte sich bei seiner Schilderung fast ebenso auf wie Gunter. Er wäre am liebsten mit nach Venedig gereist, aber Gunter machte ihm klar, daß er mehr Bewegungsfreiheit habe, wenn er ganz allein seine Sache führte. Da nickte der alte Herr und sagte ruhig: »Recht hast du! Also, Glück auf zur Brautfahrt!«

Der Gerichtspräsident hatte telefonische Antwort von der Behörde in Swinemünde. Man meldete ihm, daß in der Pension Vineta zwei Russen namens Wojewska und Karanow gewohnt hätten, daß diese jedoch am Morgen dieses Tages abgereist seien – Ziel der Reise unbekannt. Zugleich hatte aber der umsichtige Gerichtspräsident, nachdem er seinen Sohn gefragt hatte, in welcher Pension Fräulein Rosa Mertens gewohnt hatte, in Swinemünde auch nach dieser Dame Nachforschung angestellt, und man hatte ihm mitgeteilt, daß auch Fräulein Mertens am gleichen Morgen abgereist sei, nachdem sie ein Telegramm erhalten habe.

Lächelnd hatte der alte Herr zu seinem Sohn gesagt: »Die junge Dame, die dir so spaßhafte Sachen über die Versklavung und die Selbständigkeit der Frau gesagt hat, wird hoffentlich nie erfahren, in welche Gefahr sie sich dadurch gebracht hat, daß sie dich als ihren Vetter ausgab. Sie wird vielleicht dies kleine Manöver nicht das erste und hoffentlich auch nicht das letzte Mal aufgeführt haben.«

Bernd strich sich über die Stirn, als sei ihm zu heiß.

»Wenn man sie nur warnen könnte«, sagte er.

»Weißt du, woher sie stammt?«

»Aus Berlin natürlich. In Swinemünde sind ja fast nur Berliner zur Erholung. Und so schnurriges Zeug redet nur eine aufgeklärte Berlinerin.«

»Nun, wir wollen hoffen, daß ihr nichts Schlimmes geschieht. Ich werde jedenfalls unauffällig Nachforschungen anstellen, um Doktor Valberg gegebenenfalls Hinweise geben zu können. Vor allem muß er auch ihre falschen Namen erfahren – immer vorausgesetzt, daß es wirklich die Soblikoffs sind, die sich darunter verbergen, was ja kaum mehr zu bezweifeln ist. Deiner armen Mutter wäre es zu gönnen, wenn sie endlich Ruhe bekäme über das Schicksal ihrer Nichte.«

Herr von Altdorf läutete Gunter an und berichtete, was er in Erfahrung gebracht hatte. Dann fuhr er fort:

»Ich werde Ihnen durch Bernd noch ein Empfehlungsschreiben an den mir persönlich befreundeten deutschen Konsul in Venedig an den Zug senden, außerdem eine amtliche Bestätigung, daß Sie als Geheimdetektiv in einer inoffiziellen Sache von der dortigen Polizei allerlei Hilfe verlangen können. Das kommt Ihnen vielleicht irgendwie zugute. Man kann in Ihrem Fall nie wissen, wie man die Polizei braucht, und eine solche Bestätigung sichert Ihnen doch schnellere Hilfe als sonst.«

Gunter bedankte sich sehr und verabschiedete sich von dem alten Herrn, der ihm guten Erfolg und glückliche Reise wünschte.

Am nächsten Abend war Bernd pünktlich am Zug und brachte Gunter die Empfehlungsschreiben seines Vaters. Die Freunde nahmen herzlichen Abschied voneinander, und ehe Bernd dann den Abreisenden verließ, sagte er:

»Du, Gunter, am Ende werden wir nun noch Vettern. Das wäre fein!«

Gunter lächelte und atmete tief auf.

»Ich hätte auch nichts dagegen. Vorläufig, das muß ich sagen, geht mir noch alles wie ein Mühlrad im Kopf herum, und es wird mir ganz guttun, wenn ich jetzt auf der langen Fahrt ein wenig Ordnung in meine Gedanken bringe. Wenn ich Romana gefunden habe, dann wird mir leichter ums Herz sein.«

»Einen klaren Kopf wirst du brauchen, Gunter. Aber du wirst deine Sache als ›Geheimdetektiv‹ schon gut machen. Und – laß uns nicht zu lange ohne Nachricht!«

»Sobald ich irgend etwas in Erfahrung gebracht habe, schreibe ich.«

Noch einmal reichten sich die Freunde die Hand.

»Auf ein frohes Wiedersehen, Gunter!«

»Darauf hoffe ich auch, Bernd!«

Der Zug rollte davon, und Gunter lehnte sich mit geschlossenen Augen in die Kissen zurück. Er empfand es als Wohltat, allein sein und seinen Gedanken ungestört nachhängen zu können.

Erst spät ließ er sich von dem Schlafwagenschaffner sein Lager aufschlagen. Schlaf fand er nicht viel in dieser Nacht. Er mußte so viel an Romana denken.

Als sein Zug dann von München weiterfuhr, schlenderte er langsam den Laufgang entlang, um sich ein wenig Bewegung zu verschaffen. Erst ging er in entgegengesetzter Fahrtrichtung von seinem Abteil aus. Als er dabei an einem andern Abteil vorüberkam, fiel ihm auf, daß eine Dame, die eben den Hut ablegte, sich nach ihm umwandte und ihm nachsah.

Er wollte sich nicht nach ihr umsehen und wartete, bis er auf dem Rückweg an dem Abteil vorüberkam. Da sah er scharf in das Abteil hinein und zuckte leise zusammen. Die junge Dame, die ihm so auffällig nachgesehen hatte, war – Fräulein Rosa Mertens. Sie sah ihn sehr freimütig mit großen Augen an, als wollte sie sagen: Wenn wir uns auch nicht vorgestellt sind, so wissen wir doch ganz genau, wer wir beide sind! Und – es muß gesagt werden, Fräulein Mertens schien Bernd von Altdorf schon ganz vergessen zu haben, denn sie schien nicht wenig Lust zu verspüren, jetzt mit seinem Freund einen kleinen Flirt zu beginnen.

Gunter war aber durchaus nicht danach zumute. Er dachte nur befriedigt: Gottlob, die junge Dame scheint mir noch recht munter und gesund zu sein, und ich brauche mich vorläufig nicht um sie zu sorgen! Aber es ist sehr gut, daß ich sie hier im Zug weiß. Da kann ich doch einmal ein wachsames Auge auf sie haben. Und nun will ich doch mal weiter in diesem Zug nachsehen. Habe ich mich in meinen Vermutungen nicht getäuscht, so müßten doch auch die beiden Russen hier sein.

Und aufs äußerste gespannt, ging er nun weiter, in jedes Abteil scharf hineinspähend. Als er sein Abteil wieder erreicht hatte, ging er in die andere Richtung. Anscheinend war Fräulein Mertens, die in Begleitung einer alten Dame, vermutlich ihrer Tante, war, erst in München in seinen Zug gestiegen. Sie war wohl schon am Tag vorher von Berlin nach München gefahren.

Seltsam, wie dieses Fräulein Mertens, das ihm so gleichgültig gewesen war, sich immer wieder in seinen Gedankenkreis hineindrängte, weil er wußte oder doch ahnte, daß die beiden Russen in ihr die junge Gräfin Soblikoff vermuteten.

Immer scharf nach den beiden Russen ausspähend, war er ohne Resultat bis an den Speisewagen gekommen. Er wollte diesen durchschreiten und dann weitergehen. Aber noch ehe er den Speisewagen betreten hatte, sah er ganz nahe beim Eingang die Gesuchten an einem kleinen Tisch beim Frühstück sitzen. Er stutzte und sah sofort wieder gleichgültig über die beiden hinweg. Er konnte es schon nicht mehr Zufall nennen, wie ihm das Schicksal in seiner Angelegenheit immer wieder zu Hilfe kam! Die beiden Soblikoffs oder, wie sie sich in Deutschland nannten, Wojewska und Karanow, hatten also wirklich Fräulein Mertens bis hierher verfolgt und ihre Spur nicht verloren.

Gunter war nicht ganz sicher, ob er den Russen in Swinemünde aufgefallen war, ob sie ihn überhaupt beachtet hatten. Es war ihm natürlich wichtig, das feststellen zu können. Er betrat daher den Speisewagen und ließ sich, Rücken an Rücken mit dem einen der Herrn, an dem nächsten kleinen Fenstertisch nieder. Unbemerkt beobachtete er sie dabei in dem gegenüberliegenden Spiegel. Aber sie zeigten keinerlei Interesse für den Eingetretenen, dem sie nur einen gleichgültigen Blick gönnten, um sich dann wieder in ihr Frühstück zu vertiefen. Gunter bestellte bei dem herbeigekommenen Kellner ebenfalls ein Frühstück und zog eine Zeitung hervor, in deren Inhalt er sich anscheinend vertiefte. Er hielt aber die Zeitung so, daß er die beiden Russen über dieselbe hinweg im Spiegel verstohlen beobachten konnte. Eine Weile schienen sie wie Gunter mit ihrem Frühstück beschäftigt. Sie sprachen nur wenig und nur Gleichgültiges, aber Gunter stellte fest, daß er ihr Gespräch gut belauschen konnte, trotz des Rüttelns des Wagens. Und nach einer Weile, als er wieder in seine Zeitung vertieft war, hörte er, wie der eine fragte:

»Weißt du, in welchem Abteil sie sitzt?«

»Im vorletzten Wagen«, erwiderte der andere, »wir haben Glück, daß sie gerade nach Venedig fährt, das für uns am Weg liegt. Nach Rom können wir weiterfahren, wenn – es geschehen ist.«

Sie sprachen wieder in ihrem reinen, wohlakzentuierten Russisch, das Gunter gut verstehen konnte. Und nun hörte er weiter:

»Die alte Dame gibt sie als ihre Tante aus und redet sie auch so an. Damit kann sie uns nicht mehr irreführen. Ihre einzige Tante, die sie hat, ist die Altdorf, und diese ist noch eine viel jüngere Erscheinung.«

Gunter hatte alle Selbstbeherrschung nötig, um seine Erregung nicht zu verraten. Wenn er noch Zweifel gehabt hätte, ob seine Vermutungen stimmten, dann waren sie jetzt geschwunden. Frau von Altdorfs Name hatte ihn überzeugt, daß er wirklich die beiden Verbrecher vor sich hatte. Ebenso sicher war es, daß sie in Fräulein Mertens Romana gefunden zu haben glaubten. Und so besorgt er nach allem auch um dieses Fräulein Mertens war, erfüllte es ihn doch mit großer Ruhe, daß er vorläufig Romana vor ihnen sicher wußte, denn solange sie Fräulein Mertens Spur verfolgten, würden sie die Romanas nicht wiederaufnehmen. Mit welch anderen Gefühlen dachte Gunter jetzt an Justizrat Harland, der Romana so treu behütet und bewacht hatte!

Er lauschte jetzt wieder, immer scheinbar in seine Zeitung vertieft, denn die Russen sprachen weiter: »Die Banken in der Schweiz werden wir schon ausfindig machen, Gregor.«

»Kleinigkeit! Wenn es nur erst soweit wäre!«

Keinen Augenblick war Gunter im Zweifel, was sie damit sagen wollten. Mit gespannter Aufmerksamkeit lauschte er wieder auf ihr Gespräch, Bernd segnend, daß er ihn vor Jahren verleitet hatte, die russische Sprache zu erlernen. Außer ihm und den Russen befand sich in dem Abteil des Speisewagens nur noch eine junge Dame, die an der Tür zum Nebenabteil saß und nicht hören konnte, was hier gesprochen wurde. Leider konnte er die nächsten Sätze, die die Russen sprachen, nicht verstehen, denn der Zug fuhr über eine Brücke und polterte dabei so laut, daß jedes andere Geräusch verschlungen wurde. Aber als der Zug die Brücke hinter sich hatte und das Geräusch nachließ, hörte er den einen gerade besonders laut sagen:

»In Venedig finden wir sicher eine passende Gelegenheit. Wir müssen nur alles dransetzen, daß wir im selben Hotel mit ihr wohnen.«

»Nicht so laut!« mahnte der andere.

»Bei dem Gerassel des Zuges kann niemand etwas verstehen.«

Aber sie dämpften beide ihre Stimme, und trotz angespanntester Aufmerksamkeit konnte Gunter wieder eine Weile nichts verstehen. Aber dann hörte er wieder:

»Die vermeintliche Tante sagte zu ihr, sie habe immer im Bauer-Grünwald gewohnt und wolle dies auch diesmal tun. Um diese Zeit sind bestimmt Zimmer frei, und wir werden ebenfalls da Wohnung nehmen.«

»Es läuft alles, wie wir es wünschen – in einem Hotel mit ihr finden wir Gelegenheit, die Medizin anzubringen, dafür laß mich sorgen.«

Gunter lief ein Schauder über den Rücken, denn unter der »Medizin« war es nicht schwer für ihn, nach allem, was er wußte, Gift zu vermuten. Er gratulierte sich zu seinem Erfolg als Geheimdetektiv. Nun wußte er schon so viel von den Plänen der Russen, daß er ihnen gehörig auf die Finger sehen konnte.

Weiter vernahm er nun auch nichts Interessantes mehr, er hörte nur noch, daß sie sich versicherten, die Sache in Rom habe noch Zeit, bis in Venedig alles geregelt sei, und daß sie dann von Rom aus in die Schweiz reisen würden. Sie bezahlten ihr Frühstück und verließen den Speisewagen. Gunter zog sein Notizbuch und schrieb sich zur Sicherheit auf, was er erlauscht hatte. Dann bezahlte auch er und ging zu seinem Abteil zurück.

Selbstverständlich blickte Gunter nun besonders scharf in alle Abteile. Die Russen waren in derselben Richtung aus dem Speisewagen gegangen, wie er selbst es tun mußte, um sein Abteil zu erreichen, und so sah er sie auch gleich in dem Wagen neben dem Speisewagen im zweiten Abteil sitzen. Ein Herr und eine Dame teilten das Abteil mit ihnen.

Gunter ließ sich in seinem Abteil auf seinen Platz fallen und starrte vor sich hin. Wie sonderbar sich das alles fügte. Man konnte nicht anders, als an eine Schicksalsfügung zu glauben, denn die günstigen Zufälle mehrten sich in überraschender Weise. Und da das Schicksal ihm bisher so unerhört günstig gewesen war, hoffte er, daß es ihm auch weiter hold sein werde. Jedenfalls hatte er vorläufig Ruhe, die Russen saßen dahinten neben dem Speisewagen, Fräulein Mertens im vorletzten Wagen und er zwischen den beiden Parteien mit seinem quälenden und doch zugleich beruhigenden Wissen.

Er hielt getreulich Wache über Fräulein Mertens, die keine Ahnung hatte, daß man sie für eine Gräfin Soblikoff hielt und mit Mordgelüsten verfolgte. Sie saß ziemlich gelangweilt neben ihrer schlafenden Tante, die wirklich ihre echte und rechte Tante war. Und noch weniger ahnte sie, daß Herr von Altdorfs Freund beschlossen hatte, ihr in Venedig auf Schritt und Tritt zu folgen. Wußte er doch, daß er dann zugleich die Russen verfolgen würde, die er gar zu gern dingfest machen wollte. Er sagte sich, wenn er den beiden Schurken einen geplanten Mord nachweisen könne, würden sie für lange Zeit, wenn nicht für immer, für Romana Soblikoff unschädlich gemacht. Und dies zu erreichen war sein ebenso sehnlicher Wunsch wie der, Romana wiederzusehen und für sich zu erringen.

11

Der Zug brauste über die lange Brücke, die Venedig mit dem Festland verbindet. Erwartungsvoll standen die Reisenden an den Fenstern und schauten dem Zug voraus auf die Seestadt Venedig. Der Campanile überragte das ganze in glutroter Abendsonne liegende Stadtbild. Wenn der Blick sich aber von diesem herrlichen Bild abwandte und sich in das gegen die Brücke leise anflutende Meer versenken wollte, dann bot sich ihm ein weniger schöner Anblick. Auf dem Wasser zu beiden Seiten der Brücke schwammen unbeschreiblich viel Gegenstände, die schon einen Vorgeschmack gaben von dem, was man später in Venedig alles auf den Lagunen herumschwimmen sehen würde. Tote Katzen, Heubündel, Papiertüten, leere Konservenbüchsen, leere und verkorkte Flaschen, schmutzige Lappen und Gemüseabfälle – der Venezianer versenkt alles, was er im Haushalt aus dem Wege geräumt haben will, in die Lagunen. Diese tragen es in das geduldige Meer, das all diesen Schmutz mit der Flut sich hinwegzuspülen bemüht, immer wieder besorgt, daß diese Besudelung seiner Schönheit nicht zu viel Abbruch tut. Aber man vergißt das alles, nachdem man sich ein Weilchen darüber geärgert hat, und ergötzt seine Augen wieder an dem wundervollen Rundbild, das sich mehr und mehr den suchenden Blicken bietet.

Gunters Blick eilte nach Venedig voraus, mit der sehnsüchtigen Frage, ob die Geliebte schon in Venedigs Mauern weile. Da der August noch nicht ganz zu Ende war, war es noch heiß und schwül über dem Wasser. Aber jetzt stand eine frische Brise auf und brachte Erfrischung.

Bald lief der Zug in der Bahnhofshalle ein. Sehr schön ist der Bahnhof von Venedig nicht. Auf einem schmalen Bahnsteig drängten sich die Menschen, und Gunter hatte Mühe, die beiden Russen nicht aus den Augen zu verlieren. Er sah, daß sie anscheinend eifrig etwas besprachen und dann einen sehr hellen gelben Koffer bei der Handgepäckaufgabe in Verwahrung gaben. Das andere Handgepäck behielten sie bei sich. Es bestand noch aus zwei mittelgroßen Kupeekoffern, die bedeutend eleganter und größer waren als der gelbe Koffer.

Aber Gunter sah nun auch Fräulein Mertens mit ihrer sehr beleibten Tante an sich vorbeitänzeln. Sie warf ihm einen koketten Blick zu, und er sagte sich, wenn er ihr jetzt folgte und im gleichen Hotel wie sie Wohnung nahm, dann könne sie annehmen, daß er mit ihr anbändeln wolle. Deshalb beschleunigte er seine Schritte, so daß er sie überholte und vor ihr das Bahnhofsgebäude verließ. Er wußte ja, daß sie bei Bauer-Grünwald wohnen würde und konnte deshalb darauf verzichten, ihr zu folgen. Er ging ihr also voran zur Anlegestelle der Gondolas und rief hier den Hoteldiener von Bauer-Grünwald, der, auf Gäste wartend, dastand.

Gunter sagte dem Hoteldiener, daß der Gepäckträger seinen Koffer zur Gondel bringen werde. Dieser nötigte ihn in eine bereitstellende Gondola.

Nachdem Gunter untergebracht war, bat ihn der Hoteldiener, ein wenig zu warten, da sicher noch mehr Gäste für sein Hotel angekommen sein würden. Zufrieden lehnte sich Gunter in die schwarzgepolsterten Kissen zurück und wartete. Und nach kurzer Zeit kam der Hoteldiener mit den beiden Damen an und nötigte auch sie, in die Gondel zu steigen, in der Gunter bereits Platz genommen hatte und gleichmütig vor sich hinsah.

Fräulein Mertens bemerkte mit einem leisen Lächeln Gunters Anwesenheit und schwatzte allerlei süßen Unsinn mit ihrer Tante. Dabei warf sie immer wieder verständnisvolle Blicke zu Gunter hinüber, als wolle sie sagen: »Ich finde es famos, daß wir in demselben Hotel wohnen, und wenn erst die Tante nicht mehr in Sicht ist, dann wirst du schon anbeißen!«

Aber Gunter hatte nicht die geringste Lust anzubeißen und hütete sich, irgendwelche Hoffnungen in der jungen Dame zu erwecken. Er würde sich notgedrungen schon ohnedies sehr viel mit ihr beschäftigen müssen und würde alle Zurückhaltung nötig haben, um sie nicht falsche Schlüsse ziehen zu lassen.

Inzwischen waren auch die beiden Russen herbeigekommen und wollten nun auch mit in dieselbe Gondel steigen, aber der Hoteldiener bat sie, in einer zweiten zu folgen, da diese sonst überlastet würde. Die beiden Russen waren einverstanden, sich anscheinend gar nicht um Fräulein Mertens und ihre Tante kümmernd, die ihnen auch nicht die geringste Aufmerksamkeit gönnten. Die beiden für Bauer-Grünwald bestimmten Gondeln fuhren nun dicht hintereinander durch die zahlreichen schmalen Wasserstraßen, die zum Hotel führten, das direkt am Canale grande in der Nähe des Markusplatzes liegt. Nach einer durchaus nicht angenehmen Fahrt durch die ziemlich schmutzigen Lagunen hielten die

Gondeln vor dem Portal des Hotels. Pförtner und Hausdiener standen bereit, die Gäste zu empfangen. Fräulein Rosa Mertens benahm sich trotz aller Emanzipation sehr ängstlich beim Aussteigen und schwankte herausfordernd hilfsbedürftig. Mit einem süßen Lächeln sah sie Gunter auffordernd an. Aber zu seiner Befriedigung brauchte er nicht ritterlich einzugreifen, da Fräulein Mertens schon von dem Pförtner sehr wirksam unterstützt wurde.

»Die Zimmer für meine Tante und mich sind reserviert, wir haben telegrafisch bestellt«, sagte Fräulein Mertens in eingelerntem Italienisch, dem man anhörte, daß es eben erst aus einem Wörterbuch zusammengesucht war.

»Die Zimmer sind bereit, gnädiges Fräulein«, erwiderte der Pförtner in geläufigem Deutsch, worauf die Tante bemerkte:

»Es sind doch nebeneinanderliegende Zimmer?«

»Jawohl, gnädige Frau.«

Gunter hörte, daß die Damen auf die Zimmer Nummer achtzig und einundachtzig geführt wurden, während er zu seiner Befriedigung das Zimmer vierundachtzig erhielt. Da er ein Badezimmer für sich wünschte, wurde ihm bedeutet, daß dieses Badezimmer die Nummer fünfundachtzig führte. Gunter erledigte nun etwas umständlich gleich die Anmeldepflicht und wartete auf die beiden Russen. Sie folgten auch nach einigen Minuten und begegneten gerade noch den beiden Damen, die auf ihre Zimmer geführt wurden. Gunter bemerkte, daß die beiden Russen einen Blick miteinander tauschten. Sie kamen dann auch zur Geschäftsstelle des Hotels und verlangten in ziemlich geläufigem Italienisch ein gemeinsames Zimmer mit zwei Betten. Zu Gunters großer Befriedigung hörte er, daß ihnen das Zimmer sechsundachtzig angewiesen wurde.

Sie füllten nun auch gleich ihre Anmeldezettel aus und wurden dann ebenfalls auf ihr Zimmer geführt. Als sie verschwunden waren, wandte sich Gunter lächelnd an den Pförtner.

»Das waren sicher zwei Russen?« fragte er mit der müßigen Neugier eines Menschen, der sich für alles interessiert.

»Nein, mein Herr, es sind zwei Ungarn.«

Gunter stutzte, zuckte aber nur gleichmütig die Schultern.

»So täuscht man sich, ich hätte die Herrn für Russen gehalten.«

»Nein, der eine heißt Josef Baggay und der andere Ignaz Teremti, beide aus Budapest.«

Gunter verzog keine Miene. Also hier in Italien führten die beiden Grafen Soblikoff wieder andere Namen als in Deutschland, wahrscheinlich, um ihre Spuren zu verwischen. Anscheinend waren sie mit einer ganzen Sammlung falscher Pässe ausgestattet. Und wenn sie in Venedig das Verbrechen, das sie planten, begangen hatten, dann würden sie sicher wieder irgendwohin unter anderem Namen entwischen – nach ihren Plänen nach Rom. Man mußte jedenfalls auf der Hut sein vor diesen mit allen Wassern gewaschenen Halunken!

Langsam suchte Gunter nun sein Zimmer auf und sah sich dabei genau die Örtlichkeit an. Die vielen Gänge des Hotels, das einst ein alter Palazzo gewesen war, konnten verwirren, wenn man nicht genau acht gab.

Mehrere Treppen und Fahrstühle besorgten den Verkehr zwischen den einzelnen Stockwerken. Er stellte fest, daß das Zimmer sechsundachtzig, das den Russen zugewiesen worden war, unmittelbar an sein Badezimmer stieß. Die beiden Zimmer achtzig und einundachtzig aber, die man den beiden Damen angewiesen hatte, lagen auf dem gleichen Korridor um die Ecke. Das Eckzimmer Nummer dreiundachtzig war, wie ihm der Zimmerkellner auf eine Anfrage sagte, unbewohnt und ebenso das Zimmer siebenundachtzig, das auf der anderen Seite neben dem Zimmer der beiden Russen lag. Das Hotel war um diese Zeit wenig besucht.

Gunter orientierte sich schnell über die Lage der Zimmer und stellte fest, daß seine und der Russen Zimmerfenster sowie das Fenster seines Badezimmers nach dem Wasser zu lagen, wo sich die Anfahrt für das Hotel befand. Die Zimmer der beiden Damen aber lagen über der Hotelterrasse, die nach dem Canale grande hinausging. Es beruhigte Gunter einigermaßen, daß sein Zimmer so lag, daß die Russen unbedingt daran vorübergehen mußten, wenn sie zu den Zimmern der beiden Damen gelangen wollten. Auch wenn sie das Hotel verlassen oder zu den Speisesälen gehen wollten, mußten sie an seinem Zimmer vorbei. So konnte er sie sehr gut im Auge behalten.

Er betrat also sein Zimmer und fertigte den Kellner ab. Dann schloß er seine Zimmertür ab, warf Hut und Paletot auf einen Sessel und öffnete erst einmal leise das Badezimmer, das zwischen seinem Zimmer und dem der

Russen lag. Leise schlich er zu der gegenüberliegenden Tür, hinter der nach seiner Erkundigung das Zimmer der Russen lag. Aber da es Doppeltüren hatte, vernahm er keinen Laut. Plötzlich aber geschah etwas Seltsames – zum offenen Fenster herein drang die Stimme des einen Russen ganz deutlich an sein Ohr. Er stutzte und trat leise näher an das Fenster heran. Die Russen mußten drüben ebenfalls das Fenster aufstehen haben, und es schien hier eine jener rätselhaften akustischen Merkwürdigkeiten vorzuliegen – jedes Wort, das drüben gesprochen wurde, kam mit einer fast lächerlich genauen Deutlichkeit gleichsam durch das offene Badezimmerfenster hereingeströmt. Man muß bedenken, daß es in Venedig fast keine Straßengeräusche gibt, und gar in den stillen Nebenstraßen herrschte völlige Stille. Es klang höchstens zuweilen der Warnruf eines Gondoliere durch die Stille. Das gegenüberliegende Gebäude war ein alter Palazzo, in dem alle Fensterläden geschlossen waren. Es stand mit seinen grauen Mauern in fast greifbarer Nähe vor den Fenstern. Und an diesen Mauern prallten die Schallwellen ab und strömten in das offene Badezimmerfenster zurück.

Gunter frohlockte. Das war eine herrliche Gelegenheit, die beiden Russen zu beobachten und zu belauschen. Er setzte sich ganz gemütlich auf einen Sessel am Fenster nieder und horchte mit atemlosem Interesse und ohne jegliche Gewissensbisse wegen seiner Indiskretion auf die Unterhaltung der beiden Russen, die zwar nur halblaut miteinander sprachen, deren Worte aber, gleichsam wie durch einen Schalltrichter verstärkt, zu Gunter zurückkamen.

Erst hörte er nur Gleichgültiges, aber er wich nicht von der Stelle und wartete auf Interessanteres. Er sollte nicht umsonst so ausdauernd gewesen sein, denn nach einer Weile hörte er den einen der Russen sagen:

»Welche Nummer hat der Handgepäckschein?«

Der andere antwortete nach einer Weile:

»Nummer dreihundertfünfundsechzig. Warum willst du die Nummer wissen?«

»Du weißt, ich habe eine Aversion gegen ungerade Zahlen, wenn es um etwas Wichtiges geht.«

»Du solltest dir solchen Aberglauben abgewöhnen, Michael. Nummern sagen gar nichts.«

»Warum hast du den gelben Koffer in der Gepäckannahme aufgegeben, Gregor, es ist mir ein unheimliches Gefühl!«

»Du hast mir schon auf dem Bahnhof deshalb Vorwürfe gemacht. Du wirst eben nie im Leben ein Diplomat. Der Koffer ist dort sicherer, als wenn wir ihn bei uns hätten. Er mag ruhig dort liegen, bis wir wieder abreisen, was hoffentlich nicht lange dauert. In sechs Tagen müssen wir unter allen Umständen nach Rom abreisen, sonst kommen wir zu spät. Aber ich denke, wir werden unser Privatgeschäft bis dahin erledigt haben. Also, sei schon zufrieden damit, daß ich den Koffer aufgab, man weiß nicht, was kommt, und er darf um keinen Preis bei uns gefunden werden.«

»Meine Angst bei der Zollrevision gönne ich meinem ärgsten Feind nicht.«

»Eh, du bist manchmal ein Hasenfuß. Habe ich dir nicht vorher gesagt, sie sehen sich so kleine Koffer kaum an, und wenn sie schon nichts als alte Zeitungen darin sehen, dann haben sie gleich genug. Du hast gesehen, sie haben gar nicht verlangt, daß wir diesen Koffer, der in seiner gelben Ärmlichkeit so unscheinbar aussieht, aufmachen. Hätten sie es aber getan, dann hätten sie gesehen, daß er nur alte Zeitungen enthält und hätten nicht nach den darin versteckten Dokumenten gesucht. Außerdem hätten sie die in russischer Sprache abgefaßten Dokumente gar nicht lesen können. Sie sollen ja erst hier übersetzt werden für die Flugblätter.«

»Nicht so laut, Gregor!«

»Ich spreche doch ganz leise. Und außerdem haben wir es hier gut getroffen, die Zimmer rechts und links von uns sind unbewohnt. Und alle Türen sind Doppeltüren.«

»Dann ist es gut.«

»Im übrigen, wer soll uns hier verstehen, wenn wir russisch sprechen?«

»Um nochmals auf den Koffer zu kommen – könnte er nicht zufällig im Gepäckraum gestohlen werden?«

»Hier herrschen ja keine russischen Zustände, und außerdem, wer sollte sich gerade an dem ärmlichen Koffer bereichern wollen, da fassen sie nach anderem.«

»Er hat eine so auffallende Farbe.«

»Die habe ich mit Absicht gewählt. In einem so lächerlichen Behälter wird man keine Verschwörung vermuten.«

»Es wäre eine Katastrophe für uns, Gregor, wir wären verloren, wenn man uns hinter die Schliche käme.«

»Bist du bange?«

»Nun, ein Vergnügen ist es ohnedies nicht, den Anarchismus verbreiten zu helfen.«

Der andere lachte hart.

»Denkst du, mir ist das ein Vergnügen? Ich spucke auf alle Revolutionen, aber was bleibt uns übrig, als uns zu Agenten machen zu lassen. Auch das danken wir ihm, der durch seine unsinnige Heirat unser ganzes Leben zerstörte. Aber nicht mehr daran denken – dieses blonde Mädchen wird erledigt, und in wenigen Tagen haben wir unser Ziel erreicht. Wir werden endlich einmal wieder leben – leben können, wie wir es uns so lange gewünscht haben.«

»Wahrlich – wir haben viel gewagt dafür.«

»Hast du wieder einmal deine feigen Gewissensbisse?«

»Nein, nein, Gregor, aber ich wollte, wir wären endlich am Ziel.«

»Nun, auch das letzte Hindernis wird bald aus dem Weg geräumt sein.«

»Wie willst du es machen, Gregor?«

»Unsere Medizin ist sicher. Wohl uns, daß wir sie uns beschaffen konnten.«

»Aber – wie werden wir ihr die Medizin geben können?«

»Wird sich finden. Hier im Hotel sind mehrere Speisesäle. Wir müssen nur Sorge tragen, daß wir mit ihr in demselben Saal speisen und uns immer in ihrer Nähe halten. Alles weitere überlasse mir.«

»Wäre es nicht einfacher, wenn wir in ihr Zimmer gelangen könnten?«

»Das ist mir zu gefährlich. Dabei könnte uns jemand sehen, und wenn es dann geschieht, richtet sich der Verdacht auf uns. Außerdem – wer bürgt mir dann dafür, daß sie die Medizin wirklich nimmt? Nein, nein, ich muß sichergehen. Geschieht es im Speisesaal, dann kann man nachher herumspüren, soviel man will, wie die Medizin in die Speisen kam.«

»Und wenn die andere, die vermeintliche Tante, mit davon genießt?«

»Eh, dann ist es nicht zu ändern, davor kann und will ich nicht haltmachen. Sobald wir uns überzeugt haben, daß sie die Medizin nimmt, verschwinden wir sofort und gehen nach Rom, um unsere geheime Mission zu erfüllen. Die Namen wechseln wir auf alle Fälle. Und dann gehen wir in die Schweiz und forschen dort nach. Dort können wir dann als die erbberechtigten Grafen Soblikoff auftreten.«

»Nun wohl, Gregor, du bist klüger als ich, und ich überlasse alles dir.«

»Du tust recht daran! Mußt schon mit mir durch dick und dünn gehen, wenn du an den Früchten unserer Taten teilhaben willst.«

»Sei unbesorgt, es gibt kein Zurück mehr, für mich nicht und für dich nicht. Wenn unser verpfuschtes Leben noch einmal Wert erhalten soll, dann kann es nur sein, wenn wir das Vermögen erlangen, das von Rechts wegen unser Erbe ist. Ein Leben, wie wir es führen, seit er die blonde Deutsche heimgeführt hat, ist kein würdiges Leben für die Grafen Soblikoff.«

»Schweige, nenne diesen Namen nicht!«

»Ah, jetzt macht es dich feige, ihn zu hören.«

»Nein, aber es ist nicht nötig.«

Eine Weile blieb es drüben still. Gunter konnte seine Erregung kaum bezwingen, aber er blieb bewegungslos sitzen und lauschte weiter. Er hörte lange Zeit nur ein Auf- und Zuschieben der Schubladen, das Plätschern des Waschwassers und ein lautes Gähnen. Und dann sagte wieder einer von ihnen:

»Wir werden jetzt ein wenig auf den Markusplatz gehen, nehmen dort einen Tee und richten es dann so ein, daß wir nicht zu früh zum Essen ins Hotel gehen, damit sie ihren Platz schon gewählt hat und wir den unseren unauffällig in der Nähe nehmen können. Gewöhnlich behält man ja seinen Platz, solange man im Hotel bleibt, und sie scheint auf längere Zeit hier in Pension bleiben zu wollen.«

»Gut, wir brauchen dann wohl erst um acht Uhr wieder hier zu sein.«

»Lieber etwas früher, man beginnt hier um sieben zu speisen, und die Deutschen speisen zeitig zu Abend. Wenn wir um acht Uhr kommen, könnte sie schon fertig sein. Es ist besser, wir sind bald nach sieben Uhr wieder hier.«

Gunter hörte, wie sich die beiden Russen entfernten, und atmete tief auf. Was er gehört hatte, genügte, um sich über diese beiden Schurken völlig klarzuwerden. Die italienischen Behörden würden wahrscheinlich diese Angelegenheit sehr wichtig nehmen, wenn sie zu ihrer Kenntnis gelangte.

Der erwähnte gelbe Koffer, den Gunter schon auf dem Bahnhof bei den Russen gesehen hatte, schien doch allerhand wichtige Geheimnisse zu bergen, und wenn die italienische Regierung hinter diese Geheimnisse kam, würden die beiden Grafen Soblikoff vielleicht schleunigst verhaftet werden. Gunter war jedes Mittel recht, die beiden Schurken für Romana unschädlich zu machen, und er war nicht willens, dies erlauschte Geheimnis unberücksichtigt zu lassen.

Die Nummer des Aufbewahrungsscheines für den gelben Koffer hatte er sich sogleich, nachdem er sie gehört hatte, auf seine Manschette notiert. Er übertrug sie nun, nachdem er sein Zimmer wieder aufgesucht hatte, in sein Notizbuch. Auch das, was er sonst gehört hatte, schrieb er sich fast wortgetreu auf.

Und dann sann er eine Weile darüber nach, was er nun tun sollte, tun mußte. Sein Entschluß war schnell gefaßt. Er kleidete sich rasch um, steckte das Empfehlungsschreiben des Gerichtspräsidenten zu sich, sowie die amtliche Bestätigung, daß er in privater Angelegenheit als Detektiv hier sei und man ihm behilflich sein möge.

Als er auf den Korridor hinaustrat, sah er, daß auch die beiden Damen gerade ihr Zimmer verließen. Rosa Mertens warf Gunter einen Blick zu, als wollte sie sagen: »Wann wirst du endlich eine Anknüpfung versuchen?« Gunter sah sie, ihren koketten Blick übersehend, ernst und groß an und überlegte, ob er sie warnen solle. Er entschied sich jedoch, es vorläufig nicht zu tun. Die Russen mußten sicher gemacht werden, ehe man eine Falle stellen konnte, in der sie sich fingen, und sie hätte sich vielleicht verraten.

Fräulein Mertens hielt Gunters ernsten nachdenklichen Blick für ein Entgegenkommen und sagte zu ihrer Tante so laut, daß er es hören mußte:

»Wir fahren jetzt ein Stündchen in einer Gondel durch den Canale grande und gehen dann auf den Markusplatz, die Tauben füttern, Tantchen. Und ich denke, wir sind dann nach sieben Uhr wieder hier im Hotel zum Speisen.«

»Mir ist alles recht, Kind, halb acht Uhr ist meine gewöhnliche Tischzeit, und die möchte ich einhalten«, erwiderte die Tante.

Gunter atmete auf. Er wußte nun die beiden Damen vorläufig in Sicherheit. Ihm war zumute, als sei er dafür verantwortlich, daß Fräulein Mertens nichts Böses geschah, und dieses dumme kleine Mädchen hatte anscheinend nur Flirt und Koketterien im Kopf! Es verlangte ihn sehr danach, die sich selbst aufgebürdete Verantwortung auf andere Schultern abzuwälzen.

Unten angekommen, ließ er eine Gondel herbeirufen und sich zum deutschen Konsulat fahren. Er glaubte zwar nicht, daß er heute noch vorgelassen würde, da es schon so spät war, aber versuchen wollte er es wenigstens. Nicht eine Stunde wollte er versäumen.

Er hatte Glück. Der deutsche Konsul, dem er sein Empfehlungsschreiben vorlegen ließ, nahm seinen Besuch als besonders dringend an.

»Es ist ein Zufall, Herr Doktor, daß Sie mich jetzt noch hier im Amt vorfinden, ich hatte eine dringende Arbeit zu erledigen. Aber ich freue mich, Sie noch empfangen zu können, da mein alter Freund Altdorf Sie mir so warm empfohlen hat. Womit also kann ich Ihnen dienen?«

Gunter sah ihn mit ernsten Augen an.

»Ich glaube, Herr Konsul, daß es in Ihre Hand gelegt ist, Herrn von Altdorf einen großen Dienst zu leisten, indem Sie mir helfen, zwei Schurken unschädlich zu machen.«

»Es ist mir immer und unter allen Umständen ein Vergnügen, Schurken unschädlich zu machen, in diesem Fall aber wird es mir eine besondere Genugtuung sein. Mein Freund Altdorf schreibt mir, daß Sie gewissermaßen als Privatdetektiv in eigener Sache hier sind.«

Ein Lächeln umspielte Gunters Lippen.

»Es geschieht allerdings das erstemal, daß ich den Detektiven ins Handwerk pfusche, aber die Not zwingt mich dazu. Wenn ich schon jetzt einigen Erfolg in dieser Angelegenheit aufzuweisen habe, so danke ich das wirklich nur dem Zufall.«

»Ohne den Zufall würde manches Verbrechen unentdeckt bleiben. Also bitte ich Sie, mir zu sagen, wie ich Ihnen helfen kann.«

»Ich muß Ihnen im voraus sagen, Herr Konsul, daß ich Ihre kostbare Zeit eine ganze Weile werde in Anspruch nehmen müssen.«

»Keine Sorge, ich habe Zeit und für den Augenblick nichts zu versäumen.«

»So wird es das beste sein, Herr Konsul, wenn ich Sie in alles einweihe. Ihre Indiskretion brauche ich nicht zu fürchten. Wenn Sie alles wissen, was bisher geschehen ist und was für Sorge ich habe um ein geliebtes Leben, dann werden Sie mir vielleicht verraten können, was ich hier in Venedig in dieser Sache tun kann.«

»Ich bitte, reden Sie, ich werde Sie nicht unterbrechen.«

Gunter berichtete nun in knappen, klaren Worten, was er über die Familie des Grafen Soblikoff in Erfahrung gebracht hatte, so wie es ihm Frau von Altdorf erzählt hatte. Dazu berichtete er von seinen Beziehungen zu Romana, von seinen eigenen Beobachtungen. Nur von dem gelben Koffer und dem, was damit zusammenhing, schwieg er vorläufig, er wollte nicht alles Pulver auf einmal verschießen. Als er dann eine Pause machte, sagte der Konsul:

»Das scheinen ja ein paar ausgemachte Schurken zu sein, aber wie soll man ihnen beikommen? Sie werden alles leugnen, falls man sie nicht bei der Tat ertappt. Und die Polizei ist hier sehr schwerfällig.«

Gunter beugte sich vor und sah den Konsul scharf an. »Ich fürchte schon, daß man mir auf der Polizei nicht viel Interesse schenken würde, trotz der Vollmacht, die mir der Herr Gerichtspräsident ausgestellt hat. Mir liegt vor allen Dingen jetzt daran, dieses Fräulein Mertens davor zu bewahren, daß sie ein Opfer dieser Schurken wird, denn sie ahnt nicht, was ihr droht. Daß die Schurken auf falscher Spur sind, kann mir persönlich nur lieb sein, aber ich kann doch nicht ruhig mit ansehen, wie sie diese junge Dame vergiften, wenn ich auch damit erreichen würde, was mir wünschenswert ist: sie für meine Braut unschädlich zu machen.«

»Natürlich kann man es nicht darauf ankommen lassen, Herr Doktor. Lassen Sie mich einmal nachdenken, wie ich es einrichte, daß die hiesige Polizei ein wenig Appetit auf diesen Fall bekommt.«

Gunter richtete sich auf, in seinen Augen sprühte es wie Gewitterleuchten.

»Da kann ich Ihnen vielleicht einen Fingerzeig geben! Ich habe nämlich heute von den beiden Russen noch etwas erlauscht über eine geheimnisvolle Verschwörung, die sich gegen die italienische Regierung zu richten scheint.«

Lebhaft sah der Konsul auf.

»Und das sagen Sie mir erst jetzt – heraus damit, Herr Doktor, das würde uns schnell zum Ziel bringen!«

Nun berichtete Gunter, was er über den gelben Koffer und seinen Inhalt erlauscht hatte und über die Aufgabe, die den beiden Grafen Soblikoff anscheinend übertragen worden war. Als er zu Ende war, sprang der Konsul erregt auf.

»Alle Wetter, das gibt der Sache ein ganz anderes Gesicht! Darauf wird man auf der Questura sofort anbeißen, gleichviel, ob die Sache von Wichtigkeit ist oder nicht. Nach allem aber, was ich von Ihnen höre, scheint sie von Wichtigkeit zu sein. In der jetzigen politisch unruhigen Zeit, wo es ohne Aufhören gärt und der Explosionsstoff in der Luft liegt, darf man solche Dinge erst recht nicht leichtnehmen. Und hier bei der Polizei wiegt das jetzt mehr als ein Menschenleben, zumal es nur das Leben einer Deutschen ist. Also, mein verehrter Herr Doktor, wir brechen sofort zur Questura auf. Ich weiß, wohin wir uns in dieser Angelegenheit wenden müssen, und werde Sie dahin führen. Sie sind dann gleich an maßgebender Stelle.«

Gunter dankte ihm herzlich, und nach einigen Minuten saß er mit dem Konsul in dessen Gondel und fuhr zur Questura.

Auch hier ging alles glatt. Der Speck, mit dem Gunter die maßgebende Persönlichkeit lockte, versagte seine Wirkung nicht. Der gelbe Koffer, der auf Nummer dreihundertfünfundsechzig in der Handgepäckabgabe auf dem Bahnhof lagerte, machte mit seinem geheimnisvollen Inhalt den Beamten sehr neugierig. Er sah schon

Lorbeeren für sich wachsen, wenn etwas bei dieser Sache herauskam, und war sogleich Feuer und Flamme. Sofort wurde Auftrag gegeben, den gelben Koffer zu beschlagnahmen, natürlich ohne daß die Russen etwas merkten.

Außerdem wurde Gunter nun zugesagt, daß sofort genügend Bewachung ins Hotel Bauer-Grünwald abgesandt werden sollte. Die Russen sollten unter scharfe Beobachtung kommen, und Gunter wurde gebeten, zu gestatten, daß in seinem Badezimmer ein ständiger Wachtposten auf weitere Gespräche der Russen achten sollte. Gunter war ein Stein vom Herzen gefallen, er wußte doch nun wenigstens Fräulein Mertens unter polizeilichem Schutz und bekam Bewegungsfreiheit für seine eigene Angelegenheit. Von Romanas möglicher Anwesenheit in Venedig hatte er nichts erwähnt, er wollte die Geliebte nicht beunruhigen. Er gab nun noch die Namen an, die die Russen in Deutschland geführt hatten, und auch die, welche sie hier führten. Auch die Nummern der Zimmer, die in Frage kamen, wurden notiert und die Namen der beiden Damen.

Aufatmend fragte Gunter, ob er sich darauf verlassen könne, daß die beiden Damen genügend beschützt seien, ohne daß sie beunruhigt würden. Der Beamte versicherte ihm, er könne ganz unbesorgt sein, die Damen würden nichts davon merken, daß sie bewacht würden, obwohl jetzt jeder Atemzug von ihnen gewissermaßen unter Polizeiaufsicht stehe.

Gunter war ein Stein vom Herzen gefallen. Daß er, soweit es seine Zeit erlaubte, trotzdem immer noch ein wachsames Auge auf Fräulein Mertens haben und vor allen Dingen zu jeder Mahlzeit im Hotel sein würde, um die Schurken zu beobachten, stand bei ihm fest. Aber es drängte ihn nun, Nachforschungen nach Romana anzustellen.

Mit dem Konsul, der ihn mit seiner Gondel bis zum Molo mitnahm, verließ Gunter die Questura und dankte dem Konsul herzlich für seine Vermittlung. Man hatte versprochen, von den Ergebnissen der Kofferdurchsicht dem Konsul Nachricht zu geben, und dieser wollte dann Gunter die Nachricht übermitteln.

Herzlicher als sonst nach so kurzer Bekanntschaft verabschiedeten sich die beiden Herren voneinander. »Wenn ich Ihnen sonst noch dienen kann, Herr Doktor, lassen Sie es mich wissen. Vielleicht kommen Sie auf alle Fälle in den nächsten Tagen noch einmal auf das Konsulat.«

»Ich werde es mir gern erlauben, Herr Konsul, und danke Ihnen nochmals für Ihre freundliche und wirksame Unterstützung.«

Mit einem kräftigen Händedruck trennten sie sich. Gunter sprang die beiden Steintreppen am Molo hinauf und ging langsam, mit bedeutend erleichtertem Gemüt, über die Piazetta hinweg zum Markusplatz hinüber. Suchend ließ er seine Augen über den bunten Menschenschwarm schweifen, der den schönen Platz bevölkerte. Immer wieder hoffte er, Romanas Gestalt zwischen den anderen Damen auftauchen zu sehen, aber er hoffte vergebens. Seine suchenden Augen waren aber beobachtet worden. Fräulein Mertens stand mit ihrer Tante mitten auf dem Platz und fütterte die Tauben, wie das unbedingt jede junge Damc gctan haben muß, die Venedig besucht – übrigens auch die meisten alten oder älteren Damen und auch die Herren. Rosa Mertens kokettierte, eines der Täubchen auf der Hand haltend, zu Gunter hinüber, bis er sie endlich bemerkte. Ein amüsiertes, erlöstes Lächeln huschte nun doch über Gunters Gesicht, aber er wandte sich dann schnell ab und schritt hinüber nach den Prokurazien, um in einem der Restaurants eine Erfrischung zu nehmen.

So ein Stockfisch! dachte Fräulein Rosa Mertens ärgerlich, als Gunter wieder keine Anstalten machte, sich ihr vorzustellen. Trotzdem glaubte sie, er sei nur ihretwegen zum Markusplatz gekommen, weil er doch gehört haben mußte, daß sie zu ihrer Tante davon gesprochen hatte, daß sie hier sein würden. Es geschah dann ganz ohne Gunters Dazutun, daß er, als er Platz genommen hatte und sich einen Trunk bestellte, nicht weit von sich entfernt die beiden Russen sitzen sah. Sie unauffällig beobachtend, bemerkte er sehr wohl, daß sie unverwandt zu Rosa Mertens hinübersahen, die immer noch die Tauben fütterte. Sie sprachen anscheinend kein Wort zusammen, aber zuweilen sahen sie sich einen Augenblick in die Augen, daß es Gunter kalt überlief.

Und er mußte daran denken, wie ihm erst zumute hätte sein müssen, wenn die beiden seine Romana so angesehen hätten. Es war wie ein Gebet in seiner Seele, daß diese Verbrecher endlich ihre wohlverdiente Strafe erhielten, damit seine Braut nicht mehr ruhelos vor ihnen flüchten mußte.

Gunter ging dann, als es sieben Uhr schlug, zum Hotel zurück und kleidete sich für die Abendtafel an. Um diese Zeit wird in den italienischen Hotels nach englischer Sitte das Diner genommen. Als Gunter fertig war, begab er sich hinunter in den Wandelgang des Hotels, der sich vom Eingang an dem Anfahrtsportal vorbei bis zur Terrasse zog. Er ging hier auf und ab, bis die beiden Damen erschienen, die auch schon Toilette gemacht hatten.

Unauffällig, aber von Rosa Mertens doch bemerkt und nach Wunsch gedeutet, folgte er den Damen in den im ersten Stock gelegenen Speisesaal. Es lagen mehrere Räume nebeneinander, und Gunter setzte sich zuerst an einen kleinen Seitentisch gleich im ersten Saal, wo sich ein großer Spiegel befand, der ihm recht zweckmäßig erschien. Und er hatte richtig gerechnet. Fräulein Rosa Mertens zog ihre Tante in nächster Nähe von Gunter an einen Tisch und setzte sich so, daß sie Gunter sehen konnte.

Dieser nahm aber nun keinerlei Notiz mehr von ihr, um sie nicht zu weiteren Koketterien zu veranlassen. Dafür beobachtete er um so schärfer, sich eine Zeitung vorhaltend, die beiden Russen, die wenige Minuten später eintraten und sich ebenfalls in nächster Nähe niederließen.

Die Russen beobachteten verstohlen, aber unentwegt Rosa Mertens, Gunter wiederum paßte auf die Russen auf, und Rosa Mertens ließ keinen Blick von Gunter.

Gunter blieb dabei jedoch noch Zeit, sich auch weiterhin etwas im Speisesaal umzusehen, denn er sagte sich, daß die Polizei, wenn sie es ernst mit ihrem Versprechen nahm, hauptsächlich hier im Speisesaal, wo das Verbrechen stattfinden sollte, einen Beobachtungsposten aufstellen müßte. Und da fiel ihm ein Kellner auf, der wie gelangweilt an dem Türpfosten zum Nebensaal stand und mit ziemlich blödem Gesicht durch den großen Spiegel in den Saal blickte. Etwas an diesem anscheinend blöden Gesicht fiel ihm auf. Es zuckte zuweilen ein Licht in den Augen des Kellners auf, das nicht zu dem blöden Gesicht paßte. Gunter jedoch ahnte, daß der blöde Kellner eine besondere Aufgabe hatte.

An diesem Abend geschah nichts Besonderes. Als Gunter später sein Zimmer aufsuchte, um zu Bett zu gehen, trat ihm aus dem Badezimmer ein fremder Mann entgegen.

»Herr Doktor Valberg?« fragte er in deutscher Sprache, obwohl man ihm den Italiener sofort ansah.

Gunter nickte.

»Sie wünschen?«

»Ich habe mich bisher in Ihrem Badezimmer aufgehalten. Jetzt ist es nicht mehr nötig – die beiden Herren von sechsundachtzig sind schlafen gegangen und werden sich nichts mehr zu erzählen haben.«

»Haben Sie etwas Interessantes gehört?«

»Nein, Herr Doktor – nichts, was ich nicht schon durch Ihre Bemühungen wußte. Sollten Sie mich dieser Tage hier im Hotel irgendwo wiedersehen, bitte ich Sie, mich nicht zu kennen, auch wenn Sie mich unter einer anderen Gestalt wiedererkennen sollten. Ich halte es nicht mehr für nötig, Ihr Badezimmer als Beobachtungsposten zu benützen. Wir sind jetzt genügend orientiert. Gestatten Sie, daß ich mich Ihnen als Kollege vorstelle, ich bin der Detektiv Guido Sponzi – Sie kennen vielleicht meinen Namen?«

Gunter hatte keine Ahnung, aber er wollte dem anscheinend berühmten Kollegen etwas Liebenswürdiges sagen und verneigte sich.

»Ihr Name ist bekannt genug«, sagte er verbindlich. Guido Sponzi lächelte geschmeichelt, sah aber dann schnell wieder sehr ernst aus, und Gunter fand sein Gesicht sehr interessant und klug. Daß er ihn für einen Kollegen hielt, war ein Irrtum, der dadurch entstanden war, daß Gunter die ihm von Gerichtspräsident Altdorf ausgestellte Vollmacht als Detektiv in eigener Sache auf der Questura vorgezeigt hatte. Er ließ ihn aber ruhig dabei. Guido Sponzi flüsterte ihm nun noch zu, daß er von morgen an einen Postkartenverkäufer in dem betreffenden Speisesaal vorfinden werde, und wenn er ihm etwas mitzuteilen habe, möge er sich an den Postkartenverkäufer wenden. Gunter nickte verständnisvoll, und die beiden Herren trennten sich mit einem Händedruck.

12

Am nächsten Morgen machte sich Gunter frühzeitig auf den Weg in die Via dei Baccaroli, wo Professor Marks in der Pension Calani wohnen sollte. Er brauchte nicht zu fürchten, daß ihn dort jemand erkennen könne. Nur Romana kam in Frage, und die würde ihn nicht verraten, aus Angst, wieder aus seiner Nähe gebracht zu werden. Wo die Via dei Baccaroli lag, wußte er nicht. Er gab dem Gondoliere, der ihn dorthin fahren sollte, Weisung, ihn aufmerksam zu machen, wo die Pension Calani sei. Er wollte sich zunächst einmal das Haus ansehen, in dem der Professor wohnte, und dann versuchen, zu erforschen, ob Justizrat Harland mit Romana bei ihm weilte. Er hoffte, daß ihm der Zufall auch weiter günstig sein würde.

Zu seinem freudigen Erstaunen lag die Via dei Baccaroli gar nicht weit von seinem Hotel entfernt. Langsam glitt die Gondel durch die Wasserstraße, die in den Canale grande mündete, und als sie in die Nähe der Piazza Manin kamen, zeigte ihm der Gondoliere das Eckhaus und sagte:

»Dies ist die Pension Calani, Signore.«

Gunter ließ die Gondel an der Piazza Manin halten und bedeutete dem Gondoliere, zu warten. Er stieg die breite Steintreppe hinan, sah an dem Eckhaus empor und betrat dann einen kleinen Obstladen. Hier erstand er einige Pfirsiche und knüpfte mit der hübschen Verkäuferin eine Unterhaltung an. Sie sagte ihm lachend, er sei ein »bello Tedesco«, und er revanchierte sich und sagte ihr, sie sei eine »bella Signorina«, wofür sie mit einem geschmeichelten Lachen dankte.

Dann sagte sie, auf das Eckhaus deutend:

»Dort im Haus wohnt auch ein deutscher Professor, der in alle Kirchen geht, um Kunstwerke zu studieren, aber er ist kein bello Tedesco, sondern ein alter grauhaariger Signore, und seine Gattin ist auch eine alte grauhaarige Signora, aber sehr lustig und freundlich.«

»Sie ist wohl eine Kundin von Ihnen, Signorina?« fragte Gunter lachend.

Aber das verneinte die Verkäuferin. Sie liefere zwar viel Ware in die Pension Calani, aber die kaufe nur Signora Calani ein. Diese sei aber sehr schwatzhaft und erzähle ihr alles, was in ihrer Pension vorgehe. Gunter horchte auf und meinte scherzhaft, dann könne er wohl von ihr auch einige Neuigkeiten erfahren, wenn sie durch Signora Calani so gut damit versorgt würde.

Die lustige Verkäuferin, die sich anscheinend sehr gern mit dem »bello Tedesco« unterhielt, nickte lachend. Sie wisse genau, daß eine sehr schöne junge »Tedesca« zu Besuch zu dem deutschen Professor gekommen sei – oh, eine sehr schöne »Tedesca« mit goldenem Haar. Sie sei mit einem alten Signore gekommen, der sie zu dem deutschen Professor gebracht habe, aber heute morgen schon wieder abgereist sei.

Gunter klopfte das Herz bis zum Hals hinauf. Er ließ sich aber nicht anmerken, wie sehr ihn das alles interessierte, und sagte neckend:

»Wenn die ›bella Tedesca‹ nicht schöner ist als Sie, Signorina, dann kann sie mich nicht interessieren.«

»Doch, doch, Signore, sie ist tausendmal schöner als ich, aber nicht so vergnügt. Sie hat so traurige Augen wie die Madonna in ›dei Frari‹. Sie muß auch mit dem deutschen Professor immer allein in die Kirchen gehen und alle Kunstwerke ansehen, und das macht so müde. Das sagt Signora Calani auch – die deutsche Signora möge lieber zur Serenata fahren, da sei es lustiger.«

»Signora Calani ist wohl eine kluge Frau?«

»Oh, sehr klug und sehr tüchtig. Alle Fremden wohnen gern bei ihr. Sie führt eine sehr gute Küche und hat viele Gäste, die oft lange bei ihr bleiben.«

»Dann will ich doch gleich mal nachsehen, ob ich in ihrem Hause wohnen kann.«

»Sie werden sehr gut aufgehoben sein.«

»Wie kann man vom Wasser aus in das Haus gelangen?«

»Hier an meinem Laden vorbei führt ein schmaler Weg zum hinteren Eingang.«

Gunter verabschiedete sich mit einigen dankenden Worten und verließ den Laden. Er ging auf dem bezeichneten Weg zum hinteren Eingang des Hauses. Die Tür stand weit offen. Man betrat durch dieselbe eine große Halle, die anscheinend durch das ganze Haus bis zur Wasserseite führte. Die Halle besaß einen Steinfußboden, und es herrschte eine angenehm kühle Temperatur wie in allen Häusern, die am Wasser liegen. Anscheinend war auch dieses Haus ein ehemaliger Palazzo, denn es war weiträumig und sehr imposant angelegt. Einige schöne Teppiche bedeckten einen Teil des Fußbodens, und auf diesen Teppichen standen Gruppen von Sesseln um Tische herum.

Aber kein Mensch war zu sehen und zu hören. Gunter klopfte energisch an eine Tür rechter Hand. Darauf schoß eine behäbige, aber sehr flinke Italienerin in den Vierzigern heraus und sah ihn aus schwarzen Augen neugierig an.

»Sie wünschen, Signore?« fragte sie auf italienisch.

»Verzeihung, habe ich Signora Calani vor mir?« fragte Gunter ebenfalls italienisch.

Aber nun hatte Signora, da jetzt das Licht auf Gunter fiel, gleich heraus, daß sie einen Deutschen vor sich hatte, und ihre lustigen Augen blitzten.

»Oh, ich sprechen ganz ausgezeichnet die deutsche Sprache, wir können sprechen deutsch miteinander.«

»Das freut mich sehr, Signora. Man hat mir gesagt, daß man in Ihrem Hause einen sehr guten Aufenthalt und gute Küche findet, und ich wollte anfragen, ob Sie ein Zimmer für mich frei haben.«

»Oh, oh, das bedauern ich sehr – ich haben so viele Deutsche in meine Haus – jetzt wieder, nachdem die böse Krieg vorbei. Oh, Deutsche gute Mieter, gute Zahler. Es tun mir so leid, so leid, Signore, daß ich haben keine Zimmer für Signore. Aber es sein alles in meine Haus besessen – alles. Eine deutsche berühmte Professor haben für die ganze Jahr meine ganze Parterre gemietet und haben noch eine deutsche Signora jetzt eine Zimmer abgeben müssen, weil ich nichts mehr frei haben und die Signora doch unbedingt wollen bei Signora Calani wohnen. Der deutsche Herr, der haben die Signora hergebracht zu seine Freund, den Herrn Professor, haben müssen schlafen für einige Tage auf die Diwan in die Wohnzimmer von die Professor, nur um wohnen zu können bei Signora Calani. Ja, man wohnt so gern bei mir – es sein alles sauber und gute Küche. Es freuen mir, daß Signore haben gehört, daß bei mir alles sein gut, aber es tun mir so leid, daß ich nicht aufnehmen kann Signore, sehr leid.«

Und Signora Calanis Äuglein blinzelten wohlgefällig zu dem stattlichen Deutschen empor, der sie reichlich um Haupteslänge überragte.

Gunter bedauerte sehr und fragte, ob er nicht später noch einmal vorsprechen könne. Vielleicht werde doch ein Zimmer frei.

»Ich werde mir freuen, wenn Signore noch einmal wollen nachfragen, aber ich kann keine Hoffnung machen für eine Zimmer.«

Gunter versprach, noch einmal wiederzukommen, denn er wußte noch nicht, ob es nicht doch nötig sein würde. Er verabschiedete sich nun von Signora Calani und ging zu seiner Gondel zurück. Immerhin hatte er nun wenigstens die Gewißheit, daß Justizrat Harland Romana zu Professor Marks gebracht hatte. Er war anscheinend schon wieder abgereist – vielleicht, weil man ihm von seinem Büro aus gemeldet hatte, daß ein Klient mit einem großen Prozeß nach ihm verlangt hatte. Da er Romana vorläufig hier bei seinem Freund in Sicherheit wußte, konnte er ja beruhigt wieder heimkehren.

Aber wie sollte er nun mit Romana in Verbindung treten, ohne aufzufallen?

Nachdenklich stieg er wieder ein. In demselben Augenblick kam eine andere Gondel durch die Via dei Baccaroli – und legte am Haus der Signora Calani an. Mit brennendem Interesse versuchte Gunter unter das Dach der Gondel zu sehen, und kaum hatte er einen Blick hineingeworfen, da zuckte er zusammen – er hatte Romana erkannt, die mit einem alten graubärtigen Herrn in der Gondel saß. Er rief seinem Gondoliere zu: »Warten!«

Und aufrecht in der Gondel stehend, richtete er seinen Blick mit angespannter Erregung auf Romana. Sie hatte sich erhoben und wollte aussteigen. War es die Macht seines Blickes, die Romana anzog? Sie wandte jedenfalls das Haupt und sah zu der anderen Gondel herüber. Und da erblickte sie Gunter.

Mit einer beschwörenden Geste legte er den Finger auf den Mund. Sie wurde rot und blaß und taumelte, so daß sie vor freudigem Erschrecken fast ins Wasser gestürzt wäre. Der alte Herr hielt sie rechtzeitig fest und war zum Glück durch seine Fürsorglichkeit so stark in Anspruch genommen, daß er Gunter gar nicht beobachtete.

Schnell hatte sich Romana wieder gefaßt. Ein aufleuchtender Blick ihrer Augen flog zu Gunter hinüber, und sie neigte leicht das Haupt zum Zeichen, daß sie verstanden hatte, daß er ihr Schweigen gebot. Mit klopfendem Herzen bemerkte Gunter, daß sie, ehe sie das Haus betrat, ihr Taschentuch zog und verstohlen zu ihm herüberwinkte, ehe sie sich über das Gesicht strich, als sei ihr zu heiß geworden.

Dann war sie Gunters Blicken entschwunden. So gern er nun auch in ihrer Nähe geblieben wäre, wußte er doch nicht, was er beginnen sollte. Er gebot erst einmal dem Gondoliere, daß er weiterfahren solle. Langsam setzte sich die Gondel in Bewegung zum Canale grande hin. Aber nun hatte Gunter einen Entschluß gefaßt. Er mußte Romana auf irgendeine Weise eine Mitteilung zukommen lassen, und er hatte beschlossen, sich so lange die Via dei Baccaroli auf und ab fahren zu lassen, bis er Romana am Fenster erblicken würde. Sicher würde sie noch einige Male nach ihm Ausschau halten, und da sie mit dem Professor Marks das Parterre bewohnte, mußte es ihm gelingen, ihr eine Botschaft zuzurufen oder zuzuwerfen.

Er schrieb also, während die Gondel wieder durch die Via dei Baccaroli fuhr, auf ein Blatt seines Notizbuches:

»Wohne Hotel Bauer-Grünwald. Bin jeden Tag von elf bis ein Uhr in der Maria della Salute. Warte dort auf Dich, muß Dich sprechen. Schweige gegen jedermann von meinem Hiersein, sonst bringt man Dich wieder fort.«

Er setzte keine Anrede und auch keine Unterschrift dazu, falls der Zettel doch in andere Hände fiel. Da er keinen Stein hatte, um seine Botschaft zu beschweren, nahm er eine Silbermünze und wickelte sie in den Zettel.

Und nun fuhr er langsam immer wieder die Via dei Baccaroli auf und nieder, seiner Braut auf diese Weise eine Art Fensterpromenade machend.

Romana war erst vor einigen Tagen in Venedig angekommen, da sie mit ihrem Vormund den Weg durch die Schweiz gewählt hatte. Als sie Gunter so unerwartet in der Gondel erblickt hatte, glaubte sie erst zu träumen. Mit wankenden Knien folgte sie Professor Marks durch die Halle. Ihr Herz schlug bis zum Hals hinauf. Sie hätte weinen und lachen mögen und konnte doch keines von beiden tun, um sich nicht zu verraten. Wie hatte Gunter ihren Aufenthalt so schnell entdeckt?

Der Professor fragte sie besorgt in seiner gütigen, aber zerstreuten Weise, ob sie sich eben nicht weh getan hätte beim Aussteigen. Sie verneinte hastig. Und nun kam Signora Calani herbeigeschossen und erzählte wortreich, ein schöner Tedesco habe ein Zimmer bei ihr mieten wollen, aber sie habe leider keines frei, wie man ja wisse. Es hätte ihm sehr leid getan, weil er gehört habe, wie gut man bei ihr aufgehoben sei. Er wolle sogar wiederkommen, um zu hören, ob nicht etwas frei werde. Er werde aber wohl vergeblich kommen, denn es werde so bald nichts frei werden.

Der Professor hörte mit seiner liebenswürdig-zerstreuten Miene zu, ohne ein Wort zu verstehen.

Er war in Gedanken schon wieder bei seinen Kunstschätzen. Gerade war er mit Romana von einem Besuch des Dogenpalastes zurückgekommen, den Romana natürlich auch hatte besichtigen müssen.

Romana aber entging kein Wort von Signora Calani. Sie ahnte, wer der schöne Tedesco gewesen war, und atmete auf, als sie hörte, daß er wiederkommen werde. Bis dahin, so sagte sie sich, mußte sie eine Gelegenheit erspähen, mit ihm in Verbindung zu treten. Ging es nicht anders, dann wollte sie Signora Calani um Vermittlung bitten, wenn ihr dieser Gedanke auch nicht angenehm war.

Sie folgte nun dem Professor zu seiner Gattin, die sie herzlich und heiter begrüßte. Sie empfing die beiden in dem großen, mit Steinfußboden ausgelegten Wohnzimmer und streichelte Romana mütterlich über das Haar.

»Ich will jetzt gar nichts fragen und Sie gar nicht mit meiner Neugier behelligen, liebes Kind, denn ich weiß, mein Mann hat Sie so voll Kunst gestopft, daß Ihnen der Kopf wirbelt. Ruhen Sie sich noch ein Weilchen aus, und dann machen Sie sich zum Lunch bereit«, sagte sie mit ihrer frohsinnigen Güte.

Romana war froh, daß sie eine Weile allein sein konnte. Sie zog sich in ihr Zimmer zurück, das ihr der Professor und seine Gattin von ihren Zimmern abgegeben hatte, weil sie Romana nach dem Briefwechsel mit Justizrat Harland erst in etwa vierzehn Tagen erwartet hatten. Erregt trat sie an das Fenster, um hinüber zum Piazza Manin zu sehen, wo Gunters Gondel angelegt hatte, als sie ihn erblickte. Aber so weit sie auch auf und ab blickte, es war nichts in der stillen Straße zu sehen. Unruhig dachte sie darüber nach, wie sie ihn wiedersehen könne. Zum Glück kannten ihn Professors nicht vom Aussehen, wenn Onkel Justizrat ihnen sicher auch seinen Namen genannt hatte.

Mechanisch machte sie sich zum Lunch fertig, immer wieder zum Fenster hinaussehend, in der Hoffnung, Gunter könnte zurückkommen. Nach einer Weile sah sie eben wieder hinaus, als sie eine Gondel herankommen sah. Mit brennenden Augen sah sie ihr entgegen, und fast hätte sie vor Freude aufgeschrien – sie erkannte Gunter. Er hatte sie nun auch erblickt und gab ihr ein Zeichen.

»Achtung!« rief er leise zu ihr hinauf, und als das Fahrzeug gerade unter ihrem Fenster war, warf er den bereitgehaltenen Zettel mit der Münze in das Fenster hinein. Beider Augen fanden sich in einem leuchtenden Blick, dann verschwand Romana schnell vom Fenster, und Gunter sah wie gleichgültig vor sich hin. Der Gondoliere, der bemerkt hatte, daß sein Fahrgast der blonden Signorina etwas zuwarf, lachte, er hielt das für einen Scherz.

Langsam fuhr die Gondel weiter.

Romana hob den Zettel mit bebenden Händen auf. Sie las die Zeilen durch und drückte sie an ihre Lippen. Waren es doch die ersten Schriftzeichen von Gunter, die sie erhielt. Wie froh und glücklich war sie, daß sie Gunter in der Nähe wußte. Ganz sicher wollte sie es einrichten, daß sie mit dem Professor morgen schon vormittags in die Maria della Salute gehen würde. Sie wußte, daß sie den Wunsch nur zu äußern brauchte.

Der alte Herr war glücklich, wenn er jemand die Kunstschätze Venedigs zeigen konnte, wobei er sich immer wieder selber daran ergötzte. Seine Gattin hatte längst gestreikt und behauptet, so zum Überlaufen voll von Kunstgenüssen zu sein, daß sie nicht mehr aufnahmefähig sei. Viel lieber saß sie zu Hause über einem interessanten Roman oder einer hübschen Handarbeit, oder sie fuhr zur Piazetta und promenierte über den Markusplatz, um sich am Leben und Treiben der Fremden zu ergötzen oder um durch die Prokurazien zu schlendern und die Schaufenster zu besichtigen. Romana fuhr willig mit dem alten Herrn, wohin er sie führte. Sie war eine aufmerksame Schülerin und wünschte nur immer, alles, was sie sah, auf die Leinwand bannen zu können. Sie sagte sich daher, daß es ihr nicht schwerfallen würde, ihn zu einem Besuch der Maria della Salute zu bestimmen.

Die Hände auf die Brust gedrückt, stand sie mitten im Zimmer und überlegte, wie sie sich mit Gunter verständigen könnte. Allein durfte sie das Haus nicht verlassen, und Briefe konnte sie auch nicht unbemerkt empfangen. Man war in großer Sorge um sie, auch hier, und der Justizrat hatte strenge Weisung gegeben, sie nie allein zu lassen. Wenn der Professor nicht mit ihr ausfuhr, dann begleitete sie die Frau Professor, mit der sich Romana auch sehr gut stand und deren Frohnatur einen heilsamen Einfluß auf ihr bedrücktes Gemüt ausübte. Sie war Rheinländerin und das gerade Gegenteil zu ihrem ernsten, versonnenen Gatten, doch lebten die beiden alten Leutchen gut miteinander. Frau Anneli war ein Segen für ihren Gatten, denn er war der richtige deutsche Gelehrte, der über seinen Studien Essen und Trinken vergessen hätte, wenn seine resolute Gattin ihn nicht immer wieder zur Wirklichkeit zurückgeholt hätte. Das geschah von ihrer Seite aus mit Scherzen und Lachen, und er sah dann hilflos lächelnd zu ihr auf, küßte ihr die Hände und sagte: »Wenn ich dich nicht hätte, Anneli!«

Aber er konnte auch seine tapfere Anneli ganz vergessen, wenn er über interessante Kunstschätze geriet. Romana stand noch immer ganz benommen in ihrem Zimmer, als Frau Professor Marks bei ihr anklopfte und, zur Tür hereintretend, sagte: »Sind Sie fertig, Kindchen, wir wollen zum Lunch in den Speisesaal?«

Romana schrak zusammen.

»Ich bin gleich fertig, Frau Professor, und werde sofort kommen.«

»Dann also bis gleich«, sagte die alte Dame, durch diesen typischen Ausruf sich als Rheinländerin verratend. Hastig fuhr Romana glättend über ihr Haar, küßte die Zeilen Gunters noch einmal und sagte leise vor sich hin: »Gottlob, daß er mich nicht vergessen hat!« Ein wenig bange war ihr doch gewesen, daß Gunters schnell erwachte Liebe ebenso schnell verfliegen könnte.

Sie eilte nun hinüber in den Speisesaal, der hoch gewölbt und sehr geräumig war. Auch er hatte einen Steinfußboden, auf dem verschiedene Teppiche lagen, was den Raum wohnlicher erscheinen ließ. Man speiste auch bei Signora Calani wie in einem Hotel an kleinen Tischen. Alle ihre Mieter waren in voller Pension bei ihr, und so fanden sich nach und nach fast vierzig Personen ein in einem Saal, der bequem die doppelte Anzahl Menschen hätte aufnehmen können. Nur Professor Marks besaß eine größere Wohnung, sonst bewohnten die Pensionäre immer nur ein Zimmer. Es waren in der Mehrzahl Deutsche.

Professor Marks hatte immer denselben Platz am Fenster belegt, das nach der Rückfront des Hauses in den winzig kleinen Garten hinaussah. In diesem Garten, Signoras Stolz, wurden allerlei nützliche Küchengewächse gezogen, auch ein kleiner Orangen- und ein noch kleinerer Zitronenbaum brachten einige kümmerliche Früchte hervor.

Romana konnte vor innerer Aufregung kaum etwas essen, und obwohl sie sich den Anschein gab, als höre sie aufmerksam zu, als der Professor anfing, über die Gemälde im Dogenpalast zu sprechen, kam ihr nicht ein Wort zum Bewußtsein. Sie mußte immer wieder darüber nachdenken, was sie tun konnte, um sich mit Gunter zu verständigen.

Frau Anneli widmete sich mit Vergnügen den Tafelfreuden und dem guten Chianti. Ihre lustigen Augen blitzten verständnissinnig zu Romana hinüber, als wollte sie sagen: »Wie lange wird es wohl noch dauern, bis dieses arme, liebe Kind überhaupt nichts mehr von Kunst in sein Köpfchen hineinbringt – so wie es mir auch ergangen ist?«

Aber sie sagte nichts, legte ihrem Gatten nur immer wieder unbemerkt von den guten Speisen vor und freute sich, wie er in der Zerstreuung brav alles aufaß. Er hätte ebensogut gefastet, ohne es zu merken. Wenn er dozieren konnte, war er selig, und deshalb ließ sie ihn auch reden, selbst wenn sie mit ihm allein war und durchaus nicht auf ihn hörte.

Endlich faßte sich aber Romana ein Herz und unterbrach den Professor in einer Abhandlung über die Gemälde im Dogenpalast. Zaghaft, aber doch mit zäher Energie ging sie auf ihr Ziel los:

»Ich hörte die Kirche Santa Maria della Salute so sehr rühmen, Herr Professor. Ließe es sich nicht einrichten, daß wir morgen vormittag dorthin gehen können?« Der Professor blickte zerstreut auf.

»Die Santa Maria della Salute? Hm, ja gewiß, gern, wenn Sie sie sehen wollen.«

»O ja, ich möchte sie gern sehen. Ich sah sie ja heute von der Gondel aus vor mir liegen, mit dem imposanten Aufgang von der Anlegestelle der Gondeln her.«

»Nun ja, die Lage der Kirche ist verlockend, aber was ihr Inneres anbelangt, da wird sie von vielen Kirchen in Venedig übertroffen. Da ist zum Beispiel, von der Markuskirche gar nicht zu reden, die Santa Maria dei Frari. Sie besitzt ungleich größere Kunstwerke, zumal auch die Assunta jetzt wieder dorthin gebracht worden ist. Da werden Sie staunen, liebes Kind, wie viele Schönheiten in dieser Kirche aufgestapelt sind. Dorthin werde ich Sie führen.«

Romana erschrak und nahm alle Energie zu einem Einspruch zu Hilfe.

»Aber erst in die Santa Maria della Salute, Herr Professor.«

Er nickte.

»Gut, gut, es ist vielleicht auch richtiger, wenn Sie erst

die Salute sehen. Denn wenn Sie erst dei Frari gesehen haben, dann gefällt Ihnen nichts anderes mehr. Also gehen wir morgen in die Salute und übermorgen dann in dei Frari. Ich würde Ihnen raten, in dei Frari Ihr Skizzenbuch mitzunehmen. Sie könnten dort dies oder jenes kopieren. Es wäre mir sehr lieb, wenn Sie sich einige Stunden damit beschäftigten, während ich in dem an dei Frari anstoßenden Kloster, wo sich das großartigste Archiv der Welt befindet, mich in einige besonders interessante Urkunden vertiefe, was für Sie vielleicht doch etwas langweilig ist. Meinst du nicht, Anneli?«

Frau Anneli stimmte gern zu. Sie wollte Romana um jeden Preis die Urkunden ersparen, denn sie selbst war einmal darüber eingeschlafen, zum Entsetzen ihres Gatten.

»Natürlich, Peterle, Romana kann vielleicht die entzückende Madonna von Bellini in dei Frari kopieren. Du wirst schon die Erlaubnis für sie erhalten. Und du kannst dann in aller Ruhe deine Urkunden studieren. In der Kirche ist Romana gut aufgehoben. Und sie kann ihr hübsches Talent verwerten. Die Madonna von Bellini wird Ihnen gefallen, Kindchen, davon bin selbst ich begeistert.«

In Romana hatte sich natürlich schon der Wunsch geregt, dies oder jenes Bild, das sie gesehen hatte, zu kopieren, und sie würde auch mit Freuden auf diesen Vorschlag eingegangen sein, wenn ihr nicht zugleich damit eine Möglichkeit geboten worden wäre, ungestört mit Gunter zusammenzutreffen. Sie stimmte begeistert zu und sagte:

»Es lockt mich sehr, gerade diese Madonna zu kopieren. Ich sah schon verschiedene Abbildungen von ihr, und schon diese haben mich gefesselt. Wir lassen es also bei diesem Programm, Herr Professor. Morgen vormittag gehen wir zur Santa Maria della Salute und übermorgen vormittag in dei Frari. Dahin können wir dann vielleicht etwas zeitiger gehen, damit mir genügend Zeit zum Malen und Ihnen für Ihre Urkunden bleibt.«

»Richtig, Kindchen, morgen brauchen wir vor elf Uhr nicht zu gehen, da werden wir bequem bis zum Lunch fertig, aber in dei Frari müssen wir spätestens um neun Uhr sein.«

»Schön«, sagte die Frau Professor munter, »aber am nächsten Tag wird die Kunst ausgeschaltet, und ich entführe Sie zu einem ganz gemütlichen Bummel durch die Prokurazien. Ich will auch etwas von Ihnen haben, und da ich mehr für die realen Dinge des Lebens bin, schlage ich diesen Bummel vor, mit anschließender Schlemmerei in einer der Konditoreien. Das Gefrorene ist dort köstlich. Und auch auf den Campanile fahren wir dann hinauf, damit Sie das Panorama von Venedig genießen können.«

Der Professor sah seine Frau betreten an.

»Ach Anneli, da habe ich doch ganz vergessen, daß Romana eigentlich zu deiner Gesellschaft hier ist und nicht zu der meinen.«

Frau Anneli lachte.

»Laß nur, Peterle, wir kommen beide nicht zu kurz! Ich sorge schon dafür, daß ich nicht zu kurz komme. Sie sind doch mit meinem Vorschlag einverstanden, liebes Kind?«

Wie froh war Romana, daß sie nun schon für drei Tage das Programm im voraus wußte!

»Sehr einverstanden, liebe Frau Professor.«

»Sagen Sie lieber ›Frau Anneli‹ zu mir, Kindchen, ich unterschlage Ihnen ja auch auf Wunsch Ihres Vormundes die Gräfin, weil niemand wissen soll, daß Sie eine sind. Sie können mich dafür kurzerhand um die Frau Professor bringen – ich tauge sowieso nicht recht dazu, bin nie eine richtige gewesen, nicht wahr, Peterle?« – Er sah sie zärtlich zerstreut an.

»Warst dafür allezeit mein guter Geist, Anneli, und mich dünkt, das ist mehr wert.«

Frau Anneli wurde rot wie ein kleines Mädchen.

»Jetzt mach du mir auch noch Komplimente, Peterle, das bin ich nicht gewohnt.«

»Wann werden wir denn zu den Prokurazien gehen, Frau Anneli? Vormittags oder nachmittags?« fragte Romana vorsichtig.

»Am Nachmittag natürlich, so um die fünfte Stunde. Und am Vormittag können wir zum Lido hinüberfahren und baden. Dann habe ich Sie den ganzen Tag für mich. Ist dir doch recht, Peterle?«

»Gewiß, du sollst auch zu deinem Recht kommen.«

Romana war glücklich, daß sich alles so gut nach ihren Wünschen richten ließ. Nach dem Lunch zogen sich die alten Herrschaften zur Ruhe zurück. Romana pflegte dann mit einer Handarbeit oder mit einem Buch in dem kleinen Garten Signora Calanis in einer Laube zu sitzen. Heute blieb sie aber auf ihrem Zimmer, um einen ausführlichen Brief an Gunter zu schreiben. Sie wollte auf alle Fälle einen Brief an ihn mit in die Salute nehmen, den würde sie ihm schon, unbemerkt von dem Professor, zustecken können. Und sie schrieb sich alles vom Herzen und verwahrte den Brief sorgfältig, bis sie ihn morgen brauchen würde.

Gunter Valberg hatte den Rest des Tages in begreiflicher Erregung verbracht. Um sich die Zeit abzukürzen, machte er, nachdem er den Lunch im Hotel wieder als getreuer Wächter über Fräulein Mertens eingenommen hatte, eine Fahrt zum Lido. Am Abend war er wieder im Hotel und nahm an seinem Tisch Platz. Auch die beiden Russen und die Damen waren wieder da, und so konnte Gunter sie genau beobachten. Wie er schon am Mittag bemerkt hatte, waren an der Eingangstür des Saales ein Tisch und ein Postkartenständer aufgebaut worden, und davor saß, scheinbar nur auf Kunden für Postkarten wartend, der Verkäufer. Er hatte graues Haar und trug, scheinbar zum Schutz seiner sehr angegriffenen Augen, eine blaue Brille. Obwohl Gunter nun den Detektiv Guido Sponzi als einen kräftigen, wenn auch nur mittelgroßen Mann in den Vierziger Jahren kennengelernt hatte, glaubte er doch, ihn in dem alten, müden und mit schlechten Augen behafteten Postkartenverkäufer wiederzuerkennen. Das wäre natürlich nicht möglich gewesen, wenn ihn Guido Sponzi durch seinen Hinweis auf den Postkartenverkäufer nicht darauf gebracht hätte.

Ehe Gunter mittags und abends zu Tisch gegangen war, hatte er auf dem Korridor in der Nähe seiner Tür einen Mann gesehen, der eifrig mit einem Schrubber den Steinfußboden blank rieb. Er schien trotz seines Eifers nicht recht vorwärts zu kommen, da er am Abend nicht viel weiter war als am Mittag. Am Mittag hatte Gunter ihm keine Beachtung geschenkt, aber am Abend sah er ihn scharf an – und sah in das blöde Gesicht des Kellners, den er am Tag vorher im Speisesaal beobachtet hatte. Da wußte er, daß dieser blöd aussehende Mensch ein Gehilfe von Guido Sponzi war.

Aus alledem hatte er die beruhigende Gewißheit erhalten, daß Fräulein Rosa Mertens gut bewacht war. Trotzdem wollte auch er noch das Seine dazutun und beobachtete scharf, was um ihn her vorging.

Ehe er heute abend zu Tisch gegangen war, hatte er wieder einmal eine Weile am Fenster seines Badezimmers gestanden, weil er bemerkt hatte, daß die beiden Russen in ihrem Zimmer waren. Und nachdem er gehört hatte, daß sie sich eine Weile über gleichgültige Dinge unterhielten, wollte er sich gerade von seinem Lauscherposten zurückziehen, als er wie gebannt stehenblieb, denn er hörte plötzlich den einen der beiden Russen sagen:

»Sie trinkt zu jeder Mahlzeit eine kleine Karaffe Wein, während die alte Dame nur Wasser trinkt. Die Karaffe hat einen sehr weiten Hals – und der Kellner stellt sie immer schon hin, ehe die Damen kommen, hast du das bemerkt?«

»Nein, Gregor, du bist eben doch der Klügere von uns beiden, du siehst alles.«

»Es ist doch sehr wichtig, verstehst du das nicht?«

»Doch, ich verstehe. Mit der Karaffe wird es sehr gut gehen. Ich denke morgen oder spätestens übermorgen. Wir müssen endlich zum Ziel kommen.«

Und dann hörte Gunter nichts mehr. Die Russen verließen ihr Zimmer, und Gunter beeilte sich, ihnen in den Speisesaal zu folgen. Fast zugleich mit ihnen betrat er ihn. Und nun sah er, daß der Kellner auf den Tisch, an dem die Damen zu sitzen pflegten, eine kleine, etwa einen Viertelliter enthaltende Karaffe mit rotem Wein vor den Platz von Fräulein Mertens und vor den der alten Dame eine Flasche Brunnen stellte. Gleich darauf kamen die Damen und nahmen ihre Plätze ein. Gunter beobachtete die Russen verstohlen, aber sie saßen scheinbar ganz harmlos und schienen sich um nichts zu kümmern als um ihr Essen.

Gunter überlegte. Was er vorhin von ihnen gehört hatte, war immerhin wichtig genug, um es Signore Sponzi nicht vorzuenthalten. Er warf einen flüchtigen Blick auf den Postkartenverkäufer und sah, daß sich dieser angelegentlich mit seinen Ansichtskarten beschäftigte, als sei dies der einzige Zweck seines Daseins.

Gunter schrieb nun auf einen Zettel erst in russischer Sprache, was er erlauscht hatte, und dann schrieb er die Übersetzung dazu, weil er nicht wußte, ob Guido Sponzi die russische Sprache auch so gut beherrschte wie die deutsche.

Daß es den beiden Schurken ein Leichtes sein würde, im Vorübergehen das bereitgehaltene Gift in den Wein zu schütten, wenn die Damen noch nicht am Tische saßen und die Karaffe schon dastand, leuchtete Gunter ein. Es war notwendig, daß Signore Sponzi von der Absicht der beiden unterrichtet wurde.

So erhob sich Gunter nach einer Weile, den Zettel mit der Botschaft fest zusammengerollt in der Hand haltend, und trat an den Postkartenständer heran. Ohne zunächst auf den Verkäufer zu achten, suchte er, scheinbar sehr interessiert, einige Postkarten aus und trat dann an den Tisch, um zu bezahlen. Mit der Geldmünze zugleich legte er den Zettel vor Guido Sponzi hin, den dieser sofort unauffällig verschwinden ließ.

»Erlauscht!« flüsterte ihm Gunter zu.

»Capito, signore dottore«, erwiderte Sponzi leise und verständnissinnig.

Gunter ging zu seinem Platz zurück und beendete seine Mahlzeit. Es geschah an diesem Abend weiter nichts Besonderes.

Am nächsten Morgen beschloß Gunter, erst einmal auf dem Konsulat nachzufragen, ob man über die Beschlagnahme des gelben Koffers etwas ermittelt habe. Es blieb ihm noch Zeit genug, um pünktlich in der »Maria della Salute« zu sein. Der Konsul ließ ihn sofort vor und kam ihm mit ausgestreckter Hand entgegen.

»Es ist gut, daß Sie kommen, mein lieber Herr Doktor, ich wollte schon nach Ihnen schicken. Gerade war der Detektiv Sponzi bei mir, mit dem Sie ja schon prächtig wie ein gelernter Detektiv gearbeitet haben. Sponzi hält Sie für einen deutschen Meisterdetektiv. Sie haben ihm sehr imponiert.«

Gunter lachte.

»Wem der Zufall so günstig ist wie mir bisher, der kann gut Lorbeeren als Detektiv ernten. Signore Sponzi hat Ihnen erzählt, was ich gestern abend vor Tisch erlauschte?«

»Auch das, aber nur nebenbei. Die Hauptsache, weshalb er mich aufsuchte, war, mir und durch mich Ihnen Bescheid zu geben über das Ergebnis der Kofferuntersuchung. Im übrigen soll ich Ihnen von Sponzi bestellen, daß er auch die russische Sprache vollständig beherrsche, da er ja sonst nicht fähig gewesen wäre, die beiden Russen zu belauschen. Sponzi freute sich sichtlich, daß er Ihnen, seinem Kollegen, in diesem Punkt eine kleine Belehrung erteilen konnte.«

Gunter mußte wieder lachen.

»Stimmt, da man ihn in das Badezimmer als Wachtposten stationiert hatte, um die Russen zu belauschen, hätte ich wissen müssen, daß er die russische Sprache beherrscht, und hätte das, was ich ihm auf dem Zettel mitgeteilt habe, nicht zu übersetzen brauchen. Mir scheint doch, daß mir Signore Sponzi bedeutend über ist.«

»Nun, immerhin haben Sie einen schönen Erfolg bei Ihrer Tätigkeit als ›Geheimdetektiv‹. Hören Sie an, was mir Sponzi als Abgesandter der Questura mitteilte. Der gelbe Koffer ist beschlagnahmt worden und enthält Dokumente von höchster Wichtigkeit für die italienische Regierung. Es handelt sich um verbrecherische Umtriebe eines terroristischen Bundes. Es sollen heimlich große Waffenmengen nach Italien gebracht werden. Sie werden schon in den nächsten Tagen in einem kleinen Hafen eintreffen, in großen Weinfässern verpackt und als Wein deklariert. Auch Munition soll auf diese Weise in das Land geschmuggelt werden. Die Fässer werden zur Vorsicht an verschiedene Empfänger adressiert. Sie sehen, mein lieber Herr Doktor, daß die italienische Regierung alle Ursache hat, Ihnen dankbar zu sein. Vorläufig soll alles geheim bleiben. Natürlich werden in aller Stille die famosen Weinfässer abgefangen. Die beiden

Grafen Soblikoff haben vor, nachdem sie hier ihre Privatschändlichkeit erledigt haben, nach Rom zu gehen und die in dem Koffer befindlichen Papiere einem Mittelsmann abzuliefern. Hinter diesem scheint eine Anzahl prominenter Persönlichkeiten zu stehen, die bei dieser Gelegenheit alle dingfest gemacht werden sollen. Deshalb wird man die Papiere, nachdem sie sorgfältig kopiert worden sind, wieder in den gelben Koffer pakken, diesen wieder auf den Bahnhof in die Handgepäckaufbewahrungsstelle schaffen, wo ihn die beiden Halunken anscheinend unversehrt wieder vorfinden sollen.«

»Wie? Man will diese beiden Schurken laufen lassen, nachdem sie hier ihre Schändlichkeit verübt haben?«

»Keine Sorge, die beiden Grafen Soblikoff werden in Italien keinen Schritt mehr unbeobachtet tun können und ihrer Strafe nicht entgehen. Man will nur Zeit gewinnen und die Teilnehmer an dieser Verschwörung nicht vorzeitig warnen, weil man sie allesamt festnehmen möchte. Die Grafen Soblikoff werden natürlich daran gehindert, ihr Verbrechen hier zu begehen, aber man wird sie auch nicht festnehmen, wenn sie wirklich Gift in den Wein der jungen Dame befördert haben. Daß sie das Gift nicht zu sich nehmen wird, dafür wird Sponzi sorgen. Man möchte der jungen Dame möglichst, wie Sie ja auch, den Schrecken ersparen und sie gar nicht wissen lassen, daß sie das Opfer eines Mordes sein soll. Das wollen wir ruhig Sponzi überlassen. Er weiß ja nun, dank ihrer Mithilfe, wie die beiden Schurken ihr das Gift reichen wollen. Man läßt also die Verbrecher nach ihrer vermeintlichen Tat unbehelligt von Venedig abreisen – nach Rom. Aber natürlich nur unter schärfster Bewachung.

Die Namen der Mitverschwörer waren aus den Dokumenten nicht zu ersehen, da sie alle verschlüsselt sind. Aber die Grafen Soblikoff werden sich in das Lokal begeben, wo die Verschwörer zusammenkommen werden, um von ihnen Instruktionen zu bekommen. Und dahin werden sie natürlich nicht allein gehen. Man wird das ganze Verschwörernest ausheben und mit einemmal reinen Tisch machen. Selbstverständlich werden dabei auch die Grafen Soblikoff verhaftet werden, und dann wird man sie auch des versuchten Giftmordes anklagen.«

Gunter hatte mit atemlosem Interesse zugehört und sagte nun aufatmend:

»Da scheine ich ja wirklich der italienischen Regierung einen großen Gefallen getan zu haben!«

»Ganz sicher ist man Ihnen zu großem Dank verpflichtet.«

Die Herren sprachen noch eine Weile über die politische Lage. Dann verabschiedete sich Gunter mit herzlichem Dank von dem Konsul.

13

Gunter fuhr nun hinüber zur Maria della Salute, obwohl es noch nicht halb elf Uhr war. Er wollte lieber zu früh als zu spät kommen. Seine Ungeduld, Romana zu treffen, war sehr groß. Seit er sie gestern wiedergesehen hatte und genau wußte, daß sie in Venedig weilte, war seine Sehnsucht immer mehr gestiegen.

Was er erreicht hatte wegen der Grafen Soblikoff, befriedigte ihn sehr. Und was er gegen sie unternommen hatte, tat er für Romana.

Die Sonne schien jetzt für ihn noch heller auf Venedig und warf goldenen Glanz auf die Kuppel der Markuskirche. Tiefblau spannte sich der Himmel über Stadt und Meer. Zahlreiche Gondeln glitten mit ihren hohen Kielen über das Wasser, zum Lido hinüber strebten große und kleine Dampfer. Auf den Kaimauern balgten sich venezianische Schuljungen, und die müßigen Gondolieri sahen lachend zu und hetzten sie aufeinander. Gunter hätte am liebsten voll Daseinsfreude laut hinausgejubelt.

Seine Gondel legte an der breiten Marmortreppe an, die bis hinauf zur Maria della Salute führt. Langsam stieg Gunter die riesige Treppe hinan bis zum Portal der Kirche. Hier blieb er wartend stehen und ließ den Blick zurückschweifen. Zu beiden Seiten des Canale grande reihten sich die alten Palazzi auf, die einst die stolzen Adelsgeschlechter beherbergten und noch jetzt Zeichen ihrer einstigen Macht und Größe waren, obwohl sie zu Fremdenpensionen und nüchternen Amtsgebäuden herabgesunken waren. Der kleine Palazzo der Desdemona wurde fast erdrückt von den großen Palazzi daneben, aber doch behauptete er sich in seiner architektonischen Schönheit. Weiter zur Mole hin lag drüben Bauer-Grünwald mit seiner hübschen Terrasse, auf der die Hotelgäste unter den aufgestellten Sonnenzelten saßen und dem Leben und Treiben auf dem Canale grande zusahen. Und auf einem der kleinen Balkone, die vor dem Lese- und dem Speisesaal dieses Hotels lagen, erkannte er ganz deutlich das rote Kleid von Fräulein Mertens, die mit ihrer Tante dort drüben saß. Er wußte sie in guter Hut und war froh, daß er sie nicht mehr bewachen mußte, wenn sie ihn auch jetzt mit offensichtlicher Ungnade strafte, weil er auf ihr Entgegenkommen nicht eingegangen war. Er hatte seine Pflicht getan, alles andere war Sache der Polizei.

Nach einer Weile trat er in die Kirche. Er wollte nachsehen, ob Romana sich vielleicht schon dort befand; aber er sah sie nicht und trat wieder ans Portal. Und da erblickte er eine Gondel, die aus der Via dei Baccaroli herauskam und quer über den Kanal direkt auf die Maria della Salute zuhielt. Er strengte seine Augen an und erkannte bald in den Insassen dieser Gondel Romana und den alten graubärtigen Herrn von gestern. Die unruhige Spannung seiner Nerven ließ nach, und er sah dem Fahrzeug mit wachsender Erregung entgegen. Als die Gondel unten anhielt, zog sich Gunter wieder in die Kirche zurück, direkt am Eingang Aufstellung nehmend. Hier mußte Romana dicht an ihm vorüberkommen und konnte wenigstens mit ihm ein Zeichen tauschen. Anscheinend in ein Marmormonument vertieft, sah er bald darauf Romana mit Professor Marks eintreten. Sie erblickte Gunter sofort, und ihre Augen grüßten ihn strahlend. Sie richtete es nun so ein, daß der Professor einen Augenblick vorausgehen mußte, und benutzte diese Frist, um Gunter ihren Brief zu geben. Er griff sofort zu und ließ ihn in seiner Brusttasche verschwinden. Niemand hatte das kleine Vorkommnis bemerkt. Gunter wollte den Brief erst später lesen, wenn er zum Hotel zurückkam, aber dann sagte er sich, daß er Romana vielleicht gleich seine Antwort zustecken könne. Er zog sich also in eine Ecke zurück und öffnete den Brief, während Romana mit dem Professor durch das Kirchenschiff schritt und eine sehr unaufmerksame Zuhörerin für seine Erklärungen war. Ihr war es viel wichtiger, die hohe Männergestalt da drüben in der Ecke zu beobachten. Sie sah, daß er den Brief verstohlen an die Lippen drückte, und wurde sehr rot dabei.

Gunter las:

Mein lieber, lieber Gunter!

Wie froh bin ich, daß Du hier in Venedig weilst! Wie Du es angefangen hast, mich ausfindig zu machen, weiß ich nicht, ich weiß nur, daß es mich sehr beglückt. Ich bin streng behütet. Auch meine hiesigen liebenswürdigen Wirte, Herr und Frau Professor Marks, gute Freunde meines Vormundes, hüten mich wie ihren Augapfel. Es wäre mir kaum möglich gewesen, Dich ungestört sprechen zu können, wenn mir nicht ein Zufall und mein kleines Maltalent – dem Himmel sei dafür gedankt – zu Hilfe gekommen wären. Morgen früh um neun Uhr will mich Professor Marks in die Kirche Santa Maria Gloriosa dei Frari führen, wo ich die Madonna von Bellini kopieren will. Der Professor wird mich dort im Schutz der Kirche einige Stunden allein lassen, um im Archiv des angrenzenden Klosters Urkunden einzusehen. Wirst Du diese Gelegenheit, mit mir ungestört plaudern zu können, benützen? Ich bitte Dich, gib mir ein Zeichen, wenn Du dies gelesen hast. Ein Nicken oder Kopfschütteln werden mir Antwort sein. Nein, Du wirst nicht mit dem Kopf schütteln, ich weiß, daß Du kommen wirst. Du findest mich dann in der Sakristei vor dem Bild der Madonna von Bellini. Sorge Dich nicht um mich, ich bin von der liebevollsten Teilnahme umgeben. Frau Professor heitert mich auf mit ihrem Frohsinn, und ich könnte mich ganz wohl fühlen, wenn ich nicht so große Sehnsucht nach Dir haben würde. Mein Vormund hat mich auf der Reise nach hier davon überzeugt, daß es nur zu meinem Besten ist, wenn er mich hier vor meinen Feinden verbirgt. Kannst Du mir nachempfinden, wie furchtbar das Gefühl ist, daß man so erbitterte Feinde hat? Was habe ich ihnen getan, daß sie mich so hartnäckig verfolgen? Eines weiß ich: Meine Feinde waren auch die meiner Eltern. Es macht mich so traurig, an all das zu denken, und nur der Gedanke an Dich hilft mir über alles Schwere hinweg. Mein Vormund hat mir versprochen, daß wir uns heiraten dürfen und daß er Dir alles anvertrauen wird, was ich noch nicht wissen soll. Warum er mich aber so ängstlich von Dir fernhält, begreife ich nicht. Aber Du bist ja nun da, und alles ist gut! Ich hoffe. Dich morgen in dei Frari zu sehen und zu sprechen. Bitte gib mir ein Zeichen, ob Du kommen wirst.

Deine Romana

Als Gunter diesen rührenden Brief gelesen hatte, sah er zu Romana hinüber, drückte wieder den Brief an seine Lippen und nickte mit dem Kopf. Romanas Augen leuchteten freudig auf.

Wie ein heißes Gebet stieg es in Gunters Herzen auf, daß es ihm vergönnt sein möge, Romana von ihren Feinden zu befreien. Justizrat Harland brauchte ihm ja nichts mehr zu sagen, er wußte alles, wußte jetzt sogar noch mehr als er. Eine unbeschreibliche Zärtlichkeit erfüllte ihn für Romana. Wie wollte er sie lieben und hegen, wenn sie erst seine Frau war, um sie ihre traurige Jugend vergessen zu machen! Und zugleich überkam ihn ein grimmiger Zorn auf die beiden Verbrecher, die sie so gequält und verfolgt und ihr all ihre Angehörigen genommen hatten. Es war nicht mehr der geringste Zweifel in ihm, daß Romana die junge Gräfin Soblikoff war. Aber trotzdem hätte er sich so gern überzeugt, ob der kleine Leberfleck vorhanden war, von dem ihm Frau von Altdorf erzählt hatte. Erst dann, wenn dieses Mal von ihm bestätigt werden konnte, würde auch Frau von Altdorf ganz sicher sein, daß seine Romana ihre Nichte war. Aber die modernen Hüte der Damen, wie auch Romana einen trug, ließen es nicht zu, daß er sich heute schon davon überzeugen konnte. Morgen aber, morgen würde er sich diese Gewißheit verschaffen.

Unentwegt hielt sich Gunter in nächster Nähe der Geliebten, so daß sie wenigstens zuweilen einen zärtlichen Blick tauschen konnten. Einmal konnte er auch verstohlen ihre Hand fassen, als sie ganz dicht nebeneinander vor dem wunderbaren Marmoraltar standen.

Dieser verstohlene Händedruck beseligte sie beide, und sie wußten, nie würden sie diese Stunde in der Maria della Salute vergessen, obwohl sie nicht ein einziges Wort hatten miteinander wechseln können. Gegen halb ein Uhr verließ der Professor mit Romana die Kirche, und Gunter hielt nun auch nichts mehr zurück. Nachdem er Romanas Gondel hatte abfahren sehen, fuhr auch er zu seinem Hotel hinüber.

Gunter kam gerade in dem Augenblick in den Speisesaal, als auch die Russen herunterkamen. Er trat zurück, um sie vor sich eintreten zu lassen, aber auch die beiden Russen wollten höflich sein und deuteten Gunter durch ein Zeichen an, er möge zuerst eintreten.

So schwer es ihm fiel, gegen diese beiden Verbrecher höflich zu sein, neigte er doch dankend den Kopf, als er an ihnen vorüberging, um nicht aufzufallen. Gunter sah den Postkartenverkäufer auf seinem Platz und beobachtete, daß vor Fräulein Mertens Platz wieder die Karaffe mit dem roten Wein stand. Während er an seinem kleinen Tisch Platz nahm, sah er den beiden Russen mit scharfen Blicken nach. Sie gingen ganz langsam an dem Tisch der beiden Damen vorbei, aber eine Reisegesellschaft, die schwatzend und lachend diesen Saal durchquerte, um drüben in dem größeren Speisesaal Platz zu nehmen, verhinderte heute mittag noch, was Gregor Soblikoff tun wollte. Er konnte nicht mehr unbemerkt an die Karaffe heran. Er ging zwar noch einmal an dem Tisch vorbei, um einige Postkarten zu erstehen, aber es geschah nur, weil er feststellen wollte, ob der Verkäufer von seinem Platz hinter dem Ständer den Tisch der Damen sehen konnte. Mit Befriedigung konnte er feststellen, daß dies unmöglich war, der Ständer stand zu weit vor. Außerdem spielte Sponzi so überzeugend den Kurzsichtigen und Augenleidenden, indem er das Geld, das er erhielt, ganz dicht an die Augen hielt, daß Gregor Soblikoff überzeugt war, daß dieser Mensch ihn nicht würde beobachten können.

Daß der Postkartenständer hinter einer der Postkarten ein kleines Loch besaß, durch das Sponzi alles, was er sehen wollte, erblickte, und daß er Augen hatte wie ein Luchs, das konnte Gregor Soblikoff nicht ahnen. Befriedigt ging er an seinen Tisch zurück. Inzwischen waren jedoch die beiden Damen gekommen und verhinderten dadurch, daß Gregor Soblikoff jetzt schon seinen Plan ausführen konnte.

Gunter aber sah, wie Sponzi, nachdem sich Gregor von seinem Stand entfernt hatte, eine Postkarte herabnahm und durch eine Öffnung hinter ihm hersah. Da lernte Gunter wieder etwas von Sponzi, er zog seine immer bereite Zeitung hervor und riß ein kleines Loch hinein. Und durch dieses Loch hindurch konnte er nun auch den Saal übersehen, obwohl er den Eindruck eines ins Lesen vertieften Menschen machte.

Aber heute mittag geschah nichts.

Gunter fuhr am Nachmittag zum Lido hinüber, um zu baden, kehrte aber früh genug zum Hotel zurück, so daß er schon um sieben Uhr im Speisesaal saß. Er vertiefte sich sogleich in seine präparierte Zeitung und schien nichts zu sehen und zu hören, was um ihn her vorging. Und so harrte er der Dinge, die da kommen sollten. Und – sie kamen.

Zuerst erschien der Postkartenverkäufer auf seinem Platz, gleich nach ihm auch die beiden Russen. Scheinbar in ein Gespräch vertieft, gingen sie ganz langsam zu ihrem Platz, wobei sie an dem Tisch der Damen vorüberkommen mußten, die noch nicht anwesend waren. Aber der rote Wein stand schon vor Fräulein Mertens Platz.

In der Nähe dieses Tisches angelangt, warf Gregor Soblikoff schnell einen forschenden Blick um sich, aber er sah nur den scheinbar hinter seiner Zeitung begrabenen Gunter und den Postkartenständer, hinter dem der Verkäufer ganz verborgen war. Ahnungslos, daß er von vier Augen scharf beobachtet wurde, zuckte Gregor Soblikoffs Hand empor, hinüber zu der kleinen Karaffe, ließ irgendein weißes Pulver hineinfallen, das er schon in der Hand bereitgehalten hatte, und ging ruhig, wenn auch etwas blaß, weiter zu seinem Tisch.

Eine unbeschreibliche Spannung bemächtigte sich Gunters, der alles durch das Loch in seiner Zeitung beobachtet hatte. Auch Sponzi hatte durch das kleine Loch im Ständer alles gesehen. Gunter starrte einen Augenblick zu Sponzi hinüber. Hatte dieser gesehen, was vorgegangen war? Sponzi schien Gunters stumme Frage zu verstehen, er legte verstohlen den Finger an die Lippen und verschwand plötzlich hinter seinem Ständer durch eine Tür. Gleich darauf kamen einige Kellner, die große Tabletts mit Gläsern trugen, in den Saal, und Gunter, dem vor Erregung das Herz bis zum Hals schlug und der die Karaffe nicht aus den Augen ließ, bereit, um jeden Preis zu verhindern, daß Fräulein Mertens von diesem Wein trank, sah, daß in demselben Augenblick, da die Kellner mit den großen Tabletts von der einen Seite an den beiden Russen vorbeikamen, ein anderer Kellner – es war wieder der mit den blöden Augen – zu der anderen Tür hereinkam, hinter der der Postkartenverkäufer hinausgegangen war. Und dieser anscheinend blöde Kellner hatte die Hände auf dem Rücken.

Er wurde so durch die Kellner mit den großen Tabletts gedeckt, daß die beiden Russen ihn unmöglich sehen konnten. Gunter aber, der seitlich saß, sah nun, daß der blöd scheinende Kellner schnell an den Tisch der Damen herantrat. Er nahm seine Hände vom Rücken, und Gunter atmete auf, als er eine zweite Karaffe mit rotem Wein sah. Er begriff mit einemmal, weshalb die Kellner mit den Tabletts den Weg versperrten. Schnell und gewandt hatte der Helfer Sponzis die Karaffen ausgetauscht. Ehe sich die anderen Kellner mit den Tabletts verliefen, hatte er längst den Saal mit dem Wein, in den Gregor Soblikoff das weiße Pulver hineingeschüttet hatte, verlassen. Die Ruhe im Saal war wieder hergestellt. Die beiden Russen ahnten nichts davon, daß in dem Tumult der Wein vertauscht worden war, aber sie sahen ziemlich blaß und nervös aus und schienen nicht viel Appetit zu haben.

Jetzt war auch der Postkartenverkäufer wieder auf seinem Platz, und gleich darauf erschienen die beiden Damen, die sehr vergnügt zu sein schienen. Fräulein Rosa Mertens sah sehr erhitzt aus und hatte blitzende Augen. Und sie warf einen spöttischen Blick zu dem »Stockfisch« hinüber, der nicht hatte anbeißen wollen. Gunter zog aus ihrem veränderten Wesen den Schluß, daß sie einen neuen Flirt gefunden hatte, womit er übrigens den Nagel auf den Kopf traf.

Interessanter aber als Fräulein Mertens waren ihm jetzt die beiden Russen, die er nun wieder mit scharfen Augen durch das Loch in der Zeitung beobachtete. Kaum waren die Damen eingetreten, da bezahlten die Russen anscheinend ihre Rechnung. Sie waren jedenfalls zur Abreise gerüstet. Als sie fertig waren, starrte Gregor Soblikoff über die Schulter seines Bruders, der mit dem

Rücken zu den beiden Damen saß, mit einem unbeschreiblichen Blick zu Rosa Mertens hinüber. Diese schien sehr durstig zu sein, füllte ihr Weinglas aus der Karaffe und leerte es in einem Zug, lachend das Glas wieder absetzend. Gregor flüsterte seinem Bruder etwas zu, und sie erhoben sich beide mit etwas blassen Gesichtern, aber scheinbar ganz ruhig und unbefangen, und verließen den Speisesaal. Wenn Gunter nicht durch den Konsul gewußt hätte, daß man die Mörder absichtlich entwischen lassen wollte, dann hätte er wohl jetzt eine Torheit begangen. So aber blieb er ruhig sitzen und sah zu Rosa Mertens hinüber. Sie hatte heute nur spöttische Blicke für ihn, und um Gunters Mund spielte ein leises Lächeln.

»Sie ahnen nicht, Fräulein Rosa Mertens, und werden es wohl nie erfahren, wie nahe Ihnen jetzt der Tod gewesen ist und daß Sie es nur mir danken, daß Sie sich jetzt noch mit glühenden Wangen und strahlenden Augen eines neuen Flirts erfreuen können«, sagte er zu sich selbst.

Es erschien ihm natürlich keineswegs seltsam, daß der Postkartenverkäufer gleich hinter den beiden Russen den Speisesaal verlassen hatte. Draußen hatten die Russen inzwischen in der Garderobe ihre Hüte und Überkleider genommen und gingen nun schnell die Treppen hinab. Das böse Gewissen jagte sie schneller, als sie gehen wollten. Sie eilten zum Abfahrtsportal des Hotels, wo der Hausdiener mit ihren beiden Koffern schon auf sie wartete.

»Ist eine Gondel für uns da?« fragte Michael Soblikoff nervös.

»Nur einen Augenblick, Signore«, erwiderte der Hausdiener.

»Wir hatten doch ausgemacht, daß eine Gondel bereit sein sollte. Wenn wir unseren Zug versäumen, sind Sie schuld«, sagte Gregor erregt.

»Keine Sorge, Signore, der Zug nach Rom geht erst in einer halben Stunde, und in zehn Minuten sind Sie am Bahnhof. Es war keine Gondel in der Nähe, und ich habe erst den Boy nach einer geschickt. Er wird rechtzeitig mit der Gondel hier sein.«

Die beiden Verbrecher mußten warten, ob sie wollten oder nicht. Sie ahnten nicht, daß sie diese Verzögerung nur dem Postkartenverkäufer zu danken hatten, der Befehl gegeben hatte, daß die Russen aufgehalten werden sollten.

Wartend standen die Brüder mit blassen Gesichtern und zuckten leise zusammen, als in diesem Augenblick der Postkartenverkäufer die Treppe herabgelaufen kam und laut ausrief:

»Einen Arzt! Einen Arzt! Eine Dame ist ohnmächtig geworden!«

Die beiden Russen verfärbten sich noch mehr und traten ganz dicht an das Abfahrtsportal heran. Vielleicht wären sie in der nervösen Hast ihres bösen Gewissens davongelaufen, wenn statt der Lagune da draußen eine feste Straße gewesen wäre.

Der Postkartenverkäufer schien gar nicht auf die beiden Verbrecher zu achten, er lief an ihnen vorbei, immer noch laut nach einem Arzt rufend. Die beiden Verbrecher sollten nur glauben, daß ihre Missetat gelungen war, das sollte sein Geschrei bezwecken, sonst nichts.

Und er lief vor bis zum Ausgang des Hotels zu dem Platz vor demselben, von dem eine Straße zum Markusplatz abbiegt. Auch an diesem Platz, der durch eine schmale Brücke mit der nächsten Brücke verbunden ist, fließt die Lagune vorbei, und Sponzi beugte sich jenseits der Brücke hinunter zur Lagune, wo ganz an die Seite gedrückt eine Gondel hielt.

In diese Gondel stieg er ein und begab sich im Dunkeln unter das Dach derselben, das fest verschlossen war. »Alles in Ordnung?« fragte er dabei leise den Gondoliere, der im Dunkeln wie ein schwarzer Schatten über die Gondel hinausragte.

»Alles in Ordnung, Signore Commissario!« flüsterte der Gondoliere zurück.

Hastig machte jetzt Guido Sponzi in der verschlossenen Gondel bei einer kleinen elektrischen Taschenlampe Toilette. Er riß die graue Perücke und den grauen Bart herunter, legte die blaue Brille ab und straffte seine sehnige Gestalt. Glättend fuhr er über seinen Scheitel, legte schnell einen anderen Anzug an, dazu einen Überrock und öffnete nun die Gondel. »Giuseppe!« rief er leise in das Dunkel der Lagune.

Eine zweite Gondel löste sich von der Wand und fuhr auf die Mitte der Lagune zu.

»Hole jetzt die Signori!« gebot Sponzi dem Führer der zweiten Gondel.

Dieser fuhr davon, hinüber zum Abfahrtsportal des Hotels, wo die Russen, außer sich vor Nervosität, noch immer auf die bestellte Gondel warten mußten.

Sie stiegen nun in großer Hast in die Gondel, ahnungslos, daß sie so lange hatten warten müssen, bis Signore Sponzi seine Umwandlung beendet hatte, und fuhren davon. Sie trafen bald darauf auf eine zweite Gondel, in der unter weit aufgezogenen Vorhängen wie ein biederer italienischer Spießbürger der Detektiv Sponzi saß – neben sich einen Reisekoffer. Die Gondeln fuhren nun dicht hintereinander zur Anlegestelle am Bahnhof.

Sponzi stieg zuerst aus und ging scheinbar unbekümmert zum Bahnhofsgebäude hinüber, an dessen Eingang ein nutzlos herumlungernder Vagabund lehnte.

Wieder fragte Sponzi im Vorbeigehen diesen Vagabunden: »Alles in Ordnung?«

»Alles, Herr!« antwortete dieser leise.

Sponzi kaufte sich noch in aller Ruhe Zeitungen, sah aber dabei verstohlen zu den inzwischen angekommenen Russen hinüber, die ihren gelben Koffer aus dem Handgepäckschalter abholten und ihre anderen Koffer einem Gepäckträger übergaben. Den gelben Koffer trug Michael Soblikoff selber. Sie waren ganz ahnungslos, daß er inzwischen von der Questura beschlagnahmt gewesen war.

Sponzi folgte ihnen nun auf den Bahnsteig hinaus, und als er sah, daß sie einen Wagen zweiter Klasse bestiegen, bestieg er denselben von der anderen Seite. Forschend, als suche er einen guten Platz, ging er im Zug den beiden Russen entgegen. Die Wagen waren stark besetzt, nur in einem Abteil saß ein einzelner Herr. Dahinein begaben sich die Russen, und auch Sponzi belegte nun den Platz an der Tür. Michael Soblikoff hatte einen Fensterplatz, den anderen Fensterplatz der Herr, der zuerst in dem Wagen saß und der sich in den Genuß einer

Zigarre zu vertiefen schien. Neben seinem Bruder saß Gregor Soblikoff, und an der Tür, den Brüdern gegenüber, Sponzi.

Dieser legte sich in eine Ecke zurück und schloß die Augen, als sei er müde. Er sah nur noch einmal auf, als ein Speisewagenkellner durch den Zug ging und zum Abendessen aufforderte. Mit diesem Speisewagenkellner wechselte Sponzi einen kurzen Blick – es war abermals ein Gehilfe von ihm, der besondere Weisungen hatte. O ja, es war gut gesorgt, daß die beiden Grafen Soblikoff nicht durch die Maschen des sich immer enger ziehenden Netzes schlüpfen konnten.

Sponzi versank dann scheinbar in einen tiefen Schlaf und schnarchte mit dem anderen Herrn, der ahnungslos, was für eine Reisegesellschaft er hatte, auch in tiefem Schlummer lag, um die Wette.

Dabei sah Sponzi immer wieder verstohlen in die Gesichter der beiden Verbrecher, in denen sich nun langsam die gespannten Züge glätteten. Sie sprachen aber kein Wort miteinander, Sponzi konnte also nichts erlauschen.

Unaufhaltsam rollte der Zug weiter. In Florenz, als der Zug eine Weile hielt, hörte Sponzi die ersten Worte von den beiden Russen. Der eine sagte: »Nun sind wir am Ziel.«

Und der andere erwiderte aufatmend:

»Endlich!«

Weiter hörte Sponzi auf der ganzen Reise kein Wort von ihnen.

14

Am anderen Morgen machte sich Gunter voll freudiger Erwartung auf den Weg nach Santa Maria Gloriosa dei Frari. Er erreichte sie früher noch als Romana und wartete am Portal, bis er sie in einer Gondel ankommen sah. Während sie mit dem Professor über die Piazza zur Kirche herüberkam, trat Gunter schon in die Kirche und vor den Hauptaltar, über dem wieder, wie früher, die wunderbare Assunta Tizians hing. Aber so wunderbar dies berühmte Gemälde war, Gunter konnte sich jetzt nicht mit Andacht in seinen Anblick vertiefen. Er trat etwas zurück, als suche er sich einen geeigneten Platz, von dem aus er das Gemälde gut sehen konnte, und in diesem Augenblick ging Romana mit dem ahnungslosen Professor vorbei, den er noch sagen hörte:

»Es ist ein Jammer, daß die Assunta so schlecht beleuchtet ist, die beiden Seitenfenster des Altars blenden immer, wo man auch stehen mag.«

So hatte sich der alte Herr das Zurückweichen Gunters gedeutet, und dieser betrachtete nun doch aufmerksam die Assunta und mußte dem Professor recht geben.

Mit der ihm eigenen unbeholfenen Sorgfalt brachte der Professor Romana gleich in die Sakristei und sagte zu ihr:

»Sie haben heute genug zu tun, wenn Sie sich in die Kunstschätze der Sakristei vertiefen. Diese Kirche muß man gründlich studieren, wir werden mehrere Male hierhergehen. Wenn Sie sich dann für heute satt gesehen haben, fangen Sie an, die Madonna von Bellini zu kopieren. Sehen Sie das Gemälde nur an – ist es nicht auch eine Offenbarung der Schönheit?«

Damit hatte er sie vor den Altar der Sakristei geführt, und Romana sah nun trotz ihrer Erregung ergriffen in das wundervolle Madonnengesicht. Der Professor legte ihr Malgerät auf eine der Bänke und sprach dann mit einem der Priester, der gerade vorüberkam, um Romana die Erlaubnis zu verschaffen, die Madonna zu kopieren. Man kannte den deutschen Professor und Kunstliebhaber hier schon und erteilte die Erlaubnis ohne weiteres.

Romana dankte dem Professor und breitete ihr Malgerät auf der Bank aus. Von hier aus konnte sie das Gemälde am besten sehen.

Der Professor verabschiedete sich nun von seinem Schützling und ging zum Kloster hinüber, um im Archiv seine Studien zu betreiben. Er war fest überzeugt, seine Begleiterin hier gut und sicher untergebracht zu haben.

Gunter betrat nun ebenfalls die Sakristei und sah Romana schon eifrig beschäftigt, ihre Malvorbereitungen zu treffen. Zu dieser frühen Stunde waren nur wenige Menschen in der Kirche, und diese wenigen zerstreuten sich in der Kirche selbst. Die meisten blieben im Mittel- und Seitenschiff oder im Querschiff und in den Chorkapellen, um sich die vielen Sehenswürdigkeiten anzusehen. Die Hauptkunstschätze zogen vornehmlich die Fremden an, und nur wenigen blieben Zeit und Verständnis, sich an den tausend anderen Kunstschätzen zu erfreuen, die diese wunderbare Kirche zu bieten hat. In die Sakristei kam kein Mensch, und die beiden Liebenden waren fast allein in dem weihevollen Raum mit seiner wundervollen Farbenpracht.

Gunter trat nun zu Romana heran und gab sich den Anschein, die Madonna zu betrachten.

»Liebste, hab ich dich endlich wieder«, sagte er voll heißer Zärtlichkeit.

Sie sah mit einem scheuen und doch glücklichen Blick zu ihm auf.

»Ich bin so glücklich, Gunter, daß du bei mir bist!«

Eine Weile schwiegen sie ergriffen und faßten sich fest bei den Händen. Endlich fragte Romana:

»Wie hast du meinen Aufenthalt ermittelt?«

»Ein kleiner Zufall brachte mich auf deine Spur«, sagte er und berichtete kurz, wie er die Anschrift des Justizrats ermittelt hatte. Ein leises Schelmenlächeln flog über Romanas Gesicht.

»Oh, Onkel Justizrat bekam einen Brief aus seinem Büro, daß ein ganz großer Prozeß auf ihn warte. Deshalb reiste er so schnell wieder nach Hause. Sicher trifft er nun den bewußten Klienten nicht an.«

Gunter lächelte ebenfalls und entzückte sich an Romanas Schelmerei.

»Im Krieg und in der Liebe sind alle Mittel erlaubt, Romana.«

»Wie lieb von dir, daß du dir so viel Mühe gabst, mich aufzufinden.«

»Wundert dich das, Süße? Ahnst du nicht, wie groß meine Sehnsucht nach dir war, nachdem ich dich, wenn auch nur für kurze Zeit, in meinen Armen gehalten hatte? Ach, daß ich es doch wieder tun könnte! Erschrick nicht, ganz fromm und heilig wollte ich dich an mein Herz nehmen und deine Lippen, deine lieben Augen küssen.«

Er sah, daß flammende Röte über ihr Antlitz jagte. Solche Liebesworte waren Romana noch fremd und erschütterten sie. Und als jetzt gerade ein Priester durch die Sakristei ging, gab sich Gunter den Anschein, als sähe er der jungen Dame beim Malen zu. Sie zeichnete mit zitternder Hand den Umriß des Kopfes der Madonna auf die Leinwand.

Dann waren sie wieder allein, und Gunter sagte bewegt: »Wie dankbar bin ich dem Schicksal, daß es mir dies Zusammensein mit dir gestattet.«

»Oh, wie innig habe ich darum gebetet!«

Er beugte sich rasch herab und drückte seine Lippen auf den schmalen Streifen ihres Nackens, der zwischen Kleid und Hut sichtbar war.

»Nicht, bitte nicht, Gunter, wenn ein Priester das sieht.«

»Es ist wahrlich keine Entweihung dieses heiligen Ortes, meine Romana, wenn ich im Herzen Andacht halte vor der Schönheit, die Gott selbst geschaffen hat. Hält man doch hier Andacht auch vor der Schönheit, die Menschengeist und Menschenhände schufen. Willst du mir eine Bitte erfüllen?«

»Sehr gern, wenn ich kann.«

»Bitte, leg deinen Hut ab, damit ich dein schönes goldenes Haar sehen kann. Der neidische Hut verbirgt mir zuviel von deinem lieben Gesicht.«

Romana hob die Hände und nahm den Hut vom Kopf.

Gunter fand, daß seine Romana durchaus mit der schönen Madonna von Bellini konkurrieren konnte. Er sagte ihr zärtliche Worte, die sie mit einer reizenden und rührenden Unbeholfenheit erwiderte. War sie doch nicht gewöhnt, solche Worte anzuhören oder auszusprechen. Nur tief empfinden konnte sie alles, was sie Gunter sagte, und deshalb war alles von Süßigkeit für ihn erfüllt.

Wieder wurden sie eine Weile gestört durch einen Herrn und eine Dame, die aber nur flüchtig in die Sakristei hineinsahen. Gunter trat, bis sie sich wieder entfernt hatten, an die Madonna heran und betrachtete sie scheinbar gefesselt. Aber dann kam er wieder an Romanas Seite, und nun fiel ihm ein, daß er noch nicht nach dem kleinen braunen Mal hinter ihrem rechten Ohr geforscht hatte. Er neigte sich tief über sie, faßte nach dem weichen, lockigen Haar und schob es sanft von dem rechten Ohr zurück. Und da sah er wirklich dieses Familienmerkmal, sah das kleine, verschobene Viereck, das sich in seinem dunklen Braun von der zarten weißen Haut abhob.

Sein Herz schlug laut und stark. Wohl hatte er kaum noch einen Zweifel gehabt, daß seine Romana die Gräfin Soblikoff sei, aber jetzt hatte er völlige Gewißheit. Ergriffen schaute er auf sie herab, sich fragend, ob sie selbst wußte, daß sie eine Gräfin Soblikoff war. Er setzte sich auf die Bank neben sie und fragte leise:

»Sage mir, mein geliebtes Herz, wie kommt es, daß du denselben Namen führst wie dein Vormund?«

Sie wurde ein wenig bleich.

»Du wirst es ja doch einmal erfahren müssen – ich heiße nicht Harland.«

Er faßte ihre Hand.

»Aber wie heißt du?«

Sie sah ihn bittend an.

»Verzeih mir, wenn ich dir diese Frage auch jetzt nicht beantworten kann. Ich gab mein Wort, ohne besondere Erlaubnis meines Vormundes niemand meinen Namen zu verraten. Beim Andenken an meinen Vater hat er mich beschworen, dieses Versprechen nie zu brechen.«

»Wenn du aber meine Frau werden sollst, muß ich doch deinen Namen wissen.«

»Du wirst ihn dann entweder durch meinen Vormund erfahren, oder er wird mich dir gegenüber meines Wortes entbinden.«

Er zog rasch ihre Hand an seine Lippen.

»Dann darf ich nicht weiter in dich dringen.«

»Bitte zürne mir nicht.«

Er streichelte ihre Hand.

»Wie könnte ich dir böse sein, mein armes, liebes Kind. Ich wollte ja nur feststellen, ob du selbst weißt, daß du einen anderen Namen trägst.«

Sie sah ihn unruhig forschend an.

»Wußtest du es schon?«

»Ja, mein liebes Herz. Sei ruhig und glaube mir, bald sollst du von dem niederdrückenden Zwang all der Geheimnisse um dich herum erlöst werden, bald soll alles licht und klar um dich sein!«

Fragend sah sie in seine Augen.

»Wirst du die Macht haben, du Lieber, dieses Geheimnis zu ergründen?«

Wieder zog er ihre Hand an seine Lippen.

»Ich habe es schon ergründet, meine Romana. Nein, erschrick nicht, es hat sich alles ohne Zwang so gefügt. Aber auch ich kann und darf dich nicht in alles einweihen, weil ich nicht den Weisungen deines Vaters vorgreifen will und auch für mich noch manches zu erforschen ist. Nur so viel sollst du heute schon wissen zu deiner Beruhigung, mein liebes Herz, daß die Gefahr, die über deinem Haupt schwebt und vor der dich dein Vormund so gewissenhaft beschützt und behütet hat, in ganz kurzer Zeit vorüber sein wird. Ich bin sehr glücklich, daß es gerade mir gelungen ist, diese Gefahr zu erkennen und sie zu beseitigen.«

Sie atmete zitternd auf und sah ihn mit großen bangen Augen an.

»Du sprichst in Rätseln – ach, es ist ja alles so rätselhaft, was mich umgibt. Nur meine Liebe zu dir – die ist klar und sonnenhell, sie darf mir nie getrübt werden, wenn ich nicht tief unglücklich werden soll.«

»Das soll sie auch nicht, meine Romana! Vertraue mir nur, in kurzer Zeit sollen alle Rätsel aus deinem Leben schwinden. Alles soll klar und licht sein wie unsere Liebe.«

»Versprichst du mir da nicht zuviel, mein lieber Gunter?«

»Ich hoffe nicht. Höre mir zu, Romana: so gewiß ich deinen wahren Namen weiß, so gewiß sollst du in kurzer Zeit ganz klar sehen und meine geliebte Frau werden, wenn du nur willst.«

»Wenn ich will? Kannst du daran zweifeln? Aber – was sagst du da? So wahr du meinen Namen weißt? Den weißt du doch nicht?«

»Doch, Romana, ich weiß ihn jetzt genau – allerdings erst seit wenigen Minuten so gewiß, daß ich darauf schwören kann. Vorher ahnte ich ihn nur.«

Beklommen sah sie ihn an. Und dann schüttelte sie den Kopf und sagte verzagt:

»Rätsel über Rätsel – wer soll dir denn hier in den wenigen Minuten meinen Namen verraten haben?«

Er legte den Finger auf das kleine braune Mal.

»Dies hat ihn mir verraten, dieses kleine braune Fleckchen.«

Sie griff hastig nach der Stelle.

»Habe ich da ein braunes Mal?«

Schnell küßte er die Stelle hinter dem Ohr.

»Ja, Süße, ein kleines rechteckiges Mal, das sehr reizend ist, hat mir verraten, wer du bist. Du bist ...« Sie legte erschrocken die Hand auf seinen Mund.

»Nein, sprich es nicht aus. Man hat mich gelehrt, mich zu fürchten beim Klang meines Namens«, sagte sie, sich furchtsam umsehend.

Voll zärtlichen Mitleids sah er in ihr erblaßtes Gesicht. »Armes Kind, du brauchst jetzt keine Angst mehr zu haben, kannst ruhig deinen Namen aussprechen, wenn du willst. Ich hoffe, deine Feinde sind schon jetzt unschädlich gemacht, werden es aber ganz sicher in einigen Tagen sein. Ich bleibe hier in Venedig, bis ich darüber Gewißheit habe. Dann reise ich nach Berlin zurück, suche deinen Vormund auf und bitte um deine Hand. Und er wird sie mir nicht länger wehren, wenn du, meine süße kleine Gräfin, dich mit einem gewöhnlichen Doktor Valberg begnügen willst.«

Sie zuckte leise zusammen.

»Du weißt wirklich, wer ich bin?«

»Ja, Romana. Aber nun sage mir auch, ob du deinen Namen mit einem bürgerlichen vertauschen willst?«

Mit einem krampfhaften Druck umfaßte sie seinen Arm.

»Hieße ich doch erst so wie du, mein Guter, wie glücklich wollte ich sein! Mein Name hat mir nur Leid gebracht, ich habe kaum noch an ihn zu denken gewagt. Wie gern vertausche ich ihn mit dem deinen.«

Er konnte nur mit fast schmerzhaftem Druck ihre Hand fassen, weil jetzt wieder Fremde in die Sakristei traten. Sie schwiegen beide, von ihren Empfindungen überwältigt. Als sie dann wieder allein waren, sagte Romana, nun eifrig an dem Bild arbeitend:

»Wenn wirklich alles gut ist, dann wird mir zumute sein wie einer Blinden, die ihr Augenlicht wieder erhalten hat.«

»Armes Herz, so sehr hast du gelitten unter diesen qualvollen Verhältnissen? Diese Schurken, diese elenden Schurken!«

Er ballte vor Grimm die Fäuste und biß die Zähne zusammen.

Sie seufzte tief auf.

»Ich weiß nicht, wen du meinst, aber wenn sie schuld sind an all meinem Leid, dann möchte ich nicht in ihrer Haut stecken. Sind sie mir wirklich so feindlich? Was habe ich ihnen denn getan?«

»Du hast gelebt, mein Herz, das war dein ganzes Verbrechen. Und ich kann dir nur das eine sagen, dein treuer und fürsorglicher Vormund hatte allen Grund, dich mit einem undurchdringlichen Wall zu umgeben.«

»Das sagst du, der erst so ungehalten über ihn war?«

»Weil ich nicht ahnte, um was es ging. Ich habe ihm viel abzubitten und will es freudig tun. Wir werden ja bald auch von ihm erfahren, was ich selber nicht ergründen kann. Habe nur noch einige Wochen Geduld, dann wirst du alles wissen.«

Überrascht sah sie ihn an.

»In einigen Wochen schon? So bald soll sich das Geheimnis klären, das mich umgibt?«

»Ja, Romana. Aber jetzt wollen wir nicht mehr von diesen trüben Dingen reden, bis ich dir alles erklären kann. Jetzt wollen wir nur von unserer Liebe sprechen. Du sollst mir sagen, ob du auch sehnsüchtig auf den Tag wartest, an dem du mir angehören wirst. Ich zähle die Stunden bis dahin!«

Sie plauderten glückselig, wie eben nur Liebende plaudern können, und sagten sich soviel Zärtlichkeiten, wie es ihnen ihre Herzen eingaben. Dazwischen arbeitete Romana fleißig an ihrem Bild, damit der Professor auch etwas sah, wenn er zurückkam. Gunter sah überrascht zu.

»Ich staune, Romana, du bist wirklich eine kleine Künstlerin. In Hornklippe sah ich das reizende Bildchen auf deiner Staffelei, das ich am liebsten gekauft hätte, und hier kopierst du nun so vortrefflich die reizende Madonna mit ihrem süßen, fraulichen und mütterlichen Zauber.«

Sie lächelte.

»Es ist doch keine Kunst, ein Gemälde zu kopieren.«

Er lachte leise.

»Nun, wenn mein Leben davon abhinge, ich könnte ein solches Bild nicht kopieren. Dies Bildchen mußt du mir schenken, wenn es fertig ist.«

»Würde es dir wirklich Freude machen?«

»Wie kannst du fragen? Wir wollen unsere Liebe und unser Glück unter den Schutz dieser Madonna stellen, Liebste.«

Sie nickte.

»Ich bin ihr so dankbar, daß ich in ihrem Schutz mit dir sprechen kann. So bedrückt und unruhig war ich, ehe ich dich hier sah, und nun ist mir so leicht ums Herz wie lange, lange nicht!«

Gerührt sah er in ihr liebes, schönes Gesicht. Und sie saßen nun eine ganze Weile, ohne zu sprechen, nur das Glück ihrer gemeinsamen Stunden empfindend. Nach einiger Zeit fragte Gunter dann:

»Kannst du dich auf meinen Freund Bernd von Altdorf besinnen – weißt du, der sich mit mir im Wald verirrt hatte, als wir dich schlafend in der Hängematte fanden?«

Sie nickte lächelnd.

»O ja, ich erinnere mich genau. Er hatte so lustige Augen, die einen froh machten, und so einen drollig zerzausten Schopf.«

»Also, er ist dir sympathisch?«

»Da er dein Freund ist, gewiß.«

»Nein, ich meinte auch so, einfach als Mensch betrachtet?«

»Gewiß, so lustige, frohe Menschen mag ich immer gern, weil ich selbst so selten froh sein konnte und es doch immer gern sein wollte ...«

Er streichelte ihre Hand.

»Sollst es werden, meine Romana, du sollst das frohe freie Lachen lernen! Und Bernd von Altdorf soll mir dabei helfen, er ist so voller schnurriger Einfälle und bei aller Leichtlebigkeit so ein feiner, anständiger Mensch. Darf ich dir von ihm und seinen Eltern erzählen? Er hat eine wundervolle Mutter, um die man ihn beneiden kann, wenn man selber keine Mutter mehr hat.«

Sie nickte eifrig.

»Ja, bitte, erzähle mir von den Menschen, die dir nahestehen und lieb sind, sie sollen mir auch lieb werden.«

Gunter erzählte nun von dem harmonischen Familienverhältnis bei Altdorfs; aber mit keiner Silbe verriet er ihr, daß diese Menschen mit ihr ganz nahe verwandt waren. Romana hörte aufmerksam zu. Wie in einem seligen Frieden eingesponnen, lauschte sie Gunters Schilderung. Und als Gunter zu Ende war, sagte sie tief aufatmend:

»Das klingt mir wie ein Märchen – ein solch inniges Familienleben habe ich nie kennengelernt. Vielleicht, als ich noch sehr klein war, aber darauf kann ich mich nicht mehr deutlich besinnen.«

»Du sollst für alles entschädigt werden, mein armes Herz, und im Altdorfschen Haus wird man dich bis zu unserer Hochzeit aufnehmen wie das eigene Kind.«

»Versprich nicht zuviel, Gunter, wenn ich nun deinen Freunden nicht sympathisch bin?«

Er lächelte.

»Dafür garantiere ich dir, man erwartet dich schon mit großer Sehnsucht.«

Lebhaft wandte sie sich nach ihm um.

»Weiß man denn dort etwas von mir?«

»Ja, Romana, du glaubst nicht, wie man sich auf dich freut. Aber noch jemand wartet sehnsüchtig auf dich.«

»Wer ist das?«

»Mein Vater.«

Sie drückte die Hand an das Herz und wurde blaß vor Erregung.

»Du hast deinen Vater noch, Gunter? Wie beneidenswert bist du.«

»Das bin ich um so mehr, als mich mit meinem Vater eine seltene Harmonie verbindet. Ich habe ihn sehr lieb. Er ist nicht nur mein Vater, sondern auch mein bester Freund. Wir halten fest zusammen, zumal seit meine Mutter nicht mehr am Leben ist. Mein Vater hat den Verlust meiner Mutter, die er über alles geliebt hat, nie verwunden – wir Valbergs lieben nur einmal, aber mit der ganzen Inbrunst unseres Herzens. Obwohl mein Vater die Frau im Haus sehr vermißt, hat er meiner Mutter keine Nachfolgerin gegeben. Nun freut er sich auf die Frau seines Sohnes – du mußt ihm ein wenig Wärme und Liebe abgeben. Wir werden in seinem großen, schönen Haus wohnen. Ich weiß, das ist ihm das Liebste. So viele Zimmer stehen leer und unbenutzt. Du wirst die Zimmer meiner Mutter bekommen, es sind die schönsten im ganzen Haus, sie werden dir gefallen. Mein Vater wird sich an unserem Glück freuen und wieder spüren, was ein behagliches harmonisches Heim ist.«

Ein wenig bang und doch voll strahlender Freude sah sie ihn an.

»Ach Gunter, werde ich denn all meine Pflichten als deine Frau erfüllen können?«

Rasch zog er ihre Hand an seine Lippen.

»Daran brauchst du nicht zu zweifeln.«

»So froh wird es mich machen, wenn auch dein Vater mich liebend aufnimmt. Er soll mir meinen unvergeßlichen Vater ersetzen, und wenn er es sich gefallen lassen will, werde ich ihn wie den eigenen Vater lieben.«

Entzückt sah er in ihr von frohem Eifer gerötetes Gesicht.

»Nur zu gern wird er es sich gefallen lassen! Und Vater und ich, wir werden dich so recht nach Herzenslust verwöhnen. Wäre es nur erst soweit!«

Sie seufzte leise.

»Wüßte ich nur, wann es soweit sein wird.«

Übermütig blitzten seine Augen sie an.

»Wollen wir gleich jetzt den Termin für unsere Hochzeit festsetzen?«

Helle Röte stieg in ihr Gesicht.

»Wird das von unserem Willen abhängig sein?«

»Nur davon, mein liebes Herz. Ich bürge dir dafür, daß dein Vormund mir seine Einwilligung gibt, sobald ich mit ihm gesprochen habe. Und bei mir steht es ganz fest, daß du zu Weihnachten schon als meine liebe Frau schalten und walten sollst.«

Sie zuckte leise zusammen.

»Weihnachten schon?«

»Ist es dir zu früh?« neckte er.

Sie wagte nicht ihn anzusehen.

»O nein, nein – aber ich kann nicht daran glauben, daß es schon so bald sein wird.«

»Ganz gewiß, wenn du nur willst.«

»Kommt es auf mich an?«

»Nur auf dich.«

»Oh – ich will ganz gewiß«, flüsterte sie.

Er mußte ihr wenigstens schnell einen Kuß auf die Wange drücken.

»Also gut, setzen wir unseren Hochzeitstag fest. Wie gefällt dir der erste Dezember?« fragte er übermütig.

»Ein schöner Tag«, erwiderte sie mit der leisen Schelmerei, die sich doch nicht so recht hervorwagte.

»Einverstanden?«

Sie nickte aufatmend.

»Wie gern – wie gern, Gunter!«

Er sprang auf und ging eine Weile in der Sakristei auf und ab. Es war ihm zu heiß geworden bei der Aussicht auf seinen Hochzeitstag. Und es war sehr gut, daß er gerade ein Stück von Romana entfernt stand, denn gerade kam Professor Marks in die Sakristei. Mit einem liebenswürdig zerstreuten Lächeln trat er zu Romana heran.

»Sagen Sie, liebes Kind, wie spät ist es eigentlich? Meine Uhr ist stehengeblieben. Ich habe wohl vergessen, sie aufzuziehen, und weiß nun nicht, wie lange ich schon über meinen Urkunden gesessen habe.«

Romana sah auf ihre Armbanduhr. Ihr war natürlich die Zeit wie im Flug vergangen, und sie war erschrokken, als der Professor auftauchte.

»Es ist schon zwölf Uhr, Herr Professor.«

»Famos, ich glaubte, es sei viel später. Da kann ich ja noch ein halbes Stündchen hinübergehen. Hoffentlich verpasse ich die Zeit nicht.«

»Ich werde Sie punkt dreiviertel ein Uhr drüben abholen, Herr Professor.«

»Das ist ein famoser Gedanke, Kindchen. Wie weit sind Sie denn mit der Madonna gekommen? Ah, sehr fleißig gewesen. – Das wird gut – das wird sehr gut. Das Blau des Gewandes könnte noch einen Ton tiefer sein, meine ich.«

»Ich auch, Herr Professor, ich hatte diesen Ton nur probeweise angesetzt.«

»Gut, gut! Sie sind eine kleine Künstlerin, Romana, und haben ein feines Empfinden für die Kunst. Wenn Sie gezwungen wären, Ihren Lebensunterhalt mit Ihrem hübschen Talent zu verdienen, Sie würden gut für solche Arbeiten bezahlt werden. Einen famosen, sicheren Strich haben Sie! Das sitzt alles! Später müßten Sie auch den einen Engel da unten am Sockel kopieren. Den mit der Laute meine ich, er ist ein sehr interessantes Modell. Der andere, der mit der Flöte, sieht nicht sehr intelligent aus. Aber sehen Sie nur das wunderbare Teppichornament des Hintergrundes für die Madonna. Und das auf den vorspringenden Säulen – meisterhaft, ganz meisterhaft. Tizian konnte viel lernen von seinem Lehrer – und hat es ja auch getan. Was meinen Sie, Kindchen, ob wohl einer von den sogenannten Modernen so etwas kann? Sollten alle bei Tizian, Bellini und vielen anderen aus dieser Zeit in die Lehre gehen! Ah, das war doch Kunst, hohe Kunst, höchste Kunst und höchstes Können! Kunst und Können, das sind nun mal unzertrennliche Begriffe. Viele von diesen Modernen können eben nichts – nichts als großschnauzig Kritik üben. Auch an solche Meister wagen die Bürschchen sich mit ihrer Kritik. Sie werden nie erreichen, was wir hier vor uns sehen.«

Der alte Herr hätte sich festgeplaudert, wenn ihn Romana nicht an seine Urkunden gemahnt hätte. Da trollte er davon.

Als er verschwunden war, kam Gunter wieder in Romanas Nähe.

»Ein begeisterter Kunstliebhaber, der Herr Professor«, sagte er lächelnd.

Romana nickte.

»Von ihm kann man viel lernen. Ich freue mich trotz allem, daß ich hierhergekommen bin. Wie schön ist Venedig – ich sah auch auf unserer Reise sehr viel Schönes. Mein Vormund führte mich in Mailand in den Dom und in die Scala, ehe wir nach Venedig weiterreisten. Und was habe ich hier schon alles an hervorragenden Kunstwerken gesehen, von der Schönheit der Umgebung gar nicht zu reden. Jetzt genieße ich aber das Schöne noch viel mehr, weil du hier bist. Hast du morgen Zeit für mich?«

»Nur für dich, liebes Herz, verfüge ganz über mich.«

»Ich fahre morgen vormittag mit Frau Professor zum Lido.«

»Oh, dann werde ich drüben an der Dampferstation warten, bis ihr kommt, und dir dann folgen wie dein Schatten. Sehen muß ich dich wenigstens, wenn ich schon nicht mit dir sprechen kann.«

»Und am Nachmittag gegen fünf Uhr wollen wir einen Bummel über den Markusplatz und die Piazetta machen. Wir werden unter den Prokurazien in einer Konditorei Gefrorenes naschen und dann auf den Campanile hinauffahren.«

»Auch dann werde ich in deiner Nähe sein. Versuche nur immer, mir für den nächsten Tag euer Programm zu verraten, damit wir uns treffen können.«

»Und wie lange wirst du in Venedig bleiben?«

»Nur bis ich über eine Angelegenheit Nachricht habe. Das kann in einigen Tagen geschehen, es kann aber auch noch einige Wochen dauern. Sobald ich diese Nachricht habe, reise ich ab, um deinen Vormund aufzusuchen.«

»Aber du gehst nicht fort, ohne es mich wissen zu lassen?«

»Ganz bestimmt nicht. Sollte ich dich nicht sprechen können, so wollen wir ein Zeichen verabreden, das dir sagen soll: Morgen reise ich ab. Um welche Tageszeit bist du bestimmt auf deinem Zimmer – es war doch dein Zimmer, wo ich dir meine Botschaft zuwarf?«

»Ja, und ganz bestimmt kann ich nach dem Lunch, wenn Professors ausruhen, auf meinem Zimmer allein sein.«

»Das ist gut. Also, wenn ich am nächsten Tag abreisen muß und es dir nicht auf andere Weise mitteilen kann, werde ich mittags punkt zwei Uhr durch die Via dei Baccaroli mit der Gondel fahren. Du mußt dann nur jeden Tag um zwei Uhr am Fenster sein.«

»Gut, das wollen wir festhalten.«

»Vorläufig sehen wir uns also morgen früh am Lido und am Nachmittag unter den Prokurazien. Wir werden einander schon finden.«

»Ganz gewiß!«

Es war gut, daß die Liebenden alles Nötige besprochen hatten, denn jetzt kam ein junger Mensch, der im Gestühl der Sakristei Kunstsachen anbot. Es schien sein Vorrecht zu sein, Abbildungen aller Kunstwerke der Kirche hier feilzubieten, wahrscheinlich zu Nutz und Frommen der Kirche selbst.

Gunter suchte sich einige Fotografien und Kunstdrucke aus, unter anderem auch die Abbildung der Assunta und der Madonna von Bellini. Dabei hörte er, wie der junge Mensch zu einem Priester, der jetzt wieder durch die Sakristei kam, sagte, daß er wegen heftiger Schmerzen heute vormittag beim Zahnarzt gewesen sei und deshalb nicht wie sonst schon am Vormittag seinen Kunstverkauf eröffnet habe.

Gunter mußte lachen. Wieder ein Zufall, der ihm günstig gewesen war! Hätte der junge Mensch nicht den Zahnarzt aufsuchen müssen, dann hätte er nicht so ungestört mit Romana sprechen können.

Diese packte jetzt ihre Malutensilien zusammen, und Gunter trat noch einmal verstohlen an ihre Seite. »Mußt du jetzt gehen, Romana?«

»Ja, Gunter, es ist höchste Zeit, den Professor von seinen Urkunden wegzubringen, sonst kommen wir zu spät zum Lunch und bekommen Schelte von Frau Anneli, die streng auf regelmäßige Mahlzeiten hält. Um ein Uhr wird bei Signora Calani der Lunch eingenommen.«

»Dann also auf Wiedersehen, mein geliebtes Herz.«

»Auf Wiedersehen, du Lieber!«

Sie sahen sich noch einmal tief in die Augen. Dann schritt Romana schnell davon.

Gunter besichtigte nun dei Frari etwas eingehender und vertiefte sich noch einmal in den Anblick der Assunta. Heute brauchte er ja nicht so pünktlich zum Lunch im Hotel zu sein.

Es war fast zwei Uhr, als er den Speisesaal betrat. Heute war kein Postkartenverkäufer am Platz, die beiden Russen fehlten natürlich auch. Aber trotz der vorgerückten Stunde fand er Fräulein Rosa Mertens und ihre Tante noch im Speisesaal, und zwar in Gesellschaft eines hübschen jungen Mannes, der scheinbar der jungen

Dame eifrig den Hof machte. Gunter selbst traf nur ein kalter, stolzer Blick aus Fräulein Mertens' Augen. Ein Lächeln huschte um Gunters Mund.

Oh, Fräulein Rosa, dachte er übermütig, wenn du ahntest, daß ich dir das Leben gerettet habe, du würdest mich nicht so tief durch diesen Gletscherblick verwunden wollen und mir selbst verzeihen, daß ich nicht mit dir geflirtet habe!

Mit gutem Appetit nahm er seine Mahlzeit ein und gönnte sich dabei das Vergnügen, Fräulein Rosa Mertens durch sein Lächeln ein wenig aus der Fassung zu bringen.

Das Herz war ihm leicht und frei, und er sagte sich, daß er das Seine getan hatte, um die Geliebte aus der ihr drohenden Gefahr zu befreien.

15

Für die beiden Liebenden vergingen nun einige Tage, an denen sie sich wohl stundenlang sehen, aber kein Wort miteinander sprechen konnten. Sie mußten vorsichtig sein, damit man ihnen nicht noch diese Begegnung unmöglich machte. Romana wurde erfinderisch, um immer wieder etwas auszudenken, was ihr ein Wiedersehen mit dem Geliebten ermöglichte.

Gunter wartete trotzdem voll Ungeduld auf die Nachricht aus Rom, die ihm der Konsul übermitteln sollte. Dieser hatte ihm versprochen, ihn sofort zu benachrichtigen, wenn die Soblikoffs festgenommen waren. Zuweilen wollte sich in seine Zuversicht ein leises Bangen einschleichen. Wenn nun diese Schurken entwischten? Romana konnte nicht eher ein freier und froher Mensch werden, als bis die beiden Verbrecher unschädlich gemacht worden waren. Er hatte am Nachmittag des Tages, da er mit Romana in ›dei Frari‹ zusammengetroffen war, ausführliche Briefe an seinen Vater und an Frau von Altdorf geschrieben. Der Brief an seinen Vater enthielt außer einer begeisterten Schilderung aller Vorzüge seiner Braut nur einen sachlichen Bericht, daß er Romana gefunden, sich mit ihr verständigt habe und schon in allernächster Zeit nach Berlin zurückkommen werde. Alles andere werde er dem Vater erklären, wenn er heimkomme. An Frau von Altdorf aber schrieb er:

Meine hochverehrte gnädige Frau!

Es ist eine große, reine Freude für mich, Ihnen mitteilen zu können, daß die lange Gesuchte und schmerzlich Vermißte gefunden ist. Meine Braut hat das bewußte Mal hinter dem rechten Ohr, und es besteht kein Zweifel mehr, daß es Ihre Nichte ist. Ich weiß, Sie würden auf diese Nachricht hin am liebsten sofort nach Venedig kommen, um die Wiedergefundene zu umarmen, aber noch bitte ich Sie, davon Abstand zu nehmen. Bald, das verspreche ich Ihnen, sollen Sie sie wiedersehen. Heute will ich Ihnen nur mitteilen, daß die Widersacher Ihrer Nichte in München in meinen Zug gestiegen sind und daß ich mich auf ihre Spur gesetzt habe. Was ich damit erreicht habe, dank einer Reihe von Zufällen – nein, dank der gütigen Vorsehung –, das wird hoffentlich alle Schatten aus dem Leben der jungen Dame tilgen, die wir beide so gern vor allem Leid bewahrten. Ich muß nur noch eine Nachricht erwarten, dann komme ich nach Berlin, um mit dem Vormund meiner Braut zu sprechen. Und dann, liebe hochverehrte gnädige Frau, werde ich mit einer Bitte zu Ihnen kommen, die Sie mir aber sicher gern erfüllen werden. Ich werde Sie bitten, mit mir nach Venedig zu reisen, um meine Braut abzuholen und sie unter Ihren Schutz zu nehmen. Ich werde Ihnen dann Romana eine Weile lassen, damit die Tante erst einmal zu ihrem Recht kommt. Bis ich sie heimführe – das wird am ersten Dezember geschehen –, soll sie in Ihrem Haus wohnen. Daraus, daß wir schon den Termin festgelegt haben, können Sie ersehen, wie fest ich auf die Regelung der schwebenden Frage hoffe. Wie sehr ich mich freue, in Zukunft auch noch in verwandtschaftliche Beziehungen zu Ihnen treten zu können, werden Sie mir nachfühlen. Bernd sagen Sie bitte, er möge sich vorläufig mit dem begnügen, was er durch Sie erfährt. Mir bleibt keine Zeit, auch noch ihm ausführlich zu schreiben. Ihrem Herrn Gemahl bitte ich aber meinen besonderen Dank zu übermitteln dafür, daß er mir mit seinem Empfehlungsschreiben so große Dienste erwiesen und mir zur rechten Zeit Tür und Tor geöffnet hat. Ich grüße Sie wie immer in tiefster Ergebenheit

Ihr Gunter Valberg

Dieser Brief war wohl schon vor einer Woche abgegangen an Frau von Altdorf, als eines Morgens ein Bote des deutschen Konsulats Gunter zu sprechen wünschte und ihm mitteilte, daß der Konsul ihn bitten lasse, sogleich zu kommen.

Es war gegen zehn Uhr, und Gunter wußte, daß Romana ihn heute wieder in dei Frari erwartete. Sie wollte wieder an ihrem Bild malen, und der Professor hatte wieder im Archiv zu tun.

Um zehn Uhr hatte Gunter wieder in dei Frari sein wollen, aber nun mußte er Romana eine Weile warten lassen, denn sicher hatte ihm der Konsul Wichtiges zu sagen. Es half nichts, er mußte sie warten lassen! Doch war er sicher, daß er sie später noch dort antreffen würde, da sie wieder bis drei Viertel ein Uhr bleiben wolle.

Am Nachmittag, das wußte er, würde er Romana heute nicht sehen können, denn sie war mit Frau Professor Marks zu einer Teegesellschaft geladen.

Gunter beeilte sich also, zum Konsul zu kommen, und hoffte, nicht gar zu lange aufgehalten zu werden. Er war natürlich sehr gespannt, was ihm dieser zu sagen haben würde.

Dort angekommen, wurde er sofort in das Zimmer des Konsuls geführt, der ihm lächelnd entgegenkam.

»Mein sehr verehrter Herr Doktor, heute habe ich Ihnen eine Menge Neuigkeiten zu berichten. Bitte, nehmen Sie Platz! – Aber erst wollen wir uns eine Zigarette anzünden, mein Bericht wird etwas aufregend werden. Ich will das Interessanteste nicht vorwegnehmen, sondern hübsch nach der Reihe erzählen.«

Die Herren zündeten sich Zigaretten an. Dann begann der Konsul:

»Also, wie Sie sich denken können, hat Guido Sponzi

die beiden Grafen Soblikoff nicht mehr aus den Augen gelassen, nachdem sich diese auf die Reise nach Rom begeben hatten. Hier ist übrigens inzwischen der Wein, den man, wie Sie wohl wissen, mit ungefährlichem vertauscht hat, vom Gerichtschemiker untersucht worden. Dieser hat festgestellt, daß sich in der Karaffe so viel Zyankali befunden hat, daß man ein halbes Dutzend Menschen damit hätte vergiften können. Doch nun weiter. Sponzi waren genug Hilfskräfte mitgegeben, da der Fall der Regierung sehr wichtig war, daß er die Anarchisten bei jedem Schritt, den sie taten, beobachten lassen konnte. Sie sind übrigens in dem Hotel in Rom wieder unter anderem Namen abgestiegen als hier, hatten also wieder neue falsche Pässe aufzuweisen. Alle Menschen, mit denen sie in Berührung kamen – man ließ ihnen anscheinend völlige Freiheit, sind festgestellt worden. Durch den Verkehr mit ihnen schien eine ganze Anzahl Personen verdächtig. Die Waffensendungen in den Weinfässern sind abgefangen worden, und die verschiedenen Adressaten, an die das Schmuggelgut ging, wurden natürlich auch aufs Korn genommen. Aber man hielt sich zurück, bis man alles ermittelt hatte, und verhaftete schließlich die ganze Brut auf einmal. Sie sind alle überführt und warten auf ihre Bestrafung. Die ganze Verschwörung ist dadurch aufgeflogen, und alles hat tadellos geklappt, dank der Informationen, die Sie auf der Questura geben konnten. Die beiden Grafen Soblikoff wurden zuletzt in ihrem Hotel verhaftet, in dem Augenblick, als sie in die Schweiz abreisen wollten. Wie vorzüglich Sponzi gearbeitet hatte, geht daraus hervor, daß die beiden Grafen gar nicht wußten, weshalb man sie eigentlich verhaftet hatte. Schließlich hatten sie ja auch die größte Auswahl an Gründen bei ihren zahlreichen Verbrechen.

Sponzi stand ihnen befriedigt gegenüber, als er glücklich alles festgenommen hatte, was ihm verdächtig gewesen war. Man hatte ihnen gesagt, daß er ihnen sagen würde, weshalb sie verhaftet worden seien. Sie fragten ihn denn auch – in italienischer Sprache, und da sie sich in Rom als Franzosen ausgegeben hatten, antwortete Sponzi zuerst in französischer Sprache, er würde es ihnen gleich mitteilen, aber in ihrer Muttersprache, damit sie es besser verstehen könnten. Sponzi hat die Situation mit Wonne ausgekostet, wie er mir heute morgen selbst berichtete. Er ist wirklich ein Sprachgenie, überhaupt ein Genie in seinem Fach. Gern hätte er Sie, seinen ›berühmten Kollegen‹, noch selbst gesprochen, aber er hat bereits einen neuen Fall übernommen und mußte schleunigst, nachdem er mir Bericht erstattet hatte, weiterreisen. Er hat mir Grüße an Sie aufgetragen und läßt Ihnen sagen, daß er hoffe, noch öfter mit Ihnen zusammenarbeiten zu können.

Aber nun wieder zu den Soblikoffs. Als sie Sponzi fragten, weshalb man sie, friedliche französische Bürger, verhaftet habe, sagte ihnen Sponzi, daß sie für französische Bürger sehr schlecht französisch sprechen könnten, und deshalb wolle er sich lieber in ihrer Muttersprache mit ihnen unterhalten. Er begann also russisch mit ihnen zu reden, was sie erst nicht zu verstehen vorgaben. Sie fragten wieder in französischer Sprache, weshalb man sie verhaftet habe, und nun erwiderte Sponzi, immer wieder russisch: ›Sie wollen wissen, weshalb Sie verhaftet worden sind? Nun, ich denke, Sie haben genug auf dem Gewissen! Ganz abgesehen davon, daß Sie vor vielen Jahren die Gattin Ihres Oheims erschossen haben und zugleich Ihren Oheim selber schon damals ermorden wollten, haben Sie schon vorher den kleinen Sohn Ihres Oheims, Ihres Wohltäters, in seinem Kissen erstickt, nachdem Sie sich nachts in sein Haus eingeschlichen hatten. Dann haben Sie im Jahre 1918 Ihren Oheim, nachdem er gerade die russische Grenze passiert hatte, um Sie endlich zur Rechenschaft zu ziehen, durch einen Dolchstoß ermordet – er hat seinem Diener sterbend den Namen seines Mörders verraten. Aber das sind alles Verbrechen, für die Sie in Rußland bestraft werden müssen.‹

Darauf haben die beiden Grafen plötzlich vergessen, daß sie französische Bürger waren, und verlangt, daß man sie an Rußland ausliefern solle. Sponzi hatte sie ironisch angesehen. Dann hat er erwidert: ›Das möchten Sie wohl gern, weil Sie hoffen, daß man Ihre Schandtaten in Rußland nicht kennt. Aber erst haben Sie sich hier zu verantworten wegen des Giftmordes an Ihrer Base, der Gräfin Romana Soblikoff, den Sie in Venedig im Hotel Bauer-Grünwald verübt haben.‹

Nach diesen Worten haben die beiden Grafen doch sehr betroffene Gesichter gemacht, aber erst einmal alles geleugnet. Sponzi hat sie eine Weile reden lassen, aber dann hat er sie unterbrochen und gesagt, sie mit seinem scharfen Blick ansehend: ›Außerdem haben Sie sich gegen Ruhe und Sicherheit unseres Landes vergangen. Ihre Machenschaften sind gleichfalls aufgedeckt worden, alle Mitschuldigen sind bereits verhaftet. Während Sie in Venedig durch Ihre Mordgier in Anspruch genommen wurden, hat man Ihren gelben Koffer beschlagnahmt, alle Papiere kopieren lassen und ihn wieder in die Gepäckaufgabe zurückgeschafft. Seither haben Sie keinen Schritt tun können, ohne genau beobachtet worden zu sein. Die geheimen Waffen- und Munitionssendungen in den Weinfässern sind beschlagnahmt, alle verdächtigen Personen verhaftet und in sicherem Gewahrsam. Sie werden einsehen, daß das Material gegen Sie genügt, um Ihnen hier den Prozeß zu machen. So, nun wissen Sie, weshalb Sie verhaftet worden sind. Wir haben Sie bis zuletzt aufgehoben.‹

Darauf haben sich die beiden Grafen Soblikoff mit verfärbten Gesichtern lange angesehen, und dann haben sie plötzlich beide etwas zum Mund geführt – man hat nicht feststellen können, wo sie das Gift verborgen hatten. Genug – sie haben beide in demselben Augenblick Gift genommen, dasselbe Gift, mit dem sie die junge Dame, die sie für ihre Base hielten, hatten vergiften wollen. Der eine von ihnen hat dabei gesagt: ›Es ist zu Ende! Leb wohl, Gregor!‹ Der andere aber hat einen greulichen Fluch ausgestoßen. Ehe man noch etwas unternehmen konnte, waren sie tot. Der rasche Tod war freilich eine zu gelinde Strafe für die beiden Bösewichte.«

Tiefes Schweigen folgte diesen Worten des Konsuls. Gunter war sehr blaß geworden, denn er wußte, er hatte die beiden Bösewichte der rächenden Vergeltung ausgeliefert. Er krampfte die Hände zusammen und suchte sich zu fassen. Der Konsul fuhr nach einer Weile fort: »Nach allem, was ich von Ihnen weiß, mein lieber Herr

Doktor, können Sie nur froh sein, daß die junge Gräfin Soblikoff nun keinen Feind mehr hat, der ihr nach dem Leben trachtet.«

»Ich kann nur sagen, gottlob, Herr Konsul. Diese Schurken haben die ganze Jugend meiner Braut verdüstert, sie haben ihr die Eltern, den Bruder genommen und sie durch ihre Verfolgung um alle Jugendfreuden gebracht, nachdem sie sie und ihren Vater ruhelos umhergehetzt haben. Sie sind wirklich zu milde bestraft worden, dadurch daß sie sich selbst gerichtet haben. Aber es ist mir eine große Beruhigung, daß meine Braut nun nie mehr etwas zu fürchten haben wird von diesen Verbrechern.«

»Das kann ich Ihnen nachfühlen, Herr Doktor. Und hier habe ich für Sie ein Anerkennungsschreiben von der Questura – mir selber hat man auch ein Dankschreiben für meine Bemühungen gesandt. Ich bin beauftragt, unter der Hand von Ihnen herauszubekommen, in welcher Weise man Ihnen eine Belohnung aussetzen darf – verstehen Sie recht, der Detektiv Valberg soll belohnt werden.«

Gunter mußte lachen – das Herz war ihm so leicht und frei.

»Ich verzichte auf jede Belohnung, Herr Konsul, da ich ja nur in eigener Sache gehandelt habe. Und diese Dankschrift betrachte ich deshalb auch nur mit gemischten Gefühlen.«

»Nun, ich an Ihrer Stelle würde sie mir gut verwahren, man weiß nie, wie man so etwas einmal brauchen kann.«

»Es beschämt mich aber, Herr Konsul. Wie gesagt, ich

tat dies alles nur, um meine Braut zu schützen, und durchaus nicht, um der italienischen Regierung einen Dienst zu erweisen.«

Der Konsul schüttelte lächelnd den Kopf.

»Sie sind ein waschechter Deutscher, Herr Doktor! Ich rate Ihnen nochmals, stecken Sie diesen Beweis der Dankbarkeit einer Regierung ein – man kann nie wissen, wozu es einmal gut ist. Daß Sie eine klingende Belohnung ausschlagen würden, hatte ich mir schon gedacht.«

»Wenn man mir eine solche zugedacht hat, so bitte ich Sie, zu melden, daß ich darauf zugunsten meines berühmten ›Kollegen‹ Sponzi verzichte.«

Der Konsul verneigte sich.

»Das will ich in Ihrem Namen ausrichten, und ich glaube, Sponzi ist Ihnen ohnedies schon dankbar genug wegen des guten Fanges, zu dem Sie ihm verholfen haben.«

»Ich bitte Sie, Herr Konsul, Herrn Sponzi von mir zu grüßen, falls Sie ihn wiedersehen.«

»Das will ich gern ausrichten. Werden Sie noch lange in Venedig bleiben?«

»Nein, Herr Konsul, ich reise morgen ab, denn ich habe nur auf den Ausgang dieser Angelegenheit gewartet. Jetzt will ich mich zu meiner Braut begeben, die ich in dei Frari treffen werde.«

Erstaunt sah der Konsul auf.

»Die Gräfin Soblikoff ist hier in Venedig?«

»Ja, Herr Konsul, allerdings nur inkognito, als Pflegetochter Professor Marks'.«

»Ah, des bekannten Kunsthistorikers?«

»So ist es.«

»Dann müssen Sie mich Ihrer Braut vorstellen, ehe Sie Venedig verlassen. Sie ist mir doch durch diese Begebenheit eine sehr interessante Persönlichkeit geworden, und außerdem ist sie doch eine Nichte meines alten Freundes Altdorf.«

»Gestatten Sie mir, daß ich diesen Wunsch erst erfülle, wenn ich in einigen Tagen wieder nach Venedig zurückkomme. Es liegen verschiedene wichtige Gründe vor, die mich zu dieser Bitte bewegen. Wenn ich zurückkomme, um meine Braut von hier abzuholen, wird Frau von Altdorf in meiner Begleitung sein, die meine Braut während der Reise unter ihren mütterlichen Schutz nehmen wird. Ich werde mir dann gestatten, Ihnen meine Braut in Frau von Altdorfs Begleitung vorzustellen, und sie wird Ihnen danken, daß Sie mich so wirkungsvoll unterstützt haben.«

»Es soll mir eine große Freude sein, die Damen begrüßen zu dürfen. Ich hoffe, Sie in meiner Häuslichkeit empfangen zu können.«

Die Herren verabschiedeten sich mit dem Gefühl großer gegenseitiger Sympathie.

Gunter sprang vor dem Konsulat in eine Gondel.

»Dei Frari!« rief er dem Gondoliere zu.

Voll Unruhe hatte Romana schon lange auf Gunter gewartet. Sonst war er immer schon zur Stelle gewesen, wohin sie ihn auch gerufen hatte. Immer hatte sie eine Gelegenheit gefunden, ihm ein Zettelchen zuzustecken, worauf sie ihm das Programm für den nächsten Tag verriet. Heute verging mehr als eine Stunde, und er war immer noch nicht da. Das erfüllte sie mit großer Unruhe. Sie atmete zitternd auf, als er endlich erschien und ihr mit froh leuchtenden Augen entgegenlachte.

»Habe ich dich warten lassen, mein geliebtes Herz?« fragte er zärtlich.

»Ach, daß du nur da bist – ich sorgte mich so sehr um dich«, sagte sie leise.

Er konnte sich heute nicht neben sie setzen, denn der junge Mann hatte seine Verkaufsstelle schon in der Sakristei aufgeschlagen, und sie waren nicht eine Minute allein. So beugte er sich nur zu ihrer Arbeit herab, als betrachte er sie, und flüsterte: »Liebe, ich muß einen Augenblick mit dir allein sein. Bitte komm mit mir hinaus ins Freie, der Herr Professor wird nicht so rasch wiederkommen, und deine Malerei läßt du hier unter dem Schutz dieses jungen Kunsthändlers.«

Zaghaft sah sie ihn an.

»Eigentlich darf ich das nicht!«

»Doch, du darfst es, du mußt es, ich habe dir so viel zu sagen.«

»So geh bitte voraus und erwarte mich an der Kirchentür.«

Er tat, wie sie ihm geheißen, und wartete am Hauptportal. Als Romana dann mit zaghaften Schritten erschien, zog er sie in den Schatten eines Kirchenpfeilers. Und hier schloß er sie erst einmal in die Arme und küßte sie wie ein Verdurstender. Dann gab er sie aufatmend frei.

»So, Liebling, nun werde ich wieder für eine Weile vernünftig sein können.«

Sie sah sich erschrocken um.

»Wenn man uns gesehen hätte, Gunter! Die Venezianer sind sehr streng, wie mir der Professor sagte, sie finden es anstößig, wenn sich ein Liebespaar auf der Straße küßt.«

Er streichelte ihre Hand.

»Auch wenn ich das gewußt hätte, meine Romana, hätte ich nicht anders gekonnt – ich mußte dich endlich wieder einmal küssen. Kannst du mir nicht nachfühlen, was für Tantalusqualen ich ausgestanden habe all die Zeit, wenn ich in deiner Nähe war und dich doch nicht ein einziges Mal küssen durfte? Wie hätte ich da jetzt auf die prüden Ansichten der Venezianer Rücksicht nehmen können! Ach Romana, ich bin so glücklich! Die Nachricht, auf die ich wartete, ist eingetroffen. Du kannst dich jetzt unbesorgt deines Lebens freuen, mein süßes Herz. Alles, was verdunkelnd über deinem Schicksal lag, ist gewichen. Die Gefahr, in der du schwebtest, ist beseitigt. Und daß ich es war, der dich von dieser jahrelangen Qual erlösen konnte, das macht mich so froh. Meine süße kleine Gräfin Romana Soblikoff, jetzt kannst du deinen Namen laut in alle Winde rufen, ohne daß ein Feind dich bedrohen wird. Nichts soll dich mehr schrecken und bedrücken. Du kannst frei aufatmen, leben, wo und wie du willst!«

Er hatte ihre beiden Hände gefaßt und sah ihr liebevoll zärtlich in die schönen, bangen Augen. Ihre Hände zitterten in den seinen.

»Das kann ich gar nicht fassen, mein Gunter. Brauche ich wirklich nicht mehr in Sorge zu sein, daß man mir nach dem Leben trachtet?«

»Nein, mein liebes Herz, deine Feinde sind tot!«

Erblassend sah sie zu ihm auf.

»Darf ich mich freuen, daß Menschen sterben mußten, die mir nach dem Leben trachteten? Wer waren diese meine Feinde?«

»Das alles sollst du wissen, wenn ich aus Berlin zurückkomme. Morgen früh reise ich ab, Liebling, aber nur, um deinen Vormund zu sprechen, ihm die Kunde zu bringen vom Tod deiner Feinde und ihn um deine Hand zu bitten. Dann komme ich sofort zu dir zurück und bringe eine Ehrendame mit, die dir lieb sein und dich in meiner Gesellschaft nach Berlin begleiten wird.«

Wie in einem schönen Traum sah sie ihn an.

»Das alles kann ich noch nicht fassen. Du sagst, meine Feinde sind tot. Wie kam es, daß sie starben?«

»Das alles würde ich dir am liebsten ganz verschweigen, um dir Aufregungen zu ersparen. Aber ich sage mir, du hast so lange unter dem Einfluß quälender Geheimnisse gestanden, daß man dir, auch wenn du dich dabei ein wenig aufregst, endlich Klarheit gönnen muß. Aber gedulde dich noch, bis ich von Berlin zurückkehre, denn ich müßte dich mit all den Stürmen, die das in dir erwekken muß, allein lassen, und das will ich nicht. Warte also bis zu meiner Rückkehr.«

Sie nickte geduldig.

»Ich will schon noch warten, solange du es für gut hältst, aber wenn dann wirklich mein Leben von allen Geheimnissen befreit ist, dann werde ich mich erst daran gewöhnen müssen, ein freier Mensch zu sein, der nicht immer ängstlich auf das Damoklesschwert über seinem Haupt sehen muß!«

Er zog ihren Arm durch den seinen und preßte ihn fest an sich. Zum Glück lag der Platz vor dem Campo Santo Toma ganz still und menschenleer vor ihnen. Nur drüben, an der Anlegestelle der Gondeln stand ein alter Mann, der sich einige Trinkgelder damit verdiente, daß er den ein- und aussteigenden Passagieren behilflich war und die Gondeln festhielt. Gunter konnte nicht widerstehen, er mußte Romana noch einmal küssen. Sie erbebte unter seinem Kuß und vermochte ihn nicht abzuwehren.

»Sei nicht böse. Liebste, das war eine kleine Wegzehrung. Ich werde dich jetzt mehrere Tage nicht sehen können. Und heute nachmittag bist du eingeladen. Kannst du nicht absagen, damit wir uns noch einmal sehen können?«

»Das geht leider nicht, Gunter. Wie soll ich Frau Anneli klarmachen, weshalb ich diese Gesellschaft nicht besuchen möchte? Sie freut sich so sehr darauf, mich als ihr Pflegetöchterchen in die Gesellschaft hier einzuführen. Ich freue mich ja auch, habe ich doch so wenig Geselligkeit kennengelernt all die Jahre – aber heute bliebe ich natürlich lieber mit dir zusammen. Ich müßte aber Professors dann schon den wahren Grund sagen, und – das darf doch wohl noch nicht sein?«

»Nein, Romana, damit wollen wir warten, bis ich ihnen von Justizrat Harland eine Bestätigung bringen kann, daß sie mir unbesorgt vertrauen können. Ich möchte die guten Menschen, die sich deiner so liebevoll annahmen, nicht in eine Zwickmühle bringen.«

»Das ist auf jeden Fall besser, Gunter. Nun müssen wir uns aber trennen, ich möchte Herrn Professor keinen Schrecken einjagen, wenn er mich nicht bei meiner Malerei findet.«

»So geh zurück, mein geliebtes Herz, und Gott mit dir, bis wir uns wiedersehen!«

»Gehst du jetzt gleich zum Hotel zurück?« fragte sie in ihrer zaghaften Bescheidenheit.

Er schüttelte den Kopf.

»Nein, ich bleibe in deiner Nähe, bis du mit dem Professor heimfährst, dann kann ich dich doch wenigstens noch eine Weile sehen.«

Sie reichten sich die Hände, sahen sich lange und tief in die Augen, und dann preßte Gunter seine Lippen auf ihre Hand.

»Auf frohes Wiedersehen, mein geliebtes Herz!«

»Auf frohes Wiedersehen, mein Gunter. Mir wird sein, als müsse ich von neuem gehen lernen. Gott mit dir – komm gesund wieder!«

Damit riß sie sich los und eilte in die Kirche zurück. Langsam folgte ihr Gunter.

Sie konnten kein Wort mehr wechseln, sich nur immer wieder ansehen und mit den Augen grüßen.

Als der Professor Romana pünktlich um drei Viertel ein Uhr abholte und mit ihr zur Gondelanlegestelle schritt, folgte ihnen Gunter von weitem. Und als sie die Gondel bestiegen, nahm auch er in einer Platz.

»Folgen Sie dieser Gondel«, sagte er zu dem Gondoliere, auf das Fahrzeug deutend, in dem der Professor mit Romana saß.

»Si, si, Signore, sara fatto!« erwiderte der Gondoliere mit einem verständnisinnigen Lächeln.

Und die Gondel schnitt mit ihrem hohen, metallbeschlagenen Kiel in die Lagunen. Bis zur Einfahrt in die Via dei Baccaroli folgte Gunter. Dann warf er verstohlen Romana eine Kußhand zu und gab dem Gondoliere Weisung, zum Hotel weiterzufahren. Er sah der Geliebten nach, bis sie seinen Augen entschwunden war, und sah noch, wie sie ihm mit ihrem Taschentuch verstohlen einen Gruß zuwinkte zum Lebewohl.

16

Am nächsten Morgen mußte sich Gunter sehr zeitig erheben, denn sein Zug ging kurz nach sechs Uhr von Venedig ab. Als er sich angekleidet hatte, begab er sich in das Frühstückszimmer und bestellte bei den etwas verschlafenen Kellnern sein Frühstück. Da er darauf immerhin eine Weile warten mußte, ging er hinaus auf die Terrasse, um noch einen Blick auf den Canale grande zu werfen.

Grauer Frühlichtschein lag über dem stillen Wasser. Die Luft trug den leisesten Laut weit über das Wasser hinweg in dieser Stille. Und drüben über der Maria della Salute stieg ein rötlich lodernder Schein vom erwachenden Tageslicht auf. Gunters Augen gingen mit einem fast andächtigen Ausdruck hinüber zur Kirche, in der er zum erstenmal in Venedig mit Romana zusammengetroffen war. Das Herz wurde ihm weit. Er war voll Glückseligkeit, weil er die Geliebte nicht mehr von Gefahren bedroht wußte. Ein dankbares Gefühl kam über ihn, und, in feierliche Andacht versunken, ließ er die märchenhafte Stille auf sich einwirken. Von der Dogana di märe herüber leuchtete fast gespenstisch in dem fahlen Schein die vergoldete Figur mit dem ausgespannten Segel in den Händen, das die Windrichtung angibt. Weiter draußen, zum Lido hinüber, lagen einige große Dampfer vor Anker, und man hörte zuweilen einen Ruf der Matrosen so deutlich herüberklingen, als komme er aus nächster Nähe.

»Signore, das Frühstück!« meldete der Kellner, zu Gunter heraustretend.

Noch einen letzten Blick warf er über den Kanal, dorthin, wo die Via dei Baccaroli einmündet. Seine Sehnsucht flog zu Romana, die wohl jetzt noch im tiefen Schlummer lag.

Hastig wandte er sich dann um und ging zu seinem Tisch. Als er das Frühstück eingenommen hatte, bestieg er die bereitstehende Gondel, die ihn durch die jetzt fast gespensterhaft stillen Lagunen zum Bahnhof brachte. Er sah an den hohen grauen Palazzi empor, fast alles stolze Bauten aus einer längst entschwundenen Zeit. Eine seltsam eindringliche Sprache vom Werden und Vergehen sprachen diese grauen Gebäude. Nur selten sah man ein wenig Grün oder ein paar Blumen über eine der hohen grauen Gartenmauern hängen.

Die Lagunen erschienen jetzt sauberer, gleichsam aufgeräumter als am Tag, nur hie und da staute sich in einer Ecke von der Flut zusammengespülter Müll. Und dann begegnete ihm noch die stille, schwarz verhängte, geschlossene Gondel, die Gefangene in das Gefängnis brachte. Gunter mußte an die beiden Russen denken, die ihrem verbrecherischen Leben ein Ende gemacht hatten, um ihrer Strafe zu entgehen. Er konnte kein Mitleid empfinden mit diesen Schurken, die um einer Erbschaft willen so viele Menschen gemordet hatten und immer tiefer gesunken waren.

Seine Reise verlief ohne Störung und Unterbrechung, und als er in Berlin ankam, erwartete ihn Bernd, dem er seine Ankunft telegrafisch gemeldet hatte. Die Freunde drückten sich herzlich die Hand und Bernd sagte in seiner frischen, humorvollen Art:

»Da haben wir dich also wieder! Und wir sind voll aufregender Erwartungen, so daß wir nicht wußten, wie wir die Zeit bis zu deiner Ankunft hinbringen sollten. Um es gleich zu sagen, ich habe mir von deinem Vater, der dich auch sehnsüchtig erwartet, die Erlaubnis ausgebeten, daß ich dich erst zu einem kurzen Besuch zu meiner Mutter bringen darf. Sie ist in einer unbeschreiblichen Aufregung, seit dein Brief eintraf, und du bist augenblicklich so sehr Hauptperson bei ihr, daß wir, Vater und ich, uns ganz häßlich, klein und unbedeutend vorkommen! Du mußt unbedingt erst auf einige Minuten mit zu uns hinaufkommen, damit sie sich etwas beruhigt.«

»Es ist gut, Bernd, ich komme mit zu euch.«

Die Freunde fuhren erst zur Wohnung des Gerichtspräsidenten. Frau von Altdorf kam ihnen erregt entgegen.

»Mein lieber, lieber Herr Doktor, wie geht es meiner Nichte? Weiß sie, wie ich mich um sie gebangt habe?« fragte sie, heiser vor Erregung.

Gunter nahm ihre Hand und zog sie an seine Lippen. Dann führte er sie sorgsam zu einem Sessel.

»Sie müssen sich erst ruhig hinsetzen und mir versprechen, sich nicht mehr aufzuregen. Denn Sie dürfen sich nicht krank machen. Romana wird Sie brauchen. Und nun zu Ihrer Frage: Romana ist gottlob gesund und wohlbehalten, und wir alle wollen schon sorgen, daß sich ihr durch ihr schweres Schicksal bedrücktes Wesen frei entfalten kann und daß sie lachen lernt wie andere junge Menschen. Sie weiß aber nicht, daß Sie sich nach ihr sehnen, denn sie weiß gar nicht, daß Verwandte von ihr leben. Man verschwieg es ihr wohl, um ihr die notwendige Trennung von ihnen nicht unerträglich zu machen. Ich wollte es ihr vorläufig auch nicht sagen, denn erstens möchte ich den Bestimmungen ihres Vaters nicht zuwiderhandeln, und zweitens wollte ich es vermeiden, sie jetzt, da ich sie noch einmal allein lassen mußte, mit solchen Eröffnungen aufzuregen. Nur das eine habe ich ihr gesagt, daß alle drohenden Schatten aus ihrem Leben gewichen sind. Alles andere soll sie erfahren, wenn ich mit Justizrat Harland gesprochen habe und mit Ihnen, liebe gnädige Frau, in Venedig wieder eintreffe. Ich hoffe doch, daß Sie mich begleiten?«

»Lieber heute als morgen, lieber Herr Doktor, das können Sie sich doch denken!«

»Nun – ich hoffe, daß bis übermorgen alles geregelt ist, und bitte Sie, sich bis dahin bereitzuhalten.«

»Aber nun erzählen Sie uns auch, wie alles verlaufen ist auf Ihrer Reise, wir sind sehr gespannt«, fiel hier der Gerichtspräsident ein.

»Ja, Gunter, berichte endlich. Wo stecken denn diese

edlen Vettern Romanas?« drängte nun auch Bernd. Gunter ließ sich nieder.

»Sie sind tot, beide«, sagte er ernst.

»Tot – die beiden Grafen Soblikoff?« rief Frau von Altdorf erregt.

Gunter erzählte nun ausführlich, was er seit seiner Abreise nach Venedig erlebt hatte. Atemlos lauschend saßen ihm seine drei Zuhörer gegenüber und lasen ihm jedes Wort vom Mund ab. Und als er geendet hatte, legte Frau von Altdorf die Hände vor das Antlitz. Große Tränen rannen über ihre erblaßten Wangen.

»Ruth und Alexander sind gerächt – Gottes Mühlen mahlen langsam«, sagte sie erschüttert.

»Ich finde, diese Mordbuben sind viel zu gut weggekommen, das ist keine ausreichende Strafe für sie«, sagte der Gerichtspräsident hart und kalt.

Bernd aber sah seinen Freund bewundernd an.

»Mensch, Gunter, du hast da unten in Italien Weltgeschichte gemacht! Und das alles in so kurzer Zeit – kaum vierzehn Tage bist du weg gewesen. Und ein Dekret, das dir in Dankbarkeit die italienische Regierung überreichen ließ, hast du auch bekommen. Das ist ja einfach fabelhaft!«

Gunter wollte ihm helfen, Frau von Altdorf ihre Fassung zurückzugeben, und ging auf den munteren Ton ein.

»Jawohl, mein Freund, und Signore Sponzi, der berühmte italienische Fachmann, hält mich für einen Meisterdetektiv. Das ist schon eine Sache.«

»Scherz beiseite, lieber Herr Doktor, die italienische Regierung kann sich ruhig bei Ihnen bedanken, denn ohne Ihre wirksame Mithilfe hätte sie das Komplott nicht aufgedeckt.«

Bernd, der die Hand seiner Mutter streichelte, sagte jetzt großartig:

»Bitte vergeßt meine Verdienste um die Ruhe Italiens und die Vernichtung der beiden Schurken nicht. Auch ich habe geholfen, Weltgeschichte zu machen. Wenn ich nicht mit Fräulein Rosa Mertens angebandelt und diese mich nicht in der Verlegenheit als ihren Vetter vorgestellt hätte, dann wollte ich mal sehen, wie weit du, mein lieber Gunter, mit deiner Meisterdetektiverei gekommen wärst!«

»Ehre, wem Ehre gebührt, Bernd. Du hast ganz recht, dein flatterhaftes Herz hat schließlich auch sein Gutes!«

»Und das arme Fräulein Mertens hätte beinahe diesen kleinen Flirt mit dem Leben büßen müssen«, warf Bernds Vater ein.

»Sie hat gottlob keine Ahnung, wie gefahrvoll die Sache für sie hätte ausgehen können. Und wenn sie auch zum Glück keinerlei Nachteile von dieser Sache gehabt hat, so will ich ihr doch darum verzeihen, mein lieber Bernd, daß sie dich so schnell treulos vergessen hat.«

»Ha, die Falsche! Wer ist mein Nachfolger geworden?«

Gunter lachte.

»Zuerst versuchte sie, nach mir die Netze auszuwerfen, und als ich nicht darauf einging, hat sie nach einem entzückenden Jüngling geangelt, der unmittelbar einem Modejournal für Herren hätte entstiegen sein können. Sie war auf diese Eroberung sehr stolz und hat mich dann schmählich geschnitten, mich, der ihr doch das Leben gerettet hat. Undank ist der Welt Lohn! Aber man muß ihr den Milderungsgrund zubilligen, daß sie ja nicht wissen konnte, was ich für sie getan habe. Wir wollen ihr trotz ihrer Treulosigkeit ein ehrenvolles Andenken bewahren, denn immerhin hat auch sie, völlig ahnungslos freilich, ein wenig Weltgeschichte gemacht. Was meinst du wohl, Bernd, wie stolz sie wäre, wüßte sie das?«

»Du siehst, mein lieber Gunter, wie notwendig es ist, daß der Mensch zuweilen flirtet. Abgesehen davon, daß dies eine recht angenehme Sache ist, kommt zuweilen doch etwas Gutes dabei heraus!«

Die Bemühung der beiden Freunde hatte den Erfolg, daß Frau von Altdorf wirklich über ihre Erregung hinwegkam. Sie zauste ein wenig Bernds blonden Schöpf und sagte lächelnd:

»Ich hätte nichts dagegen, Bernd, wenn du das Flirten um einer wirklich ernsten Neigung willen bald aufgeben würdest.«

Bernd seufzte abgrundtief.

»Ach, liebste Mutter, so eine Frau, wie mein Vater gefunden hat, läuft nicht noch einmal auf der Welt herum.«

»Sag deiner alten Mutter keine Schmeicheleien, um sie mundtot zu machen, du Strick! Es gibt genug nette Frauen, die eines Mannes ganzes Herz beanspruchen können, das siehst du an deinem Freund Gunter, der so eine Frau gefunden hat.«

»Ja, ja, nachdem sich das Mädchen aus der Fremde als meine leibliche Base entpuppt hat und diese auch noch von meinem Freund Gunter mit Beschlag belegt worden war, wüßte ich keine Frau, die dir nur im entferntesten das Wasser reichen könnte, liebe Mutter.«

»Suche nur ernsthaft, Bernd!«

Wieder seufzte Bernd.

»Ich suche ja dauernd, aber ich erlebe immer die schlimmsten Enttäuschungen. Die eine geht mir mit der Brieftasche durch, die andere verrät mich treulos mit einem Gecken – na, ich will lieber nicht weiter meine trüben Erfahrungen auf diesem Gebiet auskramen! Bisher fand ich wenigstens noch für alles Leid Trost bei dir, liebe Mutter, aber nun wirst du dein ganzes Herz an das Mädchen aus der Fremde hängen und für mich keine Zeit mehr haben. Vier Wochen sehe ich mir das mit an und begnüge mich, aber dann mache ich wieder meine Rechte geltend.«

Frau von Altdorf lächelte.

»Du wirst mit dir reden lassen, Bernd. Ich muß doch bei Romana so viel nachholen.«

»Nun, immerhin hat mein Bäschen ja auch noch einen Bräutigam, das beruhigt mich einigermaßen, zumal er so entschieden erklärt hat, daß am ersten Dezember seine Hochzeit mit Romana stattfindet. Da ist doch einige Aussicht vorhanden, daß ich in diesem Haus doch noch einmal wieder Kindesrechte genießen werde. Im übrigen hoffe ich, daß mir Gunter großmütig einen kleinen vetterlichen Flirt mit seiner Braut gestatten wird.«

Gunter streifte unternehmend die Ärmel seines Rokkes hoch.

»Wo willst du liegen, Bernd?«

»Na, erlaube mal, nur nicht gleich so handgreiflich. Irgendwo habe ich doch mal gelesen, daß Vettern und Basen in der Regel einmal zusammen geflirtet haben müssen.«

»Du hast Pech, Bernd, gerade dieses eine Mal ist die bekannte Ausnahme, die die Regel bestätigt.«

»So? Und da soll ich mich nun auf meine Base freuen? Die Mutter wird sie verwöhnen, der Freund sie nicht aus den Armen lassen. Lieber Vater, ich glaube, wir sind vorläufig in diesem Haus überflüssig.«

»Jeder fühlt sich, wie er kann, mein lieber Sohn. Ich gedenke nicht, mich überflüssig zu fühlen«, neckte der Vater.

Bernd sah ihn tragikomisch an.

»Auch du, Brutus?«

Gunter legte, ernst werdend, die Hand auf Bernds Arm.

»Scherz beiseite, Bernd, Romana freut sich schon auf deine Bekanntschaft. Ich habe ihr viel erzählt von euch, ohne ihr zu verraten, daß ihr miteinander verwandt seid. Mit großen, sehnsüchtigen Augen hat sie sich die Schilderung eures Familienlebens angehört. Sie hat ja solche Freuden nie kennengelernt.«

Frau von Altdorf stürzten gleich wieder die Tränen aus den Augen.

»Das arme, liebe Kind! Ach, Herr Doktor, wie soll ich Ihnen nur danken, daß Sie Romana in unsere Arme zurückführen werden?«

Bernd griff gleich wieder munter ein, um die Rührung zu dämpfen.

»Wie wäre es, Mutter, wenn du Gunter und mir ein kräftiges Frühstück bringen ließest, um deiner Dankbarkeit Genüge zu tun?«

Er erreichte, was er bezweckt hatte. Seine Mutter fuhr erschrocken empor. Die Hausfrauenpflichten ließen sie den Schmerz vergessen. Sie wollte klingeln, aber Gunter erhob sich und hielt ihre Hand fest.

»Nein, liebe gnädige Frau, ich muß auf das Frühstück verzichten. Jetzt will ich zu meinem Vater hinausfahren. Er wartet wahrscheinlich auch mit großer Ungeduld auf mich. Du mußt schon allein frühstücken, Bernd.«

»Ein schöner Freund bist du! Wärst du geblieben, hätte ich sicher etwas besonders Gutes vorgesetzt bekommen.«

Gunter verabschiedete sich lachend.

»Nach einer Beköstigung mit Wasser und Brot siehst du auch nicht aus, Bernd. Ich will dich aber durch eine Einladung zum Abendessen bei meinem Vater entschädigen und unserer Hausdame alle deine Leibspeisen verraten.«

»Laß dich umarmen, edler Freund – ich bin gerührt durch deinen Großmut und werde mit Wonne erscheinen.«

Gunter fuhr nun zu seinem Vater hinaus und berichtete auch ihm ausführlich, was geschehen war. Sein Vater hörte mit derselben Aufmerksamkeit zu wie zuvor Altdorfs. Als Gunter zu Ende war, sagte er, mit väterlichem Stolz zu ihm aufsehend:

»Das hast du fein gemacht, mein Sohn, ich gratuliere zu deinem Erfolg! Aber hoffentlich wirst du nun nicht Detektiv werden wollen?«

Gunter schüttelte hastig abwehrend den Kopf.

»Nein, Vater, ich bleibe der Maschinenbranche treu,

da brauche ich mich nicht auf glückliche Zufälle zu verlassen, da geht alles seinen Gang nach genauen Berechnungen. Es ist eine zuverlässige Sache. Und – wenn es mir auch in diesem einen Fall ein Vergnügen gewesen ist, die beiden Schurken zur Strecke zu bringen, so muß man doch wahrscheinlich als Detektiv manchmal einen Kieselstein statt eines Herzens in der Brust tragen, denn es gibt sicher auch Verbrecher, die man lieber laufen lassen möchte. Da würde ich vermutlich oft in starke innere Kämpfe kommen.«

Der alte Herr nickte.

»Das ist meine Ansicht auch. Und nun wollen wir von den unangenehmen Begleiterscheinungen deiner Reise nicht mehr sprechen, jetzt erzähle mir noch ein wenig ausführlicher von meiner zukünftigen Schwiegertochter. Ich weiß noch so wenig von ihr.«

Das ließ sich Gunter nicht zweimal sagen. Das Herz war ihm ohnedies voll zum Überlaufen. Und er schilderte seinem schmunzelnd zuhörenden Vater, was für ein Engel Romana sei.

17

Am nächsten Morgen fuhr Gunter in die Dorotheenstraße. Wieder stand er in dem kleinen Vorzimmer vor dem verstaubten Aktenmenschen und fragte nach Justizrat Harland. Der Aktenmensch sah ihn forschend an.

»Waren Sie nicht schon einmal hier vor etwa vierzehn Tagen?«

»So ist es«, erwiderte Gunter lächelnd.

»Ah, ich fürchtete schon, Sie hätten Ihren Prozeß einem anderen Rechtsanwalt übergeben.«

»Nein, ich brauche dazu unbedingte den Herrn Justizrat, das sagte ich Ihnen schon. Hoffentlich ist er jetzt zu sprechen?«

»Ich werde Sie sogleich anmelden. Wie war doch Ihr Name?«

»Valberg.«

Der Aktenmensch nahm ein Sprechrohr und rief hinein:

»Herr Justizrat, hier ist der Herr mit dem großen Prozeß, der schon einmal da war – ein Herr Valberg. Soll ich ihn einlassen?«

Gunter sah gespannt in sein Gesicht. Der Justizrat würde bezüglich des großen Prozesses eine Enttäuschung erleben. Der Aktenmensch lauschte.

»Wie? Ob der Herr ein Herr Doktor Valberg ist? Mein Herr – sind Sie Doktor Gunter Valberg?«

»Ja«, erwiderte Gunter.

»Jawohl, Herr Justizrat, es ist Doktor Valberg. Wie? Ach so – eintreten lassen – sofort, Herr Justizrat!«

Der Aktenmensch legte das Hörrohr hin.

»Herr Justizrat erwartet Sie. Er scheint schon Bescheid zu wissen. Sie haben ihm wohl geschrieben?«

»Nein, aber der Herr Justizrat scheint sehr scharfsichtig zu sein und schon zu ahnen, wo einen der Schuh drückt. Dafür ist er aber auch Rechtsanwalt«, sagte Gunter übermütig.

Der Aktenmensch sah ihn ein wenig mißbilligend an.

»Herr Justizrat ist einer der vorzüglichsten Juristen, Herr Doktor.«

»Davon bin ich überzeugt.«

Sie waren an der Tür des Allerheiligsten des Justizrates angelangt, und der Aktenmensch öffnete die Doppeltür und ließ Gunter eintreten.

Dieser stand nun in einem großen, hellen Raum, der mit Klubsesseln, einem großen Diplomatenschreibtisch und schönen Teppichen und Kunstgegenständen ausgestattet war. Am Schreibtisch saß Justizrat Harland, dessen Augen mit einem scharfen, forschenden Blick auf Gunter ruhten.

»Guten Morgen, Herr Doktor. Sie sind in meiner Abwesenheit schon einmal hier gewesen, um – wie Sie gesagt haben, mich mit einem großen Prozeß zu beauftragen. Ich bin deshalb früher von meiner Reise zurückgekehrt und habe auf Sie gewartet, ohne zu ahnen, daß der große Prozeß nur ein Vorwand war.«

»Sie müssen mir verzeihen, Herr Justizrat, im Krieg und in der Liebe sind alle Mittel erlaubt, und ich hoffte, durch den Hinweis auf einen großen Prozeß Ihre Anschrift zu ermitteln – aber es gelang mir nicht.«

Der alte Herr sah mit Wohlgefallen in Gunters freimütiges Gesicht. Die ruhige Sicherheit in Gunters Wesen gefiel ihm wohl, und er konnte sich schon denken, daß dieser Mann einen tiefen Eindruck auf sein Mündel gemacht hatte.

»Also bitte, nehmen Sie Platz, Herr Doktor. Wir wollen nun ohne Umschweife auf unser Ziel losgehen und nicht länger Verstecken voreinander spielen.«

»Das ist mir sehr lieb«, erwiderte Gunter, in einem Sessel Platz nehmend.

»Sie wollen also von mir wissen, wo sich mein Mündel, Romana Harland, aufhält, nicht wahr?«

Ein feines Lächeln spielte um Gunters Mund.

»Nein, Herr Justizrat, meine Braut befindet sich in Venedig unter dem Schutz Ihres Freundes, des Herrn Professor Marks, Pension Calani, Via dei Baccaroli.«

Der Justizrat sprang auf.

»Wie haben Sie das in Erfahrung gebracht?«

Gunter lächelte.

»So vorsichtig Sie selbst auch waren, Herr Justizrat, so sorgsam Sie Ihre Spur verwischten – Ihre Angestellten waren weniger vorsichtig.«

Und er erzählte, welchem Zufall er es zu verdanken hatte, daß er die Anschrift erfahren hatte.

Der Justizrat war erbleicht.

»Um Gottes willen, wenn die Anschrift in falsche Hände geraten wäre! Ich mag das gar nicht ausdenken. Aber nun weiter, Herr Doktor. Sie müssen in mir nicht Ihren Feind sehen, weil ich es Ihnen unmöglich machte, weiterhin mit meinem Mündel zu verkehren. Man sagte mir, daß Sie die Absicht haben, mein Mündel zu Ihrer Frau zu machen. Und da Romana Sie liebt und die Erkundigungen, die ich mir über Sie einzuziehen erlaubte, mir nur Gutes von Ihnen sagten, habe ich durchaus nichts dagegen einzuwenden. Ich habe mein Mündel nicht aus Hornklippe fortgebracht, um sie aus Ihrer Nähe zu entfernen, sondern ...«

Gunter hob die Hand.

»Sondern aus der Nähe meines Freundes, Bernd von Altdorf.«

Wieder stutzte der Justizrat betroffen.

»Herr Doktor, Sie scheinen sehr scharfsichtig zu sein. Woraus schließen Sie, daß ich Romana aus der Nähe Ihres Freundes entfernen wollte?«

»Es ist eine begründete Vermutung – vielleicht haben Sie aber außerdem auch gewußt, daß die beiden Grafen Soblikoff unter falschen Namen sich in jener Zeit auch in Swinemünde aufhielten und meinen Freund Bernd von Altdorf beobachteten, um zu ergründen, ob er dort mit seiner Base zusammentreffen würde.«

Jetzt war der Justizrat ganz fassungslos.

»Allmächtiger Gott! Nein – das wußte ich nicht. Sagen Sie mir – es kann und muß Ihnen ja Romanas Wohl am Herzen liegen wie mir –, sagen Sie mir: Was wissen Sie von den beiden Grafen Soblikoff?«

»Etwas, Herr Justizrat, was Sie sogleich aller Sorgen, die bei meinen Worten riesengroß in Ihnen aufgewachsen sind, entheben wird. Die Grafen Gregor und Michael Soblikoff – sind tot.«

Nun war es ganz aus mit der Fassung des sonst so beherrschten Justizrates. Er sank in seinen Sessel zurück und hielt sich den Kopf mit beiden Händen. Dann richtete er sich mit einem Seufzer auf, sah Gunter mit großen Augen an und sagte tonlos:

»Ich sehe nun schon, Sie wissen mehr, viel mehr, als ich annehmen konnte. Aber das mit den Grafen Soblikoff – ist das wahr? Sind diese beiden Schurken wirklich tot, alle beide?«

Gunter zog eine Zeitung aus der Tasche – es war eine Zeitung aus Rom, die er sich auf der Reise gekauft hatte.

»Verstehen Sie Italienisch?«

Der Justizrat schüttelte den Kopf.

»Nicht mehr, als mir zur Not ein Nachtquartier und eine Mahlzeit zu bestellen«, sagte er ganz matt und erschöpft vor Aufregung.

»So will ich es Ihnen in deutscher Sprache vorlesen: ›Zu unserem gestrigen Artikel über die Festnahme der beiden russischen Grafen Soblikoff, die unter falschem Namen verhaftet wurden, teilen wir noch mit, daß diese beiden Verbrecher gestern morgen im Beisein des Detektivs Sponzi und des Untersuchungsrichters Gift genommen haben, das sie irgendwie versteckt hatten. Sie waren sofort tot. Es war keine Möglichkeit, sie ins Leben zurückzurufen.‹«

Gunter schwieg. Der Justizrat sah ihn starr an, dann sagte er leise:

»Du bist gerächt, Alexander – und dein Kind ist gerettet.« Aber dann schrak er plötzlich auf.

»Die beiden Grafen Soblikoff waren in Italien? Herr Doktor, Sie scheinen so viel zu wissen, was ich nicht weiß – sagen Sie mir um Gottes willen: Ist das Kind außer Gefahr – sind ihr die beiden Schurken nicht zu nahe gekommen?«

»Beruhigen Sie sich, Herr Justizrat, ich habe Romana wohlbehalten unter dem Schutz Ihres Freundes Marks in Venedig zurückgelassen.«

Der alte Herr atmete auf.

»Gottlob, ich fürchtete schon, man habe die beiden

Schurken abgefangen, nachdem sie Romana etwas zuleide getan hatten.«

»Sie können ganz beruhigt sein, Herr Justizrat. Die beiden Schurken hatten freilich Gift in den Wein geschüttet, den ihrer Ansicht nach die junge Gräfin Soblikoff trinken sollte – aber es kam alles ganz anders. Aber es ist wohl das beste, ich berichte Ihnen der Reihe nach, was geschehen ist, damit Sie ganz klar sehen können. Es wird jedoch einige Zeit in Anspruch nehmen.«

»Bitte reden Sie – es ist mir jetzt nichts wichtiger als Ihr Bericht.«

Gunter begann alles, was seit der Stunde geschehen war, da er Romana in der Hängematte schlafend gefunden hatte, zu erzählen. Der alte Herr hörte mit brennendem Interesse zu. Er unterbrach die klare, ruhige Darstellung nicht mit einem Wort, seine Augen hingen unverwandt an Gunters energischen Zügen. Und als dieser endlich fertig war mit seinem Bericht, sprang der alte Herr auf, faßte seine Hände mit krampfhaftem Druck und sagte tief erschüttert:

»Mein alter Freund Dürkopp hat recht gehabt, als er mir sagte, es sei gut, wenn wir Romanas Angelegenheit in jüngere Hände legen würden, weil wir zu alt geworden seien. So viel Dank bin ich Ihnen schuldig, mein lieber Herr Doktor! Sie ahnen nicht, was das für mich bedeutet, daß ich endlich befreit aufatmen kann in der freudigen Erkenntnis, daß mein Schützling nun wirklich geborgen ist, daß Romanas Feinde nicht mehr am Leben sind. Nie hätte sie Ruhe gefunden vor diesen Bluthunden, wie mein Freund Alexander Soblikoff seine entarteten Neffen nannte. Und nun will ich Ihnen berichten, was in dieser Angelegenheit noch klarzustellen ist.«

Er nahm wieder Platz und berichtete:

»Graf Alexander Soblikoff hat mit mir zusammen einige Semester Jura studiert. Er war ein Mann von umfassendem Wissen, hohen Geistesgaben und wirklich vornehmer Gesinnung. Gerade weil er so hoch von der Ehe dachte, hatte er nicht heiraten wollen, weil er annahm, daß er keine Frau finden würde, die seinen Ansprüchen in dieser Beziehung genügen würde. Und er hat tatsächlich seinen Neffen mehr als einmal erklärt, daß, wenn er nicht heiraten werde, sie seine Erben sein würden. Er hat sie auch ganz so gehalten, als wären sie seine Erben. Ich war wohl der erste, damals, als er die junge Freiin von Waldegg kennengelernt hatte, dem er anvertraute, er habe nun doch noch sein Ideal gefunden und werde heiraten, wenn er ihr Jawort erhielte. Wir waren immer in freundschaftlichen Beziehungen geblieben, schrieben einander viel. Er übertrug mir seine Geschäfte, nachdem ich eine Praxis eröffnet hatte, und trug viel dazu bei, daß ich von Anfang an ein gesichertes Auskommen fand. Deshalb gehörte ihm meine unauslöschliche Dankbarkeit. Er war ein leidenschaftlicher, stark empfindender Mensch und verfiel so völlig dem Zauber der jungen Ruth, daß er behauptete, wenn sie nicht die Seine werde, habe das Leben keinen Wert mehr für ihn.

Und Ruth von Waldegg erwiderte seine Neigung vom ersten Sehen an. Obwohl er doppelt so alt war wie die Zwanzigjährige, wurde die Ehe außerordentlich glücklich. Ich weiß, daß er an der Seite seiner angebeteten Frau ein Glück fand, wie es äußerst selten ist. Leider war ich gerade zu der Zeit, da er Hochzeit hielt, an einem schweren Gelenkrheumatismus erkrankt und konnte daran nicht teilnehmen. So lernte ich weder seine Frau noch deren Verwandte kennen. Auch die beiden Neffen des Grafen sind mir immer persönlich fremd geblieben.

Was nach der Hochzeit geschah, nach jenen wunderbaren Jahren des Glücks, das wissen Sie durch Frau von Altdorf. In der Zeit, da mein Freund zum ersten Mal merkte, daß man gegen ihn intrigierte, und er noch keine Ahnung hatte, daß es seine Neffen waren, die seine Stellung bei Hof unterwühlten, hat er mich beauftragt, sein gesamtes Barvermögen und den wertvollen Schmuck in die Schweiz zu überführen. Ich will nun da weitererzählen, wo der Graf mit seinem Diener und seinem kleinen Töchterchen auf der Flucht Deutschland verließ, nachdem er seinen Verwandten hier einen kurzen Besuch abgestattet hatte. Noch am späten Abend war er bei mir und berichtete mir erschüttert von seinem Unglück. Der Verlust seiner Frau hatte ihn am härtesten getroffen, und er befand sich in einer so tiefen seelischen Depression, daß ich damals das Schlimmste für ihn fürchtete. Es ist ihm auch aus jener Zeit ein starkes Nervenleiden zurückgeblieben. Wenn Sie ihn gekannt hätten in der Vollkraft seiner gesunden, glückstrunkenen Männlichkeit und ihn dann so niedergebrochen wiedergesehen hätten wie ich, könnten Sie verstehen, welch ein Jammer mich bei seinem Anblick erfaßte. Wir besprachen an jenem Abend seine geschäftlichen Angelegenheiten, die, soweit sie sein Barvermögen betrafen, in bester Ordnung waren. Den Verlust seiner Güter und seiner hervorragenden Stellung in seiner Heimat hätte er leicht verwunden im Verhältnis zu dem Verlust seiner Frau. Und der brennende Haß und Ingrimm gegen seine Neffen, die Zerstörer seines Glücks, fraß sich wie ein Gift in seiner Seele fest. Er legte die Verwaltung seines noch immer riesigen Vermögens nun ganz in meine Hände und reiste in die Schweiz. Und bei mir deponierte er auch sein Testament für den Fall seines Todes. Es soll aber erst eröffnet werden am fünfundzwanzigsten Geburtstag seiner Tochter, erst dann soll sie über ihr Vermögen verfügen dürfen, weil er wohl in Sorge war, daß sich seine Neffen dieses Vermögens bemächtigen könnten, wenn er sterben sollte und Romana noch nicht imstande war, sich vor ihrer Habgier zu schützen. Nur wenn sie früher heiratete, sollte sich das ändern, auch sollte sie dann erst in das Schicksal ihrer Eltern und in alle Gefahren, die ihr drohten, eingeweiht werden. Ich weiß, was das Testament enthält. Seine Tochter ist seine unumschränkte Erbin. Ihnen, Herr Doktor, wird das nicht so sehr wichtig sein, da Sie selbst ein sehr vermögender Mann sind, aber es gehört zu meinem Bericht. Graf Alexander reiste nach der Schweiz und übergab in Genf seine Tochter einer Pension, weil er fürchtete, daß er verfolgt würde und seine Tochter bei ihm nicht sicher genug sei. Und sie wurde schon damals unter dem Namen Romana Harland in das Pensionat aufgenommen. Ich besitze nämlich eine junge Nichte, die Tochter meines Bruders, die im gleichen Alter wie Romana ist. Sie ist auch blond, hat braune Augen wie sie, und es war mir damals ein leichtes, Graf Alexander Papiere meiner Nichte zu verschaffen. Nur so ist es uns gelungen, Romana den Nachforschungen dieser Bluthunde so lange zu entziehen. Als Gräfin Soblikoff hätten sie sie gewiß ausfindig gemacht. Graf Alexander trennte sich schweren Herzens um ihrer Sicherheit willen von seiner Tochter und hat unter dieser Trennung sehr gelitten. Ruhelos wie Ahasver zog er durch die Welt, immer darauf gefaßt, von seinen Neffen doch noch vernichtet zu werden. Nur sein treuer Diener Wladimir Torschek hat übrigens, das will ich hier gleich einfügen, bei meinem Bruder, der in der Mark ein großes Gut besitzt, nach dem Tode seines Herrn eine Anstellung gefunden und lebt dort jetzt noch.

Sie wissen, daß Graf Alexander 1918 nach Rußland zurückkehrte, um unter den dort veränderten Verhältnissen endlich sein Recht zu suchen. Er hoffte, die verhaßten Neffen ihrer Verbrechen zu überführen und sie bestrafen zu lassen. Diese Hoffnung, die ihm allein Aussicht gab, daß es noch friedliche Tage für ihn geben könne, in denen er sich an seiner lieblich heranblühenden Tochter freuen würde, trieb ihn in das Chaos hinein nach Rußland. Ich hatte nicht viel Hoffnung, war doch schon allerlei durchgesickert von den revolutionären Wirren drüben in Rußland, und suchte ihn zurückzuhalten. Da wurde er sehr aufgeregt und fragte mich mit einem dunklen Blick, ob ich nicht verstehen könne, daß ihm der Haß gegen die Zerstörer seines Glücks, wenn er sie nicht endlich vernichten könne, vollends das Herz zerfressen werde. Da wagte ich ihm sein Vorhaben nicht mehr auszureden.

Er traf alle Anordnungen für den Fall seines Todes bezüglich seiner Tochter, legte mir ihr Wohl und Wehe an das Herz und machte mich zu ihrem Vormund. Ich mußte versprechen, Romana in strengster Verborgenheit zu halten, sie nie in die Nähe ihrer Verwandten kommen zu lassen, ihren Aufenthalt jedesmal sofort zu wechseln, wenn ihr die Familie Altdorf oder die Soblikoffs nahe kämen, und sie erst zu ihrem fünfundzwanzigsten Geburtstag über alles aufzuklären, was mit ihrem Schicksal zusammenhing – oder, wenn ich ihr Schicksal vertrauensvoll in die Hand eines Gatten legen könne.

Er reiste ab – hinterließ mir für alle Fälle eine schriftliche Weisung, an die ich mich immer halten mußte –, ich werde sie Ihnen vorlesen, wenn Sie Romanas Mann werden.

Ich sah ihn niemals wieder – seine ruchlosen Neffen ermordeten ihn, wie Sie wissen. Wladimir brachte mir diese Nachricht, und ich übergab den treuen Diener meinem Bruder. Er erfährt von Zeit zu Zeit, wie es seiner jungen Herrin – so nennt er Romana noch immer – geht.

So, mein verehrter Herr Doktor, Sie wissen nun, was mich bewog, mit Romana vor Ihnen zu flüchten, und ich hatte mir schon den Kopf zerbrochen, wie ich es einrichten sollte, Ihnen mein Mündel zur Frau zu geben und sie doch ihren Verwandten noch so lange fernzuhalten. Das brauche ich nun nicht mehr zu tun. Sie haben zum Glück die beiden Schurken zur Strecke gebracht, und wenn Sie auch von Zufällen reden – ich fühle, daß es Schicksalsfügung war. Und glauben Sie mir, niemand hätte Graf Alexander die Hand seiner Tochter lieber gegeben als dem Mann, der all sein Unglück rächte. Mit befreitem Herzen lege ich Romanas Schicksal nun in Ihre Hände. Sie werden der armen Romana das Glück geben, wonach sie sich so lange hat sehnen müssen. Ich freue mich von ganzem Herzen, daß ihrer einsamen bedrückten Jugend jetzt ein so reiches, volles Menschenglück folgen wird. Machen Sie das Kind so glücklich, wie sie es verdient.«

Gunter war tief ergriffen und faßte seine Hand.

»Es soll immer mein Bestreben sein, Herr Justizrat! Ich liebe Romana von ganzem Herzen, liebe sie um ihrer selbst willen. Ihr Glück wird auch das meine sein. Ich danke Ihnen für das Vertrauen, das Sie in mich setzten, und bitte Sie, mir an Professor Marks einige Zeilen mitzugeben, daß er mir gestattet, Romana mit nach Deutschland zu bringen. Ich will schon morgen mit Frau von Altdorf nach Venedig reisen.«

»Sogleich schreibe ich an Professor Marks. Am liebsten würde ich selbst mit nach Venedig fahren, um Romana Aufklärung über alles zu geben. Da die Soblikoffs tot sind, brauchen wir ihr nichts mehr zu verheimlichen. Ich werde mir übrigens erlauben, Frau von Altdorf meinen Besuch zu machen und mich als den anonymen Briefschreiber zu bekennen, der ihr zuweilen von ihrer Nichte Nachricht gab.«

»Vielleicht begleiten Sie mich gleich, Herr Justizrat? Mein Wagen steht unten, und ich werde ohnedies zu Altdorfs fahren.«

»Gut, heute mögen die Geschäfte warten. Ich komme mit Ihnen. Und wenn Sie erst mit Romana zurück sind, erwarte ich Sie beide, denn ich werde Ihnen genaue Rechenschaft ablegen über Romanas Vermögen. Wir brauchen damit nun nicht bis zu Romanas Hochzeitstag zu warten, den Sie wahrscheinlich nicht allzulange hinausschieben werden.«

»Wir haben bereits den ersten Dezember festgesetzt.«

»So, so – am ersten Dezember?«

»Ja, Herr Justizrat, so lange soll Frau von Altdorf ihre Nichte in ihrem Haus behalten. Noch eine Frage möchte ich an Sie richten, Herr Justizrat. War Graf Alexander Soblikoff sehr ahnenstolz? Würde er mir die Hand seiner Tochter versagt haben, weil ich ein Bürgerlicher bin?«

Der Justizrat machte eine abwehrende Bewegung.

»Er war der freisinnigste Aristokrat, den ich gekannt habe, und ihm galt immer nur der Mensch, in welchem Kleid er auch steckte. Gerade seine demokratischen Ansichten, die bei Hof bekannt waren, machten es den beiden Schurken so leicht, ihn zu verleumden. Freilich hielt er auf Tradition, weil er einen ausgeprägten Familiensinn hatte, als er sein großes Erbe antrat. Das ›Erwirb es, um es zu besitzen‹ war ihm eine heilige Aufgabe. Also, seien Sie ganz beruhigt, er hätte auch dann Romanas Hand gern in die Ihre gelegt, wenn es zu ihrem Glück nötig gewesen wäre, wenn Sie nicht gerade der Mann gewesen wären, der seine Peiniger zur Strecke gebracht hätte.«

18

Gunter und Frau von Altdorf waren in Venedig angekommen und hatten bei Danieli Wohnung genommen. Gleich nachdem sich Frau von Altdorf etwas erfrischt hatte, verlangte sie danach, ihre Nicht aufzusuchen, und Gunter teilte natürlich diesen Wunsch. Er führte Frau von Altdorf nach dem Molo. Als er dort mit ihr eine Gondel bestieg, sah er, zufällig sich nach den Insassen der Nachbargondel umwendend, Fräulein Rosa Mertens mit ihrer Tante und dem Jüngling aus dem Modejournal. Hochmütig warf sie das blonde Köpfchen zurück bei Gunters Anblick und wandte sich mit doppelter Liebenswürdigkeit an ihren Kavalier. Diskret machte Gunter seine Begleiterin auf die junge Dame aufmerksam.

»Das ist Fräulein Rosa Mertens, gnädige Frau.«

Frau von Altdorf sah zu Fräulein Mertens hinüber, deren Gondel noch eine Weile neben der ihren dahinglitt. Ein Lächeln flog über ihr Gesicht.

»Hoffentlich ist dieses Genre nicht ernsthaft meines Sohnes Geschmack, ich finde diese Art junger Damen doch ein wenig zu – nun, sagen wir, selbständig.«

»Sie brauchen nichts zu fürchten, gnädige Frau. Bernd hat im Grunde einen sehr guten, gesunden Geschmack, er hat sich in Swinemünde nur aus Langeweile ein wenig mit der Dame eingelassen. Macht er einmal Ernst, dann wird er sich schon die rechte Frau aussuchen.«

»Das will ich hoffen. Immerhin wünsche ich diesem

Fräulein Mertens alles Gute, denn sie hat dazu beigetragen, daß ich meine Nichte endlich frei und ohne Scheu in meine Arme ziehen kann. Das sei ihr unvergessen!«

Die Gondel glitt mit eleganter Sicherheit durch den Canale grande in die Via dei Baccaroli und hielt ganz offiziell vor der Pension Calani. Und wieder, wie neulich, kam Signora Calani in die große Halle und sah Gunter lachend an.

»Ah, der Signore Tedesco! Sie wollen wissen, Signore, ob jetzt frei sein eine Zimmer. No, no, ich bedauern sehr, ist nix frei, gar nix.«

Gunter schüttelte lachend den Kopf.

»No, no, Signora Calani, ich will kein Zimmer mieten, sondern ich bin mit dieser Dame gekommen, um Herrn Professor Marks und Gemahlin einen Besuch zu machen.«

»Oh, Sie kennen die deutsche Professor? Aber er sein nix zu Hause, er sein fort mit der bella Signorina, und nur Frau Professor sein zu Hause.«

»Dann bitte, lassen Sie uns Frau Professor Marks melden.«

Er reichte der Signora eine Visitenkarte, auf die er geschrieben hatte: »Im Auftrag von Justizrat Harland bitte ich um eine Unterredung.«

Signora Calani schickte eine Dienerin hinein zu der Frau Professor. Die Dienerin kam bald zurück.

»Mi fara questro piacere«, sagte sie, eine einladende Handbewegung machend.

Frau von Altdorf und Gunter betraten nun einen mit alten stilechten Möbeln von etwas verblichener Pracht ausgestatteten Salon. Hier kam ihnen Frau Anneli entgegen. Gunter stellte sich und Frau von Altdorf vor und sagte:

»Um es ganz kurz zu machen, gnädige Frau, wir sind gekommen, um die Gräfin Romana Soblikoff abzuholen. Nein, bitte machen Sie kein ängstlich abweisendes Gesicht und bemühen Sie sich gar nicht erst, uns begreiflich zu machen, daß Sie diese junge Dame nicht kennen. Es geht alles mit rechten Dingen zu. Bitte lesen Sie dieses Schreiben des Herrn Justizrats, es wird Sie überzeugen, daß wir gut Freund mit Romana sind. Frau von Altdorf ist ihre Tante, und ich bin ihr Verlobter.«

Frau Anneli war eine resolute Frau und nicht leicht zu verblüffen, aber ein wenig war sie doch aus dem Gleichgewicht gekommen. Das wurde auch nicht besser, als sie den Brief des Justizrates gelesen hatte.

»Ach, Sie wollen uns das Kind wegnehmen. Darüber bin ich gar nicht entzückt, meine verehrten Herrschaften, aber ich sehe schon ein, daß uns alles nichts helfen wird. Und da es Romanas Glück bedeutet, will ich mich doch darüber zu freuen versuchen. Unser Freund Harland schreibt uns, daß nun keine Gefahr mehr für Romana besteht – das erleichtert mein Herz. Wahrhaftig, ich glaubte einen Augenblick, Sie seien ihre Feinde, und ich wollte mich schon auf einen Kampf mit Ihnen vorbereiten. Gottlob, daß dies nicht nötig ist. Bitte nehmen Sie einstweilen mit mir fürlieb. Romana ist mit meinem Mann nach dei Frari gefahren, wo sie ein kleines Bildnis der Madonna kopieren will. Sie wollte es heute gern fertigmachen, aber ich hoffe, daß sie jeden

Augenblick kommen werden, denn zum Tee wollten sie bestimmt da sein. Ich hoffe, Sie nehmen den Tee mit uns?«

»Gern, wenn Sie es gestatten«, sagte Frau von Altdorf, der man die verhaltene Erregung anmerkte.

Man plauderte ein wenig, und noch waren nicht fünf Minuten vergangen, als Frau Anneli sagte:

»Sie kommen.«

Frau von Altdorf preßte die Hand auf das Herz – dann wandte sie sich an die Frau Professor.

»Gnädige Frau, würden Sie die Güte haben, uns zunächst ein Alleinsein mit meiner Nichte zu gestatten und vorher nichts von meinem Hiersein zu verraten?«

Frau Anneli nickte munter.

»Ist mir recht, da kann ich meinen Mann erst einmal vorbereiten, daß es nun wieder für uns heißt, allein zu bleiben. Es wird ihn ebenso schmerzen wie mich – und freuen, wie es mich freut. Bitte bleiben Sie hier, ich schikke Romana herein.«

Damit verließ Frau Anneli das Zimmer und trat draußen den Zurückgekehrten entgegen. Sie nahm Romana in ihre Arme.

»Kindchen, da drinnen ist jemand, der Sie sprechen will – im Einverständnis mit Onkel Justizrat. Bitte gehen Sie hinein.«

Romana erblaßte vor Erregung und drückte die Hand aufs Herz.

»Gunter!«

Frau Anneli sah lachend auf Gunters Visitenkarte, die sie noch in der Hand hielt.

»Ja – Gunter heißt er auch, der Herr Doktor Valberg.«

Da flog Romana auf die Tür des Salons zu und stand mit klopfendem Herzen auf der Schwelle. »Gunter!«

Alle Verlassenheit ihres Herzens, alle Sehnsucht, alles Glück über sein Wiederkommen brachen aus diesem einen Wort hervor.

Gunter breitete seine Arme aus und fing sie auf.

»Romana – meine Romana!«

Sie barg das Gesicht an seiner Brust.

»Daß du nur wieder bei mir bist«, stieß sie zitternd und bebend hervor.

Sie hatte Frau von Altdorf gar nicht beachtet, weil diese im Hintergrund des Zimmers saß. Nun hob Gunter ihr Köpfchen.

»Liebes, ich bin nicht allein gekommen.«

Romana richtete sich in seinen Armen auf, ohne ihn loszulassen. Sie erblickte nun die völlig fassungslose Frau, die ihre Hände um die Sessellehne krampfte und mit großen feuchten Augen zu ihr herübersah.

»Gnädige Frau, verzeihen Sie, daß ich Sie nicht begrüßte, ich – ich sah nur Gunter, als ich eintrat«, sagte Romana etwas betreten, aber doch mit der ihr eigenen Sicherheit der großen Dame.

Gunter legte den Arm um Romanas Schulter und führte sie vor Frau von Altdorf hin.

»Das ist Frau von Altdorf, meines Freundes Mutter, von der ich dir erzählte, Romana. Sie ist gekommen, um dich heimzuholen.«

Romana atmete tief auf. Das seltsam erregte Gesicht der alten Dame bewegte sie und sie fühlte sich eigenartig zu dieser Frau hingezogen, ohne zu wissen, warum.

»Mich heimzuholen? Ach – wie gut das klingt, Gunter. Liebe verehrte gnädige Frau, es ist so gut von Ihnen, daß Sie sich meinetwegen bemüht haben. Gunter hat mir so viel Liebes und Gutes von Ihnen erzählt, und – ich weiß nicht – mir ist, als seien Sie mir gar nicht fremd.«

Der alten Dame stürzten die Tränen aus den Augen.

»Sagen Sie es ihr, Herr Doktor – ich kann nicht«, bat sie schluchzend.

Gunter nahm Romana an sein Herz.

»Liebes, diese Dame ist für dich auch keine Fremde – mit ihrer ganzen Sehnsucht hat sie dich jahrelang gesucht, ohne dich finden zu können. Sie ist – die Schwester deiner Mutter.«

Wie gelähmt stand Romana eine Weile und sah in die weinenden Augen der alten Dame. Diese erhob sich und streckte weinend die Arme nach ihr aus. Und dann lag Romana an ihrem Herzen.

»Ist das wahr? Du bist die Schwester meiner Mutter – ja – ja –, ich fühle es, daß du mir nicht fremd bist. Ach, warum hat man mir das verheimlicht, daß ich nicht ganz allein bin auf der Welt?«

Frau von Altdorf streichelte immer wieder zärtlich über Romanas Köpfchen.

»Wie du deiner Mutter gleichst – wie du deiner Mutter gleichst«, flüsterte sie ergriffen. »Man hat es dir verschwiegen, daß ich existiere, mein liebes, liebes Kind, weil dir in meiner Nähe eine große Gefahr drohte und weil man nicht wollte, daß du Sehnsucht nach mir bekommst, die man nicht hätte erfüllen können.«

Romana lauschte in sich hinein, als gehe sie einer Erinnerung nach.

»Ja – ja – jetzt weiß ich es – Tante Maria – nicht wahr? Eine Tante Maria besaß ich einst und rief als Kind oft nach dir, wenn man mir sagte, daß meine Mutter, nach der ich auch verlangte, bei meinem kleinen Brüderchen sei. Nicht wahr, du bist Tante Maria?«

»Ja, mein Kind, deine Tante Maria, die so glücklich ist, daß sie dich endlich wieder im Arm halten kann.«

Und Romana erfuhr nun von Gunter alles, was sie wissen mußte, um zu begreifen, weshalb man sie so lange verborgengehalten und warum sie nun plötzlich wieder ein froher, freier Mensch sein durfte. Tante Maria hielt sie dabei in ihren Armen, und Gunter hielt ihre Hand fest und warm in der seinen und sah sie liebevoll und zärtlich an.

Mit großen bangen Augen hörte Romana zu, auf welche Weise sie ihre Eltern und ihren Bruder verloren und was ihr gedroht hatte all die Jahre. Sie schauderte zusammen und wurde bleich wie der Tod. Und als sie hörte, wie ihre beiden verbrecherischen Vettern den Tod gefunden hatten, nachdem sie glaubten, sie vergiftet zu haben, da sprang sie auf und warf sich in die Arme ihres Verlobten.

»Halte mich, halte mich in deinen Armen – ich fürchte mich noch immer. Was haben mir diese bösen Menschen angetan – alles nahmen sie mir, was mir gehörte. Meine arme liebe Mutter, mein geliebter Vater, was muß er gelitten haben unter den Schurkereien dieser Menschen, denen er doch nur Gutes getan hatte.«

Und sie weinte herzzerbrechend, weinte sich alles

Quälende und Bedrückende von der Seele und fühlte zugleich beseligt, daß sie eine Heimat gefunden hatte an dem Herzen des Mannes, den sie liebte und der sie wiederliebte.

Dann umarmte sie wieder die Tante und überschüttete sie mit Zärtlichkeit. Sie hatte einen so großen Schatz an Liebe und Zärtlichkeit in all den Jahren aufgespart, die arme kleine Romana, die nun so reich und glücklich geworden war und gar nicht genug austeilen konnte von ihrem Liebesreichtum.

Es wurde nichts mit der Teestunde im Salon der Frau Professor Marks. Die drei Menschen hatten sich viel zuviel zu sagen, so daß sie keine Zeit fanden, an anderes zu denken. Aber endlich, als alles besprochen war, was gesagt werden mußte, und alles klar geworden war in Romanas Köpfchen, raffte sie sich auf und sagte mit einem reizenden, verträumten Lächeln:

»Wie selbstsüchtig von mir, ich habe über all meinem Glück und meinem Schmerz Frau Anneli und den Herrn Professor ganz vergessen. Bitte wollen wir jetzt zu ihnen gehen!«

Sie gingen alle drei hinüber in das Wohnzimmer, wo die beiden alten Herrschaften einsam bei ihrem Tee saßen. Und nun erfuhren auch Professors, was ihnen bisher fremd geblieben war, und freuten sich an Romanas Glück.

Gunter bat dann Herrn und Frau Professor Marks, sie möchten mit Romana ins Hotel Danieli kommen, wo man zu Abend speisen wolle. Dabei könne man sich dann noch weiter über alle schwebenden Fragen aussprechen. Diese Einladung wurde gern angenommen.

Romana und Frau Anneli machten schnell etwas Toilette, und auch der Professor tat zur Feier des Tages ein übriges. Und dann fuhr man zusammen zu Danieli. Nachdem man dort gespeist hatte, bat Gunter, man möchte ihm und Romana gestatten, eine Viertelstunde draußen spazierenzugehen. Die beiden Liebenden bekamen gern die Erlaubnis. Man konnte so gut verstehen, daß sie sich mancherlei zu sagen hatten, was vor Zeugen unmöglich war.

Das glückselige Brautpaar schritt langsam die Via degli Schiavoni entlang. Arm in Arm, dicht aneinandergeschmiegt gingen sie dahin, über sich den wunderbaren Sternenhimmel, wo die Sternschnuppen wie Himmelsgrüße dahinflogen, hüben die leuchtende Seestadt und drüben die dunklen, stillen Wasser des Meeres. Von der Punta della Salute herüber kamen die lampiongeschmückten Serenadenboote, und venezianische Liebeslieder klangen süß und verlockend durch die Nacht.

Gunter und Romana wären am liebsten so fortgewandert bis ins Grenzenlose. Heiße zärtliche Liebesworte flüsterte Gunter seiner Braut zu, und sie sah mit hold vertrauendem Blick zu ihm auf und dankte ihm immer wieder, daß er sie von allen Sorgen und Gefahren befreit hatte.

Am nächstenTag führte Gunter seine Braut und Frau von Altdorf zum deutschen Konsul, und am Abend dieses Tages waren sie von diesem in sein Haus geladen.

Weil Professors sehr darum baten, verschoben die

drei Menschen ihre Heimreise noch um – einen Tag. Aber dann reisten sie ab.

Und die Heimreise, die Romana so recht im Gefühl ihres Glückes genoß, war ein unbeschreiblich köstlicher Genuß für sie. Wie schön war es, allen Gefahren entronnen zu sein und sich wie andere junge Menschen ihres Lebens freuen zu dürfen! Die leise Schelmerei, die schon immer trotz aller Not in ihrem Wesen verborgen gelegen hatte, kam nun zum Durchbruch und entzückte Gunter und die glückliche Tante Maria. Diese erzählte Romana viel von Bernd und auch von ihrem Gatten, und Gunter berichtete immer wieder, wie sein Vater sich auf Romana freue.

So verging die Reise sehr angenehm.

Vetter Bernd war natürlich am Bahnhof, als die drei Reisenden eintrafen. Er stand auf dem Bahnsteig und hielt nach ihnen Ausschau, und da flog ihm plötzlich eine reizende junge Dame entgegen.

»Da bin ich, Vetter Bernd!«

»Oho! Das Mädchen aus der Fremde! Damit ist es nun aus, Bäschen, jetzt wollen wir uns mal ordentlich als Verwandte begrüßen, wie sich das gehört – und wenn dein Bräutigam vor Neid grün wird«, sagte Bernd lachend, umfaßte sein Bäschen und küßte sie herzlich ab, bis sie ihm Gunter aus den Armen nahm.

»So, mein lieber Bernd, jetzt hast du genug.«

»Erlaube, meine verwandtschaftlichen Pflichten sind noch nicht zu Ende.«

»Wenn sie noch weiter in derselben Weise wie bisher zum Ausdruck kommen, dann bin ich sehr dafür, daß du es mir überläßt, sie Romana in Zukunft zu übermitteln.

Ich will das gleich einmal versuchen, du kannst inzwischen ruhig deine Mutter begrüßen.« Und mitten im Gewühl der Reisenden küßte er sich satt an den Lippen seiner Liebsten. Aufatmend gab er sie frei.

»So, mein süßes Herz, nun bin ich wieder für ein Weilchen vernünftig.«

Einige Minuten später saßen sie alle vier im Auto und fuhren zur Wohnung des Gerichtspräsidenten.

19

Am ersten Dezember fand die Hochzeit der Gräfin Romana Soblikoff mit Doktor Gunter Valberg statt. Gunters Vater, der von seiner Schwiegertochter restlos entzückt war, hatte sich ausgebeten, die Hochzeit richten zu dürfen. Sie wurde mit aller Pracht gefeiert.

Unter den Ehrengästen befanden sich Justizrat Harland und Herr und Frau Geheimrat Dürkopp, die aus Hornklippe gekommen waren. Als Romana mit ihrem jungen Gatten aus der Kirche kam, stand Justizrat Harland mit einem alten Mann am Eingang des Festsaales.

»Romana, kennst du diesen Mann?« Die schöne junge Frau im weißen Hochzeitsgewand sah sich nach dem alten Mann um, und plötzlich schossen ihr die Tränen in die Augen.

»Wladimir, guter alter Wladimir – daß du noch am Leben bist! Wie geht es dir? Du mußt bei mir bleiben. Gunter, sieh dir diesen Mann an, das ist Wladimir, meines Vaters treuer Diener. Er muß bei mir bleiben, bitte sag ihm, daß er in unserem Haus eine Heimat finden soll.«

Und sie streichelte dem alten Diener die Hand.

»Duschenka, Täubchen, alle Heiligen beschützen und behüten dich. Und hier habe ich dir ein Hochzeitsgeschenk gebracht, das dich freuen wird. Väterchen schenkte es mir, als er in meinen Armen starb, du weißt, er trug es immer bei sich. Jetzt sollst du es haben, daß es dir Glück bringe, Duschenka.«

Und er küßte nach der Sitte seiner Heimat Romanas Gewand. Sie packte das kleine Päckchen aus, das er ihr überreicht hatte. Es enthielt ein kleines Heiligenbild in köstlicher Mosaikarbeit auf Goldgrund. Sie erkannte es sogleich wieder, so oft hatte es der Vater in seinen Händen gehalten. Inbrünstig drückte sie es an ihre Lippen und sagte, mit feuchten Augen zu ihrem jungen Gatten aufsehend:

»Meines Vaters Segen ist bei mir in dieser Stunde, Gunter.«

Dieser zog seine schöne junge Frau an sich und wandte sich an den alten Diener.

»Wollen Sie bei uns bleiben, Wladimir? In unserem Haus sollen Sie eine Heimat finden.«

Der alte Diener küßte auch Gunters Hand.

»Wenn ich darf, dann bleibe ich bei Duschenka. Ich habe jetzt einen guten Platz bei dem Bruder von Herrn Justizrat, aber da kann ich nicht russisch sprechen. Mit dir kann ich das, Duschenka. Ich will meinen Herrn bitten, daß er mich freigibt, damit ich bei dir bleiben kann.«

»So soll es sein, Wladimir. Und heute bist du unser Gast. Onkel Justizrat, ich bitte dich, kümmere dich um Wladimir, wir müssen jetzt zu unseren Gästen.«

Das Hochzeitsfest verlief sehr stimmungsvoll. Das Brautpaar mußte erst viele Toasts über sich ergehen lassen, ehe es sich heimlich davonstehlen konnte. Draußen wartete das Auto, das die beiden Glücklichen hinaus in die schöne, vornehme Grunewaldvilla bringen sollte. Sie wollten keine Hochzeitsreise machen. Romana sollte endlich einmal das Gefühl kennenlernen, eine Heimat zu haben.

Damit sie das Haus in den ersten Wochen ganz für sich hatten, verlebte Kommerzienrat Valberg die Zeit bis zum Weihnachtsfest in seiner kleinen Stadtwohnung, wo er zuweilen übernachtete, wenn er geschäftlich in Berlin festgehalten wurde. Zum Weihnachtsfest aber, das hatte Romana sich ausgebeten, sollte er wieder heimkommen.

Er bezog dann auch am Morgen des Heiligen Abend sein Altenteil, wie er den Seitenflügel seiner Villa nannte.

»So kann ich in eurer Nähe sein, ohne euch zu stören«, hatte er gesagt.

Gunter aber hatte am Hochzeitstag sein junges Weib aus dem Wagen gehoben und über die Schwelle seines Hauses getragen. Und als sie dann ganz allein waren, zog er sie fest in seine Arme.

»Meine süße Frau – endlich ganz mein«, flüsterte er zärtlich.

Sie schmiegte sich in seine Arme und umarmte ihn.

»Ich bin daheim! Halte mich an deinem Herzen, mein

geliebter Mann – ich bin daheim«, sagte sie mit feuchtschimmernden Augen.

Und ihre Lippen fanden sich im heißen Kuß der Liebe.

Hedwig Courths-Mahler

Jolandes Heirat

BASTEI LÜBBE

1

Es war im Jahr 1927. Eine festlich erleuchtete Villa im Grunewald: In den behaglichen Räumen hatte sich eine heiter gestimmte Gesellschaft versammelt. Zwei Herren gingen langsam durch die belebten Räume. Der größere von ihnen, eine interessante, imponierende Erscheinung, wandte sich an seinen Begleiter.

»Also Professor Rasmussen, der Herr dieses gastlichen Hauses, feiert heute einen seiner nicht seltenen Erfolge. Er hat wieder einmal einem Menschen das Leben gerettet, und zwar einem, dessen Tod für alle ein unersetzlicher Verlust gewesen wäre. Welche Genugtuung muß der Professor empfinden. Es war, wie ich hörte, eine sehr schwierige Operation, wobei es auf Tod und Leben ging.«

»So ist es, und dabei sieht er so einfach und bescheiden aus, dieser berühmte Chirurg.«

»Alle wirklich großen Menschen sind im Grunde bescheiden.«

»Sie haben mich in eine sehr glänzende und vornehme Gesellschaft gebracht, Herr Doktor!«

»Nun, da passen Sie vorzüglich hinein.«

»Wollen Sie damit sagen, daß ich auch glänzend und vornehm bin?«

»Allerdings, trotz Ihres ironischen Lächelns!«

»Diese Ironie müssen Sie mir verzeihen, aber ich

komme mir momentan weder glänzend noch vornehm vor, eher etwas verwildert; auf jeden Fall wenig salonfähig.«

»Das zu beurteilen müssen Sie schon andern Leuten überlassen; ich glaube nicht, daß irgend jemand hier zu der Ansicht kommen wird, Sie seien verwildert. Sie sind ja jetzt ein enorm reicher Mann geworden, seit Ihr Onkel Ihnen auf Java so große Besitzungen hinterlassen hat.«

»Früher war ich dafür desto ärmer, lieber Herr Doktor; das wissen Sie. Und da ich es für die Pflicht reicher Leute halte, ihr Geld auszugeben, damit es andern auch zugute kommt, werde ich mir morgen bei einem guten Schneider einige neue Anzüge, Frack eingeschlossen, bestellen, damit ich anständig auftreten kann. Aber bitte vergessen Sie nicht, daß Sie mir versprochen haben, keinem Menschen zu verraten, daß ich ein reicher Erbe bin. Es bleibt bei dem vermögenslosen Forschungsreisenden, der die letzten Jahre auf den Sundainseln Studien getrieben hat. Außer daß ich nicht mehr arm bin, beruht das ja auf Wahrheit, und Näheres brauchen die Leute nicht zu wissen.«

»Sie haben mein Wort, und ich bin davon überzeugt, daß Sie auch als armer Forschungsreisender eine ungewöhnlich interessante Erscheinung in unserm Gesellschaftsleben bilden werden.«

»Um Gottes willen, machen Sie mir nicht Angst. Ich eigne mich durchaus nicht zum Star der Gesellschaft.«

»Dafür würden Sie sich so, wie Sie sind, vorzüglich zum Filmstar eignen. Sie werden einen riesigen Erfolg bei unseren jungen und – älteren Damen haben.«

»Woran mir aber absolut nichts liegt. Ich bitte Sie, führen Sie mich so bescheiden wie möglich ein, sonst reiße ich Ihnen aus.«

Nun mußten die beiden Herren lachen.

»Fügen Sie sich in Ihr Schicksal. Die Hausfrau, die mit ihrem Gatten zusammen dieses glänzende Fest gibt, hat mich beauftragt, ihr möglichst viele interessante Menschen zuzuführen. Ich habe daher den Ehrgeiz, ihr diesen Wunsch zu erfüllen und ihr schon so viel Originelles und Rühmenswertes von Ihnen erzählt, daß sie sehr gespannt darauf ist, Sie kennenzulernen. Ich bin gewiß, daß sie meine Angaben über Sie noch bedeutend ausgeschmückt hat, und es müßte sonderbar zugehen, wenn Sie nicht heute abend hier unerhört Furore machten.«

»Jetzt reiße ich Ihnen aber wirklich aus, Doktor; das ist unerhört von Ihnen!«

»Still! Da stehen wir schon vor der Gastgeberin! Vergessen Sie nicht, daß sie die Gattin eines bedeutenden Mannes ist!«

»Ach, zum Teufel, Sie machen mich hier zum Popanz!«

»Im Gegenteil – zum Gott! Bitte, benehmen Sie sich dementsprechend: ganz Huld und Gnade!«

Sie mußten beide ihr Lachen unterdrücken, denn nun standen sie vor der blondlockigen, sehr hübschen Frau des Hauses, neben der jetzt auch ihr Gatte auftauchte.

Sie reichte Gerd Rainsberg mit einem bezaubernden Lächeln die Hand.

»Ah, ich freue mich, daß Herr Doktor Gering Wort gehalten und Sie heute abend zu uns gebracht hat. Ich sehe gern interessante Gäste bei mir und heiße Sie herzlich willkommen.«

Gerd Rainsberg verneigte sich artig und erwiderte:

»Sie beschämen mich, gnädige Frau, und ich fürchte, daß ich Sie sehr enttäuschen werde, da ich wenig gesellschaftliche Talente besitze. Wie Ihnen Herr Doktor Gering sicherlich mitgeteilt hat, komme ich aus der Wildnis und habe mich lange nicht in Gesellschaft bewegt.«

»Oh, Nietzsche sagt: ›Wenn sie schlecht von sich reden, bezaubern sie am meisten‹«, erwiderte sie mit einem Ausdruck, als sei Nietzsche ihre tägliche Lektüre. Sie hatte diese Worte einmal gehört und dieses Zitat kurz entschlossen in ihren Sprachschatz aufgenommen. Gelegentlich führte sie solche Zitate ins Treffen, um sich ihres Gatten würdig zu zeigen. Und sie erreichte auch jetzt, daß Gerd Rainsberg ein wenig stutzte und sie entschieden genauer betrachtete. Aber als er dann auf Doktor Gering einen raschen Seitenblick warf, sah er um dessen Mund ein sarkastisches Lächeln zucken und ahnte sogleich dessen Ursache.

Doktor Gering stellte Gerd Rainsberg nun auch dem Arzt vor, und dieser begrüßte ihn in seiner schlichten Art.

Inzwischen hatte sich die Hausfrau zu einer jungen Dame umgewandt, die hinter ihr gestanden und mit einer älteren Dame geplaudert hatte. Sie schob ihre Hand unter den Arm der jungen Dame und sagte, einen dirigierenden Druck auf diesen ausübend:

»Komm, Jo, laß dir den Forschungsreisenden vorstellen, von dem ich dir erzählte.«

Jolande Warren verabschiedete sich artig von der älteren Dame, die von der Hausfrau mit einem flüchtigen Neigen des Kopfes entlassen wurde, und trat mit ihrer Tante zu den drei Herren heran.

Jolande Warren war die Tochter einer verstorbenen Schwester des Arztes, und da sie ein gebildetes und liebreizendes Geschöpf war, das im Haushalt sehr gut Verwendung finden konnte, hatte die Tante die Wohltäterin gespielt und Jolande, zumal es ihr Gatte dringend wünschte, aufgenommen. Die junge Waise hatte im Haus ihres Oheims kein sehr leichtes und angenehmes Leben gefunden, denn es war sehr schwer, der anspruchsvollen Tante alles recht zu machen. Jo war eine bezaubernde Erscheinung, sprach perfekt Französisch, Italienisch und Englisch und wurde von der Tante, sobald diese gezwungen war, ausländische Gäste zu empfangen, immer als Dolmetscherin angestellt. Kam Italienisch in Frage, so mußte sie auch für den Onkel die Dolmetscherin spielen, da er nur Französisch und Englisch sprach.

Obwohl sie sich durch alle Dienste, die sie verrichtete, reichlich ihr Brot verdiente, sonnte die Tante sich dennoch in dem Gedanken, die Wohltäterin ihrer Nichte zu sein, und verlangte selbstverständlich von ihr bedingungslose Unterordnung. Auf Rosen war demnach Jolande Warren nicht gebettet, aber trotzdem war sie dem Onkel dankbar, daß er sie bei sich aufgenommen hatte. Er kümmerte sich im ganzen freilich wenig um sie, denn er war mit Arbeit überhäuft.

Die Tante hatte es sich in den Kopf gesetzt, ihre Nichte gut und glänzend zu verheiraten. Sie legte dabei allerdings den Hauptwert darauf, daß ein für Jolande in Frage kommender Freier reich sein müsse. Reichtum erschien der Frau Professor als das höchste Gut.

»Laß mich nur machen, Jo; ich sorge schon für eine reiche Partie«, sagte sie, wenn sie gute Laune hatte.

Sobald daher ein unverheirateter junger Mann in ihrer Nähe auftauchte, wurde er von ihr daraufhin angesehen, ob er reich sei oder nicht. Vor einiger Zeit war nun ein glänzender Kavalier in ihrem Gesichtskreise erschienen, der auf eine von ihm vorgewiesene Empfehlung hin im Haus empfangen worden war. Dieser neue Stern war ein Spanier, Señor Alfonso de Almadeia, der in Spanien große Besitzungen haben sollte und von dessen Reichtum allgemein gesprochen wurde. Auf diesen Señor de Almadeia hatte es jetzt die Tante ganz besonders abgesehen. Er war nicht nur reich, sondern auch ein schöner, interessanter Mensch, und seine Art, sich zu geben, hatte etwas so Faszinierendes, daß auch Jo seinem Reiz nicht widerstehen konnte. Als sie zum ersten Mal in seine glühenden dunklen Augen sah, war ihr zumute, als verließe sie plötzlich alle Kraft, alle Selbstbestimmung, aller Wille, und sie, die sonst sehr kühl und zurückhaltend war, fühlte sich auf eine eigene Art zu diesem Mann hingezogen, sobald er mit ihr sprach und sie ansah. War er dann nicht mehr in ihrer Nähe, fragte sie sich halb betäubt, was an ihm sie eigentlich so bezauberte. Sie fand darauf keine Antwort, verfiel aber rettungslos immer wieder seinem Einfluß, sobald er in ihre Nähe kam.

Nun muß gesagt werden, daß die Tante, um Jolande eine gewisse Folie zu geben, das Gerücht ausgesprengt hatte, Jo sei eine sehr reiche Erbin. Allein diese hatte von ihren Eltern nur ein kleines Vermögen von etwa dreißigtausend Mark geerbt. Das lag, vom Onkel treu verwaltet, seit dem Tod ihrer Eltern auf einer kleinen Bank. Es war das einzige, was von dem einst sehr großen Vermögen von Jolandes Vater noch gerettet worden war. Die Zinsen dieses Kapitals bekam Jolande stets ausgezahlt, wovon sie ihre Garderobe und sonstige kleine Ausgaben bestritt. Denn wenn ihr der Onkel auch willig Aufnahme in seinem Haus geboten hatte, so war er doch froh, daß er sie nicht auch noch zu kleiden brauchte, da seine Gattin in dieser Beziehung ziemlich anspruchsvoll war und das immer mit dem Hinweis beschönigte, sie müsse seinetwegen doch repräsentieren.

Kinder besaß das Ehepaar nicht, aber auch kein nennenswertes Vermögen, wenn der Arzt auch gute Einnahmen hatte.

Die Tante hoffte im stillen auf eine reiche Partie Jos.

Als sie Jo am Arm davonführte, fragte sie leise:

»Wo ist Señor de Almadeia? Hast du ihn schon gesehen?«

»Ja, Tante Mally, wir sprachen eine Weile zusammen, jetzt begrüßt er Bekannte.«

»Er sieht ja blendend aus.«

Jo hatte das zwar eben noch selbst empfunden, aber da sie jetzt seinen Augen nicht ausgesetzt war, fragte sie sich, ob es für einen Mann wichtig sei, bezaubernd auszusehen. Aber sie sagte nur:

»Er sieht immer blendend aus.«

Sie waren jetzt bei den drei Herren angelangt, und die Tante stellte ihr Gerd Rainsberg vor.

Dieser wandte sich schnell zu der jungen Dame um,

und einen Moment sahen sich die beiden jungen Menschen an.

Gerd Rainsbergs graue Augen, die so eigenartig hell in dem gebräunten, langen Tropenaufenthalt verratenden Antlitz standen, weiteten sich, als sie auf Jolande Warrens Gesicht ruhten. Es erschien ihm außerordentlich reizvoll, dieses liebliche Mädchengesicht, das reiche goldbraune Haarwellen umgaben und aus dem zwei weichblickende, samtbraune Augen leuchteten, in denen goldene Funken zu flimmern schienen.

Ihm war mit einem Mal ganz seltsam zumute, so, als sei er jetzt erst nach langer Abwesenheit in die Heimat zurückgekehrt. Er fühlte, da stand ihm ein Mensch gegenüber, dessen Wesensart ihm vertraut erschien, noch ehe er ein Wort mit ihm gewechselt hatte.

Auch Jolande empfand sofort eine große Sympathie für diesen Mann, den sie jetzt zum ersten Mal sah. Das also war der Forschungsreisende, der zuletzt die Kratergebiete der Sundainseln durchforscht hatte.

Und wenn sie durch Señor de Almadeias Augen vom ersten Augenblick gefesselt, aber doch beunruhigt worden war, so strahlten diese grauen Männeraugen etwas wie köstliche Ruhe, wie tiefen Frieden aus. Sie hatte plötzlich das Gefühl, als sei sie nach langer Krankheit genesen. Das machte sie sich freilich nicht klar, sondern spürte es nur unbestimmt, aber sie empfand doch ganz deutlich, daß es wundersam war, diesen Mann kennenzulernen.

Sie plauderte eine Weile mit den Herren. Aber Tante Mally sah von fern den Señor auftauchen, und es erschien ihr wichtiger, daß Jolande ihre Gesellschaft diesem reichen und glänzenden Kavalier widmete, als dem, wenn auch interessanten, so doch völlig vermögenslosen Forscher, der für sie nicht als Werber um Jos Hand in Frage kam.

Sie zog die Nichte mit sich fort, so gern diese auch noch in Gerd Rainsbergs Gesellschaft geblieben wäre. Einen Moment sahen sich die beiden Augenpaare noch an, als sei es ihnen schwer, sich voneinander loszureißen, dann aber mußte Jo der Tante folgen.

Auch der Hausherr wurde anderweitig in Anspruch genommen; und so gingen Doktor Gering und Gerd Rainsberg weiter, sich langsam durch den Menschenschwarm windend.

Aber Gerd Rainsbergs Blicke folgten Jo, und er sah, daß sie mit ihrer Tante vor einem hochgewachsenen brünetten Herrn stehenblieb. Mit einem seltsam unangenehmen Gefühl sah er, daß dieser Mann sich mit faszinierendem Lächeln zu Jo herniederbeugte, nachdem er die Hand der Hausfrau mit einer unbeschreiblichen Grazie geküßt hatte und auf erstere einsprach, während ihre Tante weiterging.

Ohne daß es Doktor Gering merkte, dirigierte ihn Gerd Rainsberg so, daß sie in die Nähe Jos kamen. Diese stand jetzt in der Umrahmung einer offenstehenden Flügeltür, und er bemerkte, wie der brünette Herr seine Hand in etwas vertraulicher Weise auf Jos Arm legte.

»Wer ist der Herr, der neben Fräulein Warren dort in der offenen Tür steht, Herr Doktor?« fragte Gerd seltsam unruhig und interessiert.

»Ah – der Spanier!«

Und Doktor Gering gab Auskunft; er kannte alle Welt, wußte alles über alle und war immer genau informiert.

»Ein Spanier?«

»Allerdings, ein Señor de Almadeia.«

»Ist er hier bei der Gesandtschaft?«

»Keineswegs; er ist in der glücklichen Lage, so reich zu sein, daß er es nicht nötig hat, irgendeinen Beruf zu ergreifen, es sei denn, den eines Weltenbummlers. Er ist märchenhaft reich, besitzt große Güter in Spanien und tauchte vor einiger Zeit wie ein Stern an unserem Gesellschaftshimmel auf; selbstverständlich als ein Stern erster Ordnung.«

Gerd, der den Spanier sehr scharf beobachtete, hatte sofort das Gefühl einer tiefgründigen Antipathie gegen diesen Mann, der es wagte, vertraulich mit Jolande Warren zu plaudern, ihren Arm festzuhalten und sie mit glühenden, werbenden Blicken zu betrachten, nein, zu versengen.

Das Gefühl, das ganz plötzlich in seinem Herzen für Jolande erwacht war, veranlaßte ihn, mit einer gewissen Eifersucht auf diesen Fremden zu blicken. Er hätte ihn am liebsten von ihrer Seite fortgestoßen, und ihm war, als müsse er sich schützend an ihre Seite stellen. Irgendeine Stimme in seinem Innern sagte ihm, daß diesem reizenden Mädchen mit den wundersamen Augen und dem anbetungswürdigen Lächeln, das sie jetzt leider an den andern verschwendete, Gefahr drohe an der Seite dieses Mannes.

»Können Sie mich dem Herrn vorstellen? Er interessiert mich irgendwie«, stieß er hervor.

Doktor Gering lachte.

»Verfallen auch Sie seinem Zauber? Es ist nämlich fabelhaft, wie es dem Señor gelingt, alle Menschen in seinen Bann zu ziehen, Männlein und Weiblein. Ich bin doch gewiß ein skeptischer Geselle und finde an allen Menschen stets zuerst die Fehler heraus. Bei diesem Mann gelingt mir das nicht, obwohl ich im Unterbewußtsein fühle, daß er mehr Fehler hat als andere Menschen. In seiner Abwesenheit denke ich ganz kritisch über ihn und sage mir, daß er mir fast den Eindruck eines Abenteurers macht. Stehe ich aber vor ihm und sehe ihm in die Augen, dann weiß ich bloß noch, daß er bezaubernd liebenswürdig ist.«

»Also ein Blender!« sagte Gerd fast schroff.

»Das meiner Meinung nach unbedingt. Aber was wollen Sie, reiche Leute blenden arme Schlucker immer, da brauchen sie noch nicht mal so bezaubernd zu sein. Also kommen Sie, ich stelle Sie vor.«

Sie traten an den Spanier heran, der noch immer seine Hand auf Jos Arm liegen hatte.

Doktor Gering machte die Herren bekannt, und es war seltsam: Als Jo jetzt wieder in Gerd Rainsbergs Augen sah, wirkten diese abermals so auf sie, als brächten sie ihr Klarheit, brächten ihr Genesung von irgendeiner schweren Krankheit, die ihr alle Kraft nahm und sie unter des Spaniers Augen willenlos machte.

Sie blieb noch eine Weile stehen, wurde dann aber von anderer Seite in Anspruch genommen. Und wieder sah Gerd ihr wie verzaubert nach. Aber dann riß er sich los und betrachtete den Señor, der sich mit einem bezaubernden Lächeln zu ihm wandte.

»Sie kommen aus den Tropen, Herr Doktor?« fragte er.

Doktor Gering hatte ihm Gerd mit seinem Titel vorgestellt, denn Gerd war Dr. phil., machte aber wenig Gebrauch davon.

Gerd neigte leicht das Haupt.

»Ja, von den Sundainseln.«

»Ist es dort interessant, Herr Doktor?« fragte der Spanier leichthin, in einem auffallend reinen Deutsch.

»Es kommt darauf an, was man unter interessant versteht, Señor.«

In diesem Augenblick wurde Doktor Gering von einem älteren Herrn angesprochen und einige Schritte fortgeführt.

Da folgte Gerd plötzlich einer Eingebung. Irgend etwas in dem Wesen des Fremden kam ihm seltsam unspanisch vor. Er wußte nicht, was es war, aber er hatte früher einige Jahre in Spanien gelebt und kannte das spanische Volk mit allen Eigenheiten ziemlich genau.

Da er Spanisch perfekt beherrschte, sagte er plötzlich in dieser Sprache:

»Wir können auch in Ihrer Muttersprache reden, Señor, wenn Ihnen das bequemer ist; ich beherrsche die spanische Sprache.«

Da glitt ein sonderbarer Ausdruck über das schöne Gesicht des anderen, und er schien sich die Worte Gerds erst lange zu überlegen. Dann erwiderte er etwas unsicher:

»Sie wollen Spanisch mit mir sprechen, Herr Doktor?«

Das fragte er aber so holprig und mit einem Akzent,

wie er vielleicht in spanischen Hafenkneipen üblich ist, daß Gerd sofort im Bilde war. Wenn dieser Herr behauptete, ein Spanier zu sein, so sprach er sicherlich nicht die Wahrheit. Das hatte Gerd wissen wollen und erwiderte nur:

»So ist es, Señor!«

Dieser wehrte mit lächelnder Grazie ab.

»O nein, ich bin in Deutschland, um die deutsche Sprache zu erlernen, und bitte Sie, Deutsch mit mir zu reden.«

Gerd stellte fest, daß das Deutsch dieses Herrn viel besser war als dessen Spanisch. Aber er machte keine Bemerkung darüber, sondern plauderte nun in deutscher Sprache noch eine Weile mit ihm. Dann aber entschuldigte sich der Spanier und ging eilig davon.

Gerd sah ihm nach und bemerkte, daß er sich wieder an Jolande Warrens Seite heranschlängelte.

Und er dachte bei sich: bei allem Charme – ein widerlicher Kerl. Und ein Spanier ist er ganz gewiß nicht. Was und wer ist er aber dann? Man kann sich aber doch nicht denken, daß er hier in diesen Kreisen ungestraft unter falscher Flagge segeln darf. Vielleicht befindet er sich hier in einer besonderen Mission, die eine Maskerade notwendig macht? Ist er Diplomat? Oder – Spion? Oder gar Hochstapler? Man müßte ihm etwas auf die Finger sehen, schon um der reizenden Jolande Warren willen, die doch anscheinend auf sehr vertrautem Fuß mit ihm steht. Aber der Hausherr muß doch wissen, wen er in seinem Haus empfängt. Ich sehe wohl zu schwarz. Warum überhaupt? Was geht mich im Grunde dieser Mensch an? Nichts! Aber es ärgert mich, daß er sich schon wieder in Jolande Warrens Nähe aufhält. Und wie sie zu ihm aufsieht! Wie ein gefangener Vogel zum Vogelsteller, so hilflos, so – wie hypnotisiert oder verzaubert. Ich könnte den Kerl umbringen!

Das war Gerd Rainsbergs Gedankengang. Aber es wäre ihm nicht eingefallen, sich einzugestehen, daß eine quälende Eifersucht aus ihm sprach. Ja, er war eifersüchtig auf den Señor, weil dieser Jolande Warrens Arm berühren durfte, weil sie so ergeben zu ihm aufsah.

»Na, Doktor, was machen Sie denn für ein grimmiges Gesicht?« fragte in diesem Moment Doktor Gering, wieder zu ihm herantretend.

Gerd strich sich über die Stirn.

»Ich weiß nicht, ich glaube, mir bekommen diese Gesellschaften nicht!«

»Ei, so absprechend? Wenn das die Gastgeberin wüßte, die doch ihre Feste für bezaubernd hält!«

»Vielleicht sind sie es für andere Leute, für mich nicht.«

»Na, na, einige Erscheinungen sind doch wert, daß man auf sie stößt. Zum Beispiel der Spanier. Ist er nicht ein fabelhafter Mensch?«

Gerd lachte spöttisch auf.

»Möglich, daß er ein fabelhafter Mensch ist – eine Fabel umgibt ihn sicherlich.«

»Wie meinen Sie das?«

Gerd sah sich um, aber sie waren allein, und Gering konnte man unbesorgt alles anvertrauen, ohne fürchten zu müssen, daß er es ausplauderte. Er war als großer Schweiger bekannt, wenn's drauf ankam.

»Ich meine, daß dieser Mann kein Spanier ist!«

»Erlauben Sie! Machen Sie noch so einen Witz!«

»Es ist kein Witz. Sie wissen, ich war einige Jahre in Spanien, um Land und Leute zu studieren.«

»Richtig! Na, wo sind Sie überhaupt nicht schon gewesen! Und nun?«

»Der Señor spricht ein Spanisch, wie es die Matrosen in den Hafenkneipen hervorstottern, er beherrscht kaum die geläufigsten Redensarten und lehnte, nachdem ich ihn Spanisch angeredet hatte, sehr energisch ab, weiter Spanisch mit mir zu sprechen. Er sei hier, um Deutsch zu lernen.«

»Donnerwetter, das ist interessant! Aber – dann hat es wohl seine besonderen Gründe, wenn er hier als Spanier herumwimmelt. Er ist ja hier im Haus sehr gern gesehen, ist eine Art Favorit der Frau des Hauses. Man sieht ihn immer hier. Unter uns, ich glaube, die Dame plant eine Verbindung zwischen ihm und ihrer Nichte.«

»Ist das möglich?«

»Sie sahen ja bereits selber, daß er sich ziemlich vertraulich benahm, als wir herantraten. Und wenn der berühmte Arzt nicht blind ist, muß er das auch sehen. Sieht er es aber, dann billigt er diese Verbindung auch, und – dann muß er ja wohl wissen, wem er seine Nichte anvertraut. Möglich, daß sich dieser Grande in einer politischen Mission hier befindet und eine Maske trägt. Das kommt ja oft genug vor.«

Gerd atmete tief auf.

»Möglich! So etwas habe ich mir auch schon gedacht. Also meinen Sie, daß man nichts gegen ihn unternehmen kann?«

»Ausgeschlossen, Sie werden sich doch nicht die Finger verbrennen wollen!«

Nachdenklich und unruhig sah Gerd zu Jolande hinüber, die wieder ganz im Bann des Spaniers zu sein schien. Und ein grimmiger Schmerz erfüllte ihn plötzlich – ein intensives Wehgefühl, das er sich nicht erklären konnte. Dieses reizende Mädchen hatte sofort einen tiefen Eindruck auf ihn gemacht. Nicht, weil sie schön war – er hatte schon schöneren Frauen kalt gegenübergestanden –, es ging ein anderer Zauber von ihr aus, dem er keinen Widerstand zu leisten vermochte. Er wußte, daß sein Herz bei ihr eine Heimat gefunden hatte, wie er sie immer schon gesucht hat, ohne sie zu finden. Gerade ihre weiche Hilflosigkeit appellierte an die ausgeprägte Männlichkeit seines Charakters. Das war eine Frau, der ein echter Mann schützend und hütend die Hände unterzubreiten verlangte, um sie vor jeder Rauheit des Lebens zu bewahren. Unbesiegt war er bisher durch das Leben gegangen – und hier ereilte ihn sein Schicksal. Zwei wundersame, zage, samtbraune Augen, ein scheues, süßes Lächeln – und er war gefangen für alle Zeit. Das spürte er, obgleich er sich ärgerlich dagegen zur Wehr setzen wollte. Und zugleich wachte der Wunsch in ihm auf, dieses Mädchen vor allen Gefahren zu beschützen. Er spürte – von diesem Mann drohte ihr Gefahr irgendwelcher Art. Und er haderte mit dem Schicksal, daß es ihm kein Recht gegeben hatte, sich zu ihrem Beschützer aufzuwerfen.

»Fräulein Warren lebt ständig im Haus ihres Onkels?« fragte er Doktor Gering.

»Ja, seit dem Tod ihrer Eltern hat er, der ein Bruder ihrer Mutter ist, sie zu sich genommen. Sie scheint allerdings sehr vermögend zu sein, ich hörte sogar, sehr reich. Deshalb wird sie auch viel umworben. Ein so glänzender Freier wie der Spanier ist allerdings noch nicht aufgetaucht, und darum kann man es verstehen, daß Onkel und Tante einer glänzenden Verbindung geneigt sind, die ihnen Garantie bietet, daß die Nichte nicht nur ihres Reichtums wegen begehrt wird.«

»Das ist selbstverständlich – sie wäre auch begehrenswert ohne Vermögen«, sagte Gerd versonnen.

Doktor Gering sah ihn plötzlich forschend von der Seite an. Sollte der junge Mann Feuer gefangen haben? Na, dann konnte er ja versuchen, mit dem Spanier in Wettbewerb zu treten. Er war ja ebenfalls reich und zweifelsohne eine gute Erscheinung, ganz abgesehen von den Qualitäten, die er sonst aufzuweisen hatte. Er sagte aber nur lässig:

»Das ist jedenfalls Geschmacksache; mein Genre ist sie nicht. Ich liebe nur Frauen mit rassigem Temperament.«

Gerd preßte die Lippen zusammen, sah finster zu dem Spanier hinüber und sprang dann auf ein anderes Thema über. Er wurde an diesem Abend noch vielen Menschen vorgestellt, mußte banale Redensarten anhören und erwidern und suchte doch nur immer mit seinen Augen Jolande Warren. Einige Male gelang es ihm, ein paar Worte mit ihr zu wechseln, und es schien ihm, als sei sie bei jedem neuerlichen Zusammentreffen mit ihm unruhiger und unfreier als zuvor. Immer wieder redete er sich ein, ihre Augen sähen ihn hilfeflehend an. Aber was konnte er tun? Was wollte sie von ihm? Bildete er sich das alles nicht nur ein?

Und dann plötzlich sah er sie nicht mehr, sie war seinen Blicken entschwunden, und er wußte nicht, wohin. Das machte ihn unruhig. Er wollte gehen, wollte fliehen vor dem Zauber, den dieses Mädchen auf ihn ausübte. Aber er blieb dennoch.

Jolande Warren hatte heute nicht zum ersten Mal das Gefühl, als müsse sie sich vor dem immer stärker werdenden Einfluß befreien, den Señor de Almadeia auf sie ausübte. Trotzdem verfiel sie immer wieder der Suggestion, die er ganz sicher anwandte, um sie in seine Nähe zu fesseln. Ihre Blicke lösten sich einige Male aus den seinen und sahen hilflos um sich. Und wenn sie dann Gerd Rainsbergs trafen, hatte sie jedesmal ein Gefühl der Erleichterung, der Befreiung. Der Spanier merkte sehr wohl, daß sie ihm zu entgleiten suchte, daß er sie nicht mehr so stark beherrschte wie bisher, und deshalb faßte er einen festen Entschluß: heute noch mußte er als Verlobter Jolande Warrens dies Haus verlassen. Der Beihilfe der Tante war er sicher, und auf die Einwilligung des Onkels konnte er gleichfalls hoffen. Also galt es nur, Jolande in seine Gewalt zu bekommen, denn er glaubte fest und bestimmt, daß sie eine reiche Erbin sei.

Durch diplomatisches Fragen hatte er die Tante so weit gebracht, daß sie ihm sagte, Jolande könne frei über ihr Vermögen verfügen, denn sie werde in diesen Tagen mündig. Und überhaupt, sobald sie heirate, sei ja ihr Gatte ihr natürlicher Beschützer und Vormund. Absolut nichts hatte ihr verraten, daß die Vermögensfrage dem Spanier so wichtig war. Er hatte sich den Anschein gegeben, als würde er Jolande am liebsten freien, wenn sie ein armes Mädchen wäre, das ganz auf ihn angewiesen sei.

So galt es nur noch, eine Gelegenheit herbeizuführen, die Jolande jeden Rückzug, jede Absage unmöglich machte und so jeden etwaigen Widerstand zu brechen.

Jolande suchte schon eine Weile nach einer Gelegenheit, sich von ihm frei zu machen. Sie hätte gern noch eine Weile mit Gerd Rainsberg geplaudert, denn er würde sicherlich viel Interessantes zu berichten haben.

Während sie mit nervösen Händen am Spitzeneinsatz ihres hauchfeinen weißen Kleides spielte, zerrissen ihre unruhigen Finger plötzlich diese Garnitur. Sie atmete auf.

»Ach, wie ungeschickt – jetzt muß ich schnell auf mein Zimmer gehen und den Schaden wieder gutmachen.«

Des Spaniers Augen glühten in die ihren.

»So muß ich Sie für eine Weile freigeben, Jolande, obwohl mir jede Minute Ihrer Abwesenheit eine Qual ist«, stieß er leidenschaftlich hervor.

Sie hob in instinktiver Abwehr ihre bebenden Hände. Zum ersten Mal nannte er sie bei ihrem Vornamen, und ihr war, als müsse sie sich dagegen auflehnen. Aber sie hatte nicht die Kraft dazu. Fluchtartig wandte sie sich von ihm fort.

»Auf Wiedersehen, süße Jolande!« flüsterte er ihr zu.

Da eilte sie davon.

Sie wurde durch eine Dame aufgehalten, und so hatte der Spanier Zeit, ihr zuvorzukommen, denn blitzähnlich durchzuckte ihn ein Gedanke. Jetzt war die Gelegenheit da, nach der er gesucht hatte. Schnell durch eine andere Tür als die, die Jo benützen wollte, entweichend, lief er mit eiligen Schritten den Korridor entlang, bis zu der nach dem ersten Stock führenden Treppe. Dort wußte er Jolandes Zimmer, denn er war viel im Haus gewesen und kannte die Zimmeranlage.

Er gewann einige Minuten Vorsprung und betrat, sich noch einmal sorgsam umsehend, Jolandes Schlafzimmer. Hier verbarg er sich aufatmend hinter einem Vorhang und wartete mit atemloser Unruhe. Da hörte er einen leichten Schritt, gleich darauf wurde die Tür geöffnet, und Jolande erschien auf der Schwelle. Hastig schloß sie die Tür hinter sich zu, blieb hoch aufatmend stehen und preßte die Hände aufs Herz. Kurz bevor sie die Gesellschaft verlassen hatte, war ihr Gerd noch einmal begegnet; sie hatte ihm lächelnd den Schaden an ihrem Kleid gezeigt und gesagt:

»Jetzt muß ich ein Ungeschick gutmachen!«

»Darf ich Sie begleiten, gnädiges Fräulein, und Ihnen behilflich sein?« hatte er gefragt.

Sie hatte den Kopf geschüttelt.

»Nein, nein – dabei können Sie mir gewiß nicht helfen; ich komme gleich zurück.«

»Aber dann darf ich auf den Vorzug rechnen, ein wenig mit Ihnen plaudern zu dürfen?«

Sie nickte ihm zu.

»Ja, sobald ich zurück bin!«

Damit war sie davongelaufen, mit einem ganz unbeschreiblichen, reinen Glücksgefühl im Herzen.

Nun stand sie mit geschlossenen Augen und den auf das Herz gepreßten Händen mitten in ihrem Zimmer und dachte an Gerd Rainsberg, lauschte seiner Stimme nach und ahnte nicht, welche Gefahr sie bedrohte.

Aber als sie auf die Tür zu ihrem Ankleidezimmer zuschritt, in dem sich ihr Nähtisch befand, sprang plötzlich der Spanier hinter dem Vorhang hervor, schlang seine Arme fest um sie und flüsterte voll leidenschaftlicher Zärtlichkeit:

»Meine süße Jo, wie danke ich dir, daß du mir Gelegenheit gegeben hast zu diesem Rendezvous. Ich habe dich gleich verstanden und bin dir vorausgeeilt, um dich hier mit zitternder Sehnsucht zu erwarten. Endlich – endlich bist du mein, süße Jo; ich verzehre mich nach dir!«

Jolande war vor Schreck wie gelähmt, und erst, als seine Küsse auf ihrem Mund brannten, kam sie zu sich und suchte sich von ihm zu befreien. Er aber hielt sie mit starken Armen fest.

Die Angst gab ihr die Kräfte, sich zu wehren. Da er sie aber immer mehr bedrängte, biß sie ihn, unfähig, sich gegen ihn zu behaupten, in die Hand. Er hatte sie indessen so weit niedergebeugt, daß er die an der Tür befindliche Klingel erreichte, und ohne daß sie es ahnte, läutete er Sturm. Sie rang noch immer mit ihm, und endlich gelang es ihr, sich von seinem Griff zu befreien. Da sah er sie mit einem Lachen an, das sie quälte.

»Aber Jo, weshalb denn so wild?«

Sie stand mit zerzaustem Haar und mit entsetzten Augen vor ihm.

»Nein, nein – wie können Sie das sagen? Und wie können Sie wagen, mich in meinem Zimmer zu überfallen? Das ist unerhört. Sofort verlassen Sie mich.«

»Sei doch nicht so spröde, süße Jo. Es hilft ja nun nichts mehr; hast du nicht gehört, daß du die Klingel berührt hast, als du dich so heftig gegen meine Küsse wehrtest? Geliebte, weshalb bist du nur so außer dir? Wir lieben uns doch, du hast es mir oft verraten, und endlich hast du mich ganz um Sinn und Verstand gebracht. Verzeih mir, wenn mein Gefühl mit mir durchging. Ich habe keine Limonade in den Adern, sondern rotes, warmes Blut, und das schreit nach dir. Hörst du – jetzt kommen die Menschen, die du herbeigeklingelt hast. Nun müssen wir öffnen und uns als Brautpaar proklamieren lassen.«

Alles in ihr setzte sich plötzlich gegen diesen Mann zur Wehr. Zum ersten Male spürte sie sein unreines, unedles Wesen; das kam wohl daher, weil sie ihn mit Gerd Rainsberg verglich. Aber angstvoll sah sie nach der Tür.

»Nein, nein, nicht – nicht öffnen, um Gottes willen nicht!«

Er riß sie trotz ihres Sträubens wieder an sich. Wieder überfiel er sie mit seinen Küssen.

»Also lassen wir die Tür zu, mein Süßes; das ist mir selbstverständlich noch viel lieber. Ich verträume gern erst noch ein Kosestündchen mit dir, ehe wir unsere Verlobung proklamieren. Jo, nun sieh doch nicht so erschrocken aus!« sagte er laut.

Draußen hatte inzwischen eine Dienerin auf die Klinke gedrückt. Als sie das Zimmer verschlossen fand, lauschte sie und hörte außer Jolandes Stimme die eines Mannes. Sie eilte aufgescheucht davon und lief hinab, aber schon auf der Treppe begegnete ihr die Hausfrau. Das Mädchen stotterte ihre Entdeckung hervor, und sie begriff sofort. Señor de Almadeia hatte ihr, ehe er den Saal verließ, zugeflüstert:

»Jetzt fange ich mir mein Glück ein!«

Sie hatte ihm nachgesehen und nicht ganz begriffen, was er vorhatte. Unruhig suchend war sie durch die Zimmer gegangen und endlich die Treppe hinaufgestiegen. Und da hörte sie von dem Mädchen, wo »das Brautpaar« sich befand. Sie fand es allerdings ein wenig gewagt, daß sich die beiden jungen Menschen ein Rendezvous in Jos Zimmer gaben, aber verliebte Leute sind eben nicht gescheit. Und sie sagte lächelnd zu dem Mädchen:

»Beruhigen Sie sich nur, meine Nichte hat sich eben mit Señor de Almadeia verlobt, und ich bin gerade auf dem Weg, zu ihnen zu gehen.«

Und ruhig stieg sie die Treppe vollends hinauf und klopfte an Jos Tür.

»Ich bin es, Jo; bitte mach auf!«

Jo stand da wie vernichtet. Aber ehe sie einen Entschluß fassen konnte, sprang der Spanier zur Tür, öffnete und verbeugte sich tief vor der Hausfrau:

»Teure, angebetete gnädige Frau, ich danke Ihnen, daß Sie gekommen sind, um uns Ihren Segen zu geben.«

Absichtlich hatte Jos Tante die Tür weit offenstehen lassen, weil sie wußte, daß einige der Dienstboten neugierig auf der Treppe standen. Sie erschrak allerdings, weil Jo mit zerzaustem Haar und zerrissener Garnitur ihres Kleides vor ihr stand, aber sie lächelte doch.

»Kinder, meines Segens könnt ihr gewiß sein, und Onkel wird auch seine Einwilligung nicht versagen.

Aber mußtet ihr denn ausgerechnet hierher, in Jos Schlafzimmer, gehen, um euch auszusprechen?«

Jolande riß sich aus ihrer Erstarrung zusammen: »Ach, Tante – liebe Tante, ich – ich will ja gar nicht, nein – ich will mich nicht verloben mit Señor de Almadeia!«

Da richtete sich die Tante sehr streng und abwehrend auf.

»Was denkst du dir, Jo? Du empfängst hier einen Mann in deinem Schlafzimmer, die Dienstboten stehen draußen und machen ihre Glossen darüber und – nun – dein Haar und dein Kleid reden deutlich genug. Niemand als dein Verlobter hat das Recht, hier bei dir einzudringen. Das mach dir gefälligst klar. Ich hoffe nicht, daß du Onkel durch einen Skandal unmöglich machen willst. Señor de Almadeia liebt dich, er hat es mir oft angedeutet, du hast ihm deutlich genug gezeigt, daß du seine Bewerbungen günstig aufnimmst. Was sollen also jetzt die Launen?«

Der Spanier trat mit einem Lächeln an Jo heran und legte den Arm um ihre Schultern.

»Schelten Sie nicht, verehrungswürdige Tante, Jo ist nur ein wenig verwirrt; sie geniert sich, weil man uns hier überrascht hat. Das gibt sich wieder. Nicht wahr, meine süße Jo? Du wirst jetzt mit mir zu deinem Onkel gehen. Ich werde ihn bitten, daß er unsere Verlobung proklamiert. Regen Sie sich nicht auf, gnädigste Tante.«

Jo starrte angstvoll hinaus auf den Korridor. Ja, da standen einige der Mädchen und kicherten und suchten einige Worte der Unterhaltung zu verstehen, was ihnen, da nur halblaut gesprochen wurde, nicht gelang. Aber Jo sah sich im Spiegel, starrte auf ihre derangierte

Toilette und wurde sich mit Verzweiflung darüber klar, daß es keine Rettung für sie gab. Sie mußte in diese Verlobung einwilligen, durfte Onkel und Tante, die sie in ihrem Haus aufgenommen hatten, die Schmach nicht antun, einen Skandal zu verursachen. Blaß, mit zukkenden Lippen trat sie von ihrem Verlobten weg und sagte leise:

»Bitte, laßt mich allein, nur zehn Minuten, ich muß mich in Ordnung bringen.«

Die Tante ahnte nicht, was in Jo vorging; ihr war nur klar, daß sie wahrscheinlich ein Kosestündchen des Brautpaares gestört hatte. Sie war aber doch zufrieden, ihr Wille war geschehen: Jo bekam nicht nur einen glänzenden, sondern auch einen steinreichen Mann. Herzlich küßte sie Jo.

»Also gut, mein Kind; ich warte mit Alfonso vor der Tür, und du machst dich schnell fertig.«

Obwohl Jo hastig zurückwich, riß Alfonso sie nochmals in seine Arme und flüsterte ihr zu:

»Verzeih, Jo, meine Leidenschaft hat mich hingerissen, aber nun ist ja alles gut, du bist mein – mein! Ich bin sehr glücklich!«

Sie stand willenlos, gefangen in seiner Umarmung und wäre am liebsten gestorben, denn sie mußte daran denken, daß sie in wenigen Minuten Gerd Rainsberg gegenüber stehen würde, als Braut dieses Mannes, vor dem ihr jetzt graute und dem sie doch rettungslos verfallen war. Sie wußte, es gab keinen Weg für sie, der zur Freiheit führte, als den der Schmach.

Als sie allein war, fiel sie kraftlos in sich zusammen. Was sollte, konnte sie tun? Sie war keine Kampfnatur, wußte, daß sie sich fügen mußte; wenn man sie nicht mit Schmach und Schande bedecken sollte, unter der Onkel und Tante auch würden leiden müssen. Der Onkel in seiner exponierten Stellung durfte keine Nichte haben, die einen fremden Mann in ihrem Schlafzimmer empfing. Und daran glaubte ja auch ihr Verlobter, sonst wäre er doch nicht gekommen. Hatte sie sich wirklich so ungeschickt benommen, daß er glauben mußte, sie habe ihm ein Rendezvous geben wollen?

Und sie wünschte sich zu sterben, denn ein Glück erwartete sie nicht in dieser Ehe. Ihr Glück lag anderswo, das wußte sie seit heute abend, aber es würde nun unerreichbar für sie sein.

Müde und kraftlos erhob sie sich endlich und brachte ihr Kleid in Ordnung. Wenn Gerd Rainsberg sie so gesehen hätte – mit einem fremden Mann in ihrem Schlafzimmer – er würde sie verachten. Und seltsamerweise bedrückte sie am meisten der Gedanke an diesen Mann, den sie doch heute erst kennengelernt hatte. Bisher war ihr Señor de Almadeia gar nicht so widerwärtig erschienen. Er hatte sie bestrickt, bezaubert, wie er alle Frauen zu bezaubern wußte, wenn seine Bezauberung auch immer nur so lange angehalten hatte, wie er in ihrer Nähe war. Heute war er ihr zum ersten Mal unecht, unsympathisch erschienen. Sie hatte nie darüber nachgedacht. Zum ersten Mal hatte sie den Wunsch gehabt, sich von ihm zurückziehen zu können. Und dann hatte sie jedesmal wie hilfeflehend zu Gerd Rainsberg hinübergesehen, als könne er sie lösen von dem Bann, der sie fesselte, aber nicht beglückte. Und nun? Nun hatte er ihr diese Schmach angetan, dieser Spanier; hatte sie vor den Leuten bloßgestellt, hatte sie mit seiner unreinen Leidenschaft – dafür hielt sie seinen Überfall in ihrem Zimmer – beleidigt und sie durch sein Verhalten gezwungen, in eine Verlobung mit ihm zu willigen.

Diese Verlobung! Unzählige Frauen würden sie beneiden um den Mann, den so viele begehrten. Aber irgendein Gefühl hinderte sie daran, so zu denken. Immer wieder sah sie Gerd Rainsbergs ernstes, charakteristisches Gesicht vor sich, aus dem die grauen Augen sie so warm und herzlich, so beruhigend und erlösend angeblickt hatten. Sie empfand, nur seinetwegen war sie so verzweifelt über diese erzwungene Verlobung, weil es ihr jetzt erst klar war, was man für einen Mann empfinden mußte, dem man sich für alle Zeit zu eigen geben würde. Ach, daß sie ihn nie gesehen hätte!

Und doch, war es nicht der höchste, glücklichste Moment ihres Lebens gewesen, als sie das erstemal in seine Augen geblickt hatte? Seit diesem Moment war die ganze Welt für sie verwandelt.

Bei diesem Gedanken richtete sie sich wie in jäher Abwehr auf. Daran durfte sie nicht mehr denken. Sie mußte dergleichen weit von sich weisen.

Tief aufatmend öffnete sie die Tür und ging hinaus: ein Opfer, das zur Schlachtbank geführt wird.

Señor Alfonso hatte sich inzwischen bei der Tante noch mehr als bisher in Gunst gesetzt. Er hatte ihr von seiner brennenden Liebe zu Jo erzählt, hatte sie bestürmt, ihm zu helfen, daß die Hochzeit bald stattfände, weil er seiner Sehnsucht nach Jos Besitz nicht länger gebieten könne.

So plauderten sie draußen auf dem breiten Korridor,

auf Jo wartend, die inzwischen einen schweren ergebnislosen Kampf bestanden hatte. Und als sie, blaß und ernst, über die Schwelle ihres Zimmers trat, eilte Alfonso auf sie zu, schloß sie feurig in seine Arme und überfiel sie mit der Nachricht, daß die Tante ihm versprochen habe, dafür zu sorgen, daß ihre Hochzeit bald sein würde.

Jo wappnete sich mit dem Mut der Verzweiflung. Sie betete im stillen um Kraft und darum, daß Gerd Rainsberg inzwischen das Fest verlassen haben möge. Denn von allem am meisten fürchtete sie sich vor dem Augenblick, da sie ihm als Alfonsos Braut wieder in die Augen sehen mußte. Sie hatte das Empfinden, als würde sie unter seinem Blick wahrscheinlich alle Selbstbeherrschung verlieren.

So trat sie an Alfonsos Arm wieder unter die Menschen, während Tante Mally ihren Gatten aufsuchte und ihm von dem frohen Ereignis Mitteilung machte. Ein wenig zerstreut hörte er zu, freute sich wohl, daß seine Nichte eine so glänzende Partie machte, aber gleich darauf wäre ihm die Sache wieder aus dem Kopf gekommen, hätte seine Gattin ihn nicht aufgefordert, die Verlobung zu proklamieren, wozu er sich auch gern bereit erklärte.

Denn als vorsichtiger Mann hatte er sich vor einiger Zeit, als seine Gattin mit ihm zum ersten Mal das ihr am Herzen liegende Heiratsprojekt besprach, bei der spanischen Gesandtschaft nach dem Señor Alfonso de Almadeia erkundigt. Die Auskunft, die er erhielt, lautete dahin, daß die Almadeia zu den wenigen noch sehr begüterten Grundbesitzern Spaniens gehörten und daß

Alfonso de Almadeia nach seines Vaters Tode der alleinige Besitzer all der von diesem hinterlassenen Reichtümer geworden sei. Er sei momentan auf einer Weltreise begriffen.

Diese Auskunft hatte ihm genügt.

2

Der erste Mensch, in dessen Augen die junge Braut sehen mußte, als sie am Arme ihres Verlobten den Saal betrat, war Gerd Rainsberg.

Er hatte hier Posto gefaßt, weil er sich sagte, durch diese Tür müsse Jolande Warren bei ihrer Rückkehr zu der Gesellschaft eintreten. Er sah ihrem Wiedererscheinen mit Sehnsucht und Ungeduld entgegen, denn er hoffte auf eine ungestörte Unterhaltung mit ihr. Statt dessen trat sie jetzt am Arm des Spaniers, den er gar nicht für einen Spanier hielt, in den Festsaal. Er erschrak bis ins Herz hinein, als er ihr bleiches Gesicht erblickte, als ihre Augen ihn wie die eines hilflosen, verwundeten Rehes ansahen. Zugleich bemerkte er die stolz triumphierende Miene des Spaniers, und ein eisiges Gefühl kroch ihm den Rücken entlang.

Was war geschehen während Jos Abwesenheit? Daß etwas geschehen war, was sie bis in die tiefsten Tiefen ihres Seins getroffen hatte, las er in ihren Augen, sah er an ihren fest zusammengepreßten Lippen. Als sie seinen Augen begegnete, überflammte für einen Moment brennende Glut ihr bleiches Gesicht, aber sogleich wich diese Glut wieder erschreckender Blässe.

Er wußte nicht, was diesen Farbenwechsel hervorgerufen hatte, aber instinktiv fühlte er, daß dieses süße, bleiche Geschöpf sich in einem Stadium größter Herzensnot befand.

Nun war sie schon an ihm vorbei. Er sah ihr nach wie gelähmt. Hatte er doch kein Recht, zu ihr zu treten und sie zu fragen: Was hat man dir angetan? Wie kann ich dir helfen?

Er stand lange, allein und in sich gekehrt, auf seinem Platz an der Tür. Doktor Gering, sein Begleiter, saß in einiger Entfernung bei Bekannten und plauderte mit ihnen. Niemand kümmerte sich um den Forschungsreisenden, der sich so gar keine Mühe gab, sich mit andern Menschen zu befassen. Er grübelte unablässig darüber nach, was mit Jolande Warren geschehen sein mochte, daß sie so bleich und verzweifelt ausgesehen hatte.

Rainsberg war noch zu keinem Resultat gekommen, als der Hausherr in die Mitte des Saales trat und um einige Minuten Gehör bat. Hinter ihm stand Jo, noch immer bleich und hilflos, am Arm des Spaniers. Mit einem Ruck richtete Gerd sich straff empor. Seine Augen sahen nur Jo, und ihre Augen fanden ebenfalls nur den Weg zu ihm, wieder mit verzweifeltem, hilflos flehendem Ausdruck. Er ahnte plötzlich, was kommen würde, und zwang sich, Haltung zu bewahren. Er zuckte auch nicht zusammen, als der Hausherr die Verlobung seiner Nichte Jolande Warren mit Señor Alfonso de Almadeia verkündete. Aber er sah, daß Jo einen Moment lang die Augen schloß und leise schwankte, als sei sie einer Ohnmacht nahe. Gleich darauf hatte sie sich wieder gefaßt und vermochte dem Ansturm der Gratulanten standzuhalten. Ihr Gesicht sah freilich aus wie eine starre Maske. Gerd trat mit den anderen nahe heran und ließ seine Augen nicht von ihr. Was hatte sie zu dieser Verbindung getrieben? Liebe nicht! Das sah er, fühlte er. So sieht keine Frau aus, deren Liebe Erfüllung werden soll! Was also trieb sie zu dieser Verbindung? Da fiel sein Blick auf das Gesicht ihrer Tante. Es lag wieder das ihm widerwärtige Lächeln darauf, das er vorhin bei sich ein kupplerisches genannt hatte. Hatte diese Frau etwa die Hand im Spiel bei dieser Verlobung? Das erschien ihm jetzt gewiß. Irgendein Zwang war auf das süße, blasse Mädchen ausgeübt worden, ein Zwang, dem sie sich hatte fügen müssen – ja, müssen. Freiwillig hatte sie sicherlich nicht ihr Jawort zu dieser Verbindung gegeben, so glänzend die Persönlichkeit dieses Mannes auch sein mochte. Man sah es ihr an, daß sie mit ihrem Herzen nicht bei dieser Verbindung war, daß sie verzweifelt und hilflos alles über sich ergehen ließ. Zu gleicher Zeit kam es Gerd abermals in den Sinn, dieser Spanier könne gar kein Spanier sein, und daß er sich hier unter einer Maske eingeführt habe. Wußte Jolande Warren das? Wußte es wenigstens ihr Onkel? Ach, daß er nicht früher in das Haus gekommen war, früh genug, um den Kampf mit diesem Spanier aufzunehmen, der keiner war, früh genug, um sich das Herz des Mädchens erringen zu können. Was hatte man ihr getan? Wodurch hatte man sie an die Seite dieses Mannes gezwungen?

Er stand inmitten der Schar, die ihr Glückwünsche

darbrachten, und sah ganz deutlich das wehe Zucken um Jos blassen Mund. Was konnte er für sie tun?

Nichts, nichts, das wußte er. Wie kam er, ein völlig Fremder, dazu, Einsprache gegen diese Verlobung zu erheben? Nein, er mußte ruhig zusehen.

Und wieder traf ihn ein Blick Jos! Ein verzweifelter, hilfloser Blick, der umherirrte, als suche er einen Ausweg zur Flucht. Es war ihm jetzt nicht möglich, einen Glückwunsch zu stammeln, er zog sich langsam zurück, bis er wieder an der Tür des Saales stand.

Was sollte er ihr sagen inmitten dieser begeisterten Gratulanten? Banale Worte wollten ihm nicht über die Lippen, und von dem, was in ihm war, durfte er nichts verraten, nicht durch ein Wort.

Aber er merkte doch, daß ihre Augen immer wieder zu ihm herüberirrten, gerade zu ihm, ja, ihre Blicke suchten ihn wie einen Menschen, den man zu Hilfe rufen will. Es machte ihn ganz unruhig und nervös, aber er blieb stehen und rührte sich nicht von seinem Platz.

Nun hatten alle ihre Glückwünsche vorgebracht – außer Gerd Rainsberg. Niemand hatte darauf geachtet, daß er es nicht getan hatte. Nur Jo wußte es, und sie war froh, daß er nicht wie die andern gekommen war. Er wenigstens wußte, daß es nicht richtig war, ihr Glückwünsche darzubringen, ja – er wußte es, und das war ihr ein Trost.

Es bildeten sich nun wieder Gruppen im Saal, die angeregt das große Ereignis des Abends besprachen. Der Bräutigam wurde von dem Hausherrn zu einer Gruppe Herren geführt, die ihm an Hand eigener Erfahrungen scherzend das Glück der Ehe schilderten. Tante Mally saß zwischen einer Anzahl älterer Damen, die noch allerlei Näheres zu erfahren wünschten. Junge Mädchen fanden sich zusammen, teils sehr neidisch, teils enttäuscht, um die Verlobung ebenfalls durchzuhecheln. So war Jo endlich für einige Minuten sich selbst überlassen und stahl sich in ein Nebenzimmer.

Unwiderstehlich zog es Gerd Rainsberg hinter ihr her. Er fand sie, blaß und erschöpft, mit geschlossenen Augen in einem Sessel ruhend, die Hände wie im Gebet zusammengekrampft. Heiß quoll das Mitleid in ihm auf. Er trat schnell auf sie zu.

»Mein gnädiges Fräulein, ich hatte noch keine Gelegenheit –«

Sie hob schnell die gefalteten Hände zu ihm empor.

»Um Gottes willen, sagen Sie mir wenigstens keinen Glückwunsch. Ich – ich bin vielmehr zu bedauern!« stieß sie heiser und gequält hervor.

Es zuckte in seinem Gesicht.

»Das wußte ich – fühlte ich; Ihre verzweifelten Augen verrieten es mir. Was hat man Ihnen angetan? Kann ich Ihnen helfen?«

Sie ließ kraftlos die Hände wieder sinken und schüttelte den Kopf.

»Nein, mir kann kein Mensch helfen. Sie – Sie am wenigsten.«

»Aber ich bitte Sie, beschwöre Sie – sagen Sie mir, daß Sie zu dieser Verlobung gedrängt, gezwungen wurden.«

Sie sah zu ihm auf mit einem herzzerreißenden Blick.

»Es ist seltsam, daß ich mit Ihnen, einem Mann, der mir bis heute ganz fremd war, über diese Dinge spreche; ich weiß auch nicht, warum ich es tue, aber – Sie haben etwas Vertrauenswürdiges in Ihren Augen. Und – vielleicht hätte ich Sie deshalb gern zu Hilfe gerufen. Aber – mir kann kein Mensch helfen. Vielleicht – ja, vielleicht bin ich selbst mitschuldig an meinem Unglück. Ich war all die Zeit so gut wie willenlos. Ich weiß nicht – ich konnte nicht kämpfen, mich nicht wehren –, und nun ist alles aus. Aber – ich bin so froh, daß ich – ja –, daß ich Ihnen das noch sagen kann – gerade Ihnen. Sie haben – das fühle ich –, Sie haben erkannt, daß ich heute etwas auf mich genommen habe, was ich nie hätte tun dürfen. Vielleicht werden Sie denken, Äußerlichkeiten hätten mich verlockt, diese Verbindung einzugehen. Aber von allen Menschen sollen Sie das am wenigsten von mir denken!«

»Nein, o nein, das denke ich ganz gewiß nicht von Ihnen; ich fühle, daß irgendein unerhörter Zwang auf Sie ausgeübt wurde. Fühle es, auch wenn ich Sie heute erst kennengelernt habe. Mir ist, als kenne ich Sie schon lange – lange –, weil ich ahne, daß Sie Art sind von meiner Art. Das erkannte ich, als ich den ersten Blick in Ihre Augen tat. Ich danke Ihnen für Ihr Vertrauen. Aber um Gottes willen, nun sagen Sie mir auch noch, daß ich Ihnen in irgendeiner Weise helfen kann.«

Sie schüttelte matt das Haupt.

»Nein, niemand kann mir helfen. Aber ich will Ihnen noch gestehen, daß wirklich ein unerhörter Zwang auf mich ausgeübt wurde. Das weiß ich erst seit dieser Stunde. Vielleicht lebte ich, ohne es zu merken, schon längere Zeit unter diesem Zwang. So, nun habe ich Ihnen alles gesagt, was ich sagen kann, sagen darf. Und nun, bitte, verlassen Sie mich! Ich bedarf der Ruhe. Und denken Sie nicht schlecht von mir, daß ich ... wenn ich ... aber ich mußte in dieser Stunde einen Trost haben, und den brachte mir diese kurze Ansprache mit Ihnen, der Sie mir trotz unserer kurzen Bekanntschaft als der einzige wirklich mitfühlende Mensch unter allen Anwesenden erschienen. Ich danke Ihnen! Und bitte, gehen Sie nun!« Sie ahnte in ihrer Erregung nicht, wie sehr sie sich ihm verriet.

Er zögerte. Sein Gesicht zuckte erregt. Aber er merkte, daß sie am Ende ihrer Kraft war. Und so sagte er nur noch leise und eindringlich:

»Wenn Sie eines Menschen bedürfen, der bereit ist, Gut und Blut für Sie einzusetzen, dann bitte, rufen Sie mich. Durch Doktor Gerings Vermittlung bin ich immer zu erreichen. Er ist mein Geschäftsführer, und alle Postsendungen an mich lasse ich durch seine Hände gehen. Ich will Sie jetzt nicht länger quälen, aber, bitte, vergessen Sie nie, daß ich nur darauf warte, daß Sie mich rufen, um Ihnen helfen zu dürfen. Wollen Sie mir das versprechen, zu meiner Beruhigung?«

Sie sah zu ihm auf. Eine kurze Weile vergaßen sie beide, was sie trennte. Ihre Augen verrieten einander, was ihr Mund nicht aussprechen durfte. Dann raffte sie sich auf.

»Ich verspreche Ihnen, Sie zu rufen, wenn – wenn ich Sie rufen darf, wenn ich mir nicht mehr selbst zu helfen vermag. Was heute über mich verhängt wurde, muß ich tragen. Aber – ich werde mich wehren, weitere Opfer zu bringen, das verspreche ich Ihnen. Leben Sie wohl – und alles Glück mit Ihnen!«

Ihre Stimme brach bei diesen Worten. Es zuckte in seinem Gesicht.

»Gott möge Ihnen helfen, da Sie es mir nicht gestatten wollen oder dürfen.«

Er verneigte sich und trat zurück. Ihre Hand zu berühren, wagte er nicht, weil er fürchtete, seine Selbstbeherrschung zu verlieren. Einen Moment überlegte er, ob er ihr gestehen sollte, daß er reich sei. Vielleicht hatte sie nur aus irgendwelchen pekuniären Gründen zu dieser Verlobung gedrängt werden können. Aber dann fiel ihm ein, daß Doktor Gering ihm gesagt hatte, sie selber sei eine Erbin. Also konnte Geld ihr vermutlich nicht helfen, und so wahrte er sein Geheimnis. Langsam schritt er wieder in den Saal zurück.

Jo sah ihm nach mit tausend Schmerzen im Herzen. Sie fragte sich, wie es möglich sei, daß dieser Mann, den sie erst heute kennengelernt hatte, ihr so lieb und nah erschien, daß sie ihm ihre innersten Gefühle hatte anvertrauen können. Art von seiner Art! Verwandte Seelen! Ja – er hatte recht, es zog sie zu ihm, wie es ihn zu ihr gezogen hatte – als kennten sie sich schon lange, lange. Aber nun war das vorbei! Nun mußte sie entschlossen ihr Schicksal auf sich nehmen! Erst vor wenigen Stunden war Gerd Rainsberg in ihr Leben getreten, aber diese Stunden bedeuteten für sie eine Ewigkeit. Nie, niemals würde sie ihn vergessen, selbst wenn sie ihn nie wiedersehen würde. Und wiedersehen würde sie ihn nie, durfte es nicht einmal. Und sie kam ja weit weg von hier, wenn sie Alfonsos Frau wurde. Das war gut! Ganz gewiß würde sie ihn nie rufen, wenn sie auch noch so sehr der Hilfe bedurfte. Gerade ihn durfte sie nicht um Hilfe angehen, wenn auch ihre Seele unentwegt nach ihm verlangen würde.

Gerd Rainsberg aber wußte, daß er nichts unversucht lassen würde, Jolandes Bande zu lösen. Zunächst wollte er einmal nach Spanien reisen und versuchen, etwas Näheres über diesen Alfonso de Almadeia zu erfahren. Irgend etwas stimmte nicht mit ihm, obwohl doch wohl der Professor befriedigende Auskünfte über ihn erhalten hatte.

Um sich darüber zu informieren, suchte er diesen sofort auf, und er konnte ihn zum Glück auch gerade für einige Minuten allein sprechen. Er brachte sogleich das Gespräch auf die Verlobung, beglückwünschte ihn und fragte ihn diplomatisch über die Persönlichkeit des Spaniers aus. Und als er erfuhr, welche Auskunft der Professor auf der spanischen Gesandtschaft erhalten hatte, gewann er es sogar über sich, zu sagen:

»In diesem Fall kann man Ihnen also wirklich ehrlich zu dieser Verbindung gratulieren.«

Der Professor sah ihn einen Moment nachdenklich an.

»Nun ja, was die äußeren Verhältnisse anbelangt – aber es ist immer gewagt, zwei Menschen zu verbinden, die verschiedener Nationalität sind. Es pflegen Gegensätze vorhanden zu sein, die nur schwer auszugleichen sind. Aber wir wollen hoffen, daß im vorliegenden Fall die Liebe das große Wunder vollbringen möge.«

Also schien der Professor nichts davon zu wissen, daß Jolande Warren wider ihren Willen zu dieser Verlobung gedrängt wurde.

Obwohl Gerd das bekannt war, sagte er dennoch: »Ist die Liebe groß genug, und zwar auf beiden Seiten, dürfte ein Ausgleich im Bereich der Möglichkeit liegen.«

Was er sonst noch dachte und besonders, daß er das Spaniertum des Bräutigams stark anzweifelte, verschwieg er jedoch.

Der Professor lächelte: »Nun, an heißer Liebe fehlt es, wie meine Frau mir versichert, auf beiden Seiten nicht. Ich selbst habe noch keine Beobachtungen machen können. Aber Frauen haben für dergleichen einen besonderen, sozusagen einen sechsten Sinn.«

»Allerdings!« erwiderte Gerd, und sein Verdacht, daß Jos Tante an dem Zustandekommen dieser Verlobung stark beteiligt gewesen sein mochte, verstärkte sich. Anscheinend hatte sie ihrem Gatten ganz falsche Mitteilungen gemacht. Warum? Doch nur, um diese Verbindung zu begünstigen und ihren Gatten dafür zu gewinnen. Dann mußte sie ihre Gründe haben, für diese Verlobung einzutreten. Aber welche Gründe waren das?

Nach einer Weile fragte er so ganz nebenbei:

»Wird das junge Paar nach der Vermählung in Spanien leben?«

»Soviel ich weiß, soll meine Nichte ihren Gatten zuerst noch auf seiner Weltreise begleiten, die er geplant hat. Dann erst gehen sie nach Spanien, wo Señor de Almadeia in der Nähe von Barcelona große Güter besitzt.«

Gerd hatte nur in Erfahrung bringen wollen, in welchem Teil von Spanien Almadeia ansässig zu sein vorgab. Nun wußte er wenigstens, wo er mit seinen Nachforschungen beginnen mußte. Hatte Jo ihm zwar erklärt, er könne ihr nicht helfen, ja, daß kein Mensch dazu imstande sei, so sagte er sich doch, vielleicht sei es ihm möglich, ihr sogar gegen ihren Willen zu helfen. Vielleicht konnte er etwas in Erfahrung bringen, was eine Lösung dieser von Jo so widerwillig geschlossenen Verlobung möglich machte. Er beschloß also, sobald wie möglich nach Spanien abzureisen.

Nach einigen weiteren belanglosen Worten verabschiedete er sich von dem Professor, der von anderer Seite wieder in Anspruch genommen wurde. Er suchte jetzt Doktor Gering auf und sagte ihm, er sei müde und wolle sich zurückziehen.

»Sie sollen sich aber nicht stören lassen, das will ich auf keinen Fall.«

Doktor Gering lachte aber.

»Dieses Fest artet mehr und mehr zu einer idyllischen Familienfeier aus. Das ist nicht mein Fall. Ich ziehe mich ebenso gern zurück wie Sie, mein lieber Herr Doktor. Aber vielleicht trinken wir noch eine Flasche Wein gemütlich miteinander.«

Gerd wollte ihn nicht kränken und sagte zu. Schlafen konnte er doch nicht, er wollte nur nicht mehr das ihm so widerwärtige Gesicht des Spaniers sehen müssen, und auch Jos starre, blasse Miene quälte ihn mehr, als ihm gut war.

So verabschiedeten sich die beiden Herren. Die Frau Professor lächelte Gerd huldvoll zu und forderte ihn auf, zu ihren Teeabenden donnerstags zu kommen. Er entschuldigte sich damit, daß er eine Reise unternehmen müsse, aber wenn er zurück sei, werde er gern von ihrer Erlaubnis Gebrauch machen. Der Professor entließ ihn auch sehr freundlich, und nun galt es nur noch, sich von Jo zu verabschieden.

Sie reichte ihm impulsiv die Rechte, die er mit einem warmen Druck umschloß. Er fühlte, wie kalt ihre Hand war und wie sie leise bebte. Sie sprachen kaum einige Worte, denn Alfonso stand neben seiner Braut mit einem eitlen, siegesfrohen Lächeln. Gerd hätte ihm am liebsten ins Gesicht geschlagen. Es fiel ihm schwer, sich auch vor ihm grüßend zu verneigen. Noch einen Blick wechselte er mit Jo, deren Blick müde und traurig in dem seinen ruhte. So sehr sie sich Mühe gab, den Eindruck einer glücklichen Braut vermochte sie nicht vorzutäuschen.

Jo hatte das Empfinden, daß sie Gerd Rainsberg nie wiedersehen würde, als er mit Doktor Gering den Saal verließ. Sie sagte sich, so weh es ihr tat, daß es so gut sei. Verschwand er aus ihrem Gesichtskreis, würde es ihr gewiß leichter sein, ihr Los zu tragen! Aber eines war ihr an diesem Abend klargeworden: ihr Herz gehörte Gerd Rainsberg, das wußte sie jetzt, und sie würde ihm treu sein, wenn auch ein anderer sie zwang, seine Frau zu werden.

Vor ihrem Herzen stand Gerd Rainsbergs Bild Wache, das ließ nie einen andern Mann in ihr Herz hinein, das wußte sie. Und sie wußte auch, daß Alfonso schuld war, daß sie auf ein großes Glück verzichten mußte. Auf das Glück, Gerd Rainsbergs Frau werden zu können. Denn das hatte sie bei jener Aussprache mit ihm empfunden, daß er sein Herz ebenso schnell an sie verloren hatte wie sie das ihre an ihn.

Sah sie jetzt in Alfonsos Gesicht, begriff sie nicht, wie sie ihn hatte schön finden können, wie es möglich gewesen war, daß er sie bezaubert hatte. Jetzt fand sie sein Gesicht widerlich und gewöhnlich. Sie empfand den Blick seiner dunklen Augen als etwas Unreines. Nein, nie würde sie ihm gehören – niemals.

Gerds Äußerung ihrer Tante gegenüber, er müsse eine Reise unternehmen, hatte ihr verraten, daß er es nicht ertragen würde, wieder in ihre Nähe zu kommen. Er hatte ihr Versprechen, daß sie ihn rufen würde, wenn sie seiner bedürfe. Sie aber würde ihn niemals rufen. Er sollte nicht wissen, nicht ahnen, wie elend sie war. Stolz und stark wollte sie allein tragen, was das Schicksal ihren Schultern aufgebürdet.

Sie war froh, daß die andern Gäste sich nach und nach zu verabschieden begannen. So konnte sie hoffen, sich ebenfalls bald zurückziehen zu dürfen.

Endlich war es soweit. Auch Alfonso mußte gehen. Er schloß Jo in seine Arme und wollte sie wieder küssen. Aber sie verhinderte das, und er mußte sie zu seinem Ärger ungeküßt von sich lassen. Nicht, daß ihn das so sehr betrübt hätte, denn er liebte Jo ebensowenig, wie sie ihn liebte, aber es verletzte seine Eitelkeit, daß sie sich nicht glücklich und beglückt an sein Herz ziehen ließ. Es zuckte einen Moment gefährlich in seinen dunklen Augen auf.

»Das zahle ich dir heim!« dachte er bei sich.

Aber gleich machte er wieder ein lächelndes Gesicht und flüsterte ihr zu:

»Schmollst du noch immer? Sei doch gut! Morgen wirst du mir ein liebevolles Gesicht zeigen.«

Sie antwortete ihm gar nicht und ließ ihn gehen.

Onkel und Tante hatten sich verständnisvoll für einige Minuten zurückgezogen. Als Alfonso gegangen war, kamen sie wieder zum Vorschein.

Der Professor zog Jo an sich.

»Meine liebe Jo, noch einmal wünsche ich dir von Herzen Glück zu deiner Verlobung. Hoffentlich findest du in dieser Verbindung auch wirklich ein volles, reiches Glück. Man weiß das nie voraus und – er ist ein Spanier, du eine kühle Nordländerin. Aber, die Liebe überbrückt alles.«

Jo hätte ihm am liebsten all ihr Herzeleid geklagt, aber da traf ihr Blick in die strengen Augen der Tante. Nein, sie durfte nicht sprechen, die Tante hätte dann dem Onkel gesagt, in welch kompromittierender Situation sie Jo mit Alfonso gefunden hatte, und dann hätte der Onkel sicherlich ebenfalls auf eine Verbindung gedrungen. Wie konnte er anders?

Der Onkel zog sich zurück, er war müde. Und Frau Mally legte den Arm um Jo.

»Du hattest wohl den ganzen Abend Angst, ich würde Onkel verraten, wo und wie ich euch beide gefunden habe. Dumme Jo, ich werde doch Verständnis haben; wenn man jung ist und verliebt. Aber sei gescheit, im eignen Interesse, wirf dich nicht weg, ehe du den Ring am Finger hast. Wir müssen doch froh sein, daß Alfonso ehrliche Absichten hat und dich nicht kompromittiert sitzen läßt, nicht wahr?«

Jo hätte aufschreien mögen vor Weh. Aber sie schwieg. Was sollte sie dieser Frau sagen, der sie immer im Herzen fremd gegenübergestanden hatte, die sie nie verstehen würde? Sie mußte noch froh sein, daß sie nicht von ihr verdammt wurde. Wie die Dinge lagen, konnte sie ja kaum etwas anderes annehmen, als daß sie Alfonso zu einer heimlichen Liebesstunde in ihr Zimmer eingelassen hatte. Daß dieser sie nicht verteidigte, rechnete sie ihm auch zum Nachteil an. Wie konnte er diesen Verdacht auf ihr sitzen lassen? Selbst wenn er wirklich glaubte, daß sie ihr Kleid zerrissen hätte, um ihn verblümt zu einem Rendezvous in ihrem Zimmer aufzufordern.

Kopfschüttelnd sah die Tante hinter Jo her, als diese ihr Zimmer betrat. Jo war immer ein Mädchen gewesen, für das sie wenig Verständnis gehabt hatte, aber heute wurde sie gar nicht aus ihr klug. Warum war sie so bleich und ernst als Braut? War doch vielleicht etwas Gravierendes zwischen ihr und Alfonso geschehen?

Dann mußte man auf eine möglichst schnelle Verheiratung der Verlobten dringen. Daß Alfonso weiterreisen wollte, gab einen glaubwürdigen Grund für eine beschleunigte Hochzeit. Sie wollte dafür sorgen, daß alles klappen würde.

Als Jo endlich, endlich allein war, fiel sie kraftlos in einen Sessel und starrte mit leeren Augen vor sich hin.

Plötzlich sprang sie auf. Eine Waffe? Würde sie die nicht eines Tages nötig haben, um ihm klarzumachen, daß es ihr ernst war mit ihrer Abwehr?

Sie schloß ihren Schreibtisch auf und durchwühlte hastig ein Fach desselben. Sie suchte einen aus dem Nachlaß ihres Vaters stammenden Browning, den sie sich zum Andenken aufbewahrte. Wie gut, daß sie diese Waffe besaß. Sie war freilich nicht geladen, und sie konnte auch gar nicht schießen: Aber vielleicht war es nötig, sie eines Tages zu ihrem Schutz auf den Mann anzulegen, dem sie um keinen Preis der Welt angehören wollte. Er mußte glauben, daß diese Waffe geladen sei, dann würde er ihr nicht zu nahe kommen.

Sie drückte den kleinen Revolver ans Herz wie einen guten treuen Freund. Aufgeregt, wie sie war, kamen ihr die abenteuerlichsten Gedanken. Sie, die sonst immer so sanft, so willenlos, so friedlich gewesen, fühlte sich plötzlich ganz verändert. Oh, sie wollte sich schon verteidigen, wollte Alfonso de Almadeia begreiflich machen, daß er wohl eine Frau durch den Schein kompromittieren, sie aber nicht gegen ihren Willen besitzen konnte.

Allmählich wich der auf ihrer Seele lastende Druck. Ihr war, als habe ihr toter Vater ihr diese Waffe gesandt, damit sie sich verteidigen könne.

Und da fand sie endlich Tränen, erlösende Tränen, die sie etwas beruhigten.

Sie suchte nun erschöpft ihr Lager auf und schlief nach einiger Zeit ein.

Gerd Rainsberg und Doktor Gering saßen in einem kleinen Weinlokal bei einem ›Schlummertrunk‹, wie Gering sich ausdrückte. Eine Weile sahen sie stumm auf den golden funkelnden Wein. Dann fragte Gerd plötzlich:

»Was denken Sie über die Verlobung im Haus des Professors?«

Doktor Gering zuckte die Achseln.

»Bisher hatte ich geglaubt, daß diese Verlobung, die ich kommen sah, nur eitel Glück und Freude bei den Beteiligten auslösen würde. Aber heute abend gefiel mir die Braut nicht. Lieber Gott, sie sah durchaus nicht glücklich aus. Und nun haben Sie mir noch gesagt, daß dieser Spanier kein Spanier sei, und ich weiß nicht – mit einem Mal will es mir scheinen, als wenn diese Verlobung allerlei Komplikationen nach sich ziehen würde.«

Gerd atmete tief und gepreßt auf.

»Damit haben Sie recht. Mir scheint, sie ist nur auf Wunsch der Frau Professor geschlossen worden.«

»Daß diese sehr darauf aus war, habe ich schon früher gemerkt, aber bisher glaubte ich, daß Fräulein Warren ebenfalls diese Verlobung wünschte.«

»Nein, das ist nicht der Fall«, stieß Gerd heiser hervor.

Gering sah ihn erstaunt an.

»Sie sagen das, als wüßten Sie es ganz genau.«

»Weiß ich auch!«

»Hm! Man darf aber wohl nicht weiter fragen?«

Gerd faßte des Doktors Hand.

»Ich weiß, daß auf Sie Verlaß ist, Doktor; ich habe schon mehrfach Beweise dafür erhalten. Und da Sie so ziemlich über mich und meine Verhältnisse orientiert sind, da ich Ihnen alles Wichtige aus meinem Leben anvertraut habe, ohne es je bereut zu haben, sollen Sie jetzt auch erfahren, was der heutige Abend mir gebracht hat.«

»Was Sie mir freiwillig anvertrauen, bleibt wie immer zwischen mir und Ihnen, das wissen Sie.«

»Ja, das weiß ich. Also, lieber Doktor, ich habe heute Abend mein Herz verloren!«

»Hallo!«

»Ja, rettungslos, für immer. Sie wissen, daß ich Frauen gegenüber sehr zurückhaltend bin. Ich habe bisher nur flüchtige Beziehungen zu den Frauen gehabt, gerade weil ich immer gewußt habe, daß es mich, wenn es einmal soweit käme, gründlich packen würde. Ich liebe Fräulein Warren, die Braut dieses Señor de Almadeia.«

Gering starrte ihn betroffen an.

»Alle Teufel!«

»Nicht wahr, das ist Pech, daß ich mich gerade an eine Frau verlieren mußte, die sich in derselben Stunde mit einem andern verlobte? Aber die Sache ist noch tragischer. Ich hätte mich ja damit abfinden müssen, daß sie einem andern gehört, wenn ich eben überzeugt gewesen wäre, sie liebte diesen andern. Das ist aber nicht der Fall. Fräulein Warren ist diese Verbindung nicht aus Liebe eingegangen, nicht einmal ihrem freien Willen folgend, sondern – man hat sie dazu gezwungen.«

Nun wurde Doktor Gering sehr stutzig.

»Aber woher wissen Sie, daß man sie dazu gezwungen hat?«

»Sie hat es mir selbst gesagt.«

»Ihnen? Gerade Ihnen?«

»Ja, ich habe sie danach gefragt, weil ich ebensogut wie Sie gesehen habe, daß sie blaß und todunglücklich aussah. Ich fragte sie, ob ich ihr helfen könne. Mein Verdacht gegen den Spanier, der freilich noch gar nicht greifbar ist, machte mich unruhig. Und sie gab mir zu, daß sie unter einem Zwang gehandelt habe, dem sie sich nicht zu entziehen vermochte. Wer diesen Zwang ausübte und was für einer es war, hat sie mir nicht anvertrauen können oder wollen, aber ich nehme an, daß die Frau Professor und der Spanier aus irgendeinem Grund zusammengearbeitet haben. Kurzum, ich sehe das Mädchen, das ich liebe, von einem Unglück bedroht. Und obwohl wir uns heute abend das erstemal gesehen haben, weiß ich, daß nicht nur ich sie auf den ersten Blick lieben muß, sondern auch, daß sie mir eine starke Sympathie entgegenbringt. Wer kann uns sagen, welche geheimnisvolle Macht zwei Menschenherzen zueinander zwingt. Ich wußte vom ersten Moment an, daß wir Art von derselben Art sind – und sie hat es auch gewußt. Sie, lieber Doktor, sind ein kluger und scharfsichtiger Mensch, Sie vermögen leicht hinter die Kulissen der Gesellschaft zu sehen: können Sie mir vielleicht das Rätsel dieser Verlobung lösen?«

Doktor Gering strich mir der Hand durch sein schon etwas gelichtetes Haar und sah Gerd versonnen an. Dann sagte er in seiner ruhigen, überlegenen Art:

»Ich kann mir die Sache nur so erklären: Der Spanier – wir wollen ihn bis auf weiteres so nennen – hat seit seinem vor etwa zwei Monaten erfolgten Auftauchen hier die Damen unserer Gesellschaft durch sein faszinierendes Wesen bezaubert, vielleicht verzaubert. Möglich, daß er auch Fräulein Warren auf dieselbe Art in sein Netz gezogen hat. Wenn er nicht selbst, wie man mir sagte, schwerreich wäre, würde ich annehmen, er habe auf das Erbe Fräulein Warrens spekuliert, das, wie behauptet wird, sehr groß sein soll. Immerhin habe ich schon bemerkt, daß die Frau Professor nur vermögende junge Leute an ihre Nichte heranläßt, vielleicht, weil sie überzeugt sein will, daß diese nicht nur ihres Geldes wegen geheiratet wird. Es können aber auch andere Gründe vorliegen, die mir unbekannt sind.

Kurzum, mir schien, daß der Spanier der Professorin

sehr genehm war, daß sie seine Bemühungen um Fräulein Warren unterstützte. Man merkte das, wenn man scharf beobachtet, wie das mein Fehler ist, an mancherlei Kleinigkeiten. Es schien mir freilich auch so, als sei Fräulein Warren von dem Spanier ebenso fasziniert wie die anderen Damen; man sah ihn viel in ihrer Gesellschaft, und er gehörte zu dem intimeren Verkehr im Haus des Professors. Dieser wird sich als vorsichtiger Mann zweifelsohne bei der spanischen Gesandtschaft oder beim Konsulat nach diesem Almadeia erkundigt haben, und ich war deshalb sehr überrascht, daß Sie behaupteten, er sei kein echter Spanier. Da ihn der Professor trotzdem sehr freundlich aufgenommen hat, kann es sich meines Erachtens, falls Sie recht haben, nur um ein diplomatisches Geheimnis handeln, das man schützen will. Somit dürfte nichts gegen den Señor einzuwenden sein. Aber ein unangenehmer Mensch ist er mir immer gewesen.

Ich kann dies feurige Liebäugeln mit den Frauen nicht ausstehen, zumal es nur Komödie ist, denn im Grunde ist er ein kalter, berechnender Mensch, das habe ich dank meinem Kardinalfehler beobachtet. Vielleicht ist Fräulein Warren jetzt doch dahintergekommen, daß er ein gesellschaftlicher Blender ist. Vielleicht hat sie gerade heute Vergleiche zwischen ihm und Ihnen gezogen; und dann wüßte ich an ihrer Stelle auch, wohin ich mich neigen würde. Es erscheint mir also gar nicht ausgeschlossen, daß gerade Ihr Auftauchen am heutigen Abend die junge Dame so stark beeindruckt hat, daß ihr eine Verbindung mit dem Spanier nicht mehr erstrebenswert erschien. Vielleicht war es sogar niemals der Fall. Weiß man denn, was in dem Herzen eines so jungen Mädchens vorgeht?

Also nehmen wir einmal an, daß Onkel und Tante, oder nur die Tante, diese Verbindung gewünscht haben, daß die junge Dame schon bindende Versprechungen gab. Man hielt sie vielleicht, als heute die Verlobung publik werden sollte, an diesem Versprechen fest. Die Tante tat gewiß das ihre, diese ihr angenehme Verbindung zustande zu bringen; Fräulein Warren kam also nicht mehr davon los – obwohl ihr vielleicht in letzter Stunde die Augen über den wahren Wert des Spaniers aufgegangen waren. Vielleicht erging es ihr wie Ihnen – möglicherweise verfiel auch sie heute abend einer Liebe auf den ersten Blick –, derartig starke Gefühle pflegen oft gegenseitig zu sein. Nun sah sie ein, daß sie sich an den Falschen gebunden hatte, hatte binden müssen. Damit wäre ihr ganzes Verhalten erklärt. Meinen Sie nicht auch?«

Gerd stützte den Kopf in die Hand.

»Sie verstehen klug zu kombinieren. Es ist durchaus nicht unwahrscheinlich, daß Sie recht haben, Doktor. Aber gesetzt, es ist so, wie Sie denken, soll ich da ruhig zusehen, wie das Mädchen, das ich liebe, in ihr Unglück läuft? Ich halte nämlich diese Verbindung für ein Unglück für sie, selbst wenn der Spanier nur eine diplomatische Maske trägt. Ich habe das Empfinden, daß er kein guter Mensch ist.«

»Nun sagen wir mal offen, daß da Ihre Eifersucht mitspricht.«

»Zugegeben, aber wenn Liebe blind macht, so macht Eifersucht hellsichtig. Und ich kann mir nicht helfen, dieser Spanier ist mir im höchsten Grade verdächtig. Ist es nicht auch möglich, daß er sich auf verbrecherische Art unter einer Maske hier in die Gesellschaft eingeschlichen hat? Am liebsten hätte ich den Professor danach gefragt, ob er weiß, daß dieser Spanier kein Spanier ist. Aber ich wagte es nicht. Noch habe ich ja keine Beweise dafür. Daß er ein Spanisch spricht, wie man es von den Matrosen und dem Gesindel hört, das sich in den spanischen Häfen herumtreibt, ist ja noch nicht ausschlaggebend.«

»Allerdings nicht, wir hören hier in Berlin zum Beispiel zuweilen sehr honette Leute im Scherz in einem wahren Gaunerdialekt reden, weil sie ihn ulkig finden.«

»Das habe ich mir auch schon gesagt, eben deshalb fragte ich den Professor nicht. Aber – ich sehe nicht ruhig zu, wie die Frau, die ich liebe, in eine unglückliche Ehe hineingetrieben wird.«

»Was aber wollen Sie tun?«

»Das will ich Ihnen sagen. Ich reise morgen früh mit dem ersten Zug nach Spanien. Die Besitzungen Señor de Almadeias sollen bei Barcelona liegen. Ich kenne mich in Spanien gut aus, werde einigen alten Freunden bei dieser Gelegenheit guten Tag sagen und will zu ergründen suchen, ob dieser Spanier wirklich der Señor de Almadeia ist. Bekomme ich Beweise, daß er es nicht ist, dann kehre ich sofort zurück, melde mich bei dem Professor und frage ihn, ob er weiß, daß dieser Señor unter falscher Flagge segelt. Dann muß sich alles aufklären, und – vielleicht wird Jolande Warren vor einer unglücklichen Ehe bewahrt.«

Nachdenklich sah Doktor Gering vor sich hin. Dann nickte er zustimmend.

»Sie können sich dann wenigstens sagen, nichts versäumt zu haben, um sich Ihr Glück zu retten. Ihnen macht ja eine Reise nach Spanien nicht mehr aus, als wenn ich nach Pankow fahre. Ihre geschäftlichen Angelegenheiten sind soweit geregelt, daß ich ohne Sie disponieren kann.«

Die Herren besprachen noch einiges Wichtige für die Dauer von Gerds Abwesenheit. Er hatte beschlossen, mindestens ein Jahr in Europa zu bleiben, um sich von dem mehrjährigen Aufenthalt in den Tropen zu erholen. Seine ererbten Besitzungen auf Java waren unter der Leitung eines ehemaligen Studienfreundes, den er dort als Direktor seiner Plantagen eingesetzt hatte, gut aufgehoben. Er war also vollständig frei und unabhängig und konnte über seine Zeit verfügen, wie er wollte. In einigen Wochen hoffte er alles Nötige in Spanien ergründet zu haben. Dann würde er sich mit der Rückkehr beeilen, um Jolandes Hochzeit eventuell verhindern zu können.

Daß diese außerordentlich beschleunigt werden sollte, ahnte er nicht; er glaubte nicht, daß sie vor Ablauf eines Vierteljahres stattfinden würde, denn schließlich brauchte man für die Aussteuer einer Braut immerhin einige Monate Zeit.

Schon der Gedanke, nicht müßig zusehen zu müssen, wie man Jolande opferte, schaffte ihm Erleichterung. Er konnte doch wenigstens etwas für sie tun.

Am nächsten Morgen reiste er wirklich ab, nachdem er Gering beauftragt hatte, in seinem Auftrag mit seiner Karte einen schönen Rosenstrauß an Jolande Warren zu senden. Auf die Karte hatte er nur geschrieben: »Ihr ganz Ergebener!« – Das mußte Jolande sagen, daß und wie er ihrer gedachte.

Mehr durfte er nicht schreiben, und er wußte, mehr war auch nicht nötig, um sie wissen zu lassen, wie es um ihn stand.

3

Nach einer qualvollen Nacht erhob sich Jolande am Morgen nach ihrer Verlobung. Nachdem sie ein Bad genommen und ihre gymnastischen Übungen gemacht hatte, kleidete sie sich an und begab sich hinunter in das Frühstückszimmer. Fast zu gleicher Zeit traten Onkel und Tante ein. Sie sahen beide erschrocken in Jos Gesicht, das so blaß und müde aussah wie das einer Kranken. Der Onkel legte ihr seine Hand auf den Kopf.

»Nun, kleine Braut, du siehst aus, als hättest du recht schlecht geschlafen. Fühlst dich doch wohl?«

»Du kannst unbesorgt sein, Onkel, ich habe wirklich nur schlecht geschlafen.«

»Nun ja, es gab gestern allerlei Aufregung für dich. Wir werden selbstverständlich eine Verlobungsfeier veranstalten müssen. Das besprichst du nachher mit Tante, ich bin mit allem einverstanden. Was ihr beschließt, könnt ihr obendrein noch mit deinem Verlobten besprechen. Denn ich habe wenig Zeit, mich um solche familiären Dinge zu kümmern, das weißt du.«

»Ja, lieber Onkel, du brauchst dich um nichts zu sorgen, du hast an Wichtigeres zu denken.«

»Du bist ein vernünftiges Mädchen, Jo. Nun schnell eine Tasse Kaffee.«

Er frühstückte wie immer in großer Hast. Dieser Mann hatte fast nie Zeit für sich. Das waren die beiden Damen schon gewöhnt. Sie bedienten ihn beide; Jo schlug schnell noch ein Ei für ihn auf, und er mußte es essen, damit er nicht von Kräften kam.

Tante und Nichte blieben gewöhnlich länger am Frühstückstisch sitzen, um in Ruhe die erste Mahlzeit des Tages einzunehmen.

So geschah es auch heute. Die Tante hatte Jo einige Male forschend angesehen. Nun sagte sie beinahe vorwurfsvoll:

»Du siehst wirklich total elend aus, Jo. Was soll dein Verlobter sagen, wenn er dich so sieht? Er wird, wie er mir sagte, gegen elf Uhr hier sein, um alles Nötige mit uns zu besprechen.«

Jo preßte die Lippen fest zusammen. Erst nach einer Weile erwiderte sie, so ruhig sie konnte:

»Es ist wohl begreiflich, daß ich etwas abgespannt bin nach all den Aufregungen des gestrigen Abends.«

»Ich weiß nicht, Jo, wenn einem so ein großer Wunsch in Erfüllung gegangen ist wie dir, dann hat man doch eigentlich die Verpflichtung, glückseliger auszusehen, als du es tust.«

Jo wurde noch bleicher.

»Du meinst, es ist mein Wunsch gewesen, mich mit Alfonso de Almadeia zu verloben?« fragte sie bitter.

Tante Mally schüttelte verwundert den Kopf.

»Aber Kind, welche junge Dame hätte nicht diesen Wunsch, wäre nicht über alle Maßen glücklich gewesen, wenn seine Wahl auf sie gefallen wäre?«

Müde strich Jo über ihre Stirn. Es hatte keinen Zweck, die Tante eines anderen belehren zu wollen. Sie sagte nur:

»Ich weiß nicht, ob ich je den Wunsch gehabt habe, mich mit diesem Mann zu verloben.«

»Aber Närrchen, du weißt doch: erfüllt, wird jedes Glück gering. Wenn er nicht um dich geworben hätte, wärst du wahrscheinlich sehr unglücklich geworden.«

Jo mußte denken, daß sie nicht unglücklicher hätte werden können, als sie es jetzt war. Die Tante nahm plötzlich ihre Hand und sah sie scharf und forschend an.

»Nun, es ist mir selbstverständlich nicht entgangen, wie aufgeregt ihr beide wart. Ihr seid jung und ich glaube, Alfonso ist ein leidenschaftlicher Liebhaber.«

Jo richtete sich stolz empor.

»Du kannst ruhig sein, Tante Mally, ich habe mich Señor de Almadeia gegenüber so verhalten, wie es eine junge Dame tun muß, die auf ihren guten Ruf bedacht ist. Daß er es mir durch sein Verhalten unmöglich machte, den Schein zu vermeiden, als sei es anders, das – ja, das werde ich ihm nie vergessen und vergeben. Es lag einzig und allein in seiner Hand, mich, gegen die der Schein war – freilich ohne jegliches Verschulden meinerseits –, zu rehabilitieren, und deshalb, nur deshalb habe ich in diese Verlobung gewilligt. Ich wußte, daß es undankbar von mir gewesen wäre, Onkel Ungelegenheiten zu machen. Das wurde mir alles klar, als ich die kichernden Dienstboten auf dem Korridor stehen sah. Und – da gab es keine Wahl für mich.«

Das klang so verzweifelt, daß Tante Mally doch etwas aus ihrer Ruhe aufgeschreckt wurde. Aber es war nur die Angst, daß Jo noch zurücktreten könne.

»Aber Kind, um Gottes willen, du hast vollkommen recht. Nach allem konnte nur deine sofortige Verlobung in Frage kommen. Aber wenn du wirklich so über die Sache denkst, weshalb um alles in der Welt hast du ihn dann in deinem Schlafzimmer empfangen?«

Jo krampfte die Hände zusammen und sah die Tante traurig an.

»Ich habe ihn nicht ›empfangen‹. Ich hatte mir etwas an meinem Kleid zerrissen. Da sagte ich ihm, ich müsse mich auf mein Zimmer zurückziehen, um diesen Schaden auszubessern. Das hat er, wie er mir später erklärte, für eine Aufforderung angesehen, mich in meinem Schlafzimmer zu treffen. Er hatte sich hinter einem Vorhang versteckt. Als ich eingetreten war und kaum die Tür hinter mir geschlossen hatte, überfiel er mich mit rasendem Ungestüm und erstickte mich fast mit seinen Küssen. Er drängte mich bis an die Klingel, die euch herbeirief. Du kannst dir denken, wie peinlich ich die ganze Situation empfand. Aber was sollte ich tun? Ich wußte nur eines, daß ich um Onkels willen, und selbstverständlich auch, um meinen Ruf zu schützen, in diese Verlobung willigen mußte. Aber – seit diesem Überfall hasse ich Alfonso de Almadeia, ja – ich hasse ihn. Tante Mally, kannst du mir nicht helfen, mich aus diesem Netz zu lösen?«

Die ganze Qual ihres Innern lag in diesem Hilferuf.

Aber Tante Mally war nicht die Person, solche Empfindungen zu verstehen. Sie lachte ein wenig und nahm Jos Hand.

»Du kleines Närrchen, daran ist gar nicht zu denken. Du redest dir ja auch nur ein, daß du ihn haßt, er hat dich durch seine Leidenschaft erschreckt. Aber was ein Mann aus Liebe tut, muß jede Frau verzeihen. Und du kannst mir glauben, es ist ein großes Glück für eine Frau, wenn ein Mann sie so leidenschaftlich liebt. Du wirst das bald genug einsehen. Du hast ihn früher doch sehr gern gehabt, warst doch ganz bezaubert von ihm – wie alle Frauen. Dieser Zauber wird wiederkommen, du wirst sehr, sehr glücklich mit ihm werden. Sei nur ganz ruhig. Du kannst ihn ja noch ein Weilchen fühlen lassen, daß er sich zu stürmisch und unbesonnen benommen hat, aber dann laß es genug sein und verzeihe ihm. Er wird dir die Sterne vom Himmel herabholen. Also sei vernünftig. Du hast ihm doch deutlich genug gezeigt, daß du ihn charmant und mehr als das findest.«

Ja, dachte Jo bei sich, das habe ich wirklich einmal getan. Wo waren da meine Augen? Aber freilich – da kannte ich Gerd Rainsberg noch nicht; seitdem das der Fall ist, wurde alles, alles anders. Da bin ich aus einer törichten Verblendung erwacht und habe klare Augen bekommen. Aber es hilft nichts, ich muß büßen, ich bin unfrei geworden. Nichts und niemand kann mir helfen.

Und sie wußte, es hatte keinen Zweck zu versuchen, der Tante begreiflich zu machen, daß sie in diese Ehe wie in ein schweres Unglück hineingehen würde. Aufseufzend ließ sie die Hände schlaff herabsinken.

»Nimm es doch nicht so schwer, Jo, das ist alles Unsinn. Glaube mir, du hast ein großes Glück errungen, du bist zu beneiden. Und nun kleide dich um – und lege ein wenig Rot auf, damit du deinem Verlobten nicht so erbarmungswürdig blaß entgegentrittst. Bedenke doch nur, welch ein Glück, daß er sofort bereit war, sich mit dir zu verloben, dich zu rehabilitieren. Es hätte auch anders kommen können. Alle Männer sind nicht so ehrenhaft.«

Es zuckte um Jos Lippen, aber sie erwiderte nichts, sondern erhob sich, um ihr Zimmer aufzusuchen. Sie verlangte danach, noch eine Weile allein zu sein, sich zu fassen und zu beruhigen, soviel sie konnte.

Als sie ihr Zimmer betrat, sah sie auf dem kleinen Tisch in der Mitte einen Korb mit wundervollen roten Rosen stehen. Die hatte Alfonso mit der Weisung geschickt, man möge sie in das Schlafzimmer Fräulein Warrens stellen. Jo starrte mit brennenden Augen auf die Rosen und erblickte darin vergraben ein Billett. Widerwillig öffnete sie das Kuvert und las:

»Meiner süßen Braut einen innigen Morgengruß von ihrem Alfonso.«

Die Zähne zusammenbeißend, riß sie die Karte mehrere Male durch und warf sie in den Papierkorb. Dann klingelte sie und gebot dem eintretenden Mädchen, die Blumen hinunter in den Salon zu stellen.

Verzweifelt warf sie sich auf den Diwan und vergrub das Gesicht in den Händen. Wenn sie doch hätte sterben können!

So lag sie wohl eine Stunde. Dann raffte sie sich auf. Es war Zeit, die trostlose Komödie weiterzuspielen, sie mußte sich umkleiden. Mit müden Händen begann sie ihr Werk. Als sie ziemlich fertig war, klopfte es an ihre Tür, und als sie ›herein‹ rief, trat die Dienerin wieder ein. Sie trug einen großen Strauß wundervoller La-France-Rosen und ein kleines Kuvert dazu.

Jo griff nach dem Kuvert, und ihr war, als setze ihr Herzschlag aus, als sie Gerd Rainsbergs Visitenkarte in den Händen hielt.

Über seinem Namen stand in festen, charakteristischen Zügen:

»Ihr sehr Ergebener!«

Nichts weiter.

Aber sie las tausend andere Worte dazwischen und erzitterte leise. Schnell nahm sie dem Mädchen die großen rosa Blüten ab. Ihr Gesicht darin bergend, sagte sie so ruhig sie konnte:

»Die lassen Sie hier, ich will sie hier in eine Vase stellen, sie duften nicht so stark. Wenn aber noch mehr Blumen kommen, tragen Sie sie alle in den Salon.«

Das Mädchen verschwand und zuckte draußen die Achseln.

Rosen sind Rosen, und eine duftet so stark wie die andere. Aber das gnädige Fräulein scheint heute ein wenig launenhaft zu sein, was man sonst nicht von ihr sagen kann.

Jo aber stand mitten im Zimmer, die Rosen im Arm und sie zärtlich mit den Lippen berührend. Mit brennenden Augen sah sie auf die drei Worte von seiner Hand herab: Ihr sehr Ergebener! Das hätten ihr tausend andere Menschen auch schreiben können, aber welch ein Unterschied war das. Sie empfand, daß in diesen drei Worten ein Trost, eine Beruhigung für sie liegen sollte, fühlte, daß er ihr wirklich sehr ergeben war. Das war keine Höflichkeitsphrase. Es war der Ausdruck seiner Teilnahme, nein, mehr – ach viel mehr, das fühlte sie.

Und der Schmerz in ihrem Herzen brannte noch stärker. Sie sah ein Glück vor sich, das ihr zerstört war, ehe sie danach hatte fassen können. Das war nun auf ewig verloren. Und doch hätte sie es besitzen können, wenn Alfonso de Almadeia nicht so verheerend in ihr Schicksal eingegriffen hätte. Sie preßte die Karte an ihr Herz, an ihre Lippen und barg sie im Ausschnitt ihres Kleides. Sie sollte ihr ein Talisman sein, der ihr tragen half, was nicht mehr zu ändern war.

Daß Gerd Rainsberg um diese Zeit schon abgereist war, um etwas zu ihrer Befreiung zu unternehmen, wußte sie nicht. Sie hatte zwar gestern gehört, er plane eine neue Reise, aber daß er diese Absicht so schnell ausführen würde, ahnte sie nicht; und noch weniger, daß er diese Reise ihretwegen unternommen hatte. Es war auch gut, daß sie es nicht wußte, sonst hätte sie sich in fieberhafter Unruhe verzehrt.

Als sie kaum fertig war mit ihrem Anzug – Rot hatte sie nicht aufgelegt, da sie durchaus nicht den Wunsch hatte, ihrem Verlobten zu gefallen oder ihm eine blühende Braut vorzutäuschen –, wurde ihr gemeldet, daß Don Almadeia eingetroffen sei und daß er und ihre Tante sie im Salon erwarteten.

Als sie dort eintrat, fand sie Alfonso und Tante Mally in angeregtem Gespräch. Alfonso erhob sich sofort und kam ihr mit strahlendem Lächeln entgegen. Er zog sie ohne weiteres in seine Arme und wollte sie küssen, aber wieder bog sie sich weit zurück, so daß es ihm unmöglich war.

»Immer noch böse?« flüsterte er ihr zu.

Tante Mally merkte sehr wohl, wie abwehrend Jo sich ihm gegenüber verhielt; aber da Jo ihr eine Beichte abgelegt hatte, verstand sie das wenigstens so weit, daß sie ihr zu Hilfe kam. Im Grunde konnte sie freilich nicht begreifen, daß Jo diesem glänzenden Kavalier widerstehen konnte, und sie war fest davon überzeugt, daß sich das bald ändern würde. Was bedeuteten Mädchenlaunen einem Mann gegenüber, wie er einer war?

Geschickt riß sie das Gespräch an sich.

»Liebe Jo, Alfonso hat mich eben bestürmt, eure Hochzeit so schnell wie möglich stattfinden zu lassen, denn er will seine Weltreise nicht ohne dich fortsetzen. Ich kann das sehr wohl verstehen, und da Onkel mir Vollmacht gegeben hat, euren Hochzeitstermin festzulegen und alles Nötige mit euch zu vereinbaren, habe ich mich eben mit Alfonso dahin geeinigt, daß eure Hochzeit sofort stattfinden soll, wenn die vorgeschriebene Aufgebotsfrist abgelaufen ist. Dies Aufgebot wird noch heute bei dem Standesamt bestellt; somit kann in drei Wochen die Hochzeit sein. Das ist freilich eine kurze Frist, um alles Erforderliche zu erledigen, aber die Weiterreise Alfonsos gibt ja die nötige Motivierung für diese baldige Hochzeit.«

Jo war erschrocken zurückgewichen.

»O nein, so schnell, das ist unmöglich, das kann doch nicht sein. Señor de Almadeia kann doch erst seine Weltreise beenden, ehe wir Hochzeit halten.«

Alfonso zog ihre Hand an seine Lippen, küßte sie wieder und wieder und sah sie mit dem betörenden Blick an, der ihm bei Frauen immer zum Sieg verhalf.

»Du süße kleine Gletscherjungfrau, Alfonso heiße ich für dich. Wie kannst du mir eine so lange Trennung auferlegen wollen? Es ist mir ganz unmöglich, meine Reise ohne dich fortzusetzen.«

Damit sagte er wirklich die Wahrheit. Wenn er seine letzte Hotelrechnung bezahlt und einige andere Ausgaben bereinigt haben würde, dann besaß er keinen Heller mehr. Er war darauf angewiesen, möglichst schnell über das Vermögen seiner künftigen Frau verfügen zu können. Dieses Vermögen, das er mindestens zehnfach größer erwartete, als es in Wirklichkeit war.

Tante Mally half ihm, Jo zu überreden, und nur um seinem zärtlichen und leidenschaftlichen Drängen ein Ende zu bereiten, sagte sie endlich zu allem ja. Wußte sie doch, daß sie nur dem Namen nach seine Frau werden würde, was auch kommen mochte.

Aber ehe sie ihre Einwilligung gab, stellte sie noch eine Bedingung.

»Ich wünsche nicht, daß eine kirchliche Trauung stattfindet, es genügt eine standesamtliche«, sagte sie fest und bestimmt.

Denn sie sah in ihrer Ehe nur eine Formsache, die ihre Ehre wiederherstellen sollte und sonst absolut keinen Zweck hatte für sie.

Tante Mally hob abwehrend die Hände.

»Das geht doch nicht, Jo, das geht auf keinen Fall. Bloß eine standesamtliche Trauung ist ja auch so unfeierlich. Aus Rücksicht auf Onkel müssen wir unbedingt eine große Feier veranstalten, und dazu gehört eine kirchliche Trauung.«

Energisch schüttelte Jo den Kopf und wollte soeben heftig protestieren, als ihr wider Erwarten Alfonso zu Hilfe kam.

»Sehr verehrte liebe Tante, ich muß Jos Wünsche schon unterstützen. Lassen wir es vorläufig bei einer standesamtlichen Trauung, die kirchliche Feier kann später in Spanien nachgeholt werden. Sie dürfen nicht vergessen, daß ich katholisch bin und Jo lutherisch. Auch ist es mir sehr viel lieber, wenn wenigstens die kirchliche Feier in Spanien auf meinen Gütern stattfindet. Das kann auch hier als Entschuldigung für den Ausfall der kirchlichen Feier angegeben werden.«

Jo atmete auf. Daran, daß Alfonso katholisch war, hatte sie noch gar nicht gedacht. Er schien es als selbstverständlich anzunehmen, daß sie in Spanien zu seiner Konfession übertreten würde. Aber daran war bei Jos Charakter gar nicht zu denken. Sie sagte sich jedoch, daß bis dahin alles zwischen ihr und ihm klar sein würde, und dann war er schließlich am Ende froh, daß sie nicht kirchlich getraut waren. Vielleicht – ach, mein Gott, hilf –, vielleicht ließ er sich doch von ihr scheiden, wenn sie ihm eröffnete, daß sie in die Trauung nur gewilligt habe, um ihren Ruf wiederhergestellt zu sehen, daß sie aber nie, niemals in Wirklichkeit seine Frau werden würde. Sie erschauerte zwar schon im voraus bei dem Gedanken an diese Auseinandersetzung, aber er war schuld, daß sie so handeln mußte, er hatte sie durch sein Verhalten dazu gezwungen. Er war kein Ehrenmann, und er mußte es sich selbst zuschreiben, was sie nach der Trauung tun würde.

Daß ihr ganzes Verhalten unsinnig und töricht war, machte sie sich nicht klar. Es gab eben, wie sie erzogen war, für sie nur diesen einen Ausweg, schon ihres Onkels wegen, auf dessen Familienehre kein Flecken fallen durfte.

So sagte sie ruhig und bestimmt:

»Du siehst, Tante, es ist wirklich besser, wenn wir hier keine kirchliche Feier veranstalten. Möglicherweise würde man darüber reden, daß wir verschiedener Konfession sind. Also lassen wir es bei einer standesamtlichen Trauung. Alfonso kann in seiner Heimat das Fehlende nachholen lassen.«

»Aber was soll denn das für eine Hochzeitsfeier werden?«

»Wenn ich bitten darf, eine möglichst stille und bescheidene.«

»Ach, Jo, du bringst mich um das Vergnügen, dir eine glänzende Hochzeit auszurichten!«

»Dafür kannst du dich ja bei der offiziellen Verlobungsfeier schadlos halten, Tante Mally. Vielleicht läßt du diese an meinem einundzwanzigsten Geburtstag stattfinden, der ja übermorgen ist.«

»Nun gut, ich sehe, ich bin überstimmt und muß euch euren Willen lassen. Aber da werde ich alle Hände voll zu tun haben. Ihr gestattet, daß ich mich gleich zurückziehe. Ach nein, es ist noch ein wichtiger Punkt zu erledigen. Wie sollen wir in so kurzer Zeit eine Aussteuer für dich beschaffen, Jo?«

Alfonso küßte der Frau des Hauses mit einem feurigen Augenaufschlag die Hand.

»Aber, teuerste, angebetete Tante, es bedarf lediglich

einer Reiseausrüstung für Jo. In meinem Haus ist reichlich und überreichlich für alles gesorgt, Jo bedarf keiner Aussteuer. Nur was sie persönlich auf der Reise braucht, bitte ich anzuschaffen, alles andere holen wir nach, wenn wir heimkommen auf meine Besitzungen. Aus diesem Grund, liebste Jo, unterlasse ich es auch, dir irgendwelchen Schmuck zu schenken, du wirst einen so reichen Familienschmuck besitzen wie kaum eine andere Frau.«

So war auch diese Angelegenheit erledigt. Aber als Tante Mally sich nunmehr zurückziehen wollte, um an die Vorbereitungen für die Verlobungsfeier zu gehen, traf sie aus Jos Augen ein so verzweifelt flehender Blick, daß sie einsah, es sei besser, das Brautpaar sich nicht selbst zu überlassen. Man konnte nicht wissen, was für Dummheiten die törichte kleine Braut machen würde.

So faßte sie Alfonso scherzhaft bei dem Arme und sagte:

»Wir müssen Sie jetzt fortschicken, lieber Alfonso; da alles sehr beeilt werden muß, brauche ich Jos Hilfe. Wir müssen auch sogleich ausfahren, um einige Toiletten für Jo zu bestellen, damit alles zur Zeit fertig wird.«

Alfonso ließ sich sonderbarerweise willig fortschikken, beschwor nur die Damen, Jos Reisegepäck nicht unnötig zu belasten, sie bekomme ja unterwegs in den großen Hafenstädten alles Nötige in bester Auswahl. Er habe ein Interesse daran, Jo in Zukunft ganz nach seinem Geschmack gekleidet zu sehen.

Jo war das alles sehr gleichgültig, und Tante Mally fand es unerhört nobel von Alfonso, daß er gewissermaßen selbst für die Aussteuer seiner Braut aufkommen wollte.

Und so fügte sich Tante Mally auch darein, daß Jo wirklich nur das Nötigste anschaffte.

Jo fuhr am nächsten Tag zur Bank, wo ihr Vermögen deponiert lag. Sie hatte sich vom Onkel einen Scheck über einige tausend Mark ausstellen lassen, da sie ja noch bis morgen unter seiner vormundschaftlichen Herrschaft stand. Er sagte ihr dabei, daß ihr übriges Vermögen schon der Form halber gleich nach ihrer Hochzeit an ihren Gatten ausgezahlt werden müsse.

»Es ist ja nur eine Bagatelle für ihn, aber immerhin ist es dir vielleicht angenehm, daß du nicht mit ganz leeren Händen zu ihm kommst«, sagte er.

Jo stimmte ihm zu. Aber sie war doch froh, daß sie einige tausend Mark zur Verfügung hatte. Sie wollte davon nur das Nötigste ausgeben, damit ihr dreitausend Mark Reserve blieben. Zum Glück hatte sie in den letzten Monaten ihr Toilettengeld nicht abzuheben brauchen, und so konnte sie auch noch über einige hundert Mark Zinsen verfügen. Sie verstand immer, sich elegant und vornehm zu kleiden, ohne Unsummen dafür auszugeben. Und so gelang es ihr, eine anständige Reiseausrüstung anzuschaffen, ohne die dreitausend Mark, die sie sich reservieren wollte, anzugreifen. Diesen Betrag in barem Geld wollte sie gut verwahren, wußte sie doch nicht, wie sich ihr Schicksal gestalten würde. Konnte sie sich von Alfonso wieder lösen, dann würde sie auf keinen Fall in das Haus ihres Onkels zurückkehren. Niemand brauchte hier in Berlin zu erfahren, was weiter mit ihr geschah. Sie mußte dann damit rechnen, daß sie sich ihr Brot selber verdienen müsse; denn wenn Alfonso sie freigab, wollte sie keinen Pfennig mehr von ihm annehmen. Sie hoffte, sich durch ihre Sprachkenntnisse ihr Brot verdienen zu können.

Währenddem fuhr Gerd Rainsberg ohne Aufenthalt bis Barcelona. Hier besuchte er einen Bekannten, mit dem er sich auf einer Schiffsreise angefreundet hatte. Señor Antonio Candaro war Besitzer einer Verlagsbuchhandlung. Er empfing Gerd sehr erfreut und drang darauf, daß er in seinem oben auf dem Berg gelegenen Haus Wohnung nahm für die Dauer seiner Anwesenheit in Barcelona. Seine Gattin begrüßte den schlanken, interessanten Deutschen mit den hellen grauen Augen sehr erfreut, er erwarb sich sofort ihre Sympathie. Sie ließ Gerds Koffer aus dem Hotel Majestic holen, wo er abgestiegen war, und schwirrte vergnügt und lebhaft durch das Haus, um es dem Gast behaglich zu machen. Die beiden Herren blieben allein zurück. Sie besprachen erst einmal die politische Lage in Spanien.

»Sie dürfen froh sein, mein lieber Herr Doktor: wird Ihnen der Boden in Europa zu heiß, können Sie auf Ihre javanischen Besitzungen gehen«, sagte er.

Gerd zuckte die Achseln.

»Weiß man denn, wie lange dort noch Ruhe sein wird? Aber lassen wir die politische Lage, Señor Candaro. Ich muß Ihnen gestehen, daß ich so bald meinen versprochenen Besuch bei Ihnen nicht absolviert hätte, wenn mich nicht ein ganz besonderer Umstand hierhergeführt hätte. Ich bin nach Barcelona gekommen, in der

Hoffnung, daß Sie mir einige für mich wichtige Fragen beantworten können. Ich nehme an, daß Ihnen die Verhältnisse hier im Land gut bekannt sind.«

»Das kann ich wohl bejahen. Also bitte, fragen Sie.«

»Zuerst eine Frage: ist Ihnen ein Alfonso de Almadeia bekannt, der in der Umgebung von Barcelona große Besitzungen haben soll?«

Überrascht sah der Spanier mit seinen dunklen Augen in die hellen seines Besuchers. Und dann huschte ein Lächeln um seinen Mund.

»Den kenne ich allerdings ziemlich genau, Herr Doktor; er hat voriges Jahr sogar einen Band lyrischer Gedichte bei mir verlegt. Sie waren weder schlecht noch gut, aber es lag ihm viel daran, sie gedruckt zu sehen. Da nun lyrische Gedichte, auch wenn sie noch so gut sind, sehr wenig gekauft werden, hätte ich auf den Verlag dieses Werkes verzichten müssen, wenn er mir nicht garantiert hätte, dreitausend Exemplare käuflich zu übernehmen. Verstehen Sie, die Herstellungskosten wollte er aus Ehrgeiz nicht tragen. Er wollte versichern können, auf Ehrenwort, daß ich den Verlag aus eignen Mitteln bestritten habe. Um die Sache perfekt zu machen, gab er mir also die Garantie, daß er dreitausend Bände kaufen würde. Ich glaube, sie stehen zum großen Teil in einem Kellergewölbe des Schlosses, das einst einem berühmten alten spanischen Geschlecht gehörte. Ich schnitt immerhin gut ab, da doch noch gegen tausend Bände gekauft wurden, wahrscheinlich von Freunden und Bekannten des Verfassers.«

»Das alte Schloß, das er besitzt, ist wohl eine Sehenswürdigkeit?« fragt Gerd, vorsichtig sondierend.

Sein Gastgeber lachte ihn an.

»Ah, nun verstehe ich, Sie möchten dort eindringen und haben vielleicht von einigen wertvollen Gemälden gehört, die sich noch in Schloß Mandrilla befinden.«

Gerd machte sich kein Gewissen daraus, diese Vermutung Candaros zu bestätigen.

»Allerdings, das veranlaßte mich, hierherzukommen.«

»Ich habe gar nicht gewußt, daß Sie auch für die Kunst ein so reges Interesse haben. Aber selbstverständlich, ein so kluger und belesener Mann wie Sie ist auf allen Gebieten zu Hause. Wenn Sie aber vielleicht die Absicht haben, einen der vorhandenen Murillos oder Velasquez' zu kaufen, so muß ich Ihnen sagen, daß Señor de Almadeia lieber hungern würde, als sein Schloß dieser Schätze zu berauben.«

»Von diesem Charakterzug der spanischen Granden habe ich genugsam gehört und erfahren während meiner mehrjährigen Anwesenheit in Spanien. Ich habe auch nicht die Absicht, diese alten Gemälde zu kaufen, aber ansehen wird man sie doch wohl dürfen. Meinen Sie nicht, daß Sie mir bei Señor Alfonso de Almadeia die Erlaubnis erwirken können, Schloß Mandrilla und vor allem diese Gemälde zu besichtigen?«

»Señor Alfonso ist gar nicht daheim, er befindet sich auf einer Weltreise, von der man ihn erst am Jahresschluß zurückerwartet. Und jetzt haben wir noch April.«

»Oh, dann wird man das Schloß also nicht besichtigen können?«

Gerd mußte sich sagen, daß seine Erwartungen, etwas in Erfahrung zu bringen, was Jo helfen könne, sehr herabgestimmt wurden, denn wenn der Señor de Almadeia sich wirklich auf einer Weltreise befand, konnte es doch stimmen, daß er zur Zeit in Berlin weilte.

»Doch, ich hoffe, Ihnen die Erlaubnis dazu verschaffen zu können, wenn ich die Garantie übernehme, daß Sie keines der Gemälde oder eine sonstige Kostbarkeit zu entwenden gedenken.«

Sie lachten beide.

»Ich denke, diese Garantie könnten Sie übernehmen, Señor Antonio.«

»Ich denke auch. Mit dem Kustoden, der jetzt die Kunstschätze bewacht, bin ich gut bekannt. Ich werde Sie nach Schloß Mandrilla begleiten und Sie mit ihm bekannt machen.«

»Dafür werde ich Ihnen sehr dankbar sein, zumal es mir noch nie gelungen ist, eines dieser alten Schlösser, soweit sie noch bewohnt sind, zu besichtigen. Es ist schwer, Einlaß in ein solches zu finden. Und die unbewohnten sind doch nur Ruinen.«

»Gut, gut, ich werde dem Kustoden ein gutes Wort geben, damit er Sie im Schloß herumführt. Er ist mir ohnedies eine Gefälligkeit schuldig und wird mir darum gern diesen kleinen Dienst erweisen.«

»Sie sind sehr liebenswürdig, Señor Candaro!«

Die Herren plauderten noch eine Weile über allerlei, was sie interessierte, und Gerd versuchte diplomatisch, noch einiges über Alfonso de Almadeia zu ergründen, was ihm jedoch nicht gelang. Denn da Candaro ihm mitteilte, daß der Schloßherr von Mandrilla ein großer, schlanker und sehr hübscher junger Mann mit dunklen Augen und dunklem Haar sei, konnte diese Mitteilung seinen Verdacht weder entkräften noch bestätigen. Denn diese Beschreibung paßte sowohl auf Alfonso de Almadeia wie auf viele andere junge Leute. Auch daß er im Beginn der Dreißig stehe, war nicht ausschlaggebend.

Weiteres konnte Gerd vorläufig nicht ergründen. Er hoffte nunmehr, beim Besuch des Schlosses Näheres in Erfahrung zu bringen.

Aber das Schicksal wollte nicht, daß dieser Besuch in nächster Zeit stattfinden sollte. Eine halbverfaulte Orangenschale bewies wieder einmal die Tücke des Objekts. Gerd glitt am nächsten Vormittag, als er ausgehen wollte, auf einer solchen Orangenschale aus, die auch in Barcelona leider zuweilen auf der Straße liegen. Bei dem Fall verstauchte er sich den Fuß so schwer, daß er fast vierzehn Tage im Haus seiner Gastgeber liegen mußte. Er wollte zwar sofort in ein Sanatorium übersiedeln, weil er Señora Candaro keine Umstände und Mühe machen wollte, aber die sehr liebenswürdige Dame protestierte energisch dagegen und behauptete, da das Unglück vor ihrer Tür geschehen sei, wolle sie das Beste daraus machen und sich die Anwesenheit ihres sehr interessanten Gastes sichern, solange er ihrer Hilfe bedürfe.

Gerd war sehr niedergeschlagen über dieses Mißgeschick, weil es ihn volle zwei Wochen an das Ruhelager fesselte. Seine Gastgeber taten zwar alles, um ihm diese Zeit so behaglich wie möglich zu machen, aber für Gerd bedeuteten diese beiden Wochen trotzdem eine Marter, denn er konnte nichts für Jolande Warrens Befreiung tun.

Nur eines brachte ihn einen Schritt vorwärts. Es gelang ihm durch einen Zufall, dem er freilich ein wenig nachgeholfen hatte, den Brief zu sehen, den Alfonso de Almadeia damals, als sein Gedichtband erscheinen sollte, an seinen Verleger Candaro geschrieben hatte. Die Handschrift dieses Briefes war eine sehr auffallende, so steil und gleichmäßig, als wenn statt der Buchstaben Soldaten aufmarschiert wären. Gerd erkannte sofort, diese Handschrift war nicht zu fälschen. Er prägte sich ihren Typus daher fest ein. Außerdem konnte er den Brief sicherlich bei Bedarf noch einmal einsehen. Und so entschloß er sich, um nicht ganz untätig sein zu müssen, ein Telegramm an Doktor Gering zu schicken. Es lautete:

»Muß unbedingt Schriftprobe von A. de A. haben. Verschaffen Sie mir eine solche um jeden Preis. Per Eilboten einsenden.

Rainsberg.«

Diese in deutscher Sprache abgefaßte Depesche konnte er unbesorgt einem Dienstboten des Hauses anvertrauen, um sie nach dem Telegraphenamt zu schaffen. Das geschah schon am dritten Tag nach seinem Unfall.

Er verhehlte es sich allerdings nicht, daß eventuell Tage verstreichen könnten bis zum Eintreffen einer solchen Schriftprobe. Hals über Kopf würde Gering sich eine solche überhaupt nicht verschaffen können, denn er mußte vorsichtig vorgehen.

Immerhin war ihm der Gedanke angenehm, daß etwas, seine Pläne Förderndes, unternommen würde. Gottlob, daß noch Zeit war; Jolandes Hochzeit sollte jedenfalls erst in ein paar Wochen stattfinden, wie er glaubte, und bis dahin ... Hätte Gerd geahnt, mit welcher Eile Almadeia die Hochzeitsvorbereitungen betrieb, wäre ihm sein jetziger Zustand und alles dadurch Bedingte vollends unerträglich erschienen.

Schon am zwölften Tag versuchte Gerd aufzustehen und im Zimmer hin und her zugehen. Die Geschwulst war zurückgegangen, und am nächsten Tag wollte er unbedingt versuchen, auszugehen. Da legte aber die abergläubische Señora Candaro entsetzt Protest ein. Um aller Heiligen willen, Señor Rainsberg wollte doch nicht am dreizehnten Tage sein Krankenlager beenden! Das bringe doch Unglück! Sie lasse es einfach nicht zu, er müsse noch einen Tag zugeben. Und sie ließ nicht nach mit Bitten und Vorstellungen, er mußte noch einen Tag warten.

Aber er setzte es wenigstens durch, daß am darauffolgenden Tag die Fahrt nach Schloß Mandrilla vorgenommen wurde. Länger wollte er auf keinen Fall warten. Er gab vor, bald wieder abreisen zu müssen, sein Aufenthalt sei durch seinen Unfall ohnedies verlängert worden. Señora Candaro versprach ihm denn auch: am übernächsten Tag würde frühmorgens das Auto für die Fahrt nach Schloß Mandrilla bereitstehen.

Als Gerd zum ersten Mal wieder ausging, erstand er bei einem Juwelier, unten in der Rambla de las Flores, ein sehr hübsches Schmuckstück, das er Señora Candaro als Dank für die aufmerksame Pflege überreichte. Sein

Fuß tat zwar noch immer weh, aber er hoffte, daß sich das bald verlieren würde.

Von Doktor Gering hatte er noch keinen Bescheid auf sein Telegramm, aber er nahm an, daß dieser jeden Tag eintreffen werde.

4

Von Tag zu Tag fühlte Jo sich beklommener werden. Sie hatte allerlei Kämpfe mit Tante Mally zu bestehen, wenn sie ihre Einkäufe machte. Die Frau Professor fand alles zu einfach und zu billig, was Jo anschaffte. Brauchte sie es doch nicht zu bezahlen, da es von Jos Vermögen beglichen werden mußte. Aber Jo blieb fest, sie wollte um keinen Preis mehr ausgeben, um die dreitausend Mark für sich behalten zu können. Es stellte sich heraus, daß noch fünfundzwanzigtausend Mark von ihrem Vermögen übrigblieben. Dieses Kapital wollte der Arzt gleich nach der Hochzeit Jos Gatten übergeben. Es würde selbstverständlich nur eine Bagatelle für ihn sein, und er schien gar kein Gewicht daraufzulegen, daß Jo überhaupt Vermögen besaß. Großzügig winkte er immer ab, wenn darauf die Rede kam. Es genügte ihm zu wissen, daß er dies Vermögen am Hochzeitstag ausgehändigt bekam. Der Professor sagte ihm, daß bis dahin die Abrechnung fertig sein würde.

Freilich wäre es Alfonso lieb gewesen, wenn er schon vorher einige tausend Mark bekommen hätte, aber das durfte er um keinen Preis merken lassen, es mußte auch so gehen.

Zu Jos Erleichterung kam es in all den Tagen nicht zu einem Alleinsein der Brautleute. Tante Mally wurde die Angst nicht los, daß Jo dabei eine Dummheit begehen würde, die eine Lösung der Verlobung zur Folge haben könne. Schon aus diesem Grund machte sie jedes Alleinsein unmöglich. Als Alfonso ihr einmal liebenswürdig schmollend sagte, sie sei sehr streng, klopfte sie ihm neckisch auf die Hand.

»Du mußt schon Geduld haben, mein Lieber, aber einem so stürmischen Liebhaber muß man etwas Strenge zeigen.«

Alfonso sah sie mit einem bezaubernden Blick an.

»Was kann man für sein Blut, teuerste Tante?«

Sie seufzte auf.

»Ja doch, Alfonso, ich verstehe dich, aber – es dauert ja nicht mehr lange, dann gehört Jo dir ganz.«

Und Alfonso fügte sich um so leichter, da ihn durchaus nichts zu Jo hinzog. Wohl mußte er zugeben, daß sie reizend sei, aber ihre dauernd ihm gegenüber zur Schau getragene Kälte kühlte auch ihn bedeutend ab. Er hatte ja von Anfang an nur an Jos Vermögen gedacht. Als er nach Berlin gekommen war, um sich nach einem Goldfisch umzusehen, der seine Pläne realisieren könnte, war ihm zuerst Jolande Warren als eine der reichsten Erbinnen bezeichnet worden. Das Gerücht, das ihre Tante ausgesprengt hatte, um Jo baldmöglichst loszuwerden, hatte durch das Zirkulieren von Mund zu Mund unerhörte Dimensionen angenommen. Man wußte ja auch, daß Jolande Warrens Vater ein sehr reicher Mann gewesen war. Daß sein Reichtum wie der so vieler Leute durch die Inflation verlorengegangen war, ahnte dagegen niemand. Es wurde totgeschwiegen von allen Beteiligten, weil es keinen Zweck hatte, von einer Sache zu reden, die beinahe jeden betraf. Sobald er im Besitz von Jolandes Vermögen war, wollte er tatsächlich mit ihr die Reise fortsetzen. Für das, was später geschah, würde die Höhe von Jolandes Vermögen ausschlaggebend sein. Auf eine halbe Million ungefähr hatte er mindestens gerechnet.

Die Verlobung war an Jolandes einundzwanzigstem Geburtstag mit allem Glanz gefeiert worden. In Eile waren die Einladungen verschickt worden, und trotz der kurzen Frist sagten alle Geladenen zu.

Unter diesen befand sich auch Doktor Gering. Und selbstverständlich hatten sich auch Photographen eingefunden, die das gesellschaftliche Ereignis im Hause des Professors aufnahmen. Alfonso erfuhr erst davon, als die photographischen Apparate im Festsaal aufgestellt wurden, und er erschrak sehr darüber. Am liebsten hätte er sich von der Seite seiner Braut fortgestohlen, aber das ging leider nicht an. Und so konnte er sich nur mit dem Gedanken trösten, er könne sich im entscheidenden Moment hinter einem Blumenstrauß verbergen, den er Jo überreicht und den diese neben ihren Platz gelegt hatte. Wie spielend nahm er ihn in die Hand und benutzte ihn so, daß nur ein Teil seines Gesichtes zu sehen war.

Nachdem die Photographen ihre Apparate zusammengepackt hatten, entschuldigte sich Alfonso für einige Minuten von seiner Braut und verließ den Saal. Er konnte den Direktor der photographischen Projektion im Vestibül noch erreichen, hielt ihn an und sagte liebenswürdig: »Mein lieber Herr Direktor, ich habe die Absicht, meine Verwandten in Spanien durch meine demnächst stattfindende Vermählung zu überraschen. Das dürfen Sie mir nicht verderben. Es könnten ihnen Zeitungen zu Gesicht kommen, in denen Ihre Photos veröffentlicht werden. Das darf nicht sein, verstehen Sie. Ich will meine junge Frau eines Tages gewissermaßen als Überraschung meinen Verwandten zuführen, zumal wir unsere kirchliche Trauung erst in Spanien vornehmen lassen. Sie würden mich daher verbinden, wenn in der Unterschrift unter den Photos vorläufig mein Name wegfallen würde. Ich verspreche Ihnen dafür, daß ich Ihnen von unserer kirchlichen Trauung auf Schloß Mandrilla Photos zusende und sie Ihnen zur Veröffentlichung mit allen Einzelheiten und voller Namensnennung zur Verfügung stellen werde.«

Der Direktor versicherte seine Ergebenheit und versprach, den Namen des Bräutigams auf keinen Fall zu nennen.

Befriedigt ging Alfonso in den Saal zurück. Ein Stein war ihm vom Herzen gefallen.

Und Jo ahnte nicht, was ihren Verlobten von ihrer Seite geführt hatte.

Die Verlobungsfeier nahm ihren Verlauf, und das arme Opfer dieser Feier mußte aushalten bis zuletzt, wenn sie auch, wie Doktor Gering und noch mancher andere feststellte, sehr blaß und erschöpft aussah.

Einige Tage später machte Doktor Gering einen Besuch im Haus des Professors. Er hatte soeben erst das Telegramm Gerd Rainsbergs erhalten und wußte nun, daß dieser auf eine Handschriftprobe des Spaniers wartete. Er überlegte, wie er ihm diese verschaffen könne, und sagte sich, daß er jedenfalls bei dem Arzt am ehesten dazu kommen könnte. Er machte sich seinen Plan. Brautleute verkehrten vielfach auch dann schriftlich miteinander, wenn sie sich an einem Ort aufhalten. Vielleicht konnte er von Jolande Warren irgendeine Schriftprobe ihres Verlobten erhalten.

Außerdem kam ihm noch ein Gedanke, wie er Gerd helfen könnte. Es fiel ihm ein, daß er einen winzigen photographischen Apparat besaß, der ihm einmal in einer Prozeßsache wichtige Dienste geleistet hatte. Damals hatte es sich darum gehandelt, sich eine Photographie von dem Prozeßgegner seines Klienten zu verschaffen. Dazu hatte er sich diesen Apparat angeschafft, den er in seiner Tasche aufnahmefertig bei sich getragen und im Moment einer Begegnung benutzt hatte, so daß er zwar ein kleines, aber sehr scharfes Bild des Gegners erhalten hatte. Auf diese Weise wollte er sich eine Aufnahme des Spaniers beschaffen und sie sogleich vergrößern lassen und Gerd mit einsenden. Das war gewiß ebenso wichtig wie eine Schriftprobe. Rainsberg schien einen Anlaß zu weiterem Vorgehen gefunden zu haben, da er eine Schriftprobe verlangte. Wäre sein Verdacht in nichts zerfallen, wäre das nicht nötig gewesen.

So trat er, mit diesem kleinen Apparat bewaffnet, in den Empfangssalon, ohne daß jemand von seiner Absicht etwas gemerkt hätte. Und er hatte Glück. Señor de Almadeia war zugegen, er saß mit der Dame des Hauses an einem Tisch. Sie waren beide damit beschäftigt, irgendwelche schriftliche Notizen zu machen. Es betraf wohl Anschaffungen, die für die Braut gemacht werden sollten. Sowohl Frau Professor als auch der Señor hatten je einen Notizblock vor sich, die bereits mit allerhand Notizen bedeckt waren. Neben Alfonso lagen zusammengeknittert einige bereits erledigte Zettel.

Lächelnd stellte sich Doktor Gering als Hilfskraft zur Verfügung, und scherzend erwiderte Frau Mally, daß eine Hilfskraft sehr erwünscht sei, daß man aber leider alles allein machen müsse.

»Und dabei ist Señor de Almadeia so unaufmerksam, daß er lauter Konfusion macht. Ich habe schon zwei Zettel zurückweisen müssen, die er ganz falsch beschrieben hat.«

Damit deutete sie auf die beiden zusammengeknitterten Zettel.

Doktor Gerings Blick heftete sich interessiert auf diese. Sollte er da auf sehr einfache Weise zu einer Schriftprobe kommen? Er nahm auf einen Wink der Gastgeberin am Tisch Platz und setzte sich so, saß er Señor Alfonso vor die Linse seines Apparates bekam.

»Sie entschuldigen, lieber Herr Doktor«, wandte sich Frau Mally erneut an Doktor Gering, »daß wir uns nicht stören lassen. Aber gleich wird meine Nichte zurückkommen, und dann wird der Bräutigam überhaupt keine Aufmerksamkeit mehr für diese nüchternen Notizen haben, die doch unbedingt gemacht werden müssen.«

»Bitte sehr, lassen Sie sich nur nicht stören, ich wollte mir nur erlauben, Nachfrage zu halten, wie Ihnen allen das schöne und glänzende Verlobungsfest bekommen ist. Übrigens, wenn der Bräutigam in Gegenwart seiner

Braut für so nüchterne Notizen Interesse hätte, müßte ich ihm das verdenken.«

»Siehst du wohl, gnädigste Tante, der Herr Doktor hat mehr Verständnis für meinen Zustand als du.«

»Nun ja, dafür ist er ein Mann.«

»Sie machen diese Notizen wohl schon in Erwartung der Hochzeitsfeier? Darf man fragen, ob diese schon bald stattfindet?«

Tante Mally und Alfonso wechselten einen raschen Blick. Es war vereinbart worden, niemanden den Hochzeitstermin wissen zu lassen, außer einigen Personen, die der kleinen Feier beiwohnen sollten. Zu diesen gehörte aber Doktor Gering nicht. Und so sagte Frau Mally diplomatisch:

»Es steht noch nicht genau fest, Herr Doktor. Wir brauchen aber keine großen Vorbereitungen, wie wir anläßlich der Verlobungsfeier schon erwähnt haben, da ja hier in Berlin nur die standesamtliche Trauung erfolgen wird. Señor de Almadeia wünscht, daß die kirchliche Feier erst in Spanien auf Schloß Mandrilla stattfindet. Das kann man verstehen, nicht wahr, da doch auch seine Verwandten und Bekannten daran teilnehmen sollen. Zunächst wird das junge Paar jedoch gemeinsam die Weltreise beenden, die er nun einmal begonnen hat.«

Doktor Gering verneigte sich.

»Ich verstehe. Sie werden dann wahrscheinlich zu dieser Feier nach Spanien reisen?«

»Wenn mein Mann sich irgendwie frei machen kann, gewiß. Das müssen wir erst abwarten.«

Doktor Gering wußte zwar noch immer nicht, wann die Hochzeit stattfinden sollte, aber er sagte sich, sie würde voraussichtlich nicht sehr lange mehr hinausgeschoben werden. Sein Interesse konzentrierte sich auch in erster Linie auf die dicht vor ihm liegenden zusammengeknitterten Zettel. Wie konnte er die nur an sich bringen?

Jetzt betrat Jolande Warren den Salon, und Doktor Gering mußte abermals, wie bei ihrer Verlobungsfeier, konstatieren, daß sie sehr elend und blaß aussah. So zart und schmal erschien ihr Gesicht, und die samtbraunen Augen blickten so glanzlos und erloschen, daß ihn ein großes Mitleid überfiel und er ebenfalls wünschte, ihr helfen zu können.

Jo begrüßte ihn sehr freundlich, wußte sie doch, daß er Doktor Rainsberg gut kannte und sein Geschäftsführer war.

Die Dame des Hauses schob den Notizblock von sich.

»Wir wollen für heute mit dieser Beschäftigung aufhören, Alfonso, du bist ja doch nicht mehr bei der Sache. Bitte, Jo, nimm diese Notiz an dich; alles dieses muß noch besorgt werden. Nein, diese zerknitterten Zettel nicht, die gelten nicht und können vernichtet werden.«

Mit Gedankenschnelle griff Doktor Gering nach den Zetteln.

»Wo ist der Papierkorb? Ich möchte mich doch auch nützlich machen.«

Frau Mally lachte.

»Da müssen Sie sich schon in das Nebenzimmer bemühen, Herr Doktor!«

Und sie zeigte nach der Tür. Das ließ sich Doktor Gering nicht zweimal sagen. Er verschwand mit den Zetteln im Nebenzimmer, steckte diese schnell in seine Brusttasche und kehrte befriedigt in den Salon zurück.

Jetzt wandte sich Jo an ihn und sprach einige artige Worte mit ihm. Und dann fragte die Tante:

»Ihr Freund Doktor Rainsberg ist wohl schon wieder abgereist, nicht wahr?«

»Ja, schon gleich am Tag nach der Festlichkeit in Ihrem Haus. Ich teilte es dem gnädigen Fräulein schon bei der Verlobungsfeier mit.«

Nur Doktor Gering bemerkte, daß bei seinen Worten dunkle Glut in Jos blasses Gesicht stieg. In der Tat, sie hatte danach gefragt, ob Doktor Rainsberg schon abgereist sei.

»Wird er bald nach Berlin zurückkommen?« fragte Frau Mally weiter. »Ich hatte mich sehr auf diesen interessanten Zuwachs unseres Kreises gefreut, ich habe bisher nur wenig mit ihm sprechen können.«

»Das werden Sie nachholen, wenn er zurückkommt. Wahrscheinlich wird er dann längere Zeit in Berlin bleiben; es steht allerdings noch nicht ganz fest. Er ist immer sehr schnell in seinen Entschlüssen, und wenn ihn irgend etwas an einem anderen Ort interessiert, reist er einfach weiter. So war ich auch jetzt keineswegs auf diese Reise vorbereitet.«

»Wo befindet er sich augenblicklich?« fragte Frau Mally interessiert.

Fast hätte sich Gering verraten; er war schon dabei, zu sagen: in Spanien, aber das konnte er zum Glück zurückhalten und sagte ruhig:

»In Schweden!«

Señor de Almadeia benutzte die Gegenwart fremder

Menschen stets dazu, um sein Besitzrecht an Jo zu betonen. Da konnte sie sich ihm nicht so leicht entziehen, und gerade weil er wußte, daß sie vor seiner Berührung zurückbebte, faßte er dann immer ihre Hand, sie immer wieder an die Lippen ziehend, oder legte, wie übermannt von Zärtlichkeit, den Arm um sie. Er war weit davon entfernt, zu glauben, daß Jo ihn verabscheute, er glaubte, ihre Zurückhaltung sei nur Furcht, daß er sich zu sehr würde hinreißen lassen. Seine Eitelkeit hätte es nicht zugegeben, daß eine Frau sich ernstlich wehren würde, in seinen Armen zu liegen.

Aber gerade Jos Zurückhaltung erweckte langsam in ihm das Verlangen, dieses spröde Geschöpf zu besiegen und willenlos in seine Arme zu zwingen.

Doktor Gering aber beobachtete immer sehr scharf, und er sah, daß Jo jedesmal leise zurückzuckte, wenn er ihr zu nahe kam, und daß darin ein erbarmungswürdiger Blick in ihre Augen trat.

Da er jedoch seinen Zweck erreicht hatte, besser und einfacher als er gehofft, verabschiedete er sich bald.

Jo hätte ihm gern noch einige Doktor Rainsberg betreffende Fragen vorgelegt, aber sie wagte es nicht. Ihre Hand umschloß aber die Doktor Gerings mit einem warmen Druck; ihr war, als sei er ein Verbindungsglied zwischen ihr und Doktor Rainsberg.

Es ergab sich aber dann doch noch ein kurzes Alleinsein zwischen ihm und ihr, da die Dame des Hauses und Alfonso schon ins Nebenzimmer getreten waren. Da sagte Jo leise mit bebenden Lippen:

»Wenn Sie Doktor Rainsberg schreiben sollten, bitte ich Sie, einen Gruß von mir zu bestellen. Ich – ich habe mich sehr gut mit ihm unterhalten und – er ist mir sehr sympathisch.«

»Das beruht jedenfalls auf Gegenseitigkeit, mein gnädiges Fräulein, er wird sich sehr über Ihren Gruß freuen und – auf ein Wiedersehen.«

Jos Augen wurden noch trüber. Sie wußte, es würde kein Wiedersehen zwischen ihr und Gerd Rainsberg geben. Aber sie sagte kein Wort weiter, und, da ihre Tante nach ihr rief, verabschiedete sie sich schnell.

Doktor Gering ging, nach Hause zurückgekehrt, sofort in seine Dunkelkammer und entwickelte die Aufnahme, die er unauffällig von dem Spanier gemacht hatte. Das Bildchen war sehr gut und scharf gekommen. Er hing es gleich zum Trocknen auf und gab es noch am selben Tage zum Vergrößern. Auf seinen dringenden Wunsch hin wurde ihm bestätigt, daß er die Vergrößerung am nächsten Tag erhalten sollte.

Ohne zu säumen, machte er sich daran, ausführlich an Gerd zu schreiben, fügte seinem Brief die beiden die Notizen des Spaniers enthaltenden Zettel und tags darauf das Photo bei, das Alfonsos Kopf mit prägnanter Deutlichkeit wiedergab, und ließ alles eingeschrieben an Doktor Rainsberg abgehen.

Vorsichtshalber hatte er ein Duplikat der Photographie zurückbehalten.

Immerhin hatte er einige Zeit gebraucht, Gerds Auftrag erfüllen zu können. Hoffentlich kam seine Sendung trotz der säumigen Postbestellung in Spanien noch rechtzeitig an dem Bestimmungsort an.

5

Gerd Rainsberg und Señor Candaro hatten im Auto Schloß Mandrilla in knapp zwei Stunden erreicht, obwohl der Chauffeur ein so mäßiges Tempo eingelegt hatte, wie sein vorsichtiger Herr es liebte. Gerd würde auch dann diese Fahrt nicht zu bedauern brauchen, wenn ihn nicht ein besonderer Grund hierhergeführt hätte. Das stolze Schloß, das, auf einer Anhöhe liegend, die ganze Gegend beherrschte, bot schon von außen einen herrlichen Anblick. Als das Auto die Anhöhe erreicht hatte, hielt es unter einem wundervollen Säuleneingang vor dem Portal. Auf das Klingelzeichen hin wurde nach einiger Zeit ein kleines Fenster geöffnet, an dessen Tiefe man die Stärke der Mauern ermessen konnte, und ein alter Diener mit spärlichem weißen Haar sah heraus. Er mußte wohl Señor Candaro sogleich erkennen, da dieser wiederholt im Schloß gewesen war, und fragte freundlich nach seinem Begehr.

»Ich möchte gern den Kustoden sprechen, José; ist er anwesend?«

»Ja, Señor Candaro, er befindet sich in der Bibliothek, wo er die Bücher einordnet, die unser gnädiger Herr von seiner Reise geschickt hat. Bitte gedulden Sie sich einen Moment, ich werde Ihnen die Pforte öffnen und Sie zu ihm führen.«

»Ich bitte darum.« José schien einige Stufen von seinem Ausguck herabzuklettern, und nach einer Weile erschien er an der kleinen Seitenpforte, die neben dem großen Portal lag.

Die Herren waren ausgestiegen, und da José etwas unsicher auf Gerd sah, der anscheinend auch Einlaß begehrte, beeilte sich Señor Candaro zu sagen:

»Dieser Herr ist mein Freund, José, ein Deutscher, der extra von Deutschland hierhergekommen ist, um sich die berühmten Gemälde, die im Schloß hängen, ansehen zu dürfen. Da nun leider der gnädige Herr auf Reisen ist, habe ich ihm angeboten, den Herrn Kustoden für ihn um Erlaubnis zu bitten, daß er sich das Schloß und seine Kunstschätze betrachten darf. Ich übernehme natürlich jede Garantie und werde auch Señor de Almadeia gegenüber die Verantwortung auf mich nehmen. Sie können sich doch denken, daß dieser Herr, Doktor Rainsberg, nicht umsonst die weite Reise unternommen haben möchte. Der Ruhm eurer Gemälde ist eben bis nach Deutschland gedrungen.«

Der alte Diener nickte so stolz mit seinem ehrwürdigen Haupt, als sei er selbst der Besitzer der berühmten Gemälde.

»Das kann ich verstehen, Señor Candaro, und so der Herr Kustode einverstanden ist, werden wir gern den deutschen Señor herumführen. Bitte folgen Sie mir.«

Das geschah, nachdem der Diener die kleine Pforte wieder zugeschlossen hatte. Dem Chauffeur hatte er zugerufen, er möge um das Schloß herum zur Garage fahren und sich dann in der Küche melden.

Gerd war ganz andächtig zumute in der großen hohen Halle, die sie durchschritten und die wie ein Tempel wirkte. Die Schritte hallten laut auf dem Steinfußboden, der mit kunstvollen Mosaikornamenten ausgelegt war. Auch die weiten Gänge zeigten solche Fußböden. Sie führten rechts und links von der mächtigen, zum ersten Stockwerk emporführenden steinernen Treppe zu den beiden Flügeln des Schlosses.

Rechts abbiegend, folgten sie dem Diener tief in das Schloß hinein; es hatte eine gewaltige Ausdehnung. Und an einer hohen eichengeschnitzten Tür blieb der Diener stehen, klopfte an. Als von innen ein Ruf erfolgte, öffnete er und meldete den Besuch.

Der Kustode, ein Herr in der Mitte der Fünfzig, dessen dunkles Haar und Spitzbart nur wenig graue Fäden aufwiesen, kam Señor Candaro erfreut entgegen und reichte ihm die Hand.

Schnell brachte dieser sein Anliegen vor, und der Kustode erklärte sich gern bereit, dem deutschen Besucher die Schätze des Hauses zugänglich zu machen. Auch er zeigte dasselbe stolze Gesicht bei Erwähnung der Gemälde wie der alte Diener.

»Ich bin überzeugt, daß unser gnädiger Herr gern die Erlaubnis gegeben hätte, wäre er anwesend gewesen. Er ist Ihnen sehr verbunden, Señor Candaro, und ich bin es auch. Aber die Besichtigung des Schlosses wird mehrere Stunden in Anspruch nehmen, und deshalb ist es wohl besser, wenn die Herren sich zunächst ein wenig erfrischen. José bringen Sie etwas zu essen und zu trinken für unsere Gäste und melden Sie, daß diese heute mittag mit mir speisen werden.«

José verschwand, und der Kustode nötigte die Herren, an der großen Tafel Platz zu nehmen, die mitten in der geräumigen Bibliothek stand, deren Wände mit Bücherregalen angefüllt waren.

»Ich habe von unserm gnädigen Herrn soeben wieder

eine interessante und kostbare Bereicherung unserer Bibliothek eingeschickt bekommen. Sehen Sie hier, alte chinesische Schriften, die ich leider nicht entziffern kann, deren Alter und Ursprung ich aber feststellen möchte.«

Gerd starrte auf die alten Bände, die den Kustoden so entzückten, und dann wurde sein Blick wie magnetisch von dem Packpapier angezogen, das noch auf dem Tisch neben diesen Bänden lag. Seine Augen weiteten sich: Auf diesem Packpapier klebten chinesische Briefmarken, die er sehr wohl kannte. Seine Kehle wurde vor Aufregung ganz trocken, und er mußte erst schlucken, ehe er in tadellosem Spanisch sagen konnte:

»Darf man fragen, Herr Kustode, wo es Ihrem gnädigen Herrn gelungen ist, diese sicherlich sehr wertvollen alten Bücher aufzutreiben?«

Der Kustode lächelte.

»Selbstverständlich in China selbst, das Paket kommt aus Schanghai, wo er es aufgegeben hat.«

Gerd wurde erst ganz blaß, und dann stieg die Röte in seine Stirn.

»In Schanghai?« fragte er mit versagender Stimme.

»So ist es. Unser gnädiger Herr macht zur Zeit eine Reise um die Welt, und auf dieser ist er jetzt in China eingetroffen, oder vielmehr, er war in China, als er dieses Paket aufgab. Möglich, daß er schon wieder weitergereist ist. Ja, ja, er wird viel Schönes und Wunderbares zu sehen bekommen; ich folge ihm im Geiste von Ort zu Ort, kenne ich doch seine Reiseroute genau, für den Fall, daß wir ihm Post senden müssen.«

Gerd war zumute, als drehe sich die ganze Bibliothek

mit ihm im Kreis. Wenn Alfonso de Almadeia sich in China befand oder sich wenigstens dort befunden hatte als er dies Paket abschickte, konnte er unmöglich zu gleicher Zeit in Berlin weilen. Sein Verdacht bekam also plötzlich eine feste Begründung. Er mußte eine Weile seine Aufregung niederringen. Dann fragte er:

»Ihr gnädiger Herr ist wohl schon lange unterwegs?«

»O ja, seit reichlich drei Monaten. Die heilige Jungfrau mag ihn beschützen. Ich war etwas in Sorge, weil seine Reise mit einigen Schwierigkeiten begann, die auf ein böses Omen schließen ließen; aber unser gnädiger Herr kümmert sich nicht um solche Fingerzeige des Schicksals, er verlacht sie. Möge er recht behalten.«

Gerd sah den alten Herrn forschend an.

»Waren es Ihrer Ansicht nach schlimme Vorzeichen, die Ihnen Besorgnis einflößten?« fragte er interessiert.

»Nun, urteilen Sie selbst! Ich weiß ja nicht, wie Sie über solche Dinge denken. Zuerst war der große Koffer des gnädigen Herrn, als man ihn vom Speicher holte, die Treppe heruntergestürzt und hatte einer Madonna, die an der Treppenwand auf einer Konsole stand, den Arm abgeschlagen; dann stieß sich unser gnädiger Herr im Dunkeln so heftig den Kopf, daß er eine große Beule davontrug und Kompressen gemacht werden mußten. Zuletzt aber, am Tag vor der geplanten Abreise, war auf unerklärliche Weise die Brieftasche des gnädigen Herrn abhanden gekommen. Er hatte sie seiner Angabe nach in seinem Zimmer auf den Schreibtisch gelegt, sein Reisepaß war darin, einige tausend Pesetas und zugleich etwas Geld in ausländischen Devisen, vielleicht auch noch einmal fünftausend Pesetas; so, was der gnädige Herr die erste Zeit auf Reisen zu brauchen gedachte. Er behauptete, wie gesagt, zuerst, er habe die Brieftasche auf den Schreibtisch gelegt, aber er ist immer ein wenig zerstreut und nachlässig gewesen, zuweilen selbst bei wichtigen Dingen, und so weiß man nicht, ob er sie nicht vielleicht unterwegs verloren haben mag, da er kurz vorher einen Ritt unternommen hatte. Ganz gewiß, die Madonna hat ihn von dieser Reise abhalten wollen. Genug, er mußte warten, bis er sich einen neuen Reisepaß besorgt und neues Geld von der Bank eingefordert hatte. Dann hielt ihn aber nichts mehr zurück. Und ich bin die ganze Zeit in Sorge um ihn.«

Gerd krampfte unter dem Tisch die Hände zusammen. Die Sache mit der verschwundenen Brieftasche beschäftigte ihn sehr, hauptsächlich aber der Umstand, daß sich der Reisepaß darin befunden hatte. Er war jetzt schon fest davon überzeugt, daß der Señor de Almadeia, den er in Berlin kennengelernt hatte, ein Betrüger war. Konnte er nicht auch der Dieb oder der Finder der Brieftasche gewesen sein, der sich auf diesen ergaunerten Reisepaß hin als Señor de Almadeia ausgab? Er konnte ja in Spanien gewesen sein, gerade damals, als die Brieftasche verschwand. Vielleicht wußte er gar, welche Reiseroute der echte Señor de Almadeia einschlagen würde und darum auch, daß er in Berlin ganz sicher sein würde vor einem Zusammentreffen mit ihm. Wie war das zu ergründen?

Gewaltsam zwang Gerd sich zur Ruhe. Seine Augen brannten aber, als er zu dem Kustoden aufsah und sagte:

»Trösten Sie sich doch damit, Herr Kustode, daß die Madonna schon ihren Zweck erreicht hatte, als sie Ihren gnädigen Herrn durch all diese Warnungen davon abhielt, seine Reise einige Tage früher anzutreten. Vielleicht wäre ihm ein Unglück geschehen, wenn er früher abgereist wäre.«

Der Kustode richtete sich lebhaft auf und faßte Gerds Hand, die er kräftig drückte.

»Oh, wie beruhigend ist diese Ihre Auslegung. Darauf bin ich noch nicht gekommen. Ganz gewiß, die Madonna wußte, was sie tat, und hat ihr Werk sicherlich nicht halb getan. Ja, ich will glauben, daß es so ist, wie Sie sagen. Ich danke Ihnen von ganzem Herzen für diese Beruhigung.«

»Eines Dankes bedarf es nicht, Herr Kustode! Aber interessant wäre es mir zu erfahren, ob sich später die Brieftasche mit dem Paß wiedergefunden hat.«

»Nein, leider nicht. Und unser Personal ist so ehrlich und zuverlässig, daß auf niemand der Verdacht des Diebstahls fallen konnte. Ich glaube schon, daß unser gnädiger Herr die Brieftasche auf seinem Ritt verloren hat. Entweder liegt sie noch irgendwo im Gestrüpp, oder es hat sie irgendein Vagabund gefunden. Denn Leute aus unserer Gegend hätten sie sicherlich zurückgebracht und auf eine gute Belohnung rechnen können.«

»Also von der Dienerschaft kann es niemand gewesen sein? Es sind wohl nur langjährige Diener im Haus?«

»Zum größten Teil. Wir hatten zwar gerade zu dieser Zeit einen jungen Diener eingestellt, der zur Bedienung der Gäste, zum Servieren bei Tisch und zu dergleichen Arbeiten bestimmt war, aber diesen hatten wir einige Tage früher entlassen müssen, weil die gesamten weiblichen Dienstboten sich seinetwegen in die Haare gerieten. Er war ein hübscher Bursche und bezauberte die Weiber alle. Auch in der Umgegend hatte er einigen sonst sehr achtbaren Frauen nachgestellt und deren Ehemännern Hörner aufgesetzt. Kurzum, es gab Beschwerden, und der gnädige Herr mußte ihn entlassen, obwohl er sehr gewandt und anstellig war. Also höchstens auf diesen jungen Diener hätte ein Verdacht fallen können, da alle anderen Dienstboten seit langer Zeit in Schloß Mandrilla angestellt und außerdem über allen Zweifel erhaben sind. Ich glaube ganz bestimmt nicht an einen Diebstahl. Der gnädige Herr wird die Brieftasche verloren haben, und wenn die Madonna ihn dadurch vor einem Unheil behütet hat, wie Sie annehmen, kann er ja dieses Opfer gern gebracht haben.«

Gerd hätte sehr gern Näheres über den jungen Servierdiener erfahren, aber jetzt wurde das Gespräch abgebrochen, da ein Imbiß serviert war. Gerd kam auch später nicht mehr dazu, sich näher nach dem Diener zu erkundigen. Vielleicht auch, daß sein Verdacht einen falschen Weg ging. Jedenfalls aber konnte er mit dem Ergebnis dieses Besuchs sehr zufrieden sein. Soviel stand fest, Señor Alfonso de Almadeia befand sich in China und nicht in Berlin, und somit konnte Jos Verlobter nicht der sein, für den er sich ausgab. Die Hoffnung, an Hand dieser Erfahrung Jo befreien zu können, erfüllte sein ganzes Herz.

Gerd nahm an dem Imbiß teil; aber er wäre später nicht imstande gewesen zu sagen, was er gegessen und getrunken hatte. Er schenkte auch den wirklich sehr interessanten Kunstschätzen des Schlosses durchaus nicht soviel Aufmerksamkeit, wie sie es verdient hätten. Aber zu des Kustoden und des alten Dieners Befriedigung legte er wenigstens soviel Bewunderung an den Tag, wie man von ihm erwartete.

Nachdem die eine Hälfte des Schlosses besichtigt worden war, wurde in einem kleinen Speisezimmer das Mittagsmahl eingenommen. Der Kustode wußte, was er Gästen seines Herrn schuldig war. Das Essen war ausgezeichnet, und es wurde ein sehr guter Landwein dazu serviert. Nach Tisch besichtigte man das Schloß weiter. Und gegen fünf Uhr nachmittags verabschiedete sich Gerd mit seinem Begleiter. Sie fuhren nach Barcelona zurück. Und der Kustode sagte lächelnd, als Gerd ihm noch einmal von den kostbaren Gemälden vorschwärmte, sich selbst ein wenig schämend, daß er ihnen so wenig Aufmerksamkeit erwiesen hatte:

»Vielleicht behalten Sie Zeit, Señor, vor Ihrer Abreise noch einmal zu uns zu kommen. Man muß diese Bilder nicht im Fluge ansehen, um ihren vollen Wert zu erkennen. Ich zeige sie Ihnen sehr gern noch einmal, und wenn es Señor Candaro an der Zeit fehlt, Sie noch einmal zu begleiten, dann kommen Sie ruhig allein. José und ich kennen Sie nunmehr ja gut genug, um Ihnen den Eintritt auch allein zu gestatten.«

Gerd wußte nicht, ob ein zweiter Besuch von Schloß Mandrilla für ihn notwendig werden würde. Es wäre höchstens noch von Interesse gewesen, etwas Genaueres über den jungen Servierdiener zu erfahren, der den spanischen Frauen die Köpfe so arg verdreht hatte. Möglicherweise fielen ihm noch einige Fragen ein, und so sagte er:

»Vielleicht nehme ich Sie beim Wort, Herr Kustode. Vorläufig also vielen Dank, Sie haben mir einen großen Dienst erwiesen, einen sehr großen Dienst.«

Der Kustode ahnte selbstverständlich nicht, was für einen Dienst Gerd meinte; er glaubte ihn darin sehen zu dürfen, daß er ihm das Schloß gezeigt hatte.

Gerd gab dem alten José ein so fürstliches Trinkgeld, daß dieser ihm ganz benommen nachstarrte.

An demselben Tag, da Gerd Rainsberg so erfolgreich in Schloß Mandrilla gewesen war, packte Jolande Warren ihre letzten Sachen in die bereitstehenden Koffer. In wenigen Tagen sollte die Hochzeit stattfinden, so wie Jo es gewünscht hatte, ganz in der Stille und nur auf dem Standesamt. Sie hatte ihre Reiseausrüstung beisammen, saß nun etwas erschöpft in einem Sessel und blickte mit trüben Augen auf die greifbaren Reisevorbereitungen. Alfonso hatte ihr gesagt, daß sie zunächst für einige Zeit in die Schweiz gehen wollten, hinauf zum Malojapaß, wo es noch Schnee gab, und von wo man weiter durch Italien reisen würde, um in Genua dann den Dampfer zu besteigen, der sie weiterführen sollte. Über den weiteren Reiseplan schien Alfonso noch nicht ganz schlüssig zu sein. Er interessierte auch Jo nur insoweit, als sie hoffte, dann nicht mehr an Alfonsos Seite sein zu müssen. Daß er sich ihre Abwehr jeder Gemeinschaft nicht gefallen lassen würde, erschien ihr als sicher. Da sie aber fest entschlossen war, in Wirklichkeit niemals seine Frau zu werden, weil sie durch diese Ehe nur den Schimpf wettgemacht zu sehen wünschte, den er ihr angetan hatte, mußte sie auf alles gefaßt sein. Beharrte er trotz ihrer

Weigerung darauf, daß sie an seiner Seite bliebe, so mußte sie sich dareinfügen. Aber nie würde sie in eine eheliche Gemeinschaft mit ihm einwilligen.

Sie war viel zu unerfahren, um sich klarzumachen, daß ihre Wünsche und Hoffnungen ganz phantastische waren und daß Alfonso, als ihr Gatte, allerlei Rechte über sie haben würde, denen gegenüber sie machtlos war.

Nur das eine war ihr klar, daß ihr Leben so oder so vollständig verpfuscht war durch diese erzwungene Verbindung mit einem Mann, den sie verabscheute.

Verstieß Alfonso sie, wenn sie ihm sagte, sie lehne jede Gemeinschaft mit ihm ab, dann stand sie allein im Leben, nur auf sich selbst angewiesen. In das Haus ihres Onkels konnte sie nicht zurückkehren. Erstens nicht, um keinen Eklat zu veranlassen, und zweitens nicht, weil sie der Onkel sicherlich nicht wieder aufnehmen würde; schon darum nicht, weil Tante Mally sich dem widersetzen würde. Also mußte sie sich irgendwie allein durchs Leben bringen. Sie besaß zunächst wenigstens die dreitausend Mark, die sie vor der ersten Not schützten. Daß es für sie nicht leicht sein würde, sich auf eigene Füße zu stellen, wußte sie, aber es blieb ihr keine Wahl, und Millionen Frauen mußten selbst für sich einstehen. Also würde auch sie es können. Der liebe Gott würde ihr schon helfen!

Auf einmal gingen ihre Gedanken zu Gerd Rainsberg. Wo mochte er sein? War er nur von Berlin abgereist, um ihr aus dem Weg zu gehen? Vielleicht war sie ihm ganz gleichgültig, oder er bemitleidete sie nur ein wenig, weil er gutherzig war und sie ihm gebeichtet hatte, daß man sie zu dieser Verlobung gezwungen habe. Aber nein – sie rief sich alle seine guten, warmen und dringlichen Worte ins Gedächtnis zurück, dachte an den Ausdruck seiner Augen und hörte den Ton seiner Stimme, der sie streichelte wie eine scheue Liebkosung. Nein, er dachte ebensowenig gleichgültig an sie wie sie an ihn. Und es war das Bitterste und Süßeste zugleich, daß sie das wußte, daß sie gewiß war, auch er würde leiden müssen. Zu spät war er ihr begegnet; ach, vielleicht nur wenige Tage zu spät!

Sie verlor sich in Träumereien: Wie wunderbar, wie herrlich müßte es sein, hätte sie ihm angehören dürfen und wäre nicht dieser andere Mann, der einen so unheimlichen Einfluß auf sie ausgeübt hatte, in ihr Leben getreten. Sie leugnete es nicht vor sich selbst, daß Alfonso sie anfänglich bezaubert hatte. Solange er in ihrer Nähe gewesen war, war etwas Zwingendes von ihm ausgegangen. Aber immer schon hatte sie diesen Bann als etwas Quälendes, als etwas Unheimliches empfunden. Und erst der Blick in Gerds klare, helleuchtende Augen hatte sie davon frei gemacht.

Aber ach, er konnte sie nicht sofort befreien aus dem Netz, das ihr übergeworfen worden war. Kein Mensch war dazu imstande. Sie mußte vor der Welt Alfonsos Gattin werden, damit man ihren Ruf nicht antasten konnte und nicht zugleich des Onkels Name besudelt wurde. Sie mußte dieses Opfer bringen.

Gerd Rainsberg würde sich vielleicht auch verächtlich von ihr gewandt haben, hätte er erfahren, daß ein fremder Mann in ihr Schlafzimmer gedrungen sei und sie sich mit diesem hinter verschlossenen Türen befunden habe.

Wer sollte ihr glauben, daß sie daran ganz unschuldig war? Kein Mensch. Die Dienstboten, die sie überrascht hatten, sahen sie seitdem mit einem Lächeln an, das ihr das Blut in die Stirn trieb. Sie mochten schlimme Bemerkungen darüber gemacht haben zu ihresgleichen, und so etwas würde bestimmt weitergetragen, es brauchte nicht einmal in böser Absicht zu geschehen. Niemand konnte diese Schmach von ihr nehmen als ihr Verlobter, indem er ihr seinen Namen gab.

Sie stöhnte qualvoll auf und sprang empor, als könne sie den eigenen Gedanken entfliehen. Gleich darauf schickte die Tante nach ihr, sie möge herunterkommen, man wolle noch die letzten Besorgungen machen.

Jo überlegte unruhig, um was für Einkäufe es sich noch handeln könnte. Keinesfalls wollte sie die Reserve von dreitausend Mark angreifen. Das war wohl alles, was ihr zur Verfügung stand. Wie gern hätte sie sich auch noch die restlichen fünfundzwanzigtausend Mark von ihrem Vermögen auszahlen lassen, aber das wäre dem Onkel aufgefallen. Und immerhin, Alfonso würde für sie allerlei Ausgaben haben, und sie wollte nichts von ihm geschenkt nehmen. Mochte er sich mit dieser Summe für alles schadlos halten. Dann war sie wenigstens nicht von ihm abhängig.

Während sie sich zur Ausfahrt fertigmachte, überlegte sie, wie so oft, womit sie eventuell imstande sein würde, sich ihr Brot zu verdienen, falls Alfonso sie freigab. Sie kam immer zu demselben Resultat: Nur mit ihren Sprachkenntnissen vermochte sie sich weiterzuhelfen. Das war das einzige positive Wissen und Können, das sie besaß. Und leicht würde es nicht für sie sein, damit ihr

Dasein zu fristen. Der Onkel hatte sich ihrer ja oft genug als Dolmetscherin bedient und ebenso die Tante. Aber wo konnte man eine Anstellung als solche finden?

Nur gut, daß sie ihre Geburtsurkunde und einen auf ihren Mädchennamen lautenden Reisepaß besaß. Sie hatte sich diese Papiere aushändigen lassen, nachdem sie auf dem Standesamt benutzt worden waren. Denn sie hatte die Absicht, sobald sie sich von Alfonso gelöst haben würde, wieder unter ihrem Mädchennamen zu leben. Ihr Reisepaß, den ihr der Onkel auf fünf Jahre hatte ausstellen lassen, war daher ihr wichtigstes Dokument.

Eilig lief sie die Treppe hinunter, denn die Tante wartete nicht gern und konnte sehr verdrießlich werden, wenn man nicht pünktlich war.

Hastig entschuldigte sie sich bei der schon reichlich verstimmten Tante, die sie vorwurfsvoll ansah.

Die beiden Damen bestiegen nun das Auto und fuhren nach der inneren Stadt, von einem Geschäft zum anderen.

6

Als Gerd Rainsberg nach dem Ausflug nach Schloß Mandrilla mit seinem Gastfreund wieder in dessen Wohnung anlangte, fand er einen eingeschriebenen Eilbrief vor, der von Doktor Gering an ihn abgesandt worden war. Sehr gespannt zog er sich mit diesem Schreiben in sein Zimmer zurück und öffnete es hastig. Zuerst fiel ihm die vergrößerte Photographie Alfonso de Almadeias in die Hände. Er starrte darauf nieder wie auf das Bild eines Feindes. Zornig legte er es dann beiseite und entnahm dem Schreiben alsdann die beiden Notizzettel. Er vermutete sofort, daß es Schriftproben des Spaniers seien, und seine Augen weiteten sich. Das war keinesfalls die Schrift des echten Alfonso de Almadeia, das sah er auf den ersten Blick. Nun las er den ausführlichen Brief des Doktors. Dieser teilte ihm zunächst mit, wie er zu den Notizzetteln und dem Photo gekommen war, und fuhr dann fort:

»Ich nehme an, mein lieber Herr Doktor, daß Sie schon auf dem Wege sind, Entdeckungen über unsern Spanier zu machen, und deshalb dachte ich mir, nicht bloß Schriftproben, sondern auch das beiliegende Bild könnten für Sie von Wert sein. Ich gestehe, ich würde mich freuen, würden Sie etwas ausfindig machen, das Fräulein Warren davor bewahrt, die Frau dieses Mannes zu werden.

Von Ihnen angesteckt, erblicke ich überall Gespenster, und die bedauernswerte junge Dame sieht so elend und unglücklich aus, daß ich auch ohne Ihre Eröffnungen gemerkt hätte, daß sie nicht frohen Herzens in diese Ehe geht. Ich habe ganz deutlich bemerkt, wie schreckhaft sie zusammenzuckt, wenn ihr Verlobter ihre Hand berührt, und als er einmal den Arm um sie legte, machte sie ein trostloses Gesicht. Von ihren erloschenen traurigen Augen will ich lieber gar nicht reden, um Ihnen das Herz nicht schwer zu machen, aber ich habe das Empfinden, daß die junge Dame immer angstvoll nach einer Gelegenheit zur Flucht Ausschau hält. Irgend etwas stimmt also nicht mit dieser Verlobung.

Na, wie gesagt, Fräulein Jolande sitzt gefangen in einem Netz und weiß nicht aus noch ein, das steht fest. Zögern Sie bitte nicht zu lange. Ich konnte zwar den Hochzeitstermin nicht feststellen, aber jedenfalls ist man schon fleißig dabei, die Aussteuer einzukaufen. Sie ersehen das bereits aus der Schriftprobe, die ich ergatterte, als der Spanier in Gesellschaft seiner Schwiegertante dabei war, allerlei zu notieren, was die Ausrüstung seiner Braut ergänzen sollte. Er will jedenfalls die Reise um die Welt mit seiner jungen Frau von Berlin aus weiter fortsetzen. Wenn Sie etwas ausfindig machen können, das den Spanier als Bräutigam aus dem Sattel hebt, werden Sie Fräulein Jolande sicherlich einen unschätzbaren Dienst erweisen. Aber das werden Sie schon in Ihrem eignen Interesse versuchen.

Ich hätte Ihnen, um Sie nicht aufzuhalten, gar keinen so ausführlichen Brief geschrieben, wenn ich nicht ohnedies bis morgen mit dem Absenden zögern müßte, um auf die Vergrößerung der Photographie zu warten. Diese wollte ich Ihnen unbedingt mitschicken; ich habe das ganz bestimmte Gefühl, als müsse sie Ihnen sehr gute Dienste leisten. Mir hat mein kleiner Photoapparat einmal geholfen, einen Prozeß zu gewinnen. Vielleicht erweist er sich auch für Sie als nützlich. Wie ich auf diese Vermutung komme, will ich Ihnen erklären. Bei der Verlobungsfeier des jungen Paares waren auch Pressephotographen am Werk. Die von ihnen aufgenommenen Bilder sind auch vorzüglich geworden. Nur ist auf keinem derselben das Gesicht des Verlobten zu erkennen; er hat es anscheinend für sehr kleidsam gehalten, einen Blumenstrauß vor sein Gesicht zu halten. Das fiel mir auf! Und Sie kennen meinen Kardinalfehler; ich muß meine Nase immer in alles stecken, was mich nichts angeht. Kurzum, ich fragte gestern den Redakteur dieser Zeitung, warum unter keinem der veröffentlichten Photos der Name des Bräutigams angegeben sei. Darauf antwortete er mir wichtig: ›Señor de Almadeia hat ausdrücklich darum gebeten, das zu unterlassen, weil er mit seiner Heirat seine spanischen Verwandten überraschen will. Die kirchliche Feier der Hochzeit soll nämlich erst jenseits der Pyrenäen stattfinden.‹ –

Finden Sie seine Besorgnis, weder sein Gesicht noch seinen Namen vor der Öffentlichkeit preiszugeben, nicht sehr sonderbar? Wenn Sie mir nicht schon ein wenig den Star gestochen hätten, wäre ich vielleicht gar nicht darauf verfallen, etwas Verdächtiges darin zu finden. Ich teile Ihnen auch das mit, Sie können sich vielleicht denken, in welcher Absicht. Ich muß gestehen, ich würde mich herzlich freuen, könnte ich durch alles das dazu beitragen, dem armen Fräulein Warren einen guten Dienst zu leisten. Lachen Sie nicht, aber auch ein Rechtsanwalt kann zuweilen ein Mensch sein, wenn es auch nicht oft vorkommt.

Zum Schluß noch einmal: halten Sie sich dort unten nicht länger auf als unbedingt nötig. Ich würde es gern sehen, wenn Sie mit genügend Material noch vor der Hochzeit, die übrigens ganz unter Ausschluß der Öffentlichkeit stattfinden soll, hier ankämen; wirklich, es würde mich freuen. Und nun, wie immer gern weiter zu Ihren Diensten und mit ergebenen Grüßen

Ihr Dr. Gering.«

Erregt sprang Gerd auf und lief im Zimmer auf und ab. Was Gering ihm über Jolande Warren schrieb, bewegte ihn sehr, und der Wunsch, ihr helfen zu können, brannte sich noch tiefer in seine Seele. Am liebsten wäre er gleich morgen früh wieder abgereist, denn er hatte nun Beweise, daß Jolandes Verlobter ganz bestimmt nicht Señor Alfonso de Almadeia war. Aber da er keine Ahnung hatte, wie bald die Hochzeit Jolandes stattfinden würde, sagte er sich, er könne die Beweismomente verdoppeln, wenn er noch einige Tage in Spanien blieb.

Er konnte sich keine Rechenschaft darüber ablegen, weshalb sein Verdacht neue Nahrung bekommen hatte, als der Kustode von dem Servierdiener sprach, der so vielen Frauen zum Verhängnis geworden war. Wohl hatte der Kustode gemeint, dieser Diener sei nicht mehr im Haus gewesen, als die Brieftasche des Schloßherrn verschwunden war. Irgendwie konnte er aber dennoch mit deren Verschwinden in Verbindung stehen. Wie nun, wenn der Mensch identisch war mit Jos Verlobtem? Es war eine abenteuerliche Mutmaßung, aber Gerd konnte nicht davon loskommen. War sein Verdacht begründet – wie leicht hätte sich dieser als sehr gewandt und intelligent geschilderte Diener dann mit dem Paß seines Herrn nach Berlin begeben können, um dort als Señor de Almadeia irgendwelche Hochstapeleien zu begehen. Vielleicht bezweckte er nichts anderes, als unter falscher Flagge eine reiche Erbin einzufangen? Es war aber nicht ausgeschlossen, daß er auch noch andere Zwecke verfolgte.

Es wurde Gerd siedend heiß bei diesem Gedanken.

Am liebsten wäre er sofort wieder nach Schloß Mandrilla gefahren, um dem Kustoden die Photographie zu zeigen. Aber heute war es zu spät dazu. Aber morgen würde er noch einmal hinausfahren. Daß der Verlobte Jolandes nicht der echte Alfonso de Almadeia war, bewies seine Handschrift. Ohne sie mit der Schrift des Besitzers von Schloß Mandrilla verglichen zu haben, wußte Gerd, daß die beiden Notizzettel eine ganz andere Handschrift aufwiesen als die in dem Brief, den ihm sein Gastfreund gezeigt hatte.

Aber nun, das erschien Gerd notwendig, mußte er Señor Candaro gegenüber Farbe bekennen. Jetzt handelte es sich nicht mehr um einen vagen Verdacht, sondern um einen begründeten. Und da er unbedingt morgen noch einmal nach Schloß Mandrilla hinaus wollte, mußte er diese Absicht seinem Gastfreund mitteilen. Er würde bei ihm das nötige Verständnis finden, zumal es ja auch im Interesse des echten Alfonso de Almadeia lag, diese Sache aufzuklären. An eine diplomatische Mission des falschen Almadeia dachte Gerd nicht mehr. Wahrscheinlich war dieser überhaupt kein Spanier, sondern nur durch irgendeinen Zufall nach Spanien verschlagen worden. Er entsann sich, während eines früheren Aufenthaltes in Barcelona einen Detektiv kennengelernt zu haben, dessen Aufgabe es war, den Hafen zu überwachen. Er war einige Male mit ihm zusammengewesen. Auf seinen Namen konnte er sich nicht gleich besinnen, aber der würde ihm einfallen. Dieser Detektiv war ein hochintelligenter Mensch gewesen. Man konnte ihn vielleicht veranlassen, die Angelegenheit weiter zu verfolgen. Zumal wenn man ihm so beachtliche Anhaltspunkte zu geben vermochte wie in diesem Fall, machte es wohl kaum Schwierigkeiten, die Spur aufzunehmen und weiter zu verfolgen.

Gerd wurde immer erregter; schließlich hielt er es nicht mehr aus, mit seinen Gedanken allein zu sein. Er verließ sein Zimmer und fragte eine Dienerin, wo er jetzt den Hausherrn finden würde. Sie wies ihn zum Arbeitszimmer Candaros, und Gerd klopfte an die Tür.

»Verzeihung, Señor Candaro, wenn ich Sie noch mal störe. Sie haben mir heute schon fast den ganzen Tag gewidmet, aber ich habe trotzdem ein neues Attentat auf Ihre Zeit vor. Würden Sie mir noch eine Stunde schenken?«

Der Hausherr sah auf die Uhr.

»In einer Stunde wird uns Señora Candaro zum Abendessen bitten lassen, und sehr wichtige Arbeit habe ich heute ganz ausgeschaltet. Also stehe ich Ihnen gern zur Verfügung. Bitte, nehmen Sie Platz, hier in diesem Zimmer sind wir am ungestörtesten.«

Gerd ließ sich nieder und sagte aufatmend:

»Sie zeigten mir vor einiger Zeit ein Schreiben des Señor de Almadeia, das dieser an Sie gerichtet hatte. Würden Sie mir noch einmal Einsicht in dieses Schreiben gestatten?«

Etwas verwundert sah ihn der Hausherr an.

»Das will ich gern tun, mein lieber Herr Doktor, wenngleich dieser Wunsch mich ein wenig in Erstaunen setzt. Interessiert Sie dieses Schreiben?«

»Ja, es ist mir aus einem ganz bestimmten Grund sehr interessant. Ich möchte nämlich die Handschrift Alfonso de Almadeias mit einer andern vergleichen.«

»Ah – sind Sie vielleicht Graphologe?«

»Ich könnte Ihnen erzählen, daß dies so ist, aber ohne Not möchte ich Ihnen nicht die Unwahrheit sagen. Nein, ich bin nicht Graphologe, ich habe ein anderes Interesse an der Handschrift des Besitzers von Schloß Mandrilla.«

Inzwischen hatte Señor Candaro schon aus seinem Schreibtisch den bewußten Brief genommen und vor Gerd hingelegt.

»Also bitte, hier ist der Brief!«

Gerd entnahm seiner Brieftasche die beiden Notizzettel und legte sie neben den Brief. Ohne weiteres sprang die Verschiedenheit der beiden Handschriften ins Auge. Die auf den Notizzetteln befindliche war die weitaus kleinere, und bei ihr waren die steilen Buchstaben nicht wie Soldaten aneinandergereiht, sondern unregelmäßig durcheinandergewirbelt.

»Nicht wahr, es ist ausgeschlossen, daß der Brief und diese Zettel von *einer* Hand herrühren?«

Candaro beugte sich vor, sah auf die Zettel und den Brief und schüttelte energisch den Kopf.

»Ausgeschlossen, völlig ausgeschlossen! Wie kommen Sie zu dieser Frage?«

»Mein lieber Señor Candaro, zunächst das Geständnis, daß ich Sie über den Zweck meines Besuchs in Spanien im unklaren gelassen habe. Ja, ich habe Ihnen sogar direkt die Unwahrheit gesagt. Jetzt aber habe ich die Pflicht, Sie vollkommen aufzuklären, denn nun verfüge ich über positive Handhaben. Es handelt sich hier um eine sehr sonderbare Sache. Ich muß Sie jedoch bitten, strengste Diskretion zu wahren bezüglich dessen, was ich Ihnen sage. Ich bitte Sie sogar, mir darauf Ihr Wort zu geben.«

»Wenn es sich um Ihre Privatinteressen handelt, dann gebe ich Ihnen mein Wort, daß ich mit keinem Menschen ohne Ihre Erlaubnis darüber sprechen werde.«

»Ich danke Ihnen, Señor Candaro, und ich bin überzeugt, daß auch Ihr Interesse sofort geweckt sein wird, wenn ich Ihnen sage, daß momentan in Berlin ein Mann, eben der, der diese beiden Notizzettel geschrieben hat, unter dem Namen Alfonso de Almadeia auftritt.«

Betroffen fuhr der Hausherr empor.

»Nicht möglich! Sie hörten heute selbst von dem Kustoden, daß sich Señor de Almadeia in China befindet oder sich doch vor kurzem dort befunden hat.«

»Ganz recht, und das bestätigte auch meinen Verdacht, daß der in Berlin unter diesem Namen lebende Mensch unter falscher Flagge segele. Ich will Ihnen ganz offen gestehen, daß mein geäußerter Wunsch, die Gemälde in Schloß Mandrilla zu sehen, ein Vorwand war, um überhaupt dorthin gelangen zu können. Ich wollte dort nur Nachforschungen anstellen nach dem echten Señor de Almadeia, weil ich den in Berlin unter diesem Namen auftretenden Mann in Verdacht hatte, daß er kein Recht auf diesen Namen besäße.«

Candaro rückte nervös auf seinem Sessel.

»Nun haben Sie mich in der Tat sehr unruhig gemacht, mein lieber Herr Doktor. Was liegt da vor?«

Gerd strich sich über die Stirn.

»Ich will Ihnen offen sagen, weshalb ich Verdacht geschöpft habe und warum ich mich um diese Sache kümmere und warum ich die Reise hierher unternommen habe.«

Und er berichtete nun seinem Gastfreund alles, was sich seit seinem Besuch im Hause des Professors zugetragen hatte. Auch seine Herzensaffäre verschwieg er ihm nicht. Von allem sprach er, zuletzt auch von seiner Vermutung, daß der in Berlin unter dem Namen Alfonso de Almadeia auftretende Mensch vielleicht der Servierdiener sei, der wegen seiner Weiberaffären aus Schloß Mandrilla entfernt worden war.

»Er hatte das Schloß allerdings schon einige Tage vor dem Verschwinden der Brieftasche verlassen, aber kann er sich nicht vielleicht auf irgendeine Weise in deren Besitz und des auf den Namen Don Almadeias lautenden Reisepasses gesetzt haben? Sei es, daß er einen Helfershelfer im Schloß hatte, sei es, daß er die Brieftasche fand, falls Alfonso de Almadeia sie verloren haben sollte. Dann war es ihm immerhin möglich, mit diesem falschen Ausweispapier nach Berlin zu gehen und dort unter dem Namen Almadeia aufzutreten. Das Lichtbild konnte er durch sein eigenes ersetzen, der Stempel läßt sich bekanntlich auf einfache Art übertragen. Das hat mir einmal ein Detektiv gezeigt. Ich spreche vorläufig nur von etwas Möglichem.

Tatsache ist jedoch, daß der Verlobte der Nichte des Professors sich als Alfonso de Almadeia ausgewiesen hat. Wie gesagt, mir fiel sofort sein schlechtes Spanisch auf. Auch möchte ich hervorheben, daß mir sein Benehmen etwas zu betont formell erschien, so als beherrsche die Form ihn, aber er nicht sie, wie man das bisweilen bei Menschen beobachten kann, die sich aus niedriger Sphäre emporgearbeitet haben. Meine anfängliche Annahme, er könne sich in diplomatischer Mission in Berlin befinden und mit Wissen des Arztes einen falschen Namen führen, ist immer hinfälliger geworden. Ich kann jetzt nur noch auf einen Betrüger oder Hochstapler tippen. Übrigens ist hier die Photographie dieses Menschen. Mein Geschäftsfreund hat die Aufnahme heimlich gemacht und sie mir klugerweise mitgesandt.«

Dabei zeigte er dem Hausherrn das Lichtbild. Er erzählte auch, was Gering über das Mißlingen der Pressephotographie geschrieben und daß der Spanier zudem verlangt habe, seinen Namen nicht in den Zeitungen zu nennen.

»Ich nehme an«, fuhr Gerd fort, »der Mann wußte, daß Señor de Almadeia weit vom Schuß war. Er brauchte also nicht zu befürchten, daß dieser ihm in den Weg liefe. Aber es mußte, vorausgesetzt, daß mein Verdacht begründet ist, für ihn sehr peinlich sein, sein mit falscher Unterschrift versehenes Bild in den Spalten einer weitverbreiteten Zeitschrift zu wissen. Das konnte ihn leicht verraten, und deshalb erfand er klug das Märchen von der Überraschung seiner Verwandten.«

»Hm, sehr seltsam, der echte Alfonso de Almadeia steht ganz allein in der Welt und besitzt nicht einen einzigen Verwandten.«

»Aha! Sehen Sie, wie er manövriert! Jedenfalls ein intelligenter Bursche. Sein Plan ist gut durchdacht. Ich möchte nur wissen, was er nach seiner Hochzeit mit der Nichte des Professors, die ich nun natürlich an Hand meiner Erkundungen unbedingt verhindern werde, anzufangen gedenkt. Sicher hat er es nur auf das, wie man mir sagte, sehr große Vermögen der jungen Dame abgesehen. Er wird es sich aneignen und dann wahrscheinlich irgendwie und irgendwo auf der Hochzeitsreise mit dem Geld verschwinden. Bedenken Sie nun meine Lage: Ich liebe Jolande Warren mit der ganzen Innigkeit meines Herzens und weiß, daß sie nur unter einem geheimnisvollen Zwang zu dieser Verlobung gebracht wurde. Nun möchte ich die weiteren Nachforschungen in die Hand eines tüchtigen Detektivs legen. Als ich früher einige Jahre in Spanien lebte, machte ich gerade hier in Barcelona die Bekanntschaft eines solchen, der den Hafen zu überwachen hatte. Ich kann mich leider jetzt nicht auf den Namen besinnen.«

»Ah, Sie meinen sicher Jaime Valuzo?«

Erleichtert fuhr Gerd auf.

»Wahrhaftig, ja, so hieß er, jetzt fällt es mir wieder ein. Ja, dem Señor Jaime Valuzo werde ich diesen Fall in die Hände legen, er wird alles Weitere in Erfahrung bringen, soweit es von Wichtigkeit für mich ist.«

»Das wird er sicher tun, er ist ein findiger Kopf. Übrigens wohnt er kaum fünf Minuten von hier entfernt. Soll ich ihn rufen lassen?«

»Nein, bitte, heute noch nicht. Ich will morgen erst nach Schloß Mandrilla, um dem Kustoden das Bild vorzulegen. Aber ich brauche Sie nicht noch einmal zu bemühen, ich werde wohl Einlaß finden. Und Sie haben mir schon soviel von Ihrer kostbaren Zeit gewidmet.«

Gleich darauf erschien die Hausfrau, um Gast und Gatten zum Abendessen aufzufordern, das wegen des schönen warmen Abends draußen auf der Terrasse serviert wurde. Es war eine wundervolle, unvergleichliche Nacht. Greifbar nahe erschienen die Sterne, und der Mond stand über dem Hafen und tauchte alles in ein geisterhaftes Licht.

Gerd atmete tief auf. Seine Sehnsucht flog unruhig nach Berlin – zu Jolande Warren, die er vor etwas Schrecklichem behüten wollte und der sein Herz gehörte, obwohl er sie nur an einem einzigen Abend gesehen und gesprochen hatte. Er wußte, vermochte er sie nicht für sich zu retten, würde das Leben keinen tiefen, beglückenden Wert mehr für ihn haben.

Am andern Morgen fuhr Gerd zeitig zum Schloß Mandrilla hinaus. Für ihn zählte jetzt jede Minute. Er wollte spätestens morgen früh nach Berlin abreisen. Wenn er auch keine Ahnung hatte, daß die Hochzeit so kurzfristig anberaumt war, so wollte er doch Jo nicht einen Tag länger als nötig auf Befreiung warten lassen.

Heute durfte der Chauffeur ein etwas schnelleres Tempo wählen, denn Gerd war nicht so ängstlich wie Señor Candaro, und es drängte ihn sehr, mit dem Kustoden zu sprechen. Er war wie im Fieber. Als der Wagen endlich, viel zu spät für seine Ungeduld, am Schloß vorfuhr, wiederholte sich die Szene von gestern. Der alte Diener schaute wieder aus seinem Guckloch, aber ein freundliches Lächeln erhellte sein Gesicht, und er beeilte sich zu öffnen, um den freigebigen Gast von gestern einzulassen. Gerd motivierte sein baldiges Wiederkommen genügend und wurde wieder in die Bibliothek zu dem Kustoden geführt. Dieser begrüßte ihn freudig erstaunt.

»So bald hätte ich nicht gehofft, Sie wiederzusehen, Herr Doktor. Ich freue mich aber, daß es geschieht.«

Liebenswürdig streckte er Gerd die Hand entgegen und nötigte ihn zum Sitzen.

Gerd hatte nicht die Absicht, lange hinter dem Berge zu halten, und deckte gleich den Grund seines Kommens auf.

»Sehr verehrter Herr Kustode, ich wäre kaum so bald wiedergekommen, wenn mich heute nicht ein ganz besonderer Grund hergeführt hätte. Ich möchte Ihnen ein Photo zeigen und Sie fragen, ob Ihnen dessen Original bekannt ist.«

Erstaunt sah ihn der Kustode an.

»Ah, sicher wollen Sie mir die Photographie eines berühmten Gemäldes zeigen?«

»Nein, diesmal handelt es sich nicht um ein Gemälde, sondern um einen Menschen. Bitte, Herr Kustode, sehen Sie sich das Photo an. Kennen Sie diesen Menschen?«

Er hatte die Photographie von dem Verlobten Jolandes aus der Tasche gezogen und hielt sie dem Kustoden hin. Dieser sah darauf nieder, fuhr dann überrascht zurück und sah Gerd mit betroffenem Ausdruck an.

»Allerdings, dieser Mensch ist mir genau bekannt, Herr Doktor. Aber Sie sehen mich erstaunt. Die Person auf diesem Bild wirkt wie ein eleganter Herr. Ich kenne diesen Mann aber nur als Servierdiener. Er machte als solcher allerdings stets einen sehr adretten Eindruck, und ich sagte Ihnen gestern schon, die Frauen waren toll hinter ihm her. Sicherlich ist es unser früherer Servierdiener Giuseppe Pighetti.«

Gerd sank in sich zusammen, richtete sich aber gleich wieder straff auf und sagte heiser vor unterdrückter Erregung:

»Also doch! Ich ahnte es!«

»Aber, mein lieber, verehrter Herr Doktor, wie kommen Sie zu diesem Bild, und was ist, wenn ich fragen darf, der Grund Ihrer Aufregung?«

Gerd fuhr sich über die Stirn.

»Das sollen Sie nun alles erfahren, Herr Kustode; ich will nicht mehr vertuschen, was ich über diesen Mann weiß. Und, ehrlich gesagt, so sehr mich Ihre herrlichen Gemälde interessierten, sie gaben mir nur einen Vorwand, hier einzudringen, denn dieser Mann, dieser Giuseppe Pighetti, tritt jetzt in Berlin auf als Alfonso de Almadeia und hat sich als solcher mit dessen Reisepaß ausgewiesen.«

Der Kustode sprang erschrocken auf.

»Bei Gott! Also war er es doch, der die Brieftasche meines gnädigen Herrn auf irgendeine Art entwendet hat!«

»Das erscheint auch mir sicher; jedenfalls spielt er in Berlin die Rolle Ihres Herrn und Sie können sich nun wohl denken, wie sehr mich dessen Büchersendung aus China interessierte. Sehr überrascht hat es mich im Grunde freilich nicht, war ich doch extra nach Spanien gereist, um festzustellen, daß dieser Mann eben nicht Alfonso de Almadeia sein könnte.«

»O Madonna! Selbstverständlich ist er es nicht. Er ist ganz gewiß Giuseppe Pighetti!«

»Aber dieser Name ist doch italienisch? So habe ich recht mit meiner Annahme, er sei kein Spanier.«

»Ganz recht, Herr Doktor, ganz recht haben Sie. Giuseppe Pighetti ist der Sohn eines Norditalieners, während seine Mutter eine Deutsche war, wenigstens eine deutsche Schweizerin. Daher beherrschte er auch die italienische Sprache, die er von seinem Vater übernahm, die deutsche Sprache von seiner Mutter und außerdem noch als Schweizer die französische Sprache, denn seine Eltern lebten in Lugano, und dort wurde er geboren. Er hat mir das einmal erzählt und sagte mir, er sei nach Spanien gekommen, um sich auch die spanische Sprache anzueignen. Aber damit hatte er in unsern Hafenvierteln begonnen, und so sprach er ein sehr gewöhnliches Spanisch, ganz den Dialekt der spanischen Matrosen. Wir hatten ihn seiner Sprachkenntnisse halber engagiert, weil bei uns viele ausländische Gäste logierten. Er war außerordentlich gewandt und anstellig, und ich kann mir schon denken, daß er es fertiggebracht hat, den Grandseigneur zu spielen, wenn es ihm darauf ankam. Und, wie gesagt, die Frauen waren toll hinter ihm her. Aber Sie sehen mich ganz verstört! Wie kann er sich erdreisten, unter dem Namen meines Herrn aufzutreten? Was bezweckt er damit?«

»Jedenfalls ist er ein Hochstapler. Ob er es schon war während seiner Anstellung hier im Schloß oder ob er es erst dadurch geworden ist, daß ihm der Reisepaß seines Herrn in die Hände fiel, jedenfalls spielt er eine zweifelhafte Rolle. Er ist sicher mit dem Geld, das er in der Brieftasche fand, nach Berlin gereist, hat auch da vielen Frauen den Kopf verdreht und scheint es darauf abgesehen zu haben, unter der Maske des Señor de Almadeia eine reiche Erbin zu kapern. Mir fiel zuerst sein schlechtes Spanisch auf. Es hat nun keinen Zweck mehr, die ganze Sache diskret zu behandeln. Jedenfalls habe ich jetzt festgestellt, wer dieser Mensch ist, und ich werde morgen nach Berlin zurückkehren, um ihm das Handwerk zu legen. Aber erst will ich Ihnen ausführlich erzählen, wie ich dazu kam, die Fährte dieses Mannes aufzunehmen.«

Gerd berichtete offen, was geschehen war.

Der Kustode hörte ihm mit brennendem Interesse zu, und als Gerd zu Ende war, sagte er aufatmend:

»Ich danke Ihnen für diese Klarstellung. Aber bitte, nun raten Sie mir noch, was ich in dieser Sache tun kann, um die Interessen meines Herrn zu vertreten, der ja leider nicht daheim ist!«

Gerd überlegte, dann sagte er, so ruhig er konnte:

»Es ist wohl am besten, Sie überlassen es mir, dem Kerl das Handwerk zu legen. Sie selbst können nicht viel tun, und Ihr Herr ist weit fort.«

»Er dürfte sich jetzt in Japan aufhalten und bald nach Hawaii weiterreisen.«

»Also ist er zur Zeit nicht imstande, seine Sache zu führen. Ich rate Ihnen, Ihrem Herrn einfach einen ausführlichen Bericht zu senden. Teilen Sie ihm mit, daß ich im eigenen Interesse auch seine Sache vertreten werde. Ich lege die ganze Angelegenheit in die Hände des mir bekannten Detektivs Jaime Valuzo. Er soll nachforschen, welche Vergangenheit dieser Mann hat. Möglich, er heißt nicht einmal Pighetti. Vielleicht hat er schon andere verbrecherische Affären hinter sich. Möglicherweise suchte er das Engagement in Schloß Mandrilla, um hier irgend etwas anzustellen. Das wird Señor Valuzo schon herausbringen. Dieses Photo wird ihm dabei nützlich sein und ebenso eine Handschriftprobe. Ich muß jetzt unbedingt nach Berlin zurück, um die Verheiratung dieses Menschen mit der Nichte des Professors zu verhindern; das liegt mir, wie Sie sich denken können, jetzt zumeist am Herzen.«

»Das begreife ich sehr wohl, verehrter Herr Doktor, und ich wünsche Ihnen alles Glück dazu. Die arme junge Dame könnte mir sehr leid tun, wenn sie an einen solchen Mann gefesselt würde. Jedenfalls will ich Ihren Rat beherzigen und vorläufig nichts in der Sache unternehmen, bis ich Antwort von meinem Herrn habe. Sogleich schreibe ich ihm ausführlich und sende diese Post nach Hawaii, damit sie ihn bestimmt erreicht. Denn nach Japan kommt sie gewiß zu spät. Ich danke Ihnen sehr, daß Sie mich über die ganze Sache aufgeklärt haben. Gerade auf Pighetti fiel damals kein Verdacht, da er einige Tage früher entlassen worden war. Allerdings fällt mir jetzt ein, daß man ihn noch einige Zeit hier in der Umgegend gesehen hat, und – warten Sie einen Moment – mir ist doch, als habe mir José damals noch etwas über den Burschen erzählt, was mich aber nicht weiter interessierte. Ich will aber José jetzt noch einmal danach fragen.«

Er klingelte, und als der alte Diener eintrat, fragte ihn der Kustode:

»Sagen Sie mir, José, erinnern Sie sich noch, daß Sie mir irgendeine Geschichte über den Servierdiener Pighetti erzählten, als dieser schon aus Schloß Mandrilla entlassen war?«

Der Diener sah erstaunt auf, dann lächelte er ein wenig verlegen und sagte:

»Es war wohl nur eine Tratscherei, aber Lorenzo behauptete damals steif und fest, der Giuseppe Pighetti habe ein zärtliches Verhältnis mit Theresa, der Wäschebewahrerin, gehabt. Er schwor darauf, daß er ihn noch einige Tage später ganz in der Frühe am Fenster von Theresas Zimmer gesehen habe. Theresa aber leugnete sehr zornig, und man hat es dem gnädigen Herrn verschwiegen, weil Theresa sonst wohl ihre Stellung verloren hätte. Sie ist sonst sehr tüchtig, und Liebeshändel kommen überall vor.«

Der Kustode und Gerd sahen sich verständnisvoll an.

»Legen Sie Wert darauf, Herr Doktor, Theresa zu vernehmen?«

Gerd wehrte ab.

»Ich will dieser Dienerin das Leben nicht schwermachen, sofern es zu vermeiden ist; kann mir nun schon denken, wie sich das alles abgespielt hat. Die zärtliche Theresa wird ihren Galan heimlich ins Schloß geschmuggelt haben, und dieser hat die Gelegenheit benützt, sich in Besitz der Brieftasche zu setzen. Vielleicht hat er geglaubt, daß diese viel mehr Geld enthielte, als es wirklich der Fall war. Ich werde es also dem Detektiv überlassen, ob es nötig ist, Theresa zu vernehmen.

Ich will Sie nun wirklich nicht länger aufhalten, mein Zweck ist erreicht. Ich weiß, daß sich unter der Maske des Alfonso de Almadeia dessen einstiger Diener verbirgt, und ich werde nach meiner Heimkehr alles Nötige mit dem Herrn Professor besprechen. Ich danke Ihnen jedenfalls für Ihre Auskunft und hoffe, daß es mir später einmal vergönnt sein wird, ohne Ablenkung durch so unerfreuliche Sachen die Kunstschätze dieses Schlosses betrachten zu dürfen.«

»Wollen Sie nicht erst noch mit mir speisen, Herr Doktor?«

»Nein, ich danke Ihnen; ich muß gleich nach Barcelona zurück und erst mit dem Detektiv alles Nähere vereinbaren, damit ich dann meine Sachen packen und morgen früh nach Berlin reisen kann.«

»Dann möge die Madonna mit Ihnen sein, Herr Doktor, und Ihnen beistehen, Ihre und meines Herrn Sache zu führen.«

Die Herren verabschiedeten sich. Der Kustode begleitete Gerd bis zu dem Auto und winkte ihm noch nach, als er davonfuhr. Dann ging er in die Bibliothek zurück, um sogleich einen ausführlichen Bericht über diese Angelegenheit an seinen Herrn zu schreiben.

Gerd langte in Barcelona an und begann sogleich, seine Sachen zu packen. Er überlegte, ob er nicht schon mit dem Nachtzug abreisen könne, und da Jaime Valuzo pünktlich um fünf Uhr eintraf, bat Gerd den Hausherrn, für ihn einen Schlafwagenplatz im Nachtzug belegen zu lassen. Dieser begriff, daß Gerd so schnell wie möglich abreisen wollte, und kam bereitwilligst seinen Wünschen nach.

Inzwischen besprach Gerd mit dem Detektiv alles, was er wissen mußte. Er legte seine Karten offen dar, und der Detektiv hörte schweigend, aber mit lebhaft funkelnden Augen zu. Als Gerd seinen Bericht beendet hatte, stellte Valuzo noch allerlei Fragen, die bewiesen, wie sehr sich dieser intelligente Mann schon mit der ganzen Materie vertraut gemacht hatte. Erfreut nahm er Photo und Schriftproben entgegen und meinte lächelnd:

»Vielleicht können wir auf diesen Zetteln nicht nur die Handschrift, sondern auch die Daumenabdrücke dieses Gauners feststellen. Sie können sich darauf verlassen, Herr Doktor, daß ich alles, was in meiner Macht steht, tun werde, um alles Wissenswerte herauszubringen.«

»Davon bin ich überzeugt, Señor Valuzo, und ich bin sehr froh, die ganze Angelegenheit in Ihre Hände legen zu können, da ich unbedingt jetzt nach Berlin zurück muß.«

»Lassen Sie den Vogel nur nicht entwischen. Er weiß doch nicht, daß Sie nach Spanien gereist sind?«

»Nein, mein Geschäftsführer schreibt mir, daß er angegeben hat, ich sei in Schweden.«

»Gut, gut! So wird er keine Ahnung haben, daß man hinter ihm her ist. Señor de Almadeia ist weit, deshalb wird sich der Gauner sicher fühlen. Also ich beginne sofort mit den Nachforschungen. Ich habe allerhand Freunde im Hafenviertel und werde ihnen erst mal dieses Photo zeigen. Vielleicht kennt einer von ihnen Pighetti. Es ist ja durchaus noch nicht erwiesen, daß dies sein richtiger Name ist, aber wir werden das schon in Erfahrung bringen.«

»Und Sie geben mir sogleich Nachricht, wenn Sie etwas Nennenswertes ermittelt haben, nicht wahr?«

»Selbstverständlich, ich halte Sie auf dem laufenden. Ich bitte daher um Ihre ständige Adresse.«

Gerd gab die Doktor Gerings an, da er dann immer sicher sein konnte, seine Post zu bekommen, auch, falls er sein Domizil wechseln mußte.

Nachdem der Detektiv sich verabschiedet hatte, verplauderte Gerd die letzte Stunde vor seiner Abreise mit seinen Gastgebern, die ihn dringend baten, sie bald wieder zu besuchen. Candaro fügte lächelnd hinzu:

»Hoffentlich geschieht das auf Ihrer Hochzeitsreise; ich bin sehr gespannt, die junge Dame kennenzulernen, deren Schicksal jetzt in Ihren Händen liegt.«

Gerd winkte seufzend ab.

»Erst will ich alles daransetzen, sie vor dieser Verbindung zu retten. An mich selbst und mein Glück kann und will ich erst denken, wenn das gelungen ist.«

Candaros begleiteten ihren Gast zum Bahnhof und verabschiedeten sich herzlich von ihm.

Das Herz voll Unruhe und Bangigkeit, fuhr Gerd Rainsberg durch die südliche Frühlingsnacht.

Ein Telegramm benachrichtigte Doktor Gering von der Stunde seines Eintreffens.

Als sein Zug in Berlin einfuhr, sah er Gering mit einem sonderbar blassen und bedrückten Gesicht auf dem Bahnsteig stehen. Da befiel ihn jähe Angst, eine bedrükkende Ahnung, er könne zu spät gekommen sein. Wie von Sinnen sprang er aus dem Wagen, faßte Gering an den Schultern und starrte ihm nervös ins Gesicht.

»Was ist geschehen? Ich sehe Ihnen an, Sie bringen mir schlimme Botschaft!«

Doktor Gering hätte viel darum gegeben, das verneinen zu können. Er zog Gerd zur Seite, heraus aus dem Trubel, der vor einem ankommenden Zug entsteht.

»Beruhigen Sie sich doch, lieber Doktor. Es ist – nun ja, leider muß ich Ihnen sagen, daß ich annehme, daß Sie zu spät zurückgekommen sind.«

Gerd schüttelte ihn wie von Sinnen.

»Was heißt das, zu spät? Mensch, Doktor, so reden Sie doch um Gottes willen, was ist geschehen?«

Doktor Gering zuckte matt die Achseln.

»Ich weiß nichts, gar nichts, aber – ich habe die Vermutung, daß Jolande Warrens Vermählung heute oder gestern schon stattgefunden hat.«

»Wie kommen Sie auf diesen Gedanken?«

»Das will ich Ihnen sagen. Ich sah heute morgen zufällig, als ich am Haus des Professors vorüberging, daß Señor de Almadeia mit Jolande Warren in ein Auto stieg und – auf diesem Auto befanden sich einige kleine Handkoffer.«

Gerd erblaßte; ihm war einen Moment, als verlasse ihn alle Kraft, als drehe sich der Bahnhof um ihn.

»Nein«, stieß er mit versagender Stimme hervor, »das kann nicht sein, Sie wollen doch nicht sagen, die Hochzeit habe schon stattgefunden?«

»Ich kann es nicht behaupten, doch ich glaube es. Aber Doktor, Sie sehen ja wie Ihr eigenes Gespenst aus. Geht Ihnen denn die Sache wirklich so nahe?«

»Viel näher, als Sie ahnen. Mein Gott, wie konnten Sie Jolande mit diesem Menschen fortlassen? Das darf nicht sein! Sagen Sie mir, daß Sie sich irren können!«

»Ich will Ihnen gern eine Möglichkeit offenlassen, daß es sich um eine harmlose Ausfahrt des Brautpaares gehandelt haben mag, aber, wie gesagt, sie waren allein, und es befanden sich zwei Handkoffer im Auto. Ich versuchte, Gewißheit zu erlangen, aber als ich einen Besuch machen wollte, wurde mir gesagt, die Herrschaft empfange heute nicht. Sie fragen mich, wie ich Jolande Warren mit diesem Menschen fortlassen konnte? Mein lieber Doktor, wie hätte ich das verhindern, welchen Grund dafür angeben können? Weiß ich doch nicht einmal, ob Sie hinreichend Material gesammelt haben, um etwas gegen Alfonso de Almadeia unternehmen zu können.«

Gerd lachte rauh und heiser auf.

»Dieser Mensch ist der Servierdiener des wahren Alfonso de Almadeia, der in Japan oder auf Hawaii weilt. Er hat den Paß seines Herrn gestohlen.«

»Allmächtiger Gott!«

Gerd starrte ihn ganz vernichtet an.

»Nicht wahr, jetzt verstehen Sie meine Aufregung. Wenn diese Hochzeit wirklich schon stattgefunden hat, weiß ich nicht, was ich beginnen kann und soll. Kommen Sie, Doktor, ich muß Gewißheit haben: wir fahren sogleich zum Haus des Professors. Ich muß ihn sofort sprechen; wenn Jolande mit diesem Schurken abgereist ist als seine Frau – Gott im Himmel!«

Doktor Gering war froh, daß Gerd wenigstens wieder klar denken konnte. Er merkte nun doch, wie tief die ganze Angelegenheit den jungen Mann traf, und er hätte viel darum gegeben, wäre seine Annahme, Jolande sei mit ihrem »Gatten« heute morgen abgefahren, ein Irrtum gewesen.

7

Jolandes standesamtliche Vermählung hatte heute morgen tatsächlich stattgefunden, während Gerd sich noch im Zug auf der Fahrt nach Berlin befand. Die Hochzeit war wirklich, wie beide Brautleute gewünscht hatten, in aller Stille vor sich gegangen. Außer den beiden Trauzeugen waren keine Gäste geladen worden. Man konnte es durchaus verstehen, daß die Vermählung des jungen Paares vorläufig nur standesamtlich sanktioniert war, damit die junge Frau ihren Gatten auf seiner Weltreise begleiten konnte. Die kirchliche Feier sollte erst in Spanien nachgeholt werden. Man fand das alles sehr interessant, und da der genaue Termin der Hochzeit nicht bekanntgegeben war, ahnte man nicht einmal, daß sie heute morgen stattgefunden hatte.

Jolande war wie in einem beängstigenden Traum mit ihrem Verlobten zum Standesamt gefahren. Wie im Traum hatte sie den Worten des Beamten gelauscht, ohne ihren Sinn zu verstehen, und dann ganz mechanisch ihren Namen unter das Dokument gesetzt, ihren neuen Namen: Jolande de Almadeia, geborene Warren.

Als es geschehen war, hatte sie ein Gefühl, als müsse sie diesen Namen wegwischen, sowohl von dem Papier als auch aus ihren Gedanken. Sie schauerte fröstelnd zusammen, und plötzlich überfiel sie eine irrsinnige Angst. Was hatte sie getan? Wozu hatte sie sich verleiten lassen? Das war doch Wahnsinn! Sie hatte das alles unter einem Zwang getan, von dem sie sich nicht befreien konnte. Aber nun war es geschehen, und nun konnte sie doch wieder ruhig sein! Der Mann, der sie kompromittiert hatte, war seiner Pflicht nachgekommen, hatte ihr seinen Namen gegeben und sie dadurch rehabilitiert. Das war der einzige Ausweg für sie gewesen. Und nun war alles, ein für allemal, zwischen ihr und Alfonso de Almadeia erledigt.

Sie starrte auf den Trauschein und hatte das Gefühl, als müsse sie ihn in tausend Stücke reißen. Aber ein Blick auf die beiden Trauzeugen, die ihr gratulierten, brachte sie wieder zu sich. Nein, sie durfte das nicht tun, damit war die Sache nicht aus der Welt geschafft. Sie mußte die Glückwünsche entgegennehmen, mußte dafür danken und wieder in das Haus ihres Onkels zurückkehren, um mit diesem, mit der Tante und den beiden Trauzeugen zu frühstücken. Und dann würde sie mit dem Mann, der jetzt als ihr Gatte galt, zum Bahnhof fahren, irgendwohin in die Welt reisen und aus Berlin verschwinden – für immer.

Aber damit war dann auch geschehen, was zur Erhaltung ihres Rufes hatte geschehen müssen. Und wenn das erste Reiseziel erreicht war, in der Schweiz, jenseits der Landesgrenze, dann würde die Auseinandersetzung mit Alfonso de Almadeia kommen. Was dann folgen würde, wußte Jolande noch nicht, nur eines stand fest, daß sie diesem Mann nie angehören würde. Lieber sterben!

Zu ihrem eigenen Erstaunen brachte sie es über sich, einige Bissen zu essen, sogar zu plaudern. Und dann begab sie sich auf ihr Zimmer, um sich für die Reise anzukleiden.

Die Trauzeugen hatten sich entfernt, und die Tante

war Jo gefolgt, um ihr behilflich zu sein und noch ein wenig mit ihr zu schwatzen.

Jolande wäre viel lieber allein geblieben, um ihre Gedanken ein wenig ordnen zu können. Aber sie wollte die Tante nicht abweisen. Es war wohl das letzte Mal, daß sie mit ihr sprechen würde, wie es auch kommen mochte.

Inzwischen sagte der Professor, der mit dem jungen Ehemann allein geblieben war:

»Bitte, Alfonso, komm mit mir hinüber in mein Arbeitszimmer. Ich möchte dir meine Abrechnung über Jos Vermögen vorlegen und dir den verbleibenden Betrag überreichen.«

Alfonso sah ihn etwas erstaunt an.

»Du willst doch damit nicht sagen, lieber Onkel, daß du Jos Vermögen in bar erhoben hast?« fragte er lachend, weil es ihm unmöglich erschien, daß man ungefähr eine halbe Million in bar mit sich herumschleppen könne. Der Hausherr, ahnungslos, was der junge Ehemann an Vermögen erwartete, sagte harmlos:

»Ich dachte mir, es könnte dir vielleicht ganz lieb sein, einiges Bargeld bereit zu haben. Eventuell kann ich es auch auf deine Bank einzahlen, wenn du dich nicht damit belasten willst. Ich habe alles in größeren Scheinen bereitgelegt. Also bitte, komm mit hinüber in mein Arbeitszimmer.«

Alfonso hatte ein seltsam unbehagliches Gefühl. Was für eine verrückte Idee des Professors, das ganze Vermögen Jos in bar abzuheben. Allerdings konnte ihm das im Grunde nur lieb sein, denn um so leichter und ungenierter konnte er darüber verfügen. Aber richtiger wäre es dennoch gewesen, hätte man ihn gefragt, wie er das Vermögen seiner jungen Frau im Zukunft anzulegen gedenke. Dafür hatte er auch schon eine kluge Antwort bereitgehalten.

Es blieb ihm aber jetzt weiter keine Zeit, sich zu wundern, er mußte in das Nebenzimmer folgen. Als er von dem Professor gebeten wurde, ihm einen Augenblick Aufmerksamkeit zu schenken, sah Alfonso auf dem Schreibtisch einige Päckchen Geldscheine und etwas Silber nebst einem mit Zahlen bedeckten Bogen liegen. Er starrte darauf hin und zuckte leicht zusammen, als der Professor jetzt auf die Häufchen Scheine hinwies und dann den mit Zahlen bedeckten Bogen zur Hand nahm.

»Jos Vermögen wird für dich allerdings nur eine Bagatelle sein, lieber Alfonso; du wirst gewöhnt sein, mit anderen Ziffern zu rechnen, aber immerhin will auch ein so kleines Vermögen verwaltet sein. Du siehst hier, die Endsumme der Abrechnung beträgt: 25 327 Mark. Ich lege dir hier 25 000 Mark in größeren Scheinen vor, das andere in kleinen Scheinen und etwas Silber.

Ich denke, daß du das alles bequem in deiner Aktentasche unterbringen kannst. Es ist ja, wie ich schon sagte, eine Bagatelle für dich, aber zum Glück bist du selbst reich und hast mir oft gesagt, Jos Vermögen sei dir gleichgültig. Also bitte, unterschreibe mir die ausgestellte Quittung und nimm das Geld an dich, es ist der Ordnung halber.«

Als der Professor jetzt in Alfonsos Gesicht sah, erschrak er vor dessen fahler Blässe und vor dem Ausdruck, der es entstellte. Alfonso saß wie vernichtet da und starrte auf das »elende bißchen Geld«. Dann rang es sich von seinen Lippen:

»Und das ist Jos gesamtes Vermögen? Verzeih, aber mir wurde gesagt, sie habe einen sehr reichen Vater gehabt und sei dessen einzige Erbin.«

Dem Professor kam jetzt doch eine leichte Ahnung, daß Alfonso gar nicht so gleichgültig dem Vermögen seiner jungen Frau gegenüberstehe, und sagte ein wenig beklommen:

»Jos Vater war allerdings ein sehr reicher Mann, aber du weißt, die Inflation hat bei den meisten Deutschen Wandel geschaffen. Dies ist alles, was für Jo übriggeblieben ist.«

Da lachte Alfonso plötzlich hart und brutal auf.

»Ein guter Witz, fürwahr! Nun, dieses fürstliche Vermögen brauchen wir freilich nicht erst auf der Bank zu deponieren.«

Und er schrieb, noch immer krampfhaft lachend, »seinen« Namen unter die Quittung, raffte das Geld zusammen, um es in seiner Brieftasche zu bergen, und erhob sich hastig.

»Es dürfte wohl Zeit sein, zum Bahnhof zu fahren, Jo wird fertig sein.«

Der Professor sah etwas deprimiert auf den Gatten seiner Nichte und dachte bei sich, dieser habe sicherlich viel mehr erwartet. Aber mochte das auch eine leichte Enttäuschung hervorgerufen haben, wichtig war es ja gottlob für ihn nicht; denn der Professor hatte sich vorsichtig nach den Vermögensverhältnissen Alfonso de Almadeias erkundigt und erfahren, daß diese glänzend seien und er zu den reichsten Männern Spaniens gehöre.

»Reiche Leute sind eben immer noch darauf aus, ihr Vermögen zu vergrößern«, sagte sich der Ahnungslose.

Alfonso hatte sich mühsam gefaßt, wenn er auch vor Zorn über seine Enttäuschung nur schwer einen Wutausbruch zurückhalten konnte. Dafür also hatte er so viel gewagt? Lumpige fünfundzwanzigtausend Mark hatte ihm dies »Geschäft« eingebracht, das er für ein außerordentlich lukratives gehalten hatte. Nun stand er da als betrogener Betrüger, hatte dieses blasse Gänschen auf dem Hals, das wohl gar noch etwas von diesem Geld abhaben wollte. Verdammt noch einmal! Da hatte er sich hübsch in die Nesseln gesetzt! Statt einer halben Million kaum fünf Prozent davon! Und damit hatte er sich irgendwo ein behagliches und glänzendes Leben schaffen wollen! Das war eine Rechnung, die schlecht aufging. Nun stand er abermals vor der Pleite, Pech, entschieden Pech. Erst hatte man ihn in Lugano gerade in dem Moment überrascht, wo er sich im Hotel in den Besitz des Schmucks einer reichen Amerikanerin setzen wollte, die ihm ein zärtliches Schäferstündchen in Aussicht gestellt hatte. Nur mit Mühe und Not hatte er entfliehen können. Dann war ihm noch mancherlei mißglückt.

Auch auf Schloß Mandrilla hatte er mit der Brieftasche, die er gestohlen hatte, als Theresa ihn ebenfalls zu einem Schäferstündchen bestellt hatte, eine Enttäuschung erlebt. Das verliebte Frauenzimmer hatte ihn in ihrer Kammer versteckt, und von da aus hatte er dem Zimmer seines Herrn einen Besuch abgestattet, um dessen Brieftasche zu stehlen, die er reichlich gefüllt wähnte. Auch damals waren ihm nur wenige tausend Mark in die Hände gefallen. Und nun, da er aufs Ganze gegangen war und sich eine reiche Erbin erobert zu haben glaubte, deren Vermögen allein ihn gereizt hatte, war er abermals vom Schicksal geprellt. Verdammt!

Das war das Resultat seiner Betrachtungen. Nur mit Mühe konnte er sich zu einigen Abschiedsworten aufschwingen, dann saß er mit Jo im Auto und fuhr zum Bahnhof. Er konnte sich nicht entschließen, auch nur ein Wort mit ihr zu sprechen. Es fiel ihm auch nicht auf, wie bleich und elend Jo aussah. Was ging ihn diese Frau an? Das Spiel war aus, und er hatte es verloren. Kaum mit dem Einsatz war er herausgekommen. Er überlegte, was nun geschehen müsse. Die Fahrkarten hatte er schon gekauft, sonst wäre es ihm nicht eingefallen, erster Klasse zu fahren. Es kam auch nicht in Frage, daß sie im Maloja Palace Zimmer nehmen würden. Zum Glück hatte er diese noch nicht bestellt, weil er eben geplant hatte, eine ganz andere Reiseroute einzuschlagen, die niemand kannte als er. Hin und her überlegte er, wie er möglichst viel von dem Geld für sich erübrigen könne. Irgendwie mußte er doch aus dieser Klemme herauskommen können. Selbstverständlich war er entschlossen, auf Jo sehr wenig Rücksicht zu nehmen. Die Farce mit der Verheiratung sollte ihn wenig hindern, sich ihrer wieder zu entledigen. Aber das Geld mußte er behalten, und er durfte nicht viel davon ausgeben, damit ihm Betriebskapital blieb, um einen neuen Fang zu machen. Mit den Weibern hatte er anscheinend immer Pech, so toll sie auch hinter ihm her waren. Na, neugierig war er nur, wie sich diese zwar sehr hübsche, aber doch äußerst kühl veranlagte Jo zu ihm verhalten würde. Ihre unnahbare Miene mußte sie doch nun ablegen, da sie sich als seine »Gattin« immerhin Pflichten auferlegt hatte.

Er lachte höhnisch in sich hinein.

Es ging nun alles sehr schnell, der Abschied des jungen Paares von Onkel und Tante war kurz und auf beiden Seiten ziemlich kühl gewesen. Trotzdem überkam den Professor ein trauriges Gefühl, als er Jo noch einmal in seine Arme zog. Und auch Jo empfand, daß die Trennung von diesem einzigen Blutsverwandten sie gewissermaßen wurzellos im Leben machte. Immerhin hatte sie eine verhältnismäßig sorglose Zeit im Hause des Onkels verlebt, und sie dankte ihm das und sagte sich, sie habe das Opfer dieser Heirat gebracht, um ihn nicht in einen Skandal verwickeln zu müssen.

Am Bahnhof angekommen, bestiegen sie den Zug, und es fiel Jo trotz ihrer Versunkenheit auf, daß Alfonso plötzlich sehr viel weniger galant und zuvorkommend war als früher. Er half ihr kaum beim Verlassen des Autos, schritt mit schiefgehaltenem Kopf vor ihr her und ließ sie allein in den Waggon klettern.

Das Abteil, das für sie belegt war, nahm das junge Paar auf. Zornig verstaute Alfonso das Handgepäck im Netz und warf sich dann Jo gegenüber in die Polster des Fensterplatzes.

Das große Gepäck war von Alfonso am Tage vorher selber aufgegeben worden, er hatte es aber nur bis Zürich dirigiert. Ebenso waren die Fahrkarten nur bis Zürich gelöst worden, weil er angegeben hatte, daß er sich mit seiner jungen Frau erst einige Tage in Zürich aufhalten wolle, ehe er mit ihr nach Maloja weiterfahren würde; denn er hatte selbstverständlich die Absicht gehabt, alle Brücken hinter sich und Jo abzubrechen. Auch wenn sie ein großes Vermögen gehabt hätte, wäre er mit ihr ins Ungewisse gefahren; denn er wollte erst einmal das Geld in Sicherheit bringen und sich dann an einem stillen Erdenfleck, den niemand kannte, ansässig machen, um dort von dem Vermögen seiner Frau zu leben. Das war nun alles hinfällig geworden.

Zuweilen flog ein düsterer Blick zu ihr hinüber. Sie saß blaß und still, fest in ihren Reisemantel gewickelt, in ihrer Ecke. Er hatte sie nicht gefragt, ob sie ablegen wolle. Und sie hatte nicht danach verlangt. Er ahnte so wenig, mit welchen Gefühlen sie ihm gegenübersaß, wie sie, was er empfand. Nur soviel war ihr klar, er war über irgend etwas verärgert. Und daß er sich so reserviert verhielt, war ihr lieb, obwohl sein ganzes Betragen etwas Verletzendes für sie gehabt hätte, wenn er ihr nicht so gleichgültig gewesen wäre.

So saßen sie einander gegenüber. Dann kam der Speisewagenkellner und fragte, ob sie am Diner teilnehmen wollten. Alfonso überlegte eine Weile und sah Jo fragend an, und da sie sich nicht äußerte, sondern anscheinend die Antwort ihm überließ, sagte er sich, essen müßten sie ja beide, und im Speisewagen aß man wenigstens nicht allzu teuer.

So nahm er zwei Platzkarten für den Speisewagen, ohne Jo zu fragen, ob sie damit einverstanden sei.

Jo war froh, daß sie dann eine Weile nicht mit ihm allein zu sein brauchte. Aber sein ganzes Verhalten machte sie doch etwas unsicher. Was bedeutete diese eisige Zurückhaltung? Sie war ihr ja sehr willkommen, aber wie lange würde sie anhalten?

Er mußte ihr wohl ihre Gedanken vom Gesicht ablesen, denn plötzlich brach er wieder in sein heiseres, brutales Lachen aus und sah sie dann so höhnisch und kalt an, daß sie nicht wußte, was sie davon denken sollte.

Danach versanken beide wiederum in tiefes Schweigen, bis sie zu Tisch gerufen wurden in den Speisewagen.

Jo erhob sich mit etwas schwankenden Gefühlen, und er wartete nicht einmal höflich ab, bis sie zur Abteiltür hinaus war, sondern stelzte vor ihr her. Sie wunderte sich darüber und bildete sich ein, er sei böse auf sie, weil sie solange geschwiegen hatte. Aber mochte er es bleiben, es war immer besser, als wenn er sie etwa mit unangebrachten Zärtlichkeiten belästigt hätte. Nur wunderte sie sich, daß er so wenig Manieren hatte und einen Raum vor einer Dame verließ.

Er gab sich auch keine Mühe, diesen Fehler wieder gutzumachen. Bei Tisch fragte er sie nicht, ob sie etwas zu trinken wünsche, und da sie durstig war, mußte sie sich selber eine Flasche Wasser bestellen.

Stumm, wie sie sich in ihrem Abteil gegenübergesessen hatten, nahmen sie auch die Mahlzeit ein. Jo war zumute, als säße sie auf einem Vulkan, der jede Minute ausbrechen könne. Aber vorläufig geschah nichts. Alfonso war sich noch nicht klar darüber, was jetzt zu tun war. Nur eins wußte er bestimmt, unter seinem gestohlenen Namen de Almadeia durfte er nicht weiterreisen, und deshalb mußte es in Zürich eine Auseinandersetzung mit Jo geben, die nicht länger hinauszuschieben war. Es gab vielleicht auch die Möglichkeit, einfach vom Hotel aus zu verschwinden und sie sitzen zu lassen. Allein er fürchtete, sie könnte dann Lärm schlagen und ihm eine

Flucht unmöglich machen. Noch hatte er Zeit. De Almadeia würde monatelang unterwegs sein, und es würde sehr lange dauern, bis man dahinter kam, daß ein falscher Señor de Almadeia seine Rolle in Berlin gespielt hatte.

Aber Jo mußte auf alle Fälle möglichst schnell abgeschoben werden, weil es nicht ratsam war, den geringen Betrag mit ihr zu teilen. Er meinte, sie würde dann sofort zu ihrem Onkel zurückkehren, und dann würde es ihm unmöglich sein, unter dem bisherigen Namen weiterzuleben. Das machte ihm jedoch keine Kopfschmerzen. Er hatte vorgesorgt und konnte sogleich wieder mit einem falschen Paß in eine andere Persönlichkeit schlüpfen. Diese Künste lernte man in den spanischen Häfen. Für Berlin hatte er unbedingt den Namen eines reichen Mannes gebraucht, nach dem man sich erkundigen konnte, und daher war er darauf aus gewesen, sich den Reisepaß Alfonso de Almadeias anzueignen, dann konnte jeder ängstliche Vater oder Vormund Erkundigungen einziehen. Mochten sie es tun. Die Auskünfte fielen unter allen Umständen so aus, daß niemand ihm den Stuhl vor die Tür setzen würde. So hatte er gerechnet. Aber nun war dieser Plan mißglückt, er fühlte sich direkt hintergangen; und das blasse Mädel, das ihm da gegenübersaß, war seiner Ansicht nach genausogut eine Betrügerin, wie er ein Betrüger war. Sie würde sich auch jedenfalls hüten, Lärm zu schlagen, wenn sie alles wußte, denn daß sie um ihren Ruf sehr besorgt war, war ihm ja bekannt. So konnte er ziemlich offen mit ihr reden und ihr klarmachen, daß es das klügste wäre, wenn sie still in das Haus ihres Onkels zurückkehrte. Alles das würde er schon in die Reihe bringen, damit würde er sich nicht lange herumplagen.

Am besten war es, man sagte ihr ganz offen, wie die Dinge lagen, und machte ihr klar, daß sie keinen Lärm schlagen dürfe, wenn sie nicht gewärtig sein wollte, zusammen mit ihm verhaftet zu werden.

So weit in seinen Gedanken gekommen, wurde er etwas ruhiger. Immerhin hatte er ja die fünfundzwanzigtausend Mark. Er wollte ganz edel sein und Jo fünfhundert Mark geben, damit sie nach Berlin zurückkehren konnte, allerdings um ihr »fürstliches Vermögen« ärmer. Aber sie durfte doch wirklich nicht verlangen, daß ein Kerl wie er sich für solchen Bettel an eine Frau fesselte, auch dann nicht, wenn sie noch so reizend war.

In Zürich würde er Schluß machen mit ihr; damit genug.

Jo ahnte begreiflicherweise nichts von dem Gedankengang des Mannes, der, wie sie glaubte, der ihre war. Daß sie laut ihres Trauscheins mit Alfonso de Almadeia verheiratet war und nicht mit dem Mann, der ihren Ring am Finger trug, in Wahrheit jedoch mit keinem von beiden, ahnte sie nicht.

Sie zerbrach sich nur immer wieder den Kopf, wie es kam, daß dieser Mann ihr so ruhig gegenübersaß, sie in keiner Weise bestürmte und sich fast flegelhaft gegen sie benahm. Das würde ihr zweifelsohne die Auseinandersetzung mit ihm leichter machen, aber sie fragte sich, wann diese erfolgen würde. Hier im Zug war es unmöglich. Es konnte frühestens im Hotel geschehen. Wo sie in Zürich wohnen würden, wußte sie von der Tante. Diese hatte ihr gesagt, daß Alfonso im »Hotel Baur au Lac«

Zimmer bestellt habe. Daß dies nicht geschehen war, ahnte Jo nicht. In Wahrheit hatte er nirgendwo Logis bestellt und war jetzt sehr froh darüber. Eine Hotelrechnung im »Hotel Baur au Lac« pflegte sehr hoch zu sein. Aber wie hätte Jo annehmen können, dieser Mann, den sie doch für enorm reich hielt, müsse jetzt mit dem Pfennig rechnen, da er nichts besaß als ihre sehr mäßige Mitgift.

Sie sehnte die Auseinandersetzung mit ihm herbei, denn das Warten darauf zermürbte sie. Manchmal befiel sie eine solche Angst, daß sie sich am liebsten aus dem fahrenden Zug gestürzt hätte, und sie mußte sich fest in der Gewalt haben, um es nicht zu tun.

Als Alfonso mit sich im reinen war, was er zu tun und zu lassen hatte, überkam ihn eine Art von Galgenhumor. Plötzlich richtete er sich auf, sah Jo mit seinen schwarzen Augen fest an und sagte spöttisch:

»Nun, mein Täubchen, wie gefällt es dir auf der Hochzeitsreise?«

Sie schauerte zusammen, hielt aber seinen Blick aus.

»Du weißt, was diese Hochzeit für mich bedeutet und wirst somit wissen, wie ich über diese Hochzeitsreise denke.«

»Es wäre mir aber ganz interessant, wenn du mir deine Gedanken darüber verraten wolltest.«

Sie beschloß, schon jetzt eine Andeutung zu machen. So sagte sie:

»Es ist dir bekannt, wie und wodurch ich zu dieser Hochzeit gezwungen wurde. Du und Tante Mally, ihr ließet mir keine andere Wahl. Ich konnte meinem Onkel nicht die Schmach antun, daß er eine Nichte besaß, deren Ruf dadurch zerstört wurde, daß ein fremder Mann sich mit ihr hinter ihrer verschlossenen Schlafzimmertür befand und daß die Dienerschaft Kenntnis davon hatte.«

Er sah sie lauernd an.

»So, so? Also nur, um deinen Ruf wiederherzustellen, bist du meine Frau geworden?«

»Ja, nur deshalb!«

Das klang hart und kalt, und es verwundete seine Eitelkeit. Er wollte nicht zugeben, daß er auf diese Frau durchaus keinen Eindruck gemacht haben sollte. Mit einem sehr häßlichen und gemeinen Lächeln, das ihr einen Schauder über den Rücken jagte, sagte er spöttisch:

»Nun, mir schien doch, als hättest du mir, so gut wie andere Frauen und Mädchen, oft genug schöne Augen gemacht?«

Sie preßte die Handflächen zusammen.

»Ich will es nicht leugnen – das war, ehe ich dich kannte, wie du in Wirklichkeit bist. Ich hielt dich für einen vornehm denkenden und ebenso empfindenden Mann.«

Er lachte rauh auf.

»Und darf ich fragen, wie sich ein vornehm denkender und empfindender Mann zu benehmen hat?« fragte er höhnisch.

Sie richtete sich hoch auf.

»Jedenfalls anders, als du dich benommen hast. Du hättest niemals in mein Zimmer eindringen dürfen, wenigstens nicht ohne meine Erlaubnis, hättest nicht den Ruf der Frau gefährden dürfen, die du heiraten wolltest, und vor allem hättest du die durch dich so tief gedemütigte Frau nicht in dem Verdacht lassen dürfen, sie habe dir gestattet, was eine ehrbare Frau einem fremden Mann nie gestatten darf. Mit keinem Wort hast du mich verteidigt. Dein ganzes Verhalten ließ darauf schließen, daß du mit meinem Einverständnis in mein Schlafzimmer kamst.«

Mit selbstgefälligem Lächeln musterte er sie von oben bis unten.

»Nun, du hattest mich doch sehr deutlich dazu aufgefordert, dir zu folgen.«

Sie wechselte die Farbe. Am liebsten hätte sie ihn in sein eitles Gesicht geschlagen. Kaum konnte sie ruhig bleiben, und die Stimme versagte ihr fast, als sie erwiderte:

»Ich habe dir schon einmal gesagt, daß ich keine Ahnung hatte, daß du meine Worte als eine Aufforderung ansehen würdest, mir zu folgen. Es müssen sehr leichtfertige Frauen gewesen sein, die dich zu dieser Meinung über mein Geschlecht berechtigt haben. Und ich kann nicht verstehen, daß du eine Frau, die du für fähig hieltest, dir so unerhörte Avancen zu machen, geheiratet hast.«

Er lachte brutal auf.

»Das wirst du vielleicht noch verstehen lernen.«

Sie hätte ihn am liebsten angefleht: Gib mich doch frei. Ich fühle nur zu deutlich, daß du mich nicht liebst, ebensowenig wie ich dich liebe. Du hast mich vielleicht einmal begehrt, aber das ist, nach deinem Verhalten zu schließen, sicherlich vorbei. Doch sie wagte es nicht, diese Worte auszusprechen, sie fürchtete sich vor seinem brutalen Lachen. Und sie zitterte auch vor der endgültigen Auseinandersetzung mit ihm. Nur ein Trost blieb ihr, daß sie die Waffe ihres verstorbenen Vaters besaß. In ihr lebte die Zuversicht, daß ihr mit dieser Waffe der Geist ihres toten Vaters beistehen würde.

Weil sie jetzt nicht weiter auf seine Worte eingehen wollte, lehnte sie sich mit geschlossenen Augen in die Polster zurück und erwiderte nichts auf seine letzten Worte. Auch er war es müde, sich mit ihr zu unterhalten. Was konnte er sich mit diesem Gänschen zu sagen haben? Das war keine Frau, die ihn reizte, sie hatte kein Temperament, keine Leidenschaft, wie er das bei Frauen liebte.

So lehnte auch er sich zurück, brannte sich, ohne sie um Erlaubnis zu fragen, eine Zigarette an, und als Jo das merkte, fragte sie sich wieder, wie es möglich sei, daß sich ein Mann von Bildung einer Dame gegenüber so flegelhaft benehmen konnte. Immerhin erleichterte sein Verhalten ihr den Gedanken an die kommende Auseinandersetzung.

8

In Zürich angekommen, nahm Alfonso ein Mietauto und fuhr mit Jo zu einem kleinen, billigen Hotel, das nicht weit vom Bahnhof entfernt lag. Jo sah ihn mit großen erstaunten Augen an, als der Wagen vor dem kleinen Haus hielt.

»Hattest du nicht in ›Baur au Lac‹ Zimmer bestellt?« fragte sie.

»Nein, mein Täubchen, das habe ich nicht getan, wiewohl deine Tante es von mir verlangte. Ich habe überhaupt nirgends Zimmer bestellt, denn ich hatte die Bevormundung deiner sehr teuren Tante satt. Dies Hotel wurde im Reiseführer als sauber, anständig und billig gerühmt, und ich hoffe, wir werden hier ein Zimmer bekommen.«

Entsetzt sah sie ihn an. Daß er das Hotel wegen seiner Billigkeit rühmte, fiel ihr gar nicht auf vor Schrecken darüber, daß er nur ein Zimmer belegen wollte.

»Ich bitte dich dringend, zwei Zimmer zu nehmen. Ich – ich kann nicht schlafen, wenn ich nicht ein Schlafzimmer für mich allein habe.«

Er sah sie wieder mit spöttischem Ausdruck an, zuckte die Achseln und trat an den Portier heran. Was er mit ihm sprach, hörte sie nicht, aber sie atmete auf, als sie dann für sich allein ein Zimmer angewiesen bekam. Es lag freilich direkt neben dem, das Alfonso nahm, und selbstverständlich war ihr erster Schritt, als sie allein war, zu der Verbindungstür, die in sein Zimmer hinüberführte. Sie wollte sich vergewissern, ob diese Tür abgeschlossen sei, und atmete auf, als sie merkte, dies sei der Fall. Sie ahnte aber nicht, daß der Schlüssel zu dieser Verbindungstür im Besitz des Portiers war und daß dieser den Schlüssel bereits an Alfonso ausgeliefert hatte.

Die Eingangstür hatte Jo sogleich hinter sich abgeschlossen, und nun erst fühlte sie sich in Sicherheit. Daß ihr Beginnen töricht war in Anbetracht des Umstandes, daß sie sich mit Alfonso aussprechen müsse, machte sie sich im Augenblick nicht klar. Sie war erst einmal von Herzen froh, daß sie allein war und nicht mehr in das

Gesicht dieses Mannes sehen mußte, das ihr immer unsympathischer und verhaßter wurde. Kraftlos und nervös ließ sie sich, ohne ihre Überkleider abzulegen, in einen Sessel fallen und preßte die Hände aufs Herz. Was würde nun kommen? Sie konnte wohl die Auseinandersetzung mit ihm hinausschieben, aber doch nicht verhindern. Es mußte auf alle Fälle klar werden zwischen ihr und ihm.

Unruhig lauschte sie hinüber in sein Zimmer und hörte ihn auf und ab gehen. Dann erhob sie sich, öffnete ihren Handkoffer, entnahm ihm den Browning und steckte ihn in die weite Tasche ihres Reisemantels. Sie packte nichts von ihren Sachen aus, sie war fest entschlossen, so sitzen zu bleiben, in ihren Mantel gehüllt und den Hut auf dem Kopf. Das erschien ihr sicherer. Wie töricht ihr Beginnen war, kam ihr gar nicht zum Bewußtsein. Und auch in dieser für sie grauenvollen Stunde flogen ihre Gedanken zu Gerd Rainsberg hin. Ach, wie ganz anders würde sich ihr Leben gestaltet haben, hätte sie auf ihn warten und mit ihm diese Reise machen können. Ihre Hochzeitsreise? Welch eine Ironie des Schicksals!

Wie lange sie so dagesessen hatte, wußte sie nicht. Es mochten Stunden vergangen sein. Sie wartete auf das, was kommen würde, kommen mußte. Solange es noch Tag war, hatte sie Mut. Deshalb sagte sie sich auch, daß sie noch vor Einbruch des Abends mit Alfonso sprechen müsse. Und sie überlegte sich gerade, ob sie ihn um eine Unterredung bitten sollte. Zu diesem Zweck müßte sie ihn dann freilich in ihrem Zimmer empfangen. Denn diese Aussprache sollte unter vier Augen stattfinden. Sie umschloß mit festem Griff den in ihrer Manteltasche befindlichen Browning, so daß sie ihn mit einem Ruck schußbereit hervorziehen konnte. Davon versprach sie sich eine verblüffende Wirkung auf Alfonso, falls dieser zudringlich werden wollte.

Noch rang sie mit dem Entschluß, an die Verbindungstür zu klopfen, um ihn zu rufen. Alles in dem kleinen Hotel war still und ruhig, als sei kein Mensch darin vorhanden. Nur ab und zu glitten einmal leise Schritte über die dicken Kokosläufer auf dem Korridor. Sonst kein Laut. Unten auf der Straße fuhr zuweilen ein Wagen vorüber, oder man hörte Menschen sprechen. Das war immerhin tröstlich.

Sie atmete tief auf. In diesem Moment zuckte sie aber in jähem Schreck zusammen. Mit einem Ruck wurde plötzlich die Verbindungstür aufgerissen, und Alfonso stand auf der Schwelle. Er freute sich sichtlich über ihr Erschrecken und sah mit ironischem Lächeln auf sie nieder. Sie starrte bleich und entsetzt zu ihm auf.

Wie gelähmt blieb sie sitzen. Aber in ihren Augen brannte der Zorn.

»Wie kannst du es wagen, hier einzudringen ohne anzuklopfen?« rief sie außer sich.

Er lachte brutal auf und steckte die Hände in die Hosentaschen.

»Das ist eine sehr naive Frage, mein Täubchen, ich werde doch wohl das Recht haben, das Zimmer meiner Frau zu betreten, ohne erst lange um Einlaß zu bitten.«

»Dies Recht spreche ich dir ab. So benimmt sich kein Gentleman!«

Er sah sie amüsiert an. Er hatte die inzwischen verstrichenen Stunden dazu benutzt, sich über alles, was er tun wollte und mußte, klarzuwerden und seine Vorbereitungen zu treffen. Er wollte sich nun ebenfalls mit Jo auseinandersetzen.

Er trat langsam auf sie zu. Die Verbindungstür ließ er offenstehen. Da er sich vergewissert hatte, daß ihm gegenüber die Hauswand Jos Zimmer begrenzte, wußte er, daß man nicht belauscht werden konnte. Zum Korridor hin waren Doppeltüren angebracht, und die vor Jos Zimmer war geschlossen. Auch davon hatte er sich überzeugt.

»So, so? Dies Recht willst du mir streitig machen, mein Täubchen? Nun, ich glaube nicht, daß dir das gelingen wird. Kraft meines Trauscheins habe ich ein Recht, ins Zimmer meiner Frau einzudringen, wann es mir paßt.«

Sie erhob sich jetzt, alle Kraft zusammennehmend, und richtete ihre Augen fest auf ihn.

»Ich erkläre dir hiermit jedoch, daß ich nie, niemals in Wirklichkeit deine Frau werden will. Du hast mich durch diese Heirat rehabilitiert, das war deine Pflicht, wie es meine Pflicht war, dieses Opfer zu bringen. Es geschah meines Onkels wegen. Ich bin ihm Dank schuldig, daß er mich in seinem Haus aufnahm. Und wenn ich auch völlig unschuldig war an der durch dein Verhalten bewirkten Zerstörung meines Rufes, so fühlte ich mich doch verpflichtet, ihm etwaige Unannehmlichkeiten zu ersparen. Nun weißt du, weshalb ich mich bereitfinden ließ, deinen Namen anzunehmen. Darüber hinaus aber kann ich kein Opfer mehr bringen. Nie wird es eine Gemeinschaft zwischen uns geben. Ich stelle dir frei, dich von mir scheiden zu lassen. Aber wenn dir das irgendeinen Schaden im Ansehen vor deinen Landsleuten bringt und du dich weigerst, bin ich auch bereit neben dir weiterzuleben. Aber nur der Form nach als deine Frau. Damit dir eine Scheidung nicht zuviel Schwierigkeiten bereiten würde, habe ich mich geweigert, eine kirchliche Trauung vornehmen zu lassen, und war sehr froh, daß du einwilligtest. Es wäre auch gegen mein Empfinden gegangen, das Verhältnis zwischen uns beiden durch die Kirche sanktionieren zu lassen, denn ich wußte, daß ich nie eine wirkliche Vereinigung mit dir schließen würde. So, nun habe ich dir alles gesagt, und nun entschließe dich, was du tun willst.«

Er hatte ihr mit einigem Staunen zugehört. Er, den alle Frauen mit ihrer Huld verwöhnt hatten, fühlte sich in seiner Eitelkeit gekränkt, daß dieses Geschöpf sich so energisch gegen eine Gemeinschaft mit ihm auflehnte. Immerhin erfüllte ihn ihr Verhalten mit einer gewissen Bewunderung. Zum ersten Male spürte er wirklich das Verlangen, sie zu besitzen. Ihr noch einen Schritt nähertretend, sagte er heiser:

»Und du glaubst, daß ich darauf eingehen werde? Du glaubst, daß ich mich so abspeisen lasse?«

Ehe er sie anrühren konnte, zog sie die Waffe hervor und legte sie auf ihn an.

»Rühr mich nicht an, sonst schieß' ich dich nieder«, rief sie außer sich.

Er sah sie groß an.

»Ich bedaure wirklich, dir sagen zu müssen, daß du nicht meine Frau bist. Ich habe dich also auch nicht rehabilitieren können. Du sitzt hier in diesem Hotelzimmer mit einem Menschen, der dir ganz fremd ist. Deine

Sippe, deine Bekannten und du selbst – euch stehen bei einem derartigen Ereignis sicherlich alle Haare zu Berge. Ihr nehmt es ja so wichtig mit eurer Scheinmoral! Ich hoffe, du gewöhnst dir das in Zukunft ab. Obwohl alle Leute, mit denen du bisher verkehrt hast, mit Fingern auf dich zeigen würden, hast du dir doch, weiß Gott, nicht das geringste vorzuwerfen. Manche der Welt als hochachtbar geltende Dame hat viel weniger Moral als du, weil sie es eben verstanden hat, den Schein zu wahren. Der Schein ist es ja, den ihr alle anbetet, ihr vornehmen Leute, und nur er ist euch wichtig. Dir war er es so sehr, daß du dich bereitfinden ließest, die Ehe mit einem Menschen einzugehen, den du nicht ausstehen kannst, ja, den du bald vielleicht verachtest oder haßt!«

Sie stützte den Kopf auf die Hand.

Er faßte sie nicht an, drängte sie aber immer weiter in das Zimmer zurück und sah sie scharf an. Die irre Angst ihres Blicks erweckte etwas wie Mitleid in seinem Herzen. Und er sagte, wieder auf die Waffe herabsehend, die er ihr schnell entwendet hatte:

»Mit solchem Spielzeug sollten kleine Mädchen nicht spielen, auch nicht, wenn es ungeladen ist. Und du brauchst mir nicht zu drohen. Das könnte uns unter Umständen allen beiden sehr unangenehm werden. Setz dich, du zitterst an allen Gliedern. Sei ruhig, ich tue dir nichts, mein Wort darauf.«

Diese Worte klangen anders, als er sonst sprach, und es lag etwas wie Glaubhaftigkeit darin. Jolande krampfte die Hände zusammen, blieb aber stehen, wenn sie sich auch so schwach fühlte, daß sie hätte umsinken mögen.

»Setz dich!« herrschte er sie an.

Sie fühlte, daß ihre Beine sie nicht mehr trugen, sank in einen Sessel und sah ihn an, daß er ein gefühlloser Klotz hätte sein müssen, wenn er es über sich gebracht hätte, sie noch länger zu ängstigen. Er legte den Browning vor sie auf den Tisch und zog dann einen Sessel heran, in dem er sich niederließ.

»Also nun höre endlich auf zu zittern, ich sagte dir doch, ich würde dir nichts tun. Verdammt, du hast mir imponiert. Das ist bisher noch keiner Frau gelungen! Aber wir werden jetzt einmal ernsthaft miteinander reden müssen. Ich glaube, auch ich habe dir alles mögliche zu sagen, was dich interessieren wird. Also zuerst: Du möchtest wohl am liebsten von mir wieder freikommen?«

Sie nickte nur hastig, sprechen konnte sie nicht. Und in ihren Augen lag noch immer die stumme Angst vor ihm.

Er sah sie kopfschüttelnd an, wie man ein unverständiges Kind betrachtet. Dann sagte er lauernd:

»Und bist du dir klar darüber, daß du damit der reichen Partie verlustig gehst? Denn selbstverständlich kann von meiner Seite dann an eine weitere Gemeinschaft mit dir nicht gedacht werden.«

Sie rang nach Worten und sagte mit verhaltener Stimme:

»Was liegt mir an der reichen Partie!«

»Wirklich nichts? Deiner Tante lag sehr viel daran!«

Sie machte eine matt abwehrende Bewegung.

»Was geht das mich an! Tante und ich sind sehr verschiedene Naturen.«

»Also, wenn ich dich freigeben würde, dürftest du nicht damit rechnen, auch nur einen Heller von mir zu bekommen.«

»Ich würde auch gar nichts annehmen.«

»Also du würdest zu Onkel und Tante zurückkehren?«

»Nein, das könnte ich nicht, sonst trüge ich dennoch das Verhängnis in das Haus meines Onkels.«

Er hob den Kopf und sah sie an.

»Was aber würdest du tun?«

»Mir mein Brot verdienen in der Fremde«, sagte sie fest und ruhig.

Er lachte wieder, aber es war jetzt nicht mehr das brutale Lachen von vorhin.

»Das denkst du dir wohl sehr leicht?«

»Nein, sehr schwer, aber es wäre immerhin viel leichter, als neben dir in Glanz und Luxus zu leben. Ich möchte nichts, gar nichts von dir annehmen.«

»Oh, dieser Stolz wird sich bald legen, wenn du erst für deine Existenz sorgen mußt.«

»Niemals!«

Wieder sah er sie sonderbar an.

»Was könntest du denn tun, wenn dir eines um das andere fehlschlüge, wenn du nichts zu essen, keine Kleidung, kein Obdach hättest?«

»Ich könnte sterben«, sagte sie ganz schlicht, ohne Pathos, als könne es nicht anders sein.

Er sprang auf und fuhr sich durch das dunkle Haar.

»Verdammt noch einmal, sterben ist nicht so leicht, wie du zu denken scheinst.«

»Laß uns darüber nicht mehr reden; ich glaube, du

verstehst mich ebensowenig, wie ich dich verstehe. Du willst mich also freigeben?«

Es lag eine brennende Unruhe in ihren Augen bei dieser Frage.

»Ja«, sagte er kurz und bestimmt. »Im Grunde bist du schon frei!«

Sie sah ihn fragend an.

Er überlegte eine Weile, dann sagte er, sie fest ansehend:

»Deine Frage werde ich dir beantworten, wenn du mir dein Wort gibst, das sogenannte Ehrenwort, das bei euch so viel gilt und das, wie ich weiß, auch dir heilig ist – also wenn du mir dein Wort gibst, daß du das, was ich dir jetzt sage, während mindestens dreier Monate keinem andern Menschen mitteilen willst.«

Unruhig forschend sah sie ihn an.

»Gut, du hast mein Wort!«

Er atmete tief auf.

»Also, wie gesagt, du bist nicht meine Frau – so wenig wie ich Alfonso de Almadeia bin.«

Sie zuckte zusammen und starrte ihn an, als traue sie ihren Ohren nicht.

»Du bist nicht Alfonso de Almadeia? Ja, mein Gott, wer bist du denn?«

Es zuckte ironisch um seinen Mund.

»Ehe ich als Alfonso de Almadeia auftrat, war ich dessen Servierdiener Giuseppe Pighetti.«

Erschrocken drückte sie die Hände aufs Herz.

»Um Gottes willen!«

Er nickte, als verstehe er alle ihre ungefragten Fragen.

»Ja, so hieß ich in Schloß Mandrilla, aber auch das war

nicht mein richtiger Name; unter meinem richtigen Namen verfolgte mich die Polizei in Lugano, wo ich in eine unangenehme Affäre mit einer reichen Amerikanerin verwickelt war; denn als sie merkte, daß es um ihren Schmuck ging, schlug sie Alarm, und ich entkam nur mit Mühe und Not. Damals trug ich noch meinen richtigen Namen, aber den will ich dir lieber nicht anvertrauen, ich könnte ihn doch noch mal nötig haben. Nach meiner Flucht aus Lugano versuchte ich in verschiedenen Hotels in Italien zu Geld zu kommen. Aber immer war eine Frau mit in diese Versuche verwickelt, weil ich Glück bei den Weibern hatte. Und doch brachten sie mir letzten Endes immer Unglück. Von Genua entfloh ich auf einem Segelkutter und kam nach Barcelona.«

Jo starrte ihn an, wie von Entsetzen gebannt. Er mußte lachen.

»Ja, kleines Mädchen, da sitzt du nun mit einem Dieb und Hochstapler ganz gemütlich in einem Hotelzimmer und hast doch ein Krönchen in deinem goldbraunen Haar, das Krönchen der Unschuld, das ich dir auch nicht zerbrechen will. Man hat ja noch manchmal Anwandlungen von Großmut. Also, in Barcelona – nun kommt der Knalleffekt – habe ich mich mit einer Barmaid verheiratet, die mir half, mich der Polizei zu entziehen und die mir einige falsche Pässe verschaffte. Aber ich mußte einen hohen Preis dafür zahlen, ich mußte sie heiraten. Und siehst du, auch wenn ich nun der Señor de Almadeia wäre, so könntest du doch nicht meine Frau sein, da ich bereits eine habe. Du könntest mich höchstens der Bigamie anklagen. Aber, mein Täubchen, dadurch würdest du dich selber böse in die Nesseln setzen, nicht wahr, das siehst du ein? Man würde uns sicher erst einmal alle beide verhaften, und das könnte dem Onkel eine schlimme Suppe einbrocken.«

Jo war noch blasser geworden. In was für Schmutz und Schmach war sie da geraten? Und dennoch, trotz allem fühlte sie sich wie erlöst. Sie war frei, frei. Sie gehörte nicht zu diesem Mann, egal, wer er war. Gottlob, daß sie das alles beizeiten erfahren hatte. In das Haus ihres Onkels konnte sie nicht zurück, aber sie wollte ihm alles schreiben, alles bekennen, sobald die drei Monate verstrichen waren, für die sie Schweigen gelobt hatte.

Der Mann ihr gegenüber sah sie ironisch lächelnd an.

»Nun schaudert wohl deine fromme Seele, mein Täubchen?«

Sie atmete tief auf.

»Ich bin froh, daß ich dir nicht angehöre, wie tief ich auch in Schmach und Schande geraten bin. So unschuldig ich auch bin, ich werde diese Schmach weitertragen müssen. Aber nun sage mir nur noch, weshalb wolltest du mich denn durchaus zur Frau haben?«

Er zuckte die Schultern.

»Ich sage ja, ich habe Pech mit den Frauen. Wenn ich jetzt einen neuen Coup lande, dann schalte ich die Frauen ganz aus. Also, warum ich dich zu meiner Frau machte? Weil man mir gesagt hatte, dein Vater sei Millionär gewesen und du seiest eine reiche Erbin. Auf eine halbe Million hatte ich sicher gerechnet, und damit wollte ich, fern von meinem bisherigen Schauplatz, ein neues Leben beginnen. Ob ich dich dabei mitnehmen oder dich unterwegs irgendwo sitzenlassen würde, wußte ich noch nicht, das wollte ich von deinem Benehmen abhängig machen.

Nun kannst du dir vielleicht auch meine Gefühle denken, als dein Onkel mir dein ›fürstliches‹ Vermögen aushändigte. Das lohnte wahrhaftig das Wagnis nicht, das ich dafür unternommen hatte.

Um mich wirksam um eine reiche Frau bewerben zu können, mußte ich einen Namen haben, nach dem sich Väter oder Vormünder erkundigen konnten. Ich hörte auf Schloß Mandrilla, daß Señor de Almadeia eine Reise um die Welt machen wollte; wußte auch, daß er sich einen Reisepaß ausstellen ließ und sich für diese Reise mit Geld versorgen würde. Das war die erhoffte Gelegenheit für mich. Ich beschloß, den Reisepaß zu entwenden und, während mein Herr auf der einen Halbkugel unserer Erde reiste, auf der andern unter seinem Namen mein Glück zu machen. Als Señor de Almadeia würde mir jeder Vater oder Vormund Tochter oder Mündel anvertrauen.

Da mir das in Spanien aber mißglückt wäre, beschloß ich, nach Berlin zu reisen. Einige Tage vor der Abreise meines Herrn wurde ich leider wegen einer dummen Weibergeschichte entlassen. Aber das kam mir ganz gut zupaß, weil nun kein Verdacht auf mich fallen konnte, wenn der Reisepaß samt der Brieftasche verschwand. Ich hatte eine Liebelei mit einer der Dienerinnen angefangen. Als ich dann am Morgen noch in ihrem Zimmer versteckt war und sie schon ihrer Arbeit nachging, während ich mich davonschleichen sollte, habe ich heimlich einen Ausflug in die Zimmer des Schloßherrn unternommen, als sich dieser gerade im Bad befand. Ich hatte

Glück; die Brieftasche, die mir recht gut gefüllt zu sein schien, lag auf seinem Toilettentisch. Unentdeckt konnte ich verschwinden. Ich fand in der Tasche den Paß, aber nicht soviel Geld, wie ich erhofft hatte. Immerhin war es genug, um meinen Plan ausführen zu können. Señor de Almadeia hat sich dann einen andern Paß verschafft. Ich aber entfernte sein Bild aus dem gestohlenen Paß, klebte das meine hinein und brachte nach einem mir bekannten Verfahren den Stempel in Ordnung. Nun war ich zu Señor de Almadeia avanciert.

Nachdem ich kurzen Abschied von meiner Frau genommen hatte, die nichts von meinem Vorhaben ahnte, da sie mich sonst nicht fortgelassen hätte, ging ich unter einem andern Namen über die Grenze. Erst in Deutschland und nachdem ich erfahren hatte, daß Alfonso de Almadeia seine Weltreise angetreten habe, trat ich dann unter seinem Namen auf. In Berlin fand ich sofort in der besten Gesellschaft Aufnahme. Meine Wahl fiel auf dich, weil du mir als die reichste Erbin erschienst und keine Eltern hattest. Ich weiß, dein Onkel hat sich nach mir beim spanischen Gesandten erkundigt, aber ich wußte ja, er würde die glänzendste Auskunft erhalten und nur erfahren, mein ehemaliger Herr befinde sich auf einer Weltreise. Daß diese ihn zu allerletzt über Deutschland führen würde, wußte ich, und so konnte ich ganz unbesorgt meine Netze nach dir auslegen.

Leicht hast du es mir nicht gemacht, du kleine Gletscherjungfrau, aber ich wußte, daß ich einen suggestiven Einfluß auf alle Frauen ausübe. Trotzdem machtest du mir die Sache schwer, während deine Tante mir sehr entgegenkam und mich bei meinem Vorhaben unterstützte.

Ich glaube, sie wollte dich gern aus dem Haus haben. Meine Geldmittel wurden knapp, und viel Zeit blieb mir auch nicht. Deshalb überfiel ich dich in deinem Schlafzimmer. Ich war es auch, der klingelte, denn ich mußte Zeugen herbeirufen, die es dir unmöglich machten, mich abzuweisen. Deiner Tante gegenüber entschuldigte ich mich mit meiner leidenschaftlichen Liebe zu dir und hatte sie gleich auf meiner Seite. Kurzum, es ging alles gut, so wie ich es wollte, nur hatte ich eben nicht geahnt, daß dein Vermögen – davon hatte deine Tante ein großes Wesen gemacht, um Freier für dich anzulocken – in einer Bagatelle bestand. So ist alles gekommen. Ich würde dir das nicht so offen erzählt haben, wenn ich nicht wüßte, daß du schon im eigenen Interesse schweigen mußt und daß ich von dir nichts zu fürchten habe. Aber ich habe dich in dieser Stunde als einen ganz vernünftigen, tapferen Menschen erkannt, und – es tut doch wohl, wenn man sich mal alles vom Herzen herunterreden kann.«

Mit großen Augen sah Jolande ihn an, und nun seufzte sie tief auf.

»Bitte, sag mir noch eines«, bat sie, »hast du wirklich geglaubt, daß ich den Riß in meinem Kleid nur vortäuschte, um dich zu veranlassen, mir zu folgen?«

Er lachte.

»Nein, nein, beruhige dich, so etwas lag gar nicht in deinem Wesen; ich ärgerte mich sehr, daß du mir immer wieder auswichst. Aber es mußte ein Ende gemacht werden; so nahm ich das als Vorwand. Ja, sieh mich nur entsetzt an, ich bin wirklich im Vergleich zu dir Unschuldslämmchen ein Scheusal. Aber – lassen wir das. Jetzt müssen wir besprechen, was nun geschehen soll. Also ganz offen, die paar tausend Mark, die mir dein Onkel ausgezahlt hat, brauche ich, um mich eine Weile über Wasser zu halten. Ich habe schon einen neuen Plan, über den ich dir aber nichts verraten werde, weil du ihn sonst verhindern würdest. Du sollst nicht wissen, wohin ich mich wenden werde. Aber – laß dir raten – kehre zu deinen Angehörigen zurück; das ist immer noch besser, als um die eigne Existenz zu kämpfen.«

Jo kam jetzt erst zum Bewußtsein, daß sie diesen fremden Menschen, diesen Hochstapler, »du« nannte, weil sie ihren Gatten in ihm gesehen hatte. Und unwillkürlich drängte sich ihr nun wieder das steife »Sie« über die Lippen.

»Ich habe Ihnen gesagt, daß ich meines Onkels wegen nicht wieder zurückkehren kann, ich will es auch nicht.«

»Aber was soll aus dir – ah, Pardon – aus Ihnen werden?«

Sie wollte ihm schon sagen, daß sie dreitausend Mark besäße, die ihr vorläufig über das Schlimmste weghelfen sollten, aber sie hatte Angst, daß er ihr auch dies Geld abnehmen würde. Und so sagte sie ruhig:

»Der liebe Gott wird mir schon helfen.«

Er zuckte die Achseln.

»Darauf verlassen Sie sich nur nicht.«

Er erhob sich.

»Das will ich nicht hören. Und – nun möchte ich nicht länger mit Ihnen hier zusammenbleiben, ich will ein anderes Hotel aufsuchen, bis ich weiß, was ich zu tun habe.«

Auch er hatte sich erhoben. Unschlüssig sah er sie an.

»Ich hatte vor, Ihnen fünfhundert Mark zu geben für die Heimreise. Aber – hier haben Sie tausend Mark, mehr kann ich nicht entbehren; ich hatte sehr große Ausgaben und komme kaum auf meine Kosten.«

Sie zögerte einen Moment. Am liebsten hätte sie das Geld zurückgewiesen. Aber sie überlegte, daß es doch schließlich ihr eigenes Geld war, und wenn sie noch über tausend Mark mehr verfügte, konnte sie sich eine Weile länger über Wasser halten. So nahm sie das Geld und barg es vorläufig in ihrer Manteltasche.

»Ich muß ja wohl nicht dafür danken?« sagte sie.

»Nein, nein, wir sind uns ja sozusagen nichts schuldig. Und hier ist Ihr Gepäckschein; ich ließ Ihr Gepäck schon für alle Fälle gesondert von dem meinen gehen. Es liegt hier auf dem Bahnhof. Halt, auch den Trauschein will ich Ihnen überlassen. Vielleicht kann Ihr Onkel, wenn Sie ihm später alles mitteilen, diese Scheinehe annullieren lassen. Aber Sie haben doch keinen Paß; ich könnte Ihnen zwar den auf Alfonso de Almadeia lautenden ausliefern, dessen ich nicht mehr bedarf und auf welchen ich den Vermerk anbringen ließ, daß er auch für meine Frau gültig sein müsse, aber ich glaube nicht, daß Sie mit dem ganz unangefochten bleiben werden.«

»Ich brauche keinen Paß, denn ich habe den auf meinen Mädchennamen lautenden mitgenommen, den ich von jetzt an wieder führen werde, er hat noch volle Gültigkeit.«

Anerkennend wiegte er den Kopf.

»Ah, ich merke, Sie haben damit gerechnet, wieder von mir freizukommen. Nun, ich wünsche Ihnen alles Gute; wahrhaftig, Sie haben mir imponiert. Eine Frau wie Sie ist mir noch nie zuvor unter die Hände gekommen, und – ich möchte wohl wissen, wie Sie sich entwickeln werden, wenn Ihre Psyche erst einmal geweckt sein wird. Sie haben wohl noch nie einen Mann geliebt?«

Stolz warf sie den Kopf zurück.

»Darüber verweigere ich Ihnen die Auskunft.«

»Ah, also sitzt Ihnen schon einer im Herzen fest. Nun, ich hätte es mir denken können, sonst hätten Sie mir nicht so leicht widerstanden.«

Es zuckte in ihrem Gesicht.

»Bitte, lassen Sie mich nun allein. Ich – ich bin zu Ende mit meiner Kraft.«

Er sah sie eine Weile seltsam an. Dann warf auch er den Kopf zurück.

»Nun, ich bin heute großmütig, und will Ihnen auch diesen Wunsch erfüllen. Aber, es tut mir leid, daß ich so großmütig sein muß. Ich wünsche Ihnen alles Gute. Und verzeihen Sie mir, daß ich Sie in eine so schlimme Lage brachte. Jetzt ist es aber nicht mehr zu ändern. Bitte, geben Sie mir einen Beweis, daß auch Sie großmütig sein können, sagen Sie mir ein gutes Wort zum Abschied.«

Unsicher und immer noch in Angst, er könne plötzlich wieder brutal werden, sah sie zu ihm hinüber.

»Ich wünsche, daß es Ihnen gelingen möge, in Zukunft ein ehrliches, anständiges Leben zu führen«, sagte sie leise.

Da winkte er hastig ab.

»Diesen Luxus werde ich mir nie mehr leisten können.«

»Aber Sie haben doch das Geld von mir, können Sie sich damit nicht eine ehrliche Existenz gründen?«

Abwehrend schüttelte er den Kopf.

»Um anständig bleiben zu können, müßte ich viel mehr Geld haben. Vergessen Sie nicht, ich bin ein Abenteurer, ich liebe die Gefahr und spiele gern mit ihr. Aber – beten Sie für mich, daß ich nicht eines Tages an den Galgen komme.«

Sie schauerte zusammen. Er lachte.

»Das ist schrecklich für Sie, nicht wahr? Mit einem Mann verheiratet gewesen zu sein, der vielleicht an den Galgen kommt! Nun, ich sehne mich auch nicht danach. Also Gott befohlen, Jolande Warren! Sie müssen jetzt noch eine Stunde hier in diesem Zimmer bleiben, ich werde Sie einschließen. Geben Sie mir Ihr Wort, daß Sie nicht eher klingeln. Ich würde Ihnen raten, ruhig diese Nacht im Hotel zu bleiben, die Rechnung will ich bis morgen früh noch für Sie bezahlen. Der Portier wird von mir erfahren, daß ich schon heute abend weiterreisen muß, was auch geschehen wird, und daß meine Frau mir erst morgen nachfolgen wird. Das ist die beste Lösung, auch für Sie, und wenn Sie morgen früh erwachen, denken Sie, alles sei nur ein böser Traum gewesen.«

Es war immerhin mehr, als ein Mensch von diesem Mann verlangen konnte, was er noch für Jo tat und wie er um sie besorgt war. Das empfand sie wohl auch. Und so sagte sie, um auch ihrerseits alles zu tun, was ihr möglich war:

»Gut, ich gebe Ihnen mein Wort, daß ich bis morgen früh dies Zimmer nicht verlassen werde. Bitte geben Sie Befehl, daß man mir in einer Stunde etwas Tee und Butterbrot bringt. Und nun lassen Sie mich allein, ich bitte darum.«

Er verneigte sich, sah sie noch einmal an und ging in sein Zimmer zurück. Er schloß die Verbindungstür ab, und sie hörte ihn drüben noch eine Weile hantieren. Ihre Tür zum Korridor hatte er von draußen abgeschlossen. Dann hörte sie seine Tür ins Schloß fallen. Leise zuckte sie zusammen und warf sich aufstöhnend auf ihr Lager, ohne auch nur die Kraft zu haben, ihren Mantel abzulegen. Nur den Hut riß sie vom Kopfe und warf ihn auf den Tisch, neben den Browning und die Papiere, die er für sie zurückgelassen hatte. Mit geschlossenen Augen, nicht mehr fähig zu denken oder Schmerzen zu fühlen, lag sie da und empfand nur eins, daß sie frei war, frei – aber noch mehr mit Schmach beladen als zuvor.

Giuseppe Pighetti beglich unten die Rechnung, bezahlte wirklich für »seine Frau« das Nachtlager und das Frühstück für den folgenden Morgen und erzählte sein Märchen. Mit seinem Handkoffer bestieg er ein Auto, das er sich hatte holen lassen, und fuhr zum Bahnhof. Tee und einen Imbiß für Jo hatte er für eine Stunde später bestellt und ebenfalls bezahlt.

Eine halbe Stunde später befand er sich in dem Zug nach Paris. Sein Plan ging dahin, in Paris sein Heil zu versuchen, wahrscheinlich wollte er dann nach Monte Carlo fahren, nicht nur, um dort zu spielen, was ihm ziemlich problematisch erschien, sondern weil er vermutete, daß es dort viele reiche Leute gäbe.

9

In großer Unruhe war Gerd mit Doktor Gering zu dem Haus des Professors gefahren. Dort gab er seine Karte ab, die den Vermerk trug:

»In außerordentlich wichtiger Angelegenheit, das Wohl und Wehe Fräulein Warrens betreffend.«

Diese Karte wurde dem Professor, der zum Glück daheim war, überbracht. Er war in eine dringliche Arbeit vertieft, aber die auf der Karte stehenden Worte ließen ihn den Besuch nicht abweisen. Gerd hatte Doktor Gering gebeten, ihn allein mit dem Professor sprechen zu lassen, denn die Gegenwart jedes Zeugen würde die Unterredung peinlicher machen.

Gering sah das sehr wohl ein und begab sich, Gerds Wunsch gemäß, in dessen Wohnung, um ihn dort zu erwarten. So verließ Gerd allein das Auto und folgte dem Diener.

Der Professor erhob sich bei seinem Eintritt aus seinem Sessel, dem Besucher ein wenig unsicher entgegensehend.

»Ich empfange Sie, obwohl ich in eine wichtige Arbeit vertieft bin, Herr Doktor. Die Worte auf Ihrer Karte sagten mir, daß etwas Besonderes Sie zu mir führt.«

»So ist es. Ich bitte Sie, sich nicht zu wundern über mein starkes Interesse für Ihr Fräulein Nichte, ich werde Ihnen das alles erklären. Aber erst – ach bitte, erst sagen Sie mir, daß die Hochzeit des gnädigen Fräuleins noch nicht stattgefunden hat.«

Sein Gesicht trug den Ausdruck so großer Sorge, daß der Professor beunruhigt wurde.

»Meine Nichte hat sich heute morgen mit Señor de Almadeia standesamtlich vermählt und ist eine Stunde später mit ihm abgereist.«

Gerd fiel kraftlos in einen Sessel, den der Hausherr ihm angewiesen hatte.

»Allmächtiger Gott!« stieß er heiser hervor.

»Wie soll ich mir Ihre Erregung erklären, Herr Doktor?« fragte der Professor befremdet.

Mit Aufbietung aller Willenskraft riß sich Gerd zusammen, aber sein Gesicht war erdfahl geworden. Wenn er sich noch nicht darüber klargewesen wäre, was er für Jolande Warren empfand, in diesem Moment wäre ihm kein Zweifel mehr möglich gewesen.

»Also komme ich zu spät. Das hatte ich nicht geahnt. Wie hätte ich daran denken können, daß die Hochzeit so schnell der Verlobung folgen würde?«

»Señor de Almadeia wollte seine Weltreise nicht lange unterbrechen, wollte aber auch nicht ohne seine junge Frau weiterreisen. Deshalb ließen wir eine so schnelle Trauung zu – auf dem Standesamt. Die kirchliche Feier soll erst auf Schloß Mandrilla stattfinden.«

Gerd atmete tief auf.

»Ich glaube nicht, daß sie je stattfinden wird, jedenfalls nicht auf Schloß Mandrilla, Herr Professor.«

Dieser sah Gerd verständnislos an.

»Ihr Benehmen wird mir immer rätselhafter, Herr Doktor.«

Dieser nickte verzweifelt mit dem Kopfe.

»Das kann ich Ihnen nachfühlen. Und es will mir

kaum über die Lippen, was ich Ihnen zu sagen habe. Zudem weiß ich, daß Ihre Zeit kostbar ist, aber ich muß sie dennoch für eine Weile in Anspruch nehmen.«

»So reden Sie, nehmen Sie keine Rücksicht darauf, ob ich schwer oder leicht an dem tragen werde, was Sie mir zu sagen haben. Ich kenne Sie als eine seriöse Persönlichkeit; Sie werden mich nicht mit Kleinigkeiten aufhalten wollen. Also bitte, was haben Sie mir zu sagen?«

Gerd reckte sich in die Höhe. Auch seine Züge strafften sich. Wenn er Jolande noch helfen wollte, mußte es schnell geschehen.

»Gut, ich werde mich so kurz wie möglich fassen. Aber bitte, erst beantworten Sie mir die Frage, ob Sie wissen, wohin sich das junge Brautpaar begeben hat.«

»Ja, zunächst nach Zürich, wo sie im ›Hotel Baur au Lac‹ Zimmer bestellt haben. In Zürich wollen sie einige Tage verweilen, dann nach Maloja Palace übersiedeln, für zwei bis drei Wochen etwa.«

Gerd atmete auf.

»So werde ich mit dem nächsten Zug nach Zürich fahren und von da, wenn ich Fräulein Warren dort nicht finde, weiter nach Maloja. Bitte sehen Sie mich nicht so erstaunt an. Ich muß nun heraus mit der Sprache und bitte Sie, sich auf eine schlimme Botschaft gefaßt zu machen. Der Mann, der Ihr Fräulein Nichte geheiratet hat, ist ein Hochstapler!«

Erschrocken schnellte der Professor empor. Er war sehr blaß geworden.

»Herr Doktor, wahren Sie Ihre Zunge! Señor de Almadeia hat sich rechtsgültig mit seinem Paß ausgewiesen, und die Referenzen, die ich als vorsichtiger Mann über ihn eingezogen habe, waren erstklassig.«

»Aber sie galten eben nur dem Señor de Almadeia. Dieser befindet sich momentan auf der Reise von Japan nach Hawaii. Kurz vor seiner Abreise wurde ihm seine Brieftasche mit seinem Paß und flüssigem Reisegeld gestohlen von seinem Servierdiener Giuseppe Pighetti, oder wie er sonst in Wahrheit heißt. Und dieser Servierdiener ist als Señor de Almadeia mit Fräulein Warren standesamtlich getraut worden.«

Fassungslos sank der Professor in seinen Sessel zurück.

»Unmöglich!« stieß er erblassend hervor.

»Ich spreche leider die Wahrheit. Ich komme direkt von Spanien und war selbst auf Schloß Mandrilla. Dort habe ich dem Kustoden eine Aufnahme dieses Menschen gezeigt, und er hat ihn sofort als den entlassenen Servierdiener erkannt. Auch die Handschrift des Señor de Almadeia ist eine andere als die des Betrügers.«

Diese Worte kamen scharf und prägnant über Gerds Lippen; zu gleicher Zeit legte er dem Professor die beiden Notizzettel und ein Schreiben des Besitzers von Schloß Mandrilla vor, das der Kustode ihm überlassen hatte. Der Professor sah auf die beiden Schriftproben herab, deren eine mit Alfonso de Almadeia unterzeichnet war, während er auf den Notizzetteln die Schrift des Mannes erkannte, der seine Nichte geheiratet hatte. Nervös sah er zu Gerd hinüber.

»Wie aber kommen Sie dazu, sich um diese Angelegenheit zu kümmern?«

»Auch das will ich Ihnen sagen, Herr Professor. Ich

liebe Fräulein Warren, habe sie geliebt von dem Augenblick des ersten Sehens an, und meine Liebe ist gleich so tief und stark gewesen, daß sie wohl auch ein Echo in der Brust Ihres Fräulein Nichte geweckt hat. Ich erfuhr von ihr selbst am Abend ihrer Verlobung, daß – ja, daß sie durch irgend etwas gezwungen worden sei, in die Verlobung mit diesem Menschen zu willigen. Vielleicht erinnern auch Sie sich, wie blaß und elend die junge Dame an jenem Abend aussah.«

»Ja, gewiß, sehr deutlich; ich glaubte, sie würde krank. Aber es ist ja Unsinn, wie sollte ein Zwang auf sie ausgeübt worden sein?«

»Das hat sie mir nicht anvertraut; ich weiß nur, daß man sie durch irgend etwas zu diesem Schritt gezwungen hat. Sie war todunglücklich, diesen Mann heiraten zu sollen, den sie ganz bestimmt nicht liebt. Ich muß hier einfügen, daß ich an jenem Abend, und zwar noch vor der Verlobung, den Verdacht schöpfte, dieser Mensch könne ganz gewiß kein Spanier, geschweige denn ein spanischer Aristokrat sein.«

Und Gerd berichtete nun von dem, was er in Barcelona in Erfahrung gebracht; und auch zum Schluß darüber, daß er den Detektiv Valuzo auf die Fährte von Giuseppe Pighetti gehetzt habe.

Nur schwer konnte der Professor seiner Erregung Herr werden.

»Das ist ja eine tolle Geschichte, Herr Doktor. Ihre Angaben klingen aber so bestimmt, daß ich an allem, was Sie mir sagen, nicht zweifeln kann. Nur eines ist mir unverständlich: daß meine Nichte gesagt hat, sie sei zu dieser Verlobung gezwungen worden. Ich habe jedenfalls nicht den geringsten Zwang auf sie ausgeübt. Mir erschien es sicher, daß es sich auf beiden Seiten um eine Liebesheirat handelte. Nun, da fällt mir eben ein, der junge Ehemann benahm sich etwas sonderbar, als ich ihm das Vermögen meiner Nichte auszahlte. Ich hatte angenommen, es habe für ihn überhaupt keinen Wert; er hatte sich immer den Anschein gegeben, als bedeute es nichts für ihn, ob meine Nichte reich oder arm sei.«

Gerd krampfte die Hände zusammen.

»Ganz bestimmt kam es ihm ganz allein auf ihr Vermögen an, er hat sich sicherlich nur um Fräulein Warren beworben, weil sie allgemein als reiche Erbin galt.«

Erstaunt sah der Professor ihn an.

»Als reiche Erbin? Das ist ein großer Irrtum. Der Vater meiner Nichte war allerdings vor der Inflation Millionär, aber er hat so gut wie alles verloren. Für Jolande blieb nur ein kleines Vermögen von dreißigtausend Mark übrig, und davon war für die kleine Aussteuer einiges verbraucht, so daß nur fünfundzwanzigtausend Mark übrig blieben, die ich diesem Menschen auch treu und brav aushändigte. Wie gesagt, er benahm sich sehr seltsam dabei.«

Und der Professor schilderte die Szene bei der Aushändigung des Kapitals und schloß mit den Worten:

»Ich hatte das Gefühl, daß es ihm doch nicht ganz unwichtig war, wieviel Jolande besaß, und daß es ihm jedenfalls nicht genug war.«

Gerd nickte. Er war etwas erstaunt zu hören, daß Jolande vermögenslos oder wenigstens fast vermögenslos sei. Doch das erschien ihm nicht wichtig. Er sagte nur:

»Zweifellos hat er auf viel mehr gerechnet; wegen fünfundzwanzigtausend Mark hätte er kaum ein derartiges Wagnis unternommen. Man sprach überall davon, Fräulein Warren besäße mindestens eine halbe Million. Damit hat er sicher gerechnet. Er wollte nur ihr Vermögen an sich bringen, das ist klar. Gott mag wissen, was er mit der unglücklichen jungen Dame vorhatte und – was er jetzt, da ihr Vermögen ihn so sehr enttäuscht hat, mit ihr anfangen wird. Ich bin, wie Sie sich denken können, in schwerer Sorge um sie.«

Der Professor sah forschend in sein Gesicht.

»Jolande war angesichts ihrer relativen Vermögenslosigkeit nicht in der Lage, einem armen Mann die Hand reichen zu können. Das bitte ich Sie zu bedenken. Auch wenn sie frei gewesen wäre, hätte aus einer Verbindung zwischen ihr und Ihnen nichts werden können, denn meine Frau hat mir gesagt, Sie seien vollkommen mittellos.«

Gerd schlug wie abwehrend in die Luft.

»Ich brauche nicht auf Geld zu sehen bei der Wahl einer Frau. Aber das ist ja jetzt alles höchst unwichtig. Jetzt geht es um Fräulein Warrens Glück und Ehre.«

»Ja, wahrhaftig, und um die meine auch. Es gibt einen Skandal.«

»Es darf eben nicht zu einem solchen kommen, die Sache muß ganz diskret behandelt werden. Das überlassen Sie nur mir. Ich reise so schnell wie möglich nach Zürich und werde mit diesem Lumpen abrechnen. Bitte geben Sie mir die Vollmacht dazu, dann brauchen Sie sich gar nicht weiter um diese Angelegenheit zu kümmern. Sie dürfen versichert sein, daß ich alles so diskret und energisch wie möglich erledigen werde, denn ich bin mit meinem ganzen Herzen bei der Sache.«

Unruhig sah der Professor ihn an.

»Ich weiß nicht, ob ich Sie damit belästigen darf. Jolande ist wirklich nicht zu dieser Verbindung gezwungen worden; ich habe fest daran geglaubt, hier habe auf beiden Seiten die Liebe gesprochen. Das hat mir auch meine Frau immer wieder versichert.«

»Aber vielleicht weiß gerade Ihre Frau Gemahlin, welcher Zwang hier ausgeübt wurde. Fräulein Warren sprach mir von einem solchen, und in jener Stunde, in der, wie ich weiß, sich unsere Herzen für immer fanden, hat sie mir keine Unwahrheit gesagt. Vielleicht also kann Ihre Frau Gemahlin uns aufklären? Aber – bitte, geben Sie mir erst einmal das Kursbuch, damit ich sehen kann, wann der nächste Schnellzug nach Zürich fährt.«

Noch ganz benommen nahm der Professor das Kursbuch von seinem Schreibtisch und reichte es ihm.

Gerd hatte sich schnell orientiert. Noch etwas mehr als zwei Stunden hatte er Zeit; reichlich genug für ihn, seine Vorbereitungen zu treffen.

Der Professor war indessen zu dem Entschluß gekommen, seine Frau herbeirufen zu lassen, und klingelte dem Diener. Nach wenigen Minuten erschien Frau Mally. Ihr Gatte forderte sie auf, Platz zu nehmen, nachdem sie überrascht und erfreut Gerd begrüßt hatte.

Der Professor hatte sich inzwischen überlegt, daß seine Frau stets danach getrachtet hatte, Jo gut zu verheiraten, und so war ihm doch ein leiser Verdacht gekommen, daß vielleicht gerade sie einen Zwang auf Jo ausgeübt habe. Daher beschloß er, sie zu bluffen, weil er hoffte, sie würde sich dann verraten. So fragte er sie, fest in ihre Augen sehend:

»Welcher Zwang ist auf Jo ausgeübt worden, daß sie in eine Heirat mit de Almadeia willigte?«

Sie zuckte ein wenig zusammen.

»Ein Zwang? Ich verstehe dich nicht!«

Aber der Professor kannte seine Gattin. Ihr Zusammenzucken hatte sie ihm bereits verraten. So sagte er kurz und bündig:

»Doch, du verstehst mich, ich merke es dir an. Also sage uns schnell, was für ein Zwang auf Jo ausgeübt wurde. Es geht um Jos Schicksal und – um einen Skandal.«

»Aber ich begreife nicht, was soll das heißen?«

»Wir haben jetzt nicht viel Zeit, und begreifen wirst du nachher sehr schnell. Wir wissen, daß Jo irgendwie zu dieser Heirat gezwungen worden ist.«

Frau Mally sah beklommen auf Gerd.

»Aber – hier vor Herrn Doktor Rainsberg kann ich doch nicht darüber reden!«

»Doch, gerade vor ihm, denn er ist der einzige, der Jo vielleicht noch aus einer furchtbaren Lage erretten, der einen Skandal verhüten kann. Aber die Wahrheit müssen wir wissen, sofort!«

Und diesen energischen Worten gelang es, Frau Mally zu überzeugen. Und so berichtete sie zunächst, wie sie Jo und ihren späteren Verlobten in Jos Schlafzimmer gefunden habe, und daß sie danach froh gewesen sei, daß der Mann, der Jo vor der Dienerschaft und damit vor der Öffentlichkeit kompromittiert hatte, ihr Jo als seine Braut vorstellte.

Die beiden Herren sahen sie erschrocken an. Wie war

es möglich, daß dieser Mensch mit Jo hinter verschlossener Tür in ihrem Schlafzimmer sein konnte? Gerd bekam ein ganz verstörtes Gesicht, und der Professor fragte rauh:

»Hat denn Jo diesen Menschen so sehr geliebt, daß sie ihm eine solche Freiheit gestattete?«

»Aber nein, hör mich nur erst zu Ende an!«

So erfuhren die Herren alle Einzelheiten dessen, was sich an jenem verhängnisvollen Abend zugetragen hatte.

Frau Mally beteuerte mit Nachdruck: Jo habe nur in eine Verlobung mit Almadeia aus Rücksicht auf den Onkel gewilligt. Sie sei sich durch das Verhalten des Spaniers wie besudelt vorgekommen. Und das um so mehr, als die Dienerschaft Zeuge des Vorgefallenen gewesen sei. Sie habe daher keinen andern Ausweg gewußt, als sich durch eine Heirat mit Señor de Almadeia rehabilitieren zu lassen.

»Das also war es! Mein Gott, hätte sie mir doch das alles anvertraut, vielleicht hätte ich sie zurückhalten können, in ihr Unglück zu laufen!«

Gerd schrie es förmlich heraus.

Frau Mally sah ihn verblüfft an.

»Aber was soll das bedeuten? Es ist nun doch alles gut, Jo hat eine sehr glänzende Partie gemacht, wie ich es ihr immer gewünscht habe.«

Der Professor bekam vor Zorn einen roten Kopf.

»Ja, mit einem Hochstapler! In das Unglück hast du sie hineinrennen lassen! Mein Gott, ich darf dir ja nicht einmal einen Vorwurf machen, dir war sie ja nicht blutsverwandt. Was galt sie dir? Aber ich, ich – wie soll ich das ertragen? Nichts kann mich entschuldigen als Arbeitsüberbürdung. Glaubte ich doch, alle Vorsicht gebraucht zu haben.«

Seine Frau war zusammengezuckt.

»Was sagst du da? Mit einem Hochstapler? Das ist doch wohl nur ein sehr wenig angebrachter Scherz. Du hattest doch bei der Gesandtschaft über Alfonso Erkundigungen eingezogen?« sagte sie erschrocken.

»Ja, die des Señors Alfonso de Almadeia. Aber der Mann, der unserer Nichte durch schnöden Zwang aufgedrängt wurde, ist nur der Servierdiener dessen, für den er sich ausgab und mit dessen entwendetem Paß er sich hier auf die Jagd nach einer reichen Erbin begab. Wer hat denn den Unsinn verbreitet, Jo sei eine reiche Erbin? Es sieht sehr danach aus, als stamme das von dir, du konntest Jo eben nicht schnell genug loswerden.«

So brach es in Groll und Zorn aus dem Professor heraus.

Seine Gattin war kraftlos in einen Sessel gesunken.

»Allmächtiger Gott, das ist ja ein unerhörter Schlag für uns. Das wird eine schöne Blamage!« jammerte sie fassungslos.

»Das allerdings auch. Aber an das Schlimmste denkst du wohl gar nicht, daß Jo auf Gnade und Ungnade diesem Hochstapler ausgeliefert wurde!«

Gerd dankte es im stillen dem Professor, daß ihm dieser Umstand wichtiger war, als alles, was ihm selber drohte.

»Bitte, Herr Professor, versuchen Sie sich zu beruhigen. Auch Sie, gnädige Frau. Es muß eben alles getan werden, um einen Eklat zu vermeiden, damit Fräulein Warren das Opfer nicht umsonst gebracht hat. Alle unsere

Sorge muß jetzt vor allen Dingen ihr gelten, und sie muß um jeden Preis von diesem Verbrecher befreit werden. Wie gesagt, ich werde sofort nach Zürich abreisen. Sie, Herr Professor, müssen sich, Ihrer Stellung wegen, möglichst im Hintergrund halten. Ich werde alles tun, was in meinen Kräften steht, um diese Angelegenheit zu regeln. Und deshalb bitte ich Sie, mich jetzt zu entlassen.«

»Aber mein Gott, erfahre ich denn nicht, was eigentlich geschehen ist«, jammerte die Gattin des Professors. Der Gedanke an Jo beschwerte ihr Gemüt erst in zweiter Linie, wenngleich auch sie außer sich war über alles, was sie erfahren hatte.

Gerd wandte sich mit ernster Miene ihr zu:

»Ihr Herr Gemahl wird Ihnen alles erklären, gnädige Frau. Ich kann jetzt nicht länger bleiben, denn ich muß unbedingt den nächsten Zug erreichen. Leider sind schon viele Stunden vergangen, seit Fräulein Warren das Haus verlassen hat.«

»Warum sagen Sie nur immer: Fräulein Warren?«

»Weil ihre Ehe mit diesem Menschen hoffentlich ungültig ist, da er sie unter einem falschen Namen geschlossen hat.«

Weinend sank Frau Mally in ihren Sessel zurück.

»Mein Gott im Himmel, dieser Skandal!«

Der Professor hatte sich wieder gefaßt und trat an Gerd heran.

»Lassen sie sich nicht aufhalten, Herr Doktor! Gehen Sie mit Gott. Möge er Ihnen helfen, meine Nichte zu befreien und zu uns zurückzubringen.«

»Um Himmels willen, wie sollen wir dann erklären, weshalb sie wieder zu Hause ist?«

Ihr Gatte wollte auffahren, aber Gerd legte begütigend die Hand auf seinen Arm.

»Ihre Frau Gemahlin hat recht, Fräulein Warren darf vorläufig nicht nach Berlin zurückkehren. Es muß alles vermieden werden, was der Öffentlichkeit die Möglichkeit gibt, sich mit der Angelegenheit zu befassen. Bitte, überlegen Sie sich das und lassen Sie mich handeln, wie ich es für gut befinde, sofern ich nur erst Fräulein Warren aufgespürt und befreit habe. Gottlob wissen wir, wohin sie sich zuerst gewendet hat; ich hoffe, sie noch in Zürich anzutreffen, sonst folge ich ihren Spuren. Ich halte Sie auf dem laufenden. Und wenn Sie mir etwas mitzuteilen haben, adressieren Sie an meinen Geschäftsfreund Doktor Gering, der meine Adresse kennt. Ich gebe ihm jetzt, ehe ich abreise, noch genaue Richtlinien.«

»Müssen Sie ihn da nicht einweihen?«

»Zum Teil ist er es schon; Sie können jedoch unbesorgt sein, er ist selbst durchdrungen von dem Wunsch, daß Sie in keiner Weise durch diese Sache in Mitleidenschaft gezogen werden. Verlassen Sie sich auf Gering, und wenn Sie des Rates eines verständigen, vertrauenswürdigen, zuverlässigen Menschen bedürfen, halten Sie sich an ihn.«

Danach verabschiedete Gerd sich von dem niedergeschlagenen Ehepaar. Er begab sich danach schleunigst zu Doktor Gering, um mit diesem noch einiges zu besprechen.

Gering hatte einen kleinen Imbiß für den Freund bereitgehalten, und dieser zwang sich wirklich, einige Bissen zu essen. Als der Freund ihn zu Weiterem nötigen wollte, sagte er heiser:

»Lassen Sie mich nur, ich habe jetzt keine Ruhe!«

»Sitzt es denn so tief?« fragte Gering.

Gerd holte tief Atem.

»Für jedes weibliche Wesen, und wäre es mir an sich noch so gleichgültig, würde ich eintreten, wüßte ich es in einer Not wie die, in der Fräulein Warren sich gegenwärtig befindet. Wieviel mehr, da es eine Frau betrifft, die ich liebe und die mir mit jeder Minute, in der ich sie bedroht weiß, mehr ans Herz wächst. Ich klammere mich geradezu an ihre Worte, daß sie mich rufen will, wenn sie meiner bedarf, und daß sie sich nicht zu weiteren Opfern verleiten lassen will. Irgendwo – irgendwie werde ich sie schon erreichen und sie befreien. Solange muß ich sie dem Schutz des Himmels anvertrauen.«

»Und Sie geben mir telegraphisch Nachricht, wohin Sie dann weiterreisen werden?«

»Selbstverständlich! Und nun muß ich aufbrechen. Mein Handkoffer mit dem Nötigsten ist ja noch gepackt, mein großes Gepäck noch auf dem Bahnhof. Das kann liegenbleiben, bis ich weiß, wohin Sie es mir nachsenden sollen.«

»Gut, gut! Ich begleite Sie zum Bahnhof, wir können unterwegs noch manches besprechen.«

Das geschah. Und eine halbe Stunde später saß Gerd im Zug nach Zürich.

10

Jo hatte keine Ahnung, daß Doktor Rainsberg und ihr Onkel bereits über ihr Schicksal informiert waren. Als sie am nächsten Morgen nach einem bleischweren Schlaf erwachte und sich in dem kleinen Hotelzimmer umsah, empfand sie zuerst ein Gefühl der Befreiung, weil sie nun nicht mehr an den Mann gekettet war, den sie haßte und verabscheute. Bald aber legte sich ein schwerer Druck auf ihre Seele. Sie machte sich klar, in eine wie heikle Lage sie gekommen war. Mit einem Hochstapler war sie, wenn auch unter einem falschen Namen, vermählt worden. Sie war dadurch mit der Verbrecherwelt in Berührung gekommen, und ihr war zumute, als sei sie mit Schmach bedeckt, als könnte sie nie wieder rein und ehrlich werden. Das eine war ihr klar: nie durfte sie in ihre frühere Sphäre zurückkehren. Man würde mit Fingern auf sie weisen.

Und dann flogen ihre Gedanken zu Gerd Rainsberg. Mein Gott, wenn er wüßte, was ihr widerfahren war! Mit Abscheu würde er vor ihr zurückweichen. Nein – nein, eher würde er Mitleid mit ihr empfinden, das eine ebenso hohe Schranke zwischen ihnen aufrichten mußte. Und ebensowenig wie sie in ihre früheren Verhältnisse zurückkehren konnte, ebensowenig durfte sie Gerd Rainsberg jemals wiedersehen. Sie mußte für ihn, wie für ihren Onkel, völlig aus dem Leben verschwinden. Ganz nur auf sich selbst gestellt, mußte sie ihr Leben weiterführen, ein neues Leben beginnen.

Und mit einer verzweifelten Entschlossenheit erhob

sie sich, um sich anzukleiden. Zuerst mußte sie dieses Hotel verlassen, damit auch das letzte Band zwischen ihr und jenem Menschen zerrissen wurde, der sie so tief gedemütigt und erniedrigt hatte. Während des Ankleidens mußte sie sich überlegen, wohin sie zunächst ihre Schritte lenken sollte.

Als sie nach dem Frühstück klingelte, wurde es ihr gebracht, und sie zwang sich auch, etwas zu sich zu nehmen. Krank durfte sie jetzt um keinen Preis werden, denn sie mußte den Kampf mit dem Leben aufnehmen, und dazu brauchte sie Kräfte.

Sie sah auf dem Tablett ein schmales Kuvert liegen und öffnete es unruhig. Es enthielt eine kleine Karte, auf der stand:

»Ich vergaß, Ihnen zu sagen, daß Sie hier im Hotel Frau Bernd heißen, da ich uns unter diesem Namen angemeldet habe. Sie kommen aus Berlin. Beeilen Sie sich, morgen früh das Hotel zu verlassen, um unter Ihrem Mädchennamen anderswo wieder aufzutauchen.«

Keine Unterschrift. Aber Jo wußte, von wem diese Karte stammte. Also unter einem falschen Namen weilte sie hier. Wie schrecklich! Sie kam sich selber wie eine Verbrecherin vor und beeilte sich, aus dem Haus zu kommen. Sie beschloß, Zürich überhaupt zu verlassen. Sie wollte zuerst nach Luzern gehen und dort in einer kleinen Pension unter ihrem Mädchennamen Wohnung nehmen. Dort konnte sie dann weiter überlegen, was sie tun mußte.

Als sie den nahen Bahnhof erreichte, war gerade ein

Zug angekommen, und plötzlich zuckte sie schreckhaft zusammen. Da, im Gedränge der andern Menschen, sah sie ein ihr unvergeßliches Gesicht; es gehörte Gerd Rainsberg, der soeben angekommen war. Blaß bis an die Lippen, huschte sie mit wankenden Knien hinter eine Holztafel, auf der Fahrpläne aufgeklebt waren. Hier lehnte sie sich kraftlos an, stellte ihren Handkoffer neben sich und wartete, bis Gerd vorüber war. Mit erloschenen Augen sah sie ihm nach. Ach, jetzt seinen Namen rufen, sich unter seinen Schutz zu flüchten, welche Wohltat hätte es sein müssen. Aber das durfte sie nicht.

Sie sah seine hohe, schlanke Gestalt in der Menge verschwinden, und die Sehnsucht, nur noch einmal seinen Blick auf sich gerichtet fühlen, seine Stimme zu hören, brannte wie Feuer in ihrer Seele. Aber sie mußte ihn gehen lassen. Zwischen ihm und ihr, der Verfemten, gab es keine Gemeinschaft.

Sie fragte sich, was er hier in Zürich wolle. Nach Doktor Gerings Aussage war er nach Schweden gereist. Aber jener hatte auch gesagt, daß er schnell von Entschlüssen sei, und eine Reise mache ihm nicht viel aus. Sie fragte sich, vor Erregung zitternd und bebend, was er wohl getan haben würde, wenn er sie gesehen hätte? Oh, selbstverständlich wäre er erfreut auf sie zugekommen, hätte ihre Hand in der seinen gehalten und sie gefragt – oh, lieber Gott, nach Dingen, die sie nicht beantworten konnte. Sie hätte sich nach kurzer Zeit von ihm trennen müssen, und dann wäre das Gefühl des Verlassenseins noch stärker und quälender über sie hergefallen.

»Gott mit dir! Gott mit dir!« flüsterte sie vor sich hin, als er ihren Augen entschwunden war.

Dann nahm sie ihren Koffer wieder auf und ging weiter. Als sie auf den Bahnsteig kam, sah sie, daß ein Zug nach Luzern zur Abfahrt bereitstand. Sie hatte eine Fahrkarte dritter Klasse gelöst, denn sie mußte sparen. Und als sie in dem Abteil saß, ganz allein vorläufig, sank sie in sich zusammen und überließ sich widerstandslos ihrer Verzweiflung.

Als weitere Reisegenossen Platz nahmen, mußte sie sich zusammenreißen, und das war gut so. Das Muß hilft über viele schwere Dinge fort.

Nun setzte sich der Zug in Bewegung. Ihr war zumute, als müsse sie hinausspringen und laufen, laufen, bis sie Gerd Rainsberg fände. Keine Ahnung kam ihr, daß er nach Zürich gekommen war, um sie zu suchen, sie zu befreien. Hätte sie es gewußt – gewiß, es wäre ein Trost für sie gewesen, aber sie hätte sich dennoch nicht von ihm finden lassen. Zwischen ihm und ihr konnte es keine Gemeinschaft mehr geben.

Ihre Reisegenossen begannen ein Gespräch, und unwillkürlich hörte sie zu. Das lenkte sie für kurze Zeit von ihrem Elend ab. Wie seltsam das war, diese Menschen von Dingen reden zu hören, die ihr fremd waren, die ihr so unwichtig schienen.

Die Fahrt war schnell zurückgelegt. Sie ergriff ihr Handköfferchen, stieg aus und schritt den Bahnsteig entlang, bis zum Ausgang. Der große Bahnhofsplatz lag vor ihr, und hinter diesem der Vierwaldstätter See. Einige Dampfer lagen zur Abfahrt bereit. Aber mit denen wollte sie nicht fahren. Langsam ging sie zur Brücke hinüber und stellte sich an das Geländer. Der See lag in all seiner Pracht vor ihr. Hoch strebte der Pilatus in die blaue Frühlingsluft, am Ufer lagen die großen Hotels mit ihren Terrassen. Ihr Blick schweifte umher. Wo würde sie ein Obdach finden? Sollte sie zunächst in ein Hotel gehen? Aber vielleicht fand sie gleich ein Unterkommen in einer billigen Pension. Jedenfalls mußte sie weiter, in die kleine winkelige Stadt hinein. Denn hier am See lagen wohl nur die teuren Hotels.

Sie ging weiter durch die engen Straßen und betrat eine Apotheke, in der sie sich Aspirin kaufen wollte, um ihr Kopfweh loszuwerden. Der Apotheker machte ihr einen vertrauenswürdigen Eindruck, und sie fragte ihn, ob er nicht eine Pension wisse, wo sie ein anständiges, sauberes Unterkommen für einen billigen Preis erhalten könne. Er wußte auch gleich Rat, nannte ihr eine Pension in derselben Straße, einige Häuser weiter, wo meistens alleinstehende Damen logierten. Dort würde sie sehr gut und nicht teuer untergebracht sein. Es sei nur ein paar Schritte von hier.

Sie befolgte den ihr erteilten Rat und saß eine halbe Stunde später in einem kleinen, aber sauberen und freundlichen Zimmerchen dieser Pension, froh darüber, vorläufig Ruhe zu haben und in Sicherheit zu sein.

Sie ließ, um keine hohen Lagerspesen bezahlen zu müssen, ihr Gepäck vom Bahnhof holen. Aber sie packte ihre Koffer vorläufig nicht aus. Das Nötigste barg ihr Handköfferchen. Sie wußte ja nicht, wie lange sie hierbleiben würde.

Mittags erhielt sie ein einfaches, aber kräftiges und gut zubereitetes Mahl, und nun merkte sie, daß sie in der letzten Zeit sehr wenig gegessen hatte. Der gesunde

Hunger der Jugend meldete sich, und sie aß alles auf, was man ihr vorgesetzt hatte.

Die Pensionsinhaberin hatte eine Vorausbezahlung auf eine Woche verlangt; deswegen mußte Jo zur Bank gehen und den ersten Tausendmarkschein wechseln. Sie kaufte aber vorläufig nur für zweihundert Mark Schweizer Franken, da sie nicht wußte, wie lange sie in der Schweiz bleiben würde. Das kam darauf an, ob sie eine Anstellung oder Beschäftigung fand.

Als sie dann wieder ruhig in ihrem Zimmerchen saß, fiel ihr ein, sie müsse unbedingt eine Zeile an Onkel und Tante schreiben. Aber was? Sie überlegte lange. Ihr Wort, ihr Giuseppe Pighetti gegebenes Wort, wollte sie nicht brechen. Drei Monate lang durfte sie nicht über das sprechen, was er ihr offenbart hatte. Sie mußte darüber also bis Mitte August schweigen. Wo würde sie dann sein, wohin würde ihr Schicksal sie bis dahin verschlagen haben? Nach langem Überlegen schrieb sie:

»Lieber Onkel!
Du wirst Dich wundern, daß ich Dir von Luzern aus schreibe. Ich befinde mich hier auf der Durchreise. Aber ich bin allein von Zürich weitergefahren, weil ich mich von Alfonso trennen mußte. Ich kann und darf Dir jetzt noch nicht sagen, weshalb diese Trennung notwendig war, denn ich habe ihm mein Wort gegeben, drei Monate lang darüber zu schweigen. Mitte August wirst Du weitere Nachricht von mir erhalten, ganz gleich, wo ich mich befinde. Ich bitte Dich herzlich und dringend, unternimm bis dahin nichts in meiner Angelegenheit. Vielleicht sagt Dir

Tante Mally, weshalb ich diese Verbindung einging und wie schwer mir das geworden ist. Glaube mir das eine: ich konnte nicht anders handeln, als ich es getan habe. Ist es möglich, lasse niemanden etwas davon wissen, daß ich mich von Alfonso getrennt habe, auch nichts von dem, was ich Dir sonst noch zu berichten habe. Es ist mein Wunsch, ganz aus Deinem Leben zu verschwinden, um Dir keine weiteren Ungelegenheiten zu machen. Ich werde versuchen, mir mein Brot selbst zu verdienen. Sorge Dich nicht meinetwegen. Ich hatte geahnt, daß ich mich würde auf meine eigenen Füße stellen müssen, hatte mir daher von meinem Aussteuergeld dreitausend Mark zurückbehalten. Tausend Mark hat mir dann noch Alfonso von dem gegeben, was Du ihm als mein Vermögen ausgezahlt hast, denn er ist durchaus nicht reich; er hat mich nur geheiratet, weil er mich für eine reiche Erbin hielt, und ist sehr enttäuscht gewesen, daß dies nicht der Fall war. So behielt er bis auf tausend Mark alles, was Du ihm gegeben hast. Das darf ich Dir schon mitteilen. Und noch etwas sollst Du wissen, daß ich einen Paß auf meinen Mädchennamen lautend bei mir habe und daß ich diesen wieder führen werde, was ich um so eher tun kann, da ich, gelobt sei Gott, es in jeder Hinsicht tun darf. Der Himmel hat es nicht gewollt, daß ich noch tiefer gedemütigt wurde, als es ohnedies der Fall ist. Bitte unternimm also vorläufig nichts in meiner Sache, sondern warte meinen Bericht Mitte August ab. Verzeih mir, daß ich Dir Sorge und Unruhe bereiten muß, aber wenn ich Dich ganz ohne Nachricht gelassen hätte, wärest Du auch unruhig gewesen.

Herzliche Grüße an Dich und Tante Mally. Laß Dir von ihr alles sagen, was sie weiß!

Deine Nichte Jo!«

Aufatmend legte Jo die Feder nach Beendigung dieses Briefes nieder. Sie las ihn aufmerksam noch einmal durch, um sich zu überzeugen, daß sie nichts verraten habe, worüber zu schweigen sie gelobt hatte. Ja, der Brief war gut so. Sie konnte ihn abschicken.

Sie trug ihn gleich noch zum Postkasten. Dann machte sie einen Spaziergang am Ufer des Sees. An einem Zeitungskiosk erstand sie einige Zeitungen, um darin die ausgeschriebenen Stellenangebote zu studieren. Sie durfte nicht lange untätig bleiben, denn sie wollte sich möglichst einen Notgroschen erhalten von dem, was sie besaß. Zum Glück war sie gut mit Kleidern, Wäsche und dergleichen versehen. Und da sie doch schon geahnt hatte, daß sie nie wieder in das Haus ihres Onkels zurückkehren würde, hatte sie alles, was irgendwelchen Wert für sie besaß, in ihre beiden großen Koffer gepackt.

Gerd Rainsberg hatte selbstverständlich nichts davon geahnt, daß er auf dem Bahnsteig in Zürich ganz dicht an Jolande vorübergegangen war. Er warf sich vor dem Bahnhof in ein Auto und fuhr zum Hotel Baur au Lac. Die lange Reise voll Unruhe und Sorge um Jolande war eine Marter gewesen; er fieberte förmlich danach, sie aus ihrer unwürdigen Lage zu befreien. Wenn er nur noch früh genug kam, um sie vor dem Schlimmsten zu bewahren.

Am Hotel sprang er aus dem Wagen, ging gleich in das

Hotelbüro und fragte, ob Señor de Almadeia und seine Gemahlin noch hier wohnten. Zu seinem Schrecken erfuhr er, daß Herrschaften dieses Namens nicht abgestiegen seien. Er stand wie vernichtet. Nicht hier abgestiegen?

Er überlegte, und plötzlich fiel ihm ein, dieser falsche Spanier möchte seinen Namen vielleicht wieder einmal gewechselt haben. Er bat, die Namen der Herrschaften sehen zu dürfen, die seit vorgestern hier eingetroffen seien. Aber keiner der notierten Namen paßte auf die beiden Menschen, die er suchte. Er beschrieb nun die beiden von ihm gesuchten Persönlichkeiten ganz genau, erhielt aber den Bescheid, daß seit vorgestern nur ein altes Ehepaar in den sechziger Jahren und eines von etwa vierzig bis fünfzig Jahren eingetroffen seien, außerdem nur einzelne Herren und einige Damen.

Gerd war sehr deprimiert und bemerkte außerdem, daß man ihn ein wenig mißtrauisch ansah. Er nahm also erst einmal ein Zimmer und verlangte dann, ein Telegramm aufzugeben. Dieses Telegramm adressierte er an den Professor. Es lautete:

»In Baur au Lac niemand eingetroffen, reise morgen nach Maloja.
Rainsberg.«

Er verlangte die Fremdenliste, sie wurde ihm auf das Zimmer geschickt, aber Gerd fand keinen Namen, der ihm einen Fingerzeig hätte geben können.

Wie hätte er auch annehmen können, daß »Herr Fritz Bernd und Gemahlin«, die in einem kleinen zweitklassigen Hotel als Gäste angeführt waren, identisch waren mit den beiden von ihm gesuchten Personen.

Alle weiteren Nachforschungen halfen nichts. So reiste er denn am andern Morgen nach St. Moritz und fuhr von dort nach Maloja Palace. Aber auch da fand er keine Spur von den Gesuchten, und sein Herz war voll Sorge um Jolande Warren. Er war ratlos, was er tun sollte, war es vielleicht zum ersten Mal in seinem Leben, und beschloß endlich, einige Tage hier zu verweilen; vielleicht trafen die beiden Gesuchten dennoch ein. Jedem Neuankommenden widmete er fortan sein Interesse. Das große Hotel war nicht stark besucht. Einige Amerikaner und Engländer, ein Sachse mit seiner Frau und einige andere deutsche Herren, das war um diese Zeit alles, was an Gästen vorhanden war.

Und Jolande nicht, weder allein, noch mit dem Schurken, der sich »ihr Gatte« nannte. Gerd wurde fast krank vor Aufregung, und es quälte ihn, daß er nichts, gar nichts tun konnte, um die geliebte Frau zu befreien.

Endlich, als er schon wieder abreisen wollte, kam ein Telegramm des Professors. Es lautete:

»Brief von Jo erhalten aus Luzern. Sende denselben per Eilboten – erwarten Sie ihn.«

Gerd atmete tief auf. Gottlob – das war wie ein Lichtblick.

Er rechnete nach, wann der Eilbrief ihn eventuell erreichen würde. Hm, voraussichtlich erst in zwei Tagen. Dann konnte er die Wartezeit mit einem Ausflug nach Luzern ausfüllen, um in den dortigen Hotels Umfrage zu halten. Jolande und Almadeia schienen also Zürich nicht berührt, sondern sich direkt nach Luzern begeben zu haben. Vielleicht kamen sie von dort doch noch hierher.

Ja, wahrscheinlich sogar. Und dann war es besser, er wartete den Eilbrief hier ab. Hoffentlich gab ihm der einen brauchbaren Fingerzeig.

Diese zwei Tage dünkten ihn eine Ewigkeit. Endlich am dritten Morgen wurde der Eilbrief ihm ausgehändigt. Er öffnete ihn und fand darin von der Hand des Professors nur wenige Zeilen.

»Sehr geehrter Herr Doktor!

Beiliegenden Brief meiner Nichte erhielt ich heute morgen und sende ihn sogleich an Sie weiter. Sie ersehen daraus, daß meine Nichte sich, gottlob, von diesem Menschen bereits getrennt hat. Einige Worte in ihrem Briefe beruhigen mich ein wenig. Aber sonst enthält er nicht viel Tröstliches. Das arme Kind irrt nun einsam in der Welt umher. Darf ich Ihre Güte weiter in Anspruch nehmen und Sie bitten, in Luzern nach ihr zu forschen? Sie führt ihren Mädchennamen wieder, das wird Ihnen die Nachforschungen erleichtern. Ich werde Ihnen sehr dankbar sein, denn leider kann ich dringender Operationen halber jetzt nicht von hier fort. Vielleicht finden Sie die Arme und können ihr raten und beistehen, wie wir es schon besprochen haben. Eine sofortige Rückkehr zu uns erscheint mir nicht möglich. Es ist vielleicht das beste, sie nimmt Aufenthalt in einem der friedlichen und ruhigen Orte am Vierwaldstätter See. Ich danke Ihnen herzlich für alles, was Sie für uns tun, und bitte um weitere Nachrichten.«

Nachdem Gerd dieses Schreiben überflogen hatte, zog er Jos Brief aus dem Kuvert und las ihn in tiefer Erregung durch. Zweierlei übte eine beruhigende Wirkung auf ihn aus, erstens, daß Jo schrieb, sie sei im Besitz von Geldmitteln, und daß sie in jeder Hinsicht berechtigt war, ihren Mädchennamen zu führen.

»Der Himmel hat es nicht gewollt, daß ich noch tiefer gedemütigt wurde, als es ohnedies der Fall ist.«

Als er das las, war ihm, als falle ihm ein schwerer Stein vom Herzen. Gottlob, Jo war frei geworden von diesem Schuft, ganz gleich, wie und wodurch ihr das gelungen war. Nun konnte er wenigstens wieder ruhig werden. Daß er sie finden würde, wiederfinden mußte, stand bei ihm fest, gleichviel, ob es früher oder später sein würde. Und im August mußte beim Professor jedenfalls ausführliche Nachricht einlaufen. Dann erfuhr man ja auch ihren Aufenthaltsort. Das in ihrer Hand befindliche Geld reichte jedenfalls bis zum August, also brauchte man nicht in Sorge zu sein, daß sie Mangel litt.

Selbstverständlich beschloß er, sofort nach Luzern zu reisen; vielleicht fand er sie doch und konnte ihr helfen, sich in einem neuen Leben zurechtzufinden. Vor allem bedurfte sie jetzt der Ruhe. Erst mußte sie verwinden, was sie durchlitten hatte. Er wollte sich ihr auch nicht aufdrängen, wollte ihr nur helfen, wenn er sie fand, ein ruhiges, friedliches und behagliches Unterkommen zu finden, bis – ach Gott im Himmel, bis sie ihm eines Tages gestatten würde, ihr ein Heim an seiner Seite zu bieten.

Wieder und wieder las er ihren Brief durch, und dann machte er sich fertig zur Abreise.

Er meldete dem Professor, daß er jetzt nach Luzern gehe, um nach Jolande zu forschen.

Wieder mußte er im Wagen erst bis St. Moritz fahren, wo er den Zug gerade noch erreichte, der ihn an sein Ziel bringen sollte.

In Luzern angekommen, forschte er zuerst in allen Hotels nach Fräulein Jolande Warren. Denn da sie ihren Mädchennamen wieder angenommen hatte, würde sie sich auch nicht Frau nennen. Er grübelte darüber nach, ob Jo wohl ahnte, daß der Mann, mit dem sie auf dem Standesamt verbunden war, einen falschen Namen geführt hatte. Vielleicht hatte er ihr, um sie wieder loszuwerden, offenbart, daß er nicht Alfonso de Almadeia sei; denn seine Mitteilungen mußten schwerwiegend gewesen sein, daß sie drei Monate lang Stillschweigen bewahren sollte. Nun, mochte es sein, wie es wollte, sie war frei – frei für ihn. Welch ein Glück! Frei in jeder Beziehung.

Ihm war, als müsse er sie nun ganz leicht finden. Aber ein Hotel um das andere suchte er resultatlos ab. Zur Polizei, respektive zum Meldeamt, wollte er nur seine Zuflucht nehmen, wenn er Jo nicht anders fand. Und so war er schon drei Tage in Luzern, sah allen schlanken jungen Damen forschend ins Gesicht, lief den ganzen Tag suchend durch die Straßen, ohne die Gesuchte zu entdecken.

Endlich entschloß er sich, zum Meldeamt zu gehen, und hier wurde ihm der Bescheid gegeben, daß ein Fräulein Jolande Warren in der Pension Hertzing vor einigen Tagen angemeldet worden sei. Er hätte vor Freude beinahe aufgejauchzt. Nun hatte er sie gefunden, und nun mußte alles gut werden.

Eiligst begab er sich zu der Pension und fragte nach Fräulein Warren. Aber die kleine Pensionsinhaberin gab ihm den Bescheid, daß Fräulein Warren eine Stellung gefunden habe und vor zwei Stunden abgereist sei.

Das warf ihn fast um. Diese Enttäuschung traf ihn härter als alles, was vorangegangen war. Er fragte ganz verstört, ob die Pensionsinhaberin ihm nicht sagen könne, wohin sich Fräulein Warren gewendet habe. Sie verneinte das aber. Fräulein Warren habe ihr nur gesagt, es sei ein ganz unerhörter Glücksfall, daß sie diese Stellung gefunden habe. Ein glücklicher Zufall sei ihr zu Hilfe gekommen, und sie werde nun hoffentlich für lange Zeit versorgt sein.

Das war für Gerd immerhin ein Trost. Er versuchte noch, auf dem Bahnhof in Erfahrung zu bringen, mit welchem Zug eine junge Dame mit goldbraunem Haar und braunen Augen abgereist sei, aber niemand konnte ihm Bescheid geben. Es reisten hier täglich unzählige Menschen ab. Und vor zwei Stunden seien der große Rheingoldzug abgegangen und ein anderer Zug nach Zürich, außer dem, der durch den Gotthardtunnel nach Italien fuhr.

Das war das alleinige Resultat seiner Bemühungen. Obwohl er nochmals in die Pension Hertzing zurückkehrte und ein weiteres eingehendes Verhör mit der Pensionsinhaberin anstellte, konnte er doch nichts weiter erfahren, als daß Fräulein Warren vor fast einer Woche hier Wohnung genommen, sehr still und zurückgezogen gelebt habe und jeden Tag nur ausgegangen sei, um sich Zeitungen zu besorgen. Diese habe sie nach einer Stellung oder Beschäftigung durchforscht, habe aber nichts gefunden. Gestern sei sie sehr aufgeregt und eilig nach Hause gekommen und habe gesagt, ein glücklicher Zufall habe ihr eine gute Stellung vermittelt, wie sie eine solche wohl niemals zu finden gehofft habe, und daß sie wohl für lange Zeit gut versorgt sein würde. Das Fräulein sei vorher immer sehr blaß und traurig gewesen, aber gestern, als sie heimgekommen sei, habe sie zum ersten Mal ein wenig gelacht.

Damit mußte sich Gerd zufrieden geben. Er wollte nur noch ein übriges tun und fragte darum, ob man ihm nicht die Zeitungen aushändigen könne, die Fräulein Warren in den letzten beiden Tagen gekauft habe, vielleicht fände er darin einen Anhalt, wohin sie sich gewandt habe. Man händigte ihm die fraglichen Blätter aus, mit denen er sich in sein Hotel zurückzog und deren ganzen Inseratenteil er gewissenhaft durchsuchte. Er fand jedoch nichts, was eventuell hätte in Betracht kommen können. Und so warf er unmutig die Zeitungen wieder fort. Hierzubleiben hatte keinen Zweck mehr. Man mußte warten, bis Jo sich nach drei Monaten melden würde. Aber drei Monate waren für ein liebendes Herz eine lange Zeit, und je mehr Hindernisse sich zwischen ihm und Jo auftürmten, um so sehnsüchtiger umkreisten sie seine Gedanken. Also reiste er wieder nach Berlin zurück, unfähig, vorläufig etwas unternehmen zu können, was ihn Jo finden lassen würde.

11

Wie aber hatte Jo so schnell eine Stellung, und noch dazu eine gute Stellung, gefunden? Das war so zugegangen:

Mutlos war sie am Seeufer unter den Bäumen dahingewandelt, als sie vor sich eine ältere Dame gehen sah, die anscheinend in tiefe Gedanken versunken war. Diese Dame wollte den Fahrdamm überschreiten, blickte sich aber, in Sinnen verloren, wie sie war, nicht um und gab infolgedessen eines Autos nicht acht, das in ziemlich raschem Tempo um die Ecke bog. Jo sah, daß die alte Dame in Gefahr war, sprang ihr mit einem Satz nach und riß sie dicht vor dem Auto fort in ihre Arme.

Die alte Dame starrte erschrocken und fassungslos zugleich in Jos Gesicht und fragte in englischer Sprache: »Was ist mit mir geschehen?«

Jo erwiderte ihr in derselben Sprache:

»Sie sahen den Wagen nicht und wären fast überfahren worden. Ich bin sehr froh, Sie vor einem Unglück bewahrt zu haben.«

Und sie führte die alte Dame sorgsam zu einer unter den Bäumen stehenden Bank und ließ sie erst dort aus ihren Armen.

Die Gerettete atmete tief und schwer und sah zu Jo auf.

»Ich danke Ihnen, oh, ich danke Ihnen tausendmal. Leider bin ich wohl selbst schuld daran, daß ich in Gefahr kam, aber ich war tief in Gedanken versunken, und dann sehe und höre ich nichts um mich her. Wie soll ich Ihnen nur danken?«

»Es bedarf keines Dankes; es freut mich sehr, daß ich ein Unglück verhindern konnte.«

»Sie scheinen sehr umsichtig zu sein und schnell entschlossen zu handeln, so jung Sie auch sind.«

Jo lächelte ein wenig.

»Ich bin in einer Großstadt aufgewachsen, und da lernt man es, solchen Verkehrsunfällen auszuweichen. Ich merkte auch, daß Sie ein wenig geistesabwesend waren, und bangte mich schon, wie Sie über die Straße gelangen würden. Da sah ich das Auto kommen und griff schnell zu, um Sie zurückzureißen. Das ist alles.«

»Aber es bedeutet für mich, daß ich heil und unverletzt weiterleben kann. Nochmals, ich danke Ihnen.«

Sie reichte Jo die Hand und sah mit einem etwas erschrockenen, aber liebenswürdigen Lächeln zu ihr auf.

»Kann ich noch etwas für Sie tun?« fragte Jo artig.

»Ach, wenn Sie noch einige Minuten Zeit haben, dann setzen Sie sich ein wenig zu mir. Ich habe plötzlich das Gefühl, als sei ich noch nie in meinem Leben so einsam gewesen, wie ich es sein werde, wenn Sie mich hier allein lassen. Und – ich war schon die Hälfte meines Lebens allein.«

Jo ließ sich neben ihr nieder. Ein Seufzer flog über ihre Lippen.

»Ja, einsam sein kann sehr schwer und drückend werden.«

»Nun, Sie sind das sicherlich noch nie gewesen. Ein so junges, schönes Fräulein wird stets Gesellschaft haben, soviel es will.«

»Es gibt Verhältnisse, wo Einsamkeit zur Notwendigkeit wird, auch wenn man noch jung ist.«

»So stehen Sie allein im Leben?«

»Ja, ganz allein.«

»Dann geht es Ihnen wie mir, aber ich bin eine alte Frau. Sehen Sie, ich habe Freunde, was man so Freunde nennt, und bevor ich die Heimat verließ, sagten diese, ich dürfe nicht allein auf eine so weite Reise gehen. Ich habe nämlich wirklich eine weite Reise vor. Aber ich wehrte lachend ab, sollte ich mir auf meine alten Tage eine Anstandsdame mitnehmen, die mich nur stören würde? Man hielt mir aber vor, ich könne unterwegs krank werden oder sonst in eine Lage kommen, wo es mir noch leid tun werde, mir keine Reisebegleiterin engagiert zu haben. Nun, heute scheint es mir fast, als hätten meine Freunde recht gehabt. Aber nun will ich Ihnen erst einmal meinen Namen nennen: ich heiße Ellen Gley.«

Jolande horchte hoch auf. Dieser Name war ihr wohlbekannt.

»Ellen Gley?« wiederholte sie, »Sie sind ohne alle Frage Engländerin. Sind Sie identisch mit der Schriftstellerin gleichen Namens?«

»Allerdings! Haben Sie schon von mir gehört?«

»Ich kenne alle Ihre Werke und habe sie in der Ursprache gelesen, obwohl sie bei uns in Deutschland auch in sehr guten Übersetzungen existieren. Oh, nun bin ich doppelt froh, daß ich Sie vor einem Unfall beschützen durfte.«

»Ja, sehen Sie, mir kam gerade, als ich da zum Pilatus hinübersah, die Idee zu einem neuen Roman, und das packt mich dann gewöhnlich wie eine Art Besessenheit. Ich höre und sehe kaum, was um mich her vorgeht, und dabei sind mir schon allerlei sehr unangenehme Dinge passiert. Aber so schlimm wie heute war es noch nie. Also, Sie sind eine Deutsche?«

»Ja, Mistreß Gley. Gestatten Sie auch mir, mich vorstellen zu dürfen; ich heiße Jolande Warren.«

»Und Sie sind hier allein auf einer Vergnügungsreise?«

»Nein, ich – ich suche eine Stellung, eine Tätigkeit, durch die ich mir mein Brot verdienen kann. Mein Vater hat sein Vermögen durch die Inflation verloren, ich besitze nur noch wenige tausend Mark und möchte sie als Notgroschen bewahren. Eben war ich wieder auf dem Weg, mir Zeitungen zu kaufen, um die darin enthaltenen Inserate durchzusehen. Bisher gelang es mir jedoch nicht, etwas Passendes zu finden.«

Ellen Gley sah sie teilnahmsvoll an. Dann sagte sie impulsiv:

»Vielleicht nahm ich mir von England aus keine Reisebegleiterin mit, weil mir hier der Zufall eine bescheren wollte, die mir sehr sympathisch ist. Ich kann nämlich nur Leute um mich vertragen, die mir Sympathie einflößen. Sie haben das von der ersten Minute an getan. Und Sie haben mir auch eben gezeigt, daß Sie eine sehr resolute und entschlossene junge Dame sind. Wollen Sie Stellung bei mir annehmen? Wollen Sie mich auf einer Weltreise begleiten? Ich reise von hier aus weiter nach Italien, gehe in Genua aufs Schiff und fahre mit diesem weiter. Auf Java will ich später meine Schwester besuchen, die dort verheiratet ist und die ich schon seit langen Jahren nicht mehr gesehen habe. Sie ist mit einem Holländer verheiratet. Bei meiner Schwester gedenke ich so lange zu bleiben, wie ich es irgend aushalten kann, erst dann soll meine Reise beendet werden. Aber auf Java will ich den Roman schreiben, zu dem mir gerade vorhin der Stoff einfiel. Der Pilatus erinnerte mich an die feuerspeienden Berge in Java, und das gab mir eine Romanidee. Aber man soll alte Frauen, die so oft und so sehr in ihre Gedanken versunken sind, wohl nicht allein in der Welt herumreisen lassen; meine Freunde hatten darin schon recht. Auch meine Schwester schrieb mir, ich müsse unbedingt eine zuverlässige Begleiterin mit auf die Reise nehmen. Nun, jetzt habe ich eingesehen, wie recht alle hatten. Und da Sie allein im Leben stehen, wollen Sie mit mir kommen, als Reisebegleiterin? Und, wenn's mal nötig sein sollte, auch als Krankenpflegerin? Ich hätte auch ohnedies allerlei Beschäftigungen für Sie; meine Garderobe ein wenig in Ordnung halten, immer ein bißchen auf mich achtgeben, sich immer ein wenig um mich kümmern. Möchten Sie das?«

Jos Augen leuchteten in die ihren.

»Das wäre viel zu schön, um wahr zu sein. Aber ich habe keine Zeugnisse, Mrs. Gley!«

»Brauche ich nicht, ich verlasse mich auf meine Menschenkenntnis, sie trügt mich fast nie. Aber ich will morgen schon weiterreisen, könnten Sie sich so schnell fertigmachen?«

»Jederzeit wäre ich bereit.«

»Gut, gut! Sie sprechen ein vorzügliches Englisch, wo haben Sie das gelernt?«

»Ich war zwei Jahre in einem englischen Pensionat und dann ein Jahr in Frankreich, um mir auch die französische Sprache vollkommen anzueignen.«

»Oh, das ist interessant. Ich spreche nämlich nur meine englische Muttersprache.«

»Die Sie jedoch meisterhaft beherrschen, wie Ihre Werke zeigen, Mrs. Gley.«

»Nein, machen Sie mir keine Schmeicheleien. Wissen Sie, daß ich ein ganz armes Mädel aus den einfachsten Verhältnissen war, ehe ich eines Tages anfing zu schreiben? Dann hatte ich freilich bald große Erfolge. Aber wie gesagt, mit fremden Sprachen hapert es, und es ist mir sehr lieb, wenn ich mich in dieser Hinsicht auf Sie verlassen kann. Man sagte mir freilich, mit Englisch kommt man durch die ganze Welt. Nun, bis hierher bin ich wirklich damit gekommen, durch Frankreich und Deutschland und auch durch die Schweiz. Aber wenn Sie mit mir gehen wollen, bin ich ja aus aller Not. Da Sie außer Deutsch und Englisch auch noch Französisch beherrschen, kann mir ja nichts mehr geschehen.«

»Ich spreche auch noch ziemlich geläufig Italienisch, wenn ich im Schriftlichen auch nicht ganz firm bin.«

»Hören Sie auf, mir schwindelt! Wenn ich etwas rückhaltlos bewundere, dann sind es umfassende Sprachkenntnisse, weil ich selbst absolut kein Talent für fremde Sprachen habe. Verschiedentlich habe ich mich heiß bemüht, Deutsch oder Französisch zu lernen – es ging einfach nicht in meinen dummen Kopf hinein.«

»Wahrscheinlich, weil Ihre Arbeiten Sie allzu sehr in Anspruch nahmen.«

»Nun, ja, gearbeitet habe ich in meinem Leben viel, das kann ich ohne Selbstüberhebung eingestehen. Aber wie gesagt, die Sprachen sind bei mir der wunde Punkt. Aber wenn Sie mit mir gehen, habe ich einen Mund bei mir, der für mich in vier Sprachen sprechen kann, und dazu noch einen sehr hübschen Mund. Also wollen Sie mit mir kommen?«

»Gern, sehr gern!«

»Und Sie lassen gar nichts Liebes zurück, was Sie festhält?«

Jolande dachte an Gerd. Aber sie sagte tapfer:

»Nichts hält mich zurück, und ich bin froh, daß Sie es mit mir versuchen wollen; ich will mir sehr viele Mühe geben, Sie zufriedenzustellen.«

»Davon bin ich überzeugt, und hoffentlich stelle auch ich Sie zufrieden. Aber ich bin schon in dem Alter, wo man allerlei Grillen hat. Daran dürfen Sie sich nicht kehren, ich werde schon immer von selber wieder vernünftig. Das Schriftstellern strengt nämlich zuweilen gehörig an, man muß an so vieles dabei denken.«

»Und Sie haben schon so viel Schönes geschaffen.«

»Haben Ihnen meine Werke wirklich gefallen?«

»Es sind die einzigen Bücher, die ich mit mir genommen habe, als ich auf Reisen ging.«

»Wirklich? Nun, dann kann ich sicher sein, daß wir uns gut verstehen. Aber nun kommen Sie bitte mit in mein Hotel, Miß Warren; ich wohne dort hinten im Palace-Hotel am See, dort können Sie sich auch ein wenig nach mir erkundigen, damit Sie wissen, mit wem Sie es zu tun haben.«

Jos Augen leuchteten in die ihren.

»Ihre Werke ersetzen mir die besten Referenzen.«

»Kind, was haben Sie für liebe, schöne Augen; sie sind stolz und rein, bei aller Sanftmut, die daraus leuchtet. Also kommen Sie, wir wollen im Hotel einen Vertrag aufsetzen und über die pekuniäre Frage sprechen. Ich denke, auch in dieser Hinsicht werde ich Sie zufriedenstellen. Ich brauche nicht zu sparen; wenn ich ohne Begleiterin auf Reisen ging, war der Geldpunkt nicht maßgebend. Da ich sehr fleißig bin, verdiene ich viel Geld, weil meine Arbeiten nicht nur gelesen, sondern auch gekauft werden, was mir zuweilen selbst erstaunlich ist. Ich habe ein sehr bescheidenes Urteil über meine eigene Produktion, das kann ich Ihnen sagen.«

»Sie machen auch gar nicht den Eindruck, als könnten Sie arrogant sein. Soviel ich von Ihren Werken halte, habe ich doch nicht geglaubt, daß Sie eine so schlichte Persönlichkeit sind. Aber gerade dadurch verraten Sie ihre Größe. Bitte, glauben Sie nicht, daß ich Ihnen schmeicheln will, aber ich bin von Herzen froh darüber, daß Sie so sind, wie Sie sind, und daß Sie mir erlauben wollen, Sie zu begleiten. Ich stehe ganz schutzlos im Leben und habe Schweres hinter mir. Ehe ich Sie kennenlernte, lag das Leben schwer und düster vor mir. Nun komme ich mir geschützt und geborgen vor. Wenn ich Ihnen nur danken könnte!«

»Das haben Sie bereits im voraus getan. Ohne Sie läge ich jetzt entweder mit schweren Verwundungen irgendwo in einem Sanatorium, oder ich existierte überhaupt nicht mehr.«

Mrs. Gley erhob sich, und Jo stützte sie und reichte ihr den Arm. So gingen sie nebeneinander her und plauderten. Plötzlich sagte die alte Dame lachend:

»So nett habe ich es mir nicht gedacht, eine Reisebegleiterin zu haben. Ist das nun Zufall gewesen, was uns zusammenführte, oder eine weise Schicksalsfügung?«

»Oh, sicherlich eine gütige Schicksalsfügung für mich.«

»Nun denn, wir wollen annehmen, daß der Himmel etwas Nettes damit bezweckte, daß er uns zusammenführte.«

Als die beiden Damen das Vestibül im Palace-Hotel betraten, führte Mrs. Gley Jo an das offene Büro heran und sagte zu dem Geschäftsführer:

»Bitte, wollen Sie dieser jungen Dame einmal meinen Paß zeigen, den ich mit Schmucksachen und Geld in Ihrem Safe deponiert habe.«

Ihr Wunsch wurde sofort erfüllt, und Mrs. Gley drang darauf, daß Jo Einsicht nahm. Als die beiden Damen danach in Mrs. Gleys Zimmer traten, führte diese Jo auf den offenen Balkon, der zum See hinaus lag. Man hatte von ihm aus eine sehr schöne Aussicht auf einen Teil des Vierwaldstätter Sees und direkt auf den Pilatus. Rechts nach Süden zu konnte man den Rigi sehen, bis nach Rigi Culm hinauf. Sie blickten schweigend auf das Panorama. Dann sagte Mrs. Gley zufrieden:

»Gut, gut! Sie verstehen etwas Schönes richtig zu betrachten; ich liebe es nicht, wenn man ein Landschaftsbild mit tausend Ahs und Ohs bestaunt. Das stört mich in meiner Andacht, im Genuß der Natur. So, jetzt schreibe ich unsern Vertrag auf meiner Reiseschreibmaschine.«

»Darf ich das nicht tun, Sie brauchen nur zu diktieren, was ich schreiben soll.«

Schnell wandte sich Mrs. Gley nach ihr um.

»Sie wissen auch mit der Schreibmaschine Bescheid?«

»Gewiß, ich habe sehr viel nach Diktat geschrieben. Mein Vater hat mir früher oft diktiert.«

Sie hatte sagen wollen: »Mein Onkel«, aber es fiel ihr ein, daß Mrs. Gley dann nach ihrem Onkel fragen könnte. Und Sie hatte doch angegeben, daß sie allein im Leben stehe. So sagte sie lieber: »Mein Vater«.

Mrs. Gleys Gesicht strahlte:

»Mir scheint wirklich, daß ich einen glücklichen Griff getan habe. Zuweilen ist meine Schreibmaschine für mich wie ein wildes, böses Tier, das ich fürchte, zumal, wenn es sich um Geschäftsbriefe und Ähnliches handelt. Meine schriftstellerischen Arbeiten erledige ich allein, dabei kann ich keine Hilfe leiden, kann auch bestimmt nicht nach Diktat schreiben lassen, weil mich das von meinen innersten Empfindungen ablenken oder mich hemmen würde. Aber Geschäftsbriefe werde ich in Zukunft ganz bestimmt Ihnen aufbürden. Sie sehen, ich bin schon drauf und dran, Sie auszunützen. Also bitte, lassen Sie uns unsern Vertrag aufsetzen.«

Und so geschah es; Mrs. Gley diktierte, und Jo schrieb. Sie konnte mit dem Vertrag zufrieden sein. Er garantierte ihr für mindestens ein Jahr ein recht anständiges Einkommen, freie Reise und Verpflegung, und außerdem sollte der Vertrag nach Jahresfrist, falls beide Teile einverstanden wären, auf mehrere Jahre verlängert werden. Mrs. Gley verabredete dann mit Jo, sie solle am nächsten Tag mit ihr auf dem Bahnhof zusammentreffen. Der Zug war schon bestimmt; Mrs. Gley würde auch für Jo Fahrkarten besorgen lassen. Sie erkundigte sich nach Jos Paß, den diese bei sich trug und ihr vorzeigte. Er war noch gültig und berechtigte Jo, in alle

Länder zu reisen. Also auch das war in Ordnung. Es würde vielleicht nur hier und da noch ein Visum eingetragen werden müssen, was ohne Mühe geschehen konnte.

So war denn alles Nötige besprochen, und Jo konnte in ihre Pension zurückkehren, um ihre Reisevorbereitungen zu treffen. Da ihre Koffer noch gepackt waren, hatte sie nicht viel Mühe damit und war bald fertig. Einen Moment war sie entschlossen, ihrem Onkel eine kurze Nachricht zu senden, daß sie eine Stellung gefunden habe, aber dann sagte sie sich, es sei besser, wenn der Onkel so wenig wie möglich von ihr wisse; um so leichter konnte er sie verleugnen, wenn es nötig war. Sie würde nur noch dafür sorgen, daß er Mitte August im Besitz ihrer Beichte war. Diese mußte sie dann früher abschikken, so, daß sie zu diesem Termin in seine Hände gelangte; denn sie würde mit Mrs. Gley sicherlich immer weiter fortreisen.

So teilte sie dem Onkel nichts mit. Auch den Wunsch, Gerd Rainsberg über Doktor Gering eine Nachricht zu senden, wies sie von sich. Es war gut, wenn er sie so bald wie möglich vergaß. Für seine Ruhe war es sicher das beste. Wenn sich auch sein Bild für alle Zeit in ihr Herz gegraben hatte, so würde doch das ihre in seiner Brust verblassen, wenn er nichts mehr von ihr sah und hörte. Männer vergessen so viel leichter als Frauen! So dachte Jo wenigstens. Aber für sie war es trotz allem Schweren, was sie erlebt hatte, doch ein Lichtblick in ihrem Leben, daß sie Gerd Rainsberg kennengelernt und daß er ihr gesagt hatte: Sie sind Art von meiner Art. Ja, sie fühlte es, ihre Seelen waren verwandt, deshalb hatten sie sich so schnell gefunden. Und es war doch trotz allen Leids ein wunderbarer Augenblick gewesen, als sie erkannte, was er ihr war, und daß auch sie einen tiefen Eindruck auf ihn gemacht hatte. Ihr war, als könnte das gar nicht anders sein, als hätte der liebe Gott sie füreinander geschaffen, nur daß der Wille eines bösen Menschen sie getrennt hatte.

Sie barg die Erinnerung an Gerd Rainsberg in ihrem Innern wie ein Heiligtum, wie einen Sonnenstrahl, der ihr trotz allem das Herz erwärmte.

Zuweilen kam freilich der Schmerz zum Durchbruch, und zugleich erfaßte sie die Angst, was in Zukunft mit ihr geschehen würde. War sie nun eigentlich verheiratet, oder war sie ledig? Würde sie immer den heimlichen Fluch mit sich herumschleppen müssen, wie eine ehrlose Abenteuerin unter einem falschen Namen an einen Hochstapler gekettet zu sein? Oder würde der Onkel, wenn sie ihm erst alles enthüllt hatte, imstande sein, sie davon zu befreien, würde er diese standesamtliche Heirat annullieren können, ohne sich zu schaden? Sie wußte nicht, in welcher Rechtslage sie sich befand. Daß dieser Mann, der sie in eine so schreckliche Situation gebracht hatte, schon eine Frau besaß, die er unter seinem wirklichen Namen geheiratet hatte, mußte doch günstig für sie zu verwenden sein. Aber leider wußte sie ja seinen rechten Namen nicht und würde ihn wohl kaum jemals erfahren. Sie hatte soviel über sich und ihre Lage nachzudenken, daß sie sich energisch zusammenreißen mußte, um ihre Pflichten ihrer neuen Herrin gegenüber nicht zu vernachlässigen.

Pünktlich traf sie am andern Tag mit Mrs. Ellen Gley

auf dem Bahnhof zusammen und nahm sich sofort des zahlreichen Handgepäcks an. Vor allem sollte sie von Stund an über den Schmuckkoffer ihrer Herrin wachen, und diese sagte lachend:

»Ich bin von Herzen froh darüber, daß ich diesen Schmuck vertrauensvoll in Ihre Hände legen kann, es war eine Qual für mich, immer darauf achtgeben zu müssen. Bei meiner Zerstreutheit wußte ich nie, wo ich ihn gelassen hatte.«

Jo hatte das Handgepäck im Netz des Abteils verstaut und sagte, sich lächelnd zu ihr umwendend:

»Und wenn ich Ihnen nun mit dem Schmuckkoffer durchgehen würde?«

Mrs. Gley schmiegte sich behaglich in die Polster.

»Sie tun so etwas gewiß nicht, davon bin ich überzeugt. Sonst hätte ich Sie nicht engagiert.«

Jo aber dachte bei sich, ob Mrs. Gley ihr wohl auch den Schmuckkoffer anvertraut haben würde, hätte sie geahnt, daß sie mit einem Hochstapler verheiratet war. Ihr war zumute, als begehe sie ein Unrecht, daß sie Mrs. Gley das verheimlicht hatte, aber sie sagte sich auch, ein um seine Existenz ringender Mensch dürfe sich nicht selbst zerfleischen mit solchen subtilen Empfindungen.

So fuhren die beiden Damen durch den St.-Gotthard-Tunnel nach Italien. Jo hatte als ganz junges Ding diese Reise schon einmal mit ihren Eltern gemacht und freute sich, die Schönheiten Italiens wiedersehn zu dürfen. Freilich ging es jetzt nur bis Genua. Mrs. Gley hatte früher schon Italien besucht und kannte Venedig, Rom, Florenz, Neapel und alles sonst, was schön und sehenswert war. Jetzt wollte sie über Mailand nach Genua reisen, um dort an Bord des Dampfers zu gehen, der sie zuerst nach Tunis bringen sollte. Von dort hatte sie eine Fahrt längs der afrikanischen Küste über Tripolis und Bengasi bis nach Alexandrien geplant, woran sich eine Nilfahrt schließen sollte und zugleich die Besichtigung der Tempelruinen und der ägyptischen Königsgräber von Kairo bis Wadi Halfa. Selbstverständlich sollten auch die Pyramiden und die Sphinx besucht werden. Später wollte Mrs. Gley dann nach Indien fahren. Eine echte Engländerin müsse doch einmal in Indien gewesen sein, meinte sie, als sie Jo diesen Reiseplan unterwegs auseinandersetzte. Für Indien war ein Aufenthalt von mindestens zwei Monaten vorgesehen, und dann sollte es über Ceylon für kürzere Zeit nach Siam gehen.

War alles dies erledigt, würden die Sundainseln besucht werden; zuerst Sumatra und dann Java; Borneo interessierte Ellen Gley weniger. In Java wollte sie dann bei ihrer Schwester so lange bleiben, bis sie sich wieder erholt und ihren Roman geschrieben hatte. Erst danach würde die Weltreise weiter fortgesetzt werden.

Jo wirbelte bei alledem ein wenig der Kopf. Soviel Neues und Schönes sollte sie sehen! Und diese Aussicht lenkte sie wohltätig von ihrem Kummer ab. So fiel es ihr gar nicht schwer, Mrs. Gley ihre helle Freude an diesem Reiseplan zu zeigen.

»Das alles erscheint mir wie ein Wunder, Mistreß Gley; ich hätte mir nicht träumen lassen, daß ich jemals eine Stellung finden würde, in der mir soviel Herrliches geboten wird. Ich will mich sehr bemühen, mich Ihnen nützlich zu machen, damit ich meinen Dank ein wenig abtragen kann.«

»Wie ich über diesen Punkt denke, wissen Sie. Ich freue mich, daß ich Ihnen auf diese Weise meinen Dank abtragen kann, Miß Warren. Und glauben Sie nicht, daß Sie lauter Rosentage bei mir verbringen werden. Wie schon gesagt, ich bin zuweilen eine recht grillige alte Frau, zumal, wenn ich bei der Arbeit bin. Und ein Schriftsteller ist eigentlich immer bei der Arbeit, müßte es wenigstens sein, denn er muß sozusagen Augen und Ohren überall haben, damit er dem Leben seine Geheimnisse ablauscht. Vor allem aber warne ich Sie, wenn ich in mein Stoffbuch vertieft bin. Das zeige ich Ihnen. In diesem Buch mache ich Notizen für neue Stoffe. Die Anregung dafür gibt mir nicht selten irgendein kleines Geschehnis, an dem andere achtlos vorübergehen. Sie haben ja bereits erfahren, daß ich von einer neuen Idee geradezu besessen sein kann. Ich werde jedesmal eigentlich erst dann wieder normal, wenn dieser neue Stoff in dem bewußten Buch fixiert ist. Sehen Sie mich mit diesem Buch, dann gehen Sie mir weit aus dem Weg. Oder nein, geben Sie dann lieber acht, daß alle andern Menschen mir aus dem Weg gehen. Halten Sie mir dann jede Störung fern. Geschieht das nicht, dann kann ich unausstehlich sein. Ich werde Sie zuweilen überhaupt nicht mit Handschuhen anfassen. Das sage ich Ihnen im voraus, aber Sie müssen sich das nicht zu Herzen nehmen. Lassen Sie mich dann ruhig zanken, und wundern Sie sich nicht, wenn ich eine Sache verwerfe, die ich vordem mit Begeisterung aufgefaßt habe. Sagen Sie sich dann immer: dieses arme alte Nervenbündel ist jetzt nicht normal, ich will sie ruhig auspoltern lassen. Es geht immer schnell vorüber.«

Lachend sah sie dabei Jo an, und diese lachte mit und behauptete: »Ich habe gar keine Angst und werde alles tun, was in meinen Kräften steht, um Ihnen jede Störung fernzuhalten.«

»Wunderschön wird das sein. Ich glaube wirklich, daß Ihre Begleitung mir viele Unannehmlichkeiten ersparen wird. Ja, so ungefähr wissen Sie nun, wohin wir unsere Schritte lenken werden. Halt, eines habe ich noch vergessen: Von Genua aus werden wir zunächst noch Ausflüge machen an die französische und italienische Riviera. Die kenne ich noch nicht. Und Monte Carlo und Nizza muß ich unbedingt sehen, ich bin in Frankreich nur bis Marseille gekommen. Kennen Sie die Riviera?«

»Ja, Mistreß Gley; als ganz junges Ding bereiste ich mit meinen Eltern die Riviera und Italien. Es war eine herrliche Reise, aber vielleicht war ich damals noch zu jung, ich zählte erst fünfzehn Jahre, um alles mit verständigen Augen zu betrachten.«

»Nun, Sie werden diesmal besser aufpassen. Aber nun möchte ich ein wenig ruhen. Bitte, geben Sie mir mein Kissen.«

Schnell blies Jo das bunte Luftkissen auf und reichte es ihrer Herrin. Sie war ihr behilflich, sich behaglich in ihrer Ecke einzurichten, und mußte ihr noch versprechen, sie zu rufen, wenn es etwas besonders Interessantes zu sehen gäbe.

»Sehen Sie wohl, das ist auch eine Annehmlichkeit, die Sie mir bereiten. Ich kann nun auf langweiligen Strecken ruhen, ohne befürchten zu müssen, daß ich etwas Sehenswertes versäume. Das wird meine Kräfte schonen. Sie hingegen sind noch jung genug, um das aushalten zu können.« Das Lächeln, das bei diesen Worten ihre Lippen umspielte, war so gütig und mütterlich, daß Jo am liebsten die alte Dame beim Kopf genommen und nach Herzenslust abgeküßt hätte.

12

Kaum in Berlin eingetroffen, begab Gerd Rainsberg sich zu dem Professor, um ihm über das Vergebliche seiner Bemühungen Bericht zu erstatten.

Dieser war kaum minder deprimiert als er selber.

»Sie können sich denken, lieber Freund, wie sehr mich diese ganze Angelegenheit beunruhigt. Gottlob, daß meine Nichte sich von diesem Menschen getrennt hat und ich annehmen darf, daß er soviel Anstand besaß, sich ihr gegenüber keine Rechte anzumaßen, die er sich schließlich nur ergaunert hat. Aber dennoch bin ich ihretwegen in schwerer Sorge und muß diese nun monatelang mit mir herumtragen. Bevor mir keine Nachricht von Jo gekommen ist, kann ich absolut nichts gegen den Kerl unternehmen, weil ich nicht weiß, ob ich damit nicht zugleich Jo treffe.«

Gerd sah den Professor mit einem Blick an, der nur zu deutlich den Gram des jungen Mannes verriet.

»Ich nehme an, dieser Mensch hat sich Ihrem Fräulein Nichte gegenüber demaskiert, schon um sie auf gute Art loszuwerden. Er hätte sie sonst zum mindesten unterhalten müssen. Sicherlich war ihm vor allem daran gelegen, das Geld für sich behalten zu dürfen. Irgendeine Handhabe muß sie doch gehabt haben, sich von ihm befreien zu können. Das erhellt aus ihrem ganzen Verhalten. Und daß sie ihm ihr Wort hat geben müssen, drei Monate lang absolutes Stillschweigen zu beobachten, beweist, daß er ihr schwerwiegende Eröffnungen gemacht hat. Zum mindesten dürfte sie wissen, daß er sie unter falschem Namen geheiratet hat, sonst würde sie sich in Luzern nicht unter ihrem Mädchennamen angemeldet haben.«

»Dieser Gedanke ist mir auch schon gekommen. Meine Nichte ist ein so absolut zuverlässiger Mensch, daß sie selbst einem Schurken ihr Wort halten wird, wenngleich kein Mensch es ihr verdenken könnte, hätte sie ihn auf der Stelle verraten. Jedenfalls muß ich Schritte tun, diese Ehe, die gar keine ist, als ungültig erklären zu lassen.«

»Das muß selbstverständlich geschehen, aber vielleicht warten Sie wenigstens noch, bis Nachrichten von dem spanischen Detektiv eingetroffen sind. Wahrscheinlich werden diese von großem Nutzen sein können. Man darf annehmen, daß der falsche Almadeia inzwischen längst verduftet und unter einem abermaligen Namenswechsel irgendwo wieder aufgetaucht ist. Leider haben wir vorläufig seine Spur verloren, aber ich hoffe, eines Tages doch noch mit ihm abrechnen zu können. Es soll mir eine Wonne sein. Und hoffentlich braucht Ihr Name dann gar nicht erwähnt zu werden.«

»Das wäre allerdings sehr wünschenswert.«

»Das verstehe ich sehr wohl, und deswegen bitte ich

Sie, mir auch weiterhin Vollmacht zu erteilen in dieser Angelegenheit. Sie ist schließlich auch die meine, denn ich hoffe und wünsche sehnlichst, daß Jolande Warren eines Tages meine Frau wird.«

Mit großen Augen sah der Professor ihn an.

»Ist das wirklich noch immer Ihr Wunsch?«

Gerds Gesicht zuckte vor Erregung.

»Mehr denn je!«

»Und werden Sie sich nicht an all dem stoßen, was Jo durchgemacht hat, mein lieber Herr Doktor?«

»Das alles ist für mich nur ein Grund mehr, ihr ferneres Leben vor allem Schlimmen zu bewahren. Für mich ist sie so rein und liebenswert wie je. Wenn ich sie nur erst gefunden hätte!«

Wenn Gerd dem Professor auch gesagt hatte, er sei nicht darauf angewiesen, eine reiche Frau zu heiraten, so war dieser doch weit davon entfernt zu ahnen, daß Gerd Rainsberg ein sehr reicher Mann sei. Er glaubte höchstens, daß er ein leidliches Auskommen habe. Aber konnte man jetzt noch wählerisch sein? Mußte Jo nach allem Vorgefallenen nicht froh sein, wenn ein ehrlicher Mann seine Hand nach ihr ausstreckte? So beschloß der Professor, in Gerd Rainsberg schon jetzt den künftigen Gatten seiner Nichte zu sehen, ihn soviel wie möglich in sein Haus zu ziehen und ihm die Führung dieser peinlichen Affäre zu überlassen. Das sagte er auch zu seiner Frau, und diese machte gute Miene zum bösen Spiel, zumal sie sich nicht ganz schuldlos an Jos Unglück fühlte. So sehr sie für diesen Alfonso de Almadeia eingenommen gewesen war, so schlecht war sie jetzt auf ihn zu sprechen. Es ärgerte sie unbeschreiblich, daß sie sich hatte hinters Licht führen lassen. Und auch sie war sehr zufrieden, daß ein anderer Freier für Jo vorhanden war, denn keinesfalls wollte sie das Mädchen je wieder ins Haus nehmen. Und Doktor Rainsberg war doch immerhin ein honetter Mann. Sie begann bereits zu überlegen, wie man späterhin am geschicktesten die ganze Angelegenheit der Gesellschaft gegenüber darzustellen habe, damit niemand der Wahrheit auf die Spur käme. Vielleicht wenn man sagte, Jo habe zur katholischen Kirche übertreten sollen, und das habe ihr Gewissen nicht zugelassen. Zudem sei Jo zu sehr Deutsche gewesen, um sich in die spanischen Zustände fügen zu können. Alles das und anderes habe zu Mißhelligkeiten geführt. Darum sei man übereingekommen, die Ehe wieder zu lösen.

Ja, so würde es gehen! Mein Gott, eine Scheidung war heutzutage ja nichts Besonderes mehr. Darüber ging man schnell hinweg.

Nur die Wahrheit durfte um keinen Preis bekannt werden!

Am liebsten hätte Frau Mally schon jetzt diese Lesart verbreitet, aber ihr Gatte hatte ihr streng verboten, überhaupt über diese Angelegenheit zu sprechen. Wenn man sie nach Jo fragen würde, solle sie nur sagen, diese befinde sich noch auf der Weltreise.

Daß das sogar der Wahrheit entsprach, ahnte er freilich nicht.

Und Gerd? Von Tag zu Tag wurde er nervöser. So mußte Gering ihn oft beruhigen, wenn er vor Angst und Unruhe beinahe von Sinnen kam.

»Eines Tages werden Sie mit Jolande glücklich sein. Davon bin ich überzeugt. Sie beide passen ja auch so gut zusammen, daß es schade wäre, wenn Sie nicht zueinanderfänden.«

»Sagen Sie mir das nur recht oft, lieber Doktor, ich kann ein bißchen Trost dringend brauchen. Ich würde ja auch gar nicht so unruhig sein, wüßte ich nur, ob es Jolande Warren leidlich gutgeht und wo sie sich befindet.«

»Machen Sie sich ihretwegen keine allzu großen Sorgen. Es scheint, als wisse sie mit dem Leben fertig zu werden. Eine andere wäre weinend und jammernd zu dem Onkel zurückgekehrt und hätte sich hinter seinem Rockschoß versteckt. Sie nimmt ihr Schicksal einfach tapfer in die Hand und verdient sich ihren Unterhalt, als sei sie es nie anders gewöhnt gewesen. Da sage ich ›bravo!‹«

Gerds Augen leuchteten auf.

»Dank, lieber Doktor, daß Sie so sprechen. Sie haben vollkommen recht. Auch meine Bewunderung gehört ihr und vereint sich mit meiner Liebe zu einem sehr starken Gefühl. Immer mehr empfinde ich, daß sie die Frau ist, die zu mir gehört. Wüßte ich nur erst, wo sie ist! Durch die ganze Welt würde ich ihr folgen.«

»Es muß immerhin ein Trost für Sie sein, daß sie ihrem Onkel bis Mitte August eine ausführliche Beichte versprochen hat. Er wird Ihnen diese nicht vorenthalten. Sicherlich ersehen Sie daraus, wo sie sich aufhält. Sie will wohl nur erst mit sich selbst zur Ruhe kommen.«

Gerd seufzte auf.

»Ich hatte gehofft, sie würde mich rufen, wenn sie in Not war!«

»Nun, wie ich sie jetzt kenne, wird sie jeden andern lieber zu Hilfe rufen als gerade Sie. Bedenken Sie doch, was diese Frau erlebt hat. Sie ist stolz! Wie sehr muß sie durch das alles gedemütigt worden sein. Ihre Flucht ins Ungewisse sieht mir sehr danach aus, als wäre es hauptsächlich eine Flucht vor Ihnen. Gerade, weil sie Ihnen nicht gleichgültig gegenübersteht, wird sie sich ihrer prekären Lage halber vor Ihnen schämen. Man kann ja als Mann gar nicht beurteilen, wie es nach solchen Erlebnissen in einem reinen Frauenherzen aussieht.«

Gerd sah ihn mit großen Augen an.

»Doktor, ich habe Sie immer als einen klugen, erfahrenen Mann gekannt, habe auch immer gewußt, daß Sie sehr taktvoll und diskret sind, daß Sie aber bei all Ihrer skeptischen Kühle auch ein so feines Verständnis für die weibliche Psyche haben, muß ich bewundern.«

Gering lachte beinahe ein wenig verlegen.

»Wofür ist man denn außer Rechtsanwalt auch noch Mensch?«

Gerd reichte ihm mit warmem Druck die Hand.

Sie sprachen dabei kein Wort. Sie sahen sich nur fest in die Augen.

Nach einer Weile sagte Gerd ungeduldig:

»Wenn ich nur wüßte, wie ich die Zeit bis Mitte August totschlagen könnte.«

»Arbeiten Sie, das ist die beste Medizin! Sie wollten doch ein Reisewerk schreiben. Daß Sie nun inzwischen Ihren Onkel beerbt haben und ein reicher Mann geworden sind, wird ja nicht Ihre ganze Arbeitslust und Arbeitskraft brachgelegt haben. Auf Ihren Plantagen auf Java sind Sie gut vertreten, man bedarf Ihrer dort nicht. Also führen Sie Ihren früheren Plan aus, und machen Sie sich an die Arbeit.«

Gerd nickte.

»Das wird das beste sein! Damit komme ich am leichtesten über diese quälende Zeit fort. Aber im Hotel darf ich dann nicht bleiben, da ist es mir zu unruhig.«

»Ich mache Ihnen einen Vorschlag. Meine Privatwohnung besteht aus sieben Zimmern. Ich übernahm sie samt Einrichtung von einem dankbaren Klienten, der Mann ist inzwischen ins Ausland verzogen. Die Wohnung ist mir viel zu groß, also kann ich Ihnen zwei Zimmer abgeben. Meine Haushälterin kann uns beide betreuen, sie kocht übrigens, wie Sie wissen, vorzüglich. Wie denken Sie darüber?«

Gerd reichte ihm wieder die Hand.

»Ein herrlicher Einfall, Doktor, vielen Dank! Das nehme ich mit Freuden an. Mit einem andern würde ich das Experiment nicht wagen, mit Ihnen ohne weiteres.«

Die Herren besprachen noch Einzelheiten dieses Abkommens und waren beide sehr zufrieden. Doktor Gering war froh, daß er seine Mahlzeiten nicht mehr allein einzunehmen brauchte, und Gerd nicht minder, daß er ein ruhiges, friedliches Obdach gefunden hatte. Er konnte es nicht über sich bringen, Berlin jetzt zu verlassen, es könnte doch sein, daß schon früher eine Nachricht von Jo eintraf, und dann wollte er zur Stelle sein. Auch erschien es ihm wie ein Band zwischen ihr und ihm, daß er im Haus ihres Onkels aus und ein ging. Noch an demselben Abend siedelte er in die Wohnung Doktor Gerings über, und dessen Haushälterin begrüßte ihn mit zufriedenem Gesicht. Gerd sah sie lächelnd an.

»Das sieht ja beinahe aus, als freuten Sie sich, daß Sie nun mehr Arbeit bekommen werden?« fragte er.

Frau Lamprecht nickte energisch.

»Ob Sie's glauben oder nicht, Herr Doktor, so ist es wirklich. Ich koche lieber für zwei Herren als für einen. Da kann man doch ein besseres Stück Fleisch kaufen. Na, und überhaupt, es ist doch sonst für meinen Herrn Doktor gar zu ruhig und einsam in der großen Wohnung. Nein, wirklich, ich freue mich!«

Frau Lamprecht wußte außerdem, daß Doktor Rainsberg nicht knauserig war. Sie hatte schon manches gute Trinkgeld von ihm bekommen. Also ganz abgesehen davon, daß sie ihn gut leiden mochte, hoffte sie auch auf eine bessere Einnahme als bisher. Und darin sollte sie sich nicht getäuscht haben.

Gerd ging gleich in den ersten Tagen an seine Arbeit, und zwar mit dem Feuereifer, der zu einem guten Werk nötig ist. In der ersten Zeit hatte Gerd Mühe, seine Gedanken von Jo abzulenken, aber schließlich gelang es ihm doch; wenigstens so lange, wie er bei der Arbeit war.

So waren etwa zwei Wochen vergangen, als er eines Morgens auf dem Frühstückstisch einen Brief mit einer spanischen Marke liegen sah. Er ahnte sofort, daß er von Valuzo kam, und öffnete ihn mit einer gewissen Hast. Doktor Gering befand sich noch in seinem Schlafzimmer. Es war ein Sonntag, und an diesen Tagen liebte er es, länger als sonst zu ruhen. So wußte Gerd, daß er noch eine Weile ungestört sein würde, und begann, sich in das umfangreiche Schriftstück zu vertiefen. Er las:

»Sehr geehrter Herr Doktor! Erst heute komme ich dazu, Ihnen Ausführlicheres über den Erfolg meiner Nachforschungen über Guiseppe Pighetti mitzuteilen. Aber Sie werden daraus ersehen, daß ich nicht müßig war. Zunächst habe ich also mit Photo, Schriftprobe und dergleichen im Hafenviertel gearbeitet; eine Zeitlang jedoch ohne jeden Erfolg. Aber eines Abends saß ich in einer Hafenbar und schäkerte ein wenig mit einer der Bardamen. Man muß zuweilen auch dergleichen auf sich nehmen, um zum Ziel zu kommen. Die schon etwas ältliche Schöne war sehr dankbar für das Interesse, das ich ihr entgegenbrachte, obwohl sie mich genau kennt und in diesem Viertel selten ein Mensch ein ganz reines Gewissen hat. Ich ließ mir auch ohne Wimperzucken Elogen machen über meine bezaubernde Person, und da konnte ich endlich da anknüpfen, wo ich wollte. Ich meinte, es gäbe schönere Männer als mich, und ich wolle ihr mal das Photo eines besonders schönen Mannes zeigen. Sie meinte, für schöne Männer habe sie stets etwas übrig. So zeigte ich ihr scheinbar harmlos das Photo, das Sie mir überlassen haben. Und sofort kreischte sie überrascht auf:

›Das ist doch Rositas Alberto!‹

›So, so‹, sagte ich, ›du kennst ihn schon?‹

›Aber ja, es ist doch – aber nein, da habe ich mich in der Überraschung versprochen; er heißt Guiseppe‹, meinte sie plötzlich. Ich wußte nun sofort, daß dieser Guiseppe hier einen andern Namen führte, und steckte das Bild ruhig wieder ein.

›Unsinn, mein Täubchen, er heißt nicht Guiseppe, sondern Alberto, und zwar ist es Rositas Alberto; ich wollte dich nur necken mit dem schönen Mann. Doch schnell weg mit dem Bild; Rosita ist, glaube ich, sehr eifersüchtig, und sie hat ja auch das Recht dazu.‹

Sie ging auf den Leim.

›Ah, Sie wissen, daß er mit Rosita verheiratet ist?‹ fragte sie ein wenig unsicher.

Da ich durch Sie wußte, dieser edle Señor befinde sich in Berlin auf der Brautschau, erstaunte mich diese Entdeckung sehr. Also dieser Alberto, wie er hier hieß, war mit einer Bardame Rosita echt und recht verheiratet! Es war nicht gerade schwer, die Bekanntschaft dieser Donna Rosita zu machen, und so wußte ich denn bald alles, was ich wissen wollte. Diese Dame ist sehr temperamentvoll; als ich ihr erzählte, ihr angetrauter Gatte sehe sich in Berlin nach einer anderen Schönen um, geriet sie vor Zorn und Eifersucht geradezu außer sich und sprudelte in ihrer Wut alles heraus.

Unser Mann heißt in Wirklichkeit Alberto Respico, ist der Sohn eines Italieners und einer Schweizerin und wird – er stammt aus Lugano – von der dortigen Polizei gesucht. Nach Rositas Angabe wegen eines bei einem zärtlichen Zusammensein mit einer Amerikanerin verübten Schmuckdiebstahls. Er soll die geraubten Pretiosen allerdings bei schleuniger Flucht haben zurücklassen müssen. Später ertappte man ihn in einem Schweizer Kurort, als er nachts in ein Hotel einstieg. Auch in diesem Fall gelang es ihm zu entkommen. Nach einiger Zeit tauchte er in Spanien auf. Er soll von einem Segelkutter in der Nähe der Küste ins Meer gesprungen und an Land geschwommen sein. Er riskierte das, weil er sich nicht getraute, in einer Hafenstadt zu landen; denn er besaß keine anderen Ausweispapiere als die auf seinen wirklichen Namen lautenden, und als Alberto Respico wäre er festgenommen worden, da sein Steckbrief an alle Hafenorte Spaniens gelangt war.

Schließlich landete er in Barcelona, und hier machte er sich alsbald an Rosita heran, da er gehört hatte, sie treibe einen schwunghaften Handel mit falschen Pässen. Da sie sich leidenschaftlich in ihn verliebte, stellte sie ihm die Bedingung, sie zu heiraten, wenn sie ihm aus der Not helfen sollte. Weil sie aber sichergehen und nicht auf einen falschen Namen mit ihm getraut werden wollte, riskierte sie es, sich auf seinen richtigen Namen mit ihm vermählen zu lassen. Wie sie es fertiggebracht hat, die Behörden zu täuschen, weiß ich nicht. Es gelang jedoch, und sie wurde in aller Form des Rechtes Señora Respico. Sie liebt ihn noch heute leidenschaftlich, und nur in ihrem Zorn über seine Flucht und seine Untreue ließ sie sich dazu hinreißen, alles zu verraten.

Anfänglich stieß sie Flüche und Drohungen gegen ihn aus, danach aber weinte und klagte sie, daß sie ihn verraten hätte. Da war es aber schon geschehen. Sie hat ihm den Paß für den Italiener Guiseppe Pighetti verschafft, dann einen deutschen Paß auf den Namen Bernd und schließlich noch einen dritten auf den Namen eines Franzosen, Henri Fleuron. Woher sie alle diese Pässe hatte, konnte ich nicht herausbringen, aber sie hat wohl eine ganze Anzahl an andere zweifelhafte Existenzen verkauft. Im übrigen ist sie, trotz ihres blühenden Aussehens, stark schwindsüchtig und wird nicht mehr lange am Leben bleiben. Soweit es geht, will ich sie schonen, denn schließlich hat man ja auch ein Herz, und zum Vergnügen treiben diese Menschen ihr Gewerbe nicht.

Es steht fest, daß Alberto Respico dann nach Schloß Mandrilla kam und hier als Servierdiener angestellt wurde. Er dürfte von der Absicht seines Herrn, eine Weltreise zu machen, gehört haben, was ihn auf den Gedanken gebracht hat, selber den Herrn zu spielen und als solcher eine große Sache zu landen. Ich werde nunmehr in Lugano anfragen, was alles Alberto Respico auf dem Kerbholz hat, und Ihnen entsprechenden Bescheid zukommen lassen. Die Aussagen der Rosita habe ich zu Protokoll genommen, lasse sie amtlich beglaubigen und sende Ihnen das Dokument zu. Zugleich auch ein Duplikat des Trauscheins. Zunächst teile ich Ihnen das Resultat meiner Ermittlungen privatim mit. Die amtliche Ausfertigung kann sich einige Tage verzögern.

Ich bitte, mir baldmöglich Bescheid zu geben, was weiter geschehen soll. Der die Rosita Respico behandelnde Arzt sagte mir, sie würde kaum noch einige Tage zu leben haben. Sie allerdings glaubt es nicht und will nichts davon wissen, daß ihre Krankheit gefährlich sein soll. Sehen Sie nur zu, Alberto Respico baldmöglichst dingfest machen zu lassen, sonst stellt er noch mehr Unfug an! Wahrscheinlich ist er noch im Besitz von zwei falschen Pässen. Infolgedessen ist er – vorausgesetzt, daß es ihm nochmals gelingt – in der Lage, unter zwei falschen Namen aufzutreten: als ein Deutscher, namens Bernd, als Franzose unter dem eines Henri Fleuron. Das muß man stets im Auge behalten.

Ich wünsche Ihnen guten Erfolg und werde Ihnen die

amtliche Beglaubigung schnellstens einsenden, damit Sie schleunigst Haftantrag stellen können.

Mit den besten Grüßen und Empfehlungen stets gern zu Ihren Diensten,

der Ihrige

Jaime Valuzo.«

Gerd war wie im Fieber, als er diesen Brief gelesen! Jo diesem Menschen ausgeliefert ..., der Gedanke vernichtete ihn beinahe. Nicht nur, daß er ein Dieb, ein Betrüger, ein Hochstapler war, nein, auch noch mit einer Bardame verheiratet, die ihm falsche Pässe verschafft hatte. Und nicht genug mit diesen Pässen, entwendete er auch noch den Reisepaß Alfonso de Almadeias, um damit den großen vermögenden Herrn spielen zu können, dem es leichtfallen würde, eine reiche Frau zu kapern. Vor Zorn und Ingrimm, Wut und Schmerz ballte Gerd die Hände, als drohe er diesem Schurken. Und zugleich dankte er doch dem Himmel, daß Jo die Freiheit wiedererlangt hatte, ohne das Letzte opfern zu müssen. Immerhin war das noch als ein großes Glück im Unglück für sie zu betrachten.

Aber nun mußte es möglich gemacht werden, Jo völlig von dem Betrüger loszulösen. Wenn Valuzo das Verhör Rositas mit amtlicher Beglaubigung und den Trauschein Rositas mit Alberto Respico einsandte, würde das alles leicht zu machen sein, denn Valuzo würde auch das Bild und die Notizzettel zurückschicken. Die Hauptsache war, daß der Professor nicht in die Angelegenheit verwickelt wurde, es mußte alles heimlich gemacht werden.

Daß Valuzo das Verhör so hatte abfassen lassen, daß man Alberto Respicos Identität genauso beweisen konnte, wie den von ihm verübten Diebstahl des Passes und daß der wirkliche Alfonso de Almadeia zur Zeit sich in Japan oder auf Hawaii befand, davon war Gerd überzeugt. Es mußte also möglich sein, Jo aus dieser Scheinverbindung zu lösen, die absolut keine gesetzliche Gültigkeit hatte.

Gerd war noch in tiefes Sinnen verloren, als Doktor Gering zum Frühstück kam. Nachdem sie sich begrüßt hatten, reichte Gerd Gering den Brief Valuzos. Dieser las ihn aufmerksam durch, sah dann Gerd kopfschüttelnd an und meinte:

»Das ist ja ein Herzchen, dieser Alberto Respico! Und an diesen Kerl ist das arme Fräulein Warren geraten!«

Gerd sah ihn mit brennenden Augen an.

»Aber nicht wahr, Doktor, auf diese Beweise hin muß sich doch die Ehe, die eigentlich keine ist, lösen lassen?«

»Juristisch betrachtet besteht diese Ehe überhaupt nicht, sie ist ungültig, da Alberto Respico schon verheiratet war, abgesehen davon, daß er sich unter einem falschen Namen hat trauen lassen. Die Angelegenheit kann sehr leicht und einfach in Ordnung gebracht werden, ohne daß viel davon gesprochen zu werden braucht.«

Gerd atmete auf.

»Gottlob! Ich denke auch, daß man jede Schwierigkeit forträumen kann!«

»Ich zweifle nicht, daß sich das machen läßt. Die Standesbeamten erledigen Eheschließungen wie ein Geschäft, eben weil es ihr Beruf ist. Ich glaube nicht, daß diese kleinen Beamten sich viel darum kümmern werden, mit wem die Parteien, die sie verbinden, verwandt sind. Für sie kommt nur in Frage, daß sich da ein Mensch unter falschem Namen hat trauen lassen, der schon verheiratet war. Das fällt unter den Begriff der Bigamie, und derartige Ehen werden ohne weiteres als ungültig erklärt. Würden es auch dann, wenn wir keine Hand rührten, sofern das Standesamt nur von dem Tatbestand Kenntnis erhielte. Jetzt frühstücken wir erst einmal in Ruhe, Sie sehen vor Aufregung schon wieder miserabel aus. Also los, ordentlich gefuttert! Dann begleite ich Sie zum Professor, dem Sie diesen Brief zu lesen geben werden. Ich mache ihm zu gleicher Zeit klar, alles Weitere mir zu überlassen. Ich garantiere dafür, daß kein Mensch außerhalb des Standesamtes etwas davon erfährt. Sobald die beglaubigten Papiere von Valuzo eingehen, wird die Sache erledigt, und Fräulein Warren ist nach dem Gesetz frei und ledig. Punktum!«

Gerd drückte ihm die Hand.

»Gottlob, lieber Doktor, Sie geben mir die Ruhe wieder. Und der Professor wird Ihnen ebenso dankbar sein wie ich.«

»Na, wir werden sehen! Vielleicht kann er mir gelegentlich auch einmal einen Stein aus dem Weg räumen. Im übrigen ist es mein Geschäft als Rechtsanwalt, gordische Knoten zu durchhauen, wenn sie sich nicht entwirren lassen. So, nehmen Sie sich mal eine Scheibe von diesem rosigen Schinken. Sieht er nicht delikat aus? Und ein Ei essen Sie auch! Welchen Zweck hätte es, wenn Sie jetzt von Kräften kämen? Wenn die Braut nachher glücklich zur Stelle geschafft worden ist, hängen Sie in den Gräten wie ein verhungerter Fisch. Da – der Kaffee duftet wirklich verlockend, das hat Frau Lamprecht heraus, den kocht sie mit besonderer Liebe. Dabei müssen Sie mal zuschauen! Ich sage Ihnen, das geht vor sich wie eine heilige Handlung. Als Weihrauch gelten die aromatischen Kaffeedüfte.«

Gerd mußte lachen, und das hatte Gering beabsichtigt. Sie frühstückten nun beide ausgiebig, und dann fuhr Gering in sein Büro, um dort verschiedenes zu erledigen. Danach wollte er Gerd mit dem Wagen abholen.

Der Professor war nach der Lektüre von Valuzos Brief mit allem einverstanden, was ihm Doktor Gering vorschlug. Er hoffte wirklich, daß alles ohne Aufsehen in Ordnung gebracht werden könnte.

»Ich kann Ihnen sagen, meine Herren, daß ich froh sein werde, wenn alles erledigt ist, so wie Sie es mir hinstellen. Diese Sache hängt wie ein Damoklesschwert über mir, und ich habe meine Nerven jetzt verdammt nötig für andere Dinge. Wenn es Ihnen gelingt, meiner Nichte dazu zu verhelfen, ihren Vatersnamen wieder führen zu dürfen, dann will ich aufatmen. Das arme Ding ist wirklich völlig unschuldig an der ganzen Geschichte.«

»Das ist sie bestimmt, und es wird schon alles gutgehen. Doktor Gering verspricht nur das, was er wirklich halten kann«, sagte Gerd mit warmer Anerkennung.

Doktor Gering bekam eine rote Stirn.

»Schweigen Sie bloß still, Doktor; wenn Sie dergleichen sagen, werde ich rot wie ein junges Mädchen. Ich tue doch nur meine Pflicht, wenn ich halte, was ich verspreche.«

Der Professor reichte ihm mit warmem Druck die Hand.

»Wir werden Ihnen sehr viel Dank schuldig sein, ich sowohl als auch Doktor Rainsberg. Und wenn ich Ihnen einmal einen Gegendienst leisten kann, kommen Sie zu mir, ich werde gewiß nicht vergessen, was Sie jetzt für uns tun wollen.«

Doktor Gering lachte:

»Glauben Sie nur nicht, daß ich schüchtern sein werde, falls ich Ihren Einfluß einmal brauchen sollte. Mit mir müssen Sie vorsichtig sein, ich lasse mir dergleichen nicht zweimal sagen.«

Das sagte er so komisch, daß die Herren lachen mußten.

Dann war diese Unterredung mit dem vielbeschäftigten Professor beendet.

Nach einigen Tagen kam Post von Valuzo. Er hatte alles tadellos besorgt, alles Nötige war berücksichtigt worden, und Doktor Gering hatte es wirklich nicht schwer, an der Hand dieser umfassenden Beweisstücke die Ehe Jolande Warrens annullieren zu lassen. Alles wurde in der Stille abgemacht.

So war Jo also schon befreit, als sie sich noch gebunden wähnte. Nur konnte es ihr leider niemand mitteilen, da niemand wußte, wo sie sich befand.

Selbstverständlich fragte ab und zu jemand nach Jos Befinden, aber was machte das aus. Frau Mally hatte ja ihr Märchen bereit und berichtete vorläufig, daß Jo mit ihrem Gatten auf der Weltreise sei. Später jedoch, als Jos Angelegenheit bereits erledigt war, ließ sie gelegentlich durchblicken, ihre Nichte könne nicht darüber hinwegkommen, daß ihr Gatte verlange, sie solle zum Katholizismus übertreten. Sie könne sich nicht dazu entschließen. Das konnten alle verstehen, und man sagte höchstens hinter ihrem Rücken, das hätte man sich früher überlegen sollen. Aber über eigenen wichtigen Interessen vergaß man das bald wieder, und so hoffte Frau Mally, bis Jo einen andern Mann heiraten würde, wäre Gras über diese Geschichte gewachsen.

Sie selbst kümmerte sich aber am wenigsten um Jos Schicksal. Hatte sie doch der Nichte niemals besonders nahegestanden, sondern sie immer als eine Art lästiges Anhängsel betrachtet, wenngleich sie jetzt einsah, wie nützlich sich Jo überall im Haus gemacht hatte. Das gestand sie aber nur sich selbst ein; keinem andern Menschen und am wenigsten ihrem Mann.

Einige Wochen vergingen, während derer Gerd sich mit Eifer in seine Arbeit vertiefte. Eines Tages kam neue Post aus Barcelona. Valuzo übersandte das Duplikat des Totenscheins der Rosita Respico. Sie war am 2. Juli gestorben. Valuzo, der inzwischen von Gerd ein anständiges Honorar für seine Bemühungen erhalten hatte, teilte ihm mit, daß die Sache gegen Alberto Respico sich noch immer in der Schwebe befände. Es lägen eine ganze Anzahl Anzeigen gegen ihn vor aus Lugano und anderen Schweizer Kurorten, doch sei leider nicht zu ermitteln, wohin er sich gewandt habe.

»Aber eines Tages fängt sich auch dieser Galgenvogel in seiner eigenen Schlinge! Es tut mir leid, daß die arme Señorita das Opfer dieses Gauners geworden ist, und ich bin sehr froh, daß meine Ermittlungen dazu beitrugen, sie wieder freizumachen. In der Hoffnung, Sie bald wieder in Barcelona sehen zu dürfen, begrüße ich Sie als Ihr ganz ergebener Jaime Valuzo.«

Etwa zu derselben Zeit erhielt Gerd auch aus Schloß Mandrilla einen ausführlichen Brief.

Der Kustode hatte seinem Herrn alles seinen Doppelgänger Betreffende mitgeteilt. Señor de Almadeia hatte sich sehr entrüstet geäußert und wollte Strafantrag stellen, sobald er wieder nach Hause käme, wenn das nicht jetzt schon durch seinen Notar in die Wege zu leiten sei. Der Schloßherr von Mandrilla war sehr dafür, seinem ehemaligen Servierdiener das Handwerk zu legen, denn er befürchtete, dieser könne ihm noch mehr Verdruß bereiten.

Gerd antwortete dem Kustoden, letzteres sei kaum mehr zu befürchten. Alberto Respico werde jetzt wohl die Welt unter einem andern Namen als dem seinen oder Almadeias mit seinen Gaunereien beglücken. Immerhin könne ein Strafantrag nicht schaden. Der Kustode möge sich mit Jaime Valuzo in Verbindung setzen, der werde ihm raten können.

Gerd hatte selbst erwogen, ob man Alberto Respico nicht verfolgen lassen müßte, aber er sagte sich wiederum, da Jo nichts mehr mit ihm zu tun habe, sei das nicht mehr wichtig. Er würde schon sowieso seine Strafe erhalten, sobald sein Maß voll sei. Immerhin könne seine Verhaftung noch Staub aufwirbeln, so daß Jos Name doch noch genannt würde, und eben das wollte Gerd um jeden Preis vermeiden.

13

Jo war inzwischen ein gutes Stück in der Welt herumgekommen. Als sie mit ihrer Herrin in Genua eingetroffen war, nahmen sie Wohnung im Hotel Miramar. Von hier aus machten die beiden Damen Ausflüge an die französische und italienische Riviera. Zuerst ging es nach Nizza. Ihr großes Gepäck ließen sie in Genua im Hotel, da sie dahin immer wieder zurückkehren wollten.

Nizza war zu dieser Zeit schon ziemlich leer, aber trotzdem erschien es Mrs. Gley sehr städtisch und unruhig. Sie blieben hier nur zwei Tage, in denen sie auch noch einen Ausflug nach Cannes machten. Auch hier war alles still und öde, und Mrs. Gley fragte Jo, was an einem solchen Ort so bezaubernd sei, wenn erst die Menschen Interessantes hierher tragen müßten. Jo war ganz ihrer Ansicht und bedauerte es keineswegs, daß es schon am nächsten Tag weiterging.

Man suchte zunächst Monte Carlo auf. Das winzige Staatswesen Monaco gefiel Mrs. Gley außerordentlich. Alles, was sie hier sah und hörte, befruchtete ihre Phantasie. War auch die Hauptsaison vorüber und hielten es nur noch die eingefleischten Spieler und Spielerinnen in der kleinen Residenz aus, so gab es unter diesen dennoch verschiedene sehr interessante Typen, die Mrs. Gley Gelegenheit gaben, ihrem Stoffbuch manches Neue einzuverleiben. Jo wußte bereits, daß sie dann nicht stören durfte, und benutzte die freie Zeit, an der die Terrasse abschließenden Steinbrüstung entlangzuwandeln. Zuweilen blieb sie stehen, schaute nach Monaco hinüber oder hinab auf das blaue Meer, auf dem einige weiße Segel zu sehen waren. Diese Terrassenpromenade war einzig schön und für Monaco, außer dem Kasino, wohl das Interessanteste und Typischste.

Selbstverständlich wollte Mrs. Gley auch in die Spielsäle gehen, die sie interessierten.

»Ich werde auch spielen, Miß Jo«, so nannte sie Jo schon seit den ersten Tagen des Beisammenseins, »und ich weiß von vornherein, daß ich verlieren werde. Ein englischer Freund von mir, der fast jährlich einige Zeit in Monte Carlo verbringt, behauptet, daß nie ein Mensch etwas Wesentliches in diesem Kasino gewinnt, dafür aber viele sehr Wesentliches verlieren. Es gibt freilich Leute, die nach einem gewissen System täglich so viel gewinnen, daß sie davon leben können, und das sind dann die Stammgäste von Monte Carlo, die auch vom Kasino geduldet werden, weil es immer neue Opfer anlockt, wenn ein Mensch etwas gewinnt. Dieser englische Freund spielt nie, kauft jedesmal hier für seine Frau und seine Töchter Schmucksachen, die man stets sehr billig haben kann, weil viele Verlierer ihre Perlen und Steine hier sozusagen für jeden Preis losschlagen. Die Juweliere und Lombardgeschäfte verkaufen diese dann wieder zu Preisen, wie man sie sonst fast nirgends findet. Mein Freund behauptet dann, das sei der Gewinn, den er in Monte buche, daß er nicht spiele und billig kaufe. Er sagt, er verdiene auf diese Weise seine Reisespesen; somit bezahlten im Grunde die Kasinodirektion – oder vielmehr die Opfer des Kasinos – seine Reise.«

Mrs. Gley entnahm ihrer Handtasche einen kleinen

Betrag, gab die Handtasche Jo in Verwahrung und sagte humorvoll:

»So, das, was ich hier in meiner Hand halte, werde ich verspielen, um nur das Gefühl kennenzulernen, einmal in Monte Carlo gespielt zu haben. Sie liefern mir um keinen Preis meine Tasche wieder aus, bevor ich das Kasino verlassen habe. Man hat mir gesagt, daß die stärksten und standhaftesten Leute hier ihre Ruhe verlieren und ihre Grundsätze. Seien Sie also für eine Weile mein Gewissen und leiden Sie es nicht, daß eine leichtsinnige alte Frau mehr verspielt, als sie hier in der Hand hält.«

Jo mußte lachen. Die humorvolle Art Mrs. Gleys hatte sie schon oft aus ihrem Trübsinn gerissen.

»Ich verspreche Ihnen, Ihre Tasche, die Sie mir gegeben haben, mit meinem Leben zu verteidigen, Mrs. Gley, Sie können unbesorgt sein.«

»Gut, ich verlasse mich auf Sie.«

Sie schritten die Freitreppe zum Kasino empor und betraten die Spielsäle. Am Schalter kaufte Mrs. Gley, nachdem die beiden Damen Einlaßkarten erstanden hatten, wodurch die Bank schon ganz nette Einnahmen erzielt, Spielmarken; jede zu fünf Franken. Dann traten sie an das eine Roulette heran, sahen eine Weile zu und suchten sich klarzumachen, nach welchem System hier gespielt wurde. Es saßen sonderbare Typen um den Spieltisch herum, Männer mit abgezehrten Gesichtern und brennenden Augen, Frauen, meist alte oder ältere, mit leidenschaftdurchfurchten Zügen und geschminkten Wangen und Lippen. Dazwischen die Croupiers mit ihren stereotypen Mienen, die mit den langen Rechen das Geld einzogen oder den Gewinnern zuschoben. Meist zogen sie es aber ein.

Jo beobachtete interessiert alle diese Gesichter und schauerte zusammen. Mrs. Gley warf nun zwei Fünffrankchips auf verschiedene Felder. Aber sie konnte gar nicht so schnell sehen, wie diese auch schon verschwunden waren. Der Croupier hatte sie gleichmütig eingezogen. Große Sätze standen gar nicht aus, gewagt wurde an diesem Roulette nicht viel.

Zwei weitere Fünffrankchips Mrs. Gleys gingen denselben Weg. Aber dann gewann sie eine kleine Summe. Die ließ sie auf demselben Feld stehen, und schnell war sie wieder verloren.

Lächelnd schüttelte Mrs. Gley den Kopf.

»So, davon habe ich genug. Jetzt wollen wir zu dem andern Tisch hinübergehen, da scheint mehr Betrieb zu sein.«

Jo folgte ihr langsam, sah fast mitleidig auf all die versunkenen Spieler, die sich eifrig Notizen machten über das, womit sie das Glück zwingen wollten.

Als Jo Mrs. Gley an den zweiten Tisch folgte, hatte diese bereits wieder einige Fünffrankchips verloren und setzte eben wieder zwei. Jo beugte sich vor, um die lange Tafel zu überblicken, wo man das Glück meistern wollte. Auch hier waren sonderbare Gestalten zu sehen, eine uralte Dame zum Beispiel, ganz in Weiß gekleidet, mit weißem Fuchs um die Schultern und unbeschreiblichen weißen Pleureusen auf einem Hut, der der Mode eines vergangenen Jahrzehnts entstammte. Diese Frau hatte hektisch rote Flecke auf den fleischlosen Wangen und dunkelumrandete Augen. Sie sah und hörte nichts um sich herum, steckte zuweilen ein Stück vertrockneten Keks, anscheinend ihre einzige Nahrung, zwischen die blaurot geschminkten Lippen und bewegte nervös ihre dürren Finger.

Diese Frau wurde von der Kurverwaltung nur geduldet, weil sie ihr ganzes großes Vermögen in Monte verspielt hatte. Eigentlich hätte sie ein abschreckendes Beispiel für alle Spieler darstellen müssen. Das schien jedoch keineswegs der Fall zu sein.

Auch Mrs. Gley wurde jetzt auf diese Ruine aufmerksam und betrachtete sie so interessiert, daß sie auf ihren Einsatz zu achten vergaß. Sie merkte nicht, daß dieser Einsatz und dazu kleine Summen, die sie gewonnen hatte, stehenblieben, gewahrte auch nicht, daß die Frau in dem weißen Anzug plötzlich das Mrs. Gley gehörige Geld einzog, als gehöre es ihr.

Mrs. Gley hatte inzwischen ihr Skizzenbuch um eine interessante Type bereichert. Lachend warf sie die beiden letzten Fünffrankchips auf irgendein rotes Feld – und gleich waren auch sie verschwunden.

Fast erleichtert wandte sie sich um.

»Kommen Sie, Miß Jo, ich bin fertig. Lassen Sie uns noch durch die andern Säle und Zimmer gehen, dann bin ich befriedigt.«

In dem Moment, als sie seitwärts zu einem Nebenzimmer schritten, betrat den Saal ein elegantes Paar, ein hochgewachsener, schlanker Herr und eine etwas untersetzte, nicht mehr ganz junge, aber sehr reich und elegant gekleidete Dame, allem Anschein nach eine Amerikanerin.

Jo sah zu diesem Paar hinüber – und zuckte wie unter

einem Schlage zusammen. Der hochgewachsene, schlanke Herr war derselbe, den man ihr unter dem Namen de Almadeia in Berlin angetraut hatte.

Blaß bis an die Lippen, wandte sie sich rasch ab, damit er sie nicht sehen sollte. Er war zum Glück so darin vertieft, der anscheinend sehr reichen Amerikanerin den Hof zu machen, daß er keine Zeit hatte, auf Jo oder deren Begleiterin zu achten.

Wie es den Anschein hatte, ein neuer »Coup«, ein neues Opfer!

Jo war zumute, als sei sie an der neuen, zweifellos von ihm geplanten Gaunerei beteiligt. Die fahle Blässe ihrer Wangen machte einem tiefen Rot Platz. Hastig wandte sie sich der Tür zu, um aus dem Bereich seiner Augen zu kommen. Aber ihre Knie zitterten, und sie fragte sich angstvoll, was wohl geschehen wäre, wenn er sie erblickt hätte. Angst stieg in ihr auf, daß er ihren Weg noch einmal kreuzen könne. Was würde Mrs. Gley sagen, erfuhr sie, daß sie mit diesem Mann, einem Hochstapler, der jetzt sicher wieder eine üble Sache vorhatte, verheiratet gewesen war?

Der Boden von Monte Carlo brannte ihr unter den Füßen. Wie in einem beängstigenden Traum schritt sie neben ihrer Herrin durch die Säle und betete nur immer, dieser Mann möge ihr nicht noch einmal begegnen. Wie sollte man aber hier in Monte einem Menschen ausweichen? Man traf sich doch immer wieder, immer in der Nähe des Kasinos, wenn nicht in dessen Sälen.

Sie atmete wie erlöst auf, als man endlich das Kasino verließ.

Mrs. Gley plauderte angeregt und humorvoll über die

Spielsäle und deren Opfer. Auch sie war im Grunde froh, daß man sich wieder im Freien befand. Sie bekam Lust, eine Fahrt nach La Turbie hinauf zu machen und ein Stück die Corniche entlangzufahren. Jo stimmte begeistert zu. Nur fort von hier, aus der gefährlichen und beschämenden Nähe dieses Mannes.

So fuhren die beiden Damen nach La Turbie hinauf, und langsam wich der Druck von Jos Herzen, und sie vermochte wieder ihre aufgescheuchten Gedanken zu ordnen.

Eine wundervolle Aussicht auf Monte Carlo, Monaco und das Meer tat sich vor ihren Blicken auf. Aber Mrs. Gley hatte ihr Buch hervorgezogen und machte sich erst einige Notizen, ehe sie sich an der Aussicht freute.

Etwa eine halbe Stunde lang waren sie mit dem Auto unterwegs, als Mrs. Gley dem Chauffeur zurief, er möge umkehren.

»Wir kommen sonst zu spät zum Diner, Miß Jo«, sagte sie, »und überdies soll man nicht alle Genüsse bis zur Neige auskosten. Im übrigen bin ich von dieser berühmten Corniche, außer, was die Aussicht anbelangt, sehr enttäuscht. Das geht phantasiebegabten Leuten aber oft so. Man stellt sich alles viel schöner und großartiger vor, als es die Wirklichkeit schaffen kann. Aber so sehr ich auch von Nizza und Cannes enttäuscht bin und im Grunde auch von diesem häßlichen Kasino, Monte Carlo selbst, seine Lage und Umgebung ist schöner, als ich es mir gedacht habe.«

Jo nickte.

»Ähnlich ist es mir ergangen, als ich vor Jahren einige Tage mit meinen Eltern hier war. Unsere Anwesenheit fiel gerade in die Hochsaison. Aber ich muß sagen, ohne die vielen Menschen gefällt es mir hier besser. Das Meer mit seiner Ruhe, die wunderbare Küste und die herrlichen Anlagen von Monte kommen in dieser Ruhe viel besser zu Geltung.«

Als sie im Hotel anlangten, das in der Nähe des Kasinos lag und den großen Platz beherrschte, dessen dritte Seite von dem Café de Paris begrenzt wurde, hatten sie gerade noch Zeit, ein wenig Toilette zu machen. Dann mußten sie in den Speisesaal gehen.

Dort ließen sich die beiden Damen an demselben Tisch nieder, den sie schon am Abend vorher belegt hatten, und wurden sehr aufmerksam bedient, denn jetzt waren nur wenig Gäste anwesend.

Es war ihnen gerade der erste Gang serviert worden, als Jo wieder zusammenzuckte. Zwischen den Tischen erschien das Paar, das sie im Kasino so sehr erschreckt hatte. Sie hätte sich in ein Mauseloch verkriechen mögen, wenn das nur möglich gewesen wäre. Und nun hörte sie, wie die Dame in sehr mangelhaftem Französisch zu ihrem Begleiter sagte: »Lassen Sie uns an dem Fenster Platz nehmen«, worauf der Herr lächelnd erwiderte: »Dein Wunsch ist mir Befehl.«

Darauf steuerten beide dem bezeichneten Fenster zu. Ein dem Paar folgender Kellner redete den Herrn als »Monsieur Fleuron« an.

Dadurch erfuhr Jo, welchen Namen der Gefürchtete hier führte. Leider ließ dieser sich an dem Fenstertisch nieder. Sie hätte aufspringen und entfliehen mögen, aber sie blieb, scheu zu jenem hinüberblickend, wie gelähmt sitzen.

Und jetzt, ja, jetzt hatte er sie entdeckt! Er stutzte einen Augenblick und preßte die Lippen zusammen. Aber gleich hatte er sich wieder gefaßt. Sein Erschrekken über Jos Anblick war nur ein vorübergehendes. Gleich hatte er sich wieder in der Gewalt. Er wußte, sie würde ihn nicht verraten, schon im eigenen Interesse nicht.

Jo aber war zumute, als brenne sein Blick eine Wunde in ihr Gesicht. Sie wurde totenbleich, als er mit einem verstohlenen Lächeln zu ihr herübersah. Sein Blick suchte sie wieder zu bannen, aber es gelang ihm nicht. Nur eine unsinnige Angst befiel sie bei dem Gedanken, daß sie mit ihm gemeinsame Sache machen mußte, weil sie ihn nicht verraten durfte. Nur mühsam brachte sie einige Bissen hinunter, und als diese Mahlzeit zu Ende war, erhob sie sich, wie von einem Alp befreit.

Als sie später, während Mrs. Gley ihre Siesta hielt, in ihrem Zimmer saß, brachte ihr ein Zimmermädchen ein Billett. Ihr war, als verbrenne sie sich die Finger, als sie danach griff, wagte aber nicht, es zurückzuweisen, weil sie Aufsehen zu erregen fürchtete.

Als sie allein war, öffnete sie das Kuvert und zog eine Visitenkarte hervor. Henri Fleuron! So stand darauf. Und in seiner ihr nur zu gut bekannten Schrift auf der Rückseite:

»Sie haben nichts von mir zu fürchten, wenn Sie mich nicht kennen.«

Das war alles.

Sie zerriß die Karte in kleine Fetzen. Dann barg sie das Gesicht in den Händen und schluchzte bitterlich.

Als sie gegen vier Uhr zu ihrer Herrin ging, klopfte ihr das Herz bis zum Halse herauf, als diese lachend sagte:

»Was meinen Sie, Miß Jo, haben wir genug von Monte Carlo gesehen?«

»Ich gewiß, Mistreß Gley, aber ich weiß nicht, ob Sie befriedigt sind –«

»Voll und ganz, sobald wir nachher noch eine Spazierfahrt zu diesem kleinen Residenzchen hinüber gemacht haben. Ich glaube, dann ist alles Sehenswerte von Monte für mich erledigt. Aber später werde ich einmal auf längere Zeit zur Erholung hierher gehen, wenn ich wieder seßhaft geworden bin. Für jetzt mag es genug sein. Morgen früh wollen wir nach Genua zurückkehren und unterwegs nur in Mentone und Bordighera, vielleicht auch in San Remo kurze Rast machen. Wir fahren bis Ventimiglia mit dem Auto, dann haben wir mehr davon als mit der Bahn.«

Oh, wie froh war Jo, daß sie nicht gezwungen war, länger hierzubleiben. Nun fürchtete sie nur noch den Abend. Würde dieser Monsieur Fleuron abermals im Speisesaal sitzen und sie mit seinem unverschämten Lächeln irritieren? Und machte sie sich nicht mitschuldig an seinem neuen Unternehmen, wenn sie die Dame, in deren Gesellschaft er sich befand, nicht wenigstens warnte? Aber nein, das konnte sie doch nicht, sie durfte nicht reden über das, was er ihr mit zynischer Offenheit gebeichtet hatte. Oh, er hatte sehr wohl gewußt, daß er sie hilflos machte dadurch, daß er ihr Schweigen auferlegte.

Zu ihrer Erleichterung erschien er heute abend nicht. Auch die Dame, in deren Begleitung er gewesen war, tauchte nicht im Speisesaal auf. Jo atmete auf und konnte sich nun wieder etwas unbekümmerter ihrer Herrin widmen.

Als sie sich an diesem Abend zur Ruhe begab, versuchte sie nur das eine zu denken, daß sie morgen Monte Carlo verlassen konnte und diesem Mann nicht mehr zu begegnen brauchte.

Sie sah ihn auch nicht wieder. Mit dem Gefühl, einer schweren Gefahr entronnen zu sein, fuhr sie an Mrs. Gleys Seite in dem geräumigen Mietauto die Riviera entlang, so wie es geplant war. In Ventimiglia bestiegen die beiden Damen den Zug und kehrten nach Genua zurück.

Von dort unternahmen sie am nächsten Tag noch eine Autofahrt längs der italienischen Riviera bis nach Sestri Levante. Befriedigt von der einzigartigen Schönheit dieser Fahrt, kehrten sie wieder um und kamen gerade noch zurecht, um am Abendessen teilzunehmen.

Mrs. Gley verordnete sich einen Ruhetag. Der Dampfer, auf dem sie für sich und Jo Plätze belegt hatte, ging erst am übernächsten Tag in See.

Behaglich saßen die beiden Damen auf der herrlichen Terrasse des Hotels und plauderten zusammen. Heute sprach Mrs. Gley zum ersten Mal von ihren Familienverhältnissen. Sie erzählte Jo in ihrer reizenden, humoristischen Art, daß sie als junges Ding sich mit einem kleinen Londoner Beamten verheiratet habe. Überschwengliche Liebe zu diesem habe sie nicht empfunden, aber sie sei froh gewesen, einen Mann zu bekommen, und einige Jahre hätten sie schlecht und recht in einer Ehe gelebt, die zwar nicht unglücklich war, in der aber jeder Pfennig dreimal umgewandt werden mußte, ehe er ausgegeben wurde. Sie hatte sich den Kopf darüber zerbrochen, wie sie ihrerseits ein wenig mithelfen könne, die Verhältnisse zu verbessern. Und da hatte sie zum ersten Mal der Stimme ihres Innern nachgegeben, die sie antrieb, ihre Gedanken zu Papier zu bringen. Wie sie darauf gekommen sei, wisse sie selbst nicht, und sie habe es eigentlich als unnütze Zeitverschwendung angesehen. Aber es hätte sie nicht mehr losgelassen. Der kleine Haushalt machte nicht viel Mühe, und so hatte sie über und über Zeit. Ihren Pflichten als Hausfrau sei sie stets pünktlich nachgekommen, allein eines Tages sei sie dermaßen in ihre Arbeit vertieft gewesen, daß das Mittagessen angebrannt sei und ihr Gatte sie bei ihrem heimlichen Tun ertappt habe.

Eine schreckliche Szene habe sich nunmehr abgespielt. Das halbfertige Manuskript sei einfach in den Ofen geflogen, und ihr Gatte habe ihr bei seinem höchsten Zorn verboten, jemals wieder solchen Unfug zu treiben.

Jo hob erschrocken die Hände.

»Um Gottes willen, ist es wirklich verbrannt?«

Die alte Dame lachte.

»Ja, diese erste Niederschrift meines ersten Romans war rettungslos vernichtet, aber ich hatte ohnedies mit Papier gespart und die Blätter auf beiden Seiten beschrieben. Was hätte eine Redaktion damit anfangen sollen? Zufällig las ich dann in einer Zeitung, daß man Manuskripte einseitig beschreiben müsse. Ich weiß nicht – ich habe nie Kinder gehabt, aber mir war ungefähr so zumute, als habe mein Mann mir ein geliebtes Kind verbrannt. Von jenem Tag an sah ich ihn mit kritischen Augen an und fragte mich, wie er dazu komme, meine Arbeit so geringschätzig zu betrachten. Wie konnte er wissen, daß sie ganz wertlos war? Ich dachte nicht daran, meinen Versuch aufzugeben. Fast jedes meiner geschriebenen Worte hatte sich in meine Seele eingegraben, und so begann ich schon am nächsten Tag eine neue Niederschrift. Ich war überzeugt, daß diese besser und ausgefeilter werden würde als die erste. Selbstverständlich mußte ich fortan noch heimlicher vorgehen als bisher und durfte vor allen Dingen das Essen nicht wieder anbrennen lassen und nicht länger schreiben, als ich es unentdeckt tun konnte.

Es war mir, als sei ich zu einem neuen Leben erwacht; ich liebte meine Arbeit und vertiefte mich darin, und es war wundervoll, wie leicht mir alles aus dem Kopf in die Hand floß. Ja, manchmal war mir, als folge ich einer höheren Eingebung; als sei das, was ich niederschrieb, von einem höheren Geist beseelt als der meine. Vorsichtigerweise stellte ich immer den aufgezogenen Wecker neben mir auf, der mich eine Stunde vor der Heimkehr meines Mannes zur Ordnung rief, und so wurde ich nicht wieder überrascht.

Eines Tages war mein erster Roman fertig. Es war nur ein Werkchen von etwa zehn Druckbogen, aber mir schien es so lang wie ein zwölfbändiges Lexikon. Hatte ich doch früher nie mehr als einige kurze Briefe geschrieben. Ich war sehr stolz, daß mir eine derartige Arbeit überhaupt gelungen war, wobei ich eigentlich nur an das Niederschreiben dachte. Aber ich beschloß nun auch, dies Werk irgendwo vorzulegen. Das geschah denn auch.

Zitternd und zagend trug ich es persönlich zu einer Redaktion. Ich sollte erst ganz kurz abgefertigt werden, aber da verhalf mir mein Galgenhumor zu einigen Witzworten, die bei dem Redakteur einschlugen. Er forderte mich auf zu bleiben, blätterte in meinem Manuskript, sah über die Brille in mein Gesicht und zog mich in eine Unterhaltung. Da ich merkte, daß er durch meine witzigen Worte auf mich aufmerksam geworden war, schwatzte ich munter drauflos und erzählte ihm, wie die erste Niederschrift ins Feuer gewandert sei, weil sie ein angebranntes Essen verschuldet habe.

Er lachte, lachte immer wieder, und fragte mich, ob in meinem Manuskript auch so lustige Dinge ständen. Mir kamen sie gar nicht lustig vor, ich zitterte und zagte innerlich vor dem Gewaltigen, der über meine Arbeit zu Gericht sitzen würde, aber ich sagte, das sei so meine Art, Ernst und Scherz zu verquicken, und daß manchem vielleicht meine Arbeit deswegen lächerlich vorkommen könnte. Kurzum, ich gewann mir mit meinem Galgenhumor einen Freund, der es mir immer geblieben ist und dem ich für meinen schnellen Aufstieg vielen Dank schulde. Er unterzog schon in den nächsten Tagen mein Manuskript einer Durchsicht. Es wurde angenommen, trug mir ein Honorar ein, das mir damals märchenhaft hoch erschien, und ich bekam eine neue Arbeit bestellt, die aber mindestens doppelt so lang sein müsse.«

Jos Augen leuchteten auf.

»Oh, wie werden Sie sich da gefreut haben!«

Mrs. Gley lachte.

»Ja, Kindchen, gefreut habe ich mich, aber zugleich hatte ich etwas wie Angst vor dem vielen Geld. Wo sollte ich damit hin, was damit anfangen? Ich hatte unbeschreibliche Furcht, mein Mann könne erfahren, daß ich sein Gebot mißachtet hatte. Und mit dieser Angst rückte ich innerlich immer weiter von ihm ab; ich fühlte, er würde nie Verständnis haben für mein Schaffen, sondern es immer verächtlich abtun und vor allen Dingen darüber empört sein, daß ich mit diesen Arbeiten in einem Monat so ganz nebenbei fast ebensoviel verdient hatte wie er in einem ganzen Jahr. Das würde er mir nie verzeihen, darüber war ich mir klar.

Ich wurde ihm immer fremder, fühlte, daß er mir dauernd ein Hemmschuh sein würde. Aber ich schrieb weiter, verdiente schon im ersten Jahre eine sehr hübsche Summe, wurde aber meinem Manne innerlich so fremd, daß ich fühlte, es sei mir unmöglich, weiter in ehelicher Gemeinschaft mit ihm zu leben. Ich erkannte, ich müsse mich frei machen, um mich voll entfalten zu können. Er fühlte wohl instinktiv, daß ich ihm entglitt und machte mir das dadurch noch leichter, daß er mich mit seinen kleinlichen Nörgeleien fast zur Verzweiflung brachte.

Eines Tages ging es nicht mehr. Ich bat ihn um meine Freiheit. Es gab eine schlimme Szene. Wer war ich denn, daß ich mich erdreistete, ihm so etwas zu sagen? Ob ich nicht mehr wisse, daß ich arm und ohne Aussteuer in die Ehe gekommen sei, ob ich vergessen habe, wieviel Gutes er mir getan, und was ich wohl ohne ihn, ohne die gute Versorgung, beginnen wolle? Da sagte ich ihm alles, ruhig und bestimmt. Und da hat er mich fast verflucht, mir

Schreckliches prophezeit und mich für das Irrenhaus reif erklärt. Aber das hat mich nicht anderen Sinnes gemacht, der Selbsterhaltungstrieb ist in jedem Menschen sehr stark entwickelt, und ich wußte, daß ich rettungslos verloren sein würde, wenn ich bei ihm blieb, wußte auch, daß jede andere Frau besser zu ihm paßte als ich. Und so ließen wir uns scheiden.

Er hat dann sehr bald eine nette, einfache Frau gefunden, die ihm keine derartigen Überraschungen bereitet haben wird wie ich. Und als ich hörte, daß er sein Amt verloren hatte, das war viele Jahre später, habe ich ihm geholfen, ein eigenes Geschäft zu gründen. Er ist jetzt einverstanden damit, daß ich viel Geld verdiene, weil auch für ihn und seine beiden Kinder etwas davon abfällt. Wir haben uns nie wiedergesehen, aber wenn bei ihm Not am Mann ist, schreibt mir seine Frau, die in aller Beschränktheit lebensklüger ist als er, und bittet um Hilfe.«

»Oh, und dann helfen Sie! Wie gut und edel von Ihnen!«

»Weder gut noch edel, Miß Jo; ich habe doch sonst keinen Menschen, für den ich sorgen dürfte. Da tue ich an diesen Menschen, was ich an andern zu tun beabsichtige. Seine Kinder besuchen mich zuweilen, es sind zwei frische, unbeschwerte junge Mädel, und sie kommen mit allerlei Wünschen zu mir, die ihnen der Vater sicherlich nicht erfüllt. Da greife ich dann ein und freue mich, wie vergnügt sie abziehen, wenn ich wieder mal geholfen habe, was mir gottlob nicht schwerfällt. Inneres verbindet mich mit den Kindern Mr. Gleys nicht, wir haben nur denselben Namen, das ist alles. Und jedesmal aufs neue empfinde ich es als eine Wohltat, daß ich mich in eine andere Sphäre habe flüchten können. Das werden Sie verstehen.«

»Ganz gewiß, Mrs. Gley; wie gut, daß Sie sich freigemacht haben. Nur – wenn Sie auch für Ihre begeisterten Leser vieles Schöne schaffen konnten, im Grunde sind Sie doch wohl ein einsamer Mensch geblieben?«

»Allerdings! Aber in der Ehe mit Mr. Gley wäre ich noch viel einsamer gewesen. Wissen Sie nicht, daß im Grunde alle Menschen im tiefsten Kern ihres Wesens einsam sind? Oder doch mit wenigen Ausnahmen. Und solche Ausnahmen versuche ich in meinen Büchern lebendig zu machen. Das heißt man dann wohl, seinen Idealen leben. Und ich kann mich so recht in meine Helden und Heldinnen verlieben, weil sie so sind, wie ich mir wünsche, daß alle Menschen sein möchten. Meine Bücher bleiben daher immer Märchen.«

»Aber wie schön sind solche Märchen, Mrs. Gley! Sie heben uns über den grauen Alltag hinweg.«

»Nun, Sie sind selbst eine kleine Schwärmerin, und deshalb will ich Ihnen wünschen, daß Sie eines Tages zu den Menschen gehören, die Ausnahmen sind und ein Ausnahmeglück genießen dürfen.«

Jo dachte an Gerd Rainsberg, und ihre Augen begannen heller zu leuchten.

Mrs. Gley sah sie forschend an und lächelte in sich hinein. Diese Augen redeten eine deutliche Sprache.

Jo kam ihr innerlich immer näher, je länger die beiden Damen zusammen lebten, und obwohl sie sich bisher nie Kinder gewünscht hatte, sagte sich Mrs. Gley doch, eine Tochter wie Jo hätte sie wohl gern gehabt. Denn dieses junge Geschöpf erschien ihrem innersten Wesen nahe verwandt.

Mrs. Gley und Jo befanden sich an Bord des großen Mittelmeerdampfers, der sie zunächst nach Tunis bringen sollte. Unterwegs verbrachte die alte Dame viel Zeit mit ihrem umfangreichen Notizbuch, und dann kam es zuweilen vor, daß sie ungeduldig und nervös war. Jo hatte es dann nicht leicht; Mrs. Gley konnte sehr ungemütlich werden. Aber Jo vergaß nicht, was diese Frau so ungeduldig machte, räumte ihr jede Störung aus dem Weg und murrte nicht, wenn sie unversehens einmal einem Zornesausbruch begegnete. In Genua, kurz vor der Abreise, hatte Mrs. Gley noch ein neues Buch von ihrem Verleger zugeschickt bekommen. Es war eben erst erschienen. Jo sah mit verlangenden Augen auf das Buch, und ihre Herrin reichte es ihr lächelnd zu.

»Ich kenne es ja, Miß Jo; also lesen Sie es nur, Sie werden auf dem Dampfer genug Muße dazu haben.«

So saß Jo in der Nähe ihrer Herrin auf Deck und vertiefte sich in deren neuestes Werk. Zuweilen mußte sie laut auflachen, denn der Humor Mrs. Gleys kam sehr häufig in ihren Büchern zum Durchbruch. Zuweilen mußte man auch mit Tränen kämpfen, denn Ernst und Scherz lagen oftmals überraschend nahe beieinander. Wenn Jo lachen mußte, sah sie erschrocken zu ihrer Herrin hinüber, ob diese nicht dadurch gestört würde, aber es schien nicht der Fall zu sein, Mrs. Gley lächelte leise vor sich hin. Wenn sich aber Jos Augen feuchteten und ihre Herrin das sah, pflegte sie zu sagen:

»Bitte, Miß Jo, merken Sie sich, welche Stellen meines

Buches Ihnen rührend erschienen sind. Ich weiß nämlich nie, wo ich zum Lachen oder Weinen animiere.«

»Eben daß Sie es nicht wissen, macht Ihre Werke so frisch und ursprünglich; beides kommt bei Ihnen aus dem Herzen, ohne jede Berechnung, ohne Rücksicht auf den Leser. Und deshalb müssen Sie alle fesseln.«

Dann sah die alte Dame nachdenklich in Jos Gesicht, und einmal sagte sie:

»Wissen Sie, daß mir noch nie eine Anerkennung solche Freude gemacht hat wie Ihre Worte?«

»Wie kommt das? Ihnen sind doch gewiß schon unzählige Anerkennungen zuteil geworden.«

»Das wohl, aber ich hatte eigentlich niemals die Überzeugung, daß sie so ehrlich gemeint waren, wie ich das bei Ihnen spüre. Deshalb sind mir zuweilen Anfeindungen lieber gewesen als Anerkennungen.«

Ganz erschrocken sah Jo sie an.

»Anfeindungen? Wer hat gewagt, Sie anzufeinden?«

Mrs. Gley lachte.

»Ach, liebes Kind; jeder Mensch, der Erfolg hat, wird angefeindet. Das liegt in der menschlichen Natur. Und das eine ist gewiß, aus Anfeindungen kann man mehr lernen als aus Anerkennungen, wenn sie einem auch nicht so glatt eingehen wie die letzteren. Ich sprach Ihnen von dem Redakteur, der mein erstes Werk annahm und mir immer ein treuer Freund geblieben ist. Von dem habe ich nie ein Wort der Anerkennung gehört, er hat mich oft heruntergeputzt, daß kein Hund ein Stück Brot von mir genommen hätte. Und wenn ich ihm dann aufmerksam zuhörte und ihm sagte: ich will mich das nächste Mal bemühen, das besser zu machen, dann sagte er brummend: sonst hätte ja all mein Reden auch keinen Zweck gehabt.«

Solche Gespräche brachten die beiden Damen einander immer näher, und Mrs. Gley hatte noch keinen Moment bereut, Jo in ihre Dienste genommen zu haben. Als diese das neue Buch Mrs. Gleys zu Ende gelesen hatte und die beiden Damen eines Tages an der Reling standen, in den Anblick der afrikanischen Küste versunken, sagte Jo:

»Ich möchte eine große Bitte aussprechen, Mrs. Gley.«

Diese wandte sich ihr zu.

»Dann herunter vom Herzen damit!«

Jo atmete tief auf.

»Als ich Ihr neues Buch gelesen habe, hat mich der Wunsch gepackt, es in die deutsche Sprache übersetzen zu dürfen. Wenn ich nur wüßte, ob Sie mir das gestatten würden!«

Mrs. Gley sah Jo noch immer ernsthaft an. Dann sagte sie nachdenklich:

»Sonderbar, gerade vor unserer Abreise von Genua erhielt ich die Nachricht, daß meine deutsche Übersetzerin kurz vorher gestorben sei. So habe ich schon Sorge gehabt, ob es uns gelingen wird, eine andere Übersetzerin zu finden, die ebensogut arbeitet. Ich sehe nicht ein, weshalb ich nicht mit Ihnen einen Versuch machen sollte. Wohlgemerkt, ich kann nicht beurteilen, ob Sie imstande sind, eine gute Übersetzung zu liefern. Das kann nur mein deutscher Verleger beurteilen, da ich leider der deutschen Sprache nicht mächtig bin. Aber Sie haben ja hier auf dem Dampfer viel Zeit. Versuchen Sie es doch mit einigen Kapiteln meines neuen Werkes. Wir geben diesen Versuch dann gleich zur Post, und ich teile meinem Verleger mit, daß ich Ihnen die Übersetzung gern übertragen würde, wenn er sie gut und brauchbar findet. Wir warten dann seine Antwort ab, und ist er einverstanden, dann können Sie all Ihre freie Zeit dazu verwenden, diese Übersetzung zu machen.«

Erregt faßte Jo ihre Hand und drückte ihre Lippen darauf.

»Sie sind so gut zu mir, wie soll ich Ihnen nur danken?«

»Still, kein Wort von Dank! Wenn Sie Ihre Sache gut machen, soll es mich freuen, wenn Sie nebenbei einen Extraverdienst haben.«

Erschrocken sah Jo sie an.

»O nein, so meinte ich es nicht; ich wollte nur meine viele freie Zeit nutzbringend für Sie verwenden.«

Mrs. Gley lachte.

»Oh, Sie kleine Schwärmerin, seien Sie doch ein wenig praktisch. Umsonst soll man nicht arbeiten, und ich würde das auch gar nicht leiden. Aber nun glauben Sie ja nicht, daß Sie mit einer Übersetzung ein Vermögen verdienen. Leider werden derartige Arbeiten nicht allzu hoch honoriert, weil zuviel Leute vorhanden sind, die sie ausüben können. Immerhin können Sie eine kleine Summe zurücklegen für unvorhergesehene Fälle. Also los, an die Arbeit! Ich will auch noch ein paar Stunden arbeiten und bedarf Ihrer nicht.«

Jo ging mit Feuereifer an die ungewohnte Tätigkeit. Wenn sie auch zuweilen für ihren Onkel Schriftstücke übersetzt hatte, so war das doch etwas ganz anderes als diese Arbeit. Sie ging ihr leicht von der Hand in einem eleganten, flüssigen Stil. Außerdem war sie mit ihrem ganzen Herzen bei dieser Aufgabe und hoffte, sie zufriedenstellend lösen zu können. Mrs. Gley gestattete ihr gern die Benutzung ihrer Schreibmaschine. Als sie in Tunis einliefen, hatte Jo die ersten Kapitel zu Ende gebracht. Auf Anraten ihrer Herrin hatte sie einen Durchschlag zurückbehalten, damit sie die Seiten nicht noch einmal zu übersetzen brauchte, falls die Sache perfekt wurde. Das Manuskript ging also ab, zugleich mit einem Schreiben Mrs. Gleys an ihren deutschen Verleger, dem sie mitteilte, daß sie es gern sehen würde, erhielte Miß Warren, eine Deutsche, den Auftrag, ihren Roman zu übersetzen. Da die alte Übersetzerin gestorben sei, wäre ein Wechsel ohnedies nötig geworden.

In Tunis verliefen die Tage zwischen Basarbesuchen und Ausflügen ins Innere des Landes. Bemerkenswertes ereignete sich hier nicht, und die Reise konnte dann mit demselben Dampfer fortgesetzt werden. Es war sehr heiß, und Mrs. Gley litt unter dieser Hitze mehr, als sie angenommen hatte. So war sie froh, wieder an Bord zu kommen, wo es doch bedeutend frischer war.

Jo umgab ihre Herrin mit der größten Aufmerksamkeit und suchte ihr nach Kräften die Strapazen der Reise zu erleichtern. Es gelang ihr auch, und langsam gewöhnte sich Mrs. Gley an die Hitze und fand ihre gute Laune wieder.

Von Tag zu Tag wurde das Verhältnis der beiden Damen zueinander inniger. Jo war es oftmals so, als könne eine gute Mutter sie nicht liebevoller umsorgen als diese seltene Frau. Daran änderte auch die Tatsache nichts, daß Mrs. Gley manchmal grillig und zornig war; denn das ging immer wieder schnell vorüber, und dann machte die alte Dame sich oft selber lustig über ihre unbeherrschten Ausfälle.

»Ich komme mir dann immer vor wie ein bissiger Hund, dem man einen Knochen abjagen will. Sie dürfen das nicht schwernehmen, Miß Jo. Ach nein, gestatten Sie mir schon, daß ich Sie kurzweg Jo nenne. Dieser Name ist so erfrischend kurz und paßt doch so gut zu Ihnen, weil er trotzdem etwas Apartes und Vornehmes hat. Wissen Sie, daß Sie eine sehr distinguierte Erscheinung sind?«

Jo wurde rot.

»Nein, das weiß ich nicht.«

»Aber ich! Wenn man aus so kleinen Verhältnissen stammt wie ich, merkt man das vielleicht am besten. Und das drollige ist, daß ich für wahre Vornehmheit schwärme, obwohl ich sie mir nie werde aneignen können.«

»Wollen Sie mich auffordern, Ihnen Komplimente zu sagen, Mrs. Gley? Ich kenne keine Frau, die in ihrem ganzen Wesen so echt vornehm wäre wie Sie.«

»Aber Kind, sagen Sie doch so etwas nicht. Ich bin eine ganz schlichte, unauffällige Erscheinung, stamme ich doch aus kleinbürgerlichen Kreisen.«

»Das hat gar nichts zu sagen. Und an Ihnen ist so viel echte Größe, daß Ihre Bescheidenheit bewundernswert ist. Ich bewundere Sie jedenfalls von Tag zu Tag mehr. Bitte, glauben Sie nicht, daß ich Ihnen Komplimente machen will; das liegt mir wahrhaftig nicht, ich würde mich dessen schämen. Aber ich muß es einmal aussprechen, daß Sie mir nicht nur als Schriftstellerin, sondern auch als Mensch die größte Hochachtung abnötigen und daß Ihre seelische Vornehmheit jeden Menschen für Sie einnehmen muß. Daß Sie sich immer schlicht und unauffällig kleiden, unterstützt diesen Eindruck noch.«

Mrs. Gley war rot geworden und half sich mit einem Scherz über ihre Verlegenheit fort.

»Was wird nun sein, wenn ich Ihnen glaube und mich von heute an wirklich für eine vornehme Frau halte?«

Jo mußte lachen über den drolligen Ausdruck ihres Gesichts, sagte aber herzlich, die Lippen auf ihre Hand drückend:

»Dann freue ich mich von Herzen. Ich finde, daß kein Mensch Ellen Gley weniger Gerechtigkeit zuteil werden läßt als diese Ellen Gley selber.«

Die alte Dame nahm plötzlich Jo in ihre Arme, küßte sie auf die Wange und sagte leise:

»Gutes Kind, Sie haben ein so ehrliches Gesicht, daß ich wirklich annehmen muß, daß Sie sprechen, wie Ihnen ums Herz ist.«

»O bitte, tun Sie das, Mrs. Gley«, bat Jo und bekam feuchte Augen.

Seit diesem Tag verkehrten die beiden Damen noch viel herzlicher miteinander als bisher und genossen gemeinschaftlich alle Schönheiten dieser Reise, allerdings auch deren Strapazen.

In Alexandrien angekommen, verließen sie den Dampfer, um erst einmal nach Kairo zu gehen.

Dort wurde Mrs. Gley in einen lebhaften geselligen Verkehr gezogen. Hier hielten sich viele Engländer auf, und jeder kannte den Namen Ellen Gley. Schon am ersten Morgen stand der ganze Frühstückstisch voller Blumen, die Verehrer der Autorin geschickt hatten, und es fanden sich viele Besucher ein, die ihre Aufwartung machen wollten. In Kairo gedachte Mrs. Gley einige Wochen zu bleiben. Es fanden sich auch einige direkte Bekannte von ihr ein, darunter ein junger Lord Raleigh, mit dem sie sich lustig neckte. Sie war einige Wochen auf dem Landgut seiner Eltern zu Besuch gewesen, und »bei dieser Gelegenheit hatten sie sich kennen und lieben gelernt«, wie Lord Raleigh behauptete. Darauf sagte Mrs. Gley zu ihm in ihrer humorvollen Art:

»Bitte, Bobby, kompromittieren Sie mich nicht; ich möchte wirklich nicht in den Verdacht kommen, Ihre zahlreichen Liebschaften um eine zu vermehren.«

»Wollen Sie mir das Herz brechen, Mistreß Gley?«

»Ist daran noch etwas zu zerbrechen, Bobby?«

Mit einem drolligen Gesicht befühlte und beklopfte der junge Lord seine Brust und sagte dann seufzend:

»Viel ist wirklich nicht mehr heil daran, zumal es eben wieder einen ganz schlimmen Knacks bekommen hat.«

Bei diesen Worten machte er Jo seine schönsten und eroberungslustigsten Augen.

Nach seinem Weggang sagte Mrs. Gley:

»Ich hoffe, Sie nehmen Bobby Raleigh nicht tragisch, Jo; er ist ein sehr liebenswürdiger Windhund und kann nun mal nicht in ein Paar schöne Frauenaugen sehen, ohne Feuer und Flamme dafür zu sein. Lassen Sie sich ruhig seine Huldigungen gefallen, aber glauben Sie um Himmels willen nicht, daß es ihm Ernst damit ist. Wie ein Schmetterling fliegt er von Blume zu Blume. Und schließlich kann ich es ihm nicht einmal verdenken, daß er bei Ihnen keine Ausnahme macht.«

Jo lächelte ein wenig schwermütig.

»Sie brauchen meinetwegen nicht in Sorge zu sein, Lord Raleigh wird meine Herzensruhe nicht gefährden.«

Ihre Herrin sah sie forschend an. Sie kam wieder einmal zu der Ansicht, daß Jos Herz trotz ihrer Versicherung nicht ganz frei sein könne. Aber dann mußte es eine unglückliche Liebe sein, die nicht auf Erfüllung hoffen durfte.

Also beunruhigte sie sich bezüglich Jos nicht. Aber um so besorgter wurde sie wegen Bobby Raleigh, der gar nicht lange brauchte, um sich mit solcher Vehemenz in Jo zu verlieben, daß er kaum noch von ihrer Seite wich.

Bobby nahm es sehr ernst mit seiner Liebe, obwohl Jo ihn immer kühl-freundlich behandelte und ihn zuweilen durch ihre Ironie zur Verzweiflung brachte. Als er hörte, Mrs. Gley beabsichtige eine ausgedehnte Nilfahrt mit Jo zu unternehmen, erklärte er sofort, sich anschließen zu wollen. Leider taten das aber auch noch verschiedene andere Herren und Damen. Das war Ellen Gley durchaus nicht angenehm. Bobby hätte sie ganz gern in ihrer Gesellschaft geduldet, denn abgesehen davon, daß er ein großer Kurmacher war, wirkte er immer erheiternd auf sie, und sie konnte ihn trotz aller seiner Schwächen gut leiden. Aber die andern Herrschaften störten sie. Sie war jedoch nicht imstande zu verhindern, daß sie sich anschlossen. Vor allen Dingen war die junge Lady Sholms sehr darauf aus, mitzukommen, denn sie war bis über beide Ohren in Bobby verliebt und machte ihm ihre schönsten Augen, ohne daß er davon Notiz genommen hätte. Er kannte sie viel zu gut und zu lange, um noch durch ihre Reize gerührt zu werden.

Es ging auch in diesem Fall, wie es meistens zu gehen pflegt; es geschieht das, was die aufdringlichsten Leute beschließen. Und so waren acht Personen für diesen Ausflug zusammengekommen.

Da Bobby bis zum Aufbruch zur Nilfahrt schon so heftig in Jo verliebt war, daß es Mrs. Gley besorgniserregend schien, nahm sie ihn auf die Seite und redete ihm ins Gewissen:

»Es hat absolut keinen Zweck, lieber Bobby, wenn Sie sich immer mehr in eine Leidenschaft für Miß Warren hineinsteigern. Merken Sie denn nicht, daß das völlig aussichtslos ist, daß Miß Warren nichts von Ihnen wissen will?«

»Ja, das merke ich wohl, aber gerade darum finde ich sie reizend und anbetungswürdig, und zum ersten Mal in meinem Leben denke ich ernsthaft an eine Heirat.«

»Mit Miß Warren?«

»Ja, mit ihr, nur mit ihr!«

»Aber sie denkt nicht daran, Ihre Frau zu werden.«

»Das wird sie sich schon noch überlegen.«

»Lieber Bobby, ganz abgesehen davon, daß Miß Warren sich sehr wohl zur Gattin eines Lords eignen würde, aber was sollen Ihre Eltern dazu sagen, wenn Sie ihnen meine ehemalige Gesellschafterin und Reisebegleiterin, noch dazu ein ganz armes Mädchen, als Schwiegertochter bringen wollten?«

Bobby blieb ungerührt.

»Mama wird in Ohnmacht fallen, aber bald wieder zu sich kommen, und Papa wird mich im höchsten Zorn enterben, wird mir aber, sobald er Miß Warren kennengelernt hat, einen doppelt hohen Wechsel geben. Papa und Mama werden sich binnen vier Wochen gegenseitig den Rang ablaufen, wer Miß Jo verwöhnen darf, und ich werde unaussprechlich glücklich sein.«

»Bis Ihr flatterhaftes Herz wiederum zu einer andern fliegen würde.«

»Ausgeschlossen, das ist unmöglich, diesmal sitzt es tief!«

»Das haben Sie mir schon oft versichert.«

»Nein, nein, diesmal ist es wirklich ernst. Sagen Sie doch selbst, ist sie nicht reizend, nicht anbetungswürdig? Wird sie nicht eine stolze Lady abgeben?«

»Seien Sie um Gottes willen einmal ernsthaft, Bobby; es geht doch nicht. Verlieben Sie sich lieber in die junge Lady Sholms. Da paßt alles gut zusammen, sie würde von Ihren Eltern mit Freuden als Schwiegertochter begrüßt werden. Und sie liebt Sie und ist doch auch ein reizendes Mädchen, mit viel Charme und Frohsinn; das wäre wirklich eine passende Frau für Sie.«

»Ja, viel zu passend! Meine Eltern haben mir schon vielzuviel in den Ohren gelegen, daß ich sie heiraten soll, einfach, weil alles so herrlich paßt. Das genügt schon, um mich widerspenstig zu machen.«

»Ja, Ihre Eltern haben den Fehler begangen, sie Ihnen zu empfehlen. Es wäre besser gewesen, sie hätten Ihnen mit Fluch und Enterbung gedroht, falls Sie es sich einfallen ließen, sie zu Ihrer Frau zu machen. Sie reizt doch immer nur das Verbotene.«

Bobby küßte ihr die Hand.

»Wie gut Sie mich kennen, Mrs. Gley. Wenn Sie in meinem Alter wären, hätten nur Sie meine Frau werden müssen.«

»Sie sind ein Kindskopf, Bobby! Ich würde mich noch viel mehr über diese Sache aufregen, wenn ich zum Glück nicht genau wüßte, daß Sie sich einen Korb bei Jo holen würden, falls Sie wirklich um ihre Hand anhalten wollten.«

Beleidigt sah Bobby sie an.

»Halten Sie das wirklich für möglich?«

»Unbedingt!«

»Ich glaube Ihnen nicht, wenn sie sich vorläufig auch noch ein wenig wehrt; das tun zum Glück alle Frauen zuerst, sonst wäre ja auch jeder Flirt zum Sterben langweilig.«

»Mit einer Frau wie Jo Warren flirtet man aber nicht. Dazu ist sie zu gut.«

»Ja doch, deshalb will ich sie doch heiraten!«

»Da sind wir wieder auf dem alten Fleck. Bobby, Sie werden sich doch nicht der Blamage aussetzen, sich einen Korb zu holen? Seien Sie vernünftig – verlieben Sie sich in Lady Sholms, dann ist alles in bester Ordnung.«

»Dann können Sie mir ebensogut zumuten, daß ich mir das Herz aus der Brust reißen und mir ein anderes dafür einsetzen lassen soll.«

»Puh! Wie tragisch! Bobby, ich wette, in vier Wochen ist dieser Traum ausgeträumt. Bitte, wachen Sie doch auf, ehe Sie sich einen Korb holen. Bei Lady Sholms werden Sie keinen bekommen, die liebt Sie ehrlich, mit all Ihren Fehlern und Schwächen.«

»Wer kann das wissen?«

»Ich bin doch ein wenig Menschenkennerin.«

Er riskierte einen Seitenblick auf Lady Sholms, aber dann sah er wieder auf Jo, die mit einigen Herren plauderte, und da fielen Lady Sholms Chancen sogleich wieder ab.

»Geben Sie sich keine Mühe mehr, Mrs. Gley, Sie stimmen mich doch nicht um. Ich weiß schon, Sie wollen mir nur bange machen vor einem Korb. Aber das gelingt Ihnen nicht. Ich werde mir Miß Warrens Liebe schon erringen.«

»Nun gut, so verbrennen Sie sich die Finger! Weiter wird es ja gottlob bei Ihnen nicht gehen als bis an die Fingerspitzen.«

Er sah sie mit lachenden Augen an.

»Mrs. Gley, ich lade Sie schon jetzt ein zu meiner Hochzeit mit Miß Warren.«

»Ich sage nichts weiter, Bobby. Gewarnt habe ich Sie, nun müssen Sie selbst die Folgen tragen.«

Er lachte sie unbeschwert an. Dieses Schoßkind des Glücks hielt es wirklich nicht für möglich, daß ihm einmal ein Wunsch unerfüllt bleiben könnte. Aber trotzdem trat er für eine Weile zu Lady Sholms heran und plauderte mit ihr. Und als die Farbe sehr lebhaft in das sonst ein wenig blasse Gesicht der jungen Dame stieg, dachte er beifällig: »So übel ist sie gar nicht, wenn sie sich auch mit Miß Warren nicht messen kann.«

Und dann schlenderte er weiter auf dem breiten Gartenweg, der um das Hotel Sheppard herumführte, und trat zu Jo, die noch mit den Herren plauderte. Es waren ältere Herren, zu denen sie besonders freundlich und liebenswürdig war. Bobby gegenüber fand sie schnell einen kühleren Ton.

»Mrs. Gley verlangt nach Ihnen, Miß Warren; darf ich Sie zu ihr führen?«

Dadurch setzte Bobby die anderen Herren gewissermaßen matt und führte Jo davon. Aber er suchte nicht Mrs. Gley mit ihr auf, und als sie merkte, daß er eine andere Richtung einschlagen wollte, sagte sie ruhig:

»Ich will Sie nicht weiter bemühen, Lord Raleigh; da drüben sehe ich Mrs. Gley.«

»Lassen Sie uns doch noch ein wenig promenieren«, bat er.

»Sie sagten mir doch, Mrs. Gley verlange nach mir.«

Er lachte.

»Das war Schwindel! Ich wollte nur Ihre Gesellschaft ein wenig für mich haben; die Herren, mit denen Sie plauderten, genossen dieselbe schon viel zu lange.«

»Würden Sie mich das in Zukunft nicht lieber selbst beurteilen lassen, Lord Raleigh?«

»Seien Sie doch nicht immer so abweisend zu mir. Alle anderen Menschen behandeln Sie liebenswürdig und gütig, mich dagegen sehr schlecht.«

Sie sah ihn groß und ernst an.

»Wahrscheinlich verdienen Sie es nicht besser?«

»Ich? Bete ich Sie nicht an?«

»Das eben sollen Sie nicht. Es paßt sich nicht für meine Stellung, angebetet zu werden. Seien Sie doch vernünftig, Sie erschweren mir meine Stellung dadurch, daß Sie mich auszeichnen wollen, und Ihre Anbetung, wenn ich mich so ausdrücken darf, wird von anderer Seite sehr übel vermerkt.«

Sie sagte das mit sehr ernstem Ton und sah ihn vorwurfsvoll an. Er bekam eine rote Stirn.

»Hat Lady Sholms Sie gekränkt?«

Ein leichtes Lächeln huschte um ihren Mund.

»Lady Sholms hat mich noch nie eines Wortes gewürdigt, aber – das spricht vielleicht Bände.«

»Machen Sie sich doch nichts daraus!«

Jo blieb stehen, und ihr Gesicht sah plötzlich blaß und leidend aus. Sie wußte, daß sie im Grunde keinen guten Ruf mehr zu verlieren hatte, weil sie ihn, wenn auch unschuldig, schon verloren hatte. Aber die feurige Anbetung des jungen Lords konnte sie auch hier ins Gerede bringen, und das wollte sie schon Mrs. Gley nicht antun.

»Würden Sie mir einen Gefallen tun, Lord Raleigh?«

»Unbedenklich jeden!«

»Dann kümmern Sie sich bitte nicht mehr um mich; ich bitte darum, weil es mir wirklich meine Stellung erschwert.«

Er wurde ein wenig blaß.

»Ist das Ihr Ernst, Miß Warren? Auch wenn ich Ihnen sage, daß ich die Absicht habe, Sie zu meiner Frau zu machen?«

Das Rot der Überraschung stieg ihr ins Gesicht. Das hatte sie nicht erwartet, hatte nur geglaubt, er suche einen kleinen Flirt mit ihr.

»Mein Gott, Lord Raleigh! Das ist doch hoffentlich nicht Ihr Ernst.«

»Doch!«

»Nein, nein, sagen Sie das nicht, das ist ja unmöglich!«

»Finden Sie mich so unausstehlich?«

Nun huschte doch ein Lächeln um ihren Mund; er sah plötzlich aus wie ein betrübter Schuljunge, dem man einen Wunsch unerfüllt lassen will.

»Nein, ganz gewiß nicht, ich finde Sie liebenswürdig und amüsant und würde mich herzlich freuen, wenn Sie mir ein wenig Freundschaft entgegenbringen wollten. Ich bin nur so abweisend gewesen, weil ich ahnte, daß Sie sich in eine zwecklose Zuneigung für mich hineinsteigerten, die mich zwingen würde, Sie kränken zu müssen.«

»Aber warum müssen Sie das tun?«

»Weil ich niemals Ihren Wunsch erfüllen kann und Ihnen das sagen muß.«

»So könnten Sie mich keinesfalls lieben?«

»Nein, nicht so, daß ich Ihre Frau werden möchte.«

»Habe ich Ihnen denn nicht allerlei zu bieten, was auch bei einer wählerischen Dame in Betracht kommt?«

»Vielzuviel, Lord. Und dazu noch eine wirklich liebenswerte Persönlichkeit; Sie würden jede Frau glücklich machen können, nur nicht eine, die – das sage ich Ihnen unter strengster Diskretion – ihr Herz schon längst nicht mehr zu verschenken hat.«

Erblassend trat er einen Schritt zurück.

»Ah, Sie lieben einen andern und werden diesen andern mit Ihrer Hand beglücken? Ich komme zu spät?«

»Ja, und deshalb braucht es Sie nicht zu kränken. Im übrigen werde ich den Mann, dem mein Herz gehört, nie heiraten, weil es unmöglich ist.«

»Sie wollen doch nicht sagen, daß er Sie nicht liebt?«

Ein Leuchten brach aus ihren Augen, das ihn bis ins Herz traf. Ja, Bobby Raleigh spürte zum ersten Mal ganz deutlich, daß er ein Herz hatte, das weh tun konnte.

»Doch, er liebt mich vielleicht nicht weniger als ich ihn, aber trotzdem werden wir nie zusammenkommen können. Sprechen wir, bitte, nicht weiter darüber. Ich vertraue Ihnen das nur an, um Sie zu hindern, sich tiefer in eine aussichtslose Neigung zu verstricken. Es würde mir sehr leid tun, wenn ich Sie betrüben müßte.«

Tief seufzte er auf und strich sich über die Stirn.

»Sie sind trotz alledem noch viel anbetungswürdiger, als ich glaubte, und es tut wirklich herzhaft weh, das können Sie mir glauben. Aber es ist sehr ehrenhaft von Ihnen, daß Sie mir das sagten. Ich danke Ihnen. Und – wenn ich erst über diese Krise hinweg bin, dann, ja – dann müssen Sie mir gestatten, daß ich Ihnen meine Freundschaft entgegenbringe.«

»Gern, ich freue mich darauf. Und ich wünsche Ihnen, daß Sie auch diesmal sehr schnell über diese Neigung hinwegkommen! Mrs. Gley sagte mir, daß Sie wie ein Schmetterling von Blume zu Blume flattern.«

»Ja, das tat ich einmal, aber ich glaube, nun sind mir die Flügel gebrochen.«

Schelmisch lächelnd sah sie ihn an.

»Die werden wieder heil, denke ich!«

Er sah sie wehmütig an und fand plötzlich, daß so ein bißchen Wehmut eigentlich recht glücklich mache, sie vertiefe die Gefühle.

»Was fange ich nun an mit meiner unglücklichen Liebe, Miß Warren?«

Jo sah zu Lady Sholms hinüber.

»Tragen Sie die Liebe zu einer andern, Lord Raleigh, die glücklich sein wird, Sie heilen zu können.«

Er seufzte zum Steinerweichen.

»Das wird nicht so schnell gehen.«

»Ich muß jetzt aber zur Mrs. Gley hinüber, Lord Raleigh; bitte entschuldigen Sie mich.«

Er ließ sie gehen, stand noch eine Weile auf demselben Fleck, wandte sich dann auf dem Absatz herum und trat zu Lady Sholms heran, deren Augen aufleuchteten, was ihm nicht entging und Balsam auf seine Wunden legte.

Jo aber eilte zu ihrer Herrin, die wohl beobachtet hatte, daß Bobby sich mit ihr unterhalten hatte.

»Nun, Jo, ist Ihre Unterredung mit Lord Raleigh friedlich verlaufen?«

Jo lachte ein wenig.

»Ich hoffe es, Mrs. Gley.«

»Kindchen, Sie haben an ihm eine sehr ernsthafte Eroberung gemacht, er hat mir vorhin gesagt, er wolle Sie heiraten.«

Jo wurde ein wenig rot, sah ihre Herrin aber offen und ernsthaft an und erwiderte:

»Da er es Ihnen gesagt hat, brauche ich nicht zu verheimlichen, daß er mir das soeben gleichfalls mitgeteilt hat.«

»Ah!« rief Mrs. Gley gespannt. »Und Sie? Wie stellen Sie sich dazu?«

»Ich habe ihn abgewiesen, Mrs. Gley; so leid es mir tat, ihm weh tun zu müssen.«

Forschend sah Mrs. Gley Jo an.

»Haben Sie sich das auch gut überlegt? Die Raleighs sind ein reiches und vornehmes Geschlecht, und Bobby wird von seinen Eltern so sehr geliebt, daß sie schließlich auch Sie als Schwiegertochter willkommen heißen würden. Bobby war fest davon überzeugt.«

»Es gab für mich nichts zu überlegen, Mrs. Gley.«

Diese nickte.

»Ich habe es gewußt! Eine Frau wie Sie wählt nur mit dem Herzen, nicht mit dem Verstand.«

»Es gab gar keine Wahl für mich.«

»Das ahnte ich bereits. Zuweilen steht in Ihren Augen ein Schicksal, wenn Sie es auch zu verbergen suchen. Aber ich will mich nicht in Ihr Vertrauen drängen.«

»Liebe, teure Mrs. Gley, das brauchen Sie gewiß nicht; Sie besitzen mein ganzes Vertrauen, und ich bin stolz darauf, daß auch Sie mir das Ihre geschenkt und mir so manches aus Ihrem Leben erzählt haben. Ich wünsche mir nichts mehr, als daß auch ich Ihnen einmal alles sagen dürfte, was mir das Herz bedrückt. Ich, ja, ich glaube, es würde mir wohltun. Aber noch darf ich es nicht, ich gab mein Wort, zu schweigen; gab es freilich einem wertlosen, schlimmen Menschen, aber auch unter diesen Umständen muß man doch sein Wort halten, nicht wahr?«

»Ganz gewiß.«

»Also, wenn ich eines Tages sprechen darf, werde ich Ihnen meine Geschichte erzählen und hoffe, daß Sie mir auch dann noch gut bleiben. Ich bin dessen nicht unwert, wenn ich auch – ach nein, bitte, warten Sie noch!«

Mrs. Gley streichelte leicht über ihre Hand.

»Ich warte, Jo; seien Sie ganz ruhig, und was auch hinter Ihnen liegt, ich werde Verständnis dafür haben. Nun für jetzt nichts mehr davon. Wie trug der junge Lord sei nen Korb? Ich glaube, es war der erste, den er in seinem Leben bekam, denn er hat wohl noch nie einer Frau einen ernsthaften Antrag gemacht.«

Jo lächelte.

»Er wird es überwinden; vielleicht führt er ihn zu Lady Sholms, die, wie Sie mir sagten, seinen Eltern als Tochter sehr willkommen sein würde. Ich habe ihm ein wenig den Weg gezeigt, und wie ich sehe, unterhält er sich eben sehr angeregt mit ihr.«

Ihr altes humorvolles Lächeln umspielte Ellen Gleys Lippen:

»Ich wies ihm diesen Weg auch, aber Ihr Hinweis ist vielleicht wirksamer gewesen. Wir wollen ein Komplott schmieden, Jo, und wollen ein bißchen Schicksal spielen. Vielleicht gelingt es uns gerade jetzt, Bobby ernsthaft zu interessieren.«

Ein schelmisches Lächeln huschte um Jos Mund.

»Ich bin gern dabei, mir Lady Sholms Gunst zu erwerben, vorläufig scheint sie mir sehr gram zu sein.«

»Das wird sich sofort ändern, wenn sie merkt, daß Bobby nicht von Ihnen eingefangen werden soll. Sie ist sonst ein sehr liebenswürdiges und kluges Geschöpf. Aber bei der Liebe hört die Vernunft meistens auf. Sie liebt Bobby und steht Ihnen deshalb, vielleicht unbewußt, feindlich gegenüber. Das soll aber bald anders werden. Ich werde ihr gegenüber gelegentlich einige Worte fallen lassen, die sie darüber aufklären, daß sie von Ihnen nichts zu fürchten hat. Ich glaube, dann wird sie sich gleich viel besser mit Ihnen stellen.«

»Sie sind klug und gütig wie immer und werden die richtigen Worte finden, ohne irgend etwas über Lord

Raleighs Werbung fallen zu lassen. Das möchte ich um keinen Preis.«

Ellen Gley nickte ihr zu.

»Keine Sorge! Es freut mich aber, daß Sie sich nicht mit dieser Eroberung brüsten wollen. Andere an Ihrer Stelle würden nicht so diskret sein.«

Sie wurden jetzt durch einige Damen gestört, die herantraten, um mit Ellen Gley über die geplante Nilfahrt zu plaudern.

14

Am Abend dieses Tages, als Jo ihr Zimmer aufgesucht hatte, beendete sie ihre für den Onkel aufgeschriebene Beichte. Sobald sie mit Mrs. Gley in Bombay angekommen sein würde, wollte sie diesen langen Brief eingeschrieben zur Post geben. Dann gelangte er Mitte August in die Hände ihres Onkels.

Am übernächsten Tag, ganz früh am Morgen, bestieg die kleine Gesellschaft den Nildampfer, der sie bis nach Wadi Halfa bringen sollte. In Luksor sollte die Fahrt allerdings unterbrochen werden. Man wollte dort einige Tage bleiben, um in Ruhe die Tempelruinen und die Königsgräber besichtigen zu können. Der Dampfer würde dann ohne sie weiterfahren, um sie einige Tage später wieder zur Weiterfahrt aufzunehmen.

Man fuhr an Heluan vorüber, das die meisten schon von Kairo aus mit der Bahn besucht hatten, um sich dort die berühmte, schöne und interessante Hotelstadt Al Hayat anzusehen, deren weiße Mauern bis zum Nil herüberleuchteten. Auf der andern Seite ragten, weit entfernt, die Pyramiden auf, und etwas südlicher die geheimnisvolle Sphinx. Diese Wunder der Baukunst hatten Jo und Ellen Gley schon einige Tage früher besucht, und die letztere meinte humoristisch, daß ihr das Verständnis für diese grandiosen Steinhügel abgehe, die da im grauen Altertum aufgetürmt worden seien.

»Weibliche Wesen, die so alt sind wie diese Sphinx, können keine Anziehungskraft auf mich ausüben. Ich finde auch nichts Geheimnisvolles an ihr. Aber bitte, Jo, verraten Sie niemand meine ketzerische Ansicht, ich möchte nicht gesteinigt werden.«

So sagte sie zu Jo.

Nun lagen diese Riesenbauwerke weit drüben, jenseits des Nils, und Ellen Gley fand, daß sie sich aus der Entfernung wirkungsvoller ausnähmen als in der Nähe. Aber sie stimmte nicht mit ein in die bewundernden Ahs und Ohs ihrer Begleitung. Selbst wenn sie alles ebensosehr bestaunt hätte wie jene, wäre dergleichen nicht über ihr Lippen gekommen. Sie empfand derartige aufgeregte Aussprüche als sehr störend.

Freilich, wie sich hinter diesen Bauwerken der Himmel im tiefsten Blau spannte und am Horizont blendendes Licht den Hintergrund für die Szenerie abgab, das entzückte sie, und sie hätte ausrufen mögen:

»Nur für fünf Minuten Ruhe, meine Herrschaften!«

Jo verstand sie sehr wohl, ihr erging es ähnlich.

Sie atmeten beide auf, als sich die laute Begeisterung der Gefährten ein wenig gelegt hatte.

Es ging nun in langer Fahrt weiter bis Dederah, gleich hinter Theben, wo der Nil eine große Krümmung machte, und nun war es nicht mehr weit bis Luksor.

Schon während der Fahrt merkte Jo, daß Lady Sholms einige Male mit ihr sprach, was sie bisher vermieden hatte, und Jo gab ihr freundlich Antwort. Sie merkte, Mrs. Gley war schon am Werk gewesen.

Und als man in Luksor an Land ging und Lord Raleigh den Damen beim Aussteigen behilflich war, legte Lady Sholms die Hand in Jos Arm und meinte liebenswürdig, sie habe vorher gar nicht gewußt, daß Jo ein so vorzügliches Englisch spreche, sonst hätte sie schon früher gern mit ihr geplaudert.

»Mrs. Gley hat es mir verraten. Sie ist eine entzückende Frau, nicht wahr, und ich finde ihre Bücher begeisternd.«

Da schwärmte Jo von Herzen mit, und als sich nun auch noch Bobby den beiden Damen anschloß und mit ihnen plauderte, war Lady Sholms sehr zufrieden. Mrs. Gley hatte wirklich einige Worte fallen lassen, die sie bezüglich Jos beruhigten. Sie hatte zu der Lady gesagt:

»Miß Warren ist ein sehr wertvoller Mensch, wenn auch ein wenig ernst und still, weil Schweres hinter ihr liegt. Ich freue mich, daß Lord Raleigh sich ihrer ein wenig annimmt, auf meine spezielle Bitte hat er das getan. Und ich glaube, sie ist die einzige Frau, für die er rein freundschaftliche Gefühle hegt und mit der er niemals einen Flirt beginnen würde.«

Da hatte die junge Lady interessiert gelauscht und etwas zweifelnd gefragt:

»Sind Sie dessen wirklich sicher, Mrs. Gley?«

Diese hatte energisch mit dem Kopf genickt.

»Unbedingt. Ich weiß es von ihm selbst, und ebenso von Miß Warren, daß sie nur ganz freundschaftlich miteinander verkehren.«

Da gerade in dieser Zeit Lord Raleigh sich mehr um die Lady bemühte und dabei die Worte fallen ließ: »Miß Warren hat mich aufmerksam gemacht, was für schöne und sprechende Augen Sie haben, Lady Sholms«, so glaubte diese wirklich, daß Jo keine Gefahr für ihre Wünsche und Hoffnungen bedeute.

Es kam auf dieser Fahrt ganz von selbst, daß Jo und die Lady etwas näher miteinander bekannt wurden.

Als man in Luksor auf der Hotelterrasse eine unwahrscheinlich schöne Mondnacht verlebte, wußten es Mrs. Gley und Jo so einzurichten, daß Bobby und Maud Sholms eine Weile draußen im Mondschein allein blieben. Bobbys verwundetes Herz sehnte sich nach Heilung und Maud Sholms nach Bobbys Liebe.

Es kam, wie es in diesen Fällen so kommt, plötzlich lag Maud in Bobbys Armen, und ihre Lippen verstanden so heiß und leidenschaftlich zu küssen, daß Bobby hätte von Stein sein müssen, wenn er nicht ebenso leidenschaftlich wiedergeküßt hätte.

Und Jo und Mrs. Gley erschienen dann gerade zur rechten Zeit, um es bei Bobby nicht erst wieder zu einer Ernüchterung kommen zu lassen. Ellen Gley gratulierte, und dann gratulierte auch Jo, und die Verlobung war perfekt. Maud warf sich plötzlich in Jos Arme, als diese sie herzlich beglückwünschte, und gestand ganz verwirrt:

»Denken Sie nur, Miß Warren, ich war eifersüchtig auf Sie und ahnte nicht, daß Bobby mich liebte.«

Über ihre Schulter hinweg wechselte Jo mit Bobby einen schelmischen Blick und sagte lächelnd:

»Da waren Sie in einem großen Irrtum befangen, Lady Sholms.«

Als Bobby ein wenig später mit seiner Braut eine Mondscheinpromenade am Nilufer entlang machte, und diese noch einmal darauf zu sprechen kam, daß sie auf Jo eifersüchtig gewesen sei, da meinte Bobby, noch ein leises schmerzliches Zucken in seinem Herzen zu verspürend:

»Was denkst du, Maud, sie hat ihr Herz anderweitig verschenkt, und wenn wir zusammen plauderten, warst du meistens der Gegenstand unserer Unterhaltung. Sie hat dich immer sehr reizend gefunden.«

Der Wahrheit gemäß fand Bobby Maud jetzt ebenfalls sehr reizend, als sie weich und hingebend in seinen Armen lag und ihn mit ihren liebevollen blauen Augen anstrahlte. Er hatte gar nicht geahnt, daß soviel Wärme von ihr ausgehen könnte, und sein wundes Herz begann zu heilen.

Mrs. Gley gab noch an diesem Abend mit Bobbys Einverständnis ein Telegramm an dessen Eltern auf, in dem sie ihnen die sehnlichst gewünschte Verlobung mitteilte.

Als man alles Sehenswerte in Luksor angestaunt hatte, ging die Reise weiter nilaufwärts, über Edfu, Kom Ombo und Assuan. Man passierte die großen Stauwerke des Nils und sah rechts Abu Simbel und links Korosko, bis man Wadi Halfa erreicht hatte, von wo aus man per Eisenbahn noch einen Ausflug nach Chartum machte.

Ellen Gley war froh, als diese Nilreise zu Ende ging.

Es war sehr gegen ihren Geschmack, solche Ausflüge in größerer Gesellschaft zu machen, und sie flüsterte Jo zu:

»Jetzt freue ich mich doppelt darauf, wenn wir wieder allein sind.«

Jo hatte dasselbe Empfinden, aber sie ertrug diese Gesellschaft leichter als ihre Herrin, weil sie noch jung und anpassungsfähig war. Immerhin freute sich Ellen Gley, daß sie ihren Freunden hatte helfen können, ihren etwas flatterhaften Sohn in den Hafen der Ehe zu lancieren. Man fand auch bei der Rückkehr nach Kairo ein sehr freudiges Telegramm von Lord Raleighs Eltern vor und ein ebensolches von denen Mauds. Denn diese reiste nur in Gesellschaft ihrer etwas altjüngferlichen Tante, die ihre Nichte wie eine ängstliche Gluckhenne umflatterte und die ganz bestimmt eine Verlobung ihres Schützlings unmöglich gemacht hätte, wenn Jo und Ellen Gley nicht geholfen und die Tante ferngehalten hätten.

Aber auch für Mrs. Gley war inzwischen Post gekommen, nämlich von ihrem deutschen Verleger, der ihr mitteilte, daß Jos Übersetzung erstklassig sei, die beste Übersetzung aus dem Englischen, die ihm jemals vorgelegen habe. Ob die Dame nicht auch andere Romane aus dem Englischen für ihn übersetzen würde. Er zahle ihr dasselbe Honorar wie ihrer Vorgängerin.

Lächelnd reichte Mrs. Gley Jo diesen Brief. Diese wechselte bei der Lektüre mehrere Male die Farbe und drückte dann den Brief ans Herz.

»Wie herrlich, Mrs. Gley! Darf ich das wirklich glauben, oder hat der Verleger nur Ihnen einen Gefallen tun wollen?«

Ellen Gley lachte.

»Nein, nein, Jo, derartige Verleger gibt es nicht. Sie können ganz sicher sein, daß er mit Ihrer Arbeit sehr zufrieden ist. Also nun können Sie mit der Übersetzung meines Romans fortfahren. Und wie ist es dann mit weiteren Arbeiten für den Verlag?«

Unsicher zuckte Jo die Achseln.

»Das würden Sie doch nicht erlauben?«

»Warum nicht?«

»Ich würde zuviel Zeit für mich verwenden.«

»Aber Kind, wenn ich erst selbst wieder arbeite, werde ich oft gar keine Verwendung für Sie haben. Dann können Sie sehr gut Übersetzungen machen. Sie haben doch Freistunden genug!«

»Wie gut Sie sind, Mrs. Gley. Aber wenn Sie mir das wirklich erlauben wollten, müßte ich darauf bestehen, daß Sie mein Gehalt kürzen.«

»Ah, stolz lieb' ich den Spanier! Gut, ich kürze Ihr Gehalt um ein Drittel, sobald Sie das erste Übersetzungshonorar bekommen haben.«

»Dabei würden Sie aber sehr schlecht wegkommen.«

»Nun gut! Sie leisten mir soviel Dienste, die gar nicht in Ihr Amt einbegriffen sind, und – ich habe Sie liebgewonnen, kleine Jo, und möchte Ihnen voranhelfen. Wenn meine Reise hinter mir liegt, habe ich vielleicht kaum noch Verwendung für Sie. Dann will ich wissen, daß Ihr Schicksal auch ohne mich gesichert ist. Ich werde Ihnen einen Vertrag für meinen deutschen Verleger aufsetzen, er soll merken, daß er in Ihnen eine Kraft bekommt, die ihm wertvoll sein wird. Wie ist es mit dem Französischen? Ich weiß doch, in dieser Sprache sind Sie ebenfalls firm. Soll ich dem Verleger mitteilen, daß Sie auch französische Werke übersetzen können? Trauen Sie sich das zu?«

»Ganz gewiß, wenn mir die Kapitel aus Ihrem Roman gelungen sind, werde ich auch französische Werke übersetzen können.«

»Gut! Also ich werde meinem Verleger in diesem Sinne schreiben. Ich werde ihn sehr scharf auf Sie machen und anständige Honorare fordern. Das kann ich Ihnen keinesfalls überlassen, Sie sind für solche Verhandlungen viel zu bescheiden.«

Stumm und sehr bewegt zog Jo Ellen Gleys Hand an ihre Lippen, und diese schloß sie liebevoll in ihre Arme.

»Kindchen, erst seit ich Sie um mich habe, fühle ich, wie schön es sein müßte, eine Tochter zu besitzen. Was meinen Sie, würden Sie sich nicht entschließen können, später ganz nach England überzusiedeln und in meiner Nähe zu leben? Ich möchte mich nicht gern wieder von Ihnen trennen. Sie könnten in meinem Haus wohnen. Dafür müßten Sie mir ab und zu Gesellschaft leisten, vor allen Dingen auch bei den Mahlzeiten, damit ich nicht gar so einsam bin. Ich fürchte, wenn ich Sie nicht mehr bei mir haben kann, würde ich erst merken, wie einsam ich vorher immer gewesen bin. Wir könnten gemeinsam arbeiten, ich schreibe Romane, und Sie machen Übersetzungen. Wie stellen Sie sich dazu?«

Jo hatte versonnen zugehört. Sie sagte sich, es sei sehr gut, brauchte sie nicht mehr in Deutschland zu leben. Im Ausland würde niemand von ihrem Schicksal wissen. Impulsiv ergriff sie Ellen Gleys Hand.

»Das wäre wunderschön, Mrs. Gley. Ich muß Ihnen gestehen, daß ich Sie liebe und verehre wie eine Mutter.

Was Sie mir bieten, ist herrlich, ist wundervoll, aber ehe Sie sich wirklich dazu entschließen, müssen Sie meine Geschichte hören. Mitte August werde ich sie Ihnen erzählen können. Und halten Sie mich dann noch für wert, mich in Ihr Haus aufzunehmen, dann – oh, ich kann nicht sagen, wie dankbar ich Ihnen dann sein werde.«

Die Bewegung übermannte Jo, und ihre Augen standen voll Tränen. Ellen Gley streichelte ihr Haar.

»Darüber besteht für mich schon jetzt kein Zweifel. Also, ich schreibe an meinen deutschen Verleger, und zwar heute noch, und dann werden wir weitersehen.«

Damit wurde Jo entlassen. Sie zog sich in ihr Zimmer zurück und sank in einen Sessel. Ihre Gedanken waren bei dem, was sie soeben mit ihrer Herrin besprochen hatte. Ihr Herz war voller Dankbarkeit für diese gütige Frau. Und eine schwere Sorge fiel von ihr ab, die, was aus ihr werden sollte, wenn Mrs. Gley sie eines Tages entlassen würde. Sie hatte nunmehr Aussicht auf eine gesicherte Existenz. Sehr viele Mühe wollte sie sich geben, die Übersetzungen recht gut zu machen. Wie sich doch alles für sie zum besten wandte!

Und doch wurde ihr gerade heute das Herz besonders schwer, weil ihre sehnsüchtigen Gedanken zu Gerd Rainsberg hinwanderten.

Um sich davon abzulenken, machte sie sich an die Arbeit, ein neues Kapitel aus Mrs. Gleys Roman zu übersetzen.

Jo saß mit ihrer Herrin, Lord Raleigh, Lady Sholms und deren Tante auf der Terrasse des Hotels. Nach dem heißen Tag herrschte eine erfrischende Kühle, und der

Himmel mit seinem Sternengefunkel bot einen überwältigenden Anblick. Man plauderte angeregt, und dabei wurde davon gesprochen, daß das Brautpaar mit Lady Mauds Tante am übernächsten Tag abreisen würde. Die Eltern der beiden verlangten dringend die Heimkehr ihrer Kinder, denn selbstverständlich mußte die Verlobung mit allem Glanz, den das Prestige der beiden Familien forderte, gefeiert werden.

Ellen Gley entschloß sich gleichfalls dazu, ihre Reise fortzusetzen. Sie hatte genug von Ägypten und wollte in Alexandrien den Ostindiendampfer besteigen, der in drei Tagen dort anlegen würde.

So machte man allerseits Reisepläne, und Jo hörte interessiert zu. Aber plötzlich ging es wie ein Ruck durch ihre Gestalt, dort an der hellerleuchteten Terrassentür tauchte ein Paar auf, das sich nach einem passenden Platz auf der Terrasse umsah. Jo hatte in dem schlanken Herrn sofort »Henri Fleuron« erkannt, wie er sich in Monte Carlo genannt hatte. Und die Dame war dieselbe Amerikanerin, mit der sie ihn schon in Monte gesehen hatte. Ein Schauder lief ihr über den Rücken. Ihre Hände wurden eiskalt und krampften sich zusammen. Sollte sie immer wieder an diesen Menschen erinnert werden, ihm immer wieder begegnen? Das Bewußtsein ihrer Schmach stieg aufs neue beklemmend in ihr auf, und ihr war, als müsse sie fliehen, so weit sie ihre Füße trügen. Dabei sah er blendend aus in seinem eleganten dunklen Abendanzug, und seine freilich etwas auffallend gekleidete Begleiterin funkelte vor Perlen und Diamanten. Sie schien sehr reich zu sein. Aber das war selbstverständlich, dieser Mann bemühte sich doch immer nur um reiche Frauen, und ihr hatte er sich damals auch nur genähert, weil er glaubte, sie sei reich.

Sie schrak zusammen, als Ellen Gley neben ihr humorvoll sagte:

»Sehen Sie sich diesen Juwelierladen an. Mein Gott, diese Lady konnte aber wirklich nicht mehr Schmuck an sich hängen, als sie es schon getan hat.«

Jo wußte sofort, daß sie die Begleiterin Henri Fleurons meinte. Die andern sahen gleichfalls zu dem auffallenden Paar hinüber.

»Ihr Begleiter ist aber ein bildschöner Mensch!« meinte Maud.

Bobby wandte sich eifersüchtig nach ihr um.

»Bitte, sieh nicht mehr zu ihm hinüber, Maud, sonst muß ich mit ihm boxen«, sagte er drohend, wenn auch halb im Scherz.

Lady Maud lachte geschmeichelt.

»Oh, Bobby, darf ich nun nie mehr einen Mann schön finden?« fragte sie schelmisch.

»Keinen außer mir, Maud, das muß ich mir ausbitten. Nicht wahr, Tante Mary, als Mauds Verlobter habe ich das Recht, mir so etwas zu verbitten?«

»Aber selbstverständlich, Bobby, Maud scherzte ja auch nur«, erklärte das alte Fräulein ängstlich und besorgt.

Lady Maud faßte Bobbys Hand.

»Du mußt Tante Mary nicht bange machen, Bobby, du siehst ja wirklich wie ein Othello aus.«

Er küßte ihr verstohlen die Hand.

Und Ellen Gley stellte befriedigt fest, daß Bobbys Herzenswunde, die ihm Jo geschlagen, augenscheinlich verheilt sei. Jo aber hatte keinen Sinn dafür. Ihre Augen sahen mit angstvoller Scheu zu dem auffallenden Paar hinüber, und sie wünschte sich tausend Meilen fort von hier. Instinktiv setzte sie sich so, daß Bobbys breiter Rücken sie den Blicken Henri Fleurons, alias Alberto Respico, verdeckte.

Es gelang ihr dann auch, ungesehen an ihm vorüberzukommen, als die kleine Gesellschaft sich verabschiedete, um sich zurückzuziehen. Bobby aber erkundigte sich draußen im Büro, wer die beiden Neuangekommenen seien. Als er zu den Damen zurückkam, sagte er:

»Ein Franzose, Monsieur Fleuron. Ihm kann man wohl den Franzosen ansehen, wenn seine Eleganz auch etwas zu auffällig ist, aber seine Gattin sieht aus wie die Frau eines reichen amerikanischen Schweinezüchters.«

So erfuhr Jo also noch vor dem Zubettgehen, daß Alberto Respico sich wahrscheinlich abermals, wieder unter einem andern Namen, verheiratet hatte. Und diesmal hatte er wohl die reiche Frau erwischt, nach der er so lange gesucht hatte.

Als sie dann allein in ihrem Zimmer war, fragte sie sich, ob sie sich nicht abermals strafbar mache, wenn sie diesen Hochstapler ungestört sein Unwesen treiben ließ. Sicherlich ahnte seine »Frau« nichts davon, daß er sie unter einem falschen Namen geheiratet hatte und daß er in Spanien schon eine Frau besaß. Sie fühlte sich so elend und verlassen. Was sollte sie tun? Durfte sie es zulassen, daß er auch diese Frau betrog und sicher nur nach ihrem Vermögen trachtete?

Aber was konnte sie unternehmen, ohne selbst einem

unerhörten Skandal zum Opfer zu fallen? War sie verpflichtet, jene fremde Frau aufzuklären? Hatte sie jemand aufgeklärt? Und nun war es doch sicher auch schon zu spät. Außerdem sah sie im Besitz dieses schönen, eleganten Mannes sehr stolz und glücklich aus. Würde man ihr einen Dienst erweisen, wenn man sie aufklärte?

Ach, sie wußte es nicht, suchte nur nach Entschuldigungsgründen für sich selbst, daß sie es nicht wagte, diesen Hochstapler und Betrüger zu entlarven. Sie erschauerte bei der Vorstellung, was Lady Maud, ihre zimperliche Tante Mary und Lord Raleigh sagen würden, wenn sie ahnten, was Jo wiederum bis in die tiefsten Tiefen ihres Seins erschütterte.

Namenlose Angst überfiel sie. Was würde er tun, wenn er sie erblickte? Das war doch kaum zu vermeiden, da er hier im gleichen Hotel wohnte. Würde er sie wieder mit seinem perfiden Lächeln belästigen, ihr wohl gar wieder ein Billett mit einer versteckten Drohung schicken? Wie leicht konnte eine solche anderen Menschen in die Hände fallen. Vielleicht Mrs. Gley!

Ach, diese würde noch am ehesten Verständnis für ihre Lage haben. Sie war eine so kluge und gütige Frau. Aber ob sie noch weiter würde mit ihr zu tun haben wollen, war sehr zweifelhaft.

Sie betete, der Himmel möge es wenigstens verhüten, daß sie von Alberto Respico hier gesehen würde. Gottlob wollten sie nur noch einige Tage hierbleiben. Und nach Indien würde dieser Mensch doch wohl nicht auch reisen wollen.

Sie fand kaum Schlaf in dieser Nacht, wurde immer

wieder aufgeschreckt und sah dann mit großen, angstvollen Augen ins Dunkel.

Sehnsuchtsvoll dachte sie an die Zeit, da sie endlich dem Onkel beichten konnte. Dann würde alles leichter für sie werden. Vielleicht konnte der Onkel etwas tun, um diesen Menschen unschädlich zu machen.

Als sie sich am nächsten Morgen erhob, fühlte sie sich so elend, als sei sie krank.

Sie wußte, daß Mrs. Gley heute mit Bobby Raleigh, seiner Braut und deren Tante einen Ausflug geplant hatte, einen Ritt in die Wüste. Als Jo nun, wie jeden Morgen, in das Zimmer ihrer Herrin ging, auf dessen im Schatten liegenden Balkon sie immer gemeinsam das Frühstück einnahmen, bat Jo, daß sie diesen Ausflug nicht mitzumachen brauche. Sie fühle sich nicht wohl und fürchte den Ritt in der großen Hitze.

»Es wäre mir sehr lieb, Mrs. Gley, wenn ich heute in meinem Zimmer bleiben könnte.«

Die alte Dame sah Jo besorgt an.

»Sie sehen wirklich sehr elend aus, Kindchen. Selbstverständlich dispensiere ich Sie. Es wäre wahrscheinlich auch für mich viel besser, mich auszuruhen, statt auf den Rücken eines Kamels zu klettern. Ich kann das ohnehin nicht gut vertragen, wollte aber Bobby und Lady Maud keine Absage geben. Na, ich werde es ja überstehen. Von morgen an sind wir wieder allein und Herren über unsere Entschlüsse. Dieses Ägypten mit meinen lärmenden Landsleuten ist wirklich eine Strapaze. Ich finde, sie sind daheim leichter zu ertragen als unterwegs, wo sie eben den ganzen Tag nichts weiter zu tun haben, als einem auf die Nerven zu fallen. Also, bleiben Sie ruhig daheim. Sie werden nichts versäumen. Und ich glaube, Sie tun gut daran, hier auf dem schattigen Balkon sitzen zu bleiben, da ist es am erträglichsten.«

So blieb Jo im Hotel zurück, während ihre Herrin mit den drei andern hoch zu Kamel in die Wüste ritt und einen kläglichen Blick zu Jo hinaufwarf.

Jo war es nur darum zu tun gewesen, in ihrem Zimmer bleiben zu können, damit sich die Gefahr verminderte, Alberto Respico zu begegnen.

Sich in einem der Bambussessel zurücklehnend, schloß sie die Augen und fühlte sich zufrieden und geborgen. Die Geräusche des Hotels verklangen unklar an ihren Ohren. Drüben auf der Straße hörte sie zuweilen einen Zuruf, die Hupe eines Autos oder sonst ein Straßengeräusch. Aber plötzlich richtete sie sich mit einem Ruck steif empor. Eine Etage weiter unten war der Balkon inzwischen wohl ebenfalls besetzt worden. Sie hörte die Stimmen eines Herrn und einer Dame, und die Herrenstimme mit ihrem weichen, betörenden Klang, ach – die kannte sie nur zu genau. Es war die Stimme Alberto Respicos. Sie saß wie erstarrt da und lauschte instinktiv hinunter. Gerade in diesem Augenblick hörte sie ihn sagen:

»Süße Winnifred, du siehst entzückend aus in diesem Morgenkleid.«

Darauf erscholl ein etwas grelles Frauenlachen, und danach sagte die Frauenstimme:

»Gefalle ich dir, Henri?«

»Wie immer, meine Teure!«

»Einen Kuß, Henri, du hast mir heute noch keinen Morgenkuß gegeben.«

»Verzeih, diese Hitze macht einen ganz apathisch.«

»Ja, es ist wirklich unerträglich heiß, Henri, ich habe mir dieses Kairo überhaupt viel schöner vorgestellt. Was meinst du dazu, wenn wir wieder nach dem Norden gingen? Ich möchte ohnedies ein französisches Seebad besuchen.«

»Ich bin entzückt, meine Teure. Laß uns nach Frankreich zurückkehren, wo uns das Glück begegnet ist. Weißt du, ich werde immer daran denken, wie glücklich ich war, als ich dich in Paris kennenlernte.«

»Schmeichler!« girrte die Frauenstimme etwas grell und unmelodisch.

»So darfst du mich nicht nennen, Winnifred! Ich war wirklich vom ersten Augenblick an rasend in dich verliebt. Also, wann reisen wir wieder ab?«

»Wann du willst!«

»So werde ich mich erkundigen, wann ein eleganter Dampfer nach Frankreich geht. Aber die Pyramiden und die Sphinx müssen wir doch erst sehen, sonst werden wir ausgelacht.«

»Nun gut! Besuchen wir morgen die Pyramiden.«

»Einverstanden! Ich denke, in wenigen Tagen werden wir von Alexandrien nach Frankreich zurückfahren. Wie lange gedenkst du dort zu bleiben?«

»Ich weiß noch nicht, jedenfalls muß ich Ende August wieder nach New York reisen. Ich muß doch meinen Leuten drüben meinen jungen, eleganten Gatten vorstellen.«

»Werden sie mich gut aufnehmen?«

»Das ist doch selbstverständlich, wenn ich mit dir zufrieden bin.«

»Nun, du hast doch keinerlei Einspruch zu fürchten?«

»Ausgeschlossen! Alle sind von mir abhängig. Mein Reichtum sichert mir eine Machtstellung«, sagte die Frau, ziemlich hochmütig auf ihren Geldbeutel anspielend.

»Du bist reizend, süße Winnifred. Aber du darfst dich drüben nicht mehr mit nüchternen Geldgeschäften plagen, das wirst du mir, deinem Gatten, überlassen.«

Ein grelles Lachen antwortete ihm.

»Ach, süßer Henri, ich glaube, daß ich von Geschäften immerhin mehr verstehe als du.«

»Ich will mich aber schnell einarbeiten, denn ich werde nicht dulden, daß meine süße Frau sich damit herumquält.«

Wieder ein girrendes Lachen.

»Du brauchst nichts zu tun, mein Henri, als mich zu lieben, mich glücklich zu machen. Damit wirst du den ganzen Tag zu tun haben.«

Jo, die das alles wie erstarrt mit anhörte, vernahm nun einen tiefen Seufzer, den der Mann ausstieß und der nicht sehr schmeichelhaft für die Frau klang. Sie fragte auch gleich:

»Warum seufzt du so tief, Henri?«

»Weil du mir nicht gestatten willst, dir eine Bürde abzunehmen, die viel zu schwer für deine zarten Schultern ist.«

»Küsse mich, Henri!«

Es wurde eine Weile still da unten, und Jo fand nun die Kraft, aufzustehen und ins Zimmer zu gehen; sie wollte nicht länger zuhören.

Inzwischen hatte sich eine drohende Wolke an Alberto Respicos Himmel zusammengezogen. Der spanische Detektiv Valuzo hatte die Hände nicht in den Schoß gelegt. Nachdem er von Rosita Respico mancherlei über ihren Gatten in Erfahrung gebracht hatte, was Gerd Rainsbergs Angaben vervollständigte, und der richtige Señor de Almadeia durch seinen Rechtsanwalt Anzeige gegen Respico hatte erstatten lassen, setzte der letztere sich mit Valuzo in Verbindung. Bald nun war Respicos Steckbrief, samt den Namen, auf den seine falschen Pässe lauteten, an alle Hafenstädte des Mittelmeeres gekabelt worden. Auch in Alexandrien war dieser Steckbrief eingetroffen, und man kannte somit auf der dortigen Hafenpolizei Respicos Signalement und wußte auch, daß einer der Pässe, die Rosita ihm verschafft hatte, auf den Namen Henri Fleuron lautete.

Als daher Respico mit seiner neuen Frau in Alexandrien den Dampfer verließ, wurde man auf ihn aufmerksam. Einer Verhaftung war er aber noch entgangen, weil man noch keinen Haftbefehl ausgestellt hatte.

Ein Geheimpolizist aber begleitete ihn unauffällig von Alexandrien nach Kairo, und während Respico ahnungslos auf dem Hotelbalkon saß und seine junge Frau zu bewegen suchte, ihm später geschäftliche Vollmacht über ihr Vermögen zu geben, stand unten im Hotelbüro der Geheimpolizist mit einigen anderen Beamten und zeigte dem Direktor den inzwischen eingetroffenen Haftbefehl gegen einen hier im Hotel unter dem Namen Henri Fleuron abgestiegenen Gast.

Selbstverständlich war dies der Direktion nicht angenehm, aber sie konnte nur um möglichst diskretes Vorgehen der Polizei bitten, damit kein Aufsehen erregt werde. Das versprach man, und so wurden die Beamten zu den Zimmern geführt, die »Henri Fleuron« mit seiner Gattin bewohnte.

Jo war in Mrs. Gleys Zimmer dicht an der Balkontür in einen Sessel gefallen, weil ihre Füße sie nicht weitergetragen hätten. Immer wieder fragte sie sich, was sie tun müsse. Da wurde sie plötzlich durch ein Geräusch erschreckt, das von unten her zu ihr heraufdrang. Laute Stimmen, ein fallender Sessel, das Aufkreischen einer Frauenstimme und Rufe auf der Straße lockten sie auf den Balkon, den sie vor einer Weile verlassen hatte. Sich vorsichtig über die Brüstung beugend, sah sie, daß ein Herr in elegantem seidenem Pyjama über die Brüstung des unteren Balkons in den Garten sprang. Sie sah, daß es Alberto Respico war. Er war auf der Flucht vor den Beamten, die ihn verhaften wollten. Aber sein Schicksal ereilte ihn doch. Er kam nicht weit. Einige andere Polizisten drangen auf ihn ein. Ein Zuruf von oben, vom Balkon aus, durch den Leiter dieser Strafexpedition, hatte zur Folge, daß man Respico überwältigte, und eine Minute später stand er, mit Handschellen gefesselt, zähneknirschend zwischen den Beamten.

Oben auf dem Balkon, den er eben verlassen hatte, erschien nun seine »Gattin« und rief aufgeregt allerlei zu ihm hinunter, was Jo nicht verstand. Aber das begriff sie sehr gut, daß Alberto Respico verhaftet worden war. Sie warf sich in einen Sessel, um sich zu verbergen, denn im Moment wurde ihr klar, daß sie in diese Affäre hineingezogen werden könnte, wenn sie von Respico gesehen würde. Er konnte dann vielleicht glauben, daß sie ihn verraten habe, und dann wurde er sich an ihr rächen.

So saß sie zitternd und zagend da und sah, verstohlen hinauslugend, daß Respico sehr schnell in einem Auto verschwand, das die Polizisten bereitgehalten hatten.

Die ganze Szene hatte nur wenige Minuten gedauert und war kaum von den Vorübergehenden beobachtet worden. Wohl kaum jemand in dem Hotel hatte etwas von der Verhaftung gemerkt.

Unten im Zimmer hörte sie noch immer das aufgeregte Schreien und Weinen der Frau, die eine männliche Stimme zu beruhigen versuchte. Sicherlich erfuhr die arme Frau nun erst, daß sie das Opfer eines Betrügers geworden war. Langsam verklang das Rufen und Schreien, es wurde ruhiger, und nur noch ein leises Weinen schallte zu Jo herauf.

Jos tiefstes Mitleid galt dieser Frau, und gern hätte sie versucht, diese zu trösten. Aber das durfte sie nicht. Alles mußte sie vermeiden, was auf sie aufmerksam machen konnte. Und sie mußte sich mit dem Gedanken trösten, daß diese Frau auch ohne ihr Zutun über ihren sogenannten Gatten aufgeklärt worden war.

Da Rosita Respico zu der Zeit, als Alberto Respico diese neue Frau in Paris »geheiratet« hatte, noch am Leben gewesen war, war diese ebensowenig mit ihm verheiratet gewesen wie Jo.

Bei der Rückkehr von ihrem Ausflug fand Mrs. Gley Jo auf dem Balkon ihres Zimmers. Über deren Aussehen erschreckend, rief sie aus:

»Mein Gott, Jo, Sie wollen doch nicht krank werden?«

»Nein, nein, Mistreß Gley, ich habe nur starkes Kopfweh. Es wird morgen wieder vorüber sein. Etwas besser ist mir schon.«

Aber mit keiner Silbe erwähnte Jo, daß im Haus eine Verhaftung vorgenommen worden war. Sie hätte es nicht über die Lippen gebracht. Aber als sie später mit dem Brautpaar und Tante Mary zu Tisch saß, weil sie heute am letzten Abend ihres Zusammenseins miteinander speisen wollten, sagte Bobby sehr befriedigt:

»Liebste Maud, ich muß dir eine betrübliche Mitteilung machen. Der schöne Mann, der dir gestern abend so große Bewunderung abnötigte, ist heute vormittag verhaftet worden. Er soll ein Hochstapler gewesen sein. Man hat das hier im Hotel totzuschweigen versucht, aber es ist doch irgendwie durchgesickert.«

Alle, außer Jo, sahen ihn erschrocken an.

»Machen Sie keinen Scherz, Bobby!« sagte Ellen Gley ungläubig.

»Es ist ganz gewiß kein Scherz. Soeben ist seine Gattin mit stark verweintem Gesicht abgereist. Sie soll eines seiner Opfer gewesen sein und keine Ahnung gehabt haben, wen sie geehelicht hat.«

Maud hob erschrocken die Hände.

»Ist das wirklich wahr, Bobby?«

»Ja, meine süße Maud. Du siehst also, es ist besser, wenn du dich mit meiner Schönheit begnügst.«

Ihre Hand stahl sich leise in die seine.

»Du mußt edel sein, Bobby!«

»Ja, ja, ich weiß schon, edel, hilfreich und gut.«

Sie mußten alle lachen, und der Bann war gelöst. Man war noch sehr vergnügt zusammen, und dann verabschiedete man sich, denn das Brautpaar und Tante Mary mußten am nächsten Morgen sehr früh aufbrechen.

Es war, als diese letzten Bekannten Mrs. Gleys abgereist waren, sehr still um die beiden Damen geworden, was ihnen aber nur lieb war. Sie hatten nun noch einen friedlichen Tag vor sich und konnten in Ruhe ihre Reisevorbereitungen treffen.

Jo war zumute, als sei sie abermals einer großen Gefahr entronnen.

Als sie mit Mrs. Gley von Kairo abreiste, hatte sie ein Gefühl der Erleichterung, denn Respico war nun vorläufig für sie unschädlich gemacht worden. Sie hatte sich den Kopf zerbrochen, wer dafür gesorgt haben mochte, daß er verhaftet worden war. Daß hinter alledem Gerd Rainsberg steckte, ahnte sie nicht.

Sie empfand keine Genugtuung darüber, aber ein Gefühl des Erlöstseins hatte sie doch, weil sie sich sagte, nun könne er niemanden mehr ins Unglück stürzen.

In Alexandrien wartete der Ostindiendampfer auf sie und Mrs. Gley. Beide freuten sich, daß es ein derartig schönes und behagliches Schiff war.

Mrs. Gley fand auch hier an Bord viele Verehrer ihrer Muse. Aber persönlich bekannt war sie mit keinem der Passagiere. Es befanden sich viele englische Offiziere an Bord, die einen Heimaturlaub gehabt hatten und wieder in ihre indischen Garnisonen zurückkehrten. Desgleichen englische Beamte mit ihren Damen, die ihre Kinder in England besucht hatten, die daselbst des indischen Klimas wegen erzogen wurden.

Jo wurde viel bewundert und angeschwärmt. Die wenigsten glaubten, daß sie eine Deutsche sei, da ihr Englisch tadellos war und sie mit der englischen Autorin reiste.

15

Außer Jo war noch eine andere deutsche Dame an Bord, und mit dieser verband sie bald herzliche Sympathie. Fräulein Magda Held, so hieß die junge Landsmännin, erzählte Jo eines Mittags, als Mrs. Gley ihre Siesta hielt, daß sie in England eine Stellung als Erzieherin gehabt habe. Sie sei seit einigen Jahren verlobt, aber zum Heiraten sei sowohl sie als auch ihr Verlobter zu arm gewesen. Nun habe dieser jedoch seit ungefähr Jahresfrist eine Stellung als Plantagendirektor bei einem ehemaligen Studienfreund erhalten, der auf Java große Besitzungen von seinem Onkel geerbt habe. Dieser Freund ihres Verlobten habe eine vertrauenswürdige Kraft gebraucht, der er seine Besitzungen während seiner Abwesenheit anvertrauen konnte, weil er nach Deutschland zurückkehren mußte. Er habe mit ihrem Verlobten einen Vertrag auf Jahre hinaus gemacht, und dieser habe ihr nun geschrieben, wenn sie sich nicht scheue, auf Java mit ihm zu leben, so könne er ihr jetzt eine sorglose und angenehme Existenz bieten. Da habe sie sich nicht lange besonnen, habe ihre Stellung in England aufgegeben und sei nun auf dem Weg nach Java.

Interessiert hörte Jo zu. Sie ahnte nicht, daß dieser Freund des Verlobten von Magda Held mit Gerd Rainsberg identisch war, hielt sie diesen doch für vermögenslos. Wie hätte sie glauben können, daß er große Besitzungen auf Java besaß! Aber wenn sie in Magda Helds verträumte, sehnsüchtige Augen sah, dann stieg Gerds Bild vor ihren geistigen Augen auf, und sie sagte sich, wie beneidenswert jene sei.

Als Mrs. Gley später zu den beiden jungen Damen trat, erzählte ihr Jo, daß Fräulein Held nach Java gehe. Mrs. Gley fragte, nach welcher Gegend, und da stellte sich heraus, daß die Plantagen von Mrs. Gleys holländischem Schwager ganz in der Nähe liegen mußten. Man sprach nun gegenseitig die Hoffnung aus, daß man sich auf Java wiedersehen werde.

Jo und Magda kamen sich während dieser Dampferreise sehr nahe, sie hatten viel Verwandtes in ihrer Art, und da sie außerdem die einzigen Deutschen an Bord waren, mitten unter Engländern, Indern, Malaien und Mongolen, fühlten sie sich dadurch innig verbunden und sprachen von der verlassenen Heimat. Magda Held war in England schon zwei Jahre in so gut bezahlter Stellung gewesen, daß sie sich einiges für ihre Aussteuer hatte sparen können.

Jo teilte der neuen Freundin mit, wie sie zu der Stellung bei Mrs. Gley gekommen sei. Sie berichtete auch von der Güte ihrer Herrin und wie diese ihr zu Übersetzungen verholfen und ihr damit einen neuen Beruf erschlossen habe. Magda beglückwünschte sie zu einer solch guten Herrin und bekannte, daß sie deren Romane mit Vorliebe gelesen habe, weil sie so warmherzig und zugleich so humorvoll geschrieben seien.

Das berichtete Jo natürlich Mrs. Gley, und diese machte, wie immer zu solchen Anerkennungen, ein verlegenes Gesicht. Diese so sehr bescheidene Frau vertrug wirklich Tadel viel eher als Lob.

So verlief die Dampferreise sehr friedlich und harmonisch. Mrs. Gley bemutterte auch Magda Held ein wenig und wurde dafür von ihr sehr verehrt. Alle drei freuten sich jetzt schon auf ein Wiedersehen auf Java, das sie fest verabredeten.

Und Jo ahnte nicht, wie bedeutungsvoll diese Bekanntschaft mit Magda Held für sie werden sollte.

In ihren Mußestunden befaßte Jo sich eifrig mit der Übersetzung von Mrs. Gleys Roman, arbeitete sich mehr und mehr ein, verbesserte ihren Stil, wurde schwungvoller und traf ganz ausgezeichnet das Charakteristische der Arbeiten Ellen Gleys.

Im Indischen Ozean gab es, trotz sonst ruhiger Fahrt, eine Nacht, die Jo wieder Gelegenheit gab, sich Ellen Gley dienstbar zu erweisen, denn diese bekam einen heftigen Anfall von Seekrankheit und fühlte sich zum Sterben elend. Aber es ging gottlob schnell vorbei, und sie traf bei guter Gesundheit in Bombay ein.

Jo hörte, im Hafen liege ein deutscher Postdampfer fahrtbereit, um in die Heimat zurückzukehren. Es gelang ihr, den eingeschriebenen Brief an ihren Onkel noch rechtzeitig zur Post zu bringen. Wie man ihr sagte, würde dieser Dampfer am 16. August in Deutschland eintreffen. So bekam denn der Onkel ihre Beichte keinen Tag zu früh in die Hände.

Jo war zumute, als falle eine schwere Last von ihrer Seele, daß sie diese Beichte hatte abschicken können. Sie hatte ihr noch hinzugefügt, wie Respico in Kairo verhaftet worden war. Daraus vermochte der Onkel sicher Nutzen zu ziehen, um sie von diesem Mann ganz zu befreien.

Niemand wartete so sehnsüchtig auf eine Nachricht von Jo wie Gerd Rainsberg. Er zählte die Tage, bis sie eintreffen konnte.

Inzwischen meldete Valuzo, daß Alberto Respico in Kairo endlich von seinem Schicksal ereilt und verhaftet worden sei, als er sich mit einer reichen Amerikanerin, die er in Paris kennengelernt und unter dem Namen Fleuron geheiratet hatte, auf der Hochzeitsreise befand. Die neue Frau sei die Witwe eines amerikanischen Fleischkonservenfabrikanten und sehr reich. Sie habe Respico jedoch nicht die gewünschte Vollmacht über ihr Vermögen gegeben, und das habe sie vor größeren Verlusten bewahrt. Nachdem diese Dame in Kairo verhört worden war, hatte man sie ungehindert abreisen lassen, da sie ihrerseits davon absah, eine Klage gegen den Hochstapler einzureichen. Respico werde den Schweizer Gerichten ausgeliefert, da man zunächst in der Schweiz mit ihm abzurechnen habe. Dann erst würde man ihn vielleicht an Spanien ausliefern.

Zum Glück war vorauszusehen, daß eine Verhandlung in Deutschland nicht stattfinden würde, sofern Jo keinen Strafantrag stellte. Und Gerd war der Überzeugung, daß weder sie noch ihr Onkel das tun würden, um Jos Namen nicht durch die Zeitungen zerren zu lassen.

Es würde genügen, den Sachverhalt nach Spanien zu melden, so daß Valuzo das Weitere erledigen konnte. Hoffentlich drang dann von den im Ausland stattfindenden Gerichtsverhandlungen keine Kunde nach Deutschland. Jo war von diesem Menschen befreit und hatte nichts mehr mit ihm zu tun. Also ließ man die Sache am besten auf sich beruhen.

Es bereitete Gerd große Genugtuung, daß der Mann, der Jo soviel Schlimmes angetan hatte, nun seine Strafe bekommen würde. Nie hatte er einen Menschen so gehaßt wie ihn. Auch der Professor atmete erleichtert auf bei dem Gedanken, den Betrüger dingfest gemacht zu wissen und war vor allen Dingen froh, daß alles so weit vom Schuß erledigt werden konnte, denn dadurch wurden ihm manche Unannehmlichkeiten erspart.

Mitte August sprach Gerd Rainsberg jeden Tag im Haus des Professors vor. Aber der 18. August kam heran, ehe Jos umfangreicher Brief eintraf. Als Gerd jedoch an diesem Tag in das Arbeitszimmer des Professors geführt wurde, hielt dieser schon Jos Beichte in den Händen und winkte ihm damit zu.

»Gottlob, gottlob – es ist alles gut ausgegangen, lieber Doktor. Das Kind ist in Sicherheit und befindet sich auf einer Weltreise als Begleiterin der bekannten englischen Schriftstellerin Ellen Gley.«

Gerd wartete nicht erst die Aufforderung des Professors, sich zu setzen, ab. Er fiel haltlos, wie aller Kraft beraubt, in den neben dem Schreibtisch stehenden Sessel.

Mit brennenden Augen sah er den Professor an.

»Wie geht es ihr?« stieß er mit bebenden Lippen hervor.

Der Professor reichte ihm den Brief.

»Es geht ihr so gut, wie es ihr den Umständen nach gehen kann. Sie sollen diese Beichte lesen, lieber Doktor, denn das haben Sie um Jo verdient. Ich vertraue Ihnen dieses Schreiben an. Sie können es in aller Ruhe zu Hause einsehen, denn ich habe wieder einmal sehr wenig Zeit für private Angelegenheiten. Aber das eine gleich zu Ihrer Beruhigung: Respico ist ihr nicht zu nahe gekommen, was sie ihrer Energie zu danken gehabt hat.

Und sie ist zufällig Zeugin gewesen, wie Respico in Kairo verhaftet worden ist; er hat noch einige Male ihren Weg gekreuzt und sie in Angst versetzt. Trotz ihrer Unschuld dünkt sie sich nach wie vor mit Schmach beladen. Sie bittet mich, sie vollends von diesem Menschen zu lösen, wenn ich es ohne Schaden tun könnte. Also ahnt sie nicht, daß dies schon, dank Ihrer Energie, geschehen ist. Weiß sie doch überhaupt nicht, daß und wie Sie in ihr Schicksal eingegriffen haben. Aber es will mir scheinen, als deute eine Stelle des Briefes auf Sie hin, wenn auch Ihr Name nicht genannt wird. Ich nehme wenigstens an, daß Sie gemeint sind. Doch das sollen und müssen Sie selbst lesen, es wird Sie freuen. Jedenfalls habe ich ein Telegramm an sie aufgegeben, daß ich ihr baldigst ausführlich schreiben werde. Eine Adresse hat sie angegeben, wo sie sich einige Monate mit Ellen Gley aufhalten wird. Diese besucht auf ihrer Weltreise ihre auf Java lebende Schwester, die mit einem Holländer verheiratet ist und bei der sie einige Monate bleiben wird. Da kann sie auf jeden Fall Post erreichen.«

Gerd hatte unwillkürlich aufgehorcht, als der Professor von Java sprach.

»Darf ich die Adresse wissen?«

»Ich habe keine Veranlassung, sie Ihnen zu verschweigen, wenn Jo auch sehr bestimmt und eindringlich erklärt, daß sie nie, niemals heiraten wird, weil sie keinem Ehrenmann zumuten könne, sich mit einer Frau zu verbinden, die so schmachbeladen sei wie sie. Nun, zum Glück sind wir anderer Ansicht darüber, nicht wahr, lieber Doktor?«

Der hatte die Zähne zusammengebissen und nickte nur mit dem Kopf.

»Also, wo wird sie sich auf Java aufhalten?« fragte er heiser.

»Sie finden auch das in dem Brief erwähnt, Doktor; ich habe es vergessen. Und jetzt muß ich Sie fortschikken. Aber wenn Sie heute abend nichts vorhaben, ich habe zufällig einen freien Abend, dann kommen Sie, bitte. Bringen Sie den sympathischen Doktor Gering mit. Wir besprechen dann alles Weitere, denn dann haben Sie ja längst alles gelesen. Weihen Sie auch Doktor Gering ein, er hat sich uns gegenüber als treuer Freund bewährt und hat ebenfalls viel für Jo getan.«

So konnte Gerd jetzt weiter keine Frage stellen, er steckte den dicken Brief ein, und ihm war, als ströme er eine herrliche, wohltuende Wärme aus. Die Herren verabschiedeten sich, und Gerd fuhr wieder nach Hause.

Er war zum Glück noch allein, Gering kam erst zum Mittagessen heim. So zog sich Gerd mit Jos Brief in sein Arbeitszimmer zurück und begann sofort mit dessen Lektüre. Und eine tiefe Rührung bemächtigte sich seiner, als er diese Beichte las. So schlicht, so wahr und klar waren alle ihre Erlebnisse aufgezeichnet, nichts beschönigt, nichts dazugetan oder weggelassen.

Von dem Augenblick an, da sie das Haus ihres Onkels verließ, bis zu dem Moment, da sie in Kairo diese Aufzeichnungen beendet hatte, war nichts vergessen. Die Szene mit Respico in dem kleinen Züricher Hotel, wo sie die Waffe auf ihn angelegt und er ihr diese Waffe entwendet hatte, war fast dramatisch geschildert. Sie berichtete auch davon, daß Respico sich und sie unter dem Namen Bernd in diesem Hotel angemeldet hatte. Deshalb also konnte Gerd sie in Zürich nicht ermitteln. Als Rainsberg dann las, daß sie ihn auf dem Bahnhof in Zürich erblickt und sich hinter einem Fahrplanständer versteckt habe, um von ihm nicht gesehen zu werden, stöhnte er laut auf. Warum hatte sie sich versteckt vor ihm? Ach, daß sie es nicht getan hätte, wieviel Schmerz und Angst wären ihm erspart geblieben.

Weiter las er. Sie schrieb von ihrem Engagement als Reisebegleiterin Mrs. Gleys und über ihre Freude, diese Stellung gefunden zu haben; sie sprach von ihrer Verehrung für ihre gütige und warmherzige Herrin, sprach von ihrem Erschrecken, als sie Respico in Monte Carlo wiedergesehen, und von ihrer Sorge, Mrs. Gley könne sich von ihr lossagen, erführe sie, was bereits hinter ihr lag.

Dann folgte eine Schilderung der Mittelmeerreise, und dieser schloß sich die Mitteilung an, daß und wie sie dazu gekommen sei, Übersetzerin der Werke ihrer Brotherrin zu werden.

Und dann kam die Stelle, von der der Professor im besonderen gesprochen hatte.

Sie lautete:

»Denn ich muß doch sehen, wie ich weiterkommen kann. Mein kleines Vermögen hat dieser Mensch an sich genommen; die viertausend Mark, die ich davon gerettet habe, müssen als Notgroschen verwahrt werden, falls ich einmal krank werde. In Dein Haus, lieber Onkel, will und kann ich nicht zurückkehren, es würde Dir Schwierigkeiten machen, und es würde mir auch unmöglich sein, Dir diese Last aufzubürden. Ich könnte, säße ich untätig in Deinem Haus, jetzt nicht einmal mehr für meine Garderobe einstehen. Nein, lieber Onkel, gerade weil ich Dir dankbar bin, daß ich solange eine Zuflucht unter Deinem Dach haben durfte, will ich Dich in Zukunft nicht mehr belasten. Ich werde mich niemals verheiraten, denn ich liebe einen Mann, den ich nur sehr kurze Zeit gekannt habe und der doch für alle Zeiten einen Platz in meinem Herzen einnimmt. Aber selbst wenn er, was ich fast anzunehmen wage, mich wiederliebt, kann ich dennoch niemals die Seine werden. Schmachbeladen, wie ich bin, wenn auch ohne jede Schuld meinerseits, würde ich niemals meine Hand in die eines Ehrenmannes legen. Und zumal nicht in die desjenigen, den ich liebe und zu dem ich mit schrankenloser Hochachtung aufsehe. Deshalb will und muß ich lernen, mich auf eigene Füße zu stellen, und ich hoffe, ich werde es können. Mrs. Gley hat mir ein großmütiges Anerbieten gemacht. Sie wird mich ihrem deutschen Verleger für Übersetzungen aus dem Englischen und Französischen dringend empfehlen. Mit einer Probearbeit war er sehr zufrieden. Und ich soll nach unserer Heimkehr von der Weltreise in ihrem Haus Aufnahme finden, mich dort ungestört meinen Aufgaben widmen und die Honorare dafür einziehen. Für die freie Aufnahme in ihrem Haus soll ich ihr in freien Stunden Gesellschaft leisten und mich um sie bemühen, wie eine Tochter es tun würde. Ist das nicht ein großes Glück für mich? Diese Frau ist so lieb und gut zu mir, wie eine Mutter; ich werde bei ihr nicht nur in guter Hut sein, sondern kann mir sogar eine Existenz gründen. Nur eines ist mir bedenklich, ob Mrs. Gley ihr Anerbieten aufrechterhalten wird, wenn ich ihr beichte, was ich Dir heute alles mitgeteilt habe. Auch das kann erst nach Mitte August geschehen. Du wirst darüber Nachricht erhalten, wie ich Dir in Zukunft stets solche über mein Ergehen geben werde. Ich werde Mrs. Gley Deinen Namen verschweigen, damit Dir unter keinen Umständen Schaden erwächst. Nimmt sie mich auf, nachdem sie alles erfahren hat, dann bin ich geborgen. Aber auch im anderen Fall werde ich in Zukunft für mich selbst einstehen, mir ist jetzt nicht mehr bange.«

Zuletzt berichtete sie noch von dem Zusammentreffen mit Respico in Kairo und von seiner Verhaftung sowie von ihrer Angst, von ihm gesehen zu werden. Sie fuhr dann fort:

»Wir sind jetzt an Bord eines Ostindiendampfers, und in Bombay werde ich diesen Brief gleich nach meiner Ankunft an Dich aufgeben, damit Du ihn Mitte August erhältst und nicht mehr in Sorge um mich zu sein brauchst. Wir fahren mit einem englischen Dampfer; ich und eine andere junge Dame sind an Bord die einzigen Deutschen. Diese Dame, ein Fräulein Magda Held, geht nach Java, um sich dort zu verheiraten. Ihr Verlobter ist

Direktor auf Plantagen, die einem seiner Jugendfreunde im Erbgang kürzlich zugefallen sind. Diesem Herrn verdanken er und seine Braut das Glück, endlich heiraten zu können. Wir werden Fräulein Held wiedersehen, denn wir haben festgestellt, daß diese Plantagen in der Nähe der dem Schwager Mrs. Gleys gehörenden liegen müssen, wo wir uns einige Monate aufhalten werden.

Mrs. Gley will auf dieser Besitzung einen neuen Roman schreiben, und ich werde dort meine erste Übersetzung fertigstellen. Dann werde ich mich freuen, meine neue Bekannte wiederzusehen, die mir außerordentlich sympathisch ist. Willst Du mir bitte Nachricht dorthin geben, ich schreibe Dir die Adresse auf. Zwei Monate brauchen wir noch für Indien und Siam, vielleicht auch etwas mehr. Ein Telegramm würde mich in Kolombo auf Ceylon bestimmt erreichen, Briefe aber wohl erst auf Java. Ich hoffe, bald von Dir zu hören, daß es Dir gelungen ist, mich frei zu machen. Ich werde dann wie erlöst aufatmen. Bitte sei mir nicht böse, daß ich soviel Unruhe in Dein Leben gebracht habe, es war wirklich nicht meine Schuld. Tante Mally wird Dir gesagt haben, wie ich gezwungen wurde, infolge des Überfalls durch den falschen de Almadeia, in diese Verlobung einzuwilligen. Nur die Sorge, Dir Ungelegenheiten zu bereiten, hatte mich diesem Schurken gegenüber wehrlos gemacht. Hoffentlich hast Du alles verheimlichen können.

Bitte, grüße Tante Mally herzlich von mir und sei auch Du herzlich gegrüßt von Deiner schon wieder ganz tapferen

Nichte Jo.«

Am Schluß des Briefes fand sich dann noch die Adresse für das Telegramm und der Name der dem Schwager von Mrs. Gley gehörenden Besitzung auf Java.

Diese Adresse war Gerd von großer Wichtigkeit. Die Plantagen des Holländers – Evan Booß war sein Name – lagen in unmittelbarer Nachbarschaft seiner eigenen. Er kannte sogar diesen Herrn und dessen englische Frau sehr gut. Er wußte auch, daß sein Studienfreund, den er als Direktor über seine Plantagen gesetzt hatte, sich mit einem Fräulein Magda Held verheiraten wollte. Wie seltsam alle diese Zusammenhänge waren. Gottlob, nun wußte er doch, wo er Jo suchen mußte, wo er sie finden konnte.

Beim Lesen der Worte: »Ich liebe einen Mann, der für alle Zeiten einen festen Platz in meinem Herzen einnimmt«, war ihm das Blut in die Schläfen geschossen. Nicht einen Moment zweifelte er, daß er selbst dieser Mann sei. Wie hätte auch eine Liebe wie die seine einseitig sein können. So starke Gefühle mußten wechselseitig sein, das erschien ihm unzweifelhaft.

Allein Jos Erklärung, daß sie niemals heiraten würde, weil sie sich für schmachbeladen hielt, hatte für ihn absolut keine Gültigkeit. Nur sie erst wiedersehen, nur erst wieder Auge in Auge ihr gegenüberstehen, dann würde sich alles finden. Der Druck, der all die Zeit auf seinem Herzen gelastet hatte, war verschwunden. Gottlob, er wußte Jo vorläufig in Sicherheit, und wenn sie in Java eintraf, wollte er entweder schon dort sein oder bald nach ihr eintreffen. Noch heute wollte er dem Freund mitteilen, daß er zu kommen beabsichtige, daß man aber auf keinen Fall seinen Namen nennen dürfe, wenn Mrs. Gley und Fräulein Warren im Land einträfen. Er möge auch Mijnheer Booß und seine Gattin bitten, seinen Namen nicht eher zu erwähnen, als bis er zur Stelle wäre. Denn er ahnte, daß Jo die Flucht ergreifen würde, wenn sie hörte, er sei der Besitzer der Plantagen, deren Direktor der Verlobte, jetzt wohl schon der Gatte, Magda Helds war.

Noch einige Male las er Jos Beichte und drückte den langen Brief wieder und wieder an sein Herz.

Immer noch in dessen Lektüre vertieft, fand ihn Doktor Gering, als er zum Mittagessen nach Hause kam. Er wußte sogleich, daß die heißersehnte Nachricht eingetroffen sei, denn Gerd sah ganz anders aus als all die Zeit vorher.

»Nun, Doktor, Post von Fräulein Warren?«

Dieser nickte froh.

»Ja, lieber Doktor, und gottlob gute Nachrichten. Kommen Sie, Frau Lamprecht muß ja doch erst noch anrichten, Sie sollen diesen Brief lesen, Sie haben es um Jo verdient. Ich gönne es Ihnen, so etwas Liebes, Schönes und Rührendes zu lesen. Ich bin im tiefsten Herzen bewegt.«

Doktor Gering las, und wenn Jos Beichte ihn auch nicht derartig aufwühlte, wie es bei Gerd der Fall gewesen war, so erkannte er doch, wie tapfer, unverzagt und liebenswert diese junge Dame war.

An der Stelle, wo sie von ihrer Liebe sprach, sah er auf in Gerds Gesicht.

»Ah, das ist Ihnen vermutlich sehr glatt eingegangen und hat Sie lieb gestreichelt? Denn daß Sie gemeint sind, scheint mir festzustehen.«

Gerd atmete auf.

»Ich will auch gar nichts anderes annehmen, es darf nicht anders sein.«

»Na, beruhigen Sie sich nur, es ist auch nicht anders.«

Und Gering las weiter, und sein Gesicht wurde immer vergnügter. Endlich gab er den Brief lächelnd zurück.

»Also, herrlicher konnte das Schicksal gar nicht eingreifen. Ein neuer unwiderleglicher Beweis, daß die Erde rund ist: es trifft sich alles wieder.«

»Ist das nicht wie ein Wunder, Doktor?«

»Nein, nein, es geht alles ganz natürlich zu. Wenn schon von einem Wunder die Rede sein soll, dann ist es das Wunder eurer Liebe. Und nun weiß ich einen Mann, der mit allen Fibern nach Java strebt.

Und legt ihr zwischen mich und sie
Wohl Berge, Tal und Hügel –
Gestrenge Herrn, ihr trennt uns nie,
Die Liebe, die hat Flügel!«

Gerd sah verträumt vor sich hin.

»Wie kann man nur einen Menschen so unaussprechlich lieben, mit dem man kaum einige Dutzend Worte gesprochen hat?«

»Ach, was das anbelangt, zuweilen genügt schon ein einziger Blick, um das fertigzubringen. Ich freue mich, freue mich riesig. Nur das ist bitter, daß Sie den armen Doktor Gering nun wieder als einschichtigen Junggesellen allein zurücklassen. Denn mir ahnt, daß Sie nicht mehr nach Berlin zurückkommen werden.«

»Wie wäre es aber, Doktor, wenn Sie mal einen Urlaub nach Java nehmen würden?«

»Lieber Gott, da erschrickt man ja schon, wenn man nur daran denkt.«

»Nein, ohne Scherz, eine solche Seereise ist die beste Erholung, und Sie sind, weiß Gott, gründlich abgearbeitet und werden es mit jeder Woche mehr sein.«

»Nee, nee, Doktor, so weit wage ich mich nicht von meinem Laden fort. Sie dürfen nicht vergessen, daß ich noch ein ziemlich junger Rechtsanwalt bin. Wenn's vielleicht bis an die Riviera wäre, das könnte ich schon wagen, aber Java ist mir zu weit.«

»Gut!« erwiderte Gerd übermütig. »Treffen wir uns also an der Riviera.«

Gering lachte.

»Schießen Sie nicht zu schnell! Aber vielleicht ließe sich das mal machen, ich muß euch beiden glücklichen Menschen doch mal in die Augen sehen können, um mich darüber zu freuen, daß ich auch ein wenig an eurem Glück mitgearbeitet habe.«

»Also bestimmt sehen wir uns wieder – irgendwo, irgendwann, das wollen wir mal festhalten.«

»Werden Sie denn nicht auf Java bleiben?«

Gerd sah nachdenklich vor sich hin, dann schüttelte er energisch den Kopf.

»Nein, die Tropen sind ein heißes Pflaster, und ich würde nie, wenn es nicht unbedingt sein müßte, eine geliebte Frau für immer dorthin verpflanzen. Ab und zu für kurze Zeit, das schadet nicht; aber für immer? Sie sollten nur die weißen Frauen in den Tropen sehen, wie schnell sie verblühen, wie sie sozusagen von der Sonne verzehrt werden. Nein, das würde ich niemals zugeben. Wir werden uns schon ein schönes Erdenfleckchen aussuchen, wo wir Wurzeln schlagen können. Weder auf Java, noch in Berlin. Die Welt ist ja groß und weit genug. Ab und zu werde ich meinen Freund auf einige Zeit ablösen, damit er mit seiner jungen Frau einen Klimawechsel vornehmen kann. Aber dann immer wieder in Regionen, wo es im Winter Schnee gibt. Vielleicht nach der Schweiz. Und dort müßten Sie uns alle Jahre besuchen!«

»Vorsicht! Ich komme wirklich, wenn ich eingeladen werde!«

»Ich will's heute noch nicht tun – guter Gott, man soll nie zu sicher sein. Erst muß ich Jo an meinem Herzen halten. Dann kommt auch die Einladung, Doktor, darauf können Sie sich verlassen!«

Frau Lamprecht erschien in diesem Moment mit vorwurfsvollem Gesicht.

»Die Kalbsleber wird mir ganz verbruzzeln, wenn die Herren nicht endlich zu Tisch kommen.«

Erschrocken sah Gering sie an.

»Um Himmels willen nicht, verbruzzelte Kalbsleber hat allzu viel Ähnlichkeit mit Schuhleder!«

Und lachend gingen die Herren hinüber, wo bereits die Suppe aufgetragen war.

»Frau Lamprecht, bringen Sie mal ausnahmsweise eine recht gute Flasche Rheinwein, wir müssen einen Freudentrunk tun!« rief Gering.

Und als der Wein dann in den Gläsern funkelte und die Herren, die Gläser in der Hand, sich ansahen, meinte Gerd lächelnd:

»Sie sind zwar der Ältere, Doktor, und ich dürfte Ihnen nicht vorgreifen, aber mir ist, als könnte es mal eine

Verwechslung geben, wenn wir uns gegenseitig immer nur Doktor nennen. Ich heiße nämlich Gerd!«

Es zuckte um Gerings Spöttermund beinahe wie Rührung.

»Also trinken wir auf Du und Du, ich heiße Gustav, ein sehr altmodischer Name.«

Sie tranken und wußten, daß sie einander immer gute, treue Freunde sein würden.

Nach Tisch sagte Gerd:

»Wir sollen heute abend zum Professor kommen, um alles Weitere zu besprechen; du hast doch Zeit, Gustav?«

»Habe ich! Und gespannt bin ich, was Frau Mally zu dieser ganzen Angelegenheit sagt. Hat ihr Gatte davon gesprochen?«

»Nein, kein Wort!«

»Na, das steht fest, sehr herzlich hat sie deiner Jo nie gegenübergestanden.«

»Meiner Jo? Wär's nur erst soweit, Gustav.«

»Nur noch ein Weilchen Geduld!«

»Zuweilen befällt mich doch die Angst, sie könnte einen andern meinen.«

»Diese Sorge kannst du fallen lassen. Nach allem, was ich über diese Sache weiß, bist du der einzige, der in Frage kommt.«

Am Abend waren die neuen Freunde beim Professor zu Tisch. Es waren keine weiteren Gäste anwesend, und wie immer bei solchen intimen Gelegenheiten, gab es nur Tee und kalten Aufschnitt. Jos Schicksal gab ausgiebigen Gesprächsstoff, und als Gerd zuletzt ruhig und bestimmt erklärte, er würde nach Java reisen, um Jo um ihre Hand zu bitten, sagte Tante Mally hastig:

»Lieber Herr Doktor, Jo kann ja nach allem froh sein, wenn sie noch einen Mann findet, doch vergessen Sie nicht, Sie sind arm und Jo ebenfalls. Wir aber können weder helfen noch Jo jemals wieder in unser Haus aufnehmen.«

Ihr Gatte bekam eine rote Stirn und wollte anscheinend eine sehr heftige Antwort geben, aber Gerd fiel ihm schnell in die Rede.

»Es ist wohl an der Zeit, wenn ich meine Karten aufdecke, da Sie in mir nun einen ernsthaften Bewerber um die Hand Ihrer Nichte sehen dürfen. Sie haben mir stillschweigend Ihre Einwilligung gegeben, denn ich habe Ihnen gesagt, daß ich bei der Wahl einer Frau nicht auf Geld zu sehen brauchte. Um die Besorgnisse Ihrer Frau Gemahlin nun auch zu zerstreuen, erlaube ich mir, Ihnen mitzuteilen, daß ich im vorigen Jahr meinen verstorbenen Onkel beerbt habe. Dieser hat mir große Besitzungen auf Java hinterlassen und ein sehr beträchtliches Vermögen, das mir gestattet, meiner zukünftigen Frau ein Leben ganz nach ihrem Geschmack zu schaffen.«

Der Professor sah Gerd an, und seine Gattin stieß hastig hervor:

»Warum haben Sie denn das nicht gleich gesagt?«

Gerd mußte ein wenig lachen. Dann sagte er ruhig:

»Weil ich nicht nur als gute Partie auf dem Heiratsmarkt herumlaufen wollte, meine verehrte gnädige Frau. Das ist für einen Mann nicht sehr angenehm, und es ändert ja an dem Wert oder Unwert einer Person nichts, ob sie reich oder arm ist. So denke ich wenigstens darüber.«

»Bravo, mein lieber Doktor, darin gehe ich mit Ihnen einig. Wenn ich aber weiß, daß meine Nichte in sorglose

Verhältnisse kommt, freue ich mich doch von Herzen. Das darf ich, nicht wahr?«

»Ganz sicher, und mein Reichtum freut mich hauptsächlich, weil ich meiner Frau das Leben damit leichtmachen kann.«

Gerd berichtete nun den Ehegatten, daß er der Plantagenbesitzer sei, dessen Direktor, wie Jo in ihrem Brief berichtet habe, sich mit Magda Held verheiraten würde, mit derselben Magda Held, mit der sie und Mrs. Gley auf Java zusammentreffen wollten.

Auch sprach er davon, daß er Mijnheer Evan Booß und seine Frau kenne, da ihre Besitzungen in der Nachbarschaft der seinen lägen.

»Sie ersehen daraus, daß das Schicksal wieder einmal wunderbar die Karten gemischt hat. Jo wird ganz in die Nähe meiner Besitzungen kommen, ohne zu ahnen, daß sie mir gehören. Ich habe bereits den Auftrag gegeben, daß sie es auch nicht erfährt. Zum Glück hat Fräulein Held anscheinend meinen Namen nicht genannt, sonst hätte Jo davon geschrieben. Sie würde daher, wie sie nun einmal beschaffen ist, es sicher zu vermeiden suchen, mit mir zusammenzutreffen, wie sie es ja leider schon in Zürich getan hat. Deshalb habe ich meinem Direktor die Weisung gegeben, meinen Namen gar nicht in ihrer Gegenwart zu nennen, vor allen Dingen aber nichts davon verlauten zu lassen, daß ich nach Java kommen werde. Auch seine junge Frau und meine Nachbarn Booß sollen strenges Stillschweigen bewahren. Nur so kann ich hoffen, daß Jo nicht vor mir davonläuft.«

»Aber sie scheint Sie doch zu lieben!« sagte Frau Mally verwundert.

Gerd konnte sich sehr wohl denken, daß diese Frau einen Charakter wie Jo niemals würde verstehen können. Es zuckte um seinen Mund, und dann sagte er ruhig und bestimmt:

»Gerade wenn sie mich liebt, wie ich es sehnlichst hoffe und wünsche, wird sie meinen Anblick fliehen. Ich muß eines Tages ganz überraschend vor ihr stehen, um ihr eine Flucht unmöglich zu machen.«

Bei einem Glas Wein besprach man noch vieles und verlangte endlich, Gerd möge einiges von seinen Besitzungen erzählen. Da staunte Frau Mally sehr. Sie entnahm dem allen, daß Jo zum mindesten mit Gerd eine ebenso gute Partie machen würde, als hätte sie den wirklichen Alfonso de Almadeia geheiratet. Endlich fragte der Professor, wann Gerd nach Java aufzubrechen gedenke.

»Ich habe ausgerechnet«, lautete die Antwort, »daß Mrs. Gley und Jo ungefähr Ende Oktober oder Anfang November bei ihrem Schwager und ihrer Schwester eintreffen. Würde ich unverweilt abreisen, könnte ich mit den beiden Damen schon in Kolombo zusammentreffen. Ich habe mir jedoch überlegt, daß es unterwegs sehr schwer sein dürfte, meine Sache zu führen. Ich würde Jo nur unruhig und nervös machen. Auf Java geht das alles leichter. So schwer mir auch dieses abermalige Warten wird, hoffe ich doch, dafür belohnt zu werden. Wenn sie in Kolombo Ihr Telegramm vorfindet, Herr Professor, wird sie wissen, daß sie frei ist, daß sie nichts mehr mit diesem Betrüger verbindet. Das wird sie ruhig machen. Sie wird sich selbst wiederfinden, und ich kann dann um so mehr darauf hoffen, meine Sache mit Erfolg bei ihr führen zu können. Leicht wird das nicht werden. Sie hat sich zu sehr in den Gedanken verrannt, eine mit Schmach Beladene zu sein, während sie doch nur vom Unglück verfolgt und von einem schlechten Menschen gedemütigt worden ist. Das muß ich ihr erst klarmachen. Aber wenn sie mich liebt, werde ich imstande sein, alle ihre Bedenken zu beseitigen. Ich lasse mir noch ein paar Wochen Zeit, suche mir in Ruhe einen Dampfer aus und gedenke etwa Anfang Oktober auf meinen Besitzungen einzutreffen. Dann habe ich Muße, alles vorzubereiten und mich nochmals der Verschwiegenheit meiner Leute zu versichern. Magda Held oder Frau Doktor Winter, wie sie jetzt wohl schon heißt, muß mir Jo dann unter irgendeinem Vorwand in mein Haus locken. Dann wird ihr jede Möglichkeit zu einer Flucht abgeschnitten und, wie ich annehme, das Weitere sich finden.«

»Es lag wohl eigentlich nicht in Ihrer Absicht, sich schon sobald wieder nach Java zu begeben?« fragte der Professor.

»Allerdings nicht. Ich wollte den Winter in Deutschland oder der Schweiz verleben, vielleicht auch einige Wochen in Schweden. Zwar habe ich erst zwei Tropenjahre hinter mir, denn die Nachricht vom Tod meines Onkels und meiner Erbschaft erreichten mich in Neuguinea auf einer Forschungsreise. So weit sind wir, Doktor Gering und ich, schon bei der Wahrheit geblieben. Wir haben nur meine Erbschaft verschwiegen. Also, wie gesagt, nur zwei Jahre verlebte ich in den Tropen, denn ich ging von Neuguinea direkt nach Java. Doktor Winter, mein Studienfreund, war damals in meiner Begleitung und kam mir, auf meinen Wunsch, nach Java nach.

Aber zwei Jahre genügen schon, um Sehnsucht nach Eis und Schnee in einem zu erwecken. Darum hatte ich Lust, einmal im Norden zu überwintern. Nun aber muß ich wieder nach Süden, um mir Jo einzufangen. Schließlich kann ich ja mit ihr noch zeitig genug zurückkommen, um noch etwas Eis und Schnee zu erleben.«

»Mein Gott, wenn man Sie so hört, könnte man meinen, es handele sich nur um eine Reise von einigen Stunden.«

Gerd sah lachend in das erstaunte Gesicht Frau Mallys.

»Es macht mir wirklich nichts aus; für Seereisen schwärme ich ohnedies. Man fühlt sich an Bord eines guten, tüchtigen Dampfers wie zu Hause.«

16

Nach einer anstrengenden, aber sehr interessanten Reise durch Indien, wo sie viel Schönes und Herrliches gesehen hatten, setzten die beiden Damen ihre Reise nach Ceylon fort. Man hatte Ellen Gley Empfehlungen mitgegeben an einflußreiche Engländer, die in Kolombo stationiert waren. Man würde ihr auch dort behilflich sein, überall Einblick zu erhalten in das echte indische Leben. Die Höfe der Maharadschas hatten sich ihr in Indien geöffnet, und sie war so voll neuer Eindrücke, daß sie behauptete, sie habe Stoff und Anregung für hundert Romane gefunden. Ihr großes Notizbuch war bald bis auf die letzte Seite angefüllt, und sie freute sich nun schon darauf, dieses alles auszuarbeiten.

Noch war Jo nicht dazu gekommen, Ellen Gley ihre Beichte abzulegen. Es fehlte an einer ungestören Stunde dazu – und außerdem schob Jo diese Stunde immer wieder hinaus, weil sie die Angst nicht losließ, Ellen Gley würde dann nichts mehr von ihr wissen wollen.

Endlich hatte sie beschlossen, noch bis Kolombo zu warten. Dort hoffte sie eine Drahtnachricht von dem Onkel vorzufinden. Sie nahm sich fest vor, eine Gelegenheit zu der beabsichtigten Beichte auf alle Fälle herbeizuführen, sobald sie das erwartete Telegramm in Händen hielt.

Als die Damen in Kolombo angelangt waren und in dem ihnen empfohlenen Hotel – einer jener eleganten englischen Karawansereien, in der eine Menge Menschen wohnten, wo man aber dennoch in seinen Zimmern die größte Ruhe genießen konnte – ein leidlich behagliches Unterkommen gefunden hatten, wurde ihnen die Post gebracht. Für Ellen Gley war eine Unmenge Briefe gekommen, für Jo aber nur – ein Telegramm.

Mrs. Gley reichte es ihr hinüber.

»Hoffentlich keine unangenehme Nachricht, Jo.«

Ellen Gley merkte, daß Jo erbleichte und ihre Hände zitterten. Sie riß das Telegramm auf und las:

»Du bist frei – beruhige Dich – alles gut erledigt – Gott mit Dir – Brief folgt – Onkel.«

Als sie das gelesen hatte, als ihr Herz sich freuen wollte über die Meldung, daß sie frei sei, da verließ sie die lange geübte Selbstbeherrschung, und die Tränen schossen ihr aus den Augen. Kraftlos brach sie in einem Sessel zusammen. Ellen Gley sah von einem Brief auf und blickte betroffen auf die fassungslose Jo.

»Mein Gott! Was ist Ihnen? Haben Sie schlechte Nachrichten erhalten?«

Jo faßte sich mühsam und schluckte ihre Tränen hinunter.

»Nein, nein, im Gegenteil, eine gute, erlösende Nachricht! Aber haben Sie nicht schon an sich selbst erfahren, daß eine gute Nachricht einen nach langer Angst und Not einfach umwirft?

So ergeht es mir heute, Mrs. Gley. Eine schwere Last ist mir vom Herzen genommen. Sie wissen – ich habe Ihnen gesagt, daß ich Ihnen eines Tages eine Beichte ablegen wollte. Jetzt endlich habe ich den Mut dazu, und wenn Sie ihre Briefe gelesen haben, bitte ich Sie, mich anzuhören.«

Ellen Gley sah sie mitleidig an.

»Meine Briefe haben Zeit, ich habe schon gesehen, daß nichts Wichtiges darunter ist. Machen Sie Ihrem gequälten Herzen Luft. Ich spüre, daß Sie sich danach sehnen, sich aussprechen zu können.«

»Sie haben recht. Aber wenn ich mir auch schon längst vorgenommen hatte, Ihnen alles zu sagen, bis Mitte August war ich durch mein Wort gebunden zu schweigen, und nachher – oh, ich bin so bange, daß Sie nichts mehr werden von mir wissen wollen, wenn ich Ihnen alles gesagt habe. Eines will ich gleich vorausschicken, was mir auch geschehen ist, ich war unschuldig daran, das dürfen Sie mir glauben.«

Ellen Gley setzte sich dicht neben Jolande und strich ihr über das seidige Haar.

»Beruhigen Sie sich, Kind. Ich hoffe, Sie haben mich nun schon gut genug kennengelernt, um zu wissen, daß ich niemanden für ein Unglück verantwortlich mache, das ihn betroffen hat. Und mir scheint, Kind, Sie haben Unglück gehabt?«

Jo sah vertrauensvoll zu ihr auf.

»Ja, viel Unglück. Bitte hören Sie mir zu!«

Und Jo erzählte, wie sie nach dem Tod ihrer Eltern Aufnahme gefunden hatte im Haus ihres Onkels. Wie sie versucht hatte, sich dort nützlich zu machen, es aber trotzdem gemerkt habe, daß die Tante sie nicht gern sah und alles daran setzte, sie möglichst bald und gut zu verheiraten. Gleich hier fügte sie ein, sie vermute, die Tante habe das Gerücht ausgesprengt, sie sei eine reiche Erbin.

Nun schilderte sie das Auftreten des falschen de Almadeia, verschwieg nicht, daß dieser dank seinem schönen Äußeren und seiner bezaubernden Art Eindruck auf sie gemacht und sie der Tante nicht widersprochen habe, als diese sie darauf hinwies, das sei eine passende Partie für sie.

Aufatmend fügte sie hinzu, daß dieser Zauber jedoch immer nur so lange angehalten habe, wie sie mit diesem Mann zusammengewesen sei. Bald aber wäre sie immer kritischer geworden und habe gefühlt, daß sie da wohl nur einer gewissen Suggestion unterlegen sei. Eines Abends sei sie dann dem Mann begegnet, bei dessen Anblick sie sofort gefühlt habe, daß ihm ihr ganzes Herz gehöre. Der Zauber des andern sei von diesem Augenblick an wirkungslos geworden, und sie habe nur das eine empfunden: dieser eine, einzige, besäße für alle Zeit ihr Herz.

Offen und ehrlich setzte Jo ihre Beichte fort. Nichts verschwieg sie ihrer Herrin, alle ihre Erlebnisse, ihre Sorgen und Ängste breitete sie vor ihren Augen aus wie vor denen einer Mutter. Auch ihren Jammer darüber, daß sie nun, schmachbeladen wie sie war, nie daran denken könne, die Frau eines Ehrenmannes zu werden, und so sehr sie Gerd Rainsberg liebe, so sicher sie wisse, daß auch er sie liebe, sei ihr dennoch versagt, ihm angehören zu dürfen. Sie sei überglücklich gewesen, daß Mrs. Gley sie engagiert und sie dadurch eine Existenz gefunden habe, denn die Umstände verwehrten ihr ein für allemal eine Rückkehr in das Haus ihres Onkels.

Mit gespannter Aufmerksamkeit lauschte Mrs. Gley Jos Worten. Die letzten Rätsel in Jos Wesen lösten sich ihr, aber ihre Zuneigung zu der jungen Dame wurde nicht vermindert, sondern im Gegenteil noch verstärkt. Als Jo erschöpft und in qualvoller Erregung schwieg, zog sie diese in ihre Arme, streichelte ihr Haar und Wangen und sah sie teilnahmsvoll an.

»Mein armes, liebes Kind, wieviel Schweres hat Ihnen das Schicksal aufgebürdet. Wie leid tun Sie mir. Denn wenn auch alles ein halbwegs gutes Ende gefunden hat, eines ist für Sie unmöglich geworden: die Aussicht auf eine Verbindung mit dem Mann, den Sie lieben. Nicht, daß ich unbedingt zugeben möchte, daß er darauf verzichten würde, Sie zu seiner Frau zu machen; liebt er Sie wirklich, wird er zu Ihnen halten, was auch gewesen sein mag. Und tut er es nicht, dann haben Sie nicht viel an ihm verloren. Aber Sie haben sich aus seiner Nähe verbannt, und wer weiß, ob er jemals wieder Ihren Lebensweg kreuzt. Ich kann auch verstehen, daß, wie Sie nun einmal geartet sind, Sie ihm nie wieder Gelegenheit geben werden, sich Ihnen zu nähern. Da kann man Ihnen auch nicht zureden, so etwas muß jeder nach seinem eigenen Ermessen mit sich und seiner Umwelt ausmachen. Aber vergessen Sie eines nicht, unser Schicksal wird nicht von uns selbst bestimmt, es kommt nur auf uns selbst an, wie wir es tragen. Einen andern Trost kann ich Ihnen leider nicht geben.«

Verzagt und schüchtern sah Jo zu ihr auf.

»Nur eins sagen Sie mir, Mrs. Gley, werden Sie mir nach allem gestatten, bei Ihnen zu bleiben, so, wie Sie es mir einmal in Aussicht gestellt haben?«

Lächelnd drückte die alte Dame sie an ihr Herz.

»Kleine Jo, nun sind Sie mir erst recht lieb wie eine Tochter geworden. Wie können Sie nur daran zweifeln? Selbstverständlich bleiben Sie bei mir, so lange, wie Sie selber es wollen.«

Tief bewegt beugte sich Jo herab und küßte dankbar Mrs. Gleys Hände.

»Wie soll ich Ihnen nur danken, Sie Liebe, Gütige?«

»Haben Sie schon vergessen, daß ich Ihnen mein Leben verdanke, zum mindesten aber meine Gesundheit? Ich habe es nicht vergessen und bin nach wie vor in Ihrer Schuld.«

Sie saßen noch lange beisammen. Ellen Gley stellte noch Fragen, und Jo berichtete noch manche Einzelheit. Sie zeigte ihr auch das Telegramm ihres Onkels und sagte aufatmend:

»Es ist ihm also gelungen, mich völlig frei zu machen. Hoffentlich war es ihm möglich, ohne sich selber Unannehmlichkeiten zu schaffen.«

»Immer denken Sie zuerst an andere und erst zuletzt an sich. Liebes Kind, das kann schließlich zu einer Geißel werden. Schließlich müssen Sie doch mal den Mut aufbringen, zuerst an sich zu denken. Sie haben wirklich Unerhörtes getan, um Ihren Onkel vor Unannehmlichkeiten zu schützen. Jetzt soll er einmal Sie beschützen; er ist doch schließlich ein Mann und obendrein ein einflußreicher Mann.«

»Er wird auch alles für mich tun, was in seiner Macht liegt, denn er war immer gut zu mir.«

»Weitere Opfer kann Ihnen kein Mensch zumuten. Mein Gott, was haben Sie alles erlebt! Das ist wie ein Roman; es wäre – seien Sie mir nicht böse, daß ich daran denke – ein guter Romanstoff für mich. Wir Schriftsteller sind die reinen Freibeuter. Wo wir im Leben etwas Interessantes finden, zücken wir schon die Feder.

Aber nun wollen wir uns schön machen. Da liegt bereits eine Einladung des Obersten Macverlan, wir sollen heute abend ganz allein bei ihm speisen. Und das kann ich nicht gut abschlagen; er ist der Onkel von Lady Sholms, und er und seine Gattin erwarten von uns Details, wie die Verlobung Lady Mauds mit Bobby Raleigh zustande gekommen ist. Wir werden eine möglichst romantische Schilderung geben. Also fort mit den letzten Tränenspuren und tapfer in die Zukunft gesehen! Ohne Gottes Willen fällt kein Spatz vom Dach, er wird auch über Sie seine Hand halten. Hat er es doch schon, trotz aller Not, die Sie erdulden mußten, getan. Bedenken Sie, daß Sie schließlich immer mit heiler Haut aus der schlimmsten Bedrängnis herausgekommen sind. Wer weiß, wo Ihnen noch ein leuchtendes Glück blüht. Nein, nein, machen Sie kein so wehmütig resigniertes Gesicht, das mag ich nicht leiden. Was meinen Sie, wo ich wäre, wenn mich nicht in allen Lebenslagen ein bißchen Tapferkeit aufrechterhalten hätte!«

Noch einmal küßte Jo der gütigen Frau die Hände.

»Sie haben recht! Schon daß der Himmel Sie mir in den Weg geschickt hat, beweist mir seine Gnade.«

»Gut, gut! So ist's recht. Und nun schnell, ziehen Sie das weiße Spitzenkleid an, das Sie so gut kleidet. Ich will doch Ehre mit Ihnen einlegen, und eine alte Frau nimmt man immer viel lieber auf, wenn ein schönes junges Mädchen in ihrer Gesellschaft ist. Wenn Sie nur nicht unversehens hier ein Maharadscha in seinen Harem steckt!«

Nun mußte Jo lachen, und das hatte Mrs. Gley beabsichtigt.

Eine Stunde später wurden die Damen durch den Wagen des Obersten abgeholt. Und obwohl der Oberst betont hatte, man werde in engem Kreise sein, fanden sich doch zwölf Personen an seinem Tisch zusammen. Man hatte von der Ankunft der berühmten Ellen Gley gehört, und einige Bevorzugte hatten es erreicht, noch heute abend mit ihr zusammenkommen zu können.

Nachdem alle Ellen Gley die übliche Bewunderung entgegengebracht hatten, wandten die Anwesenden sich mit großem Wohlgefallen der schönen jungen Dame im weißen Spitzenkleid zu, die Ellen Gley als »meine deutsche Übersetzerin und Reisebegleiterin, Miß Warren«, vorstellte.

Es wurde ein interessanter und amüsanter Abend.

Der Oberst und die englischen Offiziere, die mit ihren Damen anwesend waren, berichteten viel Wissenswertes, und Jo sah bereits heute abend voraus, daß am andern Morgen der Inhalt des Stoffbuches bedeutenden Zuwachs erhalten würde.

Am nächsten Tag führte der Oberst die beiden Damen in das Haus eines vornehmen indischen Würdenträgers. Dieser Maharadscha, der absolut nicht aussah wie ein Filmstar in einer Filmrolle, sondern ziemlich dick und unbeholfen erschien, gab den beiden Damen die Erlaubnis, seinen Harem zu besuchen, was Ellen Gley selbstverständlich sehr willkommen war. Dieser Haremsbesuch zeitigte allerlei kleine, amüsante Szenen. Die Haremsdamen waren sehr zutraulich, unterwarfen die beiden Fremden einer kritischen Betrachtung und einem regelrechten Verhör. Die eine Tochter des Maharadscha hatte eine ziemlich moderne Erziehung erhalten und war mit ihrem Vater vor zwei Jahren in England und Frankreich gewesen. Sie bat um Verzeihung für die kindliche Neugier der andern Frauen und unterhielt sich sehr angeregt mit den beiden Damen, wobei die anderen mit niedlich offenen Mündchen zuhörten und zuweilen in ein Gelächter ausbrachen, das absolut nicht am Platze war.

Die moderne Rani ging gewandt zu einem anderen Thema über.

Es wurden in der nächsten Zeit noch allerlei interessante Besuche gemacht, und am Abend vor dem Tag der Abreise veranstaltete das englische Offizierskorps für Ellen Gley einen Festabend im Kasino. Es war ein glänzendes Fest zu Ehren der berühmten Autorin. Sie wurde sehr gefeiert. Aber Jo beschlich plötzlich inmitten dieser lockenden Gesellschaft das Gefühl trostloser Vereinsamung. Sie dachte daran, daß sie durch die Schuld eines bösen Menschen heimatlos geworden war, daß sie wohl niemals wieder heimkehren dürfe.

Daran änderte auch der Umstand nichts, daß sie von allen Seiten sehr bewundert und hofiert wurde. Sie wußte, das galt nur ihrem Aussehen. Und sie war sehr froh, als ihre Herrin sich verabschiedete. Morgen sehr zeitig sollte es nach Siam weitergehen. Und wiederum erhielt Ellen Gley Empfehlungen und allerlei gute Ratschläge, wo sie wohnen, wie sie sich verhalten und was sie unbedingt ansehen solle.

Auf der Rückfahrt sagte Ellen Gley seufzend:

»Kind, ich sehe schon, wir kommen nicht eher zur Ruhe, als bis wir in Java bei meiner Schwester sind. Die ist resolut und wird dafür sorgen, daß niemand uns stört. Hoffentlich haben Sie sich wenigstens gut unterhalten?«

Jo wollte Ellen Gley nicht kränken und behauptete, sich sehr gut unterhalten zu haben.

»Nun, hinreichend Furore haben Sie wieder mal gemacht! Alle Welt hat mich wegen meiner schönen Reisebegleiterin angesprochen.«

Es zuckte ein wenig um Jos Mund, aber dann dachte sie daran, daß Ellen Gley alles zehnfach gutmache, was andere Menschen ihr angetan hatten. Sie faßte ihre Hand und beugte sich herab, um sie zu küssen. Da strich die alte Dame zärtlich über ihr weiches, duftiges Haar. Diese kleine Liebkosung trieb Tränen in Jos Augen.

Am andern Morgen begaben sie sich an Bord des

Dampfers, der sie nach Siam bringen sollte. Sie umschifften das ganze Vorderindien, und es war eine herrliche Fahrt.

Eines Tages, als die beiden Damen nebeneinander an der Reling standen, sagte Ellen Gley:

»Es wird wohl Anfang November werden, ehe wir bei meiner Schwester eintreffen.«

»Hatten Sie das nicht in Erwägung gezogen, Mrs. Gley?«

»Ich dachte, es würde schon Ende Oktober geschehen, aber wir haben doch noch allerlei vor, und auch Sumatra will ich unbedingt noch besuchen.«

Die Tage an Bord waren ruhig und friedlich. Anders wurde es jedoch, kaum daß man den Boden Siams betreten hatte. Auch hier gab es wohl viel des Interessanten und Eigenartigen; allein weder Mrs. Gley noch Jo konnten zu dem allen rechte Stellung gewinnen.

Die beiden Damen besichtigten alle Sehenswürdigkeiten eingehend und aufmerksam, waren schließlich aber froh, als die Stunde der Abreise endlich schlug.

»Was hätte ich bloß in diesem so fremden Land ohne Sie anfangen sollen, Jo? Ich wäre einfach schon am ersten Tag davongelaufen. Und doch wäre es schade gewesen. Wenn ich auch nie einen Roman schreiben werde, der in Siam spielt, so haben wir doch höchst Seltsames, Schönes, Bizarres und Geheimnisvolles gesehen. Finden Sie nicht auch?«

»Ja, Mrs. Gley, aber mir geht es wie Ihnen, ich könnte jahrelang hier leben, ohne nur eine Spur heimischer zu werden als am ersten Tag.«

Ellen Gley lachte.

»Also – setzen wir unsere Reise fort, ich glaube, auf Sumatra wartet noch viel Sehenswertes auf uns.«

Weiter ging es! Durch den Golf von Siam fuhr man an Malakka vorüber, machte einen Tag Station in Singapur und hielt dann direkt auf den Hafen von Palembang auf Sumatra zu. Von dort machten die beiden Damen verschiedene Ausflüge in das Innere des Landes, bis hinauf in das Gebirge, wo sie sich ganz behaglich fühlten und einige Tage blieben. Sie fanden eine wunderbare Vegetation und um diese Zeit alles voller Blumen, herab bis zu dem bescheidenen deutschen Vergißmeinnicht, was Jo in helle Verwunderung, aber auch in tiefes Entzücken versetzte.

Ellen Gley hatte ihrer Schwester von hier aus Nachricht gesandt, daß sie Anfang November bei ihr eintreffen werde. Die Sehnsucht nach dieser Schwester, die sie seit Jahren nicht mehr gesehen, überfiel sie auf einmal so stark, daß sie Herzklopfen bekam, wenn sie an das Wiedersehen dachte. Sie erzählte Jo viel aus ihrer Jugendzeit in dem engen, ärmlichen Vaterhaus, in dem immer Schmalhans Küchenmeister gewesen war. Ihre Schwester Jane war in jener Zeit eigentlich nie satt geworden und hatte, kaum flügge geworden, spähend ihre Blicke ins Leben geschickt. Sie bekam eine Stellung bei einer holländischen Familie, wo sie die beiden Kinder im Englischen unterrichten sollte. Begeisterte Briefe waren bald ins Elternhaus geflogen, in denen immer die Rede davon war, wie gut man in Amsterdam zu essen bekomme. Mit Genugtuung zählte die Schreiberin auf, was alles auf den Tisch ihres Brotherrn, eines reichen Holländers, kam, und daß sie ungehindert zulangen dürfe, sooft sie wolle.

Dann hatte sie den jungen Holländer Evan Booß kennengelernt, einen Vetter ihrer Zöglinge. Evan Booß war zu einem Klimawechsel von Java nach Holland gekommen, hatte die Absicht gehabt, sich in Holland eine Frau zu suchen, und verliebte sich rettungslos in die resolute und frische Jane, die gleichfalls sehr bald ihr Herz an ihn verlor. Widerstände der Familie besiegten diese beiden tapferen Menschen im Handumdrehen. Jane war bei allen wohl gelitten, und ein Vierteljahr später reisten die beiden als Mann und Frau nach Java ab, nachdem sie einige Tage in London Janes Eltern und Schwester besucht hatten. Ellen hatte Jane immer nur nach langen Pausen wiedergesehen, wenn diese eines Klimawechsels halber nach Europa gekommen war.

»Sie müssen sich langsam ein richtiges Bild von meiner Schwester und meinem Schwager machen, Jo«, sagte Mrs. Gley eines Tages. »Beide sind praktische und vergnügte Menschen, ohne jeden noch so kleinen Komplex. Sie sind im Laufe der Jahre immer reicher geworden, können sich jeden Wunsch erfüllen, haben nur eine Tochter, die bereits verheiratet ist und ebenfalls einen vermögenden Mann gefunden hat. Das Leben dieser Menschen hat sich immer erstaunlich glatt abgespielt und ihnen große Erregungen ferngehalten. Es sind liebe, prächtige Menschen, bei denen man ausruhen und sich wohlfühlen kann. Jane ist meine begeistertste Leserin. Sie fragt mich nach der Lektüre jedes neuen Buchs, wo ich das nur alles hernehme, ob ich es selbst erlebt habe, wieviel Honorar ich dafür bekomme, und warum ich dies und das geschrieben habe. Es ist etwas anstrengend, ihr das alles auseinanderzusetzen, aber es ist rührend, wie stolz sie auf mich ist und wie sie sich gewissermaßen in eine höhere geistige Sphäre versetzt fühlt, sobald ich in ihrem Gesichtskreis auftauche. Sie ist ein absolut gesunder, unkomplizierter Mensch, meine Jane. Ihre Tochter gleicht ihr bis aufs Tüpfelchen, und mein Schwager ist bereit, jeden auf der Stelle totzuschlagen, der es wagen würde, seiner Frau oder seiner Tochter nur ein Härchen zu krümmen. So also sehen die Menschen aus, bei denen ich Sie nun bald einführen werde. Sie sind entzückt, daß ich eine junge Dame mitbringe, denn sie leben ziemlich abgeschieden und freuen sich über jeden Gast. Machen Sie sich nur darauf gefaßt, daß Jane Sie mit guten Sachen aus ihrer stets wohlgefüllten Speisekammer stopfen wird, bis Sie um Erbarmen flehen. Darin ist sie unerbittlich; sie ißt noch immer gern, und seltsamerweise bleibt sie schlank und behende dabei. Das liegt wohl am Klima. Sie sagte mir, nur daß sie so gut futtern könne, habe ihr geholfen, die Tropen ohne Schaden an ihrer Gesundheit zu ertragen. Ihre Tochter gleicht ihr auch in dieser Beziehung, und Evan Booß glaubt fest daran, daß keine Frau ihn hätte so glücklich machen können wie seine Jane.«

Lächelnd hatte Jo zugehört.

»Wie freue ich mich auf die Bekanntschaft dieser Menschen!«

»Behaglich werden Sie sich bei ihnen fühlen, davon bin ich überzeugt. Und wenn wir beide andere geistige Kost brauchen, als ihr Haus zu bieten vermag, dann können wir uns ja helfen. Wir werden es wohl so ein halbes Jahr aushalten. Und erholen werden wir uns prachtvoll, denn das Haus meiner Schwester liegt hoch oben, nur die Plantagen liegen im Tal.«

Sie plauderten noch eine Weile über dies und das, und Mrs. Gleys Humor zeitigte wieder einmal entzückende Blüten. Jo konnte ihr dann unermüdlich zuhören.

Immer mehr liebte und bewunderte sie ihre Herrin und suchte ihr jeden Wunsch von den Augen abzusehen.

17

Gerd Rainsberg war, seiner Absicht gemäß, Anfang Oktober auf Java eingetroffen. Den Dampfer hatte er in Batavia verlassen und war bis Buitenzorg mit der Bahn weitergefahren. Dort erwartete ihn sein Direktor, Doktor Ernst Winter, mit dem Auto. Sie begrüßten sich herzlich, und Gerds erste Frage war:

»Ist Mistreß Gley mit ihrer Begleiterin schon in Schanda eingetroffen?«

Schanda hieß die Besitzung Evan Booß'.

»Nein, Gerd; wie mir Mevrouw Booß sagte, kommt ihre Schwester erst Anfang November. Daß sie eine Reisebegleiterin mitbringt, die Jolande Warren heißt, hat mir meine junge Frau berichtet.«

Gerd drückte ihm die Hand.

»Außer in einem kurzen Telegramm habe ich dir noch gar nicht zu deiner Vermählung gratuliert, Ernst. Laß es mich jetzt nachholen. Du weißt, daß mein Glückwunsch von Herzen kommt.«

»Das weiß ich, Gerd.«

»Und, bist du glücklich?«

»Das kann ich nicht in Worte fassen. Ich wünsche dir nur, daß du es mir bald nachmachst.«

Gerd seufzte.

»Ich wünsche mir sehnlichst, daß es geschehen könne. Zu dir unter Diskretion, Ernst; ich liebe Jolande Warren und weiß, daß sie mich wiederliebt. Ein trauriges Erlebnis hat sie dazu getrieben, vor mir die Flucht zu ergreifen. Und ich bin nur froh, daß ich ermitteln konnte, daß sie hierher kommt. Deshalb bin ich bereits wieder hier, aber ich will mir hier nur die Frau holen, ohne die mir das Leben auf einmal inhaltslos erscheint. Etwas, das zwischen uns liegt, würde sie aber sofort wieder in die Flucht treiben oder sie überhaupt verhindern, hierher zu kommen, wüßte sie von meinem Hiersein. Deshalb gab ich dir Order, mir die Verschwiegenheit aller Beteiligten zu sichern. Das hast du hoffentlich getan?«

»Sei ganz ruhig, alles ist geschehen, was möglich war. Und ein günstiger Zufall hat es gefügt, daß meine Frau Fräulein Warren gegenüber niemals deinen Namen erwähnt hat. Ebensowenig hat Mevrouw Booß in Briefen an ihre Schwester jemals deinen Namen genannt, und sie und ihre Angehörigen werden es auch in Zukunft nicht tun, bis sie von dir selber die Erlaubnis dazu haben. Mevrouw Booß witterte selbstverständlich sogleich einen Liebesroman und brennt nun darauf, zu helfen, ihn zu einem guten Ende zu führen. Du kennst ja diese prachtvolle Frau. Sie hat sehr viel für dich übrig und hat mir erklärt, wenn ihre Tochter nicht schon verheiratet gewesen wäre, als du hierher kamst, hättest du unbedingt ihr Schwiegersohn werden müssen. Und ich glaube ihr aufs Wort, daß da weder dir noch ihrer Tochter ein Wehren geholfen hätte. Sie hat etwas Unentwegtes, aber dabei so Herzliches und Resolutes, daß ihr kein Mensch widerstehen kann. Sie ist ein Segen für alle, die mit ihr in Berührung kommen, und ich kann dir versichern, du wärst mit ihrer Tochter Katje unbedingt glücklich geworden. Dafür hätte sie gesorgt.«

Gerd mußte lachen.

»Da bin ich recht froh, daß Katje damals schon Will Saams Frau war, zu dem paßt sie entschieden besser als zu mir. Ich finde sie reizend und liebenswert, aber mein Typ wäre sie nie gewesen.«

»Auf den Einfall wärst du gar nicht gekommen, wenn Jane Booß dir klargemacht hätte, niemand anders als ihre Katje sei die rechte Frau für dich. Nun, jedenfalls ist sie glücklich, daß sie hier mithelfen kann, zwei Menschen zusammenzubringen, die sich lieben. Sie wird über deinen Namen schweigen wie das Grab, und ihre Angehörigen ebenso, denn was Mevrouw Jane will, das will Gott.

Aber nun komm, wir wollen weiterfahren, damit wir meiner Frau zur rechten Zeit in die Suppenschüssel fallen. Sie steht selbst mit hochrotem Köpfchen in der Küche und schmort einen saftigen Braten für dich, gar nicht zu reden von anderen Genüssen, die dir bevorstehen. Magda besitzt zu all ihren Tugenden auch noch die, eine vorzügliche Köchin zu sein, und ab und zu muß ihr der malaiische Koch das Feld überlassen, wobei er ihr selbstverständlich alle Kniffe mit der gelassenen Aufmerksamkeit seiner Rasse abguckt, was uns dann wiederum zugute kommt.«

Doktor Winter setzte sich in das Auto, und Gerd

nahm neben ihm Platz. Es ging anfangs langsam, dann aber immer schneller und steiler ins Gebirge hinauf, der gute Wagen schaffte es spielend. Bald war man aus der dicken, heißen Luft heraus, und die Brust konnte mit Behagen die gute, klare Luft einatmen.

Selbstverständlich hatten die Herren allerlei zu besprechen, Geschäftliches und Privates. Der Weg wurde ihnen nicht lang, obwohl er mehrere Stunden in Anspruch nahm. Streckenweit ging es durch den Urwald mit seiner wundervollen Tropenvegetation. Hier und da sprang ein aufgescheuchtes Tier zornig fauchend über ihren Weg, und einmal überfuhren sie eine Schlange, die quer über dem Weg gelegen hatte. Weiter oben gab es keine Schlangen mehr. Je höher man kam, desto mehr verlor der Wald das typisch Tropische. Hier oben dominierte der Teakbaum, die indische Eiche, während unten in der Ebene der Waringibaum seine Luftwurzeln immer wieder in neues Erdreich grub. Oben auf der Höhe hätte man sich fast einbilden können, in einem deutschen Wald zu fahren, wenn nicht zuweilen Affenherden durch die Baumkronen gehuscht wären. Hier oben fand man auch zwischen anderen Blumen das deutsche Vergißmeinnicht und sogar Reseda. Inmitten des grünen Rasens wurde plötzlich ein blauer Fleck sichtbar, wo Vergißmeinnicht dicht beieinanderstanden, hauptsächlich am Rand der Wasserläufe, die aus Bergquellen herabrieselten und ein vorzügliches Trinkwasser lieferten.

Die großen Plantagen lagen freilich unten, wo das Klima absolut tropisch war, und dort arbeiteten nur Eingeborene, die das Klima vertrugen. Doktor Winter fuhr, um die Plantagen zu besichtigen, immer im Auto hinunter, kontrollierte dann die Aufseher, die wieder die zahlreichen Arbeiter in den Reisfeldern, Tee- und Kaffeeplantagen und den Zuckerrohr- und Baumwollfeldern beaufsichtigten. Die Ländereien, die Gerd von seinem Onkel geerbt hatte, waren so groß wie ein kleines deutsches Fürstentum. Diese Besitzung hieß Zorloga, und dazu gehörte neben dem großen Wohnbungalow und den Wirtschaftsgebäuden auch der ganze Berg, auf dessen Gipfel diese Gebäude standen. Überall in den Wäldern und auf den Plantagen waren kleine Holzhäuser errichtet, wo die Arbeiter in der heißesten Zeit ausruhen und ihre Mahlzeiten einnehmen konnten. Die Verköstigung dieser zahlreichen Arbeiter war sehr einfach. Mit Reis und Früchten, die hier wuchsen, waren sie schnell und gut genährt. Fleisch gab es nur einmal am Tag. Das erschien den Leuten schon als Luxus. Freilich fehlte es ihnen nicht an anderen nahrhaften Sachen, die sie bei Kräften hielten.

Das Auto war unten an den Plantagen vorübergekommen, aber die Arbeiter hatten wenig Notiz von ihm genommen. Für sie gab es nur eine Sache, die ihnen Interesse abnötigte, das war, wenn der Händler mit seinem klapprigen Auto kam und Waren aller Art feilbot. Aber diese Leute standen alle im Verdacht, Opiumschmuggler zu sein, und mußten sich deshalb eine genaue Kontrolle gefallen lassen. Denn einmal dem Opium verfallen, gab es keine Rettung mehr.

Zuweilen kamen auch Chinesen mit Handelskarren, und die mußten noch genauer kontrolliert werden, denn sie hatten eine faszinierende Art, den Leuten die seligen

Freuden des Rauschgiftes anzupreisen. Tauchte solch ein Handelskarren auf, fingen die Aufseher schon an, die Leute gegen das Rauschgift aufzuputschen und ihnen die Hölle auszumalen, in die sie versinken würden, wenn sie einmal diesem Laster verfallen wären. In den letzten Jahrzehnten hatte die Regierung scharfe Maßnahmen gegen die Opiumschmuggler ergriffen, und strengste Strafen erwarteten diese Menschen, wenn man sie überführen konnte.

Aber ihr verdientes Geld in allerlei bunten Tand anzulegen, konnte man die Arbeiter nicht hindern; das machte ihnen Freude, und der Tand ersetzte ihnen kostbare Schätze, die sie nicht besaßen.

Oben auf der Höhe angekommen, sahen die Herren bereits die Gebäude der Siedlung liegen, und etwas abseits, vorn auf der exponiertesten Stelle, stand der geräumige Wohnbungalow, ein auf steinernen Fundamenten erbautes Holzhaus mit bunter Bemalung der Säulen und Wände und langen Fensterreihen. Es bestand nur aus einem Stockwerk, hatte dafür aber eine große Ausdehnung. Wenn man hier auch ziemlich weit von den Vulkanen der Insel entfernt war, so hatte sich diese Bauart dennoch auch hier überall als praktisch erwiesen. Denn gelegentlich durchzitterten auch den Norden Javas leise Erdbebenstöße, und man hatte ein größeres Gefühl von Sicherheit, wenn man nicht in hohen Häusern wohnte. Außerdem war Platz genug, sich auszubreiten.

Doktor Winter ließ die Autohupe ertönen, und auf der breiten Veranda, die den ganzen Bungalow umgab, erschien eine hell gekleidete Frauengestalt, die den Ankommenden lebhaft zuwinkte.

»Meine Frau!« sagte Doktor Winter lächelnd, und seine Augen leuchteten auf.

Kurz darauf fuhr der Wagen vor der breiten Treppe vor, die zu der Veranda hinaufführte.

Magda Winter stand auf den obersten Stufen und begrüßte Doktor Rainsberg, den ihr ihr Gatte vorstellte.

Auf den ersten Blick erschienen beide sich sympathisch. Magda Held war eine sehr hübsche Frau mit klaren blauen Augen, einer schlanken, wohlgebildeten Gestalt, dunkelbraunem Haar und einem reizenden Lächeln, das ihre gesunden weißen Zähne zeigte. Alles in allem ein herzerfreuender Anblick in dem hellen Leinenkleid, das nicht nur praktisch, sondern auch kleidsam war.

Sie führte den Herrn in sein Haus, wo alles zu seinem Empfang vorbereitet war. Angenehme Kühle herrschte in den luftigen Räumen, die im Landhausstil eingerichtet waren. Selbst das Speisezimmer hatte hellfarbige Schleiflackmöbel. Alles war praktisch und zugleich schön in diesen Zimmern. Bunte Vorhänge waren über weißen Mullgardinen angebracht, die in geraden Falten über die Fenster gespannt waren.

Gerd wurde in sein Zimmer geführt, wo alles für ihn bereit war. Zwei Diener erwarteten ihn, von denen der eine ihn in das Bad geleitete, während der andere sogleich daranging, seine Koffer auszupacken. Beide hatten Gerd schon bedient, als er das erstemal in Zorloga weilte. Schnell machte er sich fertig, nahm ein Bad, legte einen weißen Leinenanzug an und trat dann, von Doktor Winter geführt, in das Speisezimmer, wo sofort das Essen aufgetragen wurde.

Es war wirklich vorzüglich zubereitet, und Gerd

machte Frau Magda ein Kompliment, was sie mit leichtem Erröten, aber sichtlicher Freude aufnahm.

Man sprach bei Tisch von allerlei kleinen und großen Erlebnissen, und Magda erzählte von ihrer Reise. So kam sie auf Ellen Gley und Jo zu sprechen, was Gerd selbstverständlich sehr interessierte. Magda schwärmte nicht nur von Ellen Gley und ihren Werken, sondern auch von Jo, deren Ankunft auf Schanda sie mit großer Freude entgegensah. Jo sei nicht nur schön und klug, sie sei auch ebenso liebenswert wie liebenswürdig. Nur habe sie sehr traurige Augen, wenn sie sich auch immer tapfer gezeigt habe. Magda schilderte das reizende Verhältnis zwischen Jo und ihrer Herrin und bemerkte nebenbei, daß alle Herren an Bord sich sehr um Jo bemüht hätten, freilich ohne jeden Erfolg. Jo habe eine reizende, aber sehr bestimmte Art gehabt, die Herren von sich fernzuhalten. Keiner hätte sich rühmen können, irgendeinen Vorzug bei ihr zu genießen. Mrs. Gley habe Magda auch erzählt, in Kairo habe ein gewisser Lord Raleigh Jo einen Heiratsantrag gemacht, den sie aber ruhig und bestimmt zurückgewiesen habe. Mrs. Gley und Jo hätten alsdann das ihrige dazu beigetragen, daß Lord Raleigh sich mit Lady Sholms tröstete.

Diese Eröffnung trieb Gerd das Blut in die Stirn. Diese Nachricht setzte ihn noch nachträglich in Schrecken. Wie, wenn Jo diesen Antrag angenommen hätte?

Aber er wurde sogleich wieder ruhig. Hatte sie nicht geschrieben, daß sie einen andern liebte, den sie nur ganz kurze Zeit gekannt habe? Und hatte sie nicht ganz bestimmt erklärt, sie werde nie heiraten?

Er zwang sich zur Ruhe, obwohl seine Sehnsucht durch diese Berichte nur noch stärker wurde.

Gleich am nächsten Morgen fuhr Gerd nach Schanda hinüber, um dort seinen Besuch zu machen und zu versuchen, noch Näheres über die Ankunft Ellen Gleys und ihrer Begleiterin zu erfahren.

Das Wohnhaus von Schanda lag gleichfalls oben im Gebirge. Jane Booß war allein zu Hause mit der allerdings zahlreichen Dienerschaft, die man hierzulande für billiges Geld haben konnte.

Ihr Mann war unten in den Plantagen.

Mit strahlenden Augen begrüßte sie ihn.

»So schnell hofften wir Sie nicht wiederzusehen, Herr Doktor; aber um so mehr freuen wir uns. Bitte treten Sie ein. Oder wollen wir hier draußen im Schatten sitzen?«

Gerd entschloß sich für das letztere. Jane rief einen Diener herbei und trug ihm auf, eine Erfrischung herbeizuschaffen. Sie detaillierte ihre Bestellung, und Gerd mußte darüber lachen. Aber er wußte schon, wenn man Mevrouw Booß eine Freude machen wollte, mußte man sich von ihr ausgiebig füttern lassen. Und immer hielt sie dann mit. Ihre kraftvolle, stattliche, aber ganz gewiß nicht üppige Gestalt verriet nicht, daß sie gern etwas Gutes aß. Sie ergriff freudig jede Gelegenheit, um ihren immer regen Appetit zu stillen. Und Gerd mußte es sich nun wehrlos gefallen lassen, daß sie ihm einen Leckerbissen nach dem andern auf den Teller legte, wobei sie sich selbst auch nicht vergaß.

Sie plauderte währenddessen so frisch und munter drauflos, wie nur sie das zu tun vermochte. Lebhaft erinnerte sie an Ellen Gley, wenn diese ihre humorvollen

Stunden hatte. Diese war nur ein wenig kleiner und nicht so lebhaft wie sie.

Als Gerd sich ihr zuliebe fast den Magen verdorben hatte und nun energisch jeden weiteren Bissen ablehnte, naschte sie selbst schnell noch ein paar Süßigkeiten und ließ dann die Reste und das Geschirr wieder abtragen. Es blieben nur die Karaffe mit der eisgekühlten Ananaslimonade stehen und zwei Gläser.

Und nun mußte Gerd erzählen, warum er nicht wünschte, daß sein Name genannt würde. Das tat er auch bereitwillig, denn er wußte, er konnte seiner Freundin getrost alles offenbaren, was sie wissen mußte, um ihn zu verstehen. Sie nickte ihm herzlich zu, als er fertig war.

»So, nun bin ich im Bilde, und Sie können sich darauf verlassen, daß ich Ihnen nach Kräften helfen werde. Wenn man im Dunkeln tappt, macht man zuweilen einen Fehler, wenn aber alles licht und klar ist, weiß man, worauf es ankommt. Also das ist etwas ganz nach meinem Herzen. Ich helfe Ihnen ganz gewiß, denn ich freue mich, wenn wir hier eine Hochzeit haben. Das müssen Sie mir versprechen, wenn Sie sich verheiraten wollen, muß das hier auf Java geschehen. Eine derartige Gelegenheit haben wir nicht oft. Und die Hochzeit muß bei uns ausgerichtet werden, hier in Schanda.«

Gerd faßte lachend ihre Hände.

»Vielleicht ist es doch richtiger, wenn wir sie in Zorloga ausrichten. Sie müssen bedenken, da schaltet und waltet jetzt auch eine Hausfrau, die Gattin meines Freundes Winter. Und die darf ich doch nicht übergehen.«

Jane Booß sah betrübt eine Gelegenheit schwinden, ein üppiges Festmahl bereiten zu lassen.

»Aber Fräulein Warren wird doch Gast in unserm Haus sein, und daher müßten wir ihr doch eigentlich das Hochzeitsmahl bereiten.«

Er dachte nach und fand einen Ausweg:

»Ich schlage vor, daß bei Ihnen die Polterabendfeier stattfindet und die Hochzeitsfeier in Zorloga. Dann werden Sie Ihren Teil an Mühe haben, nach der Sie unbegreiflicherweise verlangen, und den anderen Teil Frau Doktor Winter. Ist es recht so?«

Schnell war sie besänftigt.

»Gut, gut! So wollen wir es halten.«

»Aber erst muß es soweit sein, daß ich überhaupt Hochzeit halten kann. Fräulein Warren hat dabei das Hauptwort zu sprechen.«

Prüfend sah sie ihn von oben bis unten an.

»Nun, dieses Hauptwort wird ihr schon über die Lippen kommen. Vielleicht ziert sie sich erst ein wenig; junge Mädchen sind spröde und wollen umworben sein. Aber ich würde sie für sehr unklug halten, wenn sie nicht mit Freuden einwilligte. Solch einen Mann bekommt sie nie wieder!«

Gerd konnte und wollte ihr nicht alles erklären, wollte Jos etwaige Gründe zu einer Absage nicht erläutern, denn Mevrouw Jane würde das nie verstehen, welch eine brave, tüchtige und kluge Frau sie auch war. Immerhin war sie ihm als Hilfstruppe sehr wertvoll, und er besprach nun mit ihr, wie sie sich Jo gegenüber zu verhalten habe.

Sie sagte ihm, ihre Schwester sei jetzt von Siam nach

Sumatra unterwegs, wolle dort einige Wochen bleiben und sich dann erst nach Java aufmachen.

»Alles das dauert mir viel zu lange, aber ich kenne Ellen! Was die sich vorgenommen hat, führt sie auch durch. Sie muß ihrer Schriftstellerei wegen ja entsetzlich viel wissen und immer noch dazulernen. Sie wird sich wieder eine ganze Anzahl der herrlichsten Romane ausdenken, ich freue mich schon darauf. Und schließlich unternimmt sie diese Weltreise doch nur dies eine Mal. Sie ist viel seßhafter als ich, und ich habe mich nicht wenig gewundert, daß sie diese Tour überhaupt unternommen hat. Und dabei ging sie mutterseelenallein los; was sagen Sie dazu? Alle Bekannten und auch ich redeten ihr zu, sich eine Begleitung mitzunehmen, aber sie wollte nichts davon hören. Und richtig, gerade bis Luzern ist sie gekommen! Da wäre sie beinahe unter ein Auto gekommen, weil sie wieder einmal in tiefe Gedanken versunken war. Da hört und sieht sie nichts von dem, was um sie her vorgeht. Zum Glück lief ihr gerade in diesem gefährlichen Moment Miß Warren in den Weg, riß sie zurück und rettete sie vor dem Überfahrenwerden. Ich war sehr erschrocken, als sie mir das schrieb. Und nun tat sie das Vernünftigste in ihrer Lage, sie engagierte diese junge Dame als Reisebegleiterin, und nun ist sie von dieser geradezu entzückt. Ich mag gar nicht daran denken, wie das werden soll, wenn meine Schwester wieder allein reisen muß.«

Interessiert hatte Gerd zugehört. Darüber hatte Jo in ihrem Brief nichts verlauten lassen, daß sie Mrs. Gley das Leben gerettet hatte. Sie hatte nur von einem kleinen Dienst gesprochen, den sie ihr habe erweisen dürfen.

Er erwähnte es aber nicht, es freute ihn nur, daß Jo dadurch aufs neue ihre vornehme Denkungsart bewiesen hatte.

Sie plauderten noch eine Weile, bis Evan Booß nach Hause kam und den Gast erfreut begrüßte. Gerd mußte nun von Europa berichten, wie denn die Dinge eigentlich da drüben lägen.

Man forderte Gerd auf, zum Essen zu bleiben. Kurz vor Tisch wirbelte Mevrouw Katje Saams mit ihrem Gatten Will ins Haus. Sie wollte die Eltern besuchen, was sehr oft geschah, da sie mit dem Auto nur zwei Stunden brauchten, um Schanda zu erreichen. Katje begrüßte den Gast herzlich und in der lebhaften, frischen Art der Mutter. Will Saams war dafür desto gehaltener und bedächtiger, ein echter Niederländer, den so leicht nichts aus seiner Ruhe bringen konnte. Er liebte seine Katje abgöttisch, und da er sie besaß, hätte er nicht gewußt, warum er sich aufregen sollte.

Nur als er ihr Jawort noch nicht erhalten hatte, war er einige Zeit wie im Fieber gewesen, und dieser Zustand erschien ihm noch in der Erinnerung so grauenvoll, daß er zuweilen nachts erschrocken aus bösen Träumen auffuhr und erst wieder ruhig wurde, wenn er Katjes Hand in der seinen hielt. Sie pflegte ihm dann lachend zu sagen, er habe wieder einmal bei Mutter zu gut zu Abend gespeist. Zwischen Eltern, Tochter und Schwiegersohn herrschte ein harmonischer und herzlicher Ton. Aber es ging lärmend dabei zu, man machte seinen Gefühlen ungeniert Luft.

Gerd fühlte sich ein wenig abgekämpft, als er sich nach Tisch wieder auf den Heimweg machte. Dringend forderte man ihn zu recht häufigem Wiederkommen auf, und Katje sagte ihm, sie werde böse sein, wenn er nicht auch sie und ihren Mann einmal besuchen würde. Er versprach es, und da war sie sogleich wieder besänftigt.

Aber so reizend Gerd aufgenommen worden war, sagte er sich doch, immer hier zu leben und ausschließlich auf diesen Verkehr angewiesen zu sein, das würde er kaum aushalten. Er bedauerte seinen Freund Winter ein wenig und nahm sich vor, ihm des öfteren einen längeren Urlaub zu gewähren, damit er sich nicht nur körperlich, sondern auch geistig erholen könnte.

Das besprach er auch mit ihm bei seiner Rückkehr nach Zorloga. Doktor Winter beruhigte ihn aber lachend:

»Nur keine Sorge, Gerd; wir werden hier nicht vertrotteln. Du kennst bis jetzt von Java eigentlich nur deine Besitzungen und ihre Nachbarschaft. Aber in den Städten findest du überall geistige Anregung. Und dann vergiß, bitte, den Rundfunk nicht, der ist für uns bedeutend wertvoller als für irgendeinen Städter. Wir werden durch ihn dauernd auf dem laufenden gehalten. Autos und Rundfunk haben der Wildnis jeden Schrecken genommen. Wenn man will, kann man immer ›mittendrin sitzen‹.«

Das beruhigte Gerd, er hatte geglaubt, dem Freund ein schwer zu ertragendes Leben geschaffen zu haben. Aber jedenfalls versprach er, ihn immer wieder abzulösen, oder, wenn er selber verhindert sein sollte, für Ablösung zu sorgen.

18

Ellen Gley und ihre Begleiterin waren von Mijnheer Booß schon in Batavia vom Dampfer abgeholt worden. Er hatte die Gelegenheit benutzt, daselbst einige Besorgungen und Geschäfte zu erledigen. Und er fand sich sehr gut in diesem javanischen Hafen zurecht, sprang gewandt aus einem Boot ins andere, amüsierte sich über die kleinen Hausboote der Eingeborenen, die auf Deck alle häuslichen Geschäfte verrichteten und sich auch am Tag stundenlang zur Ruhe ausstreckten. Er kam gerade zurecht, als der Dampfer anlegte, und bald darauf begrüßte er seine Schwägerin herzlich.

Danach begrüßte er mit einem lächelnden, wohlgefälligen Blick ihre Begleiterin, wurde fast ein wenig verlegen, weil sie gar so vornehm wirkte, und fragte sich heimlich, ob sie sich wohl in seinem Haus behaglich fühlen würde. Als er aber ihr schlichtes, bescheidenes Wesen kennenlernte, fiel diese Besorgnis von ihm ab. Ellen Gley und Jo fühlten sich gefesselt durch das bunte Leben und Treiben auf den Wasserläufen, und nachdem sie sich im Hotel ein wenig erfrischt hatten, mußte Evan Booß mit ihnen eine Bootsfahrt unternehmen, die sie überall herumführte und ihnen interessante Einblicke in das javanische Volksleben eröffnete. Erst am Abend kehrten sie ins Hotel zurück, wo sie zusammen speisten und dann zeitig zur Ruhe gingen, da man am kommenden Tag schon in der frühen Morgenstunde aufbrechen wollte.

Die Fahrt wurde von Batavia aus im Auto zurückgelegt und war sehr interessant. In Buitenzorg nahm man eine Erfrischung und pausierte eine Stunde. Evan Booß wollte die Damen über Mittag im Schatten wissen, damit sie sich nicht zu sehr anstrengen mußten.

So kam man um die Teestunde in Schanda an, und da gab es eine etwas aufgeregte, aber sehr herzliche Begrüßung. Mevrouw Booß wollte die Schwester gar nicht wieder aus den Armen lassen, und die Tochter und der Schwiegersohn mußten sich infolgedessen vorläufig damit begnügen, Jo herzlich willkommen zu heißen. Befangenheit und Unsicherheit ließen diese ehrlichen und ungekünstelten Menschen gar nicht aufkommen. Jo fühlte sich im Handumdrehen zu Hause, und nachdem Katje die Tante begrüßt hatte, was alles vor dem Wohnbungalow auf der Veranda geschah, legte sie Jos Arm in den ihren und führte sie in ihr Zimmer.

Der Bungalow war ähnlich wie der in Zorloga erbaut und auch ähnlich ausgestattet. Es blitzte und blinkte alles vor Sauberkeit. Jo wurde von einer Dienerin ins Bad geführt, man half ihr beim Umkleiden, und wenige Minuten später saßen alle um den großen Teetisch im Speisezimmer, wo Mevrouw Jane Berge von Kuchen aufgebaut hatte, dazu auch Toasts, Honig und Butter, die für eine Kompanie Soldaten ausgereicht hätten.

Ellen Gleys Mahnungen gehorchend, langte Jo tüchtig zu, was ihr sofort Mevrouw Janes Wohlwollen errang. Still ging es nicht zu bei dieser Mahlzeit, es wurde alles durcheinander gefragt und beantwortet; es wurde gelacht und gescherzt und dann wieder ein bißchen vor Freude geweint. Alles kam so sehr von Herzen, daß sich die beiden Damen gleich in wohliges Behagen eingesponnen fühlten.

Jo hatte keine Ahnung, daß sich Gerd Rainsberg in nächster Nähe befand, daß er der Besitzer der oft erwähnten Plantage Zorloga war, und ahnte ebensowenig, daß er im Wald versteckt an einem Kreuzweg gestanden hatte, um sie wenigstens für einen Moment von weitem sehen zu können. Sie wußte nur, daß auf Zorloga Magda Held inzwischen Frau Doktor Winter geworden war, und daß diese sich sehr auf das Wiedersehen mit den beiden Damen freue.

Ellen Gley erklärte jedoch energisch, die ersten acht Tage brächte sie kein Mensch hier von der Stelle, sie wolle endlich einmal wieder das Gefühl haben, für eine Weile seßhaft zu sein. Man wußte jedoch auf Schanda sehr wohl, daß Gerd Rainsberg nervös jede Stunde zählte, bis Jo mit ihrer Herrin in Zorloga auftauchen würde. Aber man wollte ihm telephonieren, daß es nicht anders ginge. Es sei wohl auch besser, die Damen erholten sich erst einige Tage. Doch Frau Doktor Winter möge vorläufig zu einem kurzen Besuch herüberkommen.

So half es Gerd nichts, er mußte abermals warten; sehr zu seinem Leidwesen.

Ellen Gley und Jo gewöhnten sich sehr bald in Schanda ein und fanden es herrlich hier. Den ganzen Tag saßen oder lagen sie auf der schattigen Seite der Veranda, je nachdem, wie die Sonne stand. Nur zu den Hauptmahlzeiten gingen sie ins Haus, denn auch das erste Frühstück und der Nachmittagstee wurden hier draußen eingenommen.

Und die himmlische Stille des Nachts! Niemand störte ihren Schlaf. Es war eine paradiesische Ruhe hier oben. Und seltsamerweise hatte Mevrouw Jane, die Lärmende, Laute, ein zartes Verständnis für das, was ihre Schwester brauchte. Wußte sie diese bei der Arbeit, dann durfte kein Mensch ihr nahen, und, was noch viel mehr bedeutete, auch sie selbst hielt sich zurück. Es war verabredet worden, Ellen solle ein rotes Tuch über die Verandabrüstung hängen, wenn sie Zeit und Stimmung hätte zu plaudern und Besuche zu empfangen. Sah Jane das rote Tuch nicht, wurde Ellen nicht gestört. Sah sie es aber, dann kam sie mit fröhlichem Lachen herbei, küßte die Schwester erst einmal halbtot und setzte sich dann zu ihr, bis Ellen das rote Tuch, das solange hängen blieb, einzog.

Ellen Gley äußerte sich Jo gegenüber, das sei eine wundervolle Einrichtung. Fieberte sie doch vor Arbeitslust und Tatendrang. Jo durfte bei ihr bleiben und am Nebentisch ihre Übersetzungen machen.

So arbeiteten die beiden Damen ungestört stundenlang und fühlten sich wundervoll geborgen. Wie durch einen Zauber schob sich zuweilen leise ein Teller mit Früchten oder anderen Leckerbissen über die Verandabrüstung, auch wenn das rote Tuch nicht draußen hing. Jane wußte sehr wohl, daß Ellen über der Arbeit Essen und Trinken vergaß, und deshalb sorgte sie dafür, daß immer etwas Verlockendes in greifbarer Nähe vor ihr stand. Ellen Gley griff auch zuweilen, ganz in Gedanken versunken, nach einer derartigen Erfrischung, schob sie in den Mund, wischte sich die Finger an der beigelegten Papierserviette ab und arbeitete ungestört weiter. Einmal sagte sie lachend zu Jo:

»So ganz in der Zerstreutheit, oder wenn ich bei einem toten Punkt angekommen bin, stecke ich mir einen dieser Leckerbissen nach dem andern in den Mund, und wenn ich eines Tages hier fortgehe, bin ich so dick, wie ich lang bin.«

Jo mußte lachen, sie griff auch zuweilen zu und fand, daß man hier ungestraft mehr essen konnte als in der gemäßigten Zone.

»Sie brauchen das nicht zu fürchten, Mrs. Gley, und ich bin in Ihrem Interesse froh darüber, daß Ihre Frau Schwester so aufmerksam für Sie sorgt. Sie würden sonst von Kräften kommen. Ich finde Mevrouw Booß in ihrer Sorge um Sie rührend.«

»Ist sie auch, das weiß ich sehr wohl. Und nur weil ich sie kenne, habe ich es ins Auge gefaßt, ein halbes Jahr hierzubleiben und hier zu arbeiten. Finden Sie nicht, daß man hier herrlich geborgen ist?«

»Wundervoll! Seit dem Tod meiner Eltern habe ich nie so sehr wie hier das Gefühl gehabt, zu Hause zu sein. Ich bin sogar so vermessen, anzunehmen, daß ich als Fremde nicht einmal lästig bin.«

»Das Gefühl hat kein Mensch bei Jane. Aber da wir einmal ins Plaudern gekommen sind, wollen wir das rote Tuch aushängen, dann wird Jane schnell herbeikommen, und wir können ihr mal wieder sagen, wie dankbar wir sind, daß sie so verständnisvoll für uns sorgt.«

Das rote Tuch wurde ausgehängt, und gleich darauf kam Jane mit einer weißgekleideten Dame um die Ecke der Veranda.

»Ellen, Fräulein Jo, ich bringe Besuch!« jubelte sie.

Es war Frau Doktor Magda Winter, die von Zorloga herübergekommen war, um die Damen zu begrüßen. Es wurde ein vergnügtes Plauderstündchen. Selbstverständlich ließ Mevrouw Jane es an Tee und Kuchen nicht fehlen. Das gehörte ihrer Meinung nach unbedingt zur Behaglichkeit, und bei den weiten Wegen, die man hier zurückzulegen hatte, war eine gute Bewirtung auch sehr wohl am Platze.

Magda war von Doktor Rainsberg inständig gebeten worden, dafür zu sorgen, daß die beiden Damen am nächsten Tag nach Zorloga kämen. Er hielt es nicht mehr aus, Jo fernzubleiben.

Und Magda machte ihre Sache gut, sie ließ den Damen einfach keine Wahl, sie mußten unbedingt morgen zum Tee nach Zorloga kommen, wenn sie nicht schon drüben zu Mittag speisen wollten. Und Jane half ihr. Sie erklärte energisch, nur zum Tee zu kommen, lohne die weite Fahrt nicht, sie würden schon Mittag drüben sein und bis nach der Teestunde bleiben.

Ellen Gley hätte gern revoltiert, aber sie sah Magdas bittende Augen und sagte sich auch, dieser Besuch dürfe wirklich nicht länger hinausgeschoben werden, es würde unhöflich sein. So sagte sie zu, mit ihrer Schwester und Jo nach Zorloga zu kommen.

Magda freute sich sehr, daß sie Gerds Wunsch hatte erfüllen können. Sie und Mevrouw Jane hatten sich bedeutungsvoll zugenickt, als diese Zusage erteilt war.

»Wird Mijnheer Booß uns nicht auch die Ehre geben?«

»Ich werde ihn fragen, ob er abkommen kann, und gebe Ihnen telephonisch Bescheid, Frau Doktor. Falls er verhindert ist, bitte ich schon im voraus um Entschuldigung.«

Es war aber zwischen Mevrouw Jane und Frau Magda bereits ausgemacht, daß die Damen allein kommen würden. Männer waren ihrer Meinung nach oft im Weg, wenn so zarte Dinge erledigt werden sollten. Sie beide würden sicherlich nicht stören, wenn es zu einer Aussprache zwischen Gerd Rainsberg und Jo kommen sollte. Und Ellen Gley würden sie inzwischen schon so beschäftigen, daß sie Jo nicht vermißte.

So war alles bestens vorbereitet worden.

Frau Doktor Winter verabschiedete sich dann, liebenswürdig erklärend, sie wolle den Damen heute noch ein paar ungestörte Arbeitsstunden gönnen, damit sie morgen ohne Gewissensbisse feiern könnten.

Gerd war voller Aufregung über das, was Magda ihm erzählte: Die Damen würden schon zum Mittagessen herüberkommen; Störungen würden Mevrouw und sie ihm fernhalten; sie – Magda – würde Jo zu einem kleinen Spaziergang in den nahegelegenen Wald auffordern und sich dann zu gegebener Zeit unter irgendeinem Vorwand entfernen. Er kenne doch die Bank im Wald, von der aus man eine herrliche Aussicht habe. Auf dieser Bank solle Jo bis zu ihrer – Magdas – Rückkehr warten. Habe sie sich entfernt, solle Gerd vor Jo hintreten. Man wolle ihn ganz ungestört lassen und ... nun, das Weitere würde sich hoffentlich finden.

So war alles gut bedacht, und Gerds Hilfstruppe würde das ihre tun.

Seit dem frühen Morgen war er nun schon auf den Füßen und lief immer wieder zu jener Stelle, von der aus er den von Schanda kommenden Wagen sehen konnte. Aber auch die längsten Stunden vergehen, und endlich sah er wirklich das Auto unten herankommen. Mit brennenden Augen verfolgte er, wie es langsam bergaufwärts klomm. Vorläufig war auch Doktor Winter aus dem Weg geräumt, er war noch unten in den Plantagen und wurde erst kurz vor Tisch erwartet.

Fiebernd vor Ungeduld und Sehnsucht, sah Gerd von seinem Versteck aus das Auto vorüberfahren und sich dem Haus nähern. Sein Herz klopfte ihm bis zum Hals. Eines stand fest: Entfliehen konnte Jo ihm nicht, hier hatte er sie sicher. Aber es würde noch eine Weile dauern, bis Frau Doktor Winter Jo hierherbringen würde.

Die Damen waren an der Terrassentreppe vorgefahren und von Frau Doktor Winter herzlich begrüßt worden. Diese machte es ihren Gästen zunächst einmal auf der Veranda behaglich, und mit einem Blick, den sie mit Mevrouw Jane wechselte, sagte diese zu ihrer Schwester:

»Komm, Ellen, ich führe dich im Haus herum, denn ich weiß hier so gut Bescheid wie bei mir. Sie gestatten doch, Frau Doktor?«

»Selbstverständlich, Mevrouw Booß; ich freue mich, daß Sie das tun wollen.«

Jo wurde nicht zu diesem Rundgang durch das Haus aufgefordert, aber als sie sich allein mit Frau Doktor Winter auf der Veranda befand, sagte diese lächelnd:

»Ich werde Ihnen indessen mein Lieblingsplätzchen zeigen, von dem man eine wundervolle Aussicht hat.«

Jo erhob sich willig und ließ sich ahnungslos zu diesem Plätzchen führen. Sie hatten sich aber kaum auf der Bank niedergelassen, als Frau Magda ausrief:

»Ich will doch im Haus Anweisung geben, daß die beiden Damen nachher auch hierherkommen. Bitte, entschuldigen Sie mich eine Minute, ich komme gleich wieder.«

Ehe Jo nur antworten konnte, war sie schon auf und davon. Jo hegte keinerlei Argwohn. Sie ließ ihre Augen träumerisch über das entzückende tropische Landschaftsbild schweifen, lehnte sich dann zurück und schloß wie ermüdet die Augen. Solche Momente völligen Alleinseins waren sehr selten für sie. Sogleich fiel das liebenswürdige Lächeln von ihr ab. Sie schloß die Augen und überließ sich der schmerzlichen Gewißheit, daß es für sie nie ein Glück im Leben geben könne.

Gerd konnte sie von seinem Versteck aus genau beobachten. Er sah die Verwandlung ihrer reinen Züge, sah den wehen Zug um ihren Mund, sah dessen leidvolles Zucken, und sein Herz schlug hart und laut. Tiefer und inniger als je überfiel ihn das große, heiße Gefühl, das ihm Jo vom ersten Sehen an eingeflößt hatte. Leise verließ er sein Versteck und trat auf sie zu. Die Überraschung sollte ihm helfen, gleich im ersten Augenblick, da sie ihn sah, zu erkennen, was er ihr war.

Und so stand er vor ihr, sah sie mit der ganzen Innigkeit seines Empfindens an und atmete tief auf.

Das hörte sie in der großen Stille ringsum. Sie öffnete, leicht zusammenschreckend, die Augen – und so blieb sie sitzen, wie gelähmt, wie von einem Traum befangen. Das konnte doch nicht Wirklichkeit sein, sondern nur ein Traumbild, das plötzlich vor ihr stand. Aber dann weiteten sich ihre Augen, ihr Blick wurde bewußter und klarer, und nun wurde sie totenblaß. Mit einem Ruck war sie auf den Füßen und sah sich instinktiv nach einem Weg zur Flucht um. Aber sie war nicht imstande, einen

Schritt zu machen. Kraftlos sank sie auf die Bank zurück. Sie versuchte zu sprechen. Es ging nicht. Kein einziger Laut kam über ihre Lippen, nur die Hände streckte sie wie abwehrend aus.

Er sah ihre furchtbare Erregung, ihr zuckendes Gesicht, sah in ihre leidvollen Augen hinein und trat noch einen Schritt näher. Ihr Schrecken verriet ihm nur zu deutlich, was sie für ihn empfand, und das gab ihm eine köstliche Ruhe und Sicherheit.

Endlich vermochte Jo einige Worte zu sagen:

»Sie – mein Gott, Sie, Herr Doktor? Um Gottes willen, wie kommen Sie hierher?«

Seine Stimme bebte gleichfalls ein wenig, als er erwiderte:

»Ich bin hier zu Hause, Jolande Warren; Zorloga ist mein Eigentum.«

Sie starrte ihn an, als ob er ein Geist sei, preßte die Hände auf das Herz und sagte leise und mit bebender Stimme:

»Das habe ich nicht gewußt. O nein – mein Gott, sonst – sonst –«

Seine Augen brannten sehnsuchtsvoll in die ihren.

»Sonst wären Sie nicht hierhergekommen, nicht wahr?«

»Nein, nicht um alles in der Welt!« stieß sie mit versagender Stimme hervor.

»Das wußte ich, deshalb habe ich dafür gesorgt, daß Sie hier nie meinen Namen hörten.«

Sie erzitterte hilflos unter seinen Blicken.

»Wußten Sie denn, daß ich hierherkommen würde?«

»Ja, ich wußte es! Und ich setzte große Hoffnungen

darauf. Oh, Jo, warum wollten Sie aus meinem Leben verschwinden? Wußten Sie nicht, was das für mich hieß?«

Sie strich sich das Haar aus der Stirn.

»Ich – ich wußte nur, daß ich Sie fliehen mußte, daß ich nicht wieder in Ihre Augen sehen durfte«, klagte sie fassungslos.

»Weil Sie mich lieben, Jo, wie ich Sie liebe; weil Sie fühlten, daß wir beide zusammengehörten, was uns auch trennen wollte.«

Wieder streckte sie abwehrend die Hände aus.

»Oh, schweigen Sie – bitte schweigen Sie, ich muß fort – muß schnell fort von hier.«

Er schüttelte energisch den Kopf.

»Halten Sie es für möglich, daß ich Sie fortlassen würde, nachdem ich Sie endlich gefunden habe?«

Sie sah ihn flehend an.

»Erbarmen Sie sich, lassen Sie mich allein!«

»Nur, wenn Sie mir sagen, daß Sie mich nicht lieben.«

Sie barg das Gesicht in den Händen.

»Das kann ich nicht, nein, das kann ich nicht – aber ich muß fort, Sie wissen ja nicht, was mir geschehen ist, was mich auf ewig von Ihnen trennt.«

Er trat an sie heran und nahm ihr die Hände vom Gesicht.

»Ich weiß alles, Jo, alles. Was soll uns trennen, wissen Sie denn nicht, daß Sie frei sind?«

Sie stöhnte leise. »Frei? Ja, frei von jenem Mann, aber nicht von Schmach und Schande. Sie wissen nicht, was mir geschah, was ich erlebte.«

»Doch, Jo, alles weiß ich; Ihr Onkel hat mir Ihre

Beichte zu lesen gegeben, er weiß, daß ich Sie liebe und Sie zu meiner Frau machen will.«

»Das geht doch nicht, mein Gott, wie soll ich nach dem, was geschehen ist, den Mut haben, mit einem ehrenhaften Mann in eine Ehe zu treten?« schluchzte sie auf.

»Jo, machen Sie sich doch von dem törichten Wahn frei, einen Makel zu tragen. Nichts als ein Unglück hat Sie betroffen, ein Unglück, das ein schlechter Mann über Sie brachte. Rein und schuldlos stehen Sie vor mir. Ich weiß von allem, was Sie betrifft. Jo, ich reiste am Tag nach Ihrer unglückseligen Verlobung nach Spanien, nicht nach Schweden. Ich wußte schon an diesem ersten Abend, an dem wir uns kennenlernten, daß Sie mein Schicksal seien, daß ich Sie liebte. Und als Sie sich mit diesem Mann verlobten und mir sagten, daß man Sie dazu gezwungen habe, wußte ich nur eines, daß ich Sie von diesem Zwang befreien mußte – für mich. Ein Zufall hat mich Verdacht schöpfen lassen, daß jener Mann unter falschem Namen auftrat. Nur war es mir nicht klar, aus welchem Grund und Anlaß er eine Maske trug. Um mir darüber Gewißheit zu verschaffen, reiste ich nach Spanien. Bald hatte ich sie, vermochte aber infolge eines Unfalles – ich hatte mir einen Fuß verletzt – nicht auf der Stelle einzugreifen. So gingen mir vierzehn Tage verloren. Ich ahnte nicht, daß man Sie so schnell verheiraten würde. Ich kam erst an dem Tag nach Berlin zurück, an dem Sie mit jenem Betrüger abgereist waren. Kommen Sie, Jo, setzen Sie sich nieder; darf ich neben Ihnen Platz nehmen, um Ihnen alles Weitere berichten zu können?«

Sie setzte sich, rückte aber ängstlich von ihm fort. Er

respektierte ihre Zurückhaltung, war er doch davon überzeugt, daß er zum Ziel kommen würde.

Von allem sprach er, was er in der Zwischenzeit unternommen und gelitten. Von seiner Verzweiflung, sie in den Händen jenes Schurken zu wissen, von seiner Reise nach Zürich, seiner Fahrt nach Luzern und der furchtbaren Enttäuschung, als er erfahren habe, sie sei auch von dort wieder abgereist.

»Und«, fuhr er fort, »das qualvolle Warten auf die Beichte, die Sie Ihrem Onkel versprochen hatten. Nur eines war es, was mich damals aufrecht hielt, der Gedanke, daß Sie nicht zu dem Schlimmsten verurteilt waren, daß Sie sich von Respico zu lösen versucht hatten, ohne ihm angehört zu haben. Sie ahnen nicht, Jo, was ich gelitten habe, bis endlich Ihre Aufzeichnungen eintrafen und wir erfuhren, wo Sie waren, wie sich Ihr Schicksal gestaltet hatte.«

Dann berichtete er ihr, warum er ihr nicht schon früher nachgereist sei. Er habe ihr erst Ruhe lassen wollen, weil er hoffte, sie in Zorloga zu sehen und sich hier mit ihr aussprechen zu können. Über das, was er in Spanien über Alberto Respico in Erfahrung gebracht hatte, ging er flüchtig hinweg, er wollte sie damit nicht von neuem aufregen. Aus dem gleichen Grund sprach er auch nicht von Rosita Respico, der Frau des Betrügers. Es erschien ihm nicht weiter wichtig, denn daß Respico verheiratet gewesen war, als er sich unter falschem Namen mit ihr hatte trauen lassen, hatte sie ja aus seinem eigenen Mund in Zürich erfahren. Nur das versicherte er ihr wieder und wieder, daß sie vollkommen frei sei, daß nichts sie mehr mit der Vergangenheit verbinde.

»Somit, Jo, ist alles Bedrückende vorüber, getilgt, aus Ihrem Leben so vollkommen ausgelöscht, als sei es nie gewesen. Sie haben sich, gottlob, Ihre Reinheit, Ihren Stolz bewahrt. Sie selbst trifft nicht der geringste Schein einer Schuld, und Sie stehen für mich so hoch da wie keine andere Frau. Ich liebe Sie und weiß, daß ich nur an Ihrer Seite ein volles Glück finden kann. Und wenn Sie mir nicht angehören wollen, strafen Sie sich nicht nur selber, sondern auch mich. Bitte, bedenken Sie das. Ich will Sie heute noch nicht zu einer Entscheidung drängen, will Sie nicht überrumpeln. Sie sollen ruhig alles bedenken, sollen sich klarwerden, daß Sie mir mit Ihrer Hand das höchste, erstrebenswerteste Glück zu schenken vermögen. Seit dem ersten Augenblick des Sehens erkannte ich, daß Sie mir immer anbetungswürdig erscheinen würden, wußte ich, ich sei einem wahrhaft wertvollen Menschen begegnet. Nun aber sollen Sie mich näher kennenlernen; und wenn Sie mir dann nicht Ihre Liebe entziehen, wenn Sie glauben, vertrauensvoll Ihre Hand in die meine legen zu können, dann werde ich Sie noch einmal fragen, ob Sie meine Frau werden wollen. Wir wollen einen Monat festsetzen für die Prüfung, der Sie mich unterwerfen sollen. Nach Verlauf dieser Wochen werde ich wieder bei Ihnen anfragen, und in dieser Zeit wollen wir uns jeden Tag sehen und sprechen, das werde ich einzurichten wissen. Sie brauchen sich um nichts zu kümmern. Werden Sie damit einverstanden sein?«

Sie hatte tief bewegt seinen Worten belauscht. Nun hob sie das Haupt und sah ihn mit feuchten Augen an. Ihr Gesicht war bleich, und die Lippen zuckten, aber sie war wohl nie schöner gewesen als in dieser Stunde.

»Ich danke Ihnen für alles, was Sie für mich getan haben. Oh, wie sehr danke ich Ihnen. Jedes Ihrer Worte hat mir wohlgetan, hat mich etwas aufgerichtet aus der qualvollen Erniedrigung, die mir jener Mensch zugefügt hat. Ich erkenne sehr wohl, welch großes, leuchtendes Glück Sie mir bieten, und es erschüttert mich, daß Sie es tun. Das zeigt mir, wie lieb Sie mich haben. Gott weiß, wie dankbar ich Ihnen dafür bin. Und ich würde keine Bedenkzeit brauchen, um Sie näher kennenzulernen; alles, was Sie für mich getan haben, zeigt mir, welch ein edler, guter Mensch Sie sind. Aber die mir von Ihnen gewährte Bedenkzeit nehme ich dennoch an. Es wäre mir unmöglich, mich schon in dieser Stunde zu entscheiden. Nicht Sie will ich prüfen, sondern mich selbst, will mit mir zu Rate gehen, ob ich es wagen darf, Ihren ehrenvollen Antrag anzunehmen. Mein Gott, ich kann ja noch nicht daran glauben, daß es ein solch großes Glück für mich geben soll.«

Schluchzend barg sie das Gesicht in den Händen.

Sanft legte er Ihr Köpfchen an seine Brust, streichelte zärtlich ihr Haar, ihre Hände. Er wußte, mehr durfte er sich jetzt nicht erlauben, um sie nicht zu erschrecken, sie nicht doch noch in die Flucht zu treiben. Und sie empfand diese zarte Rücksicht wie eine unerhörte Wohltat. Sicher und geborgen fühlte sie sich an seinem Herzen, dessen ruhigen, starken Schlag sie spürte.

Konnte es denn nach allem, was sie erduldet hatte, ein solches Glück für sie geben? Gottlob, daß es ihr erspart geblieben war, das schwerste Opfer bringen zu müssen. Dafür dankte sie in dieser Stunde dem Himmel inbrünstiger denn je. Es wäre ihr sonst unmöglich gewesen, Gerd anzugehören.

Ganz heimlich begann daher eine leise Hoffnung ihr zuzuraunen, auch für sie könne vielleicht noch alles gut werden.

Gerd ließ sie ruhig gewähren, bis sie sich wieder gefaßt hatte.

Sie trocknete die Tränen und strich sich das Haar aus der Stirn. Mit einem zagen, scheuen Lächeln sah sie zu ihm auf.

»Verzeihen Sie, daß ich mich so gehen ließ, aber – es lagen Bergeslasten auf meinem Herzen, und wenn ich auch tapfer blieb, solange ich alles allein tragen mußte, jetzt, da Sie mir so gütig helfen und mich trösten, bin ich schwach geworden.«

Liebevoll besorgt sah er sie an.

»Ich habe Sie bewundert, Jo, wegen Ihrer großen Tapferkeit. Wie mutig haben Sie Ihr Schicksal selber in die Hände genommen; ganz auf sich selbst haben Sie sich gestellt. Zu meiner Liebe ist noch die Bewunderung gekommen. Nun kommen Sie zur Ruhe, liebe, einzige Jo, ich sorge mich sehr, sehr um Sie!«

Diese Worte trieben ihr erneut Tränen in die Augen. Aber sie kämpfte tapfer mit ihnen, weil sie sah, wie es unruhig in seinem Gesicht zuckte.

Eine Weile saßen sie noch beisammen. Sie bat ihn, ihr von dem Onkel zu erzählen, wie er alles aufgenommen habe, und er vermochte ihr zu sagen, daß dieser ihr bedeutend verständnisvoller gegenüberstehe und sie herzlicher bemitleide als ihre Tante.

Sie sprachen zusammen wie zwei Menschen, die sich sehr gut verstehen und nichts voreinander verheimlichen wollen. Gerds Liebe flammte immer mächtiger auf, aber er wußte sich soweit zu beherrschen, daß er ruhig neben ihr sitzen bleiben konnte.

Plötzlich fielen Jo die anderen Damen ein, und sie erschrak.

»Mein Gott, wo ist denn Frau Doktor Winter geblieben? Ich habe ganz vergessen, daß sie wiederkommen wollte.«

»Oh, sie wird nicht wiederkommen, bevor ich sie rufe. Lassen Sie mich nur gestehen, Jo, daß ich sie und Mevrouw Booß als Hilfstruppen geworben habe. Sie wissen, daß ich Sie unbedingt ungestört sprechen wollte, und sind in meine Sorgen und Herzensnöte eingeweiht, soweit das Fremden gegenüber zulässig ist. Sie können mir glauben, daß es mich namenlos bedrückt und gequält hat. Sie in Schanda zu wissen und doch nicht zu Ihnen gelangen zu können. Da mußten mir die Damen helfen. Als Sie im Auto von Batavia kamen, habe ich mich an einem Kreuzweg hinter Gebüsch versteckt, um wenigstens einen einzigen Blick auf Sie werfen zu dürfen. Es war wirklich sehr schwer, was Ihre Flucht über mich verhängt hat. Haben Sie nie daran gedacht, wie ich darunter leiden mußte?«

Scheu sah sie in seine Augen.

»Ich nahm an, es würde für Sie am besten sein, wenn Sie mich nie wiedersähen. Deshalb war es mir lieb, so weit wegzukommen. Ich – ich hätte niemals zu hoffen gewagt, daß Sie mich nach allem Geschehenen noch zur Frau begehren könnten.«

»Aber nun wissen Sie, wie sehr ich das tue, nicht wahr?«

Sie nickte und hätte sich gar zu gern noch einmal an

seine Brust geschmiegt, um noch einmal wundervoll beseligende Empfindungen völligen Geborgenseins zu haben. Aber sie wußte noch immer nicht recht, ob sie kein Unrecht beging, wenn sie seine Werbung annahm. Sie suchte sich in seine Lage zu versetzen, fragte sich, ob sie ihn weniger lieben würde, hätte sie erfahren, er sei durch böswillige Menschen in Schmach und Schande getrieben worden, ohne seine Schuld. Und da sagte sie sich: ich würde ihn lieben, selbst wenn Schuld auf ihm ruhte.

Etwas leichter wurde ihr bei diesem Gedanken zumute. Sie wagte einen Blick in sein geliebtes Gesicht zu tun und erzitterte vor Wonne unter seinem zärtlichwarmen Blick. Durfte sie dies Glück ergreifen, dann war es ein wundersames, unbeschreibliches Glück, das wurde ihr in diesem Augenblick zu unwiderleglicher Gewißheit.

Mevrouw Jane hatte ihre Schwester nicht sehr weit im Haus herumgeführt, sie blieb mit ihr in einem der Zimmer sitzen und berichtete ihr von dem, was jetzt mit Jo geschehen werde. Als der Name Gerd Rainsberg fiel, entsann sie sich sogleich, diesen bereits bei Gelegenheit ihrer Beichte von Jo gehört zu haben. Richtig, das war doch der Mann, den sie auf den ersten Blick so liebgewonnen hatte. Sie seufzte ein wenig auf und meinte resigniert:

»Also, ich sehe es schon kommen, daß Jo nicht mit mir nach England gehen wird. Dieser Traum wäre demnach ausgeträumt.«

»Damit wirst du dich abfinden müssen, Ellen. Ich kann mir sehr wohl denken, daß du das bedauerst. Fräulein Jo ist ein reizendes und liebenswertes Geschöpf.

Aber immerhin ist es vielleicht leichter für dich, eine andere Gesellschafterin zu bekommen, als daß diese beiden Menschen füreinander Ersatz finden würden. Rainsberg muß Jo unbeschreiblich lieben.«

»Das kann ich nur zu gut verstehen, und so muß ich meine Wünsche zurückstellen. Ich werde das selbstverständlich auch tun. Ich will Jos Glück ganz gewiß nicht im Weg stehen.«

»Allerdings müssen wir erst abwarten, ob sie ihn auch wiederliebt.«

»Das kann ich dir jetzt schon mit ja beantworten. Sie hat mir vor einiger Zeit gestanden, sie liebe einen Doktor Gerd Rainsberg. Sie hat sehr viel Schweres durchgemacht und steht auf dem Standpunkt, sie dürfe eigentlich nicht heiraten. Aber den wird sie wohl unschwer verlassen, wenn die Liebe dafür spricht. Ich hoffe und wünsche es. Aber wenn ihr, Frau Doktor Winter und du, nun glaubt, daß alles schon in Ordnung käme, befindet ihr euch vielleicht doch im Irrtum. So leicht wird sich Jo nicht umstimmen lassen.«

»Aber ich bitte dich, sie ist doch nicht von Stein, und ein Mann wie Doktor Rainsberg wird doch bei keiner Frau vergeblich anzuklopfen brauchen.«

»Du kennst Jo nicht so wie ich, Jane. Ich halte es gleichfalls für ausgeschlossen, daß sie ihn auf die Dauer abweisen wird. Aber Hals über Kopf wird sie nicht zufassen, sondern sich erst lange besinnen, ob sie ihm auch ein dauerndes Glück zu bieten vermag. Sie ist sehr gewissenhaft. Ich muß dir einmal einen kleinen Einblick gewähren in das, was hinter ihr liegt, dann wirst du mich verstehen.«

Und sie erzählte der Schwester von Jos Schicksal. Mevrouw Jane zerfloß beinahe vor Mitleid und war nun vollends darauf versessen, Jos Glück mit sichern zu helfen.

»Du mußt ihr vernünftig zureden, Ellen, wenn sie sich etwa besinnen will. Ich denke mir, auf dich wird sie eher hören als auf sonst einen Menschen.«

»Nun, warten wir ab, ob Doktor Rainsberg seine Sache allein zu einem guten Ende führen kann. Sonst trete ich eurem Bund bei und helfe mit.«

Die Schwestern waren wieder hinausgegangen und trafen hier mit Frau Doktor Winter zusammen. Sie saßen nun da wie drei Verschwörer und sahen hinüber zu dem Wäldchen, als könnten sie mit ihren Blicken dazu helfen, Gerds und Jos Schicksal wohltätig zu beeinflussen.

Endlich erschienen die beiden jungen Menschen in ihrem Blickfeld, und Ellen Gley sah mit großem Wohlgefallen auf die schlanke, hohe Gestalt des jungen Herrn von Zorloga. Er gefiel ihr auf den ersten Blick, und sie konnte sehr wohl verstehen, daß Jo sich sogleich rettungslos in ihn verliebt hatte.

»Herrgott! Wird das ein schönes Paar!« sagte sie leise.

Das fanden die beiden andern Damen auch, und Jane meinte humorvoll:

»Da hast du den Helden und die Heldin für deinen nächsten Roman, Ellen!«

Diese lächelte.

»Das brauchst du mir nicht erst zu sagen, ich gebe dir mein Wort, daß ich mir solche Modelle nicht entgehen lassen werde.«

Zu Jos Erleichterung kam gerade, als sie sich der Veranda an Gerds Seite nähern wollte, Doktor Winter im Auto angefahren.

Gerd half Jo sehr ritterlich über jede Verlegenheit hinweg, indem er sagte:

»Ich habe in Fräulein Warren eine gute Bekannte aus Deutschland erkannt und mich sehr gefreut, sie wiederzusehen.«

Die andern halfen alle, einen unbefangenen Ton zu finden, und kurze Zeit darauf ging man zu Tisch.

Gerds hoffnungsvoll leuchtende Augen verrieten den Damen immerhin, daß er wenigstens nicht endgültig abgewiesen war, und Jos scheues, zagendes Wesen ließ ebenfalls gewisse Hoffnungen zu.

So waren die andern ganz vergnügt, es ging bei Tisch sehr lustig zu, und schließlich vermochte selbst Jo, in die allgemeine Heiterkeit mit einzustimmen. Da strahlten Gerds Augen so glücklich in die ihren, daß es sie bis ins tiefste Herz traf. Und sie sagte sich, daß sie ihn nicht unglücklich machen dürfe. Das würde aber sicher geschehen, wiese sie ihn von sich. Nein, das durfte sie nicht – und jetzt würde sie es auch nicht mehr können, sie liebte ihn so sehr, daß ihr alles andere leichter schien, als ihn aufzugeben.

Es kam eine wundervolle Zeit für die beiden Liebenden. Alle andern waren sich einig, man müsse das junge Paar sich soviel wie möglich allein überlassen. Alle spielten mit wahrer Leidenschaft Zufall, um den beiden ein Alleinsein zu ermöglichen. Diese »Zufälle« mehrten sich, ohne daß Jo oder Gerd eine Ahnung gehabt hätten, sie seien willkürlich herbeigeführt. Sie waren nur beide sehr glücklich, daß ihnen ein häufiges Alleinsein beschieden war.

Gerd hielt sein Wort, so schwer es ihm fiel, er bedrängte Jo nicht, sondern ließ ihr Zeit und ahnte nicht, daß sie sich nur zu gern hätte drängen lassen. Hätten seine Augen ihr nicht allzu deutlich seine Gefühle verraten, wäre sie vielleicht bange gewesen, sie habe all ihr Glück nur geträumt.

Einige Tage später war Gerd, wie so oft, in Schanda. Mevrouw Jane gab vor, im Haushalt unabkömmlich zu sein, und Ellen Gley war in ihre Arbeit vertieft. Sie und Jo hatten noch mit keinem Wort an Jos Zusammentreffen mit Gerd Rainsberg gerührt. Heute sagte Ellen Gley:

»Sie werden dem armen Doktor wohl ein wenig Gesellschaft leisten müssen, da meine Schwester nicht abkömmlich ist und ich unbedingt ein Romankapitel zu Ende bringen muß.«

Jo atmete ein bißchen unruhig.

»Ich finde, daß ich in den letzten Tagen sehr faul gewesen und mit meiner Übersetzung nicht mehr so schnell vorwärts gekommen bin wie sonst.«

»Macht nichts, das holen Sie nach, es ist nicht das Wichtigste für Sie, kleine Jo.«

Da beugte sich Jo über ihre Hand und sagte leise:

»Ich lasse mich nur zu gern fortschicken!«

»Das weiß ich!« erwiderte Ellen Gley mit einem schelmischen Lächeln.

Und Jo huschte davon, ein bißchen bedrückt, weil sie ihre Arbeit und ihre gütige Herrin im Stich ließ, aber doch so unvernünftig glücklich, weil sie mit Gerd wieder allein sein konnte.

Ach, was hatten sie sich alles zu sagen. Und wie oft mußten sie sich dabei tief in die Augen sehen. Ein Glück, nicht zu fassen, erschien ihnen das.

Sie kamen an eine Stelle, von der aus man Zorloga liegen sah.

Mit sinnenden Augen blickte Jo hinüber.

»Was für einen schönen, stolzen Besitz Sie haben, Herr Doktor! Und ich glaubte, Sie seien ein armer Forschungsreisender.«

»Das war ich auch, bevor ich zu meinem eigenen Erstaunen meinen Onkel beerbte. Er war der einzige Bruder meiner Mutter, und ich hatte bis zu seinem Tod nur selten etwas von ihm gehört. Fast hatte ich ihn ganz vergessen und wäre nie darauf verfallen, er könnte sich meiner erinnern. Einmal, vor etwa sechs Jahren, war er in Deutschland, und wir sahen uns auf ganz kurze Zeit. Er hat mir nach seinem Tod einen Brief hinterlassen, in dem er mir schrieb, es habe ihm sehr imponiert, daß ich mich damals nicht um Hilfe an ihn gewandt habe, obwohl mir in der Inflation der letzte Heller meines väterlichen Vermögens verlorengegangen sei. Es habe ihm gefallen, daß ich mich trotzig durchgehungert und mir selbst geholfen hätte. Schon damals habe er beschlossen, mich zu seinem Erben einzusetzen. Das hat mich sehr beschämt, denn ich hatte nie viel für ihn übrig, und man wendet sich nicht an einen Menschen um Hilfe, der einem so gleichgültig ist, wie er es mir war. Sie können sich mein Erstaunen denken, als ich in Neuguinea, auf einer Forschungsreise mit Doktor Winter, die Nachricht erhielt, mein Onkel sei gestorben und habe mich zu seinem Universalerben eingesetzt. Offen gesagt, Geld und Gut galten mir niemals als sehr wichtige Lebensfaktoren; ich habe mir immer schaffen können, was nötig war, um meinen Hunger zu stillen und mich anständig zu kleiden. Aber der Gedanke, plötzlich ein reicher Erbe geworden zu sein, überwältigte mich doch ein wenig. Nach Möglichkeit verheimlichte ich aller Welt die Veränderung meiner Glücksumstände, weil ich mir nicht durch sie allein Geltung verschaffen mochte. Hatte ich doch nichts dazu getan.«

Mit leuchtenden Augen sah sie ihn an.

»Das verstehe ich und kann es Ihnen nachfühlen, daß dies Vermögen nur dann Wert für Sie gehabt hätte, wenn Sie es selbst erworben hätten.«

»So ist es. Aber jetzt hat es dennoch großen Wert für mich, weil ich damit der Frau, die ich an meine Seite stellen will, ein behagliches Leben schaffen kann.«

Sie errötete und senkte die Augen. Aber sich schnell fassend, sagte sie leise:

»Eine Frau, die Sie für wert halten, sie an Ihre Seite zu stellen, wird immer zu beneiden sein, gleichviel, ob sie in Glanz und Luxus oder in einfachen Verhältnissen mit Ihnen leben wird.«

»Ich weiß, daß Sie so denken, Jo; mir wurde gesagt, Sie hätten den reichen Lord Raleigh abgewiesen, als er um Ihre Hand anhielt.«

Rasch und betroffen sah sie zu ihm auf.

»Das hat Ihnen Mrs. Gley verraten?«

»Nein, Frau Doktor Winter, aber diese hat es von Mrs. Gley gehört.«

»Ich liebte ihn eben nicht«, sagte sie einfach.

»Ganz recht, und hier lag kein Zwang für Sie vor wie

damals, als Sie sich mit – aber nein, sprechen wir von etwas anderem.«

Sie gingen weiter und plauderten von allem, was ihnen gerade einfiel. Dabei wurden sie sich wieder, wie nun schon oft, darüber klar, wie wunderbar gut sie einander verstanden, wie sehr sie seelisch und geistig miteinander verwandt waren.

Als sie zum Wohnhaus zurückkehrten, hing wieder einmal Ellen Gleys rotes Tuch über der Verandabrüstung; ihre Schwester Jane war schon bei ihr. Gerd und Jo leisteten ihr nun auch Gesellschaft, und dann wurde der Tee mit den üblichen leckeren Zugaben serviert, ohne die bei Mevrouw Jane keine Mahlzeit möglich war.

Auch nach dem Tee fand sich für die Liebenden Gelegenheit zum Alleinsein, und das wurde nicht mehr gestört, bis Gerd wieder nach Zorloga zurückfuhr. Ehe er das tat, bestellte er, daß Frau Doktor Winter die Herrschaften morgen zum Mittagessen erwarte.

Mit einem Blick in Jos Augen sagte Mrs. Gley zu.

19

Als Gerd Schanda verlassen hatte, setzte sich Jo neben Mrs. Gley nieder und wollte an ihre Arbeit gehen. Da hob diese den Kopf.

»Ist Doktor Rainsberg wieder fort?«

»Ja, Mrs. Gley.«

Mit einem tiefernsten Blick sah Ellen Gley in ihr Gesicht.

»Jo, lassen Sie das Glück nicht an sich vorübergehen, halten Sie es fest, es kommt nur einmal, und dann niemals wieder.«

Jo preßte die Hände aufs Herz und war sehr bleich geworden.

»Darf ich denn – darf ich es denn halten? Ach, liebste, beste Mrs. Gley, wenn Sie nur einmal eine Stunde Zeit für mich hätten, wie gern würde ich etwas mit Ihnen besprechen.«

»Lag es nur daran, daß Sie sich mir nicht anvertrauten?«

»Nur daran; ich darf Sie doch nicht in der Arbeit stören, und wenn Sie nicht arbeiten, sind Sie nicht allein.«

»Nun, so lassen Sie die Schreiberei jetzt ruhen, ich werde es auch tun. Hier sind wir ganz ungestört, ohne das rote Tuch wagt sich niemand hierher.«

Jo kniete neben ihr nieder und sah unruhig zu ihr auf.

»Mistreß Gley, habe ich Ihnen damals einen Namen genannt, als ich Ihnen von dem Mann sprach, der mein Herz beim ersten Sehen gefangennahm?«

»Ich weiß, daß es Doktor Rainsberg war!«

»Sie wissen doch auch alles andere von mir und auch, daß ich gerade vor diesem Mann floh, vor mir selbst und meiner Liebe. Ahnen Sie, was in mir vorging, als er plötzlich in Zorloga vor mir stand? Ich wußte doch nicht, daß Zorloga ihm gehörte, ich hielt ihn für einen armen Forschungsreisenden. Aber das ist ja auch ganz nebensächlich, nur – ich wäre niemals mit hierhergekommen, hätte ich annehmen können, ihn hier wiederzusehen.«

»Es ist zuweilen sehr gut, wenn uns das Schicksal zu etwas zwingt, das wir niemals aus uns selbst heraus getan hätten.«

»Meinen Sie denn, daß dies gerade gut für mich ist? Ich bin von meinen Gefühlen hin und hergerissen worden. Ich – ach, Sie wissen ja, ich liebe ihn. Und als er so überraschend vor mir stand, hat er mir gesagt, was ich ihm bin und daß er mich zur Frau begehrt. Dabei weiß er alles von mir, und, denken Sie, er war es, der Respico von Anfang an im Verdacht einer Schurkerei gehabt hat.«

Und sie erzählte, welche Wege Gerd gegangen war, um sie zu befreien. Als sie fertig war, atmete sie tief auf.

»Er war so zart, so verständnisvoll; er sagte mir, ich stünde nach wie vor hoch in seiner Achtung. Es sei Unsinn, wenn ich mir schmachbeladen vorkomme, ich hätte nur Unglück gehabt, und dafür könne kein Mensch verantwortlich gemacht werden.«

»Habe ich Ihnen nicht dasselbe gesagt, Jo?«

»Ja, ach ja, das taten Sie, aber ich konnte es nicht glauben, obwohl ich mich absolut unschuldig fühlte. Und nun drang er in mich, ich müsse seine Frau werden, weil er mich liebe, weil er unglücklich werden würde, willigte ich nicht ein, ihm anzugehören. Nicht überrumpeln wolle er mich, ich möge ruhig mit mir zu Rate gehen. Einen Monat will er mir Bedenkzeit gewähren, aber ich möge berücksichtigen, daß ich sein Lebensglück in meinen Händen halte.«

Es zuckte um Ellen Gleys Mund.

»Und da haben Sie einen Moment gezögert, Sie törichtes Kind? Erkennen Sie nicht, was für ein Glück das Schicksal Ihnen zeigt, Ihnen zu eigen geben will? Kind, wie beneidenswert sind Sie um dieser Liebe willen.«

»Aber verstehen Sie mich doch: darf ich denn glücklich sein? Und dann noch eins, ich müßte Sie verlassen, und Sie waren so gut zu mir. Darf ich so undankbar sein? Ich weiß doch, Sie haben sich an mich gewöhnt, und ich bilde mir ein, daß Sie mich brauchen, daß ich Ihnen nicht so leicht ersetzt werden kann.«

Ellen Gley beugte sich gerührt über sie und küßte ihre bangen Augen.

»Kleine, törichte Jo, fragen Sie doch nicht so viel: darf ich dies, und darf ich das. Sie dürfen alles, wozu Ihr Herz Sie drängt. Sie dürfen nur eines nicht, diesen Mann, diesen seltenen Mann, der Sie liebt, durch eine Absage unglücklich machen. Das wäre ein Verbrechen an ihm und Ihnen selbst. So, da haben Sie meine Antwort. Und auf mich dürfen Sie auch keine Rücksicht nehmen, ich kann Ihnen sagen, hätte mir in meiner Jugend solch ein Glück geblüht, nach keinem Menschen hätte ich gefragt als nach dem Mann, den ich liebte und der mich liebte. Nun werfen Sie endlich Ihre törichten Zweifel über Bord. Besinnen Sie sich nicht länger, geben Sie ihm zu verstehen, daß er nicht diesen Monat abzuwarten braucht. Er wird den leisesten Wink in dieser Beziehung verstehen. Diese Frist auszunützen, die er Ihnen gesetzt hat, wäre eine Kränkung für ihn, die er nicht verdient hat. Erlösen Sie ihn. Glauben Sie, es wird ihm leicht, geduldig zu warten? Er mußte es schon viel zu lange tun.«

Jo küßte der gütigen, verständnisvollen Frau die Hände.

»Oh, wie danke ich Ihnen! Sie sind zu mir so lieb und gütig wie eine Mutter.«

»Nun ja, ich hab' Sie liebgewonnen, Jo, und ich kann Doktor Rainsberg nur zu gut verstehen. Und ob ich Sie nun einige Wochen früher verliere, als es sonst der Fall wäre, wenn Sie diese Frist abwarteten, zählt nicht. Ich werde mich an Ihrem Glück freuen. Hier, bei meiner Schwester, komme ich am leichtesten über eine Trennung von Ihnen hinweg; müßte ich später einsam zurückbleiben, würde es schlimmer sein. Aber, das sage ich Ihnen, Jo, wir dürfen uns nicht wieder ganz verlieren, wir müssen wenigstens brieflich in Verbindung bleiben.«

»Das ist doch selbstverständlich, sofern Sie's mir gestatten. Ach, liebste, beste Mistreß Gley, ich möchte Sie ja auch gar nicht verlieren. Ich habe Sie sehr lieb! Aber nicht wahr, das verstehen Sie, daß ich Gerd Rainsberg noch viel, viel lieber habe?«

Ellen Gley lachte humorvoll.

»Ich denke doch, daß ich das verstehe. Und Sie werden nun wohl keine weiteren Bücher übersetzen wollen?«

Lebhaft ergriff Jo ihre Hände.

»Doch, doch, das will ich gern tun, sehr gern sogar! Gerade Ihre Bücher, das wird sein, als sei ich bei Ihnen, als hörte ich Sie sprechen. Ob ich Zeit haben werde, noch etwas anderes zu übersetzen, hängt davon ab, wie sich mein ferneres Leben gestalten wird.

Aber es ist mir eine so liebgewordene Arbeit, daß ich

sie nicht mehr missen möchte. Und eigenes Schaffen macht frei. Sicherlich wird Gerd Rainsberg mir erlauben, weiterzuarbeiten.«

»Nun, darüber lassen Sie nur ihn bestimmen. Junge Ehemänner sind zuweilen sehr eifersüchtig, nicht nur auf andere Männer, sondern auf alles, was das Interesse der Frau von ihnen ablenkt. Also warten wir es ab. Sie sind ja schon weit vorangekommen und werden in einigen Wochen gut fertig werden, auch wenn Sie noch andere, angenehmere Pflichten übernehmen. Und jetzt zum Beispiel können wir noch gut einige Stunden schaffen. Also los, Jo! Und nun wieder frisch und klar ins Leben gesehen und alles vergessen, was Sie einmal niedergedrückt hat. Ich hoffe sehr, daß Sie morgen in Zorloga Gelegenheit haben, Doktor Rainsberg einen kleinen Wink zu geben.«

Jo wurde sehr rot, küßte ihr noch einmal dankbar die Hand und machte sich wieder an die Arbeit.

Am Abend, als die beiden Schwestern eine Weile allein waren, sagte Mevrouw Jane:

»Ich weiß nicht, was eigentlich aus den beiden wird. Da gibt man ihnen die schönsten Gelegenheiten zum Alleinsein und hofft jedesmal, daß die Sache nun endlich zum Klappen kommt, aber immer wieder kommen sie völlig unverlobt zum Vorschein.«

Ellen Gley lachte.

»Und das geht meiner ungeduldigen Jane gar nicht ein, daß sich zwei Menschen so lange besinnen, glücklich zu werden.«

»Ach, weißt du, Ellen, wenn sie sich nicht leiden möchten und zu einer Verbindung gezwungen werden sollten, dann könnte ich das verstehen. Aber wenn die sich nicht lieben, dann weiß ich nicht Bescheid. Wie er sie immer ansieht und wie sie dann rot wird, na, soweit kennt man sich doch aus. Also warum machen sie uns nicht endlich das Vergnügen, sich zu verloben?«

»Hab' nur noch ein paar Tage Geduld, Jane, es ist schon alles soweit in Ordnung, es galt nur noch, einige Fragen klarzustellen. Du mußt Jo nicht nach dir beurteilen, sie ist ein schwerblütiges kleines Ding, das nicht so leicht und unbeschwert in die Ehe springt, wie du es getan hast und auch ich. Nur war bei uns beiden der Unterschied, daß du deinen Mann liebtest, aber ich den meinen nicht.«

Jane nahm die Schwester mitleidig in die Arme.

»Ach, du liebes, armes Herz, du hättest warten sollen, bis der Rechte kam.«

Ein resigniertes Lächeln spielte um Ellens Mund.

»Bei mir ist er eben nie gekommen, Jane, dafür hat mir das Schicksal meinen Beruf beschert, der mir alles andere ersetzen muß. Weißt du, schließlich hätte ich auch für den geliebtesten Mann keine Zeit gehabt; es ist schon gut so, wie es ist.«

»Also du meinst, zwischen Jo und Doktor Rainsberg kommt alles noch ins Lot?«

»Ja, das meine ich, und es wird wahrscheinlich nicht mehr lange dauern.«

Da begann Jane gleich wieder Pläne zu machen, wie der Polterabend gefeiert werden sollte. Für den Hochzeitskuchen berechnete sie schon die Zutaten und notierte sie gewissenhaft auf. Sie war bereits wieder in voller Fahrt.

Am nächsten Vormittag machte man sich in Schanda zur Fahrt nach Zorloga bereit. Es gab ein unruhiges Hin und Her. Mevrouw Jane telephonierte noch mit Katje und erfuhr, daß diese und ihr Mann gleichfalls nach Zorloga geladen seien und man sich dort also sehen werde. Das freute die zärtliche Mutter. Auch Evan Booß war heute mit von der Partie und hatte sich etwas mißmutig in einen Gehrock gezwängt, denn er glaubte, es seiner Schwägerin schuldig zu sein, sich würdig herauszustaffieren. Ellen sah ihm aber an, daß er Qualen litt in dem ungewohnten Anzug; lachend umfaßte sie ihn, drehte ihn um und sagte humorvoll:

»Liebster Schwager, in diesem steifen Bratenrock mag ich dich gar nicht sehen, du gefällst mir in deiner frischgewaschenen Tropenjacke viel besser.«

Erfreut wandte er sich nach ihr um.

»Jane meint, es könne sein, daß es feierlich zuginge.«

Ellen lachte.

»Auch in der Tropenjacke kann man feierlich sein, vor allen Dingen muß man sich gemütlich fühlen, wenn man ersteres sein soll.«

»Aber Jane?«

»Die überlaß mir, Evan, ich werde für deine Tropenjacke eine Lanze brechen.«

Er gab ihr schnell einen Kuß auf die Wange.

»Du bist ein vernünftiges Frauenzimmer, Ellen!«

Damit stapfte er wieder ins Haus, um sich aufatmend von seinem Bratenrock zu befreien.

Indem kam Jane heraus, sehr festlich angetan und appetitlich zum Anbeißen.

»Wo ist denn Evan, ist er nicht schon hier draußen?«

»Ich habe ihn noch mal hineingeschickt, Jane; er war nicht so angezogen, wie es mir gefällt, und das muß er ändern.«

Jane schlug die Hände zusammen.

»Und dabei habe ich ihm extra gesagt, er müsse den Gehrock anziehen.«

»Aber Jane! Du hast ihm diesen gräßlichen Rock aufgeredet? Wie kannst du nur? Evan und ein Bratenrock, das ist doch stilwidrig. Er gehört in seine Tropenjacke, da sieht er immer schmuck und stattlich aus.«

»Aber Ellen, wenn es nun zu einer Verlobung kommt?«

»Das brauchen wir im voraus nicht gewußt zu haben, und zweitens finde ich auch bei einem Verlobungsfest die kleidsame helle Tropenjacke sehr hübsch und zweckentsprechend. Wozu lebt ihr denn in den Tropen?«

»Ich dachte nur, es würde dich stören, Ellen?«

»Aber keineswegs.«

»Na, da hätte ich Evan ja nicht erst zu ärgern brauchen. Er ist immer nörgelig, wenn er den Gehrock anziehen muß.«

»Dann laß es einfach nicht mehr zu, daß er ihn anzieht. Sieh, da kommt er mit strahlendem Gesicht. Im Bratenrock sah er sehr verdrießlich aus.«

Ein bißchen unsicher kam Evan heraus und stellte sich neben Ellen auf.

»Sie hat's gewollt, Jane«, sagte er, mit dem Daumen auf Ellen zeigend.

Nun mußten die Schwestern beide lachen. Jane fiel ihrem Mann um den Hals und küßte ihn.

»Mir gefällst du ja auch besser so, Evan, ich dachte nur –«

Sie kam nicht weiter, weil Jo jetzt aus dem Haus trat. Sie trug ein schlichtes weißes Kleid, das in weichen Falten an ihrer jugendschönen Gestalt herabfiel. Auf dem goldbraunen Haar saß ein breitrandiger Schutzhut, der das reizende Gesicht beschattete. Entzückend sah sie aus, und Ellen Gley dachte bei sich, daß Gerd Rainsberg voraussichtlich heute schon den »leisen Wink« bekommen würde. Wohlgefällig sah auch das Ehepaar Booß auf die reizende Erscheinung. Nun bestieg man das Auto, und Evan Booß setzte sich neben den Chauffeur, damit die Damen mehr Platz hatten.

Sie waren etwa eine halbe Stunde unterwegs, als aus einer andern Richtung das Ehepaar Katje und Will Saams herankam. Ein aufgeregtes Rufen, Lachen und Winken, Mutter und Tochter warfen sich Kußhände zu, und nun fuhr ein Wagen hinter dem andern her.

Jo war heute noch stiller als sonst, aber ihre Augen glänzten heller, freudiger. Sie saß in Sinnen verloren da, und Mrs. Gley freute sich an dem schönen Mädchen, als sei es wirklich ihre Tochter.

Als sie in Zorloga den Berg hinauffuhren, sahen sie Gerd Rainsberg oben schon auf der Lauer stehen. Katje und Mevrouw Jane begannen ein lautes Rufen, Lachen und Winken, und er winkte lachend zurück. Sein Blick suchte aber nur Jo. Als er dann, kaum daß der Wagen oben angelangt war, auf das Trittbrett sprang, um mit zu dem Haus zu fahren, konnten seine Augen nicht von Jo lassen. Das Herz klopfte ihm laut und stark. Ihr mußte er zuerst aus dem Wagen helfen, und er tat es mit großer Sorgfalt und Aufmerksamkeit.

Die beiden anderen Herren halfen ihren Frauen und Mrs. Gley aus dem Wagen, und nun kam auch Frau Doktor Winter die Treppe herab, an der Seite ihres Mannes, und sie begrüßten die Gäste ihres Herrn.

Es ging auch dabei wieder ziemlich geräuschvoll und vergnügt zu, und es schien, als kümmere sich niemand um Gerd und Jo. Man übersah sie einfach. Gerd war entzückt über Jos Aussehen, als sie den leichten Staubmantel abwarf und in den Wagen legte. Und seine aufstrahlenden Augen verrieten sein Empfinden. Jo wurde rot unter seinen Blicken, und als er plötzlich, überwältigt von seinen Gefühlen, ihre Hand ergriff und sie leise drückte, gab sie den Druck so fest und deutlich zurück, daß er freudig überrascht zusammenzuckte. Er sah sie fragend an, und ihre Augen wichen den seinen nicht aus. Zwar wurde sie abermals sehr rot, aber sie hielt seinem Blick stand, und ihre Augen verrieten dabei so viel von ihrem Empfinden wie nie zuvor. Und Mrs. Gley hatte recht gehabt, schon diesen leisen Wink hatte er verstanden.

Er war nun nicht gerade ein besonders aufmerksamer Gastgeber, überließ alles dem Ehepaar Winter und sah und hörte nur Jo. Leider konnte er jetzt kein unbelauschtes Wort mit ihr sprechen; sobald die Gäste sich ein wenig erfrischt hatten nach der staubigen Fahrt, ging man zu Tisch. Immer wieder sah er aber fragend in Jos erglühendes Gesicht, und er wurde immer unruhiger und wünschte das Ende der Tafel herbei. Was er aß und trank, wußte er nicht, er fragte sich immer wieder, ob er sich Jos Blicke so deuten dürfe, wie er es sich wünschte.

Endlich war die Tafel zu Ende. Doktor Winter bat Evan Booß zu einer geschäftlichen Besprechung in sein Büro, seine Frau und die beiden Schwestern vertieften sich auf der Veranda in ein behagliches Gespräch. Katje beschäftigte sich mit einigen Modezeitungen, die Frau Doktor Winter geschickt bekommen hatte, und ihr Gatte dehnte sich abseits in einem Liegestuhl, rauchte eine Verdauungszigarre und besah sich dabei ein wenig von innen.

Um Jo und Gerd schien sich wieder kein Mensch zu kümmern, und so sagte Gerd zu ihr:

»Wollen wir einen kleinen Spaziergang machen, Jo, oder wünschen Sie zu ruhen?«

Sie sah ihn erglühend an.

»Lassen Sie uns in das Wäldchen gehen, zu der Aussichtsbank.« Ganz leise kam es über ihre Lippen.

Es zuckte erregt in seinem Gesicht, aber er erwiderte vorläufig kein Wort, sondern ging stumm an ihrer Seite dahin, ahnungslos, daß die Damen ihnen erwartungsvoll nachschauten.

Stumm blieben beide, bis sie an der Bank angelangt waren. Jo ließ sich nieder und ließ den Blick in die Ferne schweifen; ihr klopfte das Herz bis zum Hals. Er blieb dicht vor ihr stehen, ergriff ihre Hand und beugte sich über sie.

»Jo, habe ich mich geirrt, wenn ich annahm, daß Sie mir etwas zu sagen hätten?« fragte er, heiser vor unterdrückter Erregung.

Da sah sie zu ihm auf, hielt seinen brennenden Blick aus und sagte leise:

»Mistreß Gley sagte gestern, es sei unrecht von mir,

Sie so lange zu quälen; ob ich nicht wisse, was ich Ihnen damit zufüge. Ich – ja, ich hatte nicht gedacht, daß ich Sie quälen würde. O nein, das wollte ich gewiß nicht. Mistreß Gley ist wie eine Mutter zu mir gewesen, sie wußte alles von mir; auch, daß ich einen Mann über alles liebte, den ich nur einmal gesehen hatte.

Sie weiß, daß Sie dieser Mann sind, ich verriet Ihren Namen. Und da fragte ich sie gestern, ob ich glücklich sein dürfe. Darauf erwiderte sie, ich solle Sie nicht länger quälen, solle getrost meinem Herzen folgen. Und – ach, wie gern will ich das tun, wenn – wenn Sie meinen, daß ich Ihrer wert bin, trotz allem, was geschah.«

Da hatte er sie schon zu sich emporgezogen, hielt sie in seinen Armen. Sie nahm seine Küsse entgegen und erwiderte sie mit scheuer Inbrunst.

Erst nach einer Weile gab er ihre Lippen frei, sah ihr tief in die Augen und sagte mit verhaltener Stimme:

»Ich hatte mir zuviel zugemutet, Jo. Länger hätte ich es kaum noch ertragen, so beherrscht neben dir herzugehen. Dank, daß du mich erlöstest, Dank auch Mistreß Gley, daß sie dir Mut machte. Oh du mein Alles, wie liebe ich dich, wie glücklich machst du mich. Bist du nun alle Sorgen los? Weißt du nun, daß du mir angehören willst für alle Zeit?«

Sie sah ihn an mit Augen, in denen Sonnenfunken leuchteten.

»Ich weiß nur, daß ich dich liebe, Gerd, und daß ich sterben würde, müßte ich jetzt deine Liebe verlieren. Wie danke ich dir; ich habe nicht geahnt, daß ich jemals so glücklich sein könnte. Mein Leben schien in Trümmern zu liegen, ich wagte nicht mehr, auf ein Glück zu hoffen.«

Lange blieben sie hier ungestört. Sie saßen da, eng aneinander geschmiegt, hielten sich bei den Händen, sprachen von ihrer Liebe, von ihrer Glückseligkeit und küßten sich wieder in seligem Vergessen.

Dann sagte Gerd, daß sie sehr bald seine Frau werden müsse. Hier in Zorloga sollte die Trauung stattfinden. Nach Buitenzorg wollten sie zum Standesamt fahren, Doktor Winter und Evan Booß müßten sie als Trauzeugen begleiten. Und dann wollten sie den Pfarrer mit nach Zorloga bringen, der ihre Ehe im Beisein ihrer Freunde einsegnen sollte.

Er erzählte ihr auch lächelnd, daß Jane Booß ihnen die Polterabendfeier ausrichten wollte, während Frau Doktor Winter die Hochzeitsfeier auf sich genommen habe.

Sie gab errötend zu allem ihre Zustimmung; so wie er es wollte, sollte es sein.

Dann fragte er sie, ob sie Lust habe, wieder mit ihm in die Welt hinauszugehen. Auf die Dauer halte er es in der Stille von Zorloga nicht aus.

Da sagte sie leise und innig:

»Ich gehe mit dir, wohin du mich führst. Nur möchte ich nicht wieder nach Berlin zurück.«

»Ganz wie du willst, Jo; wollen wir uns aber doch einmal eine Weile in Berlin aufhalten, dann geschieht es inkognito. Es braucht niemand darum zu wissen. Dauernden Aufenthalt werden wir dort keinesfalls nehmen. Ich führe dich erst durch die Welt, und wo es uns am besten gefällt, werden wir uns ein behagliches Heim gründen. Nach Zorloga müssen wir zuweilen auf einige Zeit zurück, damit Winters abgelöst werden und ich hier nach dem Rechten sehen kann. Auch nach Spanien zu meinen

Freunden werde ich dich bringen. Wird dir das nicht ein zu unruhiges Leben sein, meine Jo?«

»Du bist dann ja immer bei mir«, sagte sie, als könne es gar nicht anders sein.

»Ja, wir werden uns niemals trennen, Jo. Alles wollen wir gemeinsam erleben. Ohne Arbeit kann ich allerdings nicht existieren, ich werde meinen wissenschaftlichen Zielen leben. An die Arbeit wirst du mich zuweilen abgeben müssen.«

Da sprach sie ihm gleich davon, daß sie weiterhin gern die Romane Mrs. Gleys übersetzen möchte, es mache ihr große Freude. Ob er das erlaube?

Er küßte sie innig.

»Ganz gewiß, Jo; ich kann es sehr wohl verstehen, daß du dich nach einer anregenden Arbeit sehnst. Niemals würde ich dir das verbieten. Wir werden dann die gleichen Feier- und Erholungsstunden haben.«

Sie planten und besprachen alles, was ihnen am Herzen lag. Daß darüber fast zwei Stunden vergingen, bemerkten sie gar nicht. Niemand erinnerte sie daran. Aber endlich fiel es Jo ein, an die andern zu denken.

»Was müssen sie glauben?«

Übermütig zog er sie aufs neue in seine Arme.

»Sie werden mit ihren Vermutungen wohl ungefähr das Richtige treffen. Ich muß gestehen, es gelüstet mich gar nicht nach anderer Gesellschaft, nur nach der deinen. Wir heiraten so schnell wie möglich, Jo; denn einen langen Brautstand unter der liebevollen Aufsicht unserer Freunde halte ich nicht aus, das kann ich dir sagen.«

Sie mußte lachen, erleichtert und so von Herzen fröhlich, daß er mit Entzücken auf dieses warme, klare Lachen hörte.

»Jo, jetzt habe ich dich zum ersten Mal lachen hören«, sagte er ganz andächtig.

Sie atmete tief auf.

»Ich glaube, ich hätte es ganz verlernt, Gerd; es ist sehr lange her, daß ich so recht von Herzen lachen konnte.«

»Du sollst es wieder lernen«, sagte er, sie zärtlich umfangend, »sollst es nie wieder verlernen.« Sie lächelte glücklich.

»Jetzt müssen wir aber nach Haus, Gerd, es geht nicht anders.«

»Aber sag' mir wenigstens, daß dir das ebenso unangenehm ist wie mir.«

Sie legte die Lippen an sein Ohr und flüsterte:

»Auch ich bin viel lieber mit dir allein.«

Er hob sie in seinen Armen empor und küßte sich erst noch einmal von Herzen satt, ehe er endlich an ihrer Seite dem Haus zuschritt. Ganz ruhig und förmlich gingen sie auf die anderen zu, die ganz enttäuscht aussahen. Aber als sie nun auf der Veranda standen – alle waren dort versammelt –, nahm Gerd Jo in seine Arme, küßte sie und sagte lachend zu den Überraschten:

»Womit wir Ihnen unsere Verlobung anzeigen.«

»Gottlob, endlich!« rief Mevrouw Jane wie erlöst, und alle mußten über den Stoßseufzer lachen. Das Brautpaar mußte nun viel an Lärm und Herzlichkeit über sich ergehen lassen. Jo wanderte aus einem Arm in den andern, wurde geherzt und geküßt und mit ehrlich gemeinten Glückwünschen überschüttet.

Auch Gerd kam nicht zu kurz. Als sich der erste Sturm gelegt hatte, beugte sich Gerd über Mrs. Gleys Hand, sah sie strahlend an und sagte bewegt:

»Ihnen muß ich besonders danken, Jo hat mir gestanden, Sie hätten sie bewogen, mich nicht länger warten zu lassen. Ich hätte es auch kaum noch länger ertragen.«

»Das merkte ich Ihnen an, Herr Doktor! Aber nun werden Sie für alles reichlich entschädigt werden. Ich weiß am besten zu beurteilen, was für ein Kleinod Sie gewonnen haben. Und wenn ich auch schweren Herzens Jo wieder hergebe, so ist es mir dennoch lieber, als wenn dies herrliche Menschenkind, wie Jo es sich vorgenommen hatte, ungewürdigt verblüht wäre. Das wäre zu traurig gewesen. Und gleich jetzt, da Sie noch in Glückslaune sind, will ich Sie bitten: lassen Sie mir Jo zuweilen auf ein paar Tage. Sie dürfen gern mitkommen, mein Haus ist groß genug, und ich werde mich immer freuen, wenn Sie mich besuchen.«

»Das verspreche ich Ihnen feierlich! Ich habe Jo zudem gern die Erlaubnis erteilt, weiter Ihre Romane zu übersetzen, Sie soll an der ihr liebgewordenen Arbeit nicht gehindert werden, um so weniger, als auch ich der Arbeit bedarf, um zufrieden sein zu können.«

Sie drückte ihm herzlich die Hand.

»Das macht mir Freude, Herr Doktor; ich danke Ihnen.«

Nun wurde aber Gerd von Mevrouw Jane mit Beschlag belegt, die ihn sehr interessiert fragte, wann die Hochzeit stattfinden solle.

Er sah sie lächelnd an.

»Helfen Sie mir doch, daß es so bald wie möglich geschehen kann«, sagte er bittend.

Sie lachte.

»Oh, was in meinen Kräften steht, werde ich bestimmt tun. Und es bleibt doch dabei, der Polterabend wird bei mir gefeiert!«

»Ich habe es Ihnen versprochen.«

»Nun, Sie sollen etwas erleben! Es soll so zugehen wie bei der Hochzeit meiner Tochter, ich habe schon Übung.«

Er küßte ihr die Hand.

»Gute, liebe Mevrouw Booß, alles weiß ich bei Ihnen und bei Frau Doktor Winter in den besten Händen.«

»Sie dürfen sich auch gar nicht darum kümmern, und Jo ebensowenig. Wir sagen jetzt ›du‹ zueinander, Jo und ich, denn sie ist uns lieb geworden wie ein Familienmitglied. Ich freue mich, daß sie meine Nachbarin auf Zorloga wird, wenn Sie ja auch stets nur vorübergehend hier auf Java sein werden. Es gibt aber doch immer ein frohes Wiedersehen, so Gott will!«

Es dauerte lange, bis man sich über das freudige Ereignis beruhigt hatte, und es gelang dem jungen Paar nicht mehr so leicht wie vorher, eine Weile allein zu bleiben. Immer hatte man Wünsche und Anliegen, immer wieder mußte man seiner Freude Ausdruck geben.

Es wurde nach langem Hin und Her beschlossen, daß Gerd gleich morgen nach Buitenzorg fahren und das Aufgebot anmelden sollte. Aussteuersorgen hatte die Braut nicht; Gerd wünschte, sie solle sich alles Erforderliche in Paris und Berlin anschaffen. Bei einem Aufenthalt in Deutschland könnte Jo auch ihren Onkel wiedersehen. Von dort aus sollte es nach Paris gehen und weiter nach Spanien. Schließlich aber nach England, wenn Mrs. Gley erst wieder zu Hause sein würde.

Alles das wurde eifrig besprochen. Aber bevor man sich am Teetisch versammelte, gelang es Gerd noch einmal, die Geliebte zu der Verlobungsbank zu führen, wo sie noch eine Weile allein bleiben konnten. Sie hatten sich noch vielerlei zu sagen und wußten kein Ende zu finden, bis sie energisch zum Tee gerufen wurden. Gerd sah Jo mit tragischem Ausdruck an.

»Findest du es nett von unsern Freunden, daß sie uns jetzt plötzlich gar nicht mehr allein lassen wollen?«

Sie mußte lachen, und dieses Lachen machte ihn froh. Stürmisch küßte er sie, ehe sie, in ihr Schicksal ergeben, wieder zur Veranda zurückgingen, wo man sie mit nekkenden Zurufen am Teetisch empfing.

Während der sechziger Jahre arbeiteten vier junge Frauen in einem exklusiven Juweliergeschäft. Eine enge Freundschaft verband Natasha, Prudence, Rachel und Maisie.
Viele Jahre später kehrt Natasha, frisch geschieden, mit ihrer fünfzehnjährigen Tochter aus Amerika zurück und beschließt, ein Wiedersehen zu organisieren. Prudence, stets von Geheimnissen umgeben, schlägt eine Zusammenkunft in ihrem Haus in Malvern Hill vor. Nur zu gern verläßt Rachel – mit ihrem ehemaligen Chef verheiratet – eine problematische häusliche Situation, um ihre Freundinnen wiederzusehen. Nur Maisie, vielleicht die verletzlichste der vier, Mutter von fünf Kindern und Ehefrau des unberechenbaren Edward, erscheint nicht in Malvern Hills. Ihr dramatisches Verschwinden hat schwerwiegende Folgen für Leben und Schicksal der drei anderen.

ISBN 3-404-14284-5

BASTEI
LÜBBE